Vijftig tinten donkerder

E L James

Vijftig tinten donkerder

2012 Prometheus Amsterdam

Eerste druk juni 2012
Twintigste druk december 2012

De auteur heeft een eerdere versie van dit verhaal, als reeks en met andere personages, online gepubliceerd als *Master of the Universe*, onder het pseudoniem Snowqueen's Icedragon.

Oorspronkelijke titel *Fifty Shades Darker*

Omslagontwerp DPS
Foto omslag iStockphoto
Opmaak binnenwerk ZetSpiegel, Best
www.uitgeverijprometheus.nl
ISBN 978 90 446 2185 3

Voor Z en J
Jullie hebben mijn onvoorwaardelijke liefde, voor altijd

Proloog

Hij is weer terug. Mama slaapt, of ze is weer ziek.

Ik verstop me en maak me klein onder de keukentafel. Ik kan mama door m'n vingers heen zien. Ze slaapt op de bank. Haar hand ligt op het kleverige, groene kleed en hij heeft z'n grote laarzen aan met de glanzende gespen. Hij staat over mama heen gebogen en schreeuwt tegen haar.

Hij slaat mama met een riem. *Sta op! Sta op! Je bent een ontzettend gestoord kutwijf! Je bent een gestoord kutwijf! Je bent een gestoord kutwijf! Je bent een gestoord kutwijf! Je bent een gestoord kutwijf! Je bent een gestoord kutwijf!*

Mama maakt een snikkend geluid. *Stop. Hou alsjeblieft op.* Mama schreeuwt niet. Ze maakt zich heel klein.

Ik stop m'n vingers in m'n oren en doe m'n ogen dicht. Het geluid stopt.

Hij draait zich om en ik kan z'n laarzen zien – hij komt de keuken binnenstampen. Hij heeft de riem nog steeds vast. Hij zoekt mij.

Hij bukt en grijnst. Hij ruikt vies. Naar sigaretten en drank. *Daar ben je, kleine etterbak.*

Hij schrikt wakker met een huilkreet die door merg en been gaat. *Jezus!* Hij baadt in het zweet en z'n hart gaat als een gek tekeer. *Wat gebeurt er, verdomme?* Hij zit rechtop in bed en begraaft z'n gezicht in z'n handen. *Fuck. Ze zijn terug. Dat geluid kwam van mij.* Hij haalt diep adem en probeert tot rust te komen, terwijl hij probeert de geur van goedkope whisky en muffe Camel-sigaretten uit z'n gedachten en neus te verdrijven.

Een

Ik heb dag-drie-na-Christian en m'n eerste dag werken overleefd. Het was een welkome afleiding. De tijd vloog voorbij in een waas van nieuwe gezichten, werk aan de winkel en meneer Jack Hyde. Meneer Jack Hyde... hij leunt glimlachend op m'n bureau, een twinkeling in z'n blauwe ogen.

'Uitstekend werk, Ana. Ik denk dat wij een fantastisch team worden.'

Op de een of andere manier lukt het me m'n mondhoeken omhoog te krullen tot iets wat op een glimlach lijkt.

'Als je het goed vindt, ga ik ervandoor,' antwoord ik.

'Natuurlijk, het is halfzes. Ik zie je morgen.'

'Prettige avond, Jack,'

'Prettige avond, Ana.'

Ik stop m'n spullen in m'n tas, worstel me in m'n jasje en loop naar buiten, de vroege avondlucht van Seattle in. Ik haal diep adem, maar het is allemaal niet genoeg om de leegte in m'n borst te vullen – de leegte die er sinds zaterdagmorgen zit, een pijnlijke, holle herinnering aan mijn verlies. Ik loop naar de bushalte, m'n hoofd gebogen. Starend naar m'n voeten overdenk ik m'n leven zonder m'n geliefde Wanda, m'n oude Kever... of de Audi.

Onmiddellijk sluit ik mezelf af voor die gedachte. Nee. Niet aan hem denken. Natuurlijk heb ik geld voor een auto – een mooie, nieuwe auto. Ik vermoed dat hij zeer royaal zal zijn geweest met z'n cheque. De gedachte laat een bittere smaak in m'n mond achter, dus zet ik 'm van me af en probeer m'n hoofd zo verdoofd en leeg mogelijk te houden. Ik mag niet aan hem denken. Ik wil niet weer gaan huilen – niet zo open en bloot op straat.

Het appartement is leeg. Ik mis Kate en ik stel me voor hoe ze, nippend aan een cocktail, ergens op een strand op Barbados ligt. Ik zet de flatscreen-tv aan – zo kan het geluid de leegte een beetje vullen en me iets bieden wat op gezelschap lijkt, maar ik luister of kijk niet. Ik zit op de bank en staar naar de bakstenen muur. Ik ben verdoofd. Ik voel niets anders dan pijn. Hoe lang moet ik dit nog volhouden?

Ik schrik op uit m'n lijden – de deurbel. M'n hart slaat over. Wie kan dat zijn? Ik druk op de intercom.

'Pakje voor mevrouw Steele,' antwoordt een verveelde stem en ik voel de teleurstelling door m'n lijf jagen. Futloos loop ik naar beneden waar een jongen, leunend tegen de voordeur, luidruchtig kauwgum staat te kauwen. Hij heeft een grote kartonnen doos in z'n handen. Ik teken voor het pakket en draai het om. De doos is enorm en toch verrassend licht. Binnenin liggen twee dozijn lange, witte rozen met een kaartje.

Gefeliciteerd met je eerste werkdag.
Ik hoop dat het goed ging.
En dank je voor het zweefvliegtuigje. Dat was erg attent van je.
Het heeft een mooi plekje op m'n bureau.
Christian

Ik staar naar het getypte kaartje en de leegte in m'n borst groeit. Ongetwijfeld heeft z'n assistent dit gestuurd. Christian had er zelf waarschijnlijk heel weinig mee te maken. Ik bekijk de rozen – ze zijn prachtig, en ik kan me er niet toe zetten ze in de vuilnisbak te gooien. Plichtsgetrouw loop ik naar de keuken om een vaas op te duikelen.

En zo ontwikkelt zich een patroon: opstaan, werken, huilen, slapen. Nou ja, ik probeer te slapen. Zelfs in mijn dromen kan ik niet aan hem ontsnappen. Zijn grijze, brandende ogen, zijn verloren uitstraling, zijn glanzende, lichte haar achtervolgen me. En de muziek... zo veel muziek – ik kan er niet naar luisteren. Ik waak ervoor dat ik het koste wat kost vermijd. Zelfs reclameriedeltjes doen me huiveren.

Ik heb met niemand gepraat, zelfs niet met mijn moeder of Ray. Ik kan gewoonweg niet meer over koetjes en kalfjes praten. Nee, ik moet er niets van weten. Ik heb m'n eigen eilandje gevormd. Een verwoest, door oorlog geteisterd stuk land, waar niets groeit en de horizon verbleekt is. Ja, dat ben ik nu. Ik kan op m'n werk nog net onpersoonlijk met mensen omgaan, maar dat is het dan ook. Als ik met m'n moeder praat, weet ik dat er nog meer zal breken – en ik heb niets meer over om te breken.

Ik heb moeite om te eten. Tijdens de lunch op woensdag lukt het me een bakje yoghurt naar binnen te werken, en dat is het eerste wat ik sinds vrijdag heb gegeten. Ik overleef op een pas gevonden tolerantie voor koffie verkeerd en cola light. De cafeïne sleept me erdoorheen, maar het maakt me gespannen.

Jack hangt de hele tijd bij me rond, hij irriteert me met persoonlijke vragen. Wat wil hij van me? Ik blijf beleefd, maar ik moet hem vooral op afstand houden.

Ik zit aan m'n bureau en begin me een weg te banen door zijn poststapel, en ik ben blij dat dit suffe werkje me afleiding biedt. Ik krijg een e-mailmelding en kijk snel van wie het is.

Holy shit. Een e-mail van Christian. *Nee, niet hier... niet op m'n werk.*

Van: Christian Grey
Onderwerp: Morgen
Datum: 8 juni 2011, 14:05
Aan: Anastasia Steele

Beste Anastasia,

Sorry dat ik je op je werk stoor. Ik hoop dat het goed gaat.
Heb je mijn bloemen ontvangen?

Morgen is de opening van de expositie van jouw vriend, en ik weet bijna zeker dat je nog geen tijd hebt gehad om een nieuwe auto te kopen, en het is een lange rit. Ik zou je er met plezier mee naartoe nemen – mocht je dat willen.

Laat maar weten.

Christian Grey
Directeur, Grey Enterprises Holdings, Inc.

Tranen wellen op in m'n ogen. Gehaast verlaat ik m'n bureau, storm naar de wc's en verberg me in een van de hokjes. De expo van José. Shit. Dat was ik helemaal vergeten, en ik had 'm beloofd dat ik zou komen. Shit. Christian heeft gelijk – hoe ga ik daar komen?

Ik verberg m'n hoofd in m'n handen. Waarom heeft José niet gebeld? Sterker nog – waarom heeft niemand gebeld? Ik ben zo van de wereld geweest dat ik helemaal niet heb gemerkt dat m'n telefoon niet heeft gerinkeld.

Shit! Wat ben ik toch een sufferd! Ik heb 'm nog steeds op doorsturen naar de BlackBerry staan. O nee. Christian heeft al m'n telefoontjes gekregen – tenzij hij de BlackBerry gewoon heeft weggegooid natuurlijk. Hoe is hij aan m'n e-mailadres gekomen?

Hij kent m'n schoenmaat – een e-mailadres zal hem niet echt veel moeite hebben gekost.

Kan ik hem weer onder ogen komen? Zou ik dat aankunnen? Wil ik hem wel zien? Ik sluit m'n ogen en laat m'n hoofd in m'n nek rusten. Verdriet en verlangen gaan als een lans door me heen. Natuurlijk wil ik dat.

Misschien – misschien kan ik hem zeggen dat ik van gedachten ben veranderd... Nee, nee, nee. Ik kan niet bij iemand zijn die plezier beleeft door mij pijn te doen, iemand die niet van me kan houden.

Herinneringen schieten als martelingen door m'n hoofd – het zweefvliegen, handje vasthouden, zoenen, het bad, z'n zachtheid, z'n humor en zijn donkere, broeierige, sexy blik. Ik mis hem. Het is nu vijf dagen geleden, vijf dagen van kwelling die voelen als een eeuwigheid.

Ik sla m'n armen om me heen, omhels mezelf stevig en probeer me sterk te houden. Ik mis hem. Ik mis hem heel erg... Ik hou van hem. Zo simpel is het.

's Nachts huil ik mezelf in slaap. Ik wou dat ik niet was weggelopen, ik wou dat hij anders kon zijn, ik wou dat we nog bij elkaar waren. Hoe lang moet dit verschrikkelijke, allesoverheersende gevoel nog duren? Het is een hel.

Anastasia Steele, je bent op je werk! Ik moet sterk zijn, maar ik wil naar Josés expositie en heel diep vanbinnen wil de masochist in mij Christian zien. Ik haal diep adem en loop terug naar m'n bureau.

Van: Anastasia Steele
Onderwerp: Morgen
Datum: 8 juni 2011, 14:25
Aan: Christian Grey

Hallo Christian,

Bedankt voor de bloemen, ze zijn erg mooi.
Ja, ik zou graag een lift willen.
Dank je.

Anastasia Steele
Assistente van Jack Hyde, redacteur, SIP

Ik controleer m'n telefoon en zie dat die nog steeds op 'gesprekken doorsturen' staat. Jack zit in vergadering, dus ik bel José even.

'Hoi José, met Ana.'

'Hoi! Lang niets gehoord.' Zijn stem is zo warm en vertrouwd dat ik bijna weer in huilen uitbarst.

'Ik kan niet lang praten. Hoe laat moet ik aanwezig zijn voor de expositie morgen?'

'Je komt nog wel?' Hij klinkt blij enthousiast.

'Ja, natuurlijk.' Ik glimlach voor het eerst in vijf dagen oprecht als ik me zijn brede grijns voorstel.

'Halfacht.'

'Zie ik je dan. Doei, José.'

'Doei, Ana.'

Van: Christian Grey
Onderwerp: Morgen
Datum: 8 juni 2011, 14:27
Aan: Anastasia Steele

Beste Anastasia,

Hoe laat zal ik je komen ophalen?

Christian Grey
Directeur, Grey Enterprises Holdings, Inc.

Van: Anastasia Steele
Onderwerp: Morgen
Datum: 8 juni 2011, 14:32
Aan: Christian Grey

Josés expositie begint om halfacht. Hoe laat stel je voor?

Anastasia Steele
Assistente van Jack Hyde, redacteur, SIP

Van: Christian Grey
Onderwerp: Morgen
Datum: 8 juni 2011, 14:34
Aan: Anastasia Steele

Beste Anastasia,

Portland is best ver weg. Ik pik je om 17.45 uur op.
Ik verheug me erop je te zien.

Christian Grey
Directeur, Grey Enterprises Holdings, Inc.

Van: Anastasia Steele
Onderwerp: Morgen
Datum: 8 juni 2011, 14:38
Aan: Christian Grey

Zie je wel verschijnen.

Anastasia Steele
Assistente van Jack Hyde, redacteur, SIP

O hemel. Ik heb afgesproken met Christian. Voor de eerste keer in vijf dagen voel ik me een tikje beter en ik sta mezelf toe om me af te vragen hoe het met hem gaat.

Heeft hij me gemist? Waarschijnlijk niet zoveel als ik hem. Heeft hij een nieuwe Onderdanige gevonden? Die gedachte is zo pijnlijk dat ik hem onmiddellijk van tafel veeg. Ik kijk naar de stapel post die ik voor Jack moet uitzoeken en val aan. Ik probeer Christian weer uit m'n gedachten te duwen.

Die nacht lig ik te woelen en probeer ik in slaap te komen. Het is voor het eerst sinds een tijdje dat ik mezelf niet in slaap huil.

Ik zie Christians gezicht voor me, de laatste keer dat ik hem zag, toen ik bij hem wegging. Zijn gekwelde blik achtervolgt me. Ik herinner me dat hij niet wilde dat ik ging, wat vreemd was. Waarom zou ik blijven als we in zo'n impasse zijn beland? We draaiden allebei om de dingen heen die ons dwarszaten – mijn angst voor straf, zijn angst voor... wat eigenlijk? Liefde?

Ik draai me op m'n zij en knuffel m'n kussen, verschrikkelijk verdrietig. Hij denkt dat hij het niet verdient dat iemand van hem houdt. Waarom voelt hij dat zo? Heeft het te maken met zijn jeugd? Met zijn biologische moeder, de heroïnehoer? Mijn gedachten kwellen me tot in de vroege uurtjes, wanneer ik eindelijk onrustig en uitgeput in slaap val.

De dag wil maar niet opschieten en Jack geeft me ongewoon veel aandacht. Ik verwacht dat het iets te maken heeft met de donkerpaarse jurk en zwarte laarzen met hoge hakken die ik uit Kates kast heb gestolen, maar ik sta er niet te lang bij stil. Ik besluit van m'n eerste salaris te gaan winkelen voor kleren. De jurk valt losser dan voorheen, maar ik doe net alsof ik dat niet merk.

Eindelijk is het dan halfzes, en ik pak m'n jasje en tas. Ik probeer m'n zenuwen te bedwingen. *Ik ga hem zien!*

'Heb je een afspraakje vanavond?' vraagt Jack, terwijl hij langs m'n bureau slentert op weg naar buiten.

'Ja. Nee. Niet echt.'

Hij trekt een wenkbrauw op, dit wekt duidelijk zijn interesse. 'Vriendje?'

Ik bloos. 'Nee, een vriend. Een ex-vriendje.'

'Misschien vind je het leuk om morgen na het werk wat te gaan drinken? Je hebt een fantastische eerste week gehad, Ana. Dat moeten we vieren.' Hij glimlacht en een mij onbekende, licht verontrustende blik schiet over z'n gezicht. Het maakt me ongemakkelijk.

Hij stopt z'n handen in z'n zakken en loopt nonchalant de dubbele deuren door. Fronsend kijk ik hem na. Wat drinken met de baas, is dat wel een goed idee?

Ik schud m'n hoofd. Eerst maar eens een avond met Christian Grey doorkomen. Hoe ga ik dit doen? Ik haast me naar de wc om nog wat laatste dingen recht te trekken.

Ik kijk lang en geconcentreerd naar m'n gezicht in de grote spiegel aan de wand. Ik ben m'n normale, bleke zelf en heb donkere kringen rond mijn te grote ogen. Ik zie er spichtig uit, gekweld.

Jemig, ik zou willen dat ik wist hoe ik make-up moest gebruiken. Ik doe wat mascara en eyeliner op en ik knijp in m'n wangen, misschien krijg ik daar wat kleur van. Ik weet m'n haar zo te fatsoeneren, dat het kunstig op m'n rug valt. Zo moet het maar.

Stijf van de zenuwen loop ik door de foyer en ik lach en zwaai naar Claire bij de receptie. Ik denk dat zij en ik het goed met elkaar gaan vinden. Jack praat met Elizabeth en hij haast zich, breed glimlachend, om de deur voor me open te houden.

'Na jou, Ana,' mompelt hij.

'Dank je.' Ik glimlach en voel me opgelaten.

Buiten staat Taylor op de hoek op me te wachten. Hij opent de achterdeur van de auto. Ik kijk aarzelend even achterom naar Jack, die me naar buiten is gevolgd. Hij kijkt ontzet naar de Audi MPV.

Ik draai me weer om en klim in de auto, en daar zit hij – Christian Grey – in z'n grijze pak, geen stropdas, en een wit overhemd waarvan de bovenste knoopjes open zijn. Z'n grijze ogen gloeien.

M'n mond wordt droog. Hij ziet er geweldig uit, maar hij kijkt boos. *Waarom?*

'Wanneer heb jij voor het laatst gegeten?' vraagt hij kortaf als Taylor de deur achter me dichtdoet.

Shit. 'Hallo, Christian. Ja, ik vind het ook heel leuk om jou weer te zien.'

'Ik hoef nu geen grote mond van je. Geef antwoord.' Zijn ogen spuwen vuur.

Holy shit. 'Eh... ik heb yoghurt gegeten als lunch. O – en een banaan.'

'Wanneer heb je voor het laatste een echte maaltijd gegeten?' vraagt hij zuur.

Taylor glipt achter het stuur, start de auto en draait de stroom verkeer in.

Ik kijk vluchtig op en zie dat Jack naar me zwaait – hoe hij me door het getinte glas kan zien, is me een raadsel. Ik zwaai terug.

'Wie is dat?' bitst hij.

'M'n baas.' Ik kijk voorzichtig naar de prachtige man naast me. Z'n mond is vertrokken in een rechte lijn.

'Dus? Je laatste maaltijd?'

'Christian, dat gaat je eigenlijk echt weinig aan,' zeg ik en ik voel me buitengewoon dapper.

'Alles wat jij doet gaat me aan. Vertel.'

Echt niet. Ik brom gefrustreerd en rol met m'n ogen terwijl Christian de zijne toeknijpt. Voor het eerst in lange tijd wil ik lachen. Ik doe hard m'n best de giechel die in me opborrelt te onderdrukken. Christians gezicht ontspant wanneer hij me ziet worstelen mijn gezicht in de plooi te houden, en een spoor van een glimlach kust zijn heerlijke, gebeeldhouwde lippen.

'Nou?' vraag hij, zijn stem zachter.

'Pasta alle vongole, afgelopen vrijdag,' fluister ik.

Hij sluit zijn ogen, terwijl woede, en mogelijk spijt, over zijn gezicht trekken. 'Aha,' zegt hij met uitdrukkingsloze stem. 'Het lijkt alsof je sindsdien minstens twee kilo kwijt bent, misschien meer. Eet alsjeblieft iets, Anastasia,' zegt hij op bestraffende toon.

Ik staar naar de verstrengelde vingers in mijn schoot. Waarom voel ik me bij hem altijd als een ondeugend kind?

Hij gaat verzitten en draait zich naar me toe. 'Hoe gaat het met je?' en zijn stem is nog altijd zacht.

Nou, ik voel me eigenlijk behoorlijk klote... Ik slik. 'Ik zou liegen als ik zei dat het prima ging.'

Hij ademt scherp in. 'Ik ook,' prevelt hij en hij pakt m'n hand vast. 'Ik mis je,' zegt hij.

O nee. Huid tegen huid.

'Christian, ik...'

'Ana, alsjeblieft. We moeten praten.'

Ik ga huilen. Nee. 'Christian, ik... alsjeblieft... ik heb zoveel gehuild,' fluister ik, terwijl ik probeer mijn emoties onder controle te houden.

'O, schatje, nee.' Hij trekt zacht aan m'n hand en voor ik het weet zit ik op z'n schoot. Hij heeft z'n armen om me heen en ik voel zijn neus in m'n haar. 'Ik heb je zo ontzettend gemist, Anastasia,' verzucht hij.

Ik wil me ontworstelen aan zijn omhelzing, de afstand bewaren, maar hij heeft z'n armen om me heen geslagen. Hij drukt me tegen z'n borst aan en ik smelt. Ja, hier wil ik zijn.

Ik rust m'n hoofd tegen hem aan en hij kust m'n haar keer op keer. Dit voelt als thuis. Hij ruikt naar linnen, wasverzachter, douchegel en m'n favoriete geur – Christian. Een moment lang sta ik mezelf de illusie toe dat het allemaal goed zal komen, en die gedachte kalmeert m'n verwoeste ziel.

Een paar minuten later parkeert Taylor langs de stoep, hoewel we nog steeds in de stad zijn.

'Kom', Christian schuift me van z'n schoot, 'we zijn er.'

Hoe bedoel je?

'Heliplatform – boven op dit gebouw.' Ter verduidelijking werpt Christian even een blik op het gebouw.

Natuurlijk. *Charlie Tango*. Taylor opent de deur en ik glijd de auto uit. Hij geeft me een warme, vaderlijke glimlach en ik voel me veilig. Ik glimlach terug.

'Je krijgt je zakdoek nog terug.'

'Hou die maar, mevrouw Steele, dat meen ik.'

Ik bloos als Christian van achter de auto verschijnt en m'n hand pakt. Hij kijkt vragend naar Taylor, die onbewogen naar hem terugstaart, niets verradend.

'Negen uur?' vraagt Christian hem.

'Ja, meneer.'

Christian knikt, draait zich om en leidt me door de dubbele deuren de imposante foyer in. Ik geniet van het gevoel van zijn hand en van zijn lange, kundige vingers die zich om de mijne hebben gevouwen. De welbekende aantrekkingskracht is er weer – ik word ernaartoe gezogen, als Icarus naar zijn zon. Ik heb me al eens gebrand, en toch ben ik er weer.

We zijn bij de lift en hij drukt op de knop. Ik gluur naar hem, en om z'n lippen speelt zijn raadselachtige, halve glimlach. Wanneer de deuren openen, laat hij m'n hand los en leidt me de lift in.

De deuren sluiten en ik kijk weer even stiekem naar hem. Hij kijkt terug, en het is er, in de lucht tussen ons in, die elektriciteit. Het is tastbaar. Ik kan het bijna proeven, terwijl het tussen ons in pulseert, ons naar elkaar toe trekt.

'Lieve hemel,' adem ik gejaagd en ik koester kort de intensiteit van deze intuïtieve, primaire aantrekkingskracht.

'Ik voel het ook,' zegt hij, en z'n ogen zijn ver weg en intens.

Lust verzamelt zich, donker en dodelijk, in m'n onderlijf. Hij grijpt m'n hand steviger vast en zijn duim beweegt over m'n bovenhand. Diep vanbinnen spannen al mijn spieren zich heerlijk aan.

Allemachtig. Hoe kan hij dit nog steeds bij me teweegbrengen?

'Bijt alsjeblieft niet op je lip, Anastasia,' fluistert hij.

Ik kijk op en laat m'n lip los. Ik wil hem. Hier, nu, in de lift. Hoe kan ik anders?

'Je weet wat dat met me doet,' zegt hij zwoel.

O, dus ik doe hem nog steeds wat. Mijn innerlijke godin wordt langzaam wakker uit haar vijf dagen durende pruilslaap.

Plotseling gaan de deuren open en is de magie verbroken. We zijn op het dak. Het waait, en ondanks m'n zwarte jas heb ik het koud. Christian slaat z'n arm om me heen en trekt me naar zich toe. We haasten ons naar Charlie Tango in het midden van het helikopterplatform. De rotorbladen draaien langzaam.

Een lange, blonde man met een rechte kaaklijn in een donker pak springt uit de helikopter en rent gebukt op ons af. Terwijl hij Christian de hand schudt, schreeuwt hij over het geluid van de rotorbladen heen.

'Klaar voor vertrek, meneer! Ze is helemaal van u!'

'Zijn alle controles gedaan?'

'Ja, meneer.'

'Je haalt 'm rond halfnegen op?'

'Ja, meneer.'

'Taylor wacht buiten op je.'

'Dank u, meneer Grey. Veilige vlucht naar Portland. Mevrouw.' Hij salueert. Zonder me los te laten knikt Christian, bukt en leidt me door de deur van de helikopter.

Eenmaal binnen zet hij me vast in het harnas, trekt de riemen stevig aan. Hij schenkt me een veelbetekenende blik en zijn geheimzinnige glimlach.

'Dit zou je op je plek moeten houden,' zegt hij. 'Ik moet zeggen dat dit harnas je goed staat. Niets aanraken.'

Ik bloos dieprood en hij laat zijn wijsvinger over m'n wang gaan voor hij me de koptelefoon geeft. *Ik wil jou ook aanraken, maar je laat het niet toe.* Ik werp hem een boze blik toe. Daarbij heeft hij de riemen zo strak aangetrokken dat ik me nauwelijks kan bewegen.

Hij gaat op zijn stoel zitten en zet zichzelf vast. Dan loopt hij alle laatste controles na. Hij is er zo goed in, alles is vanzelfsprekend. Zo waanzinnig aantrekkelijk. Hij doet z'n koptelefoon op en drukt op een knop. De rotorbladen gaan sneller en sneller, nu oorverdovend hard.

Hij draait zich naar me toe. 'Ben je d'r klaar voor, schatje?' Zijn stem galmt door de koptelefoon.

'Ja.'

Hij grijnst zijn jongensachtige grijns. Wauw – die heb ik al zo lang niet gezien.

'Sea-Tac-toren, hier Charlie Tango Golf – Golf Echo Hotel, klaar voor vertrek naar Portland via PDX. Graag bevestiging, over.'

De blikkerige stem van de luchtverkeersleider antwoordt en geeft instructies.

'Roger, toren, Charlie Tango klaar, over en sluiten.' Christian zet twee schakelaars om, pakt de stuurknuppel vast en de helikopter stijgt langzaam en kalm de avondlucht in.

Seattle en m'n maag blijven beneden achter. En opeens gaat er weer een wereld voor me open.

'We hebben de dageraad nagejaagd, Anastasia, nu de zonsondergang,' klinkt zijn stem door m'n koptelefoon. Ik draai me naar hem toe en staar hem verrast aan.

Wat betekent dat? Hoe kan hij zulke romantische dingen zeggen? Hij glimlacht, en ik kan niet anders dan verlegen teruglachen.

'Behalve de avondzon is er dit keer ook meer te zien,' zegt hij.

De laatste keer dat we over Seattle vlogen, was het donker, maar dit avonduitzicht is spectaculair, onwerkelijk. We bevinden ons tussen de hoogste gebouwen en stijgen op.

'Daar is Escala.' Hij wijst naar het gebouw. 'Boeing is daar, en verderop kun je nog net de Space Needle zien.'

Ik strek m'n nek uit. 'Daar ben ik nog nooit geweest.'

'Ik neem je er mee naartoe – je kunt daar eten.'

Wat? 'Christian, we zijn uit elkaar.'

'Weet ik. Maar ik kan je er nog wel mee naartoe nemen en je te eten geven.' Hij kijkt me aan.

Ik schud m'n hoofd en besluit hem niet te pikeren. 'Het is schitterend hierboven, dankjewel.'

'Indrukwekkend, hè?'

'Indrukwekkend dat je dit kunt.'

'Vleierij? Van u, mevrouw Steele? Maar ik ben een man met vele talenten.'

'Daar ben ik me terdege van bewust, meneer Grey.'

Hij draait zich naar me toe en lacht. Voor het eerst in vijf dagen ontspan ik me een beetje. Misschien gaat het toch niet zo erg worden.

'Hoe is je nieuwe baan?'

'Goed, dank je. Interessant.'

'Hoe is je baas?'

'O, wel oké.' Hoe kan ik Christian ooit vertellen dat Jack me ongemakkelijk maakt? Christian kijkt me indringend aan.

'Wat is er?' vraagt hij.

'Behalve dat wat voor de hand ligt, niets.'

'Wat ligt er voor de hand?'

'O Christian, soms kun je zo typisch doen.'

'Typisch? Ik? Ik weet niet zeker of ik deze toon wel op prijs stel, mevrouw Steele.'

'Nou, doe vooral maar niet dan.'

Zijn lippen vertrekken zich tot een glimlach. 'Die brutale mond van jou heb ik gemist, Anastasia.'

Ik moet diep ademhalen en wil het uitschreeuwen: *Ik heb jou gemist – alles aan je – niet alleen je mond!* Maar ik houd me stil en staar uit de glazen vissenkom die Charlie Tango heet. We vliegen naar het zuiden. De avondschemer hangt links van ons in de lucht, de zon staat laag aan de horizon – groot, vurig en vlammend oranje – en opnieuw ben ik Icarus die veel te dichtbij vliegt.

De avondschemering heeft ons vanaf Seattle achtervolgd en de lucht is vol opaal, roze en aquamarijn. De kleuren vloeien naadloos in elkaar over, zoals alleen moeder natuur dat voor elkaar krijgt. Het is een heldere, frisse avond en wanneer Christian de helikopter op het platform neerzet, schitteren en knipogen de lichten van Portland alsof ze ons verwelkomen. We bevinden ons boven op het vreemde bakstenen gebouw in Portland, waar we minder dan drie weken geleden van vertrokken.

Jemig, het lijkt alsof de tijd voorbijgevlogen is. Toch voelt het alsof ik Christian mijn leven lang al heb gekend. Hij zet Charlie Tango stil, zet schakelaars om, zodat de rotorbladen stoppen en uiteindelijk hoor ik alleen nog maar mijn eigen ademhaling door de koptelefoon. Hmm. Ik denk even terug aan de Thomas Talliservaring. Ik verbleek. Daar heb ik nu dus echt geen behoefte aan.

Christian maakt zich los uit z'n harnas en leunt over me heen om hetzelfde voor mij te doen.

'Goede reis gehad, mevrouw Steele?' vraagt hij, zijn stem zacht, zijn ogen glanzend.

'Ja, dank u, meneer Grey,' antwoord ik beleefd.

'Nou, laten we de foto's van dat jochie dan maar eens gaan bekijken.' Ik neem z'n uitgestrekte hand aan en hij helpt me uit Charlie Tango.

Een grijze man met een baard komt op ons af lopen en begroet ons, hij heeft een brede grijns op z'n gezicht en ik herken hem – het is dat oude mannetje dat er de laatste keer ook was.

'Joe.' Christian glimlacht en laat m'n hand los om die van Joe hartelijk te schudden.

'Houd een oogje in het zeil tot Stephan er is, alsjeblieft – hij is er tussen acht en negen uur.'

'Zal ik doen, meneer Grey. Mevrouw,' zegt hij, en hij knikt. 'Uw auto wacht beneden, meneer. O, en de lift werkt niet – u zult de trap moeten nemen.'

'Dank je, Joe.'

Christian pakt mijn hand vast en we lopen naar de noodtrappen.

'Gelukkig zijn het maar drie verdiepingen met die hakken van je,' zegt hij afkeurend tegen me.

Je meent het.

'Vind je de laarzen niet mooi?'

'Ik vind ze heel mooi, Anastasia.' Zijn blik verduistert en het lijkt alsof hij nog iets gaat zeggen, maar dan stopt hij. 'Kom. Laten we het langzaamaan doen. Ik wil niet dat je valt en je nek breekt.'

We laten ons in stilte door de chauffeur naar de galerie rijden. Mijn angst is weer helemaal op kracht en ik realiseer me dat onze tijd in Charlie Tango het oog van de storm was. Christian zwijgt en kijkt peinzend voor zich uit... hij lijkt zelfs gespannen; de luchtige stemming van eerder is vervlogen. Ik wil zoveel zeggen, maar de weg is te kort. Christian staart bedachtzaam uit het raam.

'José is gewoon een vriend,' opper ik.

Christian draait zich naar me toe en staart me aan, zijn ogen donker en gesloten, ze geven niets prijs. Z'n mond – o, zijn mond leidt zo erg af, zelfs als ik dat niet wil. Ik herinner me zijn mond op mij – overal. Mijn huid raakt verhit. Hij schuift in z'n stoel en fronst.

'Die prachtige ogen van je zijn te groot voor je gezicht, Anastasia. Zeg me alsjeblieft dat je zult eten.'

'Ja, Christian, ik zal eten,' antwoord ik hem automatisch, clichématig.

'Ik meen het.'

'O, werkelijk?' Het lukt me niet om de minachting uit m'n stem te houden. Echt, waar haalt hij het lef vandaan? Deze man, die me de afgelopen dagen door de hel heeft laten gaan. Nee, dat is niet waar. Dat heb ik mezelf aangedaan. Nee. Hij. Ik schud verward m'n hoofd.

'Ik wil geen ruzie, Anastasia. Ik wil je terug, en ik wil dat je gezond bent,' zegt hij liefdevol.

Wat? Wat betekent dit? 'Maar er is niets veranderd.' *Jij bent nog steeds vijftig tinten.*

'Laten we op de terugweg praten. We zijn er.'

De auto stopt voor de galerie en Christian stapt naar buiten, ik ben sprakeloos. Hij opent de deur voor me en ik klauter uit de auto.

'Waarom doe je dat?' Mijn stem klinkt luider dan verwacht.

'Wat?' Christian is verrast.

'Zoiets zeggen en dan stoppen.'

'Anastasia, we zijn er. Jij wilt hier zijn. Laten we dit doen en daarna praten. Ik wil liever geen scène schoppen op straat.'

Ik kijk om me heen. Hij heeft gelijk. Het is te openbaar. Hij kijkt me indringend aan en ik druk mijn lippen op elkaar.

'Oké,' mompel ik verongelijkt. Hij leidt me het gebouw binnen, mijn hand stevig in de zijne.

We zijn in een voormalige loods – bakstenen muren, donkerhouten vloeren, witte plafonds en witte pijpleidingen. De ruimte is luchtig en modern, en in de galerie dwalen mensen rond die, nippend aan hun wijn, het werk van José bewonderen. Ik realiseer me dat José z'n droom heeft verwezenlijkt en even vervagen al mijn problemen. *Waanzinnig goed gedaan, José!*

'Goedenavond. Hartelijk welkom bij de expositie van José Rodriguez.' Een jonge vrouw, in zwart gekleed, met heel kort bruin haar, felrode lippenstift en grote ronde oorbellen, begroet ons. Ze kijkt kort naar mij, dan veel langer dan nodig naar Christian, kijkt dan terug naar mij, bloost en knippert met haar ogen.

Ik frons. *Hij is van mij* – nou ja, wás. Ik doe m'n best haar niet kwaad aan te kijken. Haar ogen focussen weer en ze knippert nog eens.

'O, jij bent het, Ana! We willen natuurlijk ook graag weten wat jij hier allemaal van vindt.' Met een grote grijns overhandigt ze mij een brochure en wijst me op de tafel vol met drankjes en hapjes.

Hoe weet zij hoe ik heet?

'Ken je haar?' Christian fronst.

Ik schud van 'nee', ik ben even verbaasd als hij.

Hij haalt afgeleid z'n schouders op. 'Wat wil je drinken?'

'Een glas witte wijn graag.'

Hij fronst, maar houdt z'n mond en loopt richting de open bar.

'Ana!'

José worstelt zich door een horde mensen.

Goeie god! Hij heeft een pak aan. Hij ziet er goed uit en straalt naar me. Hij begraaft me in zijn armen en geeft me een stevige knuffel. Ik geef me eraan over en vecht tegen mijn tranen. Mijn vriend, hij is m'n enige vriend nu Kate weg is. Tranen wellen op in m'n ogen.

'Ana, ik ben zo blij dat je er bent,' fluistert hij in m'n oor. Dan houdt hij me plotseling op een afstand om me te bekijken.

'Wat?'

'Gaat het wel met je? Je ziet er gewoon... anders uit. *Dios mío*, ben je afgevallen?'

Ik knipper m'n tranen weg. 'José, het gaat prima met me. Ik ben zo ontzettend blij voor je op dit moment.' *Shit – hij ook al.* 'Gefeliciteerd met je expositie.' Mijn stem breekt als ik zie hoe bezorgdheid dit o zo bekende gezicht tekent, maar ik moet me groot houden.

'Hoe ben je hier gekomen?' vraagt hij.

'Christian heeft me gebracht,' zeg ik, en ik voel me plotseling gespannen.

'O.' Josés gezicht betrekt en hij laat me los. 'Waar is hij?' Zijn uitdrukking wordt donker.

'Daar ergens, hij is drankjes aan het halen.' Ik knik in Christians richting en zie dat hij beleefd een paar woorden wisselt met iemand in de rij. Christian kijkt op en onze ogen ontmoeten elkaar. Op het ogenblik dat ik naar die onmogelijk aantrekkelijke man staar, die met een onpeilbare emotie naar me kijkt, ben ik totaal verlamd. Zijn sexy blik brandt door me heen, en een moment lang zijn we verloren in elkaars blik.

Mijn god... Deze prachtige man wil me terug en diep vanbinnen ontvouwt zich een zoete blijdschap als de gloed in de vroege ochtendschemer.

'Ana!' José leidt me af en sleept me terug naar het hier en nu. 'Ik ben zo blij dat je er bent – luister, ik moet je waarschuwen...'

Opeens onderbreekt juffrouw Zeer-Kort-Haar-en-Rode-Lippenstift hem. 'José, de journalist van de *Portland Printz* is er. Loop je even mee?' Ze glimlacht beleefd naar me.

'Hoe gaaf is dit? De roem!' Hij grijnst, en ik kan niet anders dan teruggrijnzen – hij is zo gelukkig. 'Ik zie je later, Ana.' Hij kust me op de wang en ik kijk hem na, terwijl hij op z'n gemak naar een jonge vrouw toe loopt die naast een lange, slungelige fotograaf staat.

Overal hangen de foto's van José, soms zijn ze vergroot en op enorme canvassen afgedrukt. Er zijn zwart-wit- en kleurenfoto's. Veel van de landschappen zijn ongeëvenaard mooi. In een van de foto's, genomen bij een meer vlak bij Vancouver, is het net avond aan het worden en het gladde wateroppervlak reflecteert de roze wolkenhemel. Ik word even helemaal opgezogen door de stilte en vredigheid. Het is verbluffend mooi.

Christian komt bij me staan en geeft me m'n glas witte wijn.

'Kan het ermee door?' M'n stem klinkt normaler.

Hij kijkt me vragend aan.

'De wijn.'

'Nee. Maar dat is zelden het geval bij dit soort gelegenheden.

Dat joch heeft best talent, of niet?' Christian bewondert de foto van het meer.

'Waarom dacht je anders dat ik hem vroeg om jou te portretteren?' De trots klinkt duidelijk door in m'n stem. Zijn ogen glijden onbewogen van de foto naar mij.

'Christian Grey?' De fotograaf van de *Portland Printz* komt op Christian aflopen. 'Mag ik een foto nemen, meneer?'

'Natuurlijk.' Christian verbergt zijn frons. Ik doe een stapje opzij, maar hij grijpt m'n hand en trekt me naast zich. De fotograaf kijkt verrast naar ons.

'Meneer Grey, dank u.' Hij neemt wat foto's. 'Mevrouw...?' vraagt hij.

'Ana Steele,' antwoord ik.

'Dank u, mevrouw Steele.' Hij loopt haastig weg.

'Ik heb naar foto's gezocht op het internet, van jou met vrouwen, afspraakjes. Er zijn er geen. Daarom dacht Kate dat je homo was.'

Christians mond krult tot een glimlach. 'Dat verklaart je ongepaste vraag. Nee, ik doe niet aan afspraakjes, Anastasia – alleen met jou. Maar dat weet je.' Zijn stem is zacht en oprecht.

'Dus je nam jouw...', ik kijk nerveus om me heen om te controleren dat niemand ons kan horen, '...Onderdanigen nooit mee uit?'

'Soms. Nooit voor een afspraakje. Winkelen, dat soort dingen.' Hij haalt z'n schouders op en zijn blik blijft op me rusten.

O, ze waren dus alleen in de speelkamer – zijn Rode Kamer van Pijn en z'n appartement. Ik weet niet hoe ik me daarover voel.

'Alleen jij, Anastasia,' fluistert hij.

Ik bloos en staar naar m'n vingers. Hij geeft wel om me, op z'n eigen manier.

'Je vriend lijkt meer een landschapsman, en niet zo van de portretten. Laten we even rondkijken.' Ik pak z'n uitgestrekte hand vast.

We lopen langs een paar afdrukken en ik merk dat een stel naar me knikt, breed glimlachend, alsof ze me kennen. Dat komt natuurlijk omdat ik met Christian ben. Eén man staart openlijk. *Bizar.*

Als we de hoek om lopen, begrijp ik de vreemde blikken. Aan

de muur van het gebouw hangen zeven gigantische portretten – van mij.

Ik kan alleen maar staren, wezenloos, verbluft, terwijl het bloed uit m'n gezicht verdwijnt. Ik: met een pruillip, lachend, boos, serieus, geamuseerd. Allemaal superclose-up, allemaal zwart-wit.

Holy shit! Ik herinner me hoe José een paar keer een beetje met z'n camera aan het spelen was, toen hij op bezoek was en toen ik zijn chauffeur en camera-assistent was. Dat waren kiekjes, of althans, dat dacht ik. Deze ingrijpende, vrijpostige foto's had ik niet verwacht.

Christian is als aan de grond genageld en staart naar elke foto afzonderlijk.

'Kennelijk ben ik niet de enige,' mompelt hij cryptisch, en zijn mond vertrekt zich tot een strakke lijn.

Ik denk dat hij boos is. *O nee hè.*

'Ik ben zo terug,' zegt hij, terwijl hij z'n heldere blik op me laat rusten. Hij loopt naar de receptie.

Wat heeft hij nou weer? Ik kijk gefascineerd toe hoe hij geanimeerd met juffrouw Zeer-Kort-Haar-en-Rode-Lippenstift praat. Hij vist z'n portemonnee uit z'n zak en haalt z'n creditcard eruit.

Shit. Hij zal er wel een gekocht hebben.

'Hey. Jij bent de muze. Deze foto's zijn geweldig.' Een jonge man met een dikke bos lichtblond haar laat me schrikken. Ik voel een hand op m'n elleboog – Christian is terug.

'Jij boft maar,' zegt Blond Haar tegen Christian, die hem koud aanstaart.

'Inderdaad,' zegt hij wrevelig en hij trekt me naar zich toe.

'Heb je er nou net een gekocht?'

'Eén?' snuift hij, terwijl hij naar de foto's kijkt.

'Je hebt er meer dan één gekocht?'

Hij rolt met z'n ogen. 'Ik heb ze allemaal gekocht, Anastasia. Ik wil niet dat een of andere onbekende thuis naar je zit te gluren.'

Eerst heb ik de neiging om te lachen. 'Dat doe je liever zelf?' schamper ik.

Ik geloof dat hij zo veel lef niet had verwacht. Hij probeert te verbergen dat hij het wel grappig vindt.

'Eerlijk gezegd, ja.'

'Smeerlap,' zeg ik geluidloos en ik bijt op m'n onderlip zodat ik niet glimlach.

Zijn mond valt open – hij vindt het duidelijk grappig. Bedachtzaam wrijft hij over z'n kin.

'Ik kan het moeilijk oneens zijn met dat oordeel, Anastasia.' Hij schudt z'n hoofd en z'n ogen zien er zachter uit nu er humor in speelt.

'Ik zou er graag dieper op ingaan, maar ik heb een geheimhoudingsverklaring ondertekend.'

Hij zucht en staart naar me, en zijn ogen worden donkerder. 'Wat ik allemaal met die brutale mond van jou zou willen doen,' zegt hij onhoorbaar.

Mijn adem versnelt: ik weet precies wat hij bedoelt. 'Jij bent echt schaamteloos.' Ik probeer gechoqueerd te klinken en dat lukt. Kent hij dan helemaal geen grenzen?

Hij sneert geamuseerd en fronst dan.

'Je ziet er erg ontspannen uit op deze foto's, Anastasia. Zo zie ik je niet vaak.'

Sorry? Whoa! Hallo, verandering van onderwerp – hoe onsamenhangend wil je het hebben? – van speels naar serieus.

Ik bloos en kijk naar m'n vingers. Hij beweegt m'n hoofd naar achteren en het contact met z'n mooie lange vingers doet me hoorbaar inademen.

'Ik zou zo graag willen dat je zo ontspannen bent wanneer je met mij bent,' fluistert hij. Elk spoor van humor is verdwenen.

Diep vanbinnen roert het vreugdegevoel zich weer. *Maar hoe gaan we dat doen?* We hebben onze bedenkingen.

'Dan moet je ophouden me te intimideren,' zeg ik kortaf.

'Jij moet leren communiceren en me laten weten hoe jij je voelt,' bijt hij me toe, zijn ogen vol vuur.

Ik haal diep adem. 'Christian, jij wilde me als Onderdanige. Daar ligt het probleem. In de definitie van een Onderdanige – je hebt het me zelfs gemaild.' Ik pauzeer en probeer me de juiste bewoording te herinneren. 'Ik geloof dat de volgende synoniemen werden gebruikt, en ik citeer: "meegaand, inschikkelijk, plooibaar, volgzaam, passief, gelaten, geduldig, gedwee, tam, nederig". Het was niet de bedoeling dat ik naar je keek. Ik mocht niets tegen je zeggen, behalve als jij me daar toestemming voor gaf. Wat dacht je dan?' sis ik hem toe.

Ik praat door, en hij fronst nog meer.

'Het is zo verwarrend om bij je te zijn. Je wilt niet dat ik je tegenspreek, maar aan de andere kant vind je m'n "brutale mond" leuk. Je wilt dat ik je gehoorzaam, behalve als je dat niet wilt, omdat je me dan kunt straffen. Ik weet totaal niet wat wat is als ik met jou ben.'

Hij knijpt z'n ogen samen. 'Goed punt, raak gesproken, zoals gewoonlijk, mevrouw Steele.' Zijn stem is ijzig. 'Kom, we gaan een hapje eten.'

'We zijn er net een halfuur.'

'Je hebt de foto's gezien en met het jochie gepraat.'

'Hij heet José.'

'Je hebt met José gepraat – de man die, toen ik hem de laatste keer zag, probeerde zijn tong in jouw onwelwillende mond te duwen, terwijl je dronken en ziek was,' grauwt hij.

'Hij heeft me nooit geslagen,' sputter ik terug.

Christians gezicht betrekt en zijn woede stroomt uit elke porie. 'Dat was onder de gordel, Anastasia,' fluistert hij dreigend.

Ik verbleek en Christian strijkt met z'n handen door z'n haar. Hij kan z'n boosheid nauwelijks bedwingen. Ik staar boos terug.

'Ik neem je nu mee om iets te gaan eten. Je verschrompelt voor m'n ogen. Vind het joch en zeg gedag.'

'Kunnen we alsjeblieft langer blijven?'

'Nee. Ga. Nu. Zeg gedag.'

Ik kijk hem dreigend aan, m'n bloed kookt over. Meneer de Kloterige Controlfreak. Boos zijn is goed. Boos zijn is beter dan tranen.

Ik sleur m'n blik weg van hem en probeer José ergens te bespeuren. Hij praat met een groepje jonge vrouwen. Ik been naar hem toe, weg van Vijftig. Omdat hij me hiernaartoe heeft gebracht, moet ik precies doen wat hij zegt? Wie denkt hij verdomme wel niet dat hij is?

De meisjes hangen aan Josés lippen. Een van de meisjes schrikt als ze me ziet aankomen – ze heeft me ongetwijfeld herkend van de foto's.

'José.'

'Ana. Ik ben zo terug, meiden.' José grijnst naar ze en slaat een arm om me heen. Ergens amuseert het me – José zo gelikt, de dames imponerend.

'Je ziet er boos uit,' zegt hij.

'Ik moet gaan,' prevel ik koppig.

'Je bent er net.'

'Ja, ik weet het, maar Christian moet terug. De foto's zijn fantastisch, José – je hebt echt veel talent.'

Hij straalt. 'Heerlijk om je weer even te zien.'

José begraaft me in een grote berenknuffel, en draait me om zodat ik Christian aan de andere kant van de galerie kan zien. Z'n gezicht staat op onweer en ik realiseer me dat dat komt omdat ik me in Josés armen bevind. In een zeer berekende beweging sla ik m'n armen rond Josés hals. Het lijkt of Christian erin blijft. Z'n blik wordt nog donkerder en er is nu iets onheilspellends aan. Hij komt langzaam naar ons toe lopen.

'En nog bedankt voor de waarschuwing, hè, wat betreft die portretten van mij,' zeg ik speels.

'Shit. Sorry, Ana, ik had het je moeten vertellen. Vind je ze mooi?'

'Eh... ik weet het niet,' antwoord ik naar waarheid. Zijn vraag haalt me even uit balans.

'Nou, ze zijn allemaal verkocht, dus iemand moet ze mooi vinden. Hoe gaaf is dat? Je bent een postermeisje.' Hij omhelst me nog steviger. Christian staat naast ons, zijn blik dreigend op mij gericht, maar gelukkig ziet José dat niet.

José laat me los. 'Laat je wel wat van je horen, Ana. O, meneer Grey, goedenavond.'

'Meneer Rodriguez, zeer indrukwekkend.' Christians stem is ijzig beleefd. 'Sorry dat we niet langer kunnen blijven, maar we moeten terug naar Seattle. Anastasia?' Hij benadrukt de 'we' op subtiele wijze en pakt tegelijkertijd m'n hand.

'Dag José. Nogmaals gefeliciteerd.' Ik geef hem een snelle kus op z'n wang en voordat ik het weet, sleept Christian me het gebouw uit. Ik weet dat hij overkookt van stille razernij, maar hetzelfde geldt voor mij.

Hij kijkt snel de straat op en neer en gaat dan linksaf. Plotseling trekt hij me met een zwaai een steegje in en drukt me tegen de muur. Hij pakt m'n gezicht vast met beide handen en dwingt me op te kijken in zijn hartstochtelijke, vastberaden ogen.

Ik snak naar adem en zijn mond zeilt naar beneden. Hij kust me, met geweld. Even stoten onze tanden elkaar aan en dan voel ik z'n tong in m'n mond.

Verlangen explodeert in mijn lichaam alsof het oud en nieuw is en ik kus hem terug, even intens als hij, mijn handen klauwen in zijn haar en trekken er hard aan. Hij gromt, een laag, sexy geluid dat door me heen dreunt, en zijn hand glijdt langs mijn lichaam naar de bovenkant van m'n dij, zijn vingers graaiend in m'n vlees onder de paarse jurk.

Ik giet alle angst en hartzeer van de afgelopen dagen in deze kus die me met hem verbindt, en dan dringt het opeens tot me door, in dit moment van verblindende passie: hij doet hetzelfde, hij voelt het ook.

Hij onderbreekt de kus, hijgend. Zijn ogen lichten op met lust, en de lust jaagt de temperatuur van het toch al hete bloed dat door m'n lijf raast, alleen nog maar op. Ik kan m'n mond nauwelijks bewegen en probeer lucht in m'n longen te krijgen.

'Jij. Bent. Van. Mij,' grauwt hij en hij benadrukt daarbij elk woord. Hij duwt zich van me af en bukt voorover, z'n handen op z'n knieën alsof hij een marathon heeft gelopen. 'Godallemachtig, Ana.'

Ik leun tegen de muur, hijgend, en probeer de woeste reactie in m'n lijf onder controle te krijgen, ik probeer m'n balans terug te vinden.

'Sorry,' fluister ik, wanneer ik weer op adem ben gekomen.

'Ja, dat is je geraden. Ik weet wel wat je aan het doen was. Wil je de fotograaf, Anastasia? Hij heeft duidelijk gevoelens voor jou.'

Ik schud m'n hoofd, voel me schuldig.

'Nee. Hij is gewoon een vriend.'

'Ik heb m'n hele volwassen leven geprobeerd extreme emoties te vermijden. Maar jij... jij brengt gevoelens in me naar boven die mij volstrekt vreemd zijn. En dat is erg...' Hij fronst, en zoekt naar het woord. 'Verontrustend.'

'Ik hou van controle, Ana, en als ik bij jou ben, dan...', hij gaat rechtop staan, zijn blik is intens, '...verdampt dat.' Hij wuift z'n hand vaag heen en weer, haalt 'm dan door z'n haar en neemt een diepe teug adem. Hij pakt m'n hand beet.

'Kom, we moeten praten, en jij moet eten.'

Twee

Hij leidt me naar binnen bij een klein en intiem restaurant.

'Hier moeten we het maar mee doen,' moppert Christian. 'We hebben niet veel tijd.'

Het restaurant ziet er toch prima uit? Houten stoelen, linnen tafelkleden, en muren in hetzelfde diepe rood als de muren in Christians speelkamer – bloedrood. Her en der zie ik kleine, vergulde spiegels, witte kaarsen en kleine vaasjes met witte rozen. Op de achtergrond zingt Ella Fitzgerald zacht over 'This Thing Called Love'. Heel romantisch allemaal.

De ober leidt ons naar een tafeltje voor twee in een kleine alkoof en ik ga zitten, licht gespannen en benieuwd naar wat hij gaat zeggen.

'We hebben niet lang de tijd,' zegt Christian tegen de ober als we gaan zitten. 'Dus we nemen ossenhaas, medium gebakken, bearnaisesaus als u die heeft, frietjes en wat groene groenten – wat de chef in huis heeft. En breng me de wijnkaart.'

'Natuurlijk, meneer.' De ober is beduusd door Christians koele en kalme efficiëntie en snelt weg. Christian legt z'n BlackBerry op tafel. Jemig, heb ik nog iets te kiezen?

'En als ik nou niet van ossenhaas hou?'

Hij zucht. 'Hou op, Anastasia.'

'Ik ben geen kind meer, Christian.'

'Gedraag je dan ook niet zo.'

Het is alsof hij me in m'n gezicht heeft geslagen. Dus dit wordt het: een jachtig, beladen gesprek, weliswaar in een zeer romantische omgeving, maar zeker geen hartjes en bloemen.

'Ben ik een kind, omdat ik niet van ossenhaas hou?' vraag ik, terwijl ik m'n pijn probeer te verbergen.

'Omdat je me opzettelijk jaloers hebt gemaakt. Dat is kinderachtig. Wil je dan helemaal geen rekening houden met de gevoelens van je vriend door hem zo te behandelen?' Christians lippen vormen een dunne lijn en hij fronst als de ober terugkomt met de wijnkaart.

Ik bloos – daar had ik nog niet aan gedacht. Arme José – ik wil hem zeker niet aanmoedigen. Ik schaam me opeens verschrikkelijk. Christian heeft gelijk, dat was niet heel erg aardig van me. Hij kijkt naar de wijnkaart.

'Wil jij misschien de wijn kiezen?' vraagt hij met opgetrokken wenkbrauwen, afwachtend, de arrogantie zelve. Hij weet heel goed dat ik niets van wijn afweet.

'Kies jij maar,' antwoord ik nors, maar op m'n plaats gezet.

'Twee glazen Barossa Valley shiraz, alstublieft.'

'Eh... die wijn verkopen we alleen per fles, meneer.'

'Een fles dus,' bijt Christian hem toe.

'Meneer.' De ober trekt zich stilletjes terug. Ik kan het hem niet kwalijk nemen. Ik trek een gezicht naar Vijftig. Wat zit hem dwars? Ik, waarschijnlijk, en ergens diep in mijn ziel staat mijn innerlijke godin slaperig op, rekt zich uit en glimlacht. Ze heeft behoorlijk lang geslapen.

'Jij bent erg chagrijnig.'

Hij staart onbewogen naar me. 'Goh, hoe zou dat nou komen?'

'Nou, we hebben echt de perfecte toon gevonden voor een intieme en eerlijke discussie over de toekomst, vind je ook niet?' Ik glimlach zoet naar hem.

Zijn mond verstart tot een harde lijn, maar dan krullen z'n mondhoeken op, bijna tegen hun zin, en ik weet dat hij probeert zijn glimlach te onderdrukken.

'Sorry,' zegt hij.

'Excuses aanvaard, en ik kan je met genoegen meedelen dat ik geen vegetariër ben geworden sinds we de laatste keer samen aten.'

‘Aangezien dat de laatste keer was dat jij überhaupt iets at, denk ik dat dat een onuitgemaakte zaak is.’

‘Daar heb je dat woord weer, “onuitgemaakt”.’

‘Onuitgemaakt,’ zegt hij geluidloos en humor verzacht zijn ogen. Hij haalt een hand door z’n haar en is weer serieus. ‘Ana, de laatste keer dat we elkaar spraken, verliet je me. Ik ben een beetje zenuwachtig. Ik heb je gezegd dat ik je terug wil, en jij zegt... niets.’ Zijn blik is intens en afwachtend, en zijn openheid werkt ontwapenend. Wat moet ik hier dan in godsnaam op zeggen?

‘Ik heb je gemist... heel erg gemist, Christian. De afgelopen dagen waren... moeilijk.’ Ik slik, en de brok in m’n keel groeit als ik me de wanhopige pijn herinner die ik voelde nadat ik bij hem wegging.

Afgelopen week was de ergste van m’n leven, de pijn was bijna onbeschrijflijk. Niets komt erbij in de buurt. Maar de harde werkelijkheid komt weer voor ogen.

‘Er is niets veranderd. Ik kan niet zijn wat jij wilt.’ Ik pers de woorden langs de brok uit m’n mond.

‘Jij bent alles wat ik wil dat je bent,’ zegt hij met nadruk.

‘Nee, Christian, dat ben ik niet.’

‘Je bent boos om wat er de vorige keer is gebeurd. Ik heb me ontzettend stom gedragen en jij... Jij ook. Waarom gebruikte je het stopwoord niet, Anastasia?’ Hij klinkt beschuldigend.

Wat? Ho eens even! Gaan we weer een andere kant op? Ik bloos en knipper met mijn ogen naar hem.

‘Geef antwoord.’

‘Ik weet het niet. Ik was overrompeld. Ik probeerde te zijn wat jij wilde, ik probeerde met de pijn om te gaan, en toen ging het me te boven. Begrijp je... ik was het woord kwijt,’ fluister ik beschaamd en haal verontschuldigend m’n schouders op.

Jeetje, misschien hadden we al deze pijn kunnen voorkomen.

‘Je was het kwijt!’ briest hij in afgrijzen en hij grijpt de tafel vast. Ik verschrompel onder zijn blik.

Shit! Hij is weer woest. Mijn innerlijke godin kijkt me ook boos aan. *Zie je wel, je hebt dit allemaal aan jezelf te danken.*

‘Hoe kan ik je nou vertrouwen?’ zegt hij, zachtjes. ‘Ooit?’

De ober brengt onze wijn, terwijl we elkaar aanstaren, blauwe en grijze ogen. Beiden zitten we vol met onuitgesproken verwijten. De ober trekt de kurk met een overbodig zwierig gebaar uit de fles en schenkt wat wijn in Christians glas. Automatisch pakt hij het glas op en neemt een slokje.

'Prima.' Zijn stem is kortaf.

Zeer zorgvuldig schenkt de ober onze glazen in en zet de fles op tafel. Dan schuifelt hij snel weg. Christian heeft me de hele tijd aangekeken. Ik ben de eerste die opgeeft en het oogcontact verbreekt. Ik pak m'n glas en neem een flinke slok. Ik proef de wijn nauwelijks.

'Sorry,' fluister ik, en ik voel me ineens heel dom. Ik ging weg, omdat ik dacht dat we te verschillend waren, maar nu zegt hij dat ik hem had kunnen stoppen?

'Sorry waarvoor?' zeg hij gealarmeerd.

'Dat ik het stopwoord niet heb gebruikt.'

Hij sluit z'n ogen alsof hij opgelucht is.

'We hadden al dit lijden kunnen voorkomen,' mompelt hij.

'Jij ziet er prima uit.' Meer dan prima. Je ziet er als jezelf uit.

'Schijn bedriegt,' zegt hij zachtjes. 'Ik voel me allesbehalve prima. Ik voel me alsof de zon is ondergegaan en vijf dagen lang niet heeft geschenen, Ana. Ik dwaal rond in een oneindige nacht.'

Zijn bekentenis overspoelt me. *O hemel, net als ik dus.*

'Je zei dat je me nooit zou verlaten, maar zodra het moeilijk werd, was je weg.'

'Wanneer heb ik gezegd dat ik nooit weg zou gaan?'

'In je slaap. Het was het meest geruststellende dat ik in lange tijd had gehoord, Anastasia. Het bracht me tot rust.'

Mijn hart balt zich samen en ik grijp naar m'n wijn.

'Je zei dat je van me hield,' fluistert hij. 'Is dat nu verleden tijd?' Zijn stem is zacht en vol spanning.

'Nee, Christian, dat is nog steeds zo.'

Hij ademt uit en ziet er zo kwetsbaar uit. 'Goed zo,' zegt hij zacht.

Deze bekentenis choqueert me. Hij heeft zich duidelijk bedacht. Op het moment dat ik hem vertelde dat ik van hem hield, reageerde hij met afgrijzen. De ober is terug. Hij plaatst de borden snel voor ons en schuifelt weer weg.

O mijn god. Eten.

'Eet,' beveelt Christian.

Ergens diep vanbinnen weet ik dat ik honger heb, maar m'n maag zit vol met knopen. Het is niet echt bevorderlijk voor de eetlust, wanneer je tegenover de liefde van je leven zit en een gesprek voert over jullie onzekere toekomst. Ik kijk vertwijfeld naar mijn eten.

'Ik zweer het je, Anastasia, als je nu niet eet, leg ik je hier in dit restaurant over de knie. En dat heeft dan een keer helemaal niets te maken met mijn seksuele bevrediging. Eten!'

Nou, nou, even dimmen, Grey. M'n onderbewuste staart me aan over de rand van haar strenge juffenbril. Ze is het helemaal eens met Vijftig Tinten.

'Oké, ik zal eten. Stop die jeukende hand maar weg, alsjeblieft.'

Hij glimlacht niet, maar blijft me aankijken. Met tegenzin pak ik m'n vork en mes en snij ik m'n biefstuk. O, het is goddelijk lekker. Ik heb trek, heel erge trek. Ik kauw en hij ontspant zichtbaar.

We eten in stilte. Er staat andere muziek op. Een vrouw met een zachte stem zingt op de achtergrond, en ze echoot mijn gedachten.

Ik kijk naar Vijftig. Hij kijkt naar me, terwijl hij eet. Honger, verlangen en angst zijn allemaal vermengd in dezelfde sexy blik.

'Weet je wie dit zingt?' Ik probeer een normaal gesprek te beginnen.

Christian stopt even en luistert. 'Nee... maar wie het ook mag zijn, ze is goed.'

'Ik vind haar ook goed.'

Dan glimlacht hij zijn vertrouwelijke, geheimzinnige glimlach. Wat is hij van plan?

'Wat?' vraag ik.

Hij schudt z'n hoofd. 'Eet maar door,' zegt hij vriendelijk.

Ik heb de helft van m'n bord leeg, en ik kan geen hap meer weg krijgen. Hoe ga ik hier eens over onderhandelen?

'Ik kan niet meer. Heb ik naar uw mening voldoende gegeten, meneer?'

Hij staart stoïcijns naar me, zonder te antwoorden, en kijkt dan op z'n horloge.

'Ik zit echt vol,' voeg ik toe, en ik neem nog een slokje van de overheerlijke wijn.

'We gaan zo. Taylor is er en jij moet vroeg op voor je werk morgen.'

'Jij ook.'

'Ik functioneer op flink wat minder slaap dan jij, Anastasia. Je hebt in ieder geval wat gegeten.'

'Gaan we niet terug met Charlie Tango?'

'Nee, ik had zo'n vermoeden dat ik wat zou drinken. Taylor haalt ons op. Bovendien heb ik je in de auto een paar uur helemaal voor mezelf. Dan moeten we wel praten.'

O, dus dat is het plan.

Christian roept de ober voor de rekening, pakt dan z'n BlackBerry en belt.

'We zijn bij Le Picotin, Southwest Third Avenue.' Hij hangt op.

Jemig wat is hij kortaf aan de telefoon.

'Je bent erg abrupt tegen Taylor; trouwens, tegen de meeste mensen.'

'Ik communiceer gewoon helder, Anastasia.'

'Alleen vanavond niet. Er is niets veranderd, Christian.'

'Ik heb een voorstel voor je.'

'Dit is allemaal met een voorstel begonnen.'

'Een ander voorstel.'

De ober komt terug en zonder de rekening te controleren, geeft Christian hem zijn creditcard. Hij neemt me geïnteresseerd op, terwijl de ober z'n kaartje door het apparaat haalt. Christians telefoon gaat één keer over en hij tuurt er even naar.

Hij heeft een voorstel? Wat nu weer? Een paar scenario's vliegen door m'n hoofd: een ontvoering, voor hem werken. Nee, dat slaat allemaal nergens op. Christian is klaar met betalen.

'Kom. Taylor wacht buiten.'

We staan op en hij pakt m'n hand vast.

'Ik wil je niet verliezen, Anastasia.' Hij kust zachtjes m'n hand en het gevoel van zijn lippen op mijn huid resoneert door m'n hele lichaam.

Buiten staat de Audi klaar. Christian doet de deur voor me

open. Ik klim in de auto en zak weg in het luxueuze leer. Hij loopt naar de bestuurderskant. Taylor stapt uit en ze voeren een kort gesprek. Dit is anders dan normaal. Ik ben nieuwsgierig. Waar hebben ze het over? Een paar tellen later zitten ze allebei in de auto. Ik kijk op naar Christian, maar hij staart met onbewogen gezicht recht vooruit.

Ik gun het mezelf even om zijn profiel te bestuderen – rechte neus, gebeeldhouwde, volle lippen, haar dat aantrekkelijk op z'n voorhoofd valt. Deze goddelijke man kan toch niet de ware zijn voor mij?

Zachte muziek vult de auto, een groots orkeststuk dat ik niet ken, en Taylor stuurt ons het lichte verkeer in, op weg naar de snelweg en Seattle.

Christian verschuift om me recht aan te kunnen kijken. 'Zoals ik al zei, Anastasia, ik heb een voorstel voor je.'

Ik kijk nerveus naar Taylor.

'Taylor kan je niet horen.' Christian probeert me gerust te stellen.

'Hoe dan?'

'Taylor,' roept Christian. Taylor antwoordt niet. Hij roept nog eens, nog steeds geen antwoord. Christian leunt voorover en klopt op z'n schouder. Taylor verwijdert een microfoontje uit z'n oor dat ik niet had gezien.

'Ja, meneer?'

'Dank je, Taylor. Alles is in orde, je kan verder luisteren.'

'Meneer.'

'Goed zo? Hij luistert naar z'n iPod. Puccini. Vergeet dat hij er is. Dat doe ik ook.'

'Heb je hem met opzet gevraagd dat te doen?'

'Ja.'

O. 'Oké, je voorstel?'

Christian ziet er opeens vastberaden en zakelijk uit. *Holy shit, nu komt het.* We onderhandelen een deal. Ik luister aandachtig.

'Laat ik je eerst iets vragen. Wil je een normale vanillerelatie zonder kinky neukerij?'

M'n mond valt open. 'Kinky neukerij?' piep ik.

'Kinky neukerij.'

'Zeg je dat nou echt?'
'Ja, dat zeg ik echt. Geef antwoord,' zegt hij kalm.
Bloed stijgt naar m'n wangen. Mijn innerlijke godin zit geknield op één knie, haar handen samengevouwen als in gebed, en smeekt me.
'Ik hou van je kinky neukerij,' fluister ik.
'Dat dacht ik al. Dus waar hou je niet van?'
Dat ik je niet mag aanraken. Dat je geniet van m'n pijn, het striemen van de riem...
'De dreiging van een wrede en ongewone bestraffing.'
'Wat betekent dat?'
'Nou, die roedes en zwepen en meuk in je speelkamer, daar ben ik als de dood voor. Ik wil niet dat je die op mij gebruikt.'
'Oké, dus geen zwepen en roedes – of riemen, als we nu toch bezig zijn,' zegt hij sardonisch.
Ik kijk hem verward aan. 'Probeer je de harde grenzen te herdefiniëren?'
'Niet precies, maar ik probeer je te begrijpen, ik wil een duidelijker beeld krijgen van waar je wel en niet van houdt.'
'Waar het op neerkomt, Christian, ik vind het moeilijk te verwerken dat jij er plezier in hebt mij pijn te doen. En het idee dat je dat gaat doen omdat ik een of andere willekeurige grens heb overschreden.'
'Maar het is niet willekeurig, de regels liggen vast.'
'Ik wil geen regels.'
'Helemaal niet?'
'Precies.' Ik schud m'n hoofd, maar ben verschrikkelijk nerveus. Wat is hij van plan?
'Maar je vindt het niet erg om op je billen geslagen te worden?'
'Met wat?'
'Dit.' Hij houdt z'n hand op.
Ik schuif ongemakkelijk heen en weer. 'Nee, niet echt. Vooral met die zilveren ballen...' Godzijdank is het donker; mijn gezicht staat in de fik en m'n stem sterft weg als ik terugdenk aan die nacht. *Hmm ja... dat zou ik zo weer doen.*
Hij grijnst. 'Ja, dat was leuk.'
'Meer dan leuk,' zeg ik zacht.

'Dus een beetje pijn kun je hebben?'

Ik haal m'n schouders op. 'Ja, ik denk het wel.' O, wat is hij toch van plan? Mijn angstgevoel slaat helemaal door op de schaal van Richter.

In gedachten verzonken wrijft hij over zijn kin. 'Anastasia, ik wil opnieuw beginnen. Het vanilleverhaal oppakken en dan misschien, als jij mij vertrouwt en ik jou erop vertrouw dat je eerlijk bent en met me communiceert, misschien kunnen we dan verdergaan en een paar dingen doen waar ik plezier aan heb.'

Ik staar hem verbluft aan en m'n hoofd is helemaal leeg – als een computer die crasht. Ik denk dat hij gespannen is, maar ik kan hem ook niet helemaal duidelijk zien – de duisternis van Oregon omhult ons. Dan daagt het me dat dat het is.

Hij wil het licht, maar kan ik hem vragen dit voor me te doen? En vind ik het duister niet prettig? Een beetje donker erbij, soms. Herinneringen aan de Thomas Tallis-nacht drijven uitnodigend door m'n gedachten.

'Maar de bestraffingen dan?'

'Geen bestraffingen meer.' Hij schudt z'n hoofd. 'Nooit.'

'En de regels?'

'Geen regels.'

'Geen enkele regel? Maar jij hebt ook bepaalde dingen nodig.'

'Ik heb jou meer nodig, Anastasia. De afgelopen dagen waren een hel. Al mijn instincten zeggen dat ik je moet laten gaan, dat ik je niet verdien.

De foto's die dat jochie heeft genomen... Ik kan zien hoe hij jou ziet. Je ziet er zo zorgeloos en mooi uit, niet dat je nu niet mooi bent, maar daar zit je dan. Ik zie je pijn. Het is moeilijk te verwerken dat ik degene ben die je dat heeft aangedaan.

Maar ik ben een egoïstische man. Ik wilde je vanaf het moment dat je m'n kantoor in kwam vallen. Je bent bijzonder, eerlijk, warm, sterk, grappig, verleidelijk onschuldig; de lijst is eindeloos. Ik heb ontzag voor je. Ik wil jou, en de gedachte dat iemand anders je heeft, is als een mes dat in m'n donkere ziel wordt gestoken.'

Mijn mond is droog. *Holy shit.* Mijn onderbewuste knikt tevreden. Als dat geen liefdesverklaring is, dan weet ik het niet meer.

En de woorden stromen m'n mond uit – alsof er een dam is doorgebroken.

'Christian, waarom denk je dat je een donkere ziel hebt? Dat zou ik nooit zeggen. Verdrietig misschien, maar je bent goed. Dat kan ik zien... je bent vrijgevig, je bent zachtmoedig en je hebt nooit tegen me gelogen. En ik heb ook niet erg hard m'n best gedaan.

Afgelopen zaterdag was een schok voor me. Het schudde me wakker. Ik realiseerde me dat jij je rustig had gehouden en dat ik niet de persoon kon zijn die jij wilde. Nadat ik opstapte voelde ik langzaam maar zeker dat de fysieke pijn die je me had aangedaan nooit zo erg zou zijn als de pijn die ik voelde doordat ik je kwijt was. Ik wil je behagen, je wensen vervullen, maar dat is moeilijk.'

'Je behaagt me constant,' fluistert hij. 'Hoe vaak moet ik je dat nog zeggen?'

'Ik weet nooit wat je denkt. Soms ben je zo gesloten... als een eiland. Je intimideert me. Daarom zeg ik niets. Ik weet niet welke kant je humeur op gaat. Het slingert van noord naar zuid en weer terug in een nanoseconde. Het is verwarrend en je laat me je nooit aanraken, en ik wil zo graag laten zien hoeveel ik van je hou.'

In het duister knippert hij met z'n ogen, behoedzaam, lijkt het, en ik kan hem niet langer weerstaan. Ik maak m'n riem los en klim op z'n schoot, geheel tot zijn verrassing, en ik neem zijn hoofd in m'n handen.

'Ik hou van jou, Christian Grey. En jij bent bereid dit allemaal voor me te doen. Ik ben hier degene die het niet verdient, en het spijt me dat ik al die dingen niet voor je kan doen. Misschien later... ik weet het niet... maar, ja, ik aanvaard je voorstel. Waar teken ik?'

In een vloeiende beweging vlijt hij z'n armen om me heen en hij drukt me tegen zich aan.

'O Ana,' ademt hij en hij drukt z'n neus in mijn haar.

Zo zitten we, onze armen om elkaar heen geslagen, en we luisteren naar de muziek – een zacht pianostuk – en de muziek reflecteert de emoties in de auto, de zoete, stille kalmte na de storm. Ik druk me tegen hem aan en leg m'n hoofd in de kromming van z'n nek. Hij aait zachtjes over m'n rug.

'Aanraken is een harde grens voor mij, Anastasia,' fluistert hij.

'Dat weet ik. Ik zou alleen willen begrijpen waarom.'

Na een tijdje zucht hij en hij zegt met zachte stem: 'Ik heb een verschrikkelijke jeugd gehad. Een van de pooiers van de heroïnehoer...' Zijn stem sterft weg en zijn lichaam verkrampt bij de herinnering aan iets ondenkbaar afgrijselijks. 'Dat herinner ik me,' fluistert hij, en hij huivert.

Ik herinner me de littekens van brandwonden en m'n hart krimpt ineen. *O Christian.* Ik hou hem nog steviger vast.

'Mishandelde ze je? Je moeder?' M'n stem is laag en zacht met tranen die nog moeten vloeien.

'Niet dat ik me kan herinneren. Ze verwaarloosde me. Ze beschermde me niet tegen haar pooier.' Hij snuift. 'Ik geloof dat ik voor haar zorgde. Toen ze uiteindelijk zelfmoord pleegde, duurde het vier dagen voordat iemand aan de bel trok en ons vond... dat herinner ik me.'

Ik kan me niet inhouden – mijn afgrijzen is hoorbaar. Afschuwelijk. Gal stijgt op naar m'n keel.

'Dat is behoorlijk ziek,' fluister ik.

'Vijftig tinten,' mompelt hij.

Ik druk m'n lippen in z'n nek en probeer troost te zoeken en te bieden. Ik stel me een klein, vies jongetje voor met grijze ogen, verloren en eenzaam naast het lichaam van z'n dode moeder.

O Christian. Ik adem zijn geur in. Hij ruikt hemels, mijn meest favoriete geur in de hele wereld. Hij houdt me nog steviger vast en kust m'n haar, en zo blijf ik zitten, gewikkeld in z'n omhelzing, terwijl Taylor de nacht in snelt.

Als ik wakker word, rijden we door Seattle.

'Hey,' zegt Christian zacht.

'Sorry,' murmel ik terwijl ik rechtop ga zitten en me uitrek, m'n ogen knipperen. Ik bevind me nog steeds in z'n armen, op z'n schoot.

'Ik zou eeuwig naar je kunnen kijken als je slaapt, Ana.'

'Heb ik nog iets gezegd?'

'Nee. We zijn bijna bij je appartement.'

O? 'Gaan we niet naar jouw huis?'

'Nee.'

Ik ga rechtop zitten en kijk hem aan. 'Waarom niet?'

‘Omdat je morgen moet werken.’

‘O.’ Ik pruil.

‘Waarom, had je soms iets in gedachten?’

Ik bloos. ‘Nou, misschien.’

Hij grinnikt. ‘Anastasia, ik ga je niet meer aanraken. Totdat je me smeekt.’

‘Wat!’

‘Zodat je met me gaat communiceren. De volgende keer dat we de liefde bedrijven ga jij me precies en heel gedetailleerd vertellen wat jij wil.’

‘O.’ Taylor staat stil voor m’n appartement en Christian schuift me van z’n schoot. Hij stapt uit en houdt de deur voor me open.

‘Ik heb iets voor je.’ Hij loopt naar de achterkant van de auto, opent de kofferbak en haalt er een grote doos uit. Wat is dit in hemelsnaam?

‘Openen als je binnen bent.’

‘Je komt niet mee?’

‘Nee, Anastasia.’

‘Dus wanneer zie ik je dan?’

‘Morgen.’

‘M’n baas wil dat ik iets met hem ga drinken morgen.’

Christians gezicht verstrakt. ‘O, is dat zo?’ Z’n stem is doortrokken van nauwverholen dreiging.

‘Om m’n eerste week te vieren,’ voeg ik vlug toe.

‘Waar?’

‘Dat weet ik niet.’

‘Ik zou je daar kunnen ophalen?’

‘Oké... ik mail of sms je.’

‘Prima.’

Hij loopt met me mee naar de deur van de lobby en wacht, terwijl ik m’n sleutels uit m’n tasje graaf. Terwijl ik de deur openmaak, leunt hij voorover en neemt m’n kin in z’n hand, duwt m’n hoofd naar achteren. Z’n mond zweeft boven de mijne en met gesloten ogen laat hij een spoor van kussen achter van mijn ooghoek naar mijn mond.

Een kleine kreun ontsnapt aan m’n lippen en ik smelt en bloei op vanbinnen.

'Tot morgen,' ademt hij.

'Goedenacht, Christian.' Ik hoor de behoefte in m'n stem.

Hij glimlacht.

'Hup, naar binnen,' beveelt hij, en ik loop door de lobby met het mysterieuze pakket.

'Later, schatje,' roept hij, en hij draait zich om en loopt terug naar de auto, een en al natuurlijke gratie.

Eenmaal in m'n flat open ik de doos en vind m'n MacBook Pro-laptop, de BlackBerry en nog een rechthoekige doos. Wat is dit? Ik haal het zilveren papier ervan af – een zwarte, dunne, leren houder.

Ik open de houder en zie... een iPad. *Holy shit... een iPad.* Er ligt een wit kaartje op het scherm met een berichtje in Christians handschrift:

Anastasia – dit is voor jou.
Ik weet wat je wil horen.
De muziek die hierop staat, zegt wat ik wil zeggen.
Christian.

Ik heb een Christian Grey-verzamelbandje, maar dan in supermoderne iPad-vorm. Ik schud m'n hoofd in afkeuring omdat het zo duur is, maar diep vanbinnen vind ik het geweldig. Jack heeft er een op kantoor, dus ik weet hoe ze werken.

Ik doe 'm aan en snak naar adem als ik het achtergrondbeeld zie: een klein modelzweefvliegtuigje. *Hemel.* Het is de Blanik L-23 die ik hem heb gegeven, op een glazen standaard, en, als ik me niet vergis, op Christians bureau in zijn kantoor. Ik staar er met open mond naar.

Hij heeft het gebouwd! Hij heeft het echt gebouwd. Ik herinner me dat hij het in het briefje schreef dat bij de bloemen zat. Mijn hoofd tolt en ik realiseer me in een flits dat hij veel moeite in dit cadeau heeft gestopt.

Ik schuif de balk onder aan het scherm om het apparaat te ontgrendelen en weer krijg ik een schok. De achtergrondfoto is van mij en Christian – tijdens m'n afstuderen in de tent. Het is de foto die in *The Seattle Times* stond. Christian ziet er zo knap uit, en ik kan niets aan m'n brede grijns van oor tot oor doen – *yes, en hij is van mij!*

Ik sleep m'n vinger over het scherm en er verschijnen nieuwe icoontjes. Een Kindle-app, iBooks, Words – wat het ook is.

Holy shit! De British Library? Ik raak het icoontje aan en er verschijnt een menu: HISTORISCHE COLLECTIE. Ik scroll naar beneden en selecteer 18DE- EN 19DE-EEUWSE ROMANS. Nog een menu. Ik tik op een titel: *THE AMERICAN* DOOR HENRY JAMES. Een nieuw scherm opent en daar kan ik een gescande kopie van het boek lezen. O mijn god – het is een vroege editie uit 1879, en het staat op m'n iPad! Hij heeft ervoor gezorgd dat ik de hele British Library onder handbereik heb.

Ik sluit de app snel af, wetende dat ik er een eeuwigheid zou kunnen doorbrengen. Ik zie een 'goed eten'-app waardoor ik glimlach en frons tegelijk, een nieuws-app, een weer-app, maar zijn berichtje had het over muziek. Ik ga terug naar het hoofdscherm, druk op het iPod-icoontje, en er verschijnt een speellijst. Ik loop door de lijst met liedjes en ik glimlach. Thomas Tallis – die zal ik niet zo snel vergeten. Ik hoorde het per slot van rekening twee keer toen hij me afranselde en neukte.

'Witchcraft.' Ik grijns nog breder – samen dansen door de grote woonkamer. Het Bach-Marcello-stuk – *o nee, veel te verdrietig voor m'n stemming op dit moment. Hmm.* Jeff Buckley – *ja, daar heb ik wel eens van gehoord.* Snow Patrol – mijn favoriete band – en een nummer dat 'Principles of Lust' heet, van Enigma. Typisch Christian. Een ander nummer heet 'Possession'... *o ja, heel Vijftig Tinten.* En dan nog een paar waar ik nog nooit van heb gehoord.

Ik selecteer een nummer waar m'n oog op valt, en ik druk op afspelen. Het heet 'Try' van Nelly Furtado. Ze begint te zingen en haar stem is als een zijden sjaal die zich om me heen wikkelt, me omhult. Ik ga op bed liggen.

Betekent dit dat Christian het gaat proberen? Deze nieuwe relatie gaat proberen? Ik drink de woorden op en staar naar het plafond, terwijl ik probeer zijn omslag te begrijpen. Hij miste me. Ik miste hem. Hij moet toch een bepaald soort gevoelens voor me hebben. Dat moet wel. Deze iPad, deze liedjes, deze apps – hij geeft om me. Hij geeft echt om me. Hoop doet m'n hart zwellen.

Het nummer is afgelopen en tranen springen in m'n ogen. Snel scroll ik naar een andere – 'The Scientist' van Coldplay – een van Kates favoriete bands. Ik ken het nummer, maar ik heb nooit echt naar de tekst geluisterd. Ik sluit m'n ogen en laat de woorden over en door me heen komen.

Tranen stromen over m'n wangen. Ik kan niet stoppen. Als dit geen verontschuldiging is, dan weet ik het ook niet meer. *O, Christian.*

Of is dit een uitnodiging? Zal hij m'n vragen beantwoorden? *Lees ik er te veel in? Ik lees hier waarschijnlijk te veel in.* Mijn onderbewuste knikt naar me en probeert haar medelijden te verbergen.

Ik veeg snel m'n tranen weg. Ik moet hem mailen om 'm te bedanken. Ik spring van m'n bed en pak het geraffineerde Macmonster.

Coldplay speelt door, terwijl ik in kleermakerszit op bed zit. De Mac start op en ik log in.

Van: Anastasia Steele
Onderwerp: iPad
Datum: 9 juni 2011, 23:56
Aan: Christian Grey

Je hebt me weer aan het huilen gemaakt.
De iPad is geweldig.
De nummers zijn geweldig.
De British Library-app is geweldig.
Jij bent geweldig.
Dankjewel.
Slaap zacht.

Ana xx

Van: Christian Grey
Onderwerp: iPad
Datum: 10 juni 2011, 00:03
Aan: Anastasia Steele

Ik ben blij dat je 'm mooi vindt. Ik heb er ook een voor mezelf gekocht.
Als ik bij je zou zijn, zou ik je tranen wegkussen.
Maar ik ben er niet – dus ga slapen.

Christian Grey
Directeur, Grey Enterprises Holdings, Inc.

Z'n antwoord maakt me aan het lachen – nog altijd even bazig, nog altijd even Christian. Gaat dat ook veranderen? En ik realiseer me op dat moment dat ik hoop van niet. Ik vind hem leuk zoals hij nu is – bevelend – zolang ik maar weet dat ik tegen hem in kan gaan zonder bang te hoeven zijn voor straf.

Van: Anastasia Steele
Onderwerp: Meneertje Mopperkont
Datum: 10 juni 2011, 00:07
Aan: Christian Grey

U klinkt als uw gewoonlijk bazige en mogelijk gespannen, of zelfs chagrijnige zelf, meneer Grey.
Ik weet iets wat dat zou kunnen verzachten. Maar goed, u bent niet hier – u wilde niet dat ik bleef slapen en u verwacht dat ik ga smeken...
Droom lekker verder, meneer.

Ana xx

PS Ik zie dat je ook het stalkerslijflied 'Every Breath You Take' hebt toegevoegd. Je gevoel voor humor is zeer vermakelijk, maar weet dr. Flynn hiervan?

Van: Christian Grey
Onderwerp: Zenachtige beheersing
Datum: 10 juni 2011, 00:10
Aan: Anastasia Steele

M'n allerbeste mevrouw Steele,

U weet toch wel dat billenkoek ook in vanillerelaties voorkomt? Dit gebeurt dan over het algemeen met wederzijdse goedkeuring en in een seksuele context... maar ik ben meer dan bereid om in dit geval een uitzondering te maken.
U zult blij zijn te horen dat dr. Flynn mijn gevoel voor humor ook zeer kan waarderen.
En ga nu alsjeblieft slapen, want dat zal je morgen niet veel doen.
En à propos – je zult smeken, geloof me. En ik kijk ernaar uit.

Christian Grey
Directeur, Grey Enterprises Holdings, Inc.

Van: Anastasia Steele
Onderwerp: Welterusten, droom zacht
Datum: 10 juni 2011, 00:12
Aan: Christian Grey

Nou, omdat je het zo vriendelijk vraagt en ik je heerlijke dreigement wel zie zitten, zal ik me nu in bed nestelen met de iPad die je me zo vriendelijk hebt gegund. En terwijl ik door de British Library neus en naar de muziek luister die zegt wat jij wilt zeggen, val ik in slaap.

A xxx

Van: Christian Grey
Onderwerp: Nog een laatste verzoek
Datum: 10 juni 2011, 00:15
Aan: Anastasia Steele

Droom over mij.
x

Christian Grey
Directeur, Grey Enterprises Holdings, Inc.

Over jou dromen, Christian Grey? Altijd.

Ik doe snel m'n pyjama aan, poets m'n tanden en glij in bed. Ik stop de oortelefoontjes in m'n oren, trek de platte Charlie Tango-ballon onder m'n kussen vandaan en druk hem stevig tegen me aan.

Ik loop over van geluk en een stompzinnige, brede grijns zet zich vast op m'n gezicht. Dat één dag zo'n verschil kan maken. Hoe ga ik ooit in slaap vallen?

José Gonzalez zingt een kalmerende melodie in m'n oren, begeleid door een hypnotiserende gitaarmelodie. Ik drijf langzaam in slaap, vol verwondering over het feit dat de wereld zich in één avond heeft rechtgezet. Loom vraag ik me af of ik een speellijst voor Christian moet maken.

Drie

Het enige goede aan autoloos zijn, is dat ik in de bus op weg naar m'n werk de koptelefoon in m'n iPad, die zich veilig in m'n tas bevindt, kan stoppen en kan luisteren naar de fantastische muziek die Christian me heeft gegeven. Tegen de tijd dat ik bij kantoor aankom, heb ik een belachelijke grijns op m'n gezicht.

Jack kijkt even op als ik binnenkom, en kijkt dan nog eens goed.

'Goedemorgen, Ana. Je ziet er... stralend uit.' Z'n opmerking maakt me aan het blozen. *Wat ongepast!*

'Ik heb gewoon goed geslapen, dank je, Jack. Goedemorgen.'

Zijn voorhoofd kreukelt.

'Kun je deze voor me lezen – ik wil de rapportages graag tegen lunchtijd op m'n bureau.' Hij overhandigt me vier manuscripten. Wanneer hij m'n verschrikte blik ziet, voegt hij toe: 'Alleen de eerste hoofdstukken.'

'Komt voor elkaar.' Ik glimlach opgelucht, en hij lacht breed terug.

Ik zet de computer aan om aan de slag te gaan, drink m'n koffie verkeerd en eet een banaan. Ik heb een e-mail van Christian.

Van: Christian Grey
Onderwerp: Ik zweer het je...
Datum: 10 juni 2011, 08:05
Aan: Anastasia Steele

Ik hoop dat je hebt ontbeten?
Ik heb je vannacht gemist.

Christian Grey
Directeur, Grey Enterprises Holdings, Inc.

Van: Anastasia Steele
Onderwerp: Oude boeken...
Datum: 10 juni 2011, 08:33
Aan: Christian Grey

Terwijl ik dit typ, eet ik een banaan. Ik heb een paar dagen helemaal geen ontbijt gehad, dus dit is al een hele verbetering. De British Library-app is geweldig – ik lees *Robinson Crusoë* opnieuw... en ik hou uiteraard van je.
Laat me nu met rust – ik probeer te werken.

Anastasia Steele
Assistente van Jack Hyde, redacteur, SIP

Van: Christian Grey
Onderwerp: Is dat alles wat je hebt gegeten?
Datum: 10 juni 2011, 08:36
Aan: Anastasia Steele

Dat kan beter. Je zult je energie nodig hebben voor het smeken.

Christian Grey
Directeur, Grey Enterprises Holdings, Inc.

Van: Anastasia Steele
Onderwerp: Lastpak
Datum: 10 juni 2011, 08:39
Aan: Christian Grey

Meneer Grey – ik probeer te werken, daar word ik namelijk voor betaald – en het smeken zal van u komen.

Anastasia Steele
Assistente van Jack Hyde, redacteur, SIP

Van: Christian Grey
Onderwerp: Kom maar op!
Datum: 10 juni 2011, 08:41
Aan: Anastasia Steele

Welnu, mevrouw Steele, ik hou wel van een uitdaging...

Christian Grey
Directeur, Grey Enterprises Holdings, Inc.

Ik zit als een idioot naar m'n scherm te grijnzen. Maar ik moet die hoofdstukken voor Jack lezen en hun synopsis schrijven. Ik leg de manuscripten op m'n bureau en begin.

Tijdens de lunch haal ik een broodje salami bij de delicatessenwinkel en luister ik naar de muziek op m'n iPad. Eerst luister ik naar Nitin Sawhney, wereldmuziek getiteld 'Homelands' – klinkt goed. Meneer Grey heeft een uiteenlopende muzieksmaak. Ik slenter terug en luister naar een klassiek stuk, 'Fantasia on a Theme by Thomas Tallis' door Ralph Vaughan Williams. O, Vijftig heeft gevoel voor humor, en daarom hou ik ook zo van hem. Verdwijnt deze domme grijns ooit nog van m'n gezicht?

De middag lijkt eindeloos. Op een onbewaakt moment besluit ik Christian te mailen.

Van: Anastasia Steele
Onderwerp: Verveeld...
Datum: 10 juni 2011, 16:05
Aan: Christian Grey

Ben aan het duimendraaien.
Hoe gaat het met jou?
Wat ben je aan het doen?

Anastasia Steele,
Assistente van Jack Hyde, redacteur, SIP

Van: Christian Grey
Onderwerp: Je duimen
Datum: 10 juni 2011, 16:15
Aan: Anastasia Steele

Je had voor mij moeten komen werken.
Dan had je niet met je duimen gedraaid.
Ik weet zeker dat ik ze op een betere manier zou kunnen inzetten.
Ik kan wel een paar dingen bedenken...
Ik ben bezig met alledaagse fusies en acquisities.
Erg droge stof allemaal.
Je e-mails bij SIP worden gemonitord.

Christian Grey
Directeur, Grey Enterprises Holdings, Inc.

O shit. Dat wist ik niet. Hoe weet hij dat in godsnaam? Ik trek een gezicht naar het scherm en controleer snel de e-mails die we hebben gestuurd en verwijder ze meteen.

Stipt om halfzes staat Jack bij m'n bureau. Het is *casual friday*, dus draagt hij een spijkerbroek en een zwart overhemd. Hij ziet er erg casual uit.

'Ga je mee wat drinken, Ana? We gaan normaal gesproken even iets drinken bij de bar aan de overkant.'

'We?' vraag ik hoopvol.

'Ja, de meesten gaan... ga je mee?'

Om een of andere, mij onbekende reden waar ik niet al te lang bij stil wil staan, stroomt de opluchting door me heen.

'Heel graag. Hoe heet de bar?'

'Vijftig.'

'Dat meen je niet.'

Hij kijkt me vreemd aan. 'Jawel. Heeft het een speciale betekenis?'

'Nee, sorry. Ik kom er zo aan.'

'Wat wil je drinken?'
'Een biertje, graag.'
'Cool.'
Ik loop naar het toilet en stuur Christian een e-mail vanaf de BlackBerry.

Van: Anastasia Steele
Onderwerp: Je zult je er helemaal thuis voelen
Datum: 10 juni 2011, 17:36
Aan: Christian Grey

We gaan naar een bar die Vijftig heet.
Ik zou hier een eindeloze rits grappen uit kunnen slaan.
Ik kijk uit naar je komst, meneer Grey.

A. x

Van: Christian Grey
Onderwerp: Gevaren
Datum: 10 juni 2011, 17:38
Aan: Anastasia Steele

Ik heb uit betrouwbare bronnen dat slaan zeer, zeer gevaarlijk kan zijn...

Christian Grey
Directeur, Grey Enterprises Holdings, Inc.

Van: Anastasia Steele
Onderwerp: Gevaren?
Datum: 10 juni 2011, 17:40
Aan: Christian Grey

En daarmee wil je zeggen?

Van: Christian Grey
Onderwerp: Slechts...

Datum: 10 juni 2011, 17:45
Aan: Anastasia Steele

Het is maar een observatie, mevrouw Steele.
Ik zie je snel.
Liever eerder dan later, schatje.

Christian Grey
Directeur, Grey Enterprises Holdings, Inc.

Ik bekijk mezelf in de spiegel. Ongelooflijk, hoe één dag zo'n verschil kan maken. Ik heb meer kleur op m'n wangen en m'n ogen glanzen. Het is het Christian Grey-effect. Een kleine e-mailwisseling met hem brengt dat gewoon bij een meisje teweeg. Ik grinnik naar de spiegel en trek m'n lichtblauwe blouse recht – de blouse die Taylor voor me heeft gekocht. Ik heb vandaag ook m'n favoriete spijkerbroek aan. De meeste vrouwen op kantoor dragen of spijkerbroeken of zwierige rokjes. Ik moet ook maar eens investeren in wat zwierige rokjes. Misschien dit weekend, kan ik gelijk de cheque innen die Christian me gaf voor Wanda, m'n Kever.

Als ik het gebouw uit loop, hoor ik iemand m'n naam roepen.

'Mevrouw Steele?'

Ik draai me verwachtingsvol om, en een asgrauwe jonge vrouw komt behoedzaam op me aflopen. Ze ziet eruit als een spook – zo wit, en op een vreemde manier uitdrukkingloos.

'Mevrouw Anastasia Steele?' herhaalt ze, en niets in haar gezicht beweegt, zelfs niet als ze praat.

'Ja?'

Ze stopt en staart me van ongeveer een meter afstand op het trottoir aan en ik staar terug, verstard. Wie is zij? Wat wil ze?

'Kan ik je helpen?' vraag ik. Hoe weet ze hoe ik heet?

'Nee... ik wilde alleen maar even naar je kijken.' Haar stem is griezelig zacht. Ze heeft, net als ik, donker haar dat sterk contrasteert met haar blanke huid. Haar ogen zijn bruin, amber, maar mat – er zit totaal geen leven in. Haar mooie gezicht is bleek en getekend door verdriet.

‘Sorry, ik moet bekennen dat ik niet weet wie u bent,’ zeg ik, en ik probeer de waarschuwende tinteling in m’n ruggengraat te negeren. Ik kijk iets beter naar haar – ze ziet er raar, slordig en onverzorgd uit. Haar kleren zijn twee maten te groot, en dat geldt ook voor haar designregenjas.

Ze lacht, een vreemd, schril geluid dat me alleen maar meer gespannen maakt.

‘Wat heb jij dat ik niet heb?’ vraagt ze droevig.

De spanning slaat om naar angst. ‘Sorry – wie bent u?’

‘Ik? Niemand.’ Ze haalt een hand door haar halflange haar. De mouw van haar jas schuift omhoog en onthult een vervuild verband dat om haar pols zit.

Holy fuck!

‘Prettige dag nog, mevrouw Steele.’ Ze draait zich om en loopt de straat uit, ik sta als aan de grond genageld. Ik kijk haar na tot haar frêle postuur uit het zicht verdwijnt en zich mengt met de mensen die uit hun kantoren komen zwermen.

Waar ging dat in hemelsnaam over?

Verward steek ik de straat over. Terwijl ik probeer uit te vogelen wat er net is gebeurd, steekt m’n onderbewustzijn de lelijke kop op en sist naar me – *ze heeft iets met Christian te maken.*

Vijftig is een spelonkachtige, onpersoonlijke bar met basketbalparafernalia en -posters aan de muur. Jack staat aan de bar met Elizabeth, Courtney, de andere redacteur, twee kerels van Financiën en Claire van de receptie. Ze heeft de grote, zilveren oorringen in die zij altijd draagt.

‘Hoi Ana!’ Jack overhandigt me een fluitje.

‘Proost... dank je,’ zeg ik, nog steeds ondersteboven van m’n ontmoeting met het Spookmeisje.

‘Proost.’ We klinken onze glazen en hij praat verder met Elizabeth. Claire glimlacht vriendelijk naar me.

‘En? Hoe was je eerste week?’ vraagt ze.

‘Goed, dank je. Iedereen is aardig voor me geweest.’

‘Je ziet er vandaag veel beter uit.’

‘Het is lekker vrijdag,’ antwoord ik vlug. ‘En – heb jij nog plannen voor dit weekend?’

De afleidingstechniek waar ik inmiddels patent op heb, werkt en ik ben gered. Claire blijkt zes broers en zussen te hebben, en ze gaat naar een groot familiefeest in Tacoma. Ze vertelt er heel geanimeerd over, en ik realiseer me dat ik, sinds Kate naar Barbados is vertrokken, met geen enkele vrouw van mijn leeftijd heb gepraat.

Ik verzink in gedachten en vraag me af hoe het met Kate gaat... en Elliot. Ik moet niet vergeten om aan Christian te vragen of hij iets van hem heeft gehoord. O, en Ethan, Kates broer, komt volgende week dinsdag terug, en dan komt hij in ons appartement. Ik kan me niet voorstellen dat Christian daar blij mee zal zijn. Mijn ontmoeting met het vreemde Spookmeisje verdwijnt meer en meer op de achtergrond.

Tijdens m'n gesprek met Claire geeft Elizabeth me nog een biertje.

'Dank je.' Ik glimlach naar haar.

Het is erg makkelijk om met Claire te praten – ze houdt van praten – en voordat ik het weet zit ik aan m'n derde biertje, met dank aan een van de jongens van Financiën.

Als Elizabeth en Courtney weggaan, voegt Jack zich bij mij en Claire. Waar blijft Christian? Een van de geldjongens begint een gesprek met Claire.

'Ana, denk je dat het de juiste keuze was, hier te komen werken?' Jacks stem is zacht, en hij staat een beetje te dichtbij. Maar ik heb gemerkt dat hij die neiging met iedereen heeft, zelfs op kantoor. Mijn onderbewuste knijpt haar ogen samen. *Je leest er te veel in*, zegt ze verwijtend.

'Ik heb het erg naar m'n zin gehad deze week, dank je, Jack. Ja, ik denk dat ik de juiste beslissing heb genomen.'

'Je bent een erg slimme meid, Ana. Jij gaat het ver schoppen.'

Ik bloos. 'Dank je,' mompel ik, omdat ik niet weet wat ik anders moet zeggen.

'Woon je ver weg?'

'In de Pike Market-buurt.'

'Dat is niet ver bij mij vandaan.' Hij komt, glimlachend, nog dichterbij en leunt tegen de bar, waardoor hij me praktisch vastzet. 'Heb je plannen dit weekend?'

'Nou... eh...'

Ik voel hem, voordat ik hem zie. Het is alsof mijn hele lichaam ingesteld is op zijn aanwezigheid. Het ontspant me en doet me tegelijkertijd ontvlammen – een rare, inwendige dualiteit – en ik voel die vreemde, pulserende elektriciteit opkomen.

Christian legt z'n arm over m'n schouder in een ogenschijnlijk luchtige vertoning van affectie – maar ik weet beter. Hij legt zijn claim, en in dit geval ben ik daar erg blij mee. Zachtjes kust hij m'n haar.

'Hallo schatje,' fluistert hij.

Ik kan er niets aan doen, maar ik voel me opgelucht, veilig, en opgewonden door zijn arm om me heen. Hij trekt me naar zich toe en ik kijk naar hem op. Met een stoïcijnse blik kijkt hij Jack aan. Dan richt hij zijn aandacht op mij, geeft me een korte, stoute glimlach gevolgd door een vluchtig kusje. Hij heeft z'n blauwe, krijtstreepjasje aan, een spijkerbroek en een wit overhemd dat iets openhangt. Ik zou hem op kunnen eten.

Jack schuifelt ongemakkelijk naar achteren.

'Jack, dit is Christian,' zeg ik verontschuldigend. Waarom ben ik me aan het verontschuldigen? 'Christian, Jack.'

'Ik ben het vriendje,' zegt Christian met een zuinige, koele glimlach die niet tot z'n ogen reikt en hij schudt Jack de hand. Ik kijk op naar Jack die dit prachtige mannenexemplaar in gedachten aan het monsteren is.

'Ik ben de baas,' antwoordt Jack arrogant. 'Ana had het over een ex-vriendje.'

O shit. Dit spelletje wil je echt niet met Vijftig spelen.

'Geen ex meer dus,' antwoordt Christian kalmpjes. 'Kom, schatje, tijd om te gaan.'

'Blijf nog even een drankje doen,' zegt Jack gelikt.

Dat lijkt me geen goed idee. Waarom is dit zo onprettig? Ik kijk naar Claire die, uiteraard, met open mond en een, ik kan het niet anders zeggen, vleselijke waardering, naar Christian staart. Hoe lang nog tot ik me niets meer aantrek van het effect dat hij op andere vrouwen heeft?

'We hebben andere plannen,' antwoordt Christian met zijn geheimzinnige glimlach.

O ja? Een verwachtingsvolle siddering trekt door m'n lichaam.

'Een andere keer misschien,' voegt hij toe. 'Kom,' zegt hij tegen me terwijl hij m'n hand vastpakt.

'Ik zie je maandag.' Ik glimlach naar Jack, Claire en de jongens van Financiën en probeer Jacks minder blije blik te negeren terwijl ik Christian naar de deur volg.

Taylor zit achter het stuur van de Audi die op de hoek staat te wachten.

'Waarom voelde dat als een wedstrijdje om wie de grootste heeft?' vraag ik Christian, terwijl hij de autodeur voor me openhoudt.

'Omdat het dat was,' antwoordt hij, terwijl hij me zijn geheimzinnige glimlach schenkt, waarna hij de deur sluit.

'Hallo Taylor', en we kijken elkaar aan in het achteruitkijkspiegeltje.

'Mevrouw Steele.' Taylor begroet me met een vriendelijke glimlach.

Christian schuift naast me, grijpt m'n hand vast en kust zachtjes m'n hand. 'Hoi,' zegt hij zacht.

Ik verschiet, want ik weet dat Taylor ons kan horen en ben blij dat hij Christians blik niet kan zien – verzengend en ondergoedontbrandend. Het kost me al m'n zelfbeheersing om niet nu, hier, op de achterbank, op hem te springen.

O, de achterbank... hmm. Mijn innerlijke godin wrijft over haar kin en denkt er even diep over na.

'Hoi,' adem ik, en mijn mond is droog.

'Wat wil je vanavond doen?'

'Ik dacht dat je zei dat we plannen hadden.'

'O, ik weet wat ik zou willen doen, Anastasia, ik vraag je wat jij wil doen.'

Ik kijk hem met een stralend gezicht aan.

'Oké dan,' zegt hij, met een ondeugend wellustige grijns. 'Dus... dat wordt smeken. Wil je bij mij of bij jou thuis smeken?' Hij houdt z'n hoofd scheef en lacht z'n o zo sexy glimlach.

'U waant zich heel wat, meneer Grey. Maar we kunnen voor de verandering wel naar mijn appartement gaan.' Expres bijt ik op m'n lip, en z'n blik verdonkert.

'Taylor, naar het appartement van mevrouw Steele, graag.'

'Komt voor elkaar,' zegt Taylor, en hij stuurt de auto het verkeer in.

'Hoe was je dag?' vraagt hij.

'Goed. De jouwe?'

'Goed, dankjewel.'

Z'n belachelijk brede glimlach spiegelt die van mij en hij kust m'n hand opnieuw.

'Je ziet er heerlijk uit,' zegt hij.

'Jij ook.'

'Je baas, Jack Hyde, doet hij zijn werk goed?'

Whoa! Weer een ander onderwerp? Ik frons. 'Hoezo? Dit gaat toch niet over jullie wedstrijdje om wie de grootste heeft?'

Christian trekt een gezicht. 'Die vent wil met je naar bed, Anastasia,' zegt hij droogjes.

Ik word knalrood en m'n mond valt open. Ik kijk nerveus in Taylors richting. Mijn onderbewuste haalt diep adem, in shock.

'Nou, hij kan zoveel willen... waarom hebben we het hier eigenlijk over? Je weet dat ik totaal niet in hem geïnteresseerd ben. Hij is gewoon m'n baas.'

'Daar gaat het om. Hij wil wat van mij is. Ik moet weten of hij goed in z'n werk is.'

Ik haal m'n schouders op. 'Ik denk het wel.' Waar gaat dit heen?

'In elk geval kan hij jou beter met rust laten, anders staat hij binnenkort op straat.'

'O, Christian, waar heb je het over? Hij heeft niks misdaan.' *Voorlopig*. Hij staat alleen te dichtbij.

'Als hij ook maar iets doet, vertel je dat aan mij. Dat heet namelijk grove schending van gedragscodes – of seksuele intimidatie.'

'Het was gewoon een drankje na het werk.'

'Ik meen het. Eén misstap en hij ligt eruit.'

'Jij hebt die macht helemaal niet.' Werkelijk! Maar voordat ik hem een blik kan geven, knalt het besef als een tientonner bij me binnen. 'Of wel, Christian?'

Christian glimlacht weer zijn geheimzinnige lach.

'Je gaat het bedrijf kopen,' fluister ik gechoqueerd.

In reactie op de paniek in m'n stem verdwijnt z'n glimlach. 'Niet precies,' zegt hij.

'Je hebt het al. SIP. Gewoon gekocht.'

Hij knippert met z'n ogen, op z'n hoede. 'Misschien.'

'Ja of nee.'

'Ja.'

Wel allemachtig! 'Waarom?' zeg ik vol afgrijzen. Dit gaat echt te ver.

'Omdat ik dat kan, Anastasia. Ik moet weten dat je veilig bent.'

'Maar je zei dat je je niet met mijn carrière zou bemoeien!'

'En dat zal ik ook niet doen.'

Ik trek m'n hand uit de zijne. 'Christian...' Ik kan er niet eens woorden voor vinden.

'Ben je boos op me?'

'Ja. Natuurlijk ben ik boos op je.' Ik kook van woede. 'Ik bedoel, welke zakenman met enig verantwoordelijkheidsgevoel maakt beslissingen gebaseerd op wie hij op dat moment neukt?' Ik verbleek en kijk nog eens in de richting van Taylor, maar die negeert ons stoïcijns.

Shit. Uitstekend moment voor een storing in het hersens-naar-mond-filter. *Anastasia!* Mijn onderbewuste kijkt me boos aan.

Christian opent z'n mond, sluit hem dan weer en geeft me een boze blik. Ik kijk boos terug. De sfeer in de auto gaat van de warmte van een zoete hereniging naar de kou van onuitgesproken woorden en mogelijke beschuldigingen. We staren elkaar boos aan.

Gelukkig duurt onze ongemakkelijke autorit niet lang en algauw stopt Taylor voor mijn deur.

Zonder te wachten op iemand die de deur voor me opendoet, worstel ik me zo snel mogelijk uit de auto.

'Je moet maar even blijven wachten,' hoor ik Christian gedempt tegen Taylor zeggen.

Ik voel hem dicht achter me staan, terwijl ik rommelend in m'n tas de sleutel van de voordeur probeer te vinden.

'Anastasia.' Hij zegt het kalm, alsof ik een in de hoek gedreven wild dier ben.

Ik zucht en draai me om. Ik ben zo boos op hem dat ik m'n

woede kan voelen – een zwarte entiteit die me dreigt te wurgen.

'Ten eerste heb ik je al een tijdje niet geneukt – en het lijkt een eeuwigheid – en ten tweede wil ik in de uitgeverswereld beginnen. Van de vier bedrijven in Seattle is SIP het meest winstgevende, maar het zit nu op een cruciaal punt waar het kan gaan stagneren – het moet zich gaan uitbreiden.'

Ik kijk hem ijzig aan. Zijn ogen zijn intens, dreigend zelfs, maar ongelooflijk sexy. Ik zou me gemakkelijk in die koude dieptes kunnen verliezen.

'Dus jij bent nu mijn baas,' snauw ik.

'Technisch gezien ben ik de baas van de baas van jouw baas.'

'En technisch gezien is het een grove schending van gedragscodes dat ik de baas van de baas van mijn baas neuk.'

'Op dit moment maak je alleen maar ruzie met hem.' Christian kijkt me misprijzend aan.

'Dat komt omdat hij zo'n enorme zak is,' sis ik.

Verbaasd doet Christian een stap terug. *O shit.* Ben ik te ver gegaan?

'Een zak?' prevelt hij en nu kijkt hij geamuseerd.

Verdomme! Ik ben boos op je, maak me niet aan het lachen!

'Ja.' Ik doe m'n uiterste best om er moreel verontwaardigd uit te blijven zien.

'Een zak?' zegt Christian nogmaals. Deze keer probeert hij met trillende lippen een glimlach te verbergen.

'Waag het niet om me aan het lachen maken als ik boos op je ben!' roep ik.

En dan lacht hij, een oogverblindende, alle-tanden-bloot-, *boy next door*-glimlach en ik kan mezelf niet tegenhouden. Ik sta ook te grinniken en te lachen. De vreugde in die lach kan je onmogelijk koud laten.

'Dat ik toevallig deze belachelijke grijns op m'n gezicht heb, betekent dus niet dat ik niet verschrikkelijke kwaad op je ben,' zeg ik buiten adem terwijl ik probeer m'n hockeymeisjesgiechel te onderdrukken. *Hoewel ik nooit een hockeymeisje ben geweest* – daar baal ik nog steeds van.

Hij leunt voorover en ik denk dat hij me gaat kussen, maar nee. Hij drukt z'n neus in m'n haar en ademt diep in.

'Mevrouw Steele, u komt, zoals gewoonlijk, onverwachts uit de hoek.' Hij leunt achterover en kijkt naar me, en de humor danst in z'n ogen. 'Ga je me nog mee naar binnen vragen of stuur je me de hort op omdat ik als Amerikaans staatsburger, ondernemer en consument mijn democratische recht heb uitgeoefend door te kopen wat ik wil kopen?'

'Heb je het hier met dr. Flynn al over gehad?'

Hij lacht. 'Laat je me nog binnen, of niet, Anastasia?'

Ik probeer een onwelwillende blik – het helpt als ik op m'n lip bijt – maar ik lach als ik de deur opendoe. Christian draait zich om en zwaait naar Taylor, en de Audi rijdt weg.

Het is raar om Christian Grey in het appartement te hebben. De ruimte voelt te klein voor hem.

Ik ben nog steeds boos – zijn gestalk kent geen grenzen, en ik realiseer me dat dat is waarom hij wist dat e-mails worden gemonitord bij SIP. Hij weet waarschijnlijk meer over SIP dan ik. Het is een onaangename gedachte.

Wat kan ik eraan doen? Waarom voelt hij de noodzaak mijn veiligheid te waarborgen? Ik ben volwassen – *of iets wat erop lijkt* – verdorie. Wat kan ik doen om hem gerust te stellen?

Ik kijk naar z'n gezicht, terwijl hij als een gekooid roofdier door de kamer loopt, en m'n woede kalmeert. Hem in mijn appartement te zien terwijl ik dacht dat het voorbij was, is hartverwarmend. Meer dan hartverwarmend. Ik hou van hem, en m'n hart zwelt op met een nerveuze, bedwelmende blijdschap. Hij kijkt om zich heen en neemt z'n omgeving in zich op.

'Wat een leuk appartement,' zegt hij.

'Kates ouders hebben het voor haar gekocht.'

Hij knikt afwezig en zijn vrijmoedige, grijze ogen komen tot rust in de mijne en staren me aan.

'Eh... wil je wat drinken?' stamel ik, blozend van de zenuwen.

'Nee, dank je Anastasia.' Z'n ogen worden donker.

O shit. Waarom ben ik zo zenuwachtig?

'Wat wil jij doen, Anastasia?' vraagt hij zachtjes terwijl hij op me afloopt, wild en heet. 'Ik weet wat ik wil doen,' zegt hij dan met een lage stem.

Ik wijk naar achteren tot ik tegen het kookeiland op bots.

'Ik ben nog steeds boos op je.'

'Dat weet ik.' Hij glimlacht een halfbakken, verontschuldigende glimlach en ik smelt... Goed, misschien toch niet zo heel erg boos.

'Wil je iets eten?' vraag ik.

Hij knikt langzaam. 'Ja. Jou,' zegt hij vastberaden. Alles ten zuiden van m'n taille balt zich samen. Alleen z'n stem al weet me te verleiden, maar die blik, die hongerige ik-wil-je-nu-blik – o mijn god.

Hij staat voor me, raakt me net niet aan, kijkt diep in m'n ogen en overspoelt me met de hitte die van zijn lichaam afkomt. Ik ben verschrikkelijk opgewonden, ik bloos, en m'n benen voelen als moes, terwijl donkere verlangens door m'n lichaam schieten. Ik wil hem.

'Heb je gegeten?' zegt hij tussendoor.

'Een broodje tijdens de lunch,' fluister ik. Ik wil het niet over eten hebben.

Z'n ogen knijpen zich samen. 'Je moet eten.'

'Ik heb nu echt geen zin... in eten.'

'Waar heeft u dan wel zin in, mevrouw Steele?'

'Ik denk dat u dat wel weet, meneer Grey.'

Hij leunt voorover, en weer denk ik dat hij me gaat kussen, maar hij doet het niet.

'Wil je dat ik je kus, Anastasia?' fluistert hij zachtjes in m'n oor.

'Ja,' adem ik.

'Waar?'

'Overal.'

'Je zult iets specifieker moeten zijn. Ik heb je gezegd dat ik je niet ga aanraken totdat je erom smeekt en me precies vertelt wat te doen.'

Mijn innerlijke godin glijdt van haar ligstoel af. Ik hou het niet meer – hij speelt niet eerlijk.

'Alsjeblieft,' fluister ik.

'Alsjeblieft wat?'

'Raak me aan.'

'Waar, schatje?'

Hij is zo zinnenprikkelend dichtbij, en z'n geur is bedwelmend. Ik strek m'n hand naar hem uit, maar hij stapt onmiddellijk achteruit.

'Nee, nee,' zegt hij vermanend, zijn ogen opeens wijd open en geschrokken.

'Wat?' *Nee... kom terug.*

'Nee.' Hij schudt z'n hoofd.

'Helemaal niet?' Ik kan het verlangen niet langer uit m'n stem houden.

Het lijkt of hij twijfelt, en zijn twijfeling maakt mij brutaler. Ik doe een stap naar hem toe en hij stapt achteruit, z'n handen verdedigend omhoog, maar met een glimlach op z'n gezicht.

'Ana.' Het is een waarschuwing. Hij haalt geërgerd een hand door z'n haar.

'Soms vind je het niet erg,' zeg ik met een klagerige stem. 'Misschien moet ik een marker vinden, en dan kunnen we de no-go-zones uittekenen.'

Hij trekt een wenkbrauw omhoog. 'Dat is geen slecht idee. Waar is je slaapkamer?'

Ik knik in de richting van de kamer. Is hij nou met opzet het onderwerp aan het veranderen?

'Heb je je pil wel geslikt?'

O shit. De pil.

Hij ziet de uitdrukking op m'n gezicht en kijkt teleurgesteld.

'Nee,' piep ik.

'Jammer,' zegt hij, en z'n lippen persen zich samen. 'Kom, laten we wat gaan eten.'

O nee!

'Ik dacht dat we naar bed zouden gaan! Ik wil met je naar bed!'

'Dat weet ik, liefje.' Hij glimlacht en springt plotseling op me af, pakt m'n polsen en trekt me in z'n armen zodat zijn lichaam tegen het mijne is gedrukt.

'Je moet eten, en ik ook,' zegt hij met brandende ogen die op me neerkijken. 'Bovendien is uitstel de sleutel tot verleiding, en momenteel ben ik erg van de uitgestelde bevrediging.'

Huh? Sinds wanneer?

'Ik ben al verleid, en wil NU bevredigd worden. Ik smeek wel, alsjeblieft.' Ik klink zeurderig.

Hij glimlacht teder naar me. 'Eet. Je bent te mager.' Hij kust m'n voorhoofd en laat me los.

Dit is een spelletje, onderdeel van een of ander snood plan. Ik kijk boos naar hem.

'Ik ben nog steeds kwaad op je dat je SIP hebt gekocht, en nu ben ik kwaad op je omdat je me laat wachten.' Ik trek een pruillip.

'Kijk dat boze kleine dametje eens. Je zult je beter voelen na een maaltijd.'

'Ik weet heel goed wanneer ik me beter voel.'

'Anastasia Steele, je choqueert me.' Z'n toon is licht spottend.

'Stop met plagen. Je speelt gemeen spel.'

Hij onderdrukt een grijns door op z'n onderlip te bijten. Hij ziet er zo schattig uit... Christian de kwajongen die met m'n libido speelt... Had ik maar betere verleidingstechnieken, dan zou ik weten wat te doen. Het feit dat ik hem niet mag aanraken, zit me wat dat betreft wel een beetje in de weg.

M'n innerlijke godin knijpt haar ogen tot spleetjes en kijkt bedachtzaam. Daar moeten we dan maar aan werken.

Terwijl Christian en ik elkaar diep in de ogen kijken – ik opgewonden, heet en hunkerend, en hij ontspannen en ten koste van mij geamuseerd – realiseer ik me dat ik geen eten in huis heb.

'Ik kan wel iets koken, maar dan moeten we wel boodschappen doen.'

'Boodschappen?'

'Ja, voor het eten.'

'Heb je helemaal niets in huis?' Z'n gezicht verhardt.

Ik schud m'n hoofd. Shit, hij lijkt behoorlijk kwaad.

'Dan gaan we dus nu boodschappen doen,' zegt hij streng. Hij draait zich om en beent naar de deur die hij wijd voor me opendoet.

'Wanneer ben jij voor het laatst in een supermarkt geweest?'

Christian past absoluut niet in deze omgeving, maar hij volgt me gedwee met het boodschappenmandje.

'Kan ik me niet meer herinneren.'

'Doet mevrouw Jones de boodschappen?'

'Ik geloof dat Taylor haar helpt. Ik weet het niet precies.'

'Vind je het goed als we iets wokken? Lekker snel.'

'Wokken klinkt goed,' grijnst Christian, en hij heeft ongetwijfeld mijn motivatie voor een snelle maaltijd door.

'Werken ze al lang voor je?'

'Taylor vier jaar, geloof ik. Mevrouw Jones ongeveer hetzelfde. Waarom had je geen eten in het appartement?'

'Dat weet je best,' zeg ik blozend.

'Jíj ging weg bij míj,' merkt hij afkeurend op.

'Ik weet het,' zeg ik met een klein stemmetje – daar hoef ik even niet aan te worden herinnerd.

We komen bij de kassa en staan zwijgend in de rij.

Als ik niet was weggegaan, had hij dan ook het vanille-alternatief aangeboden? vraag ik me zinloos af.

'Heb je iets te drinken in huis?' Hij trekt me terug naar het nu.

'Bier... geloof ik.'

'Ik ga even wat wijn halen.'

O jee. Ik weet niet wat voor soort wijn Ernie's precies in de aanbieding heeft. Christian komt met lege handen en een blik vol afgrijzen teruglopen.

'Er zit hiernaast een goede drankwinkel,' zeg ik vlug.

'Ik kijk wel even wat ze hebben.'

Misschien hadden we beter naar zijn huis kunnen gaan, dan hadden we al dit gedoe niet gehad. Ik kijk hem na, terwijl hij doelgericht en met een gemakkelijke elegantie de winkel uit loopt. Twee vrouwen komen binnen, stoppen en staren. *O ja, natuurlijk, kijken jullie maar naar mijn Vijftig Tinten*, denk ik moedeloos.

Ik wil de herinnering van hem in mijn bed, maar hij houdt zich van den domme. Misschien moet ik dat ook doen. Mijn innerlijke godin knikt verwoed instemmend. En terwijl we in de rij staan, bedenken we samen een plan. Hmm...

Christian draagt de boodschappen het appartement in. Hij heeft ze de hele weg van de winkel naar het appartement gedragen. Hij ziet er vreemd uit. Totaal niet zijn gewoonlijke directeursuitstraling.

'Je ziet er heel... huiselijk uit.'

'Daar heeft echt niemand me ooit van beschuldigd,' zegt hij

droogjes. Hij zet de tassen op het kookeiland. Terwijl ik ze begin uit te pakken, pakt hij een fles witte wijn en zoekt naar een kurkentrekker.

'Het is hier allemaal ook nog een beetje nieuw voor me. Ik geloof dat de kurkentrekker in die la ligt.' Ik wijs met m'n kin.

Dit voelt allemaal zo... normaal. Twee mensen die elkaar beter leren kennen en samen eten. En tegelijkertijd is het zo vreemd. De angst die ik altijd in zijn aanwezigheid voelde, is weg. We hebben al zoveel met elkaar gedaan, ik bloos als ik eraan denk, en toch ken ik hem heel slecht.

'Waar denk je aan?' Christian onderbreekt m'n dagdroom. Hij schudt zich uit z'n gestreepte jasje en legt het op de bank.

'Hoe slecht ik je eigenlijk ken.'

Zijn ogen verzachten. 'Jij kent me beter dan wie dan ook.'

'Ik denk niet dat dat waar is.' Mrs. Robinson komt ongevraagd, en zeer onwelkom, m'n hoofd binnenfloepen.

'Echt waar, Anastasia. Ik ben erg op mezelf.'

Hij geeft me een glas witte wijn.

'Proost,' zegt hij.

'Proost,' antwoord ik, en ik neem een slokje, terwijl hij de fles in de koelkast zet.

'Kan ik je ergens mee helpen?' vraagt hij.

'Nee hoor, het is prima zo... ga zitten.'

'Maar ik wil graag helpen.' Zijn blik is oprecht.

'Je mag de groente wel snijden.'

'Ik kan niet koken,' zegt hij en hij kijkt argwanend naar het mes dat ik hem overhandig.

'Ik kan me zo voorstellen dat je dat ook niet hoeft.' Ik leg een snijplank en wat rode paprika's voor hem neer. Hij kijkt er verward naar.

'Je hebt nog nooit groente gesneden?'

'Nee.'

Ik grijns zelfgenoegzaam naar hem.

'Drijf je de spot met me?'

'Het lijkt erop dat dit iets is wat ik wel kan en jij niet. Laten we wel zijn, Christian, dat moet een primeur zijn. Hier, ik zal het voordoen.'

Ik wrijf licht tegen hem aan en hij neemt een stap terug. Mijn innerlijke godin gaat waakzaam rechtop zitten.

'Zo doe je dat.' Ik snij de rode paprika, en verwijder voorzichtig de zaadjes.

'Dat moet lukken.'

'Jij zou er geen moeite mee moeten hebben,' zeg ik ironisch.

Hij kijkt me even onbewogen aan en gaat dan van start met z'n taak terwijl ik met de kip verderga. Hij begint te snijden, langzaam en voorzichtig. *Lieve hemel, dat gaat de hele dag duren.*

Ik was m'n handen en ga op zoek naar de wok, de olie en de andere ingrediënten die ik nodig heb, daarbij steeds even vluchtig langs hem heen strijkend – met m'n heup, m'n arm, m'n rug, mijn handen. Het zijn kleine, ogenschijnlijk onschuldige aanrakingen. Elke keer dat ik het doe, verstilt hij even.

'Ik weet wat je aan het doen bent, Anastasia,' zegt hij duister, hij is nog steeds met de eerste paprika bezig.

'Ik geloof dat het koken heet, ja,' zeg ik, en ik knipper met m'n wimpers. Ik pak een ander mes, ga bij hem staan en pel en snij de knoflook, de sjalotjes, en de sperzieboontjes, steeds zachtjes tegen hem aan strijkend.

'Je bent hier vrij goed in,' merkt hij op, terwijl hij aan z'n tweede paprika begint.

'Snijden?' Ik knipper weer met m'n wimpers. 'Jarenlange ervaring.' Ik wrijf weer zachtjes tegen hem aan, dit keer met m'n billen. Hij stopt nog eens.

'Als je dat nog één keer doet, Anastasia, dan neem ik je hier en nu op de keukenvloer.'

O wauw. Het werkt. 'Je zult eerst moeten smeken.'

'Is dat een uitdaging?'

'Misschien.'

Hij legt z'n mes neer en komt langzaam naar me toe slenteren, en z'n ogen branden. Hij leunt over me heen en doet het gas uit. De olie in de wok houdt bijna onmiddellijk op met sputteren.

'Ik denk dat we wat later gaan eten,' zegt hij. 'Zet de kip in de ijskast.'

Dit is niet een zin die ik ooit uit de mond van Christian Grey had verwacht, en alleen hij kan 'm sexy laten klinken. Erg sexy. Ik pak de kom met gesneden kip, zet er, nogal bibberend, een bord bovenop en plaats het in de koelkast. Als ik me omdraai, staat Christian naast me.

'Dus je gaat smeken?' fluister ik, dapper in zijn donkere ogen starend.

'Nee, Anastasia.' Hij schudt z'n hoofd. 'Geen gesmeek.' Zijn stem is zacht, verleidelijk.

We staan elkaar aan te staren, drinken elkaar op – de sfeer tussen ons twee laadt zich op, spettert bijna, en geen van beiden spreekt, we kijken alleen maar. Ik bijt op mijn lip, terwijl de lust voor deze man me met volle kracht grijpt, m'n bloed in vuur en vlam zet, m'n adem doet stokken, samenkomt in mijn onderlijf. Ik zie mijn reacties weerspiegeld in zijn houding, z'n ogen.

In een fractie van een seconde grijpt hij me bij m'n heupen en trekt me naar zich toe, en mijn handen graaien naar z'n haar, terwijl zijn mond me opeist. Hij duwt me tegen de koelkast, en ik hoor een vraag protesterend gerammel van flessen en potjes, terwijl zijn tong de mijne vindt. Ik kreun in z'n mond en een van zijn handen beweegt zich naar mijn haar, en hij trekt m'n hoofd naar achter terwijl we wild zoenen.

'Wat wil je, Anastasia?' ademt hij.

'Jou', ik snak naar adem.

'Waar?'

'Bed.'

Hij maakt zich los, pakt me op in z'n armen, en draagt me snel en ogenschijnlijk zonder moeite naar m'n slaapkamer. Hij zet me neer naast m'n bed, en leunt voorover om m'n bedlampje aan te doen. Hij kijkt vlug de kamer rond en doet haastig de crèmekleurige gordijnen dicht.

'Wat moet ik doen?' zegt hij zachtjes.

'Vrij met me.'

'Hoe?'

Jemig.

'Je moet het me vertellen, schatje.'

Holy shit. 'Kleed me uit.' Ik ben nu al buiten adem.

Hij glimlacht en haakt zijn wijsvinger in m'n open blouse en trekt me naar zich toe.

'Goed zo, meisje,' murmelt hij, en zonder zijn broeierige blik van me af te halen, begint hij langzaam m'n blouse open te knopen.

Ik leg voorzichtig mijn armen op de zijne om steun te zoeken. Hij zegt niets. Zijn armen zijn veilig gebied. Wanneer hij klaar is met de knoopjes, trekt hij m'n blouse over m'n schouders en ik laat hem los zodat de blouse op de grond kan vallen. Dan volgt m'n spijkerbroek – hij doet de knoop open en trekt de rits naar beneden.

'Zeg me wat je wil, Anastasia.' Zijn ogen smeulen en hij haalt snel, oppervlakkig adem, z'n lippen licht geopend.

'Kus me van hier tot hier,' fluister ik en ik laat mijn vinger van de onderkant van m'n oor langs m'n nek glijden. Hij streelt voorzichtig mijn haar uit de vuurlinie weg en buigt voorover – hij laat een spoor van kussen achter op het pad dat mijn vinger aangaf, en weer terug.

'M'n spijkerbroek en slipje,' zeg ik, en ik voel z'n glimlach tegen m'n hals. Dan knielt hij voor me op de grond. O, ik voel me zo sterk en machtig. Hij haakt z'n duimen in m'n spijkerbroek en trekt zachtjes m'n broek en m'n slipje langs m'n benen naar beneden. Ik stap uit m'n ballerina's en m'n kleren, zodat ik alleen nog maar m'n bh aanheb. Hij stopt en kijkt verwachtingsvol naar me op, maar hij komt niet helemaal omhoog.

'En nu, Anastasia?'

'Kus me,' fluister ik.

'Waar?'

'Je weet wel waar.'

'Waar?'

O, hij handelt zonder pardon. Gegeneerd wijs ik snel naar het topje van m'n dijen, en hij grijnst ondeugend. Ik sluit m'n ogen, en kan wel door de grond zakken, maar ben tegelijkertijd waanzinnig opgewonden.

'O, met alle plezier,' lacht hij fijntjes. Hij kust me en laat z'n tong op me los, z'n bezielde, ervaren tong. Ik kreun en woel met m'n handen door z'n haar. Hij stopt niet, z'n tong blijft rond m'n clitoris cirkelen, het maakt me gek, hij blijft maar doorgaan, steeds maar rondjes. *Ahhh... het is nog maar... hoe lang...? O...*

'Christian, alsjeblieft,' smeek ik. Ik wil niet staand klaarkomen. Daar heb ik de kracht niet voor.

'Alsjeblieft? Wat, Anastasia?'

'Vrij met me.'

'Dat ben ik aan het doen,' murmelt hij en hij blaast zachtjes tegen m'n lichaam.

'Nee. Ik wil je in me hebben.'

'Weet je dat zeker?'

'Alsjeblieft.'

Hij houdt niet op met z'n zoete, verrukkelijke kwelling. Ik kreun luid.

'Christian... alsjeblieft.'

Hij staat op en kijkt op me neer, en zijn lippen glinsteren met het bewijs van mijn opwinding.

Allemachtig...

'Nou?' vraagt hij.

'Wat nou?' Ik hijg en staar naar hem in panische lust.

'Ik heb m'n kleren nog aan.'

Ik staar naar hem, verward.

Hem uitkleden? Ja, dat kan ik wel. Ik ga voor z'n overhemd, maar dan doet hij een stap terug.

'O nee,' zegt hij streng. Shit, hij bedoelt z'n spijkerbroek.

O, dat geeft me een idee. Mijn innerlijke godin juicht me luidkeels vanaf de kant toe, en ik laat me voor hem op m'n knieën vallen. Ik maak nogal onhandig en met trillende vingers z'n riem los en rits open, ruk z'n broek en boxershort naar beneden – en hij springt vrij. *Wauw.*

Ik gluur naar hem op door m'n wimpers en hij kijkt me aan met iets van... wat is het? Verontrusting? Ontzag? Verwondering?

Hij stapt uit z'n spijkerbroek en trekt z'n sokken uit, en ik neem hem in m'n hand en knijp lichtjes, terwijl ik m'n hand naar achteren duw, zoals hij me eerder heeft laten zien. Hij gromt en z'n spieren spannen zich samen, z'n adem komt sissend tussen z'n tanden uit. Zeer voorzichtig stop ik hem in m'n mond en zuig – hard. Mmm, hij smaakt lekker.

'Ahh. Ana... whoa, zachtjes.'

Hij pakt m'n hoofd teder vast, en ik duw hem dieper in m'n

mond, druk m'n lippen zo strak mogelijk op elkaar en om m'n tanden heen, en ik zuig hard.

'Fuck,' sist hij.

O, dat is een goed, inspirerend, sexy geluid, en dus doe ik het weer, dit keer nog verder, en ik laat m'n tong rond het topje gaan. *Hmm...* ik voel me net Aphrodite.

'Ana, dat is genoeg. Kappen.'

Ik doe het nog eens – *smeken, Grey, smeken* – en nog een keer.

'Ana, je hebt je punt gemaakt,' gromt hij door gesloten tanden. 'Ik wil niet in je mond komen.'

Ik doe het nog eens, en hij bukt voorover, pakt me bij m'n schouders, zet me rechtop en gooit me op het bed. Hij sleurt z'n overhemd over z'n hoofd, reikt dan naar z'n spijkerbroek op de grond, en haalt er, als een goede padvinder, een klein zilveren pakje uit. Net als ik hijgt hij.

'Doe je bh uit,' commandeert hij.

Ik ga rechtop zitten en doe wat me gezegd wordt.

'Ga liggen. Ik wil naar je kijken.

Ik ga weer liggen, en kijk naar hem, terwijl hij langzaam het condoom omdoet. Ik wil hem zo graag. Hij staart naar me en likt z'n lippen.

'Je ziet er prachtig uit, Anastasia Steele.' Hij leunt over het bed en kruipt, al kussend, langzaam op en over me heen. Hij kust allebei m'n borsten, plaagt m'n tepels beurtelings, en ik kronkel kreunend onder hem. Hij houdt niet op.

Nee... Stop. Ik wil je.

'Christian, alsjeblieft.'

'Wat alsjeblieft?' zegt hij tussen m'n borsten.

'Ik wil je in me voelen.'

'Is dat zo?'

'Alsjeblieft.'

Hij blijft naar me kijken terwijl hij m'n benen met zijn benen uit elkaar schuift en zo beweegt dat hij boven me hangt. Zonder z'n ogen van me af te houden, daalt hij heerlijk langzaam in me.

Ik sluit m'n ogen en geniet van de volheid, het verrukkelijke gevoel van zijn genot, en ik richt instinctief m'n bekken op, wil hem nog meer voelen, versmelten, en ik kreun luid. Hij beweegt zachtjes naar achter en vult me langzaam nog eens. Mijn vingers vinden hun weg naar z'n zijden, warrige haar, en hij beweegt o zo langzaam naar binnen en weer naar buiten.

'Sneller, Christian, sneller... alsjeblieft.'

Hij kijkt triomfantelijk op me neer en kust me hartstochtelijk, en dan begint hij pas echt te bewegen – *goeie genade, een straffend, meedogenloos... o fuck* – en ik weet dat het niet lang meer zal duren. Hij zet een beukend ritme in. Ik beweeg steeds sneller en m'n benen spannen zich onder hem aan.

'Kom maar, schatje,' hijgt hij. 'Geef je over.'

Zijn woorden duwen me over de rand, en ik explodeer om hem heen. Het is een schitterende, verlammende explosie die me in een miljoen stukjes uit elkaar doet vallen, en hij volgt en schreeuwt mijn naam uit.

'Ana! O fuck, Ana!' Dan valt hij op me neer en begraaft z'n hoofd in mijn nek.

Vier

Als ik weer een beetje terug op aarde kom, open ik mijn ogen en kijk omhoog, recht in het gezicht van de man van wie ik hou. Christians gelaatsuitdrukking is zacht, teder. Leunend op z'n ellebogen strijkt hij met z'n neus over die van mij en zijn handen houden de mijne bij mijn hoofd bij elkaar. Ik vermoed, jammer genoeg, dat hij dat doet zodat ik hem niet kan aanraken. Hij drukt een lieve kus op m'n lippen en beweegt zich voorzichtig uit me.

'Dit heb ik gemist,' zucht hij.

'Ik ook,' fluister ik.

Hij houdt m'n kin vast en kust me vol en hard. Het is een kus vol passie, een smekende kus, maar waar vraagt hij om? Ik weet het niet. Ik ben buiten adem.

'Nooit meer bij me weggaan,' smeekt hij, en hij kijkt diep in m'n ogen, z'n gezicht nu serieus.

'Oké,' fluister ik, en ik lach naar hem. De glimlach die terugkomt is oogverblindend – een combinatie van opluchting, blijdschap en jongensachtige verrukking die het koudste hart nog laat smelten. 'Bedankt voor de iPad.'

'Heel graag gedaan, Anastasia.'

'Wat is je favoriete liedje uit de lijst?'

'Tja, dat is geheim.' Hij grijnst. 'Eten koken, deerne van me. Ik sterf van de honger,' zegt hij. Hij gaat plotseling rechtop zitten en trekt me mee.

‘Deerne?’ giechel ik.
‘Deerne. Eten, nu, alsjeblieft.’
‘Omdat u het zo vreselijk vriendelijk vraagt, edele heer. Ik ga onmiddellijk aan de slag.’
Ik haast me uit bed, waardoor ik m’n kussen meesleur en de platte helikopterballon tevoorschijn piept. Christian pakt ’m en kijkt verbaasd naar me op.
‘Dat is mijn ballon,’ zeg ik een beetje bezitterig. Ik pak m’n badjas en wikkel die om me heen. *O nee hè... waarom moest hij die nou vinden?*
‘In je bed?’ vraagt hij.
‘Ja.’ Ik bloos. ‘Hij heeft me gezelschap gehouden.’
‘Charlie Tango boft,’ zegt hij verrast.
Ja, ik ben sentimenteel, Grey, en dat komt omdat ik van je hou.
‘Mijn ballon,’ zeg ik nog eens. Ik draai me snel om en ga naar de keuken en laat hem achter met een grijns van oor tot oor.

Christian en ik zitten op Kates Perzische tapijt en we eten met stokjes gewokte kip met groenten en noodles uit porseleinen kommen. We drinken gekoelde pinot grigio. Christian leunt tegen de bank, met z’n lange benen uitgestrekt op de grond. Hij heeft alleen z’n spijkerbroek en z’n overhemd aan, en z’n haar ziet er weer heerlijk pas-geneukt uit. Christians iPod staat aan en de Buena Vista Social Club zingt zachtjes op de achtergrond.
‘Lekker dit,’ zegt hij dankbaar, en hij neemt nog een hap.
Ik zit met gekruiste benen naast hem en ik eet gretig, zo verschrikkelijk hongerig, en ik bewonder z’n naakte voeten.
‘Ik kook meestal. Kate is er niet zo goed in.’
‘Heb je dat van je moeder geleerd?’
‘Niet echt,’ schamper ik. ‘Tegen de tijd dat ik erin geïnteresseerd in raakte, woonde m’n moeder met Echtgenoot Nummer Drie in Mansfield, Texas. En Ray, nou ja, als ik er niet was geweest dan had hij op geroosterd brood en afhaal geleefd.’
Christian kijkt me aan. ‘Waarom bleef je niet in Texas met je moeder?’
‘Haar man, Steve, en ik... we konden het niet zo goed met elkaar vinden. En ik miste Ray. Haar huwelijk met Steve duurde

niet lang. Ik denk dat ze bij zinnen kwam. Ze praat nooit over hem,' zeg ik zacht. Ik denk dat dat een donkere tijd in haar leven is geweest, een waar we nooit over praten.

'Dus jij bleef in Washington met je stiefvader.'

'Ja.'

'Het klinkt alsof je voor hem zorgde,' zegt hij zachtjes.

'Zo zou je het kunnen zien.' Ik haal m'n schouders op.

'Je bent gewend om voor mensen te zorgen.'

Ik bemerk een scherp randje in z'n stem, en ik kijk naar hem.

'Wat is er?' vraag ik, geschrokken door z'n behoedzame blik.

'Ik wil voor jou zorgen.' Zijn ogen glanzen met een onuitgesproken emotie.

M'n hartslag gaat omhoog.

'Dat heb ik gemerkt,' fluister ik. 'Je doet het alleen op een vreemde manier.'

Hij fronst. 'Het is de enige manier die ik ken,' zegt hij zacht.

'Ik ben nog steeds boos omdat je SIP hebt gekocht.'

Hij glimlacht. 'Dat weet ik, maar jouw boosheid zou mij niet tegenhouden, schatje.'

'Wat zeg ik tegen m'n collega's, tegen Jack?'

Z'n ogen vernauwen zich tot spleetjes. 'Die klootzak moet echt uitkijken.'

'Christian!' zeg ik streng. 'Hij is m'n baas.'

Hij drukt z'n lippen stijf op elkaar en z'n mond vormt een dun lijntje. Hij lijkt op een eigenwijs schooljochie.

'Niets vertellen,' zegt hij.

'Niets waarover?'

'Dat SIP van mij is. Het contract is gisteren getekend. Het nieuws staat onder embargo voor de komende vier weken, zodat het management bij SIP wat veranderingen kan doorvoeren.'

'O... kom ik zonder baan te zitten?' vraag ik gealarmeerd.

'Dat betwijfel ik ten zeerste,' zegt Christian met ironie in z'n stem. Hij probeert hard een glimlach te onderdrukken.

Ik trek een gezicht. 'Als ik wegga en een andere baan vind, ga je dat bedrijf dan ook kopen?'

'Je denkt er toch niet over om weg te gaan?' De uitdrukking op z'n gezicht verandert, is nu weer behoedzaam.

'Misschien. Ik geloof niet dat je me echt veel keuze hebt gelaten.'

'Ja. Dan koop ik ook dat bedrijf.' Hij is onvermurwbaar.

Ik kijk hem aan, een grote frons op m'n voorhoofd. Ik kan hier onmogelijk winnen.

'Vind je niet dat je het een tikkeltje overdrijft met je bescherming?'

'Ja, ik ben me er heel erg van bewust hoe dit moet overkomen.'

'Oproep voor dr. Flynn,' grap ik.

Hij zet z'n lege kom weg en kijkt me onbewogen aan. Ik zucht. Ik wil geen ruzie maken. Ik sta op en reik naar z'n kom.

'Wil je een toetje?'

'Wat een uitstekend idee!' zegt hij met een geile glimlach op z'n gezicht.

'Niet mij.' *Waarom mij niet?* Mijn innerlijke godin wordt wakker van haar dutje en gaat rechtop zitten, de oren gespitst. 'Er is ijs. Vanille.' Ik grinnik.

'Is dat zo?' Christians grijns wordt groter. 'Ik denk dat we daar wel wat mee kunnen.'

Pardon? Ik staar verbaasd naar hem, terwijl hij elegant overeind komt.

'Kan ik blijven?'

'Wat bedoel je?'

'Vannacht.'

'Daar was ik van uitgegaan.'

'Mooi zo. Waar is het ijs?'

'In de oven.' Ik glimlach lief naar hem.

Hij kijkt schuin naar me, zucht en schudt z'n hoofd. 'Mevrouw Steele, sarcasme is de laagste vorm van spitsvondigheid.' Z'n ogen glinsteren.

O shit. Wat is hij van plan?

'Ik kan je nog steeds over m'n knie leggen.'

Ik zet de kommen in de gootsteen. 'Heb je die zilveren ballen bij je?'

Hij klopt op z'n borst, z'n buik en de zakken van z'n spijkerbroek. 'Gek genoeg heb ik niet standaard een extra setje bij me, nee. Niet veel vraag naar op kantoor.'

'Ik ben erg blij dat te horen, meneer Grey, en ik dacht dat sarcasme de laagste vorm van spitsvondigheid was?'

'Tja, Anastasia, mijn nieuwe motto is: als je niet kunt winnen, kun je maar beter meedoen.'

Ik staar hem aan – *wat zegt hij nu dan weer* – hij grinnikt naar me en hij ziet eruit alsof hij verschrikkelijk blij is met zichzelf. Hij draait zich om en doet de vriezer open om een bak Ben & Jerry's Finest Vanilla te pakken.

'Dit gaat prima werken.' Hij kijkt op, z'n ogen donker. 'Ben & Jerry's & Ana.' Hij zegt elk woord langzaam, en spreekt elke lettergreep duidelijk uit.

O mijn fucking hemel. M'n tong ligt ongeveer op de grond. Hij opent de bestekla en haalt er een lepel uit. Wanneer hij opkijkt zijn z'n ogen beschaduwd, en hij likt snel met z'n tong langs z'n bovenste tanden. O, die tong.

Ik voel m'n opwinding. Een donkere, gladde, vlinderende lust stroomt heet door m'n aderen. We gaan het leuk hebben. Met eten.

'Ik hoop dat je het warm hebt,' fluistert hij. 'Ik ga je hiermee afkoelen. Kom.' Hij steekt z'n hand uit, en ik leg de mijne erin.

In m'n slaapkamer zet hij het ijs op het tafeltje naast m'n bed, trekt de donzen deken ervan af en haalt de kussens weg, hij gooit ze allemaal op een hoopje op de grond.

'Je hebt nog ander beddengoed, neem ik aan?'

Ik knik, en ik kijk gefascineerd naar hem. Hij houdt Charlie Tango omhoog.

'Denk eraan, geen geklooi met mijn ballon,' waarschuw ik.

Z'n lippen springen op in een halve glimlach. 'Ik zou niet durven, schatje, maar ik wil wel met jou en deze lakens klooien.'

M'n lichaam stuiptrekt bijna.

'Ik wil je vastbinden.'

O. 'Oké,' fluister ik.

'Alleen je handen. Aan het bed. Je moet stilliggen.'

'Oké,' fluister ik weer, omdat ik niet in staat ben iets anders uit te brengen.

Hij loopt op me af zonder z'n ogen te laten dwalen.

'We gebruiken dit wel.' Hij grijpt het koord van m'n badjas en maakt de strik op een heerlijk plagerige, langzame manier los. Dan trekt hij het koord uit de lusjes.

M'n jas valt open, en ik sta gefixeerd onder zijn verhitte blik. Een ogenblik later duwt hij de jas van m'n schouders. Hij valt neer en komt in een hoopje aan m'n voeten terecht. Nu sta ik naakt voor hem. Hij streelt m'n gezicht met z'n knokkels en z'n aanraking werkt door tot diep in m'n kruis. Hij buigt zich voorover en kust m'n lippen licht.

'Ga op bed liggen met je gezicht naar boven,' zegt hij, z'n ogen zijn donker en boren zich in de mijne.

Ik doe wat me gezegd wordt. M'n kamer is gehuld in duisternis, op het zachte, zwakke licht van m'n lamp na.

Normaal heb ik een hekel aan spaarlampen – ze geven zo weinig licht – maar nu ik hier naakt ben met Christian, ben ik blij met het gedempte licht. Hij staat bij het bed en kijkt op me neer.

'Ik zou de hele dag naar je kunnen kijken, Anastasia,' zegt hij, en met deze woorden klimt hij op het bed, op m'n lichaam, met z'n benen aan beide kanten van m'n lijf.

'Armen boven je hoofd,' beveelt hij.

Ik gehoorzaam en hij maakt het einde van het koord aan m'n linkerpols vast, en wikkelt het dan door de metalen spijlen aan het hoofdeinde van m'n bed. Hij trekt het aan, zodat m'n arm omhooggaat. Hij zet vervolgens m'n rechterhand vast en bindt het koord stevig vast.

Eenmaal vastgebonden staar ik hem aan, en zie hoe hij zichtbaar ontspant. Hij vindt het leuk als ik vastgebonden ben. Zo kan ik hem niet aanraken. Het daagt me dat ook geen van z'n Onderdanigen hem ooit aangeraakt heeft – en dat ze daar ook nooit de gelegenheid toe hebben gehad. Hij zou altijd de controle hebben gehouden, en zichzelf op afstand. Daarom houdt hij zo van z'n regels.

Hij klimt van me af en buigt zich voorover voor een snelle kus op m'n lippen. Dan staat hij op, doet z'n overhemd uit en laat z'n spijkerbroek op de grond zakken.

Hij is schitterend naakt. Mijn innerlijke godin springt in een driedubbele axel van de ongelijke leggers en m'n mond is plotseling droog. Hij is echt mooier dan mooi. Hij heeft een klassieke bouw – brede, gespierde schouders en smalle heupen, de omgekeerde driehoek. Overduidelijk een getraind lichaam. Ik zou de hele dag naar hem kunnen kijken. Hij gaat naar het voeteneinde, grijpt m'n enkels en trekt me snel en met een ruk naar beneden zodat m'n armen uitgestrekt zijn en ik ze geen kant op kan bewegen.

'Beter,' constateert hij.

Hij pakt de bak met ijs en klimt behendig het bed op en gaat weer boven op me zitten. Hij haalt heel langzaam de deksel van de bak af en steekt de lepel erin.

'Hmm... het is nog steeds behoorlijk hard,' zegt hij met opgetrokken wenkbrauw. Hij schept er een lepel vanille-ijs uit en steekt die in z'n mond. 'Verrukkelijk,' zegt hij en hij likt z'n lippen af. 'Geweldig hoe lekker simpele vanille kan smaken.' Hij staart naar me en grijnst. 'Wil je ook wat?' plaagt hij.

Zoals hij daar zit, ijsetend boven op me, ziet hij er zo ongelooflijk sexy, jong en zorgeloos uit – met heldere ogen, en een stralend gezicht. O, wat gaat hij toch in godsnaam met me doen? Alsof ik dat niet kan bedenken. Ik knik, verlegen.

Hij schept nog een lepel ijs uit de bak en biedt het me aan, dus ik open m'n mond – en dan steekt hij de lepel snel in z'n eigen mond.

'Dit is te lekker om te delen,' zegt hij met een ondeugende glimlach.

'Hé,' protesteer ik.

'Welnu, mevrouw Steele, houdt u van vanille?'

'Ja,' zeg ik op een veel dwingender toon dan de bedoeling is en ik probeer, zonder veel resultaat, hem van me af te werpen.

Hij lacht. 'Gaan we bokken? Ik zou dat niet doen als ik jou was.'

'IJs,' smeek ik.

'Nou, vooruit dan, omdat je zo aardig tegen me bent geweest vandaag, mevrouw Steele.' Hij geeft toe en biedt me nog een lepel aan. Dit keer laat hij me wel eten.

Ik heb de neiging om te giechelen. Zijn goede humeur is aanstekelijk. Hij neemt nog een lepel vol en voert me die, en nog een. *Oké, genoeg.*

'Hmm, dit is wel een manier om er zeker van te zijn dat je eet – dwang. Ik denk dat ik hier wel een gewoonte van kan maken.'

Hij neemt nog een hap en biedt mij ook aan. Dit keer hou ik m'n mond dicht en schud ik m'n hoofd. Hij wacht tot het ijs op de lepel gesmolten is en op m'n hals en borst drupt. Dan buigt hij voorover en likt het er langzaam van af. M'n lichaam licht op van verlangen.

'Mmmm. Het smaakt nog beter als het van u afkomt, mevrouw Steele.'

Ik trek aan m'n boeien en het bed kraakt vervaarlijk, maar het kan me niet schelen – ik brand van verlangen, ik word erdoor verzwolgen. Hij pakt nog een lepel en laat het ijs over m'n borsten druppelen. Dan verspreidt hij het met de achterkant van de lepel over elke borst en tepel.

O... dat is koud. M'n tepels zwellen en worden hard onder de kou van de vanille.

'Koud?' vraagt Christian zachtjes en buigt voorover om alle room nog een keer van me af te likken en te zuigen. Z'n mond voelt heet aan vergeleken bij de kou van het ijs.

Lieve hemel. Ik word gemarteld. Het smeltende ijs loopt in kleine riviertjes van me af het bed op. Z'n lippen gaan door met de langzame marteling, zuigen hard, dan zacht – *o, alsjeblieft!* –, ik ben buiten adem.

'Wil je ook wat?' En voordat ik ja of nee kan zeggen, zit z'n tong in m'n mond, koud en behendig, het smaakt naar Christian en vanille. Overheerlijk.

En net als ik gewend aan het raken ben aan het gevoel, gaat hij weer rechtop zitten en laat een lepel vol ijs over het midden van m'n lichaam glijden, over m'n buik en in m'n navel, waar hij een grote klodder ijs in doet. *O, het voelt kouder dan eerst, maar het brandt vreemd genoeg ook.*

'Dit heb je dus al een keer eerder gedaan.' Christians ogen glanzen. 'Je moet nu heel stil blijven liggen, want anders gaat het ijs over het hele bed.' Hij kust m'n borsten en zuigt hard aan m'n tepels, en dan volgt hij, likkend en zuigend, de lijn ijs op m'n lichaam naar beneden.

En ik probeer het echt, ik probeer stil te liggen, ondanks de heftige combinatie van de kou en z'n hete aanraking. Maar m'n heupen beginnen onwillekeurig te bewegen, en draaien in een heel eigen ritme rond, bezeten door z'n koude-vanillebetovering. Hij gaat nog verder naar beneden en eet het ijs van m'n buik terwijl hij rondjes in en rond m'n navel maakt.

Ik kreun. *Goeie genade*. Het is koud, het is heet, het is zinnenprikkelend, maar hij stopt niet. Hij volgt het ijsspoor lager en lager, tot in m'n schaamhaar, tot op m'n clitoris. Ik schreeuw het uit.

'Stil maar,' zegt Christian zachtjes, terwijl zijn magische tong te werk gaat en de vanille oplepelt. Ik kreun zachtjes verder.

'O... alsjeblieft... Christian.'

'Ik weet het, schatje, ik weet het,' ademt hij en zijn tong doet z'n heerlijke ding. Hij houdt niet op, hij houdt gewoon niet op, en m'n lichaam klimt en klimt – hoger en hoger. Hij glijdt met een van z'n vingers in me, en dan nog een, en hij beweegt ze gekmakend langzaam heen en weer.

'Hier,' zegt hij zwoel, en z'n vingers glijden ritmisch over de voorkant van m'n vagina en tegelijkertijd gaat hij door met het verrukkelijke, eindeloze likken en zuigen. *O mijn hemel!*

Ik kom onverwacht klaar. Ik explodeer en heb een ongelooflijk orgasme dat al m'n zintuigen lamlegt en alles wat er buiten m'n lichaam gebeurt vernietigt. Ik kan alleen maar kronkelen en kreunen. *Jeetje*, dat was echt snel.

Ik ben me er vaag van bewust dat hij is gestopt. Hij hangt over me heen en doet een condoom om, en dan is hij in me, hard en snel.

'O ja!' kreunt hij terwijl hij tegen me aan ramt. Hij is plakkerig en het overgebleven ijs verspreidt zich over ons heen. Het is een vreemde, afleidende sensatie, maar ik kan er niet te lang bij stilstaan. Christian trekt zich plotseling terug en draait me om.

'Nu zo,' ademt hij, en hij is meteen weer in me, maar hij begint niet direct met z'n normale, straffende ritme. Hij leunt voorover, maakt m'n handen los en trekt me overeind zodat ik bijna op hem zit. Z'n handen gaan naar m'n borsten, en hij houdt ze in z'n palmen, trekt zacht aan m'n tepels. Ik grom en gooi m'n hoofd achterover op z'n schouder. Hij beroert m'n hals, bijt erin en hij spant z'n heupen aan, heel langzaam, en vult me keer op keer.

'Weet je hoeveel je voor me betekent?' ademt hij in m'n oor.
'Nee,' hijg ik.
Ik voel z'n glimlach tegen m'n hals en z'n vingers buigen zich om m'n kaak en hals, houden me even heel stevig vast.
'Dat weet je wel. Ik laat je nooit meer gaan.'
Ik kreun, terwijl hij versnelt.
'Je bent van mij, Anastasia.'
'Ja, van jou,' hijg ik.
'Ik zorg voor wat van mij is,' sist hij en hij bijt in m'n oor.
Ik schreeuw.
'Goed zo, schatje, ik wil je horen.' Hij glipt een hand om m'n middel en z'n andere grijpt m'n heup, en hij duwt zichzelf harder in me, en ik kreun luid. En dan begint het straffende ritme. Z'n ademhaling is hijgender en grover, raspend, net als de mijne. Ik voel m'n lichaam weer versnellen. *Jemig, nog een keer!*
Ik ben alleen nog maar gevoel. Dit is wat hij met me doet – hij neemt totaal bezit van m'n lichaam, zodat ik aan niets anders dan hem zal denken. Z'n toverkracht is onweerstaanbaar, bedwelmend. Ik ben een vlinder in z'n net die niet kan en wil ontsnappen. *Ik ben van hem... helemaal van hem.*
'Kom maar, schatje,' gromt hij tussen opeengeklemde tanden, en precies op tijd, zoals de tovenaarsleerling die ik ben betaamt, laat ik me gaan en komen we samen klaar.

Ik lig opgerold in z'n armen op de plakkerige lakens. Zijn voorkant ligt dicht tegen mijn achterkant aan, en z'n neus zit in m'n haar.
'Wat ik voor jou voel, maakt me bang,' fluister ik.
Hij stokt. 'Mij ook, schatje,' zegt hij zacht.
'Wat gebeurt er met me als je me verlaat?' Die gedachte is verschrikkelijk.
'Ik ga nergens heen. Ik denk dat ik nooit genoeg van je zal krijgen, Anastasia.'
Ik draai me om en kijk hem aan. Hij ziet er serieus en oprecht uit. Ik buig me naar hem toe en kus hem teder. Hij glimlacht en aait m'n haar achter m'n oor.
'Ik heb me nog nooit gevoeld zoals ik me voelde toen jij weg-

ging, Anastasia. Ik zou er alles, maar dan ook alles, voor doen om dat gevoel nooit meer te hoeven doorstaan.' Hij klinkt zo verdrietig, zelfs een beetje ontdaan.

Ik kus hem nog eens. Ik wil onze stemming wat luchtiger maken, maar dat doet Christian al.

'Ga je morgen met me mee naar m'n vaders zomerfeest? Het is een jaarlijks gebeuren voor het goede doel. Ik heb gezegd dat ik zou komen.'

Ik glimlach en voel me plotseling heel verlegen.

'Natuurlijk ga ik met je mee.' O shit, ik heb niets om aan te doen.

'Wat?'

'Niks.'

'Vertel,' houdt hij aan.

'Ik heb niks om aan te trekken.'

Christian ziet er even ongemakkelijk uit.

'Niet boos worden, maar ik heb nog steeds al die kleren thuis voor je. Ik weet zeker dat er wel wat jurken tussen zitten.'

Ik tuit m'n lippen. 'O, is dat zo?' plaag ik met een sardonische stem. Ik wil vannacht geen ruzie met hem maken. Ik moet douchen.

Het meisje dat op mij lijkt staat voor SIP. Wacht even – ik bén haar. Ik ben bleek en ongewassen, en al m'n kleren zijn te groot; ik staar naar haar en ze draagt mijn kleren – gelukkig, gezond.

'Wat heb jij dat ik niet heb?' vraag ik aan haar.

'Wie ben jij?'

'Ik ben niemand... Wie ben jij? Ben jij ook niemand...?'

'Dan zouden we met z'n tweeën zijn – niet doorvertellen hoor, dan zouden ze ons verbannen, echt waar...' Er verschijnt een langzame, kwaadaardige glimlach op haar gezicht, die wijder en wijder wordt, en niet ophoudt, en het is zo verschrikkelijk dat ik begin te gillen.

'Jezus, Ana!' Christian schudt me wakker.

Ik ben totaal gedesoriënteerd. *Ik ben thuis... in het donker... in bed met Christian.* Ik schud m'n hoofd en probeer m'n gedachten op een rij te krijgen.

'Schatje, gaat het? Je had een nachtmerrie.'

'O.'

Hij doet het lampje aan en we worden omhuld door het gedempte licht. Hij kijkt naar me en ik zie bezorgdheid op z'n gezicht.

'Het meisje,' fluister ik.

'Wat is er? Welk meisje?' vraagt hij op kalmerende toon.

'Er was een meisje, buiten bij SIP, toen ik het pand verliet vanavond. Ze leek op mij... maar niet echt.'

Christian verstijft, en nu het licht van het lampje iets helderder is, zie ik dat hij asgrauw is.

'Wanneer was dat?' fluistert hij, en ik bespeur afkeuring in z'n stem. Hij gaat rechtop zitten, en staart op me neer.

'Toen ik wegging van werk, vanavond,' herhaal ik. 'Weet je wie ze is?'

'Ja.' Hij haalt een hand door z'n haar.

'Wie?'

Zijn lippen persen zich samen, maar hij zegt niets.

'Wie is het?' dring ik aan.

'Ze heet Leila.'

Ik slik. De ex-Onderdanige! Ik herinner me dat Christian het over haar had voordat we gingen zweefvliegen. Opeens straalt hij spanning uit. Er is iets aan de hand.

'Het meisje dat "Toxic" op de iPod zette?'

Hij kijkt me aan, gespannen.

'Ja,' zegt hij. 'Zei ze iets?'

'Ze zei: "Wat heb jij dat ik niet heb?", en toen ik haar vroeg wie ze was, zei ze: "Niemand."'

Christian sluit z'n ogen, lijkt gepijnigd. *O nee.* Wat is er gebeurd? Wat betekent ze voor hem?

De huid op m'n hoofd prikt en adrenaline stroomt door m'n lijf. *Wat als ze veel voor hem betekent? Misschien mist hij haar? Ik weet zo weinig over z'n vroegere... eh, relaties.* Ze zal wel een contract hebben gehad en gedaan hebben wat hij wilde, hem graag gegeven wat hij nodig had.

O nee – en dat terwijl ik dat niet kan. Die gedachte maakt me misselijk.

Christian gaat uit bed, doet z'n spijkerbroek aan en gaat naar de woonkamer. Ik kijk op m'n wekker – vijf uur 's morgens. Ik rol ook uit bed, doe z'n witte overhemd aan en volg hem.

Shit, hij is aan het bellen.

'Ja, buiten bij SIP, gisteren... vroeg in de avond,' zegt hij zachtjes. Ik loop naar de keuken en hij draait zich naar me toe. Kortaf vraagt hij: 'Hoe laat precies?'

'Ongeveer tien voor zes?' mompel ik. Wie is hij in godsnaam op dit tijdstip aan het bellen? Wat heeft Leila gedaan? Hij geeft de informatie aan de persoon aan de andere kant van de lijn. Hij blijft naar me kijken, z'n uitdrukking donker en ernstig.

'Ik wil weten hoe... Ja... Dat had ik niet gedacht, maar ik had ook niet voorzien dat ze dit zou doen.' Hij sluit z'n ogen alsof hij pijn heeft. 'Ik weet niet hoe ze daarop zal reageren... Ja, ik zal met haar praten... Ja... ik weet het... Ga erachteraan en houd me op de hoogte. Je moet 'r gewoon vinden, Welch – ze is in de problemen. Vind haar.' Hij hangt op.

'Wil je thee?' vraag ik. Thee is Rays antwoord op elke crisis en het enige in de keuken wat hij goed kan. Ik vul de ketel met water.

'Ik wil eigenlijk terug naar bed.' Z'n blik verraadt dat hij dat niet wil om te slapen.

'Nou, ik heb thee nodig. Wil je ook een kopje?' Ik wil weten wat er aan de hand is. Ik ga me niet weer door seks op een dwaalspoor laten zetten.

Geërgerd haalt hij een hand door z'n haar. 'Ja, graag,' zegt hij, maar ik zie dat hij geïrriteerd is.

Ik zet het water op en pak kopjes en de theepot. M'n bezorgdheid zet 'Alarmfase één' in werking. Gaat hij me vertellen wat er aan de hand is? Of moet ik graven?

Ik voel z'n ogen op me – voel z'n onzekerheid, en z'n woede is voelbaar. Ik kijk op, en in z'n ogen glinstert bezorgdheid.

'Wat is er?' vraag ik zachtjes.

Hij schudt z'n hoofd.

'Ga je het me niet vertellen?'

Hij zucht en sluit z'n ogen. 'Nee.'

'Waarom niet?'

'Omdat ik niet wil dat jij je er zorgen om gaat maken. Ik wil niet dat je hierin verstrikt raakt.'

'Het zou inderdaad niets met mij te maken moeten hebben, maar dat doet het wel. Ze heeft me opgespoord en me benaderd voor m'n kantoor. Hoe weet ze dat ik besta? Hoe weet ze waar ik werk? Ik denk dat ik het recht heb te weten wat er aan de hand is.'

Hij haalt weer een hand door z'n haar en de frustratie straalt van hem af. Het is alsof hij een innerlijke strijd voert.

'Alsjeblieft?' vraag ik zacht.

Z'n mond versmalt tot een dun, hard lijntje en hij rolt met z'n ogen.

'Oké,' zegt hij gelaten. 'Ik heb geen idee hoe ze je heeft gevonden. Misschien die foto van ons in Portland, ik weet het niet.' Hij zucht nogmaals en ik bespeur dat zijn frustratie op hemzelf is gericht.

Ik wacht geduldig en giet kokend water in de theepot. Hij beent heen en weer. Dan vertelt hij verder.

'Toen ik met jou in Georgia was, stond Leila opeens voor m'n appartement en schopte een scène bij Gail.'

'Gail?'

'Mevrouw Jones.'

'Wat bedoel je met "een scène schoppen"?'

Hij staart me aan, maakt een inschatting.

'Vertel op. Je houdt iets achter.' M'n toon is krachtiger dan ik me voel.

Hij knippert verrast met z'n ogen. 'Ana, ik...' Hij stopt.

'Alsjeblieft?'

Hij zucht en geeft zich gewonnen. 'Ze deed een onverwachte poging om haar pols door te snijden.'

'O nee!' Dat verklaart het verband.

'Gail bracht haar naar het ziekenhuis. Maar Leila had zichzelf alweer uit het ziekenhuis ontslagen voordat ik de kans had erheen te gaan.'

Shit. Wat betekent dit? Suïcidaal? Waarom?

'De psychiater die haar onderzocht noemde het een typische noodkreet. Hij geloofde niet dat ze echt risico liep – één stap verwijderd van suïcidale gedachten, zo zei hij het. Maar ik ben daar niet van overtuigd. Sindsdien probeer ik te achterhalen waar ze is om haar te helpen.'

'Heeft ze nog iets tegen mevrouw Jones gezegd?'

Hij kijkt me aan. Hij ziet er erg ongemakkelijk uit.

'Niet veel,' zegt hij uiteindelijk, maar ik weet dat hij me niet alles vertelt.

Ik leid mezelf af door thee in te schenken. Dus Leila wil terug in Christians leven en kiest voor een zelfmoordpoging om aandacht te krijgen? *Whoa... eng.* Maar effectief. Christian verliet Georgia om bij haar te zijn, en dan verdwijnt ze voordat hij haar kan zien? Heel vreemd.

'Je kan haar dus niet vinden? En haar familie dan?'

'Ze weten niet waar ze is. Haar man ook niet.'

'Haar man?'

'Ja,' zegt hij ontdaan, 'ze is sinds twee jaar getrouwd.'

Wat? 'Dus ze was met jou terwijl ze getrouwd was?' *Jezusmina.* Hij kent echt geen grenzen.

'Nee! O god, nee! Dat was drie jaar geleden. Toen ging ze weg en kort daarna trouwde ze met hem.'

O. 'Waarom probeert ze dan nu je aandacht te krijgen?'

Hij schudt verdrietig z'n hoofd. 'Ik weet het niet. We weten alleen maar dat ze vier maanden geleden bij haar man is weggegaan.'

'Wacht even hoor. Dus ze is al drie jaar jouw Onderdanige niet meer?'

'Ongeveer tweeënhalf jaar.'

'En ze wilde meer.'

'Ja.'

'Maar jij niet?'

'Dit weet je allemaal al.'

'Dus is ze bij je weggegaan.'

'Ja.'

'En waarom komt ze uitgerekend nu naar je toe?'

'Ik weet het niet.' Maar de toon in z'n stem vertelt me dat hij in ieder geval een theorie heeft.

'Maar je vermoedt...'

Z'n ogen vernauwen en glinsteren van woede. 'Ik vermoed dat het iets met jou te maken heeft.'

Mij? Wat wil ze met mij? *'Wat heb jij dat ik niet heb?'*

Ik staar naar Vijftig, schitterend in z'n ontblote bovenlijf. Ik heb hem; hij is van mij. Dat heb ik, en toch leek ze op mij: hetzelfde donkere haar en dezelfde bleke huid. Ik frons. *Ja... wat heb ik eigenlijk dat zij niet heeft?*

'Waarom vertelde je me dat gisteren niet?' vraagt hij zachtjes.

'Ik was haar vergeten.' Ik haal verontschuldigend m'n schouders op. 'Door alles, je weet wel, de drankjes na het werk ter afsluiting van m'n eerste week. Toen kwam jij naar de bar en had je je... testosteronstormloop met Jack, en toen waren we hier. Het is me ontglipt. Je bent erg goed in me dingen te laten vergeten.'

'Testosteronstormloop?' Z'n lippen trillen.

'Ja. Het wedstrijdje wie de grootste heeft.'

'Ik zal jou eens een testosteronstormloop laten zien.'

'Wil je niet liever een kopje thee?'

'Nee, Anastasia, dat wil ik liever niet.'

Zijn ogen boren zich in de mijne en hij zet me in vuur en vlam met zijn ik-wil-je-en-ik-wil-je-nu-blik. *Fuck... het is zo geil.*

'Vergeet haar. Kom.' Hij strekt z'n hand naar me uit.

Ik pak z'n hand vast en mijn innerlijke godin doet drie achterwaartse salto's.

Ik word wakker, ik heb het te warm. Ik lig gewikkeld om een naakte Christian Grey heen. Hij is diep in slaap, maar houdt me stevig vast. Zacht ochtendlicht schijnt door de gordijnen. Mijn hoofd ligt op z'n borst, m'n been ligt verstrengeld in de zijne, m'n arm over z'n buik.

Voorzichtig hef ik m'n hoofd op, bang dat ik hem anders wakker maak. Hij ziet er jong en ontspannen uit in z'n slaap en ik kan niet geloven dat deze Adonis echt helemaal van mij is.

Hmm... Ik reik omhoog en aai voorzichtig over z'n borst, m'n vingertoppen gaan door z'n borsthaar, en hij beweegt niet. *Goeie god.* Ik kan het niet helemaal geloven. Hij is echt van mij – tenminste voor nu nog even. Ik leun voorover en kus een van z'n littekens. Hij kreunt zachtjes maar wordt niet wakker, en ik glimlach. Ik kus er nog een en hij opent z'n ogen.

'Hoi.' Ik grijns, met een schuldig gezicht.

'Hoi,' antwoordt hij argwanend. 'Wat ben je aan het doen?'

'Naar jou aan het kijken.' Ik loop met m'n vingers over het lijntje van haar op zijn buik. Hij pakt m'n hand vast, en z'n ogen vernauwen, en dan lacht hij een schitterende Christian-op-z'n-gemak-glimlach, en ik ontspan. Mijn heimelijke aanrakingen blijven geheim.

O... waarom mag ik je niet aanraken?

Plotseling ligt hij boven op me en drukt hij me in het matras, zijn handen op de mijne, me waarschuwend. Hij aait m'n neus met de zijne.

'Ik denk dat jij stoute dingen aan het doen bent, mevrouw Steele,' zegt hij beschuldigend, maar hij glimlacht nog steeds.

'Ik vind het leuk om stoute dingen te doen met jou in de buurt.'

'Is dat zo?' vraagt hij en hij kust me licht op m'n lippen. 'Seks of ontbijt?' vraagt hij met lachende ogen. Z'n erectie duwt tegen me aan, en ik kantel m'n bekken om hem tegemoet te komen.

'Uitstekende keuze,' constateert hij tegen m'n hals en hij trekt een spoor van kussen naar m'n borsten.

Ik kijk in de spiegel op m'n ladekast en probeer nog iets van model in m'n haar te krijgen – het is echt te lang. Ik heb een spijkerbroek en een T-shirt aan en Christian, fris gedoucht, is zich achter me aan het aankleden. Ik kijk hongerig naar zijn lichaam.

'Hoe vaak train jij?' vraag ik.

'Elke doordeweekse dag,' zegt hij, terwijl hij z'n broek dichtknoopt.

'Wat doe je?'

'Rennen, gewichten, kickboksen.' Hij haalt z'n schouders op.

'Kickboksen?'

'Ja, ik heb een personal trainer die het me leert, ex-olympisch deelnemer. Hij heet Claude. Hij is erg goed. Je zou goed met hem kunnen opschieten.'

Ik draai me om, terwijl hij z'n witte overhemd dichtknoopt.

'Hoe bedoel je dat ik goed met hem zou kunnen opschieten?'

'Als je trainer.'

'Waarom zou ik een persoonlijke trainer nodig hebben? Jij houdt me wel fit.'

Hij slentert naar me toe en doet z'n armen om me heen, en zijn ogen ontmoeten de mijne in de spiegel.

'Maar ik wil je fit hebben voor wat ik in gedachten heb, schatje. Je moet me bij kunnen houden.'

Ik bloos als ik aan de speelkamer denk. Ja... de Rode Kamer van Pijn is uitputtend. Is hij van plan me er weer in te laten? Wil ik dat eigenlijk wel?

Natuurlijk wil je dat! Mijn innerlijke godin schreeuwt vanuit haar luie stoel.

Ik staar in zijn ondoorgrondelijke, betoverende grijze ogen.

'Je weet dat je het wilt.' Hij vormt de woorden geluidloos.

Ik bloos, en de ongewenste gedachte dat Leila hem waarschijnlijk wel kon bijhouden sluipt hatelijk en onwelkom binnen. Ik druk m'n lippen op elkaar en Christian fronst naar me.

'Wat is er?' vraagt hij bezorgd.

'Niets.' Ik schud m'n hoofd. 'Oké, ik wil Claude wel ontmoeten.'

'Echt?' Z'n gezicht licht op in verbijsterd ongeloof. Z'n blik maakt me aan het lachen. Hij ziet eruit alsof hij de loterij heeft gewonnen, hoewel Christian waarschijnlijk nog nooit een lot heeft gekocht – niet nodig.

'Ja, *jemig* – als dat je gelukkig maakt,' schamper ik.

Hij trekt zich naar me toe en kust m'n wang. 'Je hebt geen idee,' fluistert hij. 'Dus – wat wil je vandaag doen?' Hij wrijft z'n neus tegen me aan en een heerlijke tinteling trekt door m'n lichaam.

'Ik wil naar de kapper en, eh... ik ga een cheque naar de bank brengen en een auto kopen.'

'Ah,' zegt hij veelbetekenend en hij bijt op z'n lip. Hij stopt z'n hand in de zak van z'n spijkerbroek en haalt er de sleutel van m'n kleine Audi uit.

'Hij staat hier,' zegt hij zachtjes en met onzekere blik.

'Wat bedoel je, hij staat hier?' Tjonge. Ik klink boos. Shit. Ik bén boos. *Hoe durft hij!*

'Taylor heeft 'm gisteren teruggebracht.'

Ik open m'n mond, sluit 'm dan weer, en herhaal dat proces twee keer, maar ik kan geen woord uitbrengen. Hij geeft me de auto terug. Shit, shit, shit. Waarom heb ik dit niet voorzien? Nou, ik kan dat spelletje ook spelen. Ik vis de envelop met z'n cheque uit m'n broekzak.

'Hier, dit is van jou.'

Christian kijkt me onderzoekend aan en herkent dan de envelop. Hij houdt twee handen omhoog en stapt achteruit.

'O nee, dat is jouw geld.'

'Nee, dat is het níet. Ik wil de auto graag van je kopen.'

De blik in z'n ogen verandert totaal. Woede – ja, woede – glijdt over z'n gezicht.

'Nee, Anastasia. Jouw geld, jouw auto,' bijt hij me toe.

'Nee, Christian. Mijn geld, jouw auto. Ik koop 'm van je.'

'Ik heb je die auto als afstudeercadeau gegeven.'

'Een pen zou een geschikt afstudeercadeau zijn. Jij gaf me een Audi.'

'Wil je hier echt ruzie over maken?'

'Nee.'

'Goed – hier heb je de sleutels.' Hij legt ze op de kast.

'Dat is niet wat ik bedoel!'

'Einde discussie, Anastasia. Ik ben er klaar mee.'

Ik kijk hem boos aan en dan krijg ik een idee. Ik pak de envelop, scheur hem in tweeën, en dan nog eens, en laat de snippers in de prullenbak vallen. O, dat voelt goed.

Christian kijkt me onbewogen aan, maar ik weet dat ik net de lont heb aangestoken en dat ik maar beter op een afstandje kan blijven. Hij wrijft over z'n kin.

'Je bent, als altijd, een uitdaging, mevrouw Steele,' zegt hij droogjes. Hij draait zich om en beent de andere kamer in. Dat is niet de reactie die ik had verwacht. Ik had op oorlog gerekend. Ik kijk mezelf aan in de spiegel en haal m'n schouders op. Ik besluit vandaag een paardenstaart in te doen.

Maar mijn nieuwsgierigheid is gewekt. Wat is Vijftig aan het doen? Ik volg hem naar de andere kamer, en hij is aan het bellen.

'Ja, vierentwintigduizend dollar. Direct.'

Hij kijkt op, nog steeds onbewogen.

'Goed... Maandag? Uitstekend... Nee, dat is alles, Andrea.'

Hij sluit z'n telefoon.

'Staat maandag op je rekening. Je moet geen spelletjes met me spelen.' Hij kookt over van woede, maar dat kan me niet schelen.

'Vierentwintigduizend dollar!' Ik schreeuw het bijna uit. 'En hoe weet je wat m'n rekeningnummer is?'

Mijn woede verbaast Christian.

'Ik weet alles van je, Anastasia,' zegt hij zacht.

'Mijn auto was absoluut geen vierentwintigduizend dollar waard.'

'Daar ben ik het mee eens, maar het gaat erom dat je de markt kent, en of je koopt of verkoopt. Een of andere gek wilde die doodskist per se hebben en legde er die som geld voor neer. Het is kennelijk een klassieker. Vraag maar aan Taylor als je me niet gelooft.'

We staren naar elkaar, twee boze, koppige dwazen.

En ik voel het, de aantrekkingskracht – de elektriciteit die er tussen ons is en die ons naar elkaar toe trekt. Plotseling grijpt hij me vast en duwt me tegen de deur, zijn mond op de mijne, me gretig nemend. Een hand is achter me en duwt me in z'n kruis en de andere is in m'n hals bij m'n haarlijn en trekt m'n hoofd naar achteren. Mijn vingers klauwen in zijn haar, hard, en houden hem tegen me aan. Hij rijdt tegen m'n lichaam op, houdt me gevangen, en zijn adem raspt. Ik voel hem. Hij wil me, en ik voel me zwaar en vol opwinding terwijl hij aan zijn lust voor mij toegeeft.

'Waarom ga je tegen me in, waarom,' mompelt hij tussen zijn verhitte kussen door.

Mijn bloed zingt in m'n aderen. Zal hij altijd dit effect op me houden? En ik op hem?

'Omdat ik dat kan.' Ik ben buiten adem. Ik voel z'n glimlach meer dan ik hem zie, en hij drukt z'n voorhoofd tegen het mijne.

'God, ik wil je nu nemen, maar ik heb geen condooms meer. Ik kan maar geen genoeg van je krijgen. Je maakt me echt helemaal gek.'

'En jij maakt mij gek,' fluister ik. 'Op elke manier.'

Hij schudt z'n hoofd. 'Kom. Laten we buiten de deur ontbijten. En ik weet wel ergens waar je je haar kunt laten knippen.'

'Oké.' Ik stem in en dan is, zomaar, onze ruzie over.

'Dit betaal ik wel even.' Ik gris de rekening voor het ontbijt van tafel.

Hij kijkt me beteuterd aan.

'Ja, je moet hier snel zijn, Grey.'

'Je hebt gelijk,' zegt hij zuur, maar ik denk dat hij me aan het plagen is.

'Niet zo boos kijken. Ik ben vierentwintigduizend dollar rijker dan ik vanmorgen was. Ik kan die...', ik kijk naar de rekening, '...22 dollar en 67 cent echt wel lijden.'

'Dank je,' zegt hij schoorvoetend. Ach, het nukkige schooljongetje is terug.

'Waar gaan we nu heen?'

'Wil je echt naar de kapper?'

'Ja, dit ziet er niet uit.'

'Wat mij betreft zie je er fantastisch uit. Altijd.'

Ik bloos en staar naar m'n vingers die ineengestrengeld op m'n schoot liggen. 'Bovendien hebben we het feest van je vader vanavond.'

'De dresscode is avondkleding.'

O jee. 'Waar is het?'

'Bij m'n ouders thuis. Ze hebben een tent, je weet wel, alle toeters en bellen.'

'Wat is het goede doel?'

Christian wrijft met z'n handen over z'n dijen en kijkt ongemakkelijk.

'Het is een drugsrehabilitatieprogramma voor ouders met jonge kinderen en heet Samen Sterk.'

'Klinkt als een heel goed doel,' zeg ik zachtjes.

'Kom, we gaan.' Hij staat op, daarmee het onderwerp afsluitend, en strekt z'n hand uit. Ik pak z'n hand en hij houdt de mijne stevig vast.

Het is vreemd. Hij is zo demonstratief in bepaalde dingen, en zo gesloten met andere. Hij leidt me het restaurant uit en we lopen de straat uit. Het is een heerlijke, milde morgen. De zon schijnt, en de lucht ruikt naar koffie en versgebakken brood.

'Waar gaan we heen?'

'Verrassing.'

O, oké. Ik hou niet echt van verrassingen.

We lopen twee straten af en de winkels worden duidelijk steeds exclusiever. Ik heb nog geen tijd gehad om op onderzoek uit te gaan, maar dit is echt om de hoek van waar ik woon. Dat zal Kate leuk vinden. Er zijn genoeg kleine boetiekjes waar ze haar modehart kan ophalen. Dat doet me eraan denken dat ik wat zwierige rokjes voor werk moet kopen.

Christian stopt voor een grote, glimmende schoonheidssalon en houdt de deur voor me open. Het heet Esclava. Het interieur is wit met veel leer. Achter de sobere, witte receptie zit een jonge, blonde vrouw in een fris wit uniform. Ze kijkt op als we binnenkomen.

'Goedemorgen, meneer Grey,' zegt ze vrolijk. Ze knippert met haar wimpers en er verschijnt een blos op haar wangen. Het is het Grey-effect, maar ze kent hem! Hoe?

'Hallo, Greta.'

En hij kent haar. Wat is dit?

'Het gebruikelijke, meneer?' vraagt ze beleefd. Ze heeft erg roze lippenstift op.

'Nee,' zegt hij snel en hij kijkt nerveus naar mij.

Het gebruikelijke? Wat betekent dat?

Verrek! Het is Regel Nummer Zes, die verdomde schoonheidssalon. Al die ontharingsonzin... shit!

Bracht hij hier al zijn Onderdanigen naartoe? Leila misschien ook? Wat moet ik híer nou weer van vinden?

'Juffrouw Steele zal je vertellen wat ze wil.'

Ik kijk hem boos aan. Hij is de Regels heimelijk aan het invoeren. Ik ben akkoord gegaan met een persoonlijke trainer – en nu dit?

'Waarom hier?' sis ik.

'Deze zaak is van mij, en ik heb ook nog drie andere, vergelijkbare salons.'

'Jij bent de eigenaar?' zeg ik verrast. Dat had ik totaal niet verwacht.

'Ja, het is een nevenactiviteit. Maar goed – je kunt krijgen wat je maar wil, gratis. Allerlei massages: Zweeds, shiatsu, hot stone, reflexologie, zeewierbaden, gezichtsbehandelingen, alles wat vrouwen lekker vinden. Het gebeurt allemaal hier.' Hij wappert met z'n hand.

‘Ontharen?’

Hij lacht. ‘Ja, ook ontharen. Overal,’ fluistert hij op een samenzweerderige toon, en hij geniet van m’n ongemakkelijkheid.

Ik bloos en draai me naar Greta, die verwachtingsvol naar me kijkt.

‘Ik wil graag m’n haar laten knippen.’

‘Natuurlijk, mevrouw Steele.’

Greta met haar roze lippenstift is een en al Duitse efficiëntie wanneer ze op haar computerscherm kijkt.

‘Franco is over vijf minuten beschikbaar.’

‘Franco is prima,’ zegt Christian geruststellend. Ik probeer het nog steeds te bevatten. Christian Grey, directeur, is eigenaar van een keten schoonheidssalons.

Ik kijk even naar hem op en zie hem verbleken – iets, of iemand, heeft zijn aandacht gegrepen. Ik draai me om, zodat ik kan zien wat het is en helemaal achter in de salon doet een stijlvolle blondine een deur achter zich dicht, terwijl ze met een van de stylistes praat.

Platinablondine is lang, gebronsd, charmant en achter in de dertig of begin veertig – dat is moeilijk te zeggen. Ze draagt hetzelfde uniform als Greta, maar in het zwart. Ze ziet er prachtig uit. Haar haar straalt als een aura en is in een korte, scherpe bob geknipt. Ze draait zich om, ziet Christian en lacht naar hem, een oogverblindende glimlach van herkenning.

‘Ik ben zo terug,’ mompelt Christian vluchtig.

Hij beent door de salon, voorbij de in het wit gehulde haarstylistes, voorbij de leerlingen bij de wasbakken, naar haar toe, zo ver weg dat ik hun gesprek niet kan verstaan. Platinablondine begroet hem warm, kust hem op beide wangen, haar handen op z’n bovenarm, en ze praten geanimeerd met elkaar.

‘Mevrouw Steele?’

Greta de receptioniste probeert m’n aandacht te trekken.

‘Wacht even, alstublieft.’ Ik kijk gefascineerd naar Christian.

De Platinablondine draait zich om en kijkt naar mij en lacht dezelfde oogverblindende glimlach naar mij. Ik lach beleefd terug.

Christian ziet eruit alsof hem iets dwarszit. Hij praat tegen haar en zij knikt geruststellend, houdt haar handen omhoog en glimlacht naar hem. Hij lacht terug – ze kennen elkaar duidelijk goed. Misschien hebben ze lange tijd samengewerkt? Misschien is zij de baas hier – ze straalt wel een bepaalde autoriteit uit.

Dan, als een donderslag bij heldere hemel, weet ik het, heel diep vanbinnen, instinctief – weet ik wie dit is. Zij is het. *Adembenemend, ouder, prachtig.*

Het is Mrs. Robinson.

Vijf

'Greta, met wie praat meneer Grey?' Mijn schedel probeert het gebouw uit te vluchten. Hij prikkelt ongerust en mijn onderbewuste schreeuwt tegen me dat ik erachteraan moet. Maar ik klink nonchalant genoeg.

'O, dat is mevrouw Lincoln. Deze zaak is van haar en meneer Grey.' Greta lijkt deze informatie maar al te graag te willen delen.

'Mevrouw Lincoln?' Ik dacht dat Mrs. Robinson gescheiden was. Misschien is ze hertrouwd met een of andere arme sukkel.

'Ja. Normaal gesproken is ze hier niet, maar een van onze specialisten is vandaag ziek, dus valt ze in.'

'Kun je me misschien ook de voornaam van mevrouw Lincoln vertellen?'

Greta kijkt me fronsend aan en tuit haar lichtroze lippen, ze vraagt zich af waarom ik zo nieuwsgierig ben. Shit, misschien is dit te veel gevraagd.

'Elena,' zegt ze, bijna met tegenzin.

Ik word overweldigd door een vreemdsoortig gevoel van opluchting dat mijn zesde zintuig me niet in de steek heeft gelaten.

Zesde zintuig? snuift mijn onderbewuste. *Pedozintuig.*

Ze zijn nog steeds diep in gesprek. Christian praat snel tegen Elena en ze kijkt ongerust, knikt, trekt een gezicht en schudt haar hoofd. Ze steekt haar hand uit en wrijft zacht over zijn arm terwijl ze op haar lip bijt. Ze knikt nog eens en kijkt dan vluchtig naar mij en werpt me een korte, geruststellende glimlach toe.

Ik kan alleen maar met een strak gezicht terugstaren. Ik denk dat ik in shock ben. Hoe kan hij me hier mee naartoe nemen?

Ze mompelt iets tegen Christian; hij kijkt vluchtig naar me, richt zich dan weer tot haar en geeft antwoord. Ze knikt en ik denk dat ze hem succes wenst, maar ik ben niet zo goed in liplezen.

Vijftig loopt naar me terug, de verontrusting staat op zijn gezicht gedrukt. *Daar heeft hij dan ook alle reden toe*. Mrs. Robinson gaat de achterkamer weer in en sluit de deur achter zich.

Christian kijkt fronsend. 'Gaat het?' vraagt hij, maar hij klinkt gespannen, behoedzaam.

'Niet echt. Wilde je me niet voorstellen?' Mijn stem is koud, hard.

Zijn mond valt open, hij kijkt alsof ik het vloerkleed onder zijn voeten vandaan heb getrokken.

'Maar ik dacht...'

'Voor zo'n intelligente man, ben je soms...' Het ontbreekt me aan woorden. 'Ik wil graag gaan.'

'Waarom?'

'Je weet waarom.' Ik rol met mijn ogen.

Hij staart me aan met brandende ogen.

'Sorry, Ana. Ik wist niet dat ze hier zou zijn. Ze is hier nooit. Ze heeft een nieuwe zaak geopend in het Bravern Center en daar is ze normaal gesproken. Er was hier vandaag iemand ziek.'

Ik draai me op mijn hakken om en loop naar de deur.

'We hebben Franco niet nodig, Greta,' snauwt hij terwijl we naar buiten lopen. Ik moet me inhouden om niet te gaan rennen. Ik wil hard wegrennen, ver weg. Ik heb een onweerstaanbare behoefte om te huilen. Ik moet gewoon weg van deze hele klerezooi.

Christian loopt zwijgend naast me terwijl ik alles nog een beetje de revue laat passeren. Met mijn armen beschermend om me heen geslagen en mijn hoofd naar de grond ontwijk ik de bomen op Second Avenue. Hij doet wijselijk geen poging om me aan te raken. Mijn hoofd barst van de onbeantwoorde vragen. Zal Mr. Ontwijker kleur bekennen?

'Nam je daar altijd je Onderdanige mee naartoe?' snauw ik.

'Sommige wel, ja,' zegt hij kalm en kortaf.

'Leila?'

'Ja.'

'De zaak ziet er erg nieuw uit.'

'Hij is onlangs opgeknapt.'

'Ik begrijp het. Dus Mrs. Robinson heeft al je Onderdanigen ontmoet.'

'Ja.'

'Wisten ze van haar af?'

'Nee. Geen van allen. Alleen jij.'

'Maar ik ben jouw Onderdanige niet.'

'Nee, dat ben je beslist niet.'

Ik blijf staan en kijk hem aan. Zijn ogen staan wijd open, bang. Zijn lippen zijn samengedrukt tot een harde, onwrikbare streep.

'Begrijp je hoe verneukt ik me voel?' zeg ik zacht terwijl ik hem boos aankijk.

'Ja. Het spijt me.' Hij is zo fatsoenlijk om berouwvol te kijken.

'Ik wil mijn haar laten knippen, liefst ergens waar je niet met het personeel of de klanten hebt geneukt.'

Hij deinst terug.

'Dus, als je het niet erg vindt ga ik.'

'Je loopt toch niet weg, hè?' vraagt hij.

'Nee, ik wil verdomme gewoon naar de kapper. Ergens waar ik mijn ogen dicht kan doen, iemand mijn haar wast en ik al jouw bagage kan vergeten.'

Hij strijkt met zijn hand door zijn haar. 'Ik kan Franco naar het appartement laten komen, of naar jouw huis,' zegt hij kalm.

'Ze is erg aantrekkelijk.'

Hij knippert met zijn ogen. 'Ja, dat is zo.'

'Is ze nog getrouwd?'

'Nee. Ze is een jaar of vijf geleden gescheiden.'

'Waarom ben je niet met haar samen?'

'Omdat het tussen ons voorbij is. Dat heb ik je al verteld.' Hij trekt opeens een wenkbrauw omhoog. Terwijl hij zijn vinger opsteekt, vist hij zijn BlackBerry uit de zak van zijn jasje. Hij moet op de trilstand staan, want ik hoor hem niet rinkelen.

'Welch,' zegt hij kortaf en hij luistert. We staan op Second Avenue en ik staar in de richting van het jonge lariksboompje voor me, met zijn kersverse groene bladeren.

Mensen lopend gehaast voorbij, in beslag genomen door hun zaterdagse ochtendbezigheden, ongetwijfeld piekerend over hun eigen persoonlijke problemen. Ik vraag me af of die ook bestaan uit stalkende ex-Onderdanigen, verbluffend mooie ex-meesteressen en een man die geen benul heeft van de Amerikaanse privacywetten.

'Omgekomen bij een auto-ongeluk? Wanneer?' onderbreekt Christian m'n mijmeringen.

O nee. Wie? Ik luister aandachtiger.

'Dat is al de tweede keer dat die klootzak niet meewerkt. Hij moet het weten. Geeft hij dan helemaal niet om haar?' Christian schudt zijn hoofd vol afschuw. 'Dat verklaart een en ander... nee... verklaart waarom, maar niet waar.' Christian kijkt vluchtig om zich heen alsof hij iets zoekt en ik merk dat ik zijn bewegingen kopieer. Ik zie niets. Er zijn alleen winkelaars, het verkeer en de bomen.

'Ze is hier,' gaat Christian verder. 'Ze houdt ons in de gaten... Ja... Nee. Twee of vier, vierentwintig uur per dag... Dat heb ik nog niet aangekaart.' Christian kijkt me recht aan.

Wat aangekaart? Ik frons mijn voorhoofd en hij bekijkt me bedachtzaam.

'Wat...' fluistert hij en hij trekt wit weg. Zijn ogen worden groot. 'Ik snap het. Wanneer? ... Zo recent? Maar hoe? ... Achtergrond niet gecheckt? ... Ik snap het. Mail de naam, het adres en foto's als je ze hebt ... Vierentwintig uur per dag, vanaf vanmiddag. Communicatie loopt via Taylor.' Christian hangt op.

'Nou?' vraag ik geërgerd. Gaat hij het me vertellen?

'Dat was Welch.'

'Wie is Welch?'

'Mijn veiligheidsadviseur.'

'Oké. Dus wat is er aan de hand?'

'Leila heeft een maand of drie geleden haar man verlaten en ze is ervandoor gegaan met een kerel die vier weken geleden is omgekomen bij een auto-ongeluk.'

'O.'

'Die klootzak van een psychiater had dat moeten weten,' zegt hij nijdig. 'Verdriet, dat is het. Kom.' Hij steekt zijn hand uit en automatisch leg ik mijn hand in de zijne om hem meteen weer terug te trekken.

'Wacht even. We zaten midden in een discussie over ons. Over haar, jouw Mrs. Robinson.'

Christians gezicht verhardt. 'Ze is mijn Mrs. Robinson niet. We kunnen het er bij mij thuis over hebben.'

'Ik wil niet naar jouw huis. Ik wil naar de kapper!' roep ik. Laat ik me tenminste op één ding focussen...

Hij pakt zijn BlackBerry weer uit zijn zak en kiest een nummer. 'Greta, met Christian Grey. Ik wil Franco over een uur bij mij thuis. Vraag maar aan mevrouw Lincoln... Goed.' Hij stopt zijn telefoon weg. 'Hij komt om één uur.'

'Christian...!' sputter ik boos.

'Anastasia, Leila heeft duidelijk een psychose. Ik weet niet of ze het op mij of op jou gemunt heeft, of hoe ver ze wil gaan. We gaan naar jouw appartement, halen je spullen op en totdat we haar hebben gevonden kan je bij mij blijven.'

'Waarom zou ik dat willen?'

'Zodat ik je kan beschermen.'

'Maar...'

Hij kijkt me boos aan. 'Je gaat mee naar mijn appartement, al moet ik je er aan je haren mee naartoe slepen.'

Ik gaap hem aan... dit is ongelooflijk. Vijftig Tinten in Volle Glorie.

'Ik vind dat je overdrijft.'

'Ik niet. We kunnen dit gesprek bij mij thuis voortzetten. Kom.'

Ik sla mijn armen over elkaar en kijk dreigend. Dit gaat te ver.

'Nee,' zeg ik koppig. Ik moet mijn punt maken.

'Je kunt lopen of ik kan je dragen. Het maakt mij niet uit, Anastasia.'

'Je zou niet durven.' Ik kijk hem kwaad aan. Hij zal toch geen scène schoppen op Second Avenue?

Hij werpt me een halfslachtige glimlach toe, maar zijn ogen lachen niet mee.

'O, liefje, we weten allebei dat als je me de handschoen toewerpt, ik die maar al te graag opneem.'

We kijken elkaar kwaad aan – en plotseling maakt hij een voorwaartse beweging, grijpt me vast bij mijn bovenbenen en tilt me op. Voor ik het weet, lig ik over zijn schouder.

'Zet me neer!' gil ik. O, wat voelt het goed om te gillen.

Hij beent door Second Avenue, mij negerend. Met zijn arm stevig om mijn benen geslagen, mept hij met zijn vrije hand op mijn billen.

'Christian!' roep ik. Mensen staren. Kan het nog vernederender? 'Ik loop wel! Ik wil lopen.'

Hij zet me neer en nog voor hij goed en wel rechtop staat, loop ik stampvoetend in de richting van mijn appartement, ziedend, zonder nog naar hem om te kijken. Natuurlijk is hij binnen enkele oogwenken naast me, maar ik blijf hem negeren. Wat ga ik doen? Ik ben zo kwaad, maar ik weet niet eens precies waar ik zo kwaad om ben – zoveel.

Terwijl ik terug naar huis loop, maak ik in gedachten een lijst:

1. Over de schouders dragen – onaanvaardbaar voor iedereen boven de zes jaar.
2. Me meenemen naar de schoonheidssalon die hij met zijn exminnares bezit – hoe dom wil je het hebben?
3. Dezelfde plek als waar hij zijn Onderdanigen mee naartoe nam – dezelfde stommiteit.
4. Niet eens doorhebben dat dit een slecht idee was – en ze zeggen nog wel dat hij intelligent is.
5. Gestoorde exen hebben. Mag ik hem dat aanrekenen? Ik ben zo kwaad; ja, dat mag.
6. Mijn bankrekeningnummer kennen – dat is echt te stalkerig voor woorden.
7. SIP kopen – hij heeft meer geld dan verstand.
8. Erop aandringen dat ik bij hem blijf – die bedreiging van Leila moet erger zijn dan hij vreesde... daar heeft hij gisteren niets over gezegd.

O nee, er begint me iets te dagen. Er is iets veranderd. Wat zou dat kunnen zijn? Ik blijf staan en Christian doet hetzelfde. 'Wat is er gebeurd?' vraag ik.

Hij fronst zijn wenkbrauwen. 'Wat bedoel je?'
'Met Leila.'
'Dat heb ik je verteld.'
'Nee, dat heb je niet. Er is iets anders. Gisteren drong je er nog niet op aan dat ik met je mee zou gaan. Dus wat is er gebeurd?'
Hij schuift ongemakkelijk op zijn voeten.
'Christian! Vertel op!' snauw ik.
'Ze is er gisteren in geslaagd een vergunning te krijgen voor verborgen vuurwapenbezit.'
O, shit. Ik staar hem aan, knipper met mijn ogen en voel het bloed uit mijn gezicht wegtrekken, terwijl ik dit nieuws tot me door laat dringen. Straks val ik nog flauw. En wat als ze hem wil vermoorden? Nee.
'Dat betekent dat ze gewoon een pistool kan kopen,' fluister ik.
'Ana,' zegt hij bezorgd. Hij legt zijn handen op mijn schouders en trekt me dicht tegen zich aan. 'Ik denk niet dat ze iets stoms zal doen, maar – ik wil dat risico gewoon niet lopen met jou.'
'Niet met mij... en jij dan?' fluister ik.
Hij kijkt me fronsend aan en ik sla mijn armen om hem heen en hou hem stevig vast, met mijn gezicht tegen zijn borst. Hij lijkt het niet erg te vinden.
'Laten we teruggaan,' zegt hij lief, hij buigt voorover en kust mijn haar, en dat is alles. Al mijn kwaadheid is weg, maar niet vergeten. Vervlogen door de dreiging van een of ander kwaad dat Christian kan worden aangedaan. De gedachte is ondraaglijk.

Ingetogen pak ik een kleine tas en stop mijn Mac, BlackBerry, iPad en de Charlie Tango-ballon in mijn rugzak.
'Gaat Charlie Tango ook mee?' vraagt Christian.
Ik knik en hij glimlacht toegeeflijk.
'Ethan komt dinsdag terug,' mompel ik.
'Ethan?'
'Kates broer. Hij blijft hier totdat hij iets heeft gevonden in Seattle.'
Christian staart me uitdrukkingsloos aan, maar ik bespeur de kilte die zijn ogen binnensluipt.

'Dan is het maar goed dat jij bij mij blijft. Heeft hij meer ruimte,' zegt hij zacht.

'Hij heeft volgens mij geen sleutels. Ik moet dan dus terug zijn.'

Christian zegt niets.

'Dat is alles.'

Hij pakt mijn tas en we gaan naar buiten. Terwijl we naar de parkeerplaats aan de achterkant van het gebouw lopen, merk ik dat ik over mijn schouder kijk. Ik weet niet of de paranoia me heeft gegrepen of dat er echt iemand naar me kijkt. Christian opent het portier aan de passagierskant van de Audi en kijkt me afwachtend aan.

'Stap je nog in?' vraagt hij.

'Ik dacht dat ik reed.'

'Nee. Ik rijd wel.'

'Is er iets mis met mijn rijstijl? Zeg me niet dat je weet wat ik voor mijn rijexamen heb gescoord... Het zou me niets verbazen met jouw stalkneigingen.' Misschien weet hij dat ik m'n theorie maar net heb gehaald.

'Stap in, Anastasia,' snauwt hij nijdig.

'Oké.' Ik stap haastig in. *Werkelijk, even dimmen, ja?*

Misschien heeft hij hetzelfde ongemakkelijke gevoel. Een duistere wachter die ons in de gaten houdt – nou ja, een bleke brunette met bruine ogen die griezelig veel op mij lijkt en, wie weet, een vuurwapen bij zich draagt.

Christian start de motor en rijdt het verkeer in.

'Waren al je slavinnen brunettes?'

Hij fronst zijn voorhoofd. 'Ja,' zegt hij in gedachten verzonken. Hij klinkt onzeker en ik hoor hem denken: *waar wil ze heen?*

'Ik vroeg het me gewoon af.'

'Dat heb ik je verteld. Ik hou van brunettes.'

'Mrs. Robinson is geen brunette.'

'Dat verklaart waarschijnlijk waarom,' mompelt hij. 'Ze heeft me voor altijd afkerig gemaakt van blondines.'

'Je maakt een grapje,' hap ik.

'Ja, ik maak een grapje,' antwoordt hij geërgerd.

Ik staar onbewogen uit het raam, overal bespeur ik brunettes, maar geen Leila.

Dus hij houdt alleen van brunettes. Waarom eigenlijk? Heeft Mrs. 'Buitengewoon-Elegant-Ondanks-Haar-Leeftijd' Robinson hem echt afkerig gemaakt van blondines? Ik schud mijn hoofd – Christian 'Mindfuck' Grey.

'Vertel me eens over haar.'

'Wat wil je weten?' Christians voorhoofd is gerimpeld en de klank van zijn stem is afwerend.

'Vertel me over jullie zakelijke deal.'

Hij ontspant zichtbaar, opgelucht dat hij over werk kan praten. 'Ik ben een stille vennoot. Ik ben niet zozeer geïnteresseerd in de schoonheidssector, maar ze heeft er een succesvolle onderneming van gemaakt. Ik heb alleen geïnvesteerd en haar op weg geholpen.'

'Waarom?'

'Ik was het haar verschuldigd.'

'O?'

'Toen ik met Harvard stopte, heeft ze me een ton geleend om mijn eigen zaak op te zetten.'

Fuck... ze is nog rijk ook.

'Je hebt Harvard niet afgemaakt?'

'Het was niet mijn ding. Ik heb het twee jaar gedaan. Helaas waren mijn ouders niet zo begripvol.'

Ik frons mijn voorhoofd. Meneer Grey en dr. Grace Trevelyan die iets afkeuren; ik kan het me niet voorstellen.

'Je lijkt het er sindsdien niet al te slecht van af te hebben gebracht. Wat was je hoofdvak?'

'Politicologie en economie.'

Hmm... vandaar.

'Dus ze is rijk?' opper ik.

'Ze was een verveeld pronkstuk van haar man, Anastasia. Hij was rijk – groot in hout.' Hij grijnst sluw. 'Ze mocht van hem niet werken. Weet je, hij was dominant. Sommige mannen zijn zo.' Hij werpt me kort een zijdelingse glimlach toe.

'Heus? Een dominante man, zeker een mythisch schepsel?' Ik denk niet dat ik nog meer sarcasme in mijn antwoord kan persen.

Christians grijns wordt groter.

'Heeft ze je het geld van haar man geleend?'

Hij knikt en er verschijnt een ondeugend glimlachje rond zijn lippen.

'Dat is verschrikkelijk.'

'Hij heeft zich gewroken,' zegt Christian somber, terwijl hij de ondergrondse garage van Escala in rijdt.

O?

'Hoe?'

Christian schudt zijn hoofd, alsof hij een bijzonder zure herinnering ophaalt, en parkeert naast de Audi Quattro MPV. 'Kom – Franco zal er zo zijn.'

In de lift kijkt Christian op me neer. 'Ben je nog boos op me?' vraagt hij zakelijk.

'Heel boos.'

Hij knikt. 'Oké,' zegt hij en hij staart voor zich uit.

Taylor staat op ons te wachten als we in de hal komen. Hoe weet hij dit toch altijd? Hij neemt mijn tas aan.

'Heb je contact gehad met Welch?' vraagt Christian.

'Ja, meneer.'

'En?'

'Alles is in orde.'

'Perfect. Hoe gaat het met je dochter?'

'Goed, bedankt, meneer.'

'Goed. Om één uur komt de kapper – Franco De Luca.'

'Mevrouw Steele.' Taylor knikt naar me.

'Hallo, Taylor. Heb je een dochter?'

'Ja, mevrouw.'

'Hoe oud is ze?'

'Zeven.'

Christian kijkt me ongeduldig aan.

'Ze woont bij haar moeder,' licht Taylor toe.

'O, ik begrijp het.'

Taylor glimlacht. Dit is een verrassing. Taylor heeft een kind? Ik volg Christian naar de grote kamer, geboeid door dit nieuws.

Ik kijk rond. Ik ben hier niet meer geweest sinds ik ben weggegaan.

'Heb je trek?'

Ik schud mijn hoofd. Christian kijkt me een seconde aan en besluit het er dan bij te laten.

'Ik moet een paar telefoontjes plegen. Doe alsof je thuis bent.'

'Oké.'

Christian verdwijnt in zijn werkkamer en laat mij achter in de enorme kunstgalerij die hij thuis noemt en ik vraag me af wat ik zal doen.

Kleren! Ik pak mijn rugzak en loop naar boven naar mijn slaapkamer en inspecteer de inloopkast. Hij is nog steeds gevuld met kleren – allemaal gloednieuw met de prijskaartjes er nog aan. Drie lange avondjurken, drie cocktailjurkjes en nog drie jurken gewoon voor overdag. Dit moet een fortuin hebben gekost.

Ik kijk op het prijskaartje van een van de avondjurken: $2998,- *Allemachtig*. Ik laat me op de vloer zakken.

Dit ben ik niet. Ik leg mijn hoofd in mijn handen en probeer de afgelopen uren te verwerken. Het is uitputtend. Waarom ben ik in hemelsnaam toch voor iemand gevallen die volslagen gestoord is – mooi, beestachtig sexy, rijker dan Croesus en gek met een hoofdletter G?

Ik vis de BlackBerry uit mijn rugzak en bel mijn moeder.

'Ana, lieverd! Wat lang geleden. Hoe gaat het, schat?'

'O, gewoon...'

'Wat is er aan de hand? Ben je er nog steeds niet uitgekomen met Christian?'

'Mam, het is ingewikkeld. Ik denk dat hij gestoord is. Dat is het probleem.'

'Vertel mij wat. Mannen, soms zijn ze gewoon niet te begrijpen. Bob vraagt zich af of we er wel goed aan hebben gedaan om naar Georgia te verhuizen.'

'Wat?'

'Ja, hij denkt erover om terug naar Vegas te gaan.'

O, nog iemand met problemen. Ik ben niet de enige.

Christian verschijnt in de deuropening. 'Daar ben je. Ik dacht dat je ervandoor was.' Hij is duidelijk opgelucht.

Ik steek mijn hand op om aan te geven dat ik aan het bellen ben. 'Sorry, mam, ik moet gaan. Ik bel je gauw weer.'

'Oké, lieverd – pas goed op jezelf. Ik hou van je!'

'Ik hou ook van jou, mama.'

Ik hang op en kijk naar Vijftig. Hij fronst zijn voorhoofd en ziet er vreemd genoeg opgelaten uit.

'Waarom verstop je jezelf hier?' vraagt hij.

'Ik verstop me niet. Ik ben wanhopig.'

'Wanhopig?'

'Vanwege dit allemaal, Christian.' Ik wuif met mijn hand vaag in de richting van de kleren.

'Mag ik binnenkomen?'

'Het is jouw kast.'

Hij fronst opnieuw zijn voorhoofd en gaat met zijn benen over elkaar tegenover me zitten.

'Het zijn maar kleren. Als je ze niet mooi vindt, stuur ik ze terug.'

'Ik heb een hele kluif aan je, weet je dat?'

Hij knippert naar me en krabt aan zijn kin... zijn stoppelige kin. Mijn vingers jeuken om hem aan te raken.

'Ik weet het. Het is lastig,' zegt hij.

'Je bent erg lastig.'

'Net als u, mevrouw Steele.'

'Waarom doe je dit?'

Zijn ogen worden groter en zijn behoedzame blik is terug. 'Dat weet je best.'

'Nee, dat weet ik niet.'

Hij strijkt met een hand door zijn haar. 'Je bent echt een frustrerende vrouw.'

'Je zou een leuke bruinharige Onderdanige kunnen hebben. Een die elke keer als jij "spring" zegt, vraagt "hoe hoog?", als ze natuurlijk al toestemming zou hebben om te praten. Dus waarom ik, Christian? Ik begrijp het gewoon niet.'

Hij staart me een ogenblik aan en ik heb geen idee waar hij aan denkt.

'Jij laat me anders naar de wereld kijken, Anastasia. Jij wil me niet om mijn geld. Jij geeft me... hoop,' zegt hij zacht.

Wat? Mr. Cryptisch is terug. 'Hoop waarop?'

Hij haalt zijn schouders op. 'Meer.' Zijn stem is diep en zacht. 'En je hebt gelijk. Ik ben vrouwen gewend die precies doen wat ik zeg, wanneer ik het zeg en hoe ik het wil. Dat gaat gauw vervelen. Jij hebt iets, Anastasia, iets wat me aantrekt op een dieper niveau dan ik kan bevatten. Het is de lokroep van de sirene. Ik kan je niet weerstaan en ik wil je niet kwijt.' Hij reikt voorover en pakt mijn hand. 'Loop alsjeblieft niet weg – stel een beetje vertrouwen in me en heb wat geduld met me. Alsjeblieft.'

Hij kijkt zo kwetsbaar... *Jemig, wat verwarrend allemaal.* Steunend op mijn knieën buig ik voorover en kus hem zachtjes op zijn lippen.

'Oké. Vertrouwen en geduld, daar kan ik mee leven.'

'Goed. Want Franco is er.'

Franco is klein, donker en homo. Ik vind hem geweldig.

'Wat heb je mooi haar!' dweept hij met een overdreven, waarschijnlijk nep Italiaans accent. Ik wed dat hij uit Baltimore komt of daar uit de buurt, maar zijn enthousiasme is aanstekelijk. Christian leidt ons beiden naar zijn badkamer, verdwijnt gehaast om weer terug te komen met een stoel uit zijn kamer.

'Ik laat jullie twee maar alleen,' zegt hij.

'*Grazie*, meneer Grey.' Franco richt zich tot mij. '*Bene*, Anastasia, wat zullen we eens met je doen?'

Christian zit op zijn bank en is druk bezig met iets wat op spreadsheets lijkt. Zachte, relaxte klassieke muziek klinkt door de grote kamer. Een vrouw zingt hartstochtelijk, ze gooit zich met hart en ziel in haar lied. Het is adembenemend. Christian kijkt op, glimlacht en leidt me zo af van de muziek.

'Kijk! Ik zeg jou hij vindt mooi,' roept Franco enthousiast.

'Je ziet er prachtig uit, Ana,' zegt Christian bewonderend.

'Mijn werk 'ier is klaar,' roept Franco uit.

Christian staat op en loopt naar ons toe. 'Bedankt, Franco.'

Franco draait zich om, pakt me vast in een onstuimige omhelzing en kust me op beide wangen. 'Laat niemand anders je haren knippen, *bellissima* Ana!'

Ik lach, verlegen door zijn vrijpostigheid. Christian gaat hem voor naar de hal en komt even later terug.

'Ik ben blij dat je het lang hebt gehouden,' zegt hij, terwijl hij met stralende ogen naar me toe loopt. Hij neemt een lok tussen zijn vingers.

'Zo zacht,' zegt hij, terwijl hij zijn blik op me laat rusten. 'Ben je nog boos op me?'

Ik knik en hij glimlacht.

'Waarom ben je precies boos op me?'

Ik rol met mijn ogen. 'Wil je de hele lijst?'

'Is er een lijst?'

'Een lange.'

'Kunnen we die in bed bespreken?'

'Nee.' Ik zet een kinderlijke pruillip op.

'Tijdens de lunch dan. Ik heb trek, en niet alleen in eten.' Hij werpt me een wellustige glimlach toe.

'Ik laat me niet imponeren door jouw sekspertise.'

Hij slikt een glimlach in. 'Wat zit u precies dwars, mevrouw Steele? Voor de dag ermee.'

Oké.

'Wat me dwarszit? Nou, jouw grove inbreuk op mijn privacy, het feit dat je me meenam naar de plek waar je ex-meesteres werkt en je al je minnaressen naartoe bracht om hun spul te laten ontharen, dat je me er op straat van langs gaf alsof ik zes jaar was – en tot overmaat van ramp liet je toe dat jouw Mrs. Robinson je aanraakte!' Mijn stem is als een crescendo steeds harder gaan klinken.

Hij trekt zijn wenkbrauwen omhoog en zijn goede humeur verdwijnt.

'Dat is nogal een lijst. Maar om het nog maar eens duidelijk te maken – ze is niet *míjn* Mrs. Robinson.'

'Ze mag je aanraken,' herhaal ik.

Hij perst zijn lippen op elkaar. 'Ze weet waar.'

'Wat betekent dat?'

Hij strijkt met beide handen door zijn haar en sluit kort zijn ogen, alsof hij een soort goddelijke ingeving zoekt. Hij slikt.

'Jij en ik hebben geen regels. Ik heb nooit een relatie zonder regels gehad en ik weet nooit waar je me gaat aanraken. Dat maakt me nerveus. Als jij me aanraakt...' Hij zwijgt, zoekt naar woorden. 'Het betekent gewoon meer... zoveel meer.'

Meer? Zijn antwoord komt als een volslagen verrassing, verwart me, en daar is weer dat kleine woordje met de grote betekenis dat tussen ons in hangt.

Mijn aanraking betekent... meer. *Goeie genade.* Hoe kan ik hem nou weerstand bieden als hij zulke dingen zegt? Grijze ogen zoeken de mijne, kijken ongerust.

Aarzelend steek ik mijn hand uit en ongerustheid slaat over in paniek. Christian wijkt terug en ik laat mijn hand vallen.

'Harde grens,' fluistert hij met een gepijnigde, paniekerige blik in zijn ogen.

Ik kan het niet helpen, maar ik voel een vernietigende teleurstelling. 'Hoe zou jij je voelen als je mij niet mocht aanraken?'

'Gebroken en misdeeld,' zegt hij onmiddellijk.

O, mijn Vijftig Tinten. Ik schud mijn hoofd, schenk hem een kleine geruststellende glimlach en hij ontspant.

'Ooit moet je me precies vertellen waarom dit een harde grens is, als je wilt.'

'Ooit,' belooft hij en in een nanoseconde lijkt hij uit zijn kwetsbaarheid te stappen.

Hoe kan hij zo snel omschakelen? Hij is de grilligste persoon die ik ken.

'Dus, de rest van je lijst. Inbreuk op je privacy.' Zijn mond verdraait, terwijl hij dit overdenkt. 'Omdat ik je rekeningnummer weet?'

'Ja, dat is schandalig.'

'Ik check de achtergrond van al mijn Onderdanigen. Ik zal het je laten zien.' Hij draait zich om en loopt richting zijn werkkamer.

Ik volg hem gehoorzaam, verbouwereerd. Uit een afgesloten dossierkast trekt hij een lichtbruin dossier. Getypt op de flap staat: ANASTASIA ROSE STEELE.

Godallemachtig. Ik kijk hem woest aan.

Hij haalt verontschuldigend zijn schouders op. 'Je mag het houden,' zegt hij zacht.

'Goh, enorm bedankt, joh,' snauw ik. Ik blader door de inhoud. Hij heeft een kopie van mijn geboorteakte, niet te geloven, mijn harde grenzen, de geheimhoudingsovereenkomst, het contract – *jemig* – mijn burgerservicenummer, cv, vorige werkgevers.

'Dus je wist dat ik bij Clayton's werkte?'

'Ja.'

'Het was geen toeval. Je kwam niet toevallig langs?'

'Nee.'

Ik weet niet of ik kwaad moet zijn, of gevleid.

'Dit is gestoord. Weet je dat?'

'Zo zie ik het niet. Ik moet voorzichtig zijn met wat ik doe.'

'Maar dit is privé.'

'Ik maak geen misbruik van deze informatie. Iedereen kan hier achter komen als hij wil, Anastasia. Om controle te hebben – heb ik informatie nodig. Zo heb ik altijd gewerkt.' Hij kijkt me aan, zijn gezichtsuitdrukking is behoedzaam en niet te ontcijferen.

'Je maakt wel misbruik van deze informatie. Je stortte tegen mijn zin vierentwintigduizend dollar op mijn rekening.'

Hij vertrekt zijn mond tot een strenge streep. 'Dat heb ik je verteld. Dat is wat Taylor voor jouw auto heeft gekregen. Het is ongelooflijk, ik weet het, maar zo is het.'

'Maar de Audi...'

'Anastasia, heb je enig idee hoeveel geld ik verdien?'

Ik bloos. 'Waarom zou ik? Ik hoef je saldo niet te weten, Christian.'

Zijn blik verzacht. 'Dat weet ik. Dat is een van de dingen die ik zo geweldig aan je vind.'

Ik staar hem geschokt aan. *Zo geweldig aan me vindt?*

'Anastasia, ik verdien grofweg honderdduizend dollar per uur.'

Mijn mond valt open. Dat is afschuwelijk veel geld.

'Vierentwintigduizend dollar is een schijntje. De auto, de boeken van Tess, de kleren, het is niets.' Zijn stem is zacht.

Ik staar hem aan. Hij heeft werkelijk geen idee. Merkwaardig.

'Hoe zou jij je in mijn plaats voelen bij het ontvangen van zo veel... overdaad?' vraag ik.

Hij kijkt me uitdrukkingsloos aan en daar is het, zijn probleem in een notendop – empathie, of het gebrek daaraan. De stilte strekt zich tussen ons uit.

Uiteindelijk haalt hij zijn schouders op. 'Ik weet het niet,' zegt hij en hij kijkt oprecht verdwaasd.

Mijn hart zwelt. Dit is het, de kern van zijn Vijftig Tinten. Hij kan zichzelf niet in mij verplaatsen. Goed, dat weet ik dan nu.

'Het voelt niet erg fijn. Ik bedoel, je bent erg gul, maar ik voel me er ongemakkelijk bij. Dat heb ik je vaak genoeg verteld.'

Hij zucht. 'Ik wil je de hele wereld geven, Anastasia.'

'Ik wil alleen jou, Christian. Niet alles daaromheen.'

'Dat hoort erbij. Het hoort bij wie ik ben.'

O, dit leidt nergens toe.

'Zullen we gaan eten?' vraag ik. Deze spanning tussen ons is uitputtend.

Hij fronst zijn voorhoofd. 'Oké.'

'Ik kook.'

'Goed. Er ligt anders ook eten in de ijskast.'

'Heeft mevrouw Jones in de weekenden vrij? Eet je dan meestal koude restjes?'

'Nee.'

'O?'

Hij zucht. 'Mijn Onderdanigen koken, Anastasia.'

'O, natuurlijk.' Ik bloos. Hoe kon ik zo stom zijn? Ik glimlach bevallig naar hem. 'Wat zou meneer willen eten?'

'Wat mevrouw maar kan vinden,' zegt hij geheimzinnig.

Nadat ik de indrukwekkende inhoud van de ijskast heb geïnspecteerd, besluit ik een Spaanse omelet te maken. Er liggen zelfs gekookte aardappelen – perfect. Het is gemakkelijk en snel. Christian is nog steeds in zijn werkkamer, ongetwijfeld bezig de privacy te schenden van een of andere arme, nietsvermoedende sukkel, en informatie te vergaren. Het is een onaangename gedachte die me een bittere smaak geeft. Mijn hoofd tolt. Hij kent werkelijk geen grenzen.

Ik heb muziek nodig als ik ga koken en ik ga niet onderdanig koken! Ik loop naar de iPod-dock naast de open haard en pak Christians iPod. Ik durf te wedden dat er meer nummers van Leila op staan – ik moet er niet aan denken.

Waar is ze? vraag ik me af. *Wat wil ze?*

Ik huiver. Wat een erfenis. Ik kan er met mijn hoofd niet bij.

Ik scrol door de uitgebreide lijst. Ik wil iets vrolijks. Hmm, Beyoncé – dat lijkt me niet Christians smaak. 'Crazy in Love'. Dat is het! Hoe toepasselijk. Ik druk op repeat en zet het volume hoog.

Ik glijd dansend terug naar de keuken, vind een kom en haal de eieren uit de ijskast. Ik breek ze open en begin al dansend te kloppen.

Ik plunder de ijskast nog eens en verzamel aardappels, ham en – *yes!* – doperwtjes uit het vriesvak. Dit is prima. Ik zoek een pan, zet hem op het vuur, giet er een beetje olijfolie in en ga verder met kloppen.

Geen empathie, mijmer ik. Is alleen Christian zo? Wellicht zijn alle mannen zo, maken vrouwen hen in de war. Ik weet het gewoon niet. Misschien is het wel niet zo'n belangrijke ontdekking.

Ik wou dat Kate thuis was; zij zou het wel weten. Ze is al veel te lang op Barbados. Ze zou aan het eind van de week terugkomen, na haar extra vakantie met Elliot. Ik vraag me af of het tussen die twee nog steeds lust op het eerste gezicht is.

Een van de dingen die ik zo geweldig aan je vind.

Ik stop met kloppen. Hij heeft het gezegd. Betekent dit dat er meer dingen zijn? Ik glimlach voor het eerst sinds ik Mrs. Robinson heb gezien – een onvervalste, oprechte glimlach over mijn hele gezicht.

Ik schrik op als Christian zijn armen om me heen slaat.

'Interessante muziekkeuze,' bromt hij tevreden, terwijl hij me onder mijn oor kust. 'Je haar ruikt lekker.' Hij steekt zijn neus in mijn haar en ademt diep in.

In mijn buik voel ik lust omhoogkomen. *Nee.* Ik maak me los uit zijn omhelzing.

'Ik ben nog steeds boos op je.'

Hij fronst zijn wenkbrauwen. 'Hoe lang houd je dat nog vol?' vraagt hij, terwijl hij een hand door zijn haar haalt.

Ik haal mijn schouders op. 'In elk geval tot ik heb gegeten.'

Zijn lippen trillen van plezier. Hij draait zich om, pakt de afstandsbediening van de bar en zet de muziek uit.

'Heb jij dat op je iPod gezet?' vraag ik.

Hij schudt zijn hoofd met een somber gezicht en ik weet dat zij het was – Spookmeisje.

'Denk je niet dat ze je toen iets duidelijk wilde maken?'

'Nou, achteraf gezien misschien wel,' zegt hij zacht.

Quod Erat Demonstrandum. Geen empathie. Mijn onderbewuste slaat haar armen over elkaar en smakt vol afkeer met haar lippen.

'Waarom staat het er nog op?'

'Ik vind het nummer best leuk. Maar als het je irriteert, haal ik het eraf.'

'Nee, het is prima. Ik kook graag op muziek.'

'Wat zou je willen horen?'

'Verras me maar.'

Hij buigt zich over de iPod-dock terwijl ik de eieren verder klop.

Even later hoor ik de hemelzoete, gevoelige stem van Nina Simone door de kamer klinken. Het is een van Rays favoriete nummers: 'I Put a Spell on You'.

Ik bloos, draai me om, om Christian aan te kijken. Wat probeert hij me duidelijk te maken? Hij heeft me al lang geleden betoverd. O hemel... zijn blik is veranderd, de lichtzinnigheid is weg, zijn ogen zijn donker, intens.

Ik kijk naar hem, in zijn ban, terwijl hij me langzaam, als een roofdier, besluipt op het trage, zwoele ritme van de muziek. Hij loopt op blote voeten en draagt alleen een losgeknoopt wit overhemd en een spijkerbroek. Hij heeft een gloeiende blik in zijn ogen.

Net als Nina 'You're mine' zingt, is Christian bij me, het is duidelijk wat hij van plan is.

'Christian, alsjeblieft,' fluister ik met de garde doelloos in mijn hand.

'Alsjeblieft wat?'

'Niet doen.'

'Wat?'

'Dit.'

Hij staat voor me en laat zijn blik op me rusten.

'Weet je het zeker?' fluistert hij, terwijl hij zijn hand uitsteekt, de garde uit mijn hand pakt en terug in de kom met eieren legt. Mijn hart bonst in mijn keel. Ik wil dit niet – ik wil dit wel – heel graag. Hij is zo frustrerend, zo opwindend en aantrekkelijk. Ik wend mijn blik af van zijn betoverende blik.

'Ik wil je, Anastasia,' zegt hij zwoel. 'Ik haat je en ik bemin je en ik hou ervan ruzie met je te maken. Dat is heel nieuw voor me. Ik moet weten dat alles oké is tussen ons. Dit is de enige manier die ik ken.'

'Mijn gevoelens voor je zijn niet veranderd,' fluister ik.

Zijn nabijheid is onweerstaanbaar, opwindend. Ik voel de vertrouwde aantrekkingskracht, al mijn zenuwen drijven me naar hem toe, mijn innerlijke godin loopt over van wellust. Ik bijt hulpeloos, voortgedreven door begeerte, op mijn lip, terwijl ik naar het plukje haar in de v van zijn overhemd kijk – ik wil hem daar proeven.

Hij is zo dichtbij, maar hij raakt me niet aan. Zijn vuur verwarmt mijn huid.

'Ik raak je pas aan als je ja zegt,' zegt hij zacht. 'Maar op dit moment, na deze waardeloze ochtend, wil ik me in jou begraven en alles rondom ons vergeten.'

Mijn hemel... Ons. Een magische combinatie, een klein, maar krachtig voornaamwoord dat de doorslag geeft. Ik hef mijn hoofd op om zijn prachtige, maar serieuze gezicht te kunnen zien.

'Ik ga je gezicht aanraken,' fluister ik en even zie ik de verrassing in zijn ogen voordat zijn goedkeuring het wint.

Ik til mijn hand op, streel zijn wang en beweeg mijn vingers over zijn stoppels. Hij sluit zijn ogen en laat zijn adem ontsnappen terwijl hij zijn gezicht naar mijn hand toe buigt.

Hij buigt langzaam voorover en mijn lippen reiken automatisch naar de zijne. Hij hangt boven me.

'Ja of nee, Anastasia?' fluistert hij.

'Ja.'

Zijn mond sluit zich zacht op de mijne en liefkozend duwt hij mijn lippen uit elkaar terwijl hij me in zijn armen neemt en me naar zich toe trekt. Zijn hand glijdt over mijn rug, zijn vingers raken verstrikt in het haar op mijn achterhoofd en trekken er voorzichtig aan. Hij legt zijn andere hand vlak op mijn billen en duwt me tegen zich aan. Ik kreun zacht.

'Meneer Grey.' Taylor kucht en Christian laat onmiddellijk los.

'Taylor,' zegt hij op koele toon.

Ik draai me om en zie Taylor ongemakkelijk op de drempel van de grote kamer staan. Christian en Taylor staren elkaar aan, tussen hen vindt een vorm van onuitgesproken communicatie plaats.

'Mijn werkkamer,' zegt Christian kortaf, en Taylor loopt vlug de kamer door.

'Dit hou ik van je te goed,' fluistert Christian me toe alvorens Taylor de kamer uit te volgen.

Ik adem diep in om tot rust te komen. Kan ik hem niet één minuut weerstaan? Ik schud mijn hoofd vol afschuw over mezelf en dankbaar voor Taylors onderbreking, hoe gênant ook.

Ik vraag me af wat Taylor in het verleden heeft moeten onderbreken. Wat heeft hij gezien? Ik wil er niet aan denken. Lunch. Ik ga verder met de lunch. Ik hou mezelf bezig met het snijden van de aardappels. Wat wil Taylor? Mijn gedachten schieten door m'n hoofd – gaat dit over Leila?

Tien minuten later verschijnen ze weer, net als de omelet klaar is. Christian kijkt bezorgd als hij een blik op me werpt.

'Instructies over tien minuten,' zegt hij tegen Taylor.

'We zullen klaarstaan,' antwoordt Taylor en hij verlaat de grote kamer.

Ik maak twee voorverwarmde borden klaar en zet ze op het kookeiland.

'Lunch?'

'Graag,' zegt Christian, terwijl hij plaatsneemt op een van de barkrukken. Hij bekijkt me aandachtig.

'Problemen?'

'Nee.'

Ik frons mijn voorhoofd. Hij gaat het me niet vertellen. Ik dien de lunch op en ga naast hem zitten, me erbij neerleggend dat hij me niet inlicht.

'Dit is lekker,' mompelt Christian goedkeurend, terwijl hij een hap neemt. 'Wil je een glas wijn?'

'Nee, dank je.' *Ik moet helder blijven met jou in de buurt, Grey.*

Het smaakt inderdaad goed, hoewel ik niet veel trek heb. Maar ik eet, in de wetenschap dat Christian gaat zeuren als ik het niet doe. Uiteindelijk doorbreekt Christian de dreigende stilte tussen ons en zet het klassieke nummer op dat ik eerder hoorde.

'Wat is dit?' vraag ik.

'Canteloube, *Chants d'Auvergne*. Dit nummer heet "Bailero".'

'Het is prachtig. Welke taal is het?'

'Het is Oudfrans – Occitaans om precies te zijn.'

'Jij spreekt Frans, kun je het verstaan?' Herinneringen aan het onberispelijke Frans dat hij tijdens het diner bij zijn ouders sprak schieten te binnen...

'Sommige woorden, ja.' Christian glimlacht, merkbaar beter op zijn gemak. 'Mijn moeder had een mantra: muziekinstrument, vreemde taal, vechtsport. Elliot spreekt Spaans; Mia en ik spreken Frans. Elliot speelt gitaar, ik piano en Mia cello.'

'Wauw. En de vechtsporten?'

'Elliot doet aan judo. Mia heeft haar poot stijf gehouden op haar twaalfde en weigert sindsdien.' Hij glimlacht bij de herinnering.

'Ik zou willen dat mijn moeder zo georganiseerd was.'

'Dr. Grace is formidabel als het over de prestaties van haar kinderen gaat.'

'Ze moet wel erg trots op je zijn. Dat zou ik in elk geval wel zijn.'

Een sombere gedachte schiet over Christians gezicht en hij lijkt even niet op zijn gemak. Hij bekijkt me bedachtzaam, alsof hij op onbekend terrein is.

'Heb je al besloten wat je vanavond aan zal doen? Of moet ik iets voor je komen uitzoeken?' Zijn toon klinkt plots nors.

Whoa! Hij klinkt kwaad. *Waarom? Wat heb ik gezegd?*

'Eh... nog niet. Heb jij al die kleren uitgezocht?'

'Nee, Anastasia, dat heb ik niet. Ik heb een lijst en jouw maten doorgegeven aan een personal shopper bij Neiman Marcus. Ze zouden moeten passen. Trouwens, ik heb extra beveiliging geregeld voor vanavond en de komende dagen. Nu Leila zo onvoorspelbaar en onverwachts rondloopt in Seattle, denk ik dat dat een verstandige voorzorgsmaatregel is. Ik wil niet dat je alleen naar buiten gaat. Oké?'

Ik knipper met mijn ogen. 'Oké.' Waar is de ik-wil-je-nu-Grey gebleven?

'Goed. Ik ga ze hun instructies geven. Dat zal niet lang duren.'

'Zijn ze hier?'

'Ja.'

Waar?

Christian pakt zijn bord, zet het in de gootsteen en verdwijnt uit de kamer. Wat was dat in godsnaam? Hij lijkt wel verschillende mensen in één lichaam. Is dat geen symptoom van schizofrenie? Dat moet ik googelen.

Ik haal mijn bord weg, was snel af en ga naar míjn slaapkamer met het ANASTASIA ROSE STEELE-dossier. Terug in de inloopkast haal ik de drie lange avondjurken tevoorschijn. Oké, welke?

Terwijl ik op het bed lig, staar ik naar mijn Mac, de iPad en mijn BlackBerry. Ik ben bedolven onder de technologie. Ik begin Christians playlist over te zetten van mijn iPad naar de Mac, open dan Google en begin te surfen.

Ik lig languit op bed naar het scherm van de Mac te kijken, als Christian binnenkomt.

'Wat ben je aan het doen?' informeert hij zacht.

Ik raak even in paniek en vraag me af of ik hem de website die ik nu bekijk moet laten zien – meervoudige persoonlijkheidsstoornis: de symptomen.

Als hij naast me komt liggen, kijkt hij geamuseerd naar de website.

'Speciale reden om deze site te bezoeken?' vraagt hij nonchalant.

Norse Christian is weg – speelse Christian is terug. Hoe moet ik dit in godsnaam bijhouden?

'Onderzoek. Naar een moeilijke persoonlijkheid.' Ik werp hem mijn beste stalen gezicht toe.

Zijn mond vertrekt als hij een glimlach onderdrukt. 'Een moeilijke persoonlijkheid?'

'Mijn persoonlijke projectje.'

'Ben ik nu een persoonlijk projectje? Een nevenactiviteit. Een wetenschappelijk experiment misschien. Terwijl ik dacht dat ik alles voor je betekende. Mevrouw Steele, u kwetst me.'

'Hoe weet je dat het over jou gaat?'

'Gokje.'

'Het klopt dat jij de enige gestoorde, wispelturige controlfreak bent die ik intiem ken.'

'Ik dacht dat ik de enige persoon was die je intiem kende.' Hij trekt een wenkbrauw op.

Ik bloos. 'Ja. Dat ook.'

'Heb je al conclusies getrokken?'

Ik draai me om en kijk hem aan. Hij ligt uitgestrekt naast me op zijn zij met zijn hoofd op zijn elleboog, zijn gezichtsuitdrukking is zacht, geamuseerd.

'Ik denk dat je intensieve therapie nodig hebt.'

Hij steekt zijn arm uit en stopt voorzichtig mijn haar achter mijn oren.

'Ik denk dat ik jou nodig heb. Hier.' Hij overhandigt me een tube lippenstift.

Ik kijk hem fronsend aan, verbaasd. Het is sloerierood, volstrekt niet mijn kleur.

'Wil je dat ik dat opdoe?' zeg ik met een schril stemmetje.

Hij lacht. 'Nee, Anastasia, tenzij je dat zelf wil. Ik denk niet dat het je kleur is,' voegt hij er droog aan toe.

Hij gaat rechtop op bed zitten met zijn benen over elkaar en trekt zijn overhemd over zijn hoofd. *O hemel.* 'Ik zie wel wat in jouw idee van een routekaart.'

Ik kijk hem uitdrukkingsloos aan. Routekaart?

'De no-go-zones,' legt hij uit.

'O, dat was maar een grapje.'

'Niet voor mij.'

'Wil je dat ik op je teken, met lippenstift?'

'Het gaat er wel af. Uiteindelijk.'

Dit betekent dat ik hem vrijuit mag aanraken. Een kleine verwonderde glimlach speelt om mijn lippen.

'Wat dacht je van iets permanenters, zoals een markeerstift?'

'Ik zou een tatoeage kunnen nemen.' Zijn ogen schitteren vrolijk.

Christian Grey met een tatoeage? Zijn prachtige lichaam ontsieren, terwijl het al zozeer getekend is? Echt niet!

'Nee tegen de tatoeage!' lach ik om mijn afschuw te verbergen.

'Lippenstift dan.' Hij grijnst.

Ik sluit de Mac en duw hem aan de kant. Dit kan leuk worden.

'Kom.' Hij steekt zijn handen naar me uit. 'Kom op me zitten.'

Ik schop mijn ballerina's uit, kom overeind en kruip naar hem toe. Hij ligt plat op het bed met zijn benen opgetrokken.

'Leun maar tegen mijn benen aan.'

Ik klauter over hem heen en ga schrijlings op hem zitten, zoals hij vraagt. Zijn ogen staan wijd open en kijken behoedzaam. Maar hij vindt het ook leuk.

'Het lijkt – of je er zin in hebt,' merkt hij spottend op.

'Ik ben altijd gretig op zoek naar informatie, meneer Grey, en het betekent dat je je zult ontspannen, omdat ik zal weten waar de grenzen liggen.'

Hij schudt zijn hoofd, alsof hij niet echt gelooft dat hij me zo over zijn hele lichaam laat tekenen.

'Maak de lippenstift open,' beveelt hij.

O, hij is überbazig, maar het maakt me niet uit.

'Geef me je hand.'

Ik geef hem mijn andere hand.

'De hand met de lippenstift.' Hij rolt met zijn ogen naar me.

'Rol je je ogen naar me?'

'Jep.'

'Dat is erg onbeleefd, meneer Grey. Ik ken mensen die daar beslist agressief van worden.'

'Is dat zo?' Zijn toon is ironisch.

Ik geef hem mijn hand met de lippenstift en plotseling gaat hij rechtop zitten en zitten we met onze gezichten tegenover elkaar.

'Klaar?' zegt hij met een lage en zachte stem die heel mijn lichaam strak en gespannen maakt. *O wauw.*

'Ja,' fluister ik. Zijn nabijheid is verleidelijk, zijn gespierde lijf dichtbij, zijn Christian-geur vermengd met de geur van mijn douchegel. Hij leidt mijn hand naar de kromming van zijn schouder.

'Hier mag je beginnen,' fluistert hij en mijn mond wordt droog als hij mijn hand naar beneden leidt, vanaf de bovenkant van zijn schouder, rond zijn oksel en omlaag langs de zijkant van zijn borst. De lippenstift laat een brede, felrode streep achter. Hij stopt onder aan zijn ribben en stuurt me dan rond zijn buik. Hij verstrakt en staart, schijnbaar onbewogen, in mijn ogen, maar achter zijn angstvallig uitdrukkingsloze blik zie ik zijn opgetogenheid.

Hij houdt zijn afkeer strak onder controle, zijn kaaklijn is gespannen en ik zie spanning rond zijn ogen. Halverwege zijn buik mompelt hij: 'En nu omhoog langs de andere kant.' Hij laat mijn hand los.

Ik kopieer de lijn die ik op zijn linkerkant heb getekend. Het vertrouwen dat hij me schenkt maakt me licht in mijn hoofd, maar dat gevoel wordt getemperd door het feit dat ik zijn pijn kan uittellen. Zijn borst is bezaaid met zeven kleine, ronde witte littekens en het is een diepe, duistere kwelling om deze afschuwelijke, verdorven verminking van zijn prachtige lichaam te zien. Wie doet een kind zoiets aan?

'Zo, klaar,' fluister ik, mijn emotie in bedwang houdend.

'Nee, nog niet,' antwoordt hij en hij trekt een lijn met zijn lange wijsvinger rond de onderkant van zijn nek. Ik volg de lijn van zijn vinger met een scharlakenrode streep. Als ik klaar ben kijk ik in de grijze diepte van zijn ogen.

'Nu mijn rug,' zegt hij. Hij verschuift, zodat ik van hem af moet, draait zich dan om en gaat in kleermakerszit met zijn rug naar me toe op het bed zitten.

'Volg de lijn van mijn borst, helemaal naar de andere kant.' Zijn stem klinkt laag en hees.

Ik doe wat hij zegt tot een karmozijnrode lijn midden over zijn rug loopt, en terwijl ik bezig ben, tel ik nog meer littekens die zijn prachtige lichaam ontsieren. Negen in totaal.

Godallemachtig. Ik vecht tegen de onweerstaanbare behoefte om ze elk afzonderlijk te kussen en moet de tranen die in mijn ogen opwellen tegenhouden. Wat voor beest doet zoiets? Zijn hoofd is gebogen en zijn lichaam gespannen, terwijl ik de baan over zijn rug voltooi.

'Ook rond je nek?' fluister ik.

Hij knikt en langs de onderkant van zijn nek, onder zijn haargrens, teken ik nog een lijn, die aansluit op de eerste.

'Klaar,' mompel ik, en het ziet eruit alsof hij een bizar huidkleurig vest met een sloerierode rand draagt.

Zijn schouders zakken in elkaar als hij zich ontspant en hij draait zich langzaam om, zodat hij me weer kan aankijken.

'Dat zijn de grenzen,' zegt hij zacht, zijn ogen donker en zijn pupillen wijd... van angst? Van lust? Ik wil me op hem werpen, maar ik hou me in en kijk hem verwonderd aan.

'Daar kan ik mee leven. Maar nu wil ik me op je storten,' fluister ik.

Hij kijkt me wellustig aan en steekt zijn handen uit, een zwijgend gebaar van instemming.

'Welnu, mevrouw Steele, ik ben geheel de uwe.'

Als een kind gier ik het uit van de pret en werp me in zijn armen, hem neerduwend op het bed. Hij kronkelt, stoot een jongensachtige lach uit vol opluchting dat de beproeving voorbij is. Op de een of andere manier kom ik onder hem op het bed terecht.

'Volgens mij had ik nog wat te goed,' fluistert hij en opnieuw eist zijn mond de mijne op.

Zes

Mijn handen woelen door zijn haar en ik hou mijn mond koortsachtig tegen de zijne gedrukt, neem hem helemaal in me op, genietend van het gevoel van zijn tong tegen de mijne. Hij heeft hetzelfde, hij verslindt me. Het is een hemels gevoel.

Plotseling trekt hij me omhoog en grijpt de zoom van mijn T-shirt, trekt het over mijn hoofd en smijt het op de vloer.

'Ik wil je voelen,' zegt hij gulzig tegen mijn mond, terwijl zijn handen achter mijn rug gaan om mijn bh los te maken. In één soepele beweging is hij uit en hij gooit hem opzij.

Hij duwt me terug op het bed, drukt me in het matras en zijn mond en handen gaan naar mijn borsten. Mijn vingers krullen in zijn haar als hij een van mijn tepels tussen zijn lippen neemt en hard trekt.

Ik voel het door mijn hele lichaam en schreeuw het uit, terwijl alle spieren rond mijn liezen worden geprikkeld en op scherp staan.

'Ja, schatje, ik wil je horen,' kreunt hij tegen mijn oververhitte huid.

Mijn god, ik wil hem nu in me voelen. Met zijn mond speelt hij met mijn tepel, hij trekt eraan, laat me kronkelen en sidderen en naar hem smachten. Ik voel zijn verlangen, vermengd met – wat eigenlijk? Verering. Het is alsof hij me aanbidt.

Hij plaagt me met zijn vingers, mijn tepel wordt hard en lang onder zijn kundige aanraking. Zijn hand gaat naar mijn spijkerbroek, behendig maakt hij de knoop open, hij trekt de rits omlaag en schuift zijn hand in mijn slip, waarbij zijn vingers langs mijn vagina glijden.

Zijn adem ontsnapt sissend als zijn vinger in me glijdt. Ik duw mijn bekken omhoog tegen de muis van zijn hand en hij reageert door tegen me aan te wrijven.

'O, schatje,' zucht hij, als hij boven me komt hangen en diep in mijn ogen kijkt. 'Je bent zo nat.' Hij klinkt vol bewondering.

'Ik wil je,' hijg ik.

Zijn mond ontmoet opnieuw de mijne en ik voel zijn hunkerende wanhoop, zijn verlangen naar mij.

Dit is nieuw – zo is het nog niet eerder geweest, behalve misschien toen ik terugkwam uit Georgia – en in gedachten hoor ik weer zijn woorden van daarnet... *Ik moet weten dat het goed zit tussen ons. Dit is de enige manier die ik ken.*

De gedachte verwart me. Het idee dat ik zo'n effect op hem heb, dat ik hem hiermee zo veel troost kan bieden – mijn innerlijke godin spint van puur genot. Hij gaat rechtop zitten, pakt de rand van mijn spijkerbroek en trekt hem uit, gevolgd door mijn slip.

Met zijn ogen op de mijne gericht gaat hij staan, haalt een condoom uit zijn zak en gooit het naar me toe. Dan trekt hij in één soepele beweging zijn spijkerbroek en boxershort uit.

Ik scheur de verpakking gretig open en als hij weer naast me ligt, doe ik langzaam het condoom om. Hij pakt allebei mijn handen en rolt op zijn rug.

'Jij. Bovenop,' beveelt hij, terwijl hij me schrijlings op zich zet. 'Ik wil je zien.'

O.

Hij leidt me en aarzelend laat ik mezelf op hem zakken. Hij sluit zijn ogen en buigt zijn heupen naar mij toe, komt in me, rekt me uit en terwijl hij zich ontspant vormt zijn mond een perfecte O.

O, dit voelt zo goed – hem bezitten, terwijl hij mij bezit.

Hij houdt mijn handen vast, en ik weet niet of hij dat doet om me steun te geven of om me ervan te weerhouden hem aan te raken, ondanks de routekaart.

'Je voelt zo lekker,' kreunt hij.

Ik kom weer omhoog, bedwelmd door de macht die ik over hem heb, terwijl ik kijk hoe Christian Grey zich langzaam onder me verliest. Hij laat mijn handen los en pakt mijn heupen vast, en ik leg mijn handen op zijn armen. Hij stoot diep in me waardoor ik het uitschreeuw.

'Goed zo, schatje, voel me maar,' zegt hij met verwrongen stem.

Ik laat mijn hoofd achterovervallen en doe precies wat hij zegt. Dit is waar hij zo goed in is.

Ik beweeg – en beantwoord zijn ritme in perfecte symmetrie – terwijl ik alle gedachten en mijn verstand tot zwijgen breng en alleen nog maar voel. Ik ga volledig op in deze ruimte van genot. *Op en neer... nog eens en nog eens... O yes...* Als ik mijn ogen open, kijk ik omlaag naar hem, mijn adem stokt en hij kijkt terug, zijn ogen vol vuur.

'Mijn Ana,' ademt hij.

'Ja,' zeg ik met raspende stem. 'Altijd.'

Hij kreunt luid, doet zijn ogen weer dicht en laat zijn hoofd achterovervallen. *O mijn god...* Christian die zich laat gaan is genoeg om mijn lot te bezegelen en ook ik kom hardop klaar. Het is uitputtend, ik tol rond en rond en stort op hem neer.

'O, schatje,' kreunt hij als hij zijn verlossing heeft gevonden, me vasthoudt en weer loslaat.

Mijn hoofd ligt op zijn borst in de no-go-zone, mijn wang tegen zijn springerige borsthaar. Ik hijg, gloei en weersta de neiging om mijn lippen te tuiten en hem te kussen.

Ik lig op hem, snak naar adem. Hij strijkt mijn haar glad en zijn hand glijdt strelend over mijn rug, terwijl zijn ademhaling tot rust komt.

'Je bent zo mooi.'

Ik til mijn hoofd op en staar hem sceptisch aan. Als reactie fronst hij zijn voorhoofd en plotseling gaat hij rechtop zitten. Hij slaat zijn arm om me heen om me vast te houden. Ik grijp me vast aan zijn bovenarmen terwijl we met onze gezichten tegenover elkaar komen te zitten.

'Jij. Bent. Mooi,' zegt hij opnieuw. Zijn stem klinkt gevoelig.

'En jij bent soms verrassend lief.' Ik kus hem teder.

Hij tilt me op en maakt zich uit me los. Er gaat een h
door me heen. Hij buigt voorover en kust me zacht.

'Je hebt geen idee hoe aantrekkelijk je bent, of wel?'

Ik bloos. Waarom gaat hij hierop door?

'Al die jongens die achter je aan zitten – zijn dat niet genoeg hints?'

'Jongens? Welke jongens?'

'Wil je de lijst?' Christian fronst zijn wenkbrauwen. 'De fotograaf, die is weg van je, de jongen in de ijzerwinkel, de oudere broer van je huisgenote. Je baas,' voegt hij er bitter aan toe.

'O, Christian, dat is gewoon niet waar.'

'Geloof me. Ze willen je. Zij willen wat van mij is.' Hij trekt me tegen zich aan en ik leg mijn armen over zijn schouders, mijn handen in zijn haar, en kijk hem geamuseerd aan.

'Van mij,' herhaalt hij met een bezitterige gloed in zijn ogen.

'Ja, van jou,' stel ik hem glimlachend gerust. Hij lijkt gesust en ik voel me volkomen op mijn gemak, naakt op zijn schoot op bed op een klaarlichte zaterdagmiddag. Wie had dat gedacht? De lippenstiftsporen zitten nog op zijn prachtige lichaam. Ik merk echter dat er een paar vegen op het dekbedovertrek zitten en ik vraag me even af wat mevrouw Jones daarvan zal denken.

'De lijn is nog heel,' zeg ik zacht en dapper volg ik met mijn wijsvinger het spoor op zijn schouder. Hij verstijft en knijpt zijn ogen plotseling half dicht. 'Ik wil op ontdekkingstocht.'

Hij kijkt me bedenkelijk aan.

'In het appartement?'

'Nee. Ik dacht aan de schatkaart die we op jou hebben getekend.' Mijn vingers jeuken om hem aan te raken.

Hij trekt verbaasd zijn wenkbrauwen op en knippert onzeker met zijn ogen. Ik wrijf mijn neus tegen de zijne.

'En wat zou dat precies inhouden, mevrouw Steele?'

Ik haal mijn hand van zijn schouder en streel met mijn vingertoppen over zijn gezicht.

'Ik wil je gewoon overal aanraken waar ik mag.'

Christian vangt mijn wijsvinger met zijn tanden en bijt zacht.

'Au,' protesteer ik en hij grijnst, terwijl er een laag gegrom uit zijn keel komt.

'Oké,' zegt hij en hij laat mijn vinger los, maar ik hoor de bezorgdheid in zijn stem. 'Wacht.' Hij buigt zich over me heen, tilt me weer op en verwijdert het condoom, waarna hij het achteloos op de vloer naast het bed laat vallen.

'Ik haat die dingen. Ik ben in staat om dokter Greene nu te laten komen om je een injectie te geven.'

'Denk je dat de beste gynaecoloog van Seattle meteen komt opdraven?'

'Ik kan erg overtuigend zijn,' mompelt hij, terwijl hij mijn haar achter mijn oor stopt. 'Franco heeft goed werk afgeleverd met je haar. Ik vind die laagjes erg mooi.'

Wat?

'Verander niet steeds van onderwerp.'

Hij schuift me weer terug, zodat ik schrijlings op hem zit met mijn rug tegen zijn gebogen knieën en mijn voeten aan weerszijden van zijn heupen. Hij leunt achterover op zijn armen.

'Ga je gang,' zegt hij serieus. Hij kijkt nerveus, maar probeert het te verbergen.

Met mijn ogen op de zijne gericht reik ik omlaag en volg ik met mijn vinger de lippenstiftlijn, over zijn fraai gemodelleerde buikspieren. Hij krimpt ineen en ik stop.

'Het hoeft niet,' fluister ik.

'Nee, het is goed. Het vereist alleen wat... aanpassing van mijn kant. Ik ben lang door niemand aangeraakt,' zegt hij lief.

'Mrs. Robinson?' De woorden glippen ongevraagd uit mijn mond en verrassend genoeg slaag ik erin alle bitterheid en wrok uit mijn stem te laten.

Hij knikt, duidelijk niet op zijn gemak. 'Ik wil niet over haar praten. Dat bederft je goede humeur.'

'Dat kan ik wel aan.'

'Nee, dat kun je niet aan, Ana. Elke keer dat ik haar ter sprake breng, word je kwaad. Mijn verleden is mijn verleden. Dat is een feit. Ik kan er niets aan veranderen. Ik mag van geluk spreken dat jij niet zo'n verleden hebt, want dat zou me gek maken.'

Ik frons mijn voorhoofd, maar wil geen ruzie maken. 'Jou gek maken? Gekker dan je al bent?' Ik glimlach, hopend dat het de lucht tussen ons zal klaren.

Hij vertrekt zijn mond. 'Gek op jou,' fluistert hij.
Mijn hart zwelt van vreugde.
'Zal ik dr. Flynn even voor je bellen?'
'Ik denk niet dat dat nodig is,' zegt hij droog.
Ik schuif naar achteren, zodat zijn benen plat komen te liggen, en ik leg mijn vingers terug op zijn buik en laat ze over zijn huid dwalen. Hij verstijft weer.
'Ik vind het heerlijk om je aan te raken.' Mijn vingers glijden naar zijn navel en dan verder naar beneden langs het spoor van haar onder zijn navel. Zijn lippen gaan van elkaar als zijn ademhaling verandert, zijn ogen worden donkerder en onder mij komt zijn erectie trillend in beweging. *Allemachtig. Tweede ronde.*
'Nog een keer?' mompel ik.
Hij glimlacht. 'Echt wel, mevrouw Steele, nog een keer.'

Wat een heerlijke manier om een zaterdagmiddag door te brengen. Ik sta onder de douche, was mezelf afwezig en probeer mijn bijeengebonden haar niet nat te maken, terwijl ik mijmer over de afgelopen uren. Christian en vanille lijken goed samen te gaan.
Hij heeft vandaag zoveel prijsgegeven. Het duizelt me als ik probeer om alle informatie in me op te nemen en te bedenken wat ik heb geleerd: de details over zijn salaris – *whoa, hij is stinkend rijk en zeker voor iemand die zo jong is; echt ongelooflijk* – en de dossiers die hij bijhoudt over mij en al zijn bruinharige Onderdanigen. Ik vraag me af of ze allemaal in die dossierkast zitten?
Mijn onderbewuste tuit haar lippen en schudt haar hoofd – *waag het niet te gaan kijken*. Ik frons mijn voorhoofd. *Alleen even gluren?*
En Leila – met een pistool, mogelijkerwijs, ergens – en haar vreselijke muzieksmaak die nog op zijn iPod staat. Erger nog, Mrs. 'Pedo' Robinson; ik snap er nog steeds niks van, en dat wil ik ook niet. Ik wil niet dat ze een toeschouwer, met glanzende lokken, in onze relatie is. Hij heeft gelijk, ik word razend als ik aan haar denk, dus misschien is het beter als ik dat niet doe.
Ik stap onder de douche vandaan en droog mezelf af en plotseling word ik overvallen door onverwachte boosheid.
Maar wie zou er nou niet razend worden? Welk normaal na-

denkend mens doet zoiets bij een vijftienjarige jongen? In hoeverre heeft zij hem naar de klote geholpen? Ik begrijp haar niet. En erger nog, hij zegt dat zij hem geholpen heeft. Hoe dan?

Ik denk aan zijn littekens, de sterke fysieke belichaming van een afschuwelijke jeugd en een ziekmakende herinnering aan de mentale littekens die hij met zich meedraagt. Mijn lieve, verdrietige Vijftig Tinten. Hij zei zulke lieve dingen vandaag. *Hij is gek op me.*

Ik kijk naar m'n spiegelbeeld en denk glimlachend terug aan zijn woorden, mijn hart vloeit weer over en daar is die belachelijke lach van oor tot oor weer. Misschien gaat het ons gewoon lukken. Maar hoe lang houdt hij dit vol zonder mij verrot te willen slaan omdat ik een of andere willekeurige grens heb overschreden?

Mijn glimlach verdwijnt. Ik weet het echt niet. Dit is de schaduw die boven ons hangt. Kinky neukerij, prima, maar dan?

Mijn onderbewuste staart me onbewogen aan, voor het eerst zonder betweterige wijze woorden. Ik ga terug naar mijn slaapkamer om me aan te kleden.

Christian is zich beneden aan het klaarmaken, of waar hij ook mee bezig is, dus ik heb de slaapkamer voor mezelf. Naast de jurken in de kast heb ik laden vol nieuw ondergoed. Ik kies een zwarte bustier met een prijskaartje van 540 dollar. Het heeft een zilveren filigraanversiering en een minuscuul bijpassend slipje. Kousen tot aan de dijen erbij, in huidkleur, zo fijntjes, puur zijde. *Wauw, ze voelen... zo soepel... best wel sexy... hmm.*

Ik wil net de jurk pakken als Christian onaangekondigd binnenkomt. *Whoa, nooit van kloppen gehoord!* Hij staat onbeweeglijk naar me te staren, zijn ogen glimmen van lust. Ik word helemaal rood, ik voel het. Hij draagt een wit overhemd en een zwarte kostuumbroek. De bovenste knoopjes van zijn overhemd staan open. Ik zie dat de lippenstiftstreep er nog zit, en hij staat nog steeds te staren.

'Kan ik u helpen, meneer Grey? Ik neem aan dat uw bezoek nog een ander doel dient dan mij stompzinnig aan te gapen?'

'Ik vermaak me wel met mijn stompzinnige gegaap, dank u, mevrouw Steele,' antwoordt hij ondeugend, terwijl hij verder de kamer in komt en mij in zich opneemt. 'Herinner me eraan dat ik een persoonlijk bedankbriefje naar Caroline Acton stuur.'

Ik frons mijn voorhoofd. *Wie is dat in godsnaam?*

'De personal shopper bij Neiman's,' zegt hij als griezelig antwoord op mijn onuitgesproken vraag.

'O.'

'Ik ben nogal afgeleid.'

'Dat zie ik. Wat wil je, Christian?' En ik doe alsof m'n neus bloedt.

Hij beantwoordt me met zijn gemene lach en haalt het ding met de zilveren balletjes uit zijn zak, waarop ik compleet verstijf. Holy shit! Wil hij me slaan? Nu? Waarom?

'Het is niet wat je denkt,' zegt hij snel.

'Goh, vertel,' fluister ik.

'Misschien is het leuk als je deze vanavond draagt.'

En de strekking van die zin blijft tussen ons hangen, als het idee tot me doordringt.

'Vanavond?' Ik ben geschokt.

Zijn ogen worden donker en hij knikt langzaam.

O, mijn god.

'Ga je me daarna slaan?'

'Nee.'

Er gaat een scheut van teleurstelling door me heen.

Hij gniffelt. 'Zou je dat willen?'

Ik slik. Ik weet het gewoon niet.

'Nou, wees gerust, ik ga je niet op die manier aanraken, zelfs niet als je me zou smeken.'

O! Dat is nieuw.

'Wil je dit spelletje spelen?' gaat hij verder, terwijl hij de balletjes omhooghoudt. 'Je kunt ze altijd uitdoen als het je te veel wordt.'

Ik staar hem aan. Hij ziet er zo ongelooflijk verleidelijk uit – warrig, pas-geneukt-haar, donkere ogen die twinkelen van de erotiek erachter, zijn lippen gekruld in een geamuseerde, sexy glimlach.

'Oké,' stem ik zacht in. *Echt wel!* Mijn innerlijke godin heeft haar stem gevonden en schreeuwt het van de daken.

'Brave meid,' grijnst Christian. 'Kom hier, dan zal ik ze indoen, als je je schoenen aanhebt.'

Mijn schoenen? Ik draai me om en werp een blik op de duifgrijze suède stiletto's die passen bij de jurk die ik heb uitgezocht.

Doe hem een plezier! blaft mijn innerlijke godin naar me.

Hij steekt zijn hand uit om me te ondersteunen terwijl ik in de Christian Louboutin-schoenen stap, vast een koopje als ze drieduizendtweehonderdvijfennegentig dollar kosten. Ik ben nu minstens twaalf centimeter langer.

Hij leidt me naar de bedrand en gaat niet zitten, maar loopt naar de enige stoel in de kamer. Hij pakt hem op en zet hem voor me neer.

'Als ik knik, buig je voorover en houd je je vast aan de stoel. Begrepen?' Zijn stem klinkt hees.

'Ja.'

'Goed. Open nu je mond,' beveelt hij met lage stem.

Ik doe wat hij zegt, ervan uitgaand dat hij de balletjes in mijn mond zal stoppen om ze nat te maken. Nee, hij stopt zijn wijsvinger in mijn mond.

O...

'Zuig,' zegt hij. Ik pak zijn hand vast, hou hem stil en doe wat hij zegt – kijk, ik kan best gehoorzaam zijn als ik wil.

Hij smaakt naar zeep... hmm. Ik zuig hard en word beloond als zijn pupillen groter worden en zijn lippen van elkaar gaan als hij inademt. Op deze manier heb ik helemaal geen glijmiddel nodig. Hij stopt de balletjes in zijn mond terwijl ik zijn vinger afzuig en ronddraai met mijn tong. Als hij hem probeert terug te trekken klem ik hem vast tussen mijn tanden.

Hij grijnst en schudt dan vermanend zijn hoofd, zodat ik loslaat. Hij knikt en ik buig voorover en pak de zijkanten van de stoel vast. Hij schuift mijn slipje opzij en schuift heel langzaam een vinger in me en draait hem op zijn gemak rond zodat ik hem aan alle kanten voel. Ik kan de kreun die me ontglipt niet tegenhouden.

Hij trekt zijn vinger even terug en brengt voorzichtig één voor één de balletjes in en duwt ze diep in me. Als ze op hun plaats zitten trekt hij mijn slipje recht en kust mijn rug. Hij laat zijn handen langs allebei mijn benen van mijn enkel tot mijn dij omhoogglijden en kust teder de huid boven de rand van mijn kousen.

'U hebt een paar voortreffelijke benen, mevrouw Steele,' zegt hij.

Als hij weer recht staat, grijpt hij mijn heupen en trekt mijn kont tegen zich aan zodat ik zijn erectie voel.

'Misschien neem ik je straks als we thuiskomen, Anastasia. Je mag weer rechtop staan.'

Ik voel me licht in mijn hoofd en meer dan opgewonden, als het gewicht van de balletjes in mij heen en weer beweegt. Christian buigt zich achter mij voorover en kust mijn schouder.

'Ik had deze voor je gekocht voor het gala van afgelopen zaterdag.' Hij slaat een arm om me heen en steekt zijn hand uit. In zijn handpalm ligt een klein rood doosje met de naam Cartier op het deksel. 'Maar omdat je me verliet, heb ik nooit de kans gekregen om ze aan je te geven.'

O!

'Dit is mijn tweede kans,' zegt hij, zijn stem klinkt stroef van een niet te duiden emotie. Hij is zenuwachtig.

Aarzelend reik ik naar het doosje en open het. Binnenin blinkt een paar oorbellen. Elke hanger heeft vier diamanten, één bij het knopje, dan een ruimte en dan drie diamanten die op perfecte afstand onder elkaar hangen. Ze zijn mooi, eenvoudig en klassiek. Ik zou ze zelf ook kiezen als ik ooit de gelegenheid zou hebben om iets bij Cartier te kopen.

'Ze zijn prachtig,' fluister ik en omdat het tweede-kansoorbellen zijn vind ik ze geweldig. 'Dankjewel.'

Hij leunt ontspannen tegen me aan nu de spanning uit zijn lichaam is en hij kust opnieuw mijn schouder.

'Ga je de zilveren satijnen jurk dragen?' vraagt hij.

'Ja. Is dat goed?'

'Natuurlijk. Ga je nu maar klaarmaken.' Hij loopt de kamer uit zonder om te kijken.

Ik ben een ander universum binnengegaan. De jonge vrouw die naar me terugkijkt, ziet eruit alsof ze klaar is voor de rode loper. Haar strapless, tot op de vloer reikende, zilveren satijnen japon is echt oogverblindend. Misschien schrijf ik zelf wel naar Caroline Acton. De jurk zit als gegoten en flatteert de weinige rondingen die ik heb.

Mijn haar valt in zachte golven langs mijn gezicht, over mijn schouders tot aan mijn borsten. Aan één kant stop ik het achter mijn oor, zodat mijn tweede-kansoorbellen zichtbaar worden. Ik heb mijn make-up tot een minimum beperkt, een natuurlijke look. Eyeliner, mascara, wat roze rouge en pastelroze lippenstift.

Ik heb de rouge niet echt nodig. Door het constante bewegen van de zilveren balletjes bloos ik vanzelf al een beetje. Ja, ze zullen er wel voor zorgen dat ik vanavond wat kleur op mijn wangen heb. Terwijl ik mijn hoofd schud bij de stoutmoedigheid van Christians erotische ideeën, buig ik voorover om mijn satijnen omslagdoek en zilveren enveloptasje te pakken en vervolgens ga ik op zoek naar mijn Vijftig Tinten.

Hij is met Taylor en drie andere mannen aan het praten in het portaal, met zijn rug naar me toe. Hun verbaasde, goedkeurende gezichten maken Christian attent op mijn aanwezigheid. Hij draait zich om, terwijl ik onbeholpen sta te wachten.

Allemachtig! Mijn mond wordt droog. Hij ziet er geweldig uit... Zwarte smoking, zwart strikje, en hij staart me bewonderend aan. Hij loopt naar me toe en kust mijn haar.

'Anastasia. Je ziet er adembenemend uit.'

Ik bloos van dit compliment waar Taylor en de andere mannen bij zijn.

'Een glas champagne voor we vertrekken?'

'Graag,' zeg ik, veel te snel.

Christian knikt naar Taylor die met zijn drie cohorten naar de hal verdwijnt.

In de grote kamer haalt Christian een fles champagne uit de ijskast.

'Beveiligingsteam?' vraag ik.

'Persoonlijke bescherming. Ze staan onder Taylors toezicht. Daar is hij ook voor opgeleid.' Christian overhandigt me een glas champagne.

'Hij is erg veelzijdig.'

'Jazeker.' Christian glimlacht. 'Je ziet er prachtig uit, Anastasia.

Proost.' Hij heft het glas en klinkt met het mijne. De champagne is lichtroze. Hij smaakt heerlijk verfrissend en licht.

'Hoe voel je je?' vraagt hij met verhitte blik.

'Prima, dank je.' Ik glimlach lieflijk, zonder iets te laten merken, me er terdege van bewust dat hij het over de zilveren balletjes heeft.

Hij grijnst.

'Hier, dit zal je nodig hebben.' Hij overhandigt me een fluwelen zak die op het kookeiland lag. 'Maak open,' zegt hij tussen twee slokken champagne door. Geïntrigeerd pak ik de tas en ik haal er een bewerkt zilveren masker uit met kobaltblauwe veren in een pluim aan de bovenkant.

'Het is een gemaskerd bal,' zegt hij, alsof het de gewoonste zaak van de wereld is.

'Goh.' Het masker is echt mooi. Langs de randen is een zilveren lint geregen en de ogen zijn afgewerkt met verfijnd zilver filigraan.

'Hiermee zullen je prachtige ogen goed uitkomen, Anastasia.'

Ik grijns verlegen naar hem.

'Draag jij er een?'

'Natuurlijk. In zeker opzicht zijn ze erg bevrijdend,' voegt hij er met opgetrokken wenkbrauw aan toe.

O. Dit wordt leuk.

'Kom. Ik wil je wat laten zien.' Hij steekt zijn hand uit en leidt me via de hal naar een deur naast de trap. Hij opent de deur en onthult een grote kamer die min of meer dezelfde afmetingen heeft als zijn speelkamer, die zich hier recht boven moet bevinden. Deze kamer is gevuld met boeken. Wauw, een bibliotheek, elke wand van vloer tot plafond bekleed met boeken. In het midden staat een grote biljarttafel, verlicht door een lange, prismavormige Tiffany-lamp.

'Je hebt een bibliotheek!' roep ik vol ontzag uit, helemaal blij.

'Ja, de ballenkamer, zoals Elliot hem noemt. Het appartement is vrij ruim. Ik besefte vandaag, toen je het over ontdekkingstochten had, dat ik je nooit een rondleiding heb gegeven. We hebben nu geen tijd, maar ik wilde je toch deze kamer laten zien en je misschien uitdagen voor een potje biljart in de nabije toekomst.'

Ik grijns.

'Kom maar op.' Ik ben stiekem erg met mezelf ingenomen. José en ik gingen altijd samen poolen. We spelen al drie jaar samen. Ik ben een kei met een keu. José was een goede leermeester.

'Wat?' vraagt Christian geamuseerd.

O! Ik moet er echt mee ophouden om elke emotie die ik voel meteen te laten blijken, berisp ik mezelf.

'Niets,' zeg ik vlug.

Christian knijpt zijn ogen samen.

'Nou ja, misschien kan dr. Flynn je geheimen onthullen. Je zult hem vanavond zien.'

'De dure kwakzalver?' *Holy shit.*

'In levenden lijve. Hij kan niet wachten om je te ontmoeten.'

Christian pakt mijn hand en strijkt zacht met zijn duim over de bovenkant, terwijl we achter in de Audi zitten, op weg naar het noorden. Ik kronkel en voel de sensatie in mijn liezen. Ik weersta de neiging te kreunen, aangezien Taylor voorin zit, zonder iPod in zijn oren, met een van de beveiligingsmannen die volgens mij Sawyer heet.

Ik begin een doffe, aangename pijn diep in mijn buik te voelen, veroorzaakt door de balletjes. Terloops vraag ik me af hoe lang ik het nog kan volhouden zonder enige, eh... verlossing. Ik sla mijn benen over elkaar heen. Terwijl ik dit doe, bedenk ik opeens iets wat diep vanbinnen aan me knaagt.

'Waar heb je de lippenstift vandaan?' vraag ik Christian zacht.

Hij grijnst naar me en wijst naar voren. 'Taylor', vormt hij met zijn lippen.

Ik barst in lachen uit. 'O.' En stop onmiddellijk – de balletjes.

Ik bijt op mijn lip. Christian glimlacht naar me met een geile gloed in zijn ogen. Hij weet precies wat hij doet, beestachtig sexy.

'Ontspan,' fluistert hij. 'Als het je te veel wordt...' Zijn stem sterft weg en één voor één kust hij teder elke knokkel op mijn hand en zuigt dan zacht aan het topje van mijn pink.

Nu weet ik dat hij dit expres doet. Ik doe mijn ogen dicht terwijl een donker verlangen zich door mijn hele lichaam uitstrekt.

Even geef ik mij over aan het gevoel, terwijl mijn spieren zich diep vanbinnen aanspannen. *O hemel.*

Als ik mijn ogen weer open, bekijkt Christian me aandachtig, een duistere prins. Het moeten de smoking en het strikje zijn, maar hij ziet er ouder uit, verfijnd, een onweerstaanbaar knappe losbol met verdorven bedoelingen.

Ik ben in de wolken door hem. Ik ben seksueel in zijn ban en, als ik hem moet geloven, hij in de mijne. De gedachte brengt een glimlach op mijn gezicht en de grijns die hij als antwoord geeft, is verblindend.

'Wat staat ons vanavond eigenlijk te wachten?'

'O, gewoon,' zegt Christian verwaand.

'Niet gewoon voor mij,' breng ik hem in herinnering.

Christian glimlacht liefdevol en kust mijn hand opnieuw. 'Heel veel mensen die met hun portemonnee wapperen. Een veiling, loterij, diner, dansen – mijn moeder weet wel hoe je een feest geeft.' Hij glimlacht en voor het eerst vandaag sta ik mezelf toe enigszins uit te kijken naar dit feest.

Een rij dure auto's schuift aan op de oprit van het huis van de familie Grey. Boven de oprijlaan hangen lange, lichtroze papieren lantaarns en als de Audi dichterbij komt, zie ik dat ze overal hangen. In het schemerlicht ziet het er magisch uit, alsof we een betoverd koninkrijk betreden. Ik werp een blik op Christian. Hoe toepasselijk voor mijn prins – en mijn kinderlijke opwinding neemt toe en overheerst alle andere gevoelens.

'Maskers op,' grijnst Christian en als hij zijn eenvoudige zwarte masker opzet, wordt mijn prins iets duisters en nog sensueler. Alles wat ik van zijn gezicht kan zien is zijn mooie mond en sterke kaaklijn.

Jezusmina... Mijn hartslag springt op als ik zo naar hem kijk. Ik zet mijn masker op en negeer de lust diep vanbinnen.

Taylor rijdt de oprit op en een bediende opent Christians portier. Sawyer springt de wagen uit om mijn kant te openen.

'Ben je er klaar voor?' vraagt Christian.

'Laat maar komen.'

'Je ziet er mooi uit, Anastasia.' Hij kust mijn hand en stapt de auto uit.

Een donkergroene loper voert langs het gazon naar de zijkant van het huis, richting het indrukwekkende terrein aan de achterkant. Christian heeft zijn arm beschermend om me heen geslagen, zijn hand ligt om mijn middel. Zo volgen we de door lantarens verlichte groene loper, samen met een gestage stroom mensen, de elite van Seattle, op en top gekleed en met allerlei soorten maskers op. Twee fotografen zetten gasten bij elkaar om te poseren tegen de achtergrond van een met klimop begroeid prieeltje.

'Meneer Grey!' roept een van de fotografen. Christian knikt bij wijze van groet en trekt me dichterbij als we snel voor een foto poseren. Hoe herkennen ze hem? Ongetwijfeld zijn kenmerkende weerbarstige koperkleurige haar.

'Twee fotografen?' vraag ik Christian.

'Een is van *The Seattle Times*; de ander is voor een souvenir. We kunnen straks een afdruk kopen.'

O, weer mijn foto in de krant. Even schiet Leila mijn gedachten binnen. Zo heeft ze me gevonden, poserend met Christian. De gedachte maakt me van streek, maar het is een troost dat ik met mijn masker onherkenbaar ben.

Aan het eind van de rij staan bedienden in wit kostuum die dienbladen dragen met glazen vol champagne en ik ben blij als Christian me een glas aangeeft – een doeltreffende afleiding van mijn sombere gedachten.

We naderen een grote witte pergola waar kleinere versies van de papieren lantaarns hangen. Eronder een glimmende, zwart-wit geblokte dansvloer omgeven door een laag hekje met toegang langs drie kanten. Bij elke ingang staan twee gedetailleerde ijssculpturen van zwanen. De vierde kant van de pergola wordt ingenomen door een podium waar een strijkkwartet zacht een doordringend, hemels stuk speelt dat ik niet herken. Het podium lijkt klaar te staan voor een grote band, maar aangezien er geen spoor is van de muzikanten, neem ik aan dat dit voor later is. Christian neemt mijn hand en leidt me tussen de zwanen door naar de dansvloer, waar de andere gasten zich verzamelen en keuvelen onder het genot van een glas champagne.

Aan de waterkant staat een enorme tent met een opening aan

onze kant, zodat ik een glimp kan opvangen van de formeel gerangschikte tafels en stoelen. *Er staan er zoveel!*

'Hoeveel mensen komen er?' vraag ik Christian, overdonderd door de omvang van de tent.

'Ik denk een stuk of driehonderd. Dat moet je echt aan mijn moeder vragen.' Hij kijkt me glimlachend aan.

'Christian!'

Een jonge vrouw duikt op uit de menigte en slaat haar armen om zijn nek en ik weet onmiddellijk dat het Mia is. Ze draagt een nauwsluitende, bleekroze, enkellange japon van chiffon met een schitterend, zorgvuldig gedetailleerd, bijpassend Venetiaans masker. Ze ziet er fantastisch uit. Even voel ik me dankbaarder dan ooit voor de jurk die Christian me heeft gegeven.

'Ana! Lieverd, wat zie je er schitterend uit!' Ze omhelst me kort. 'Je moet mijn vrienden ontmoeten. Niemand kan geloven dat Christian eindelijk een vriendin heeft.'

Ik werp snel een paniekerige blik op Christian, die zijn schouders ophaalt met een berustend ik-weet-het-ze-is-onmogelijk-ik-heb-jaren-met-haar-moeten-leven-gebaar, en laat Mia me meevoeren naar een groep jonge vrouwen, allemaal even duur gekleed en keurig verzorgd.

Mia stelt ons haastig aan elkaar voor. Drie van hen zijn lief en aardig, maar Lily, zo heet ze geloof ik, bekijkt me zuur van onder haar rode masker.

'We dachten eigenlijk allemaal dat Christian homo was,' zegt ze hatelijk, terwijl ze haar wrok achter een grote, neppe glimlach verbergt.

Mia tuit ontevreden haar lippen naar haar.

'Lily, gedraag je. Hij heeft overduidelijk een uitstekende smaak in vrouwen. Hij wachtte tot de ware voorbijkwam, en jij was het niet!'

Lily bloost in dezelfde kleur als haar masker, net als ik. Kan het nog ongemakkelijker?

'Dames, zou ik mijn date terug mogen, alsjeblieft?' Christian slingert zijn arm rond mijn middel en trekt me naar zich toe. Alle vier de vrouwen blozen, grijnzen en bewegen nerveus, als zijn imponerende glimlach zijn werk doet. Mia gluurt naar me en rolt met haar ogen en ik moet lachen.

'Leuk om jullie te ontmoeten,' zeg ik als hij me meesleept.

'Bedankt,' fluister ik tegen Christian als we een stukje verderop staan.

'Ik zag dat Lily bij Mia was. Dat is een vals kreng.'

'Ze vindt jou leuk,' antwoord ik droog.

Hij huivert. 'Nou, dat is niet wederzijds. Kom, laat me je aan wat mensen voorstellen.'

Het volgende halfuur breng ik door in een wervelwind aan kennismakingen. Ik ontmoet twee Hollywoodacteurs, twee andere directeuren en verschillende vooraanstaande artsen. *Holy shit... Ik ga nooit alle namen onthouden.*

Christian houdt me vlak bij zich en daar ben ik hem dankbaar voor. Eerlijk gezegd ben ik geïntimideerd door de luxe, glamour en de absoluut buitensporige omvang van dit gebeuren. Ik heb nog nooit zoiets meegemaakt.

De bedienden in hun witte kostuums bewegen zich moeiteloos met flessen champagne door de steeds groter wordende massa gasten en vullen mijn glas met zorgwekkende regelmaat bij. *Ik moet niet te veel drinken. Ik moet niet te veel drinken*, herhaal ik tegen mezelf, maar ik begin me al licht in mijn hoofd te voelen en ik weet niet of dat komt door de champagne, de geladen sfeer van geheimzinnigheid en opwinding door de maskers, of de geheime zilveren balletjes. De doffe pijn onder mijn middel is inmiddels onmogelijk te negeren.

'Dus je werkt bij SIP?' vraagt een kalende heer met een masker van een halve beer – of is het een hond? 'Ik hoorde geruchten over een vijandige overname.'

Ik bloos. Er hééft een vijandige overname plaatsgevonden, door een man die meer geld dan verstand heeft en bovendien een *eersteklas* stalker is.

'Ik ben maar een assistentje, meneer Eccles. Dat soort dingen vertellen ze mij echt niet.'

Christian zegt niets en glimlacht onverstoorbaar naar Eccles.

'Dames en heren!' De ceremoniemeester, die een indrukwekkend zwart-wit narrenmasker draagt, onderbreekt ons. 'Neemt u plaats. Het diner wordt opgediend.'

Christian pakt mijn hand en we volgen de keuvelende menigte naar de grote tent.

De inrichting is verbluffend. Drie enorme, platte kroonluchters werpen regenboogkleurige fonkelingen over de ivoorkleurige zijden bekleding van het plafond en de wanden. Er staan minstens dertig tafels en ze herinneren me aan de privé-eetkamer van het Heathman – kristallen glazen, fris wit linnen op de tafels en stoelen en overal in het midden een prachtig stuk opgemaakt met bleekroze pioenrozen rond een zilveren kroonkandelaar. Ernaast staat, verpakt in ragfijn zijde, een mand met cadeautjes.

Christian raadpleegt de tafelschikking en leidt me naar een tafel in het midden. Mia en Grace zitten al, diep in gesprek met een jonge man die ik niet ken. Grace draagt een glinsterende mintgroene japon met een bijpassend Venetiaans masker. Ze ziet er stralend uit, absoluut niet gespannen, en ze begroet me hartelijk.

'Ana, wat heerlijk om je weer te zien! En je ziet er zo prachtig uit.'

'Moeder', Christian begroet haar stijfjes en kust haar op beide wangen.

'O, Christian, altijd zo formeel!' berispt ze hem plagend.

De ouders van Grace, de heer en mevrouw Trevelyan, komen bij ons aan tafel zitten. Ze zien er uitbundig en jeugdig uit, al is dat moeilijk te zeggen met hun bij elkaar passende bronzen maskers. Ze zijn erg blij om Christian te zien.

'Grootmoeder, grootvader, mag ik jullie Anastasia Steele voorstellen?'

Mevrouw Trevelyan begroet me uitbundig. 'O, hij heeft eindelijk iemand gevonden, wat enig, en zo knap! Nou, ik hoop dat je een eerlijke man van hem maakt,' zegt ze overdreven terwijl ze mijn hand schudt.

Allemachtig. Godzijdank heb ik een masker op.

'Moeder, breng Ana niet zo in verlegenheid.' Grace schiet me te hulp.

'Negeer die malle oude taart maar, m'n kind.' Meneer Trevelyan schudt mijn hand. 'Omdat ze zo oud is, denkt ze dat ze het goddelijke recht heeft om alle onzin uit te kramen die in dat warrige hoofd van haar opkomt.'

'Ana, dit is mijn date, Sean.' Mia stelt verlegen een jonge man aan me voor. Hij grijnst ondeugend naar me en zijn bruine ogen twinkelen geamuseerd als we elkaar een hand geven.

'Leuk je te ontmoeten, Sean.'

Christian schudt Sean de hand en bekijkt hem scherp. Vertel me niet dat de arme Mia ook lijdt onder haar lastige broer. Ik glimlach meelevend naar haar.

Lance en Janine, vrienden van Grace, zijn het laatste stel aan onze tafel, maar er is nog steeds geen spoor van meneer Grey.

Plotseling klinkt er een sissend geluid uit de microfoon en de stem van meneer Grey galmt door de geluidsinstallatie, waardoor het geroezemoes verstomt. Carrick staat op een klein podium aan één zijde van de tent en heeft een indrukwekkend gouden Punchinello-masker op.

'Dames en heren, welkom op ons jaarlijkse liefdadigheidsbal. Ik hoop dat u zult genieten van wat wij vanavond voor u in petto hebben en dat u diep in de buidel zult tasten ter ondersteuning van het fantastische werk dat ons team verricht met Samen Sterk. Zoals u weet is dit een doel dat mijn vrouw en mij nauw aan het hart gaat.'

Ik gluur nerveus naar Christian, die onbewogen, zo denk ik, naar het podium kijkt. Hij werpt een blik op me en glimlacht zelfgenoegzaam.

'Ik lever jullie nu over aan onze ceremoniemeester. Neemt u plaats en geniet,' rondt Carrick af.

Beleefd applaus volgt; dan begint het geroezemoes in de tent weer. Ik zit tussen Christian en zijn grootvader. Ik bewonder het kleine witte tafelkaartje waarop met fijne zilveren kalligrafie mijn naam staat geschreven, als een ober de kroonkandelaar komt aansteken met een lange dunne kaars. Carrick komt naar ons toe en verrast me als hij me op beide wangen kust.

'Goed om je weer te zien, Ana,' zegt hij uitbundig. Hij ziet er erg geraffineerd uit met zijn aparte gouden masker.

'Dames en heren: kiest u alstublieft een tafelhoofd,' roept de ceremoniemeester.

'Ooo – ik, ik!' zegt Mia onmiddellijk, enthousiast opverend uit haar stoel.

'In het midden van de tafel vindt u een envelop,' vervolgt de ceremoniemeester. 'Zou iedereen nu een bankbiljet met een zo hoog mogelijke waarde kunnen zoeken, smeken, lenen, of stelen, zijn naam erop zetten en het in de envelop willen plaatsen? Tafelhoofden, bewaak deze enveloppen zorgvuldig. We zullen ze later nodig hebben.'

Shit. Ik heb geen geld meegenomen. *Wat stom van me – het is een liefdadigheidsevenement!*

Christian haalt twee biljetten van honderd dollar uit zijn portemonnee tevoorschijn.

'Hier,' zegt hij.

Wat?

'Ik betaal het je terug,' fluister ik.

Hij verdraait zijn mond en ik weet dat hij niet blij is, maar hij zegt niets. Ik schrijf mijn naam met zijn vulpen – een zwarte met een wit bloemenmotief op de dop – en Mia laat de envelop rondgaan.

Voor me op tafel vind ik nog een kaart die met zilveren kalligrafie is beschreven – ons menu.

GEMASKERD BAL TEN BATE VAN SAMEN STERK-MENU

ZALMTARTAAR MET CRÈME FRAÎCHE EN KOMKOMMER OP GEROOSTERDE BRIOCHE
ALBAN ESTATE ROUSSANNE 2006

GEROOSTERDE BORSTFILET VAN MUSKUSEEND
ROMIGE PUREE VAN TOPINAMBOER, IN TIJM GEROOSTERDE AMARENEKERS, FOIE GRAS
CHÂTEAUNEUF-DU-PAPE VIEILLES VIGNES 2006 DOMAINE DE LA JANASSE

GESUIKERDE WALNOOTCHIFFON
GEKONFIJTE VIJGEN, SABAYON, AHORNIJS
VIN DE CONSTANCE 2004 KLEIN CONSTANTIA

ASSORTIMENT LOKALE KAZEN EN BROODSOORTEN
ALBAN ESTATE GRENACHE 2006

KOFFIE EN PETITFOURS

Vandaar de verzameling kristallen glazen in allerlei afmetingen die elkaar rond mijn couvert verdringen. Onze ober is terug, met wijn en water. Achter mij wordt de tent gesloten aan de kant waardoor we naar binnen zijn gekomen, terwijl aan de voorkant twee bedienden het canvas opzijschuiven en zo de zonsondergang boven Seattle en Meydenbauer Bay tonen.

Het is absoluut een adembenemend gezicht, in de verte de fonkelende lichtjes van Seattle en het oranje, schemerachtige kalme water van de baai dat de opaalblauwe hemel weerspiegelt. Wauw. Het ziet er zo kalm en vredig uit.

Tien bedienden komen ieder met een schotel tussen ons in staan. Op een onuitgesproken teken dienen ze ons perfect synchroon het voorgerecht op en verdwijnen dan weer. De zalm ziet er heerlijk uit en ik realiseer me dat ik uitgehongerd ben.

'Zin?' mompelt Christian zodat alleen ik hem kan horen. Ik weet dat hij het niet alleen over het eten heeft en de spieren binnen in mijn buik reageren.

'Enorm,' fluister ik, brutaal zijn blik beantwoordend, en Christians lippen gaan van elkaar als hij inademt.

Ha! Kijk... dat spelletje kan ik ook spelen.

Christians grootvader betrekt me onmiddellijk in het gesprek. Hij is een geweldige oude man, zo trots op zijn dochter en drie kleinkinderen.

Het is raar om me Christian als kind voor te stellen. De herinnering aan de brandplekken op zijn lichaam schiet me ongewenst te binnen, maar die onderdruk ik snel. Daar wil ik nu niet aan denken, al is het ironisch genoeg de reden voor dit feest.

Ik zou willen dat Kate hier was, met Elliot. Zij zou hier zo goed passen – alleen al het aantal vorken en messen voor haar op tafel zou haar niet afschrikken – en ze zou de hele tafel domineren. Ik stel me voor dat ze met Mia zou uitvechten wie het tafelhoofd zou moeten zijn. De gedachte maakt me aan het lachen.

Het gesprek aan tafel gaat op en neer. Mia voert het hoogste woord, zoals gewoonlijk, en overschaduwt de arme Sean, die net als ik vooral stil is. Christians grootmoeder is het luidruchtigst. Ook zij heeft een scherp gevoel voor humor, meestal ten koste van haar echtgenoot. Ik begin een beetje medelijden te krijgen met meneer Trevelyan.

Christian en Lance hebben een geanimeerd gesprek over een apparaat dat het bedrijf van Christian aan het ontwikkelen is en dat gebaseerd is op het principe 'Klein is Mooi' van E.F. Schumacher. Het is moeilijk te volgen. Christian lijkt van plan om armere gemeenschappen over de hele wereld te voorzien van opwindtechnologie – toestellen die geen elektriciteit of batterijen nodig hebben en minimaal onderhoud.

Het is fantastisch om hem zo op dreef te zien. Hij is hartstochtelijk en vastbesloten het leven van de minder gefortuneerden te verbeteren. Met zijn telecommunicatiebedrijf is hij van plan marktleider te worden met een opwindbare mobiele telefoon.

Whoa. Ik had geen idee. Ik bedoel, ik wist wel dat hij graag de hele wereld te eten wil geven, maar dit...

Lance lijkt niet te kunnen begrijpen dat Christian van plan is de technologie weg te geven en niet te patenteren. Ik vraag me vaag af hoe Christian zo veel geld heeft kunnen verdienen als hij zo bereid is om alles weg te geven.

Tijdens het hele diner is het een komen en gaan van mannen in strak gesneden smokings en donkere maskers die halt houden bij de tafel, erop gespitst om Christian te ontmoeten, zijn hand te schudden en beleefdheden uit te wisselen. Aan sommige stelt hij me voor, maar aan andere weer niet. Ik vraag me af hoe en waarom hij dit onderscheid maakt.

Tijdens een van deze gesprekken leunt Mia over de tafel en glimlacht.

'Ana, wil je met de veiling helpen?'

'Natuurlijk,' antwoord ik, maar al te gewillig.

Tegen de tijd dat het dessert wordt opgediend, is de avond gevallen en voel ik me echt ongemakkelijk. Ik moet de balletjes zien kwijt te raken. Voor ik me kan excuseren verschijnt de ceremoniemeester aan onze tafel en met hem – als ik me niet vergis – juf Paardenstaart

Hoe heet ze? Hans, Grietje... Gretchen.

Ze is natuurlijk gemaskerd, maar ik weet dat zij het is als haar blik op Christian geplakt blijft. Ze bloost en ik ben egoïstisch genoeg meer dan blij dat Christian haar geen blik waardig gunt.

De ceremoniemeester vraagt naar onze envelop en verzoekt Grace met een uiterst geoefend en veelzeggend gebaar om het winnende lot te trekken. Sean wint en de in zijde verpakte mand wordt aan hem uitgereikt.

Ik klap beleefd, maar het is onmogelijk om me nog langer op de gebeurtenissen te concentreren.

'Ik ben zo terug,' zeg ik tegen Christian.

Hij kijkt me doordringend aan.

'Ga je naar het damestoilet?'

Ik knik.

'Ik zal je de weg wijzen,' zegt hij ondeugend.

Als ik opsta, staan ook alle andere mannen aan tafel op. *O, zo goedgemanierd allemaal.*

'Nee, Christian! Jij niet – ik breng Ana wel.'

Mia staat al op voordat Christian kan protesteren. Zijn kaak verstrakt; ik weet dat hij niet blij is. Eerlijk gezegd ben ik dat ook niet. *Ik heb... behoeften.* Ik haal verontschuldigend mijn schouders naar hem op en hij gaat gauw gelaten weer zitten.

Als we terugkomen voel ik me iets beter, maar het verwijderen van de balletjes heeft niet de onmiddellijke opluchting gebracht waarop ik hoopte. Ze zijn nu veilig opgeborgen in mijn handtasje.

Waarom dacht ik dat ik het de hele avond vol kon houden? Ik smacht nog steeds – misschien kan ik Christian overhalen me straks mee te nemen naar het boothuis. Ik bloos bij de gedachte en gluur naar hem als ik weer ga zitten. Hij kijkt me aan met een zweem van een glimlach rond zijn lippen.

Pfiew... hij is niet meer boos om de gemiste kans, hmm misschien ben ik dat wel. Ik voel me gefrustreerd – zelfs prikkelbaar. Christian knijpt in mijn hand en we luisteren allebei aandachtig naar Carrick, die weer op het podium staat en praat over Samen Sterk. Christian geeft me nog een kaart – een lijst met de veilingprijzen. Ik loop hem vluchtig langs.

VEILINGGIFTEN EN WELWILLENDE DONOREN VOOR SAMEN STERK

Gesigneerde baseballknuppel van de Mariners –
dr. Emily Mainwaring

Tas, portemonnee & sleutelhanger van Gucci –
Andrea Washington

Dagvoucher voor twee bij Esclava, Bravern Center –
Elena Lincoln

Landschaps- en tuinontwerp – Gia Matteo

Geschenkdoos & parfumselectie van Coco De Mer –
Elizabeth Austin

Venetiaanse spiegel – dhr. en mevr. J. Bailey

Twee dozen wijn naar keuze van Alban Estates –
Alban Estates

Twee vipkaarten voor XTY in Concert – mevr. L. Yesyov

Een dag racen in Daytona – EMC Britt Inc.

Eerste druk *Pride and Prejudice* van Jane Austen –
dr. A.F.M. Lace-Field

Rijd een dag in een Aston Martin DB7 –
dhr. & mevr. L.W. Nora

Olieverfschilderij *Into the Blue* van J. Trouton –
Kelly Trouton

Een zweefvliegles – zweefvliegclub Seattle Area

Een weekend voor twee in hotel Heathman, Portland – Hotel Heathman

Verblijf van een weekend in Aspen, Colorado (voor 6 pers.) – dhr. C. Grey

Verblijf van een week aan boord van de SusieCue (6 hutten), voor anker in St. Lucia – dr. & mevr. Larin

Een week in Lake Adriana, Montana (voor 8 pers.) – dhr. & dr. Grey

Holy shit. Ik kijk naar Christian.

'Heb jij een huis in Aspen?' sis ik. De veiling is al begonnen en ik moet zacht praten.

Hij knikt, verbaasd door mijn uitbarsting en geïrriteerd, denk ik. Hij legt zijn vinger op zijn lippen om me tot stilte te manen.

'Heb je nog meer huizen?' fluister ik.

Hij knikt opnieuw en buigt waarschuwend zijn hoofd opzij. De hele tent barst uit in gejuich en applaus; een van de prijzen is weggegaan voor twaalfduizend dollar.

'Ik vertel het je later,' zegt Christian zacht. 'Ik wilde er met jou heen gaan,' voegt hij er nogal mopperig aan toe.

Nou, dat heb je niet gedaan. Ik zet een pruillip op en besef dat ik me nog steeds verongelijkt voel, wat ongetwijfeld komt door het frustrerende effect van de balletjes. Mijn humeur betrekt als ik Mrs. Robinson op de lijst met gulle donoren zie staan.

Ik gluur rond in de tent om te zien of ik haar kan vinden, maar ik zie die verklikkende haardos van haar nergens. Christian had me vast wel gewaarschuwd als ze vanavond was uitgenodigd. Ik zit en pieker en applaudisseer plichtmatig, terwijl elke prijs voor exorbitante bedragen wordt geveild.

De veiling is aangekomen bij Christians huis in Aspen en heeft de twintigduizend dollar bereikt.

'Eenmaal, andermaal,' roept de ceremoniemeester.

En ik weet niet wat me bezielt, maar plotseling hoor ik mijn eigen stem luid en duidelijk boven de menigte uit klinken.

'Vierentwintigduizend dollar!'

Elk masker aan tafel draait zich in ontzette verbazing naar me om, maar de heftigste reactie van allemaal komt van naast me. Ik hoor hem diep inademen en voel hoe zijn woede me als een vloedgolf overspoelt.

'Vierentwintigduizend dollar voor de mooie dame in het zilver, eenmaal, andermaal... Verkocht!'

Zeven

Holy shit, heb ik dat net écht gedaan? Het moet de alcohol zijn. Ik heb champagne op, plus vier glazen met vier verschillende soorten wijn. Ik kijk op naar Christian, die druk aan het applaudisseren is.

Shit, hij zal zó kwaad zijn, en het ging net zo goed tussen ons. Mijn onderbewuste heeft eindelijk besloten haar opwachting te maken, en ze ziet er weer uit als *De Schreeuw* van Edvard Munch.

Christian leunt naar me toe met een grote neplach op zijn gezicht geplakt. Hij kust mijn wang en komt dan dichterbij om met een uiterst kille, beheerste stem in mijn oor te fluisteren.

'Ik weet niet of ik nu aan je voeten moet liggen om je te aanbidden of je een ongelooflijk pak slaag moet geven.'

O, ik weet wel wat ik nu zou willen. Ik kijk hem aan en knipper van achter mijn masker met mijn ogen. Ik zou willen dat ik de blik in zijn ogen kon lezen.

'Ik ga voor optie twee, alsjeblieft,' fluister ik onbesuisd als het applaus wegsterft. Hij ademt diep in en zijn lippen gaan van elkaar. *O, die geboetseerde mond – ik wil hem nu op me voelen.* Ik hunker naar hem. Hij werpt me een oprechte, stralende glimlach toe die me de adem beneemt.

'Heb je het zo moeilijk? We zullen kijken hoe we jou uit je lijden kunnen verlossen,' zegt hij, terwijl hij met zijn vingers langs mijn kaak strijkt.

Zijn aanraking dringt heel diep in me door, waar dat verlangen is opgekomen en gegroeid. Ik wil hem hier en nu bespringen, maar we blijven zitten om naar de veiling van het volgende item te kijken.

Ik kan nauwelijks stilzitten. Christian legt een arm om mijn schouders, zijn duim streelt ritmisch over mijn rug en veroorzaakt heerlijke tintelingen langs mijn ruggengraat naar beneden. Zijn vrije hand pakt de mijne, brengt hem naar zijn lippen en laat hem dan op zijn schoot rusten.

Langzaam en stiekem, zodat ik zijn spelletje pas doorheb als het te laat is, schuift hij mijn hand naar boven op zijn been en tegen zijn erectie. Ik hap naar lucht en mijn blik schiet in paniek langs de tafel, maar alle ogen zijn op het podium gericht. *Gelukkig heb ik een masker op.*

Ik maak er gretig gebruik van en streel hem langzaam, terwijl mijn vingers op verkenning gaan. Christian houdt zijn hand op de mijne, om mijn brutale vingers te verbergen, terwijl zijn duim zacht over de achterkant van mijn nek glijdt. Zijn mond gaat open als hij zacht hijgt en dat is voor zover ik kan zien de enige reactie op mijn onervaren aanraking. Maar het betekent zoveel. Hij wil me. Alles ten zuiden van mijn navel trekt zich samen. Dit begint ondraaglijk te worden.

Een week aan Lake Adriana in Montana is het laatste lot van de veiling. Natuurlijk heeft de familie Grey een huis in Montana en de geboden bedragen lopen snel op, maar ik ben me er maar nauwelijks van bewust. Ik voel zijn erectie groter worden onder mijn vingers en het geeft me een enorm machtig gevoel.

'Verkocht, voor honderdtienduizend dollar!' verklaart de ceremoniemeester triomfantelijk. De hele tent barst uit in applaus en ik volg met tegenzin, net als Christian, en onze pret is bedorven.

Hij draait zich naar me toe en zijn lippen trillen. 'Ben je er klaar voor?' fluistert hij door het opgewonden gejuich heen.

'Ja,' fluister ik terug.

'Ana!' roept Mia. 'Nu zijn wij!'

Wat? Nee. Niet weer! 'Wat bedoel je?'

'De veiling van de Eerste Dans. Kom op!' Ze gaat staan en steekt haar hand uit.

Ik gluur naar Christian, die Mia volgens mij bozig aankijkt, en ik weet niet of ik moet lachen of huilen, maar de lach wint het. Ik geef me over aan een bevrijdende schoolmeisjesachtige giechelbui nu we alweer worden tegengewerkt door de lange, roze wervelwind die Mia Grey heet. Christian gluurt naar me en een tel later verschijnt er een zweem van een glimlach om zijn lippen.

'De eerste dans is van mij, oké? En die zal niet op de dansvloer zijn,' fluistert hij vunzig in mijn oor. Mijn gegiechel sterft weg als het vooruitzicht hiervan de vlammen van mijn lust aanwakkert. *O yes!* Mijn innerlijke godin voert een perfecte driedubbele Axel uit op haar schaatsen.

'Ik kijk ernaar uit.' Ik leun voorover en plant een zacht, zedelijk kusje op zijn mond. Als ik rondkijk, merk ik dat onze tafelgenoten verbaasd toekijken. Natuurlijk, ze hebben Christian nog nooit met een vriendinnetje gezien.

Hij heeft een brede glimlach op zijn gezicht. En hij ziet er... gelukkig uit. *Wauw.*

'Kom op, Ana,' zeurt Mia. Ik neem haar uitgestoken hand aan en volg haar naar het podium, waar zich nog tien jonge vrouwen hebben verzameld. Ik merk een beetje ongemakkelijk dat Lily een van hen is.

'Heren, het hoogtepunt van de avond!' brult de ceremoniemeester over het gebabbel heen. 'Het moment waarop u allemaal hebt gewacht! Deze twaalf charmante dames laten hun eerste dans veilen voor de hoogste bieder!'

O nee. Ik bloos van top tot teen. Ik wist echt niet wat ze bedoelde. Wat vernederend!

'Het is voor een goed doel,' sist Mia naar me, zich bewust van mijn gêne. 'Bovendien, Christian wint toch wel.' Ze rolt met haar ogen. 'Ik kan me niet voorstellen dat hij iemand hoger dan zichzelf zal laten bieden. Hij heeft zijn ogen de hele avond nog niet van je afgehouden.'

Ja, focus op het goede doel en Christian zal ongetwijfeld winnen. Laten we eerlijk zijn, hij hoeft niet op een cent meer of minder te kijken.

Maar dat betekent dat hij nog meer geld aan je uit zal geven! snauwt mijn onderbewuste tegen me. Maar ik wil niet met iemand anders dansen – ik kán niet met iemand anders dansen – en hij geeft het geld niet aan mij uit, maar aan het goede doel. *Net als de vierentwintigduizend dollar die hij al heeft uitgegeven?* Mijn onderbewuste vernauwt haar ogen.

Shit. Ik lijk met mijn impulsieve bod te zijn weggekomen. Waarom maak ik ruzie met mezelf?

'Mag ik u nu vragen hier bijeen te komen en eens goed te kijken naar wat tijdens de eerste dans van u kan zijn. Twaalf bevallige en gewillige jonge deernen.'

Jemig! Het lijkt wel een vleesmarkt. Tot mijn afgrijzen komen ten minste twintig mannen in de richting van het podium gelopen, Christian inbegrepen. Hij beweegt zich met natuurlijke charme tussen de tafels en blijft onderweg even staan om een paar mensen te begroeten. Nadat de bieders zich hebben verzameld, gaat de ceremoniemeester van start.

'Dames en heren, volgens de traditie van de maskerade zullen we het mysterie van de maskers in stand houden en alleen voornamen noemen. Als eerste hebben we de charmante Jada.'

Ook Jada giechelt als een schoolmeisje. Misschien ben ik niet de enige die zich zo gedraagt. Ze is van top tot teen gehuld in donkerblauwe tafzijde en draagt een bijpassend masker. Twee jongemannen stappen verwachtingsvol naar voren. Jada boft maar weer.

'Jada spreekt vloeiend Japans, is gediplomeerd gevechtspiloot en olympisch turnster... hmm.' De ceremoniemeester knipoogt. 'Heren, wat wordt het bod?'

Jada gaapt de ceremoniemeester verbijsterd aan; hij roept duidelijk maar wat. Ze grijnst verlegen terug naar de twee rivalen.

'Duizend dollar!' roept de een.

Het bod loopt al snel op tot vijfduizend dollar.

'Eenmaal... andermaal... verkocht!' verklaart de ceremoniemeester hardop, 'aan de heer met het masker!' Natuurlijk hebben alle mannen maskers op dus klinkt er gelach, applaus en gejoel. Jada kijkt stralend naar haar koper en verlaat snel het podium.

'Zie je? Dit is leuk!' fluistert Mia. 'Ik hoop maar dat Christian jou wint... We willen natuurlijk geen vechtpartij,' voegt ze eraan toe.

'Vechtpartij?' antwoord ik vol afschuw.

'O, echt wel. Hij was vroeger een echt heethoofd.' Ze huivert.

Christian in een vechtpartij? De verfijnde, beschaafde, vindt-koormuziek-uit-de-Tudorperiode-leuk-Christian? Ik kan me er niets bij voorstellen. De ceremoniemeester leidt me af met zijn volgende introductie – een jonge vrouw in het rood, met lang, gitzwart haar.

'Heren, mag ik u de prachtige Mariah voorstellen. Wat valt er te zeggen over Mariah? Ze is een ervaren matador, concertcellist en kampioen polsstokhoogspringen... wat denkt u daarvan, heren? Wat biedt u voor een dans met de luisterrijke Mariah?'

Mariah kijkt dreigend naar de ceremoniemeester en iemand roept heel hard: 'Drieduizend dollar!' Het is een gemaskerde man met blond haar en een baard.

Er komt nog een tegenbod, maar Mariah wordt verkocht voor vierduizend dollar.

Christian houdt me als een havik in de gaten. Vechtjas Trevelyan-Grey – wie had dat gedacht?

'Hoe lang geleden?' vraag ik Mia.

Ze kijkt me verward aan.

'Hoe lang geleden was Christian een vechtersbaasje?'

'In het begin van zijn tienerjaren. Hij maakte mijn ouders gek als hij weer eens thuiskwam met kapotte lippen en blauwe ogen. Hij is van twee scholen gestuurd. Hij heeft zijn tegenstanders serieuze schade toegebracht.'

Ik gaap haar aan.

'Heeft hij je dat niet verteld?' Ze zucht. 'Hij had een behoorlijk slechte reputatie bij mijn vrienden. Een paar jaar lang was hij echt persona non grata. Maar het ging over toen hij een jaar of vijftien of zestien was.' Ze haalt haar schouders op.

Goeie god. Nog een puzzelstukje dat op zijn plaats valt.

'Dus, wat biedt u voor de schitterende Jill?'

'Vierduizend dollar,' klinkt een zware stem vanaf de linkerkant. Jill slaakt een verrukt gilletje.

Ik dwaal met mijn aandacht weg van de veiling. Dus zulke problemen had Christian op school, vechten. Ik vraag me af waarom. Ik staar hem aan. Lily bekijkt ons aandachtig.

'En dan nu, sta me toe de mooie Ana aan u voor te stellen.'

O, shit, dat ben ik. Ik werp een nerveuze blik op Mia, die me naar het midden van het podium jaagt. Gelukkig val ik niet, maar ik sta wel verdomd ongemakkelijk tentoongesteld voor iedereen. Als ik naar Christian kijk, grijnst hij naar me. De eikel.

'Mooie Ana speelt zes muziekinstrumenten, spreekt vloeiend Mandarijn en is gek op yoga... welnu, heren...' Voordat hij zijn zin kan afmaken, onderbreekt Christian hem al, terwijl hij van achter zijn masker met een dreigende blik naar de ceremoniemeester kijkt.

'Tienduizend dollar.' Ik hoor Lily achter me vol ongeloof naar adem happen.

O mijn god, daar gaan we.

'Vijftien.'

Wat? We draaien ons allemaal om naar een lange, onberispelijk geklede man die links van het podium staat. Ik knipper naar Vijftig. Shit, wat doet hij? Maar hij krabt aan zijn kin en werpt de vreemdeling een ironische glimlach toe. Christian kent hem klaarblijkelijk. De vreemdeling knikt beleefd naar Christian.

'Zo, heren! Er wordt vanavond hoog ingezet.' De opwinding van de ceremoniemeester gaat dwars door zijn narrenmasker heen, als hij zich weer omdraait naar Christian. Dit is een fantastische show, maar ten koste van mij. Ik kan wel janken.

'Twintig,' reageert Christian kalm.

Het geroezemoes van de menigte is weggestorven. Iedereen staart naar mij, Christian en de mysterieuze man bij het podium.

'Vijfentwintig,' zegt de vreemdeling.

Kan het nog gênanter?

Christian staart hem uitdrukkingsloos aan, maar hij heeft er lol in. Alle ogen zijn op Christian gericht. Wat gaat hij doen? Mijn hart klopt in mijn keel. Ik voel me misselijk.

'Honderdduizend dollar,' roept hij luid en duidelijk door de tent.

'What the fuck?' sist Lily hardop achter me en een golf van ontzetting en vermaak gaat door de menigte. De vreemdeling heft verslagen zijn handen op, lacht en Christian grijnst naar hem. Vanuit mijn ooghoek zie ik Mia vrolijk op en neer springen. Mijn onderbewuste staart Christian aan, compleet verbouwereerd.

'Honderdduizend dollar voor de lieftallige Ana! Eenmaal... andermaal...' De ceremoniemeester kijkt naar de vreemdeling, die met gespeeld verdriet zijn hoofd schudt en galant buigt.

'Verkocht!' schreeuwt de man triomfantelijk.

Onder oorverdovend applaus en gejuich komt Christian naar voren om mijn hand te pakken en me van het podium te helpen. Hij kijkt me geamuseerd aan, terwijl ik naar beneden loop, kust de rug van mijn hand, steekt deze in de holte van zijn elleboog en leidt me naar de uitgang van de tent.

'Wie was dat?' vraag ik.

Hij kijkt omlaag naar me. 'Iemand die je straks kunt ontmoeten. Nu wil ik je iets laten zien. We hebben ongeveer dertig minuten voordat de veiling van de eerste dans is afgelopen. Dan moeten we terug zijn op de dansvloer, zodat ik kan genieten van de dans waarvoor ik heb betaald.'

'Een erg dure dans,' mopper ik afkeurend.

'Ik ben ervan overtuigd dat hij elke cent waard zal zijn.' Hij glimlacht ondeugend naar me. O, wat een schitterende glimlach. Meteen is het verlangen terug en het spreidt zich uit door mijn hele lichaam.

We lopen naar buiten over het gazon. Ik dacht dat we naar het boothuis zouden gaan, maar jammer genoeg lijken we naar de dansvloer te lopen, waar het orkest zich aan het klaarmaken is. Er zijn minstens twintig muzikanten en een paar gasten lopen wat rond, stiekem rokend. Omdat de meeste bedrijvigheid in de tent plaatsvindt, trekken we niet al te veel aandacht.

Christian voert me mee naar de achterkant van het huis en opent een terrasdeur die toegang geeft tot een grote, comfortabele salon die ik nog niet eerder heb gezien. Hij loopt door de verlaten hal naar de reusachtige trap met zijn elegante, gepolijste houten balustrade. Hij neemt mijn hand uit de holte van zijn elleboog en voert me mee naar de tweede verdieping en via een andere trap naar de derde verdieping. Daar opent hij een witte deur en hij gaat me voor in een van de slaapkamers.

'Dit was mijn kamer,' zegt hij zacht terwijl hij bij de deur staat en deze achter zich op slot doet.

De kamer is groot, kaal en schaars gemeubileerd. De muren zijn wit, evenals de meubels; een groot tweepersoonsbed, een bureau en stoel, planken vol boeken, op een rij met verschillende bekers voor kickboksen, zo te zien. Op de muren hangen filmposters: *The Matrix*, *Fight Club*, *The Truman Show*, en twee ingelijste posters met daarop kickboksers. Een van hen heet Giuseppe DeNatale – nog nooit van gehoord.

Maar mijn oog valt op een wit prikbord boven het bureau, bedekt met een wirwar van foto's, vaantjes van de Mariners en snippers van tickets. Het is een stukje van de jonge Christian. Mijn blik gaat weer naar de knappe man die nu in het midden van de kamer staat. Hij kijkt wellustig, broeierig en sexy naar me.

'Ik ben hier nog nooit met een meisje geweest,' zegt hij.

'Nooit?' fluister ik.

Hij schudt zijn hoofd.

Ik slik krampachtig en het pijnlijke gevoel dat me de afgelopen uren heeft gekweld, gaat nu rauw en hitsig tekeer. Hem daar op het koningsblauwe tapijt zien staan met dat masker op... is meer dan erotisch. Ik wil hem. Nu. Op welke manier dan ook. Ik moet me beheersen om me niet op hem te werpen en zijn kleren van hem af te scheuren. Hij komt langzaam op me af.

'We hebben niet veel tijd, Anastasia, en zoals ik me nu voel, hebben we ook niet veel tijd nodig. Draai je om. Laat me je uit die jurk helpen.'

Ik draai me om en staar naar de deur, blij dat hij hem op slot heeft gedaan. Terwijl hij over me heen buigt, fluistert hij zacht in mijn oor: 'Hou je masker op.'

Als reactie trekt mijn lichaam zich samen en ik kreun. Hij heeft me nog niet eens aangeraakt.

Hij pakt de bovenkant van mijn jurk, zijn vingers glijden langs mijn huid, en ik voel zijn aanraking door mijn hele lichaam. In één soepele beweging doet hij de rits omlaag. Hij houdt mijn jurk vast en helpt me eruit te stappen, draait zich dan om en drapeert de jurk kundig over de stoelleuning. Hij trekt zijn jasje uit en legt het over mijn jurk. Hij wacht en neemt me een ogenblik aandachtig op. Ik sta in het korset en de bijpassende kousen en ik ga volledig op in zijn sensuele blik.

'Weet je, Anastasia,' zegt hij zacht, terwijl hij op me afkomt, zijn strikje losmaakt zodat het aan beide kanten van zijn nek hangt, en de bovenste drie knopen van zijn overhemd losmaakt. 'Ik was zo kwaad op je toen je mijn veilingnummer kocht. Er ging van alles door mijn hoofd. Ik moest me eraan herinneren dat straf geen optie meer is. Maar toen bood je het zelf aan.' Hij kijkt naar me door zijn masker. 'Waarom deed je dat?' fluistert hij.

'Bood ik het aan? Ik weet het niet. Frustratie... te veel alcohol... het goede doel,' stamel ik lafjes, terwijl ik mijn schouders ophaal. Misschien om zijn aandacht te krijgen?

Ik wilde hem toen. Ik wil hem nu nog meer. Het pijnlijke verlangen is erger en ik weet dat hij het kan wegnemen, dit brullende, kwijlende beest in mij tot bedaren kan brengen met het beest in hem. Hij perst zijn mond tot een streep en likt langzaam langs zijn onderlip. Ik wil die tong op me.

'Ik heb mezelf gezworen je nooit meer te slaan, zelfs niet als je me zou smeken.'

'Alsjeblieft,' smeek ik.

'Maar toen besefte ik dat je je nu waarschijnlijk erg onbevredigd voelt en dat ben je niet gewend.' Hij grijnst veelbetekenend naar me, de arrogante klootzak, maar het kan me niet schelen want hij heeft volkomen gelijk.

'Ja,' adem ik.

'Dus ik heb misschien wat... speelruimte. Maar je moet me één ding beloven als ik dit doe.'

'Wat dan ook.'

'Je gebruikt het codewoord als het moet en ik zal alleen met je vrijen, oké?'

'Ja.' Ik hijg, ik wil zijn handen op me.

Hij slikt, pakt mijn hand en loopt naar het bed. Hij gooit het dekbed opzij, gaat zitten, grijpt een kussen en legt het naast zich. Hij kijkt naar me op terwijl ik daar naast hem sta en trekt plotseling hard aan mijn hand zodat ik dwars over zijn schoot val. Hij gaat wat verzitten, zodat mijn lichaam op het bed rust, met mijn borst op het kussen, mijn gezicht opzij gedraaid. Hij leunt voorover, veegt mijn haar van mijn schouder en gaat met zijn vingers door de veren op mijn masker.

'Leg je handen op je rug,' commandeert hij.

O! Hij doet zijn strik af en gebruikt hem om snel mijn polsen vast te binden, zodat mijn handen vastgebonden zijn op mijn rug.

'Wil je dit echt, Anastasia?'

Ik sluit mijn ogen. Dit is de eerste keer sinds ik hem heb ontmoet dat ik dit echt wil. Ik heb het nodig.

'Ja,' fluister ik.

'Waarom?' vraagt hij zacht terwijl hij met zijn handpalm mijn billen streelt. Ik kreun zodra zijn hand contact maakt met mijn huid. *Ik weet niet waarom... Jij zegt dat ik niet te veel moet nadenken. Na een dag als vandaag – ruziën over het geld, Leila, Mrs. Robinson, mijn dossier, de routekaart, dit exorbitante feest, de maskers, de alcohol, de zilveren balletjes, de veiling... wil ik dit.*

'Heb ik een reden nodig?'

'Nee, schatje, dat heb je niet,' zegt hij. 'Ik probeer je alleen te begrijpen.' Zijn linkerhand krult om mijn middel en houdt me vast als hij zijn handpalm van mijn kont haalt en weer hard neer laat komen, net boven de plek waar mijn dijen bij elkaar komen. De pijn treft rechtstreeks het pijnlijke gevoel in mijn buik.

O heerlijk... Ik kreun hard. Hij slaat me nog eens, op precies dezelfde plek. Weer kreun ik.

'Twee,' mompelt hij. 'We gaan tot twaalf.'

O hemel! Dit voelt anders dan de laatste keer – zo zinnelijk, zo... noodzakelijk. Hij streelt mijn billen met zijn lange vingers en ik ben machteloos, stevig vastgeklemd en tegen de matras geduwd, aan hem overgeleverd, uit vrije wil. Hij slaat me nog eens, iets opzij, en nog eens, aan de andere kant, stopt dan even om langzaam mijn slip af te stropen en uit te trekken. Zachtjes glijdt hij met zijn handpalm over mijn kont voordat hij verdergaat met zijn pak slaag – en elke brandende klap neemt een stukje weg van mijn behoefte – of voedt het juist – ik weet het niet. Ik geef mezelf over aan het ritme van de klappen en laat ze stuk voor stuk vol genot tot me komen.

'Twaalf,' zegt hij met lage en schorre stem. Opnieuw streelt hij mijn billen en gaat met zijn vingers omlaag naar mijn vagina en hij steekt langzaam twee vingers in me, die hij ronddraait, een ronde martelgang.

Ik kreun hard als mijn lichaam het overneemt en ik kom schokkend klaar rond zijn vingers. Het is zo intens, onverwacht en snel.

'Goed zo, schatje,' zegt hij goedkeurend. Hij maakt mijn polsen los, maar houdt zijn vingers in me, terwijl ik hijgend en uitgeput over zijn schoot lig.

'Ik ben nog niet klaar met jou, Anastasia,' zegt hij, terwijl hij zonder zijn vingers terug te trekken gaat verzitten. Hij laat mijn knieën op de vloer zakken zodat ik nu over het bed leun. Hij knielt op de vloer achter me en doet zijn rits omlaag. Hij laat zijn vingers uit me glijden en ik hoor het bekende geluid van de condoomverpakking. 'Benen wijd,' gromt hij en ik gehoorzaam. Hij streelt mijn billen en komt in me.

'Dit wordt een vluggertje, schatje,' zegt hij en hij grijpt mijn heupen vast, trekt zich terug en stoot dan weer in me.

'Ah!' roep ik uit, maar het is heerlijk hem zo diep in me te voelen. Hij raakt mijn buikpijn stevig, keer op keer, en vaagt hem weg met elke, scherpe, heerlijke stoot. Het is een fantastisch gevoel, precies wat ik nodig had. Ik duw terug om hem tegemoet te komen, stoot na stoot.

'Ana, nee,' gromt hij, terwijl hij probeert me stil te houden. Maar ik wil hem te graag en ik druk mezelf tegen hem aan, terwijl ik stoot na stoot met hem meega.

'Ana, shit,' sist hij als hij klaarkomt en het gepijnigde geluid brengt me weer tot een duizelingwekkend, verlossend orgasme dat maar blijft komen en me uitput en uitgeblust en ademloos achterlaat.

Christian buigt voorover en kust mijn schouder en trekt zich dan terug. Hij slaat zijn armen om me heen, laat zijn hoofd midden op mijn rug rusten en zo liggen we, allebei geknield naast het bed, voor hoe lang? Seconden? Minutenlang denk ik, tot onze ademhaling tot rust komt. Mijn buikpijn is verdwenen en ik voel alleen nog een kalmerende, bevredigende rust.

Christian beweegt en kust mijn rug. 'Ik geloof dat u mij een dans verschuldigd bent, mevrouw Steele,' zegt hij.

'Hmm,' antwoord ik, nagenietend en voldaan dat het pijnlijke gevoel is verdwenen.

Hij gaat op zijn hurken zitten en trekt me van het bed op zijn schoot. 'We hebben niet lang. Kom.' Hij kust mijn haar en dwingt me op te staan.

Ik brom, maar ga op bed zitten en raap mijn slipje van de vloer en trek het weer aan. Loom loop ik naar de stoel om mijn jurk te pakken. Onverschillig merk ik op dat ik mijn schoenen niet heb uitgetrokken tijdens onze clandestiene rendez-vous. Christian knoopt zijn strik, nadat hij zichzelf en het bed heeft gefatsoeneerd.

Ik glip weer in mijn jurk en bekijk de foto's op het prikbord. Zelfs als humeurige puber was Christian knap: met Elliot en Mia op de ski's; alleen in Parijs, te oordelen aan de Arc de Triomphe die zijn locatie verraadt; in Londen; New York; de Grand Canyon; het operagebouw in Sydney; zelfs de Chinese Muur. Meester Grey was al op jonge leeftijd erg bereisd.

Er hangen afgescheurde tickets van verschillende concerten: U2, Metallica, The Verve, Sheryl Crow, een uitvoering van Prokofjevs *Romeo en Julia* door het New York Philharmonic – wat een uiteenlopende mix! In de hoek hangt een pasfoto van een jonge vrouw. Een zwart-witfoto. Ze heeft een bekend gezicht, maar ik kan haar met de beste wil van de wereld niet thuisbrengen. Niet Mrs. Robinson, godzijdank.

'Wie is dit?' vraag ik.

'O, niemand,' mompelt hij terwijl hij in zijn jasje glipt en zijn strik gladstrijkt. 'Zal ik je jurk dichtritsen?'

'Graag. Maar waarom hangt ze dan op je prikbord?'

'Heb ik over het hoofd gezien. Hoe zit mijn strik?' Hij heft zijn kin op als een kleine jongen en ik grijns en strijk hem glad.

'Nu is hij perfect.'

'Net als jij,' zegt hij en hij pakt me vast en kust me hartstochtelijk. 'Voel je je al beter?'

'Veel beter, dank u, meneer Grey.'

'Het was me een waar genoegen, mevrouw Steele.'

De gasten verzamelen zich op de dansvloer. Christian grijnst naar me – we zijn net op tijd – en hij leidt me naar de geblokte vloer.

'En nu, dames en heren, is het tijd voor de eerste dans. Meneer en mevrouw Grey, bent u zover?' Carrick knikt bevestigend en heeft zijn armen om Grace geslagen.

'Dames en heren van de Veiling van de Eerste Dans, bent u zover?' We knikken allemaal instemmend. Mia is met iemand die ik niet herken. Ik vraag me af waar Sean is gebleven.

'Dan gaan we beginnen. Doe je best, Sam!'

Een jonge man loopt onder warm applaus het podium op, draait zich om naar de band achter hem en knipt met zijn vingers. De bekende klanken van 'I've Got You Under My Skin' vullen de lucht.

Christian glimlacht naar me, neemt me in zijn armen en begint te bewegen. O, hij danst zo goed, het is makkelijk om te volgen. We grijnzen naar elkaar als idioten terwijl we rondzwieren over de dansvloer.

'Ik vind dit een heerlijk nummer,' zegt Christian terwijl hij me aankijkt. 'Lijkt erg toepasselijk.' Hij grijnst niet meer, maar is serieus.

'Jij zit ook onder mijn huid,' antwoord ik. 'Of dat zat je in jouw slaapkamer.'

Hij tuit zijn lippen, maar kan zijn vrolijkheid niet verbergen.

'Mevrouw Steele,' plaagt hij vermanend, 'ik had geen idee dat u zo grof kon zijn.'

'Dat wist ik zelf ook niet, meneer Grey. Ik denk dat het door mijn recente ervaringen komt. Die zijn erg verhelderend geweest.'

'Dat geldt voor mij ook.' Christian is weer serieus en het voelt alsof we alleen zijn met de band. We zitten in onze eigen luchtbel.

Als het nummer is afgelopen klappen we allebei. Sam de zanger buigt hoffelijk zijn hoofd en stelt zijn band voor.

'Mag ik deze dans van u?'

Ik herken de man die bij de veiling op me heeft geboden. Christian laat me met tegenzin gaan, maar is ook geamuseerd.

'Ga je gang. Anastasia, dit is John Flynn. John, Anastasia.'

Shit!

Christian grijnst en loopt naar de zijkant van de dansvloer.

'Aangenaam, Anastasia,' zegt dr. Flynn beleefd en ik besef dat hij Brits is.

'Hallo,' stamel ik.

De band zet een nieuw nummer in en dr. Flynn trekt me in zijn armen. Hij is veel jonger dan ik had gedacht, hoewel ik zijn gezicht niet kan zien. Hij draagt net zo'n masker als Christian. Hij is lang, maar niet zo lang als Christian en hij beweegt niet met hetzelfde gemak als Christian.

Wat moet ik tegen hem zeggen. Waarom is Christian zo naar de klote? Waarom heeft hij op me geboden? Dat is het enige wat ik hem wil vragen, maar op de een of andere manier lijkt me dat nogal onbeleefd.

'Ik ben blij dat ik je eindelijk ontmoet, Anastasia. Heb je het naar je zin?' vraagt hij.

'Tot nu toe wel ja,' fluister ik.

'O, ik hoop niet dat ik verantwoordelijk ben voor de verandering in je stemming.' Hij werpt me een korte, warme glimlach toe die me iets meer op mijn gemak stelt.

'Dr. Flynn, u bent de psychiater. Zegt u het maar.'

Hij grijnst. 'Dat is het probleem, of niet? De psych?'

Ik giechel. 'Ik maak me zorgen over wat ik zou kunnen blootgeven, daarom voel ik me wat geïntimideerd en niet helemaal op mijn gemak. En eigenlijk wil ik je alleen maar naar Christian vragen.'

Hij glimlacht. 'Ten eerste is dit een feestje, dus ben ik niet in functie,' fluistert hij samenzweerderig. 'En ten tweede kan ik echt niet met je over Christian praten. Bovendien,' plaagt hij, 'zouden we dan met Kerstmis nog bezig zijn.'

Ik hap geschokt naar lucht.

'Dat is een doktersgrapje, Anastasia.'

Ik bloos, voel me gegeneerd, en dan een beetje verontwaardigd. Hij maakt een grapje over Christians rug. 'Je hebt net bevestigd wat ik steeds al tegen Christian zeg... namelijk dat je een dure kwakzalver bent,' zeg ik berispend.

Dr. Flynn schiet in de lach. 'Je zou wel eens iets op het spoor kunnen zijn.'

'Ben je Brits?'

'Ja, ik kom oorspronkelijk uit Londen.'

'Hoe ben je hier terechtgekomen?'

'Gelukkige omstandigheden.'

'Je laat niet echt veel los, hè?'

'Er is niet zoveel om los te laten. Ik ben eigenlijk erg saai.'

'Nu haal je jezelf wel erg omlaag.'

'Dat is een Britse gewoonte. Is deel van ons nationale karakter.'

'O.'

'Ik zou jou van hetzelfde kunnen beschuldigen, Anastasia.'

'Dat ik ook saai ben, dr. Flynn?'

Hij gniffelt. 'Nee, Anastasia. Dat je niet veel loslaat.'

'Er is niet zoveel om los te laten.' Ik glimlach.

'Dat betwijfel ik ten zeerste.' Hij fronst onverwacht zijn voorhoofd.

Ik bloos, maar de muziek is afgelopen en Christian staat alweer naast me. Dr. Flynn laat me los.

'Het was een genoegen, Anastasia.' Hij schenkt me weer zijn warme glimlach en ik heb het gevoel dat ik een of andere geheime test heb doorstaan.

'John.' Christian knikt naar hem.

'Christian.' Dr. Flynn beantwoordt zijn knik, draait zich om en verdwijnt in de menigte.

Christian trekt me in zijn armen voor de volgende dans.

'Hij is veel jonger dan ik dacht,' zeg ik vragend. 'En verschrikkelijk indiscreet.'

Christian houdt zijn hoofd schuin. 'Indiscreet?'

'O, ja, hij heeft me alles verteld,' plaag ik.

Christian verstrakt. 'In dat geval zal ik je tas halen. Je wil vast niets meer met me te maken hebben,' zegt hij zacht.

Ik blijf stilstaan. 'Hij heeft me niets verteld!' Mijn stem klinkt paniekerig.

Christian knippert met zijn ogen, voordat opluchting doorbreekt op zijn gezicht. Hij trekt me weer in zijn armen. 'Laten we dan maar van deze dans genieten.' Hij kijkt me stralend en geruststellend aan, en draait me dan rond.

Waarom zou hij denken dat ik weg wil? Dat slaat nergens op.

We dansen nog twee nummers en dan merk ik dat ik naar het toilet moet.

'Ik ben zo terug.'

Als ik naar het toilet loop, besef ik dat mijn handtas nog op de tafel ligt, dus ik ga naar de tent. Als ik binnenkom, brandt het licht nog, maar de tent is vrijwel leeg, afgezien van een stelletje aan de andere kant, dat duidelijk ergens een kamer moet boeken! Ik pak mijn tas.

'Anastasia?'

Een zachte stem laat me schrikken en als ik me omdraai zie ik een vrouw in een lange, nauwsluitende, zwartfluwelen japon. Haar masker is uniek. Het bedekt haar gezicht tot aan haar neus, maar ook haar haar. Het is schitterend, met verfijnde gouden filigraan.

'Ik ben zo blij dat je even alleen bent,' zegt ze zacht. 'Ik wilde al de hele avond met je praten.'

'Sorry, maar ik weet niet wie je bent.'

Ze trekt het masker van haar gezicht en laat haar haar los.

Shit! Het is Mrs. Robinson.

'Sorry, ik heb je laten schrikken.'

Ik staar haar aan. *Allemachtig – wat moet ze van me?*

Ik weet niet wat de sociale conventies zijn voor een ontmoeting met beruchte kinderverkrachters. Ze lacht innemend en gebaart me aan tafel te gaan zitten. Omdat ik zo overrompeld ben en absoluut niet weet wat ik moet doen, doe ik uit beleefdheid wat ze zegt, blij dat ik nog steeds mijn masker opheb.

'Ik zal het kort houden, Anastasia. Ik weet hoe je over me denkt... Christian heeft het me verteld.'

Ik staar haar bewegingsloos aan, zonder iets te laten merken, maar ik ben blij dat ze het weet. Dan hoef ik het niet te vertellen en komt zij meteen ter zake. Een deel van me is meer dan benieuwd wat ze te zeggen kan hebben.

Ze wacht even, werpt een blik over mijn schouder. 'Taylor houdt ons in de gaten.'

Ik gluur achter me en zie dat hij bij de ingang de tent afspeurt. Sawyer is bij hem. Ze kijken alle kanten op, behalve naar ons.

'Kijk, we hebben niet veel tijd,' zegt ze haastig. 'Het moet wel duidelijk voor je zijn dat Christian van je houdt. Ik heb hem nog nooit zo gezien, nooit.' Ze benadrukt dit laatste woord.

Wat? Van me houdt? Nee. Waarom zegt ze dit? Om me gerust te stellen? Ik begrijp het niet.

'Hij zal het je niet zeggen, omdat hij het waarschijnlijk zelf niet beseft, ondanks wat ik tegen hem heb gezegd, maar zo is Christian. Hij is niet erg in staat zijn positieve gevoelens en emoties te herkennen. Hij blijft te veel in het negatieve hangen. Maar dat heb je waarschijnlijk zelf wel ontdekt. Hij denkt dat hij het niet waard is.'

Het duizelt me. *Christian houdt van mij?* Hij heeft het niet gezegd en deze vrouw vertelt hem hoe hij zich voelt? Dit is absurd.

Honderd beelden flitsen tegelijk door mijn hoofd: de iPad, het zweefvliegen, het vliegtuig nemen om mij te zien, alles wat hij heeft gedaan, zijn bezitsdrang, honderdduizend dollar voor een dans. Is dat liefde?

En dit horen uit de mond van deze vrouw, deze bevestiging van haar krijgen, is ronduit onaangenaam. Ik zou het liever van hem horen.

Mijn hart krimpt ineen. Hij denkt dat hij het niet waard is? Waarom?

'Ik heb hem nog nooit zo gelukkig gezien en het is duidelijk dat jij ook gevoelens voor hem hebt.' Een glimlach trekt kort over haar gezicht. 'Dat is fantastisch en ik wens jullie allebei het allerbeste. Maar wat ik je wilde zeggen is dat als je hem nog één keer kwetst, ik je weet te vinden, dame, en dat zal niet aangenaam zijn.'

Ze staart me aan met haar ijskoude blauwe ogen die mijn schedel doorboren, recht door mijn masker heen. Haar dreigement is zo verbazingwekkend, zo bizar, dat ik ongewild moet giechelen van ongeloof. Van alles wat ze tegen me kon zeggen, verwachtte ik dit nog het minst.

'Vind je dit grappig, Anastasia?' sist ze ontzet. 'Jij hebt hem afgelopen zaterdag niet gezien.'

Mijn gezicht betrekt. De gedachte aan een ongelukkige Christian is onverteerbaar en afgelopen zaterdag ben ik bij hem weggegaan. Hij moet naar haar zijn gegaan. Het idee alleen al maakt me misselijk. Waarom zit ik hier en luister ik naar deze onzin, van haar nog wel? Ik sta langzaam op en kijk haar strak aan.

'Ik lach om uw brutaliteit, mevrouw Lincoln. Christian en ik hebben niets met u te maken. En als ik hem wel verlaat en u komt achter mij aan, dan zal ik u opwachten – daar kunt u van op aan.

Misschien geef ik u dan wel een koekje van eigen deeg namens de vijftienjarige jongen die u heeft mishandeld en waarschijnlijk nog meer naar de klote heeft geholpen dan hij al was.'

Haar mond valt open.

'En als u me nu zou willen excuseren, ik heb betere dingen te doen dan mijn tijd aan u te verspillen.' Ik draai me om terwijl de adrenaline en woede door mijn lichaam gieren en ik been naar de ingang van de tent waar Taylor staat, net op het moment dat Christian aankomt met een verwarde en ongeruste blik.

'Daar ben je,' zegt hij en hij fronst zijn wenkbrauwen als hij Elena ziet. Ik loop hem voorbij zonder iets te zeggen en geef hem de kans om te kiezen – haar of mij. Hij maakt de juiste keus.

'Ana,' roept hij. Ik stop en kijk hem aan als hij bij me is. 'Wat is er?' Hij staart me aan, de bezorgdheid staat op zijn gezicht gedrukt.

'Waarom vraag je dat niet aan je ex?' sis ik bits.

Zijn mond vertrekt en zijn blik bevriest. 'Ik vraag het jou,' zegt hij zacht, maar met een veel dreigender ondertoon.

We staren elkaar kwaad aan.

Oké, dit wordt ruzie als ik het niet vertel. 'Ze dreigt me achterna te komen als ik je ooit nog eens kwets – waarschijnlijk met een zweep,' snauw ik hem toe.

Opluchting flitst over zijn gezicht, zijn mond verzacht van pret. 'De ironie hiervan ontgaat je vast niet?' zegt hij, en ik zie dat hij zijn vrolijkheid probeert in te houden.

'Dit is niet grappig, Christian!'

'Nee, je hebt gelijk. Ik zal met haar praten.' Hij zet zijn serieuze gezicht op, hoewel hij zijn pret nog steeds probeert te onderdrukken.

'Daar komt niets van in.' Ik sla mijn armen over elkaar en mijn woede laait weer op.

Hij knippert met zijn ogen, verbaasd door mijn uitbarsting.

'Kijk, ik weet dat je financieel aan haar gebonden bent, vergeef me de woordspeling, maar...' Ik stop. Wat ga ik hem vragen? Haar op te geven? Haar niet meer te zien? Kan ik dat doen? 'Ik moet naar het toilet.' Ik kijk boos naar hem, mijn mond vertrokken tot een norse streep.

Hij zucht en houdt zijn hoofd schuin. Kan hij er nog aantrekkelijker uitzien? Komt het door het masker, of is hij gewoon zo?

'Wees alsjeblieft niet boos. Ik wist niet dat ze hier was. Ze zei dat ze niet zou komen.' Zijn stem klinkt sussend, alsof hij tegen een kind praat. Hij strijkt met zijn duim langs mijn pruilende onderlip. 'Laat Elena onze avond alsjeblieft niet verpesten, Anastasia. Ze is echt oud nieuws.'

Oud dekt precies de lading, denk ik hardvochtig, terwijl hij mijn kin optilt en voorzichtig met zijn lippen langs de mijne strijkt. Ik zucht instemmend en kijk op naar hem. Hij gaat rechtop staan en neemt me bij mijn elleboog.

'Ik zal meegaan naar het toilet, zodat je niet meer wordt gestoord.'

Hij neemt me mee over het gazon naar de luxueuze tijdelijke toiletten. Mia zei dat ze speciaal voor de gelegenheid waren neergezet, maar ik had geen idee dat er ook luxe-uitvoeringen bestonden.

'Ik wacht hier op je, schatje,' zegt hij.

Als ik naar buiten kom, is mijn stemming omgeslagen. Ik heb besloten Mrs. Robinson niet mijn avond te laten vergallen, omdat dat waarschijnlijk is wat ze wil. Christian staat wat verderop te bellen buiten het bereik van de paar mensen die vlak in de buurt staan te lachen en te kletsen. Als ik dichterbij kom, kan ik hem horen. Hij klinkt erg kortaf.

'Waarom ben je van gedachten veranderd? Ik dacht dat we een afspraak hadden. Nou, laat haar met rust... Dit is de eerste normale relatie die ik ooit heb gehad en die laat ik niet door jouw misplaatste bezorgdheid in gevaar brengen. Laat. Haar. Met. Rust. Ik meen het, Elena.' Hij zwijgt, luistert. 'Nee, natuurlijk niet.' Hij fronst zijn voorhoofd diep terwijl hij dit zegt. Als hij opkijkt, ziet hij mij kijken. 'Ik moet gaan. Doei.' Hij drukt haar weg.

Ik hou mijn hoofd schuin en trek een wenkbrauw omhoog. Waarom belt hij haar?

'Hoe gaat het met het oude nieuws?'

'Chagrijnig,' antwoordt hij boos en spottend tegelijk. 'Wil je nog wat dansen? Of wil je gaan?' Hij kijkt op zijn horloge. 'Het vuurwerk begint over vijf minuten.'

'Ik ben gek op vuurwerk.'

'Dan blijven we kijken.' Hij slaat zijn arm om me heen en trekt me dicht tegen zich aan. 'Laat haar alsjeblieft niet tussen ons komen.'

'Ze geeft om je,' prevel ik.

'Ja, en ik om haar... als een gewone vriendin.'

'Ik denk dat het voor haar meer dan vriendschap is.'

Zijn voorhoofd rimpelt. 'Anastasia, Elena en ik... het ligt ingewikkeld. We hebben een gedeeld verleden. Maar dat is alles, verleden. Zoals ik je al steeds heb gezegd, ze is een goede vriendin. Dat is alles. Vergeet haar alsjeblieft.' Hij kust mijn haar en om onze avond niet te verpesten, laat ik het zo. Ik probeer het alleen maar te begrijpen.

We wandelen hand in hand terug naar de dansvloer. De band is nog volop aan het spelen.

'Anastasia.'

Ik draai me om en zie Carrick achter ons staan.

'Ik vroeg me af of je me zou willen vereren met de volgende dans.' Carrick steekt zijn hand naar me uit. Christian haalt zijn schouders toegeeflijk op en glimlacht, hij laat mijn hand los en ik laat me door Carrick naar de dansvloer leiden. Sam de bandleider zet 'Come Fly with Me' in en Carrick legt zijn arm om mijn middel en zwiert me hoffelijk door de menigte.

'Ik wilde je bedanken voor je gulle bijdrage aan ons goede doel, Anastasia.'

Afgaand op zijn toon vermoed ik dat dit een omslachtige manier is om me te vragen of ik het me wel kan veroorloven.

'Meneer Grey...'

'Carrick voor jou, Ana.'

'Ik ben blij dat ik iets kan bijdragen. Ik ben onverwacht in het bezit gekomen van wat geld. Ik heb het niet nodig. En het is zo'n goed doel.'

Hij glimlacht en ik grijp de kans om wat onschuldige vragen te stellen. *Carpe diem*, sist mijn onderbewuste van achter haar hand.

'Christian heeft me een beetje over zijn verleden verteld, dus ik denk dat het goed is om uw werk te steunen,' voeg ik eraan toe, in de hoop dat dit Carrick kan verleiden me enig inzicht te geven in het mysterie van zijn zoon.

Carrick is verrast. 'O ja? Dat is ongewoon. Je hebt absoluut een erg positief effect op hem, Anastasia. Ik denk dat ik hem nog nooit zo, zo... opgewekt heb gezien.'

Ik bloos.

'Sorry, ik wilde je niet in verlegenheid brengen.'

'Nou ja, met mijn zeer beperkte ervaring kan ik zeggen dat hij een erg ongewone man is,' zeg ik zacht.

'Inderdaad,' stemt Carrick zachtjes in.

'Christians vroege jeugd klinkt afschuwelijk traumatisch, van wat hij me heeft verteld.'

Carrick fronst zijn wenkbrauwen en ik ben bang dat ik te ver ben gegaan.

'Mijn vrouw was de arts van dienst toen de politie hem binnenbracht. Hij was vel over been en ernstig uitgedroogd. Hij wilde niet praten.' Carrick fronst opnieuw zijn wenkbrauwen, in de ban van de akelige herinnering, ondanks de vrolijke muziek om ons heen. 'Daarna heeft hij bijna twee jaar niet gesproken. Uiteindelijk is hij door het spelen van de piano uit zijn schulp gekropen. O, en door Mia's komst natuurlijk.' Hij glimlacht hartelijk naar me.

'Hij speelt prachtig. En hij heeft zoveel bereikt, u moet wel erg trots op hem zijn.' Ik klink afgeleid. *Holy shit! Twee jaar niet gesproken.*

'Immens trots. Hij is erg vastberaden, erg begaafd, een intelligente jongeman. Maar tussen jou en mij, Anastasia, zoals hij vanavond is – zorgeloos, zoals een jonge man moet zijn – dat is voor zijn moeder en mij pas echt ontroerend om te zien. We zeiden het toevallig vandaag nog tegen elkaar. Ik denk dat het door jou komt.'

Ik heb het gevoel alsof ik van top tot teen bloos. Wat moet ik hier nu op zeggen?

'Hij was altijd zo'n eenling. We hebben nooit gedacht dat we hem met iemand zouden zien. Wat je ook doet, blijf er alsjeblieft mee doorgaan. We willen hem graag gelukkig zien.' Hij stopt opeens, alsof híj nu te ver is gegaan. 'Sorry, ik wilde je niet in verlegenheid brengen.'

Ik schud mijn hoofd. 'Ik wil hem ook graag gelukkig zien,' breng ik uit, niet goed wetend wat ik anders moet zeggen.

'Nou, ik ben blij dat je vanavond bent gekomen. Het was een genot om jullie samen te zien.'

Als de laatste tonen van 'Come Fly with Me' wegsterven, laat Carrick me los en maakt hij een buiging en ik weerspiegel zijn hoffelijkheid met een reverence.

'Genoeg gedanst met oude mannen.' Christian staat weer naast me. Carrick lacht.

'Laat dat "oud" maar achterwege, zoon van me. Ik heb zo mijn momenten.' Carrick knipoogt schertsend naar me en slentert de menigte in.

'Ik denk dat mijn vader je leuk vindt,' zegt Christian terwijl hij toekijkt hoe zijn vader zich onder de mensen begeeft.

'Dat kan toch ook niet anders?' Ik gluur koket naar hem door mijn wimpers.

'Goed punt, raak gesproken, mevrouw Steele.' Hij trekt me in zijn armen als de band 'It Had To Be You' inzet.

'Dans met me,' fluistert hij verleidelijk.

'Met alle plezier, meneer Grey,' antwoord ik glimlachend en hij zwiert me nog eens over de dansvloer.

Om middernacht wandelen we naar de kust tussen de tent en het boothuis, waar ook de andere feestvierders zich hebben verzameld om naar het vuurwerk te kijken. De ceremoniemeester, die weer de leiding heeft genomen, heeft ons toestemming gegeven om de maskers af te zetten, zodat we het schouwspel beter kunnen zien. Christian heeft zijn arm om me heen geslagen, maar ik ben me ervan bewust dat Taylor en Sawyer in de buurt zijn, waarschijnlijk omdat we nu in een menigte staan. Ze kijken overal heen, behalve naar de kade, waar twee in het zwart geklede technici de laatste voorbereidingen treffen. Als ik Taylor zie, moet ik aan Leila denken. Misschien is ze wel hier. *Shit.* De gedachte is huiveringwekkend en ik kruip dichter tegen Christian aan. Hij laat zijn blik op me rusten en trekt me dichterbij.

'Gaat het, schatje? Heb je het koud?'

'Nee, het gaat prima.' Ik gluur snel achter ons en vlakbij zie ik de andere twee veiligheidsmannen, van wie ik de naam ben vergeten. Als ik voor hem ga staan, slaat Christian beide armen om mijn schouders.

Plotseling galmt er temperamentvolle klassieke muziek over de kade en vliegen er twee pijlen hoog de lucht in om met een oorverdovende knal boven de baai te exploderen en het geheel te verlichten met een schitterende sluier van oranje en witte vonken, die worden weerspiegeld in een glinsterende regen boven het kalme water van de baai. Mijn mond zakt open als nog een reeks vuurpijlen de lucht in schiet en in een caleidoscoop van kleuren uiteenbarst.

Ik kan me niet herinneren ooit zo'n indrukwekkend schouwspel te hebben gezien, misschien alleen op televisie en daar ziet het er nooit zo prachtig uit. Alles gaat precies op de muziek. Salvo na salvo, knal na knal en vuurpijl na vuurpijl worden door de menigte met zuchten en oooh's en aaah's beantwoord. Het is ongelooflijk mooi.

Op het ponton in de baai schieten verschillende zilveren lichtfonteinen zes meter de lucht in en veranderen van kleur, van blauw, rood en oranje en weer naar zilver – en nog meer pijlen knallen de lucht in, terwijl de muziek zijn hoogtepunt nadert.

Mijn gezicht begint pijn te doen van de belachelijke grijns van verwondering die erop gepleisterd zit. Als ik naar Vijftig blik, zie ik dat hij hetzelfde heeft, hij geniet als een kind van de sensationele show. Voor de finale schiet een salvo van zes pijlen het duister in om gelijktijdig uiteen te barsten en ons in een schitterend gouden licht te hullen, waarop de menigte losbarst in een uitzinnig enthousiast applaus.

'Dames en heren,' roept de ceremoniemeester, als het gejuich en gefluit verstommen. 'Ik heb nog één ding toe te voegen aan deze geweldige avond; dankzij uw gulheid is er in totaal één miljoen achthonderddrieënvijftigduizend dollar opgehaald!'

Opnieuw barst een spontaan applaus los en vanaf het ponton licht een boodschap op in een zilveren vonkenregen die met de woorden BEDANKT NAMENS SAMEN STERK fonkelt en glinstert boven het water.

'O, Christian... dat was prachtig.' Ik grijns naar hem en hij buigt voorover om me te kussen.

'Tijd om te gaan,' zegt hij, met een brede glimlach op zijn knappe gezicht. Zijn woorden klinken veelbelovend.

Plotseling word ik overvallen door moeheid.

Hij kijkt weer op en Taylor staat vlakbij, terwijl de menigte zich rondom ons verspreidt. Ze zeggen niets tegen elkaar, maar wisselen toch iets uit.

'Blijf even hier bij me. Taylor wil dat we wachten tot de menigte is vertrokken.'

O.

'Ik denk dat hij door dat vuurwerk misschien wel honderd jaar ouder is geworden,' voegt hij eraan toe.

'Houdt hij niet van vuurwerk?'

Christian kijkt liefdevol naar me en schudt zijn hoofd, zonder er verder op in te gaan.

'Aspen, dus,' zegt hij en ik weet dat hij me van iets probeert af te leiden. Het werkt.

'O... ik heb mijn bod nog niet betaald,' stoot ik uit.

'Je kunt een cheque sturen. Ik heb het adres.'

'Je was echt kwaad.'

'Dat kun je wel zeggen.'

Ik grijns. 'Allemaal de schuld van jou en je speeltjes.'

'U was nogal overmand, mevrouw Steele. Een uiterst bevredigend resultaat als ik me goed herinner.' Hij glimlacht geil. 'Trouwens, waar zijn ze?'

'De zilveren balletjes? In mijn tas.'

'Ik wil ze graag terug. Het is een veel te krachtig instrument om in jouw onschuldige handen te laten.'

'Bezorgd dat ik nog eens opgewonden raak, misschien met iemand anders?'

Zijn ogen fonkelen gevaarlijk. 'Ik hoop dat dat niet zal gebeuren,' zegt hij met een koele klank in zijn stem. 'Maar nee, Ana. Ik wil al jouw genot.'

Whoa. 'Vertrouw je me niet?'

'Onvoorwaardelijk. Mag ik ze dan nu terug?'

'Ik zal erover denken.'

Hij knijpt zijn ogen tot spleetjes.

Er klinkt nog steeds muziek van de dansvloer, maar nu van een dj die stampmuziek draait. De bas dreunt in een niet-aflatend tempo.

'Wil je dansen?'

'Ik ben eigenlijk best moe, Christian. Ik wil wel gaan als dat goed is.'

Christian werpt een blik op Taylor, die knikt en we vertrekken in de richting van het huis, achter een aantal dronken gasten aan. Ik ben blij dat Christian mijn hand vastpakt – mijn voeten doen pijn van de nauwe schoenen met hun duizelingwekkend hoge hakken.

Mia komt springend op ons af. 'Jullie gaan toch nog niet weg? De echte muziek begint nu pas. Kom op, Ana.' Ze grijpt mijn hand.

'Mia,' waarschuwt Christian. 'Anastasia is moe. We gaan naar huis. Bovendien hebben we morgen een grote dag voor de boeg.'

Is dat zo?

Mia zet een pruillip maar dringt niet aan.

'Je moet volgende week een keer langskomen. Misschien kunnen we gaan shoppen?'

'Dat is goed, Mia.' Ik grijns, maar in mijn achterhoofd vraag ik me af hoe, aangezien ik moet werken voor de kost.

Ze geeft me snel een kus en omhelst Christian tot verrassing van ons beiden stevig. Verbazingwekkender is nog dat ze haar handen op de revers van zijn jasje legt en hij haar alleen maar toegeeflijk aankijkt.

'Ik vind het heerlijk om je zo gelukkig te zien,' zegt ze lief en ze kust hem op de wang. 'Doei. Veel plezier.' Ze huppelt weg naar haar wachtende vrienden, onder wie Lily, die er zonder masker nog chagrijniger uitziet.

Ik vraag me terloops af waar Sean is.

'We zeggen mijn ouders nog even gedag voor we gaan. Kom.'

Christian leidt me tussen een groep snaterende gasten mee naar Grace en Carrick, die hartelijk en warm afscheid van ons nemen.

'Kom gauw nog eens, Anastasia, het was fijn dat je er was,' zegt Grace vriendelijk.

Ik ben een beetje overweldigd door haar en Carricks reactie. Gelukkig zijn Grace' ouders al vertrokken zodat hun enthousiasme me in elk geval bespaard blijft.

Stilletjes wandelen Christian en ik hand in hand naar de voorkant van het huis, waar een eindeloze rij auto's staat te wachten om gasten op te halen. Ik kijk naar Vijftig. Hij ziet er gelukkig uit. Het is echt fijn hem zo te zien, hoewel ik vermoed dat het niet zo vanzelfsprekend is na zo'n buitengewone dag.

'Heb je het warm genoeg?' vraagt hij.

'Ja, dank je.' Ik sla de satijnen omslagdoek om me heen.

'Ik vond het echt leuk vanavond, Anastasia. Bedankt.'

'Ik ook, sommige momenten leuker dan andere.' Ik grijns.

Hij grijnst ook en knikt en trekt dan zijn wenkbrauw op. 'Niet op je lip bijten,' waarschuwt hij op een toon die me opwindt.

'Wat bedoelde je met die grote dag morgen?' vraag ik om mezelf af te leiden.

'Dr. Greene komt voor je. Plus, ik heb een verrassing voor je.'

'Dr. Greene!' Ik blijf staan.

'Ja.'

'Waarom?'

'Omdat ik een hekel heb aan condooms,' zegt hij stil. Zijn ogen fonkelen in het zachte licht van de papieren lantaarns en peilen mijn reactie.

'Het is mijn lichaam,' sputter ik tegen, nijdig dat hij me niets heeft gevraagd.

'Ook het mijne,' fluistert hij.

Ik kijk op naar hem terwijl verschillende gasten ons onverschillig voorbijlopen. Hij meent het serieus. Ja, mijn lichaam is van hem... hij kent het beter dan ikzelf.

Ik steek mijn hand uit en hij verstart nauwelijks merkbaar, maar blijft staan. Ik pak het uiteinde van zijn strik, trek eraan zodat hij losgaat en het bovenste knoopje van zijn overhemd tevoorschijn komt. Voorzichtig maak ik het open.

'Zo zie je er heel sexy uit,' fluister ik. Hij ziet er eigenlijk altijd sexy uit, maar nu nog meer.

Hij glimlacht. 'Ik moet je naar huis brengen. Kom.'

In de auto overhandigt Sawyer Christian een envelop. Hij bekijkt hem met gefronste wenkbrauwen en werpt een blik op me terwijl Taylor me in de auto helpt. Hij ziet er op de een of andere manier opgelucht uit. Christian stapt in en geeft me de ongeopende envelop, terwijl Taylor en Sawyer voorin gaan zitten.

'Hij is aan jou gericht. Iemand van het personeel gaf hem aan Sawyer. Vast van weer een aanbidder.' Christian vertrekt zijn mond. Dit is overduidelijk een onaangenaam idee voor hem.

Ik staar naar het briefje. Van wie is dit? Ik scheur de envelop open en lees het vlug door in het zwakke licht. Holy shit, het is van háár! Waarom laat ze me niet met rust?

> Misschien heb ik je verkeerd beoordeeld. Jij mij in elk geval wel. Bel me als je de ontbrekende stukjes zoekt – misschien kunnen we lunchen. Christian wil niet dat ik tegen je praat, maar ik wil graag helpen. Begrijp me niet verkeerd, ik sta achter jullie, geloof me – maar als je hem kwetst, echt waar... Hij is al genoeg gekwetst.
> Bel me: (206) 279-6261
> Mrs. Robinson

Fuck, ze heeft ondertekend met Mrs. Robinson! Hij heeft het haar verteld! De eikel.

'Heb je het haar verteld?'

'Wie wat verteld?'

'Dat ik haar Mrs. Robinson noem,' snauw ik.

'Is het van Elena?' Christian is geschokt. 'Dit is belachelijk,' gromt hij, terwijl hij met een hand door zijn haar strijkt, en ik kan zien dat hij geïrriteerd is. 'Ik reken morgen met haar af. Of maandag,' moppert hij bitter.

En hoewel ik me schaam om het toe te geven, ben ik ergens wel blij. Mijn onderbewuste knikt ernstig. Hij is kwaad op Elena en dat kan alleen maar goed zijn – toch? Ik besluit om nu niets te zeggen, maar stop het briefje in mijn tas en om hem wat op te beuren geef ik hem de balletjes terug.

'Tot de volgende keer,' zeg ik bij wijze van afscheid.

Hij kijkt naar me en het is moeilijk om in het donker zijn gezicht te zien, maar ik denk dat hij grijnst. Hij pakt mijn hand en knijpt erin.

Ik staar uit het raam in het duister en denk na over deze lange dag. Ik ben zoveel over hem te weten gekomen, ik heb veel ontbrekende details bijeengesprokkeld – de salons, de routekaart, zijn jeugd – maar er is zoveel meer te ontdekken. En hoe zit het met Mrs. R.? Ja, ze geeft om hem, veel, zo lijkt het. Dat zie ik en hij geeft om haar, maar niet op dezelfde manier. Ik weet niet meer wat ik moet denken. Ik krijg hoofdpijn van al deze informatie.

Christian maakt me wakker als we bij Escala aankomen. 'Moet ik je naar binnen dragen?' vraagt hij lief.

Ik schud slaperig mijn hoofd. Echt niet.

Terwijl we in de lift staan, leun ik tegen hem aan, met mijn hoofd op zijn schouder. Sawyer staat voor ons en schuift ongemakkelijk heen en weer.

'Het was een lange dag, hè, Anastasia?'

Ik knik.

'Moe?'

Ik knik.

'Je bent niet erg spraakzaam.'

Ik knik en hij grijnst.

'Kom. Ik breng je naar bed.' Hij pakt mijn hand als we de lift uit stappen, maar als we in de hal zijn steekt Sawyer zijn hand omhoog en stoppen we. In die fractie van een seconde ben ik meteen klaarwakker. Sawyer praat in zijn mouw. Ik had geen idee dat hij een zendertje droeg.

'Ga ik doen, T,' zegt hij en hij draait zich naar ons om. 'Meneer Grey, de banden van de Audi van mevrouw Steele zijn lek gestoken en er is verf over de auto gegooid.'

Holy shit. Mijn auto! Wie zou zoiets doen? En ik weet het antwoord zodra ik de vraag stel. Leila. Ik kijk naar Christian en hij verbleekt.

'Taylor is bang dat de dader het appartement kan zijn binnengedrongen en er nog is. Hij speelt op zeker.'

'Ik snap het,' fluistert Christian. 'Wat is Taylors plan?'

'Hij komt met Ryan en Reynolds naar boven in de dienstlift. Zij zullen de boel doorzoeken en ons een teken geven als alles veilig is. Ik wacht hier bij u, meneer.'

'Bedankt, Sawyer.' Christian trekt me dichter tegen zich aan. 'Deze dag wordt steeds beter,' zucht hij bitter terwijl hij zijn neus in mijn haar steekt. 'Luister, ik kan hier niet staan wachten. Sawyer, zorg voor mevrouw Steele. Laat haar niet binnen totdat je het teken hebt gekregen. Ik weet zeker dat Taylor overdrijft. Ze kan het appartement niet binnen komen.'

Wat? 'Nee, Christian – je moet bij mij blijven,' smeek ik.

Christian laat me los. 'Doe wat je gezegd wordt, Anastasia. Wacht hier.'

Nee!

'Sawyer?' zegt Christian.

Sawyer opent de deur om Christian het appartement binnen te laten, sluit hem meteen achter hem en gaat ervoor staan, terwijl hij me uitdrukkingsloos aankijkt.

Holy shit. Christian! Alle mogelijke horrorscenario's flitsen door mijn hoofd, maar het enige wat ik kan doen is hier staan wachten.

Acht

Sawyer praat weer in zijn mouw.

'Taylor, meneer Grey is de flat binnengegaan.' Hij deinst terug en grijpt naar het oordopje, trekt het uit zijn oor, waarschijnlijk omdat Taylor hem krachttermen naar het hoofd slingerde.

O nee – als Taylor zich zorgen maakt...

'Laat me alsjeblieft naar binnen,' smeek ik.

'Sorry, mevrouw Steele. Het zal niet lang duren.' Sawyer maakt met beide handen een afwerend gebaar. 'Taylor en de jongens gaan nu de flat in.'

O. Ik voel me zo machteloos. Stokstijf probeer ik elk geluidje op te vangen, maar het enige wat ik hoor is mijn eigen snelle ademhaling. Die klinkt hard en oppervlakkig, mijn hoofdhuid prikt, mijn mond is droog en ik voel me slap. *Alsjeblieft, laat Christian niets overkomen*, bid ik in stilte.

Ik heb geen idee hoeveel tijd er is verstreken en nog horen we niets. Geen geluid is vast heel goed – er zijn geen schoten gevallen. Ik begin rondjes te lopen om de tafel in de hal en bekijk de schilderijen aan de muren als afleiding.

Ik heb ze nooit echt goed bekeken: allemaal figuratieve schilderijen, allemaal religieus, de Madonna met kind, alle zestien. *Vreemd?*

Christian is niet gelovig, of wel? Alle schilderijen in de grote kamer zijn abstract – deze zijn zo anders. Ze leiden me niet lang af – waar is Christian?

Ik kijk naar Sawyer en hij kijkt onbewogen terug.

'Wat gebeurt er?'

'Geen nieuws, mevrouw Steele.'

Plotseling beweegt de deurknop. Sawyer draait zich vliegensvlug om en trekt een pistool uit zijn schouderholster.

Ik verstijf. Christian verschijnt in de deuropening.

'De kust is veilig,' zegt hij, met een boze blik naar Sawyer die zijn pistool onmiddellijk weer terugsteekt en achteruit stapt om mij naar binnen te laten gaan.

'Taylor overdrijft,' foetert Christian, terwijl hij mij zijn hand reikt. Ik bekijk hem, zonder een vin te verroeren en neem elk detail in me op: zijn warrige haar, de versmalling rond zijn ogen, de gespannen kaak, de bovenste twee knoopjes van zijn shirt los. Ik denk dat ik tien jaar ouder moet zijn geworden. Christian kijkt me bezorgd aan met een vertroebelde blik.

'Het is goed, schatje.' Hij komt naar me toe, slaat zijn armen om me heen en kust mijn haar. 'Kom, je bent moe. Naar bed.'

'Ik was zo ongerust,' zeg ik zacht, terwijl ik me in zijn arm vlij en zijn heerlijke zoete geur opsnuif met mijn hoofd tegen zijn borst.

'Ik weet het. We zijn allemaal gespannen.'

Sawyer is verdwenen, waarschijnlijk de flat in.

'Werkelijk, je exen vormen een grote uitdaging, meneer Grey,' zeg ik wrang. Christian ontspant.

'Ja. Dat is zo.'

Hij laat me los, pakt me bij mijn hand en leidt me via de hal de grote kamer in.

'Taylor en zijn mannen controleren alle kasten en opbergruimten. Ik denk niet dat ze hier is.'

'Waarom zou ze hier zijn?' Ik begrijp het niet.

'Precies.'

'Kan ze binnenkomen?'

'Ik zou niet weten hoe. Maar Taylor is soms overdreven voorzichtig.'

'Heb je jouw speelkamer doorzocht?' fluister ik.

Christian werpt me een snelle vragende blik toe. 'Ja, die is op slot – maar Taylor en ik hebben er gekeken.'

Ik haal opgelucht adem.

'Wil je wat drinken of iets anders?' vraagt Christian.

'Nee.' Ik word overmand door slaap en wil alleen maar naar bed.

'Kom. Laat me je naar bed brengen. Je ziet er doodmoe uit.' Christians gelaatsuitdrukking wordt zachter.

Ik frons. Gaat hij niet mee naar bed? Wil hij dat ik alleen ga slapen?

Ik ben blij dat hij me zijn slaapkamer in leidt. Ik zet mijn handtasje op de ladekast en open die om alles eruit te halen. Mijn oog valt op het briefje van Mrs. Robinson.

'Hier.' Ik geef het aan Christian. 'Ik weet niet of je dit wilt lezen. Ik wil er niks mee.'

Christian leest het snel door en zijn kaak trekt strak.

'Ik zou niet weten welke informatie zij kan aanvullen,' zegt hij ongeïnteresseerd.

'Ik moet met Taylor praten.' Hij kijkt strak op me neer. 'Laat me je helpen met de rits van je jurk.'

'Ga je de politie bellen over de auto?' vraag ik, terwijl ik me omdraai.

Hij werpt mijn haar opzij, laat zijn vingers zacht over mijn naakte rug glijden en trekt de rits omlaag.

'Nee. Ik wil de politie er niet bij betrekken. Leila heeft hulp nodig, geen tussenkomst van de politie en ik wil ze niet hier hebben. We moeten gewoon nog beter ons best doen om haar te vinden.' Hij buigt voorover en kust mij teder op mijn schouder.

'Ga slapen,' draagt hij me op en dan is hij weg.

Ik lig starend naar het plafond te wachten tot hij terugkomt. Er is vandaag zoveel gebeurd, zoveel te verwerken. Waar begin ik?

Ik word met een schok wakker – gedesoriënteerd. Sliep ik? Ik knipper met mijn ogen in het zwakke licht dat vanaf de gang binnenvalt doordat de slaapkamerdeur op een kier staat en zie dat Christian niet naast me ligt. Waar is hij? Ik kijk op. Aan het voeteneind zie ik een schaduw. Een vrouw lijkt het. Gekleed in het zwart? Het is moeilijk te zeggen.

Slaapdronken reik ik naar het bedlampje, doe het aan en draai terug om te kijken, maar er is niemand. Ik schud mijn hoofd. Verbeeld ik me dat nou? Droomde ik?

Ik ga zitten en kijk rond in de kamer. Een vaag, onbehaaglijk gevoel bekruipt me – maar ik ben toch echt alleen.

Ik wrijf in mijn gezicht. Hoe laat is het? Waar is Christian? De wekker zegt dat het kwart over twee in de ochtend is.

Ik wankel uit bed en ga naar hem op zoek, in de war door mijn overactieve fantasie. Mijn verbeelding reageert vast op wat er de afgelopen avond allemaal is gebeurd.

De huiskamer is leeg, het enige licht komt van de drie hanglampen boven de ontbijtbar. Maar de deur van zijn studeerkamer staat op een kier en ik hoor hem aan de telefoon.

'Ik weet niet waarom je zo laat belt. Ik heb je niets te zeggen... nou, dan zeg je dat nu. Je hoeft geen bericht in te spreken.'

Ik sta bewegingsloos bij de deur en luister stiekem mee. Tegen wie praat hij?

'Nee, jij moet luisteren. Ik heb het je gevraagd en zeg het je nog eens. Laat haar met rust. Zij heeft niets met jou te maken. Begrijp je het?'

Hij klinkt agressief en boos. Ik twijfel of ik moet kloppen.

'Dat weet ik. Maar ik meen het, Elena. Laat haar verdomme met rust. Moet ik het voor je spellen? Hoor je me?... Goed. Goedenacht.' Hij smijt de telefoon op het bureau.

O shit. Ik klop voorzichtig op de deur.

'Wat?' snauwt hij en ik onderdruk de neiging om weg te rennen en me te verstoppen.

Hij zit aan zijn bureau met zijn hoofd in zijn handen. Hij kijkt verstoord op, maar zijn gezicht klaart direct op als hij mij ziet. Zijn blik is gejaagd. Plotseling ziet hij er ernstig vermoeid uit en mijn hart krimpt ineen.

Hij knipoogt en zijn ogen dwalen langs mijn benen omlaag en weer omhoog. Ik heb een T-shirt van hem aan.

'Jouw lichaam verdient satijn of zijde, Anastasia,' zucht hij. 'Maar zelfs in mijn T-shirt ben je mooi.'

O, een onverwacht compliment. 'Ik miste je. Kom naar bed.'

Hij komt langzaam uit zijn stoel omhoog, nog altijd in zijn witte shirt en zwarte pantalon. Maar zijn ogen glimmen nu veelbelovend... en toch is er ook nog verdriet. Hij staat voor me met een betekenisvolle blik, maar raakt me niet aan.

'Weet jij wel hoeveel je voor me betekent?' zegt hij zacht. 'Als jou iets zou overkomen, door mij...' Zijn stem is onvast, zijn voorhoofd gefronst en de pijn tekent merkbaar zijn gezicht. Hij ziet er kwetsbaar uit – zijn angst is overduidelijk.

'Mij zal echt niets gebeuren,' zeg ik met een geruststellende stem. Ik reik omhoog, streel zijn gezicht en laat mijn vingers dwalen over de stoppels op zijn wang. Die zijn zachter dan verwacht. 'Je baard groeit snel,' fluister ik, niet in staat om in mijn stem mijn verwondering over de mooie, opgejaagde man die hier voor me staat te verbergen.

Ik volg de lijn van zijn onderlip, ga dan met mijn vingers langs zijn keel om de veeg lippenstift onder aan zijn nek weg te wrijven. Hij blikt op me neer, me nog steeds niet aanrakend en zijn lippen iets van elkaar af. Ik ga er met mijn wijsvinger overheen en hij sluit zijn ogen. Zijn zachte ademhaling versnelt. Mijn vingers bereiken de rand van zijn shirt en ik laat ze zakken naar de volgende knoop die vastzit.

'Ik ga je niet aanraken, ik wil alleen je shirt uittrekken,' fluister ik.

Zijn ogen sperren zich gealarmeerd open. Maar hij beweegt niet en houdt me ook niet tegen. Heel langzaam maak ik de knoop los, ik til de stof van zijn huid en ga voorzichtig omlaag naar de volgende knoop, die ik ook langzaam losmaak, in opperste concentratie bij wat ik doe.

Ik wil hem niet aanraken. *Nou ja, eigenlijk wel... maar ik doe het niet.* Bij de vierde knoop verschijnt de rode streep weer en ik kijk met een verlegen glimlach naar hem op.

'Veilig terug in de veilige zone.' Ik ga de streep langs met mijn vingers voor ik de laatste knoop losmaak. Ik trek zijn shirt open en begin aan de manchetknopen met hun zwarte, gepolijste steen die ik één voor één losmaak.

'Mag ik je shirt uitdoen?' vraag ik met een zwoele stem.

Hij knikt, zijn ogen nog steeds wijd open, als ik omhoogreik en zijn shirt over zijn schouders trek. Hij bevrijdt zijn handen zodat hij vanaf zijn middel naakt voor me staat. Zonder shirt lijkt hij zijn balans terug te vinden. Hij grijnst naar me.

'En mijn broek dan, mevrouw Steele?' vraagt hij, met opgetrokken wenkbrauw.

'In de slaapkamer. Ik wil je in je bed.'

'Is dat zo? Mevrouw Steele, u bent onverzadigbaar.'

'Ik zou niet weten waarom.' Ik pak zijn hand, trek hem mee uit zijn studeerkamer en leid hem naar zijn slaapkamer. De kamer is frisjes.

'Heb jij de balkondeur opengezet?' vraagt hij en hij kijkt mij fronsend aan, terwijl we de slaapkamer binnengaan.

'Nee.' Ik kan me niet herinneren dat ik dat deed. Wel weet ik dat ik rondkeek toen ik wakker werd. De deur was echt gesloten.

O shit... het bloed zakt weg uit mijn gezicht en ik kijk Christian strak aan, terwijl mijn mond openvalt.

'Wat?' zegt hij bits, mij strak aankijkend.

'Toen ik wakker werd... was er iemand in de kamer,' fluister ik. 'Ik dacht dat ik het me had verbeeld.'

'Wat?' Hij kijkt zwaar geschrokken en haast zich naar de balkondeur, kijkt buiten, komt terug de kamer in en doet de deur achter zich op slot. 'Weet je het zeker? Wie?' vraagt hij met gespannen stem.

'Een vrouw denk ik. Het was donker. Ik was nauwelijks wakker.'

'Kleed je aan,' gromt hij naar me, terwijl hij terug de kamer in loopt. 'Nu!'

'Mijn kleren zijn boven,' jammer ik.

Hij trekt een lade open in zijn inloopkast en vist er een joggingbroek uit.

'Doe die maar aan.' Hij is veel te groot, maar hij duldt geen tegenspraak.

Hij pakt voor zichzelf een T-shirt en trekt dat snel over zijn hoofd. Dan grijpt hij de telefoon naast het bed en drukt op twee knoppen.

'Ze is verdomme nog hier,' sist hij in de telefoon.

Niet meer dan drie seconden later stormen Taylor en een van de andere bewakers Christians slaapkamer binnen. Christian vertelt hun in detail wat er is gebeurd.

'Hoe lang geleden?' vraagt Taylor mij heel zakelijk. Hij heeft nog altijd zijn jas aan. Slaapt die man nooit?

'Ongeveer tien minuten,' stamel ik, en ik voel me om een of andere reden schuldig.

'Ze kent het appartement op haar duimpje,' zegt Christian. 'Ik neem Anastasia nu mee hiervandaan. Ze houdt zich hier ergens schuil. Vind haar. Wanneer is Gail terug?'

'Morgenavond, meneer.'

'Ze mag hier niet in voor het volkomen veilig is. Begrepen?' blaft Christian.

'Ja, meneer. Gaat u naar Bellevue?'

'Ik ga mijn ouders er niet bij betrekken. Boek maar iets voor me.'

'Goed. Ik zal u bellen.'

'Is dit niet een beetje overdreven?' vraag ik.

Christian loopt rood aan. 'Ze kan gewapend zijn,' gromt hij.

'Christian, ze stond aan het voeteneind. Ze had zo op me kunnen schieten als ze dat had gewild.'

Christian pauzeert even om zijn kalmte te herwinnen, denk ik. Met een dreigend zachte stem zegt hij: 'Ik neem geen enkel risico. Taylor, Anastasia heeft schoenen nodig.'

Christian verdwijnt in zijn kast, terwijl de beveiligingsbeambte me bewaakt. Ik kan me zijn naam niet herinneren, ik geloof dat het Ryan is. Hij kijkt afwisselend de gang in en naar de ramen bij het balkon. Christian verschijnt een paar minuten later met een leren schoudertas in spijkerbroek en zijn krijtstreep blazer. Hij slaat een spijkerjack om mijn schouders.

'Kom.' Hij pakt me stevig bij de hand en ik moet bijna rennen om hem bij te houden, zoals hij gejaagd de grote kamer in loopt.

'Ik kan me niet voorstellen dat ze zich hier verscholen kan houden,' protesteer ik, door de balkondeuren naar buiten kijkend.

'Het is groot hier. Je hebt nog lang niet alles gezien.'

'Waarom bel je haar niet gewoon... vertel je haar dat je haar wil spreken?'

'Anastasia, ze is labiel en ze kan gewapend zijn,' zegt hij geïrriteerd.

'Dus vluchten we?'

'Nu even wel – ja.'

'Stel dat ze op Taylor gaat schieten?'

'Taylor kan goed met wapens omgaan,' zegt hij met afkeer. 'Hij zal sneller zijn dan zij.'

'Ray zat in het leger. Hij heeft mij leren schieten.'

Christians wenkbrauwen gaan omhoog en even ziet hij er ontzet uit. 'Jij, met een pistool?' zegt hij ongelovig.

'Ja.' Ik voel me aangevallen. 'Ik kan schieten, meneer Grey, dus pas maar op. Het zijn niet alleen je doorgedraaide ex-Onderdanigen waar je je zorgen over moet maken.'

'Ik zal het onthouden, mevrouw Steele,' antwoordt hij droogjes en geamuseerd. Het voelt goed dat ik hem zelfs in deze absurde situatie aan het lachen kan maken.

Taylor ontmoet ons in de hal en geeft me mijn kleine koffer en mijn zwarte All Stars. Ik ben helemaal verrast dat hij wat kleren voor me heeft ingepakt. Ik bedank hem met een verlegen glimlach en hij beantwoordt die met een snelle, geruststellende lach om zijn mond. Voor ik het weet, geef ik hem een stevige knuffel. Ik overval hem daarmee en als ik hem loslaat, heeft hij een blos op beide wangen.

'Wees voorzichtig,' zeg ik zacht.

'Ja, mevrouw Steele,' zegt hij, verlegen gemaakt.

Christian fronst naar me en kijkt dan vragend naar Taylor, die met een klein lachje zijn stropdas rechttrekt.

'Laat maar weten waar ik heen ga,' zegt Christian.

Taylor steekt zijn hand in zijn jas, trekt zijn portemonnee en geeft Christian een creditcard.

'Die komt misschien wel van pas als je er bent.'

Christian knikt. 'Heel verstandig.'

Ryan sluit zich bij ons aan. 'Sawyer en Reynolds hebben niets gevonden,' zegt hij tegen Taylor.

'Begeleid meneer Grey en mevrouw Steele naar de garage,' beveelt Taylor.

De garage is verlaten. Het is dan ook bijna drie uur 's morgens. Christian helpt me in de passagiersstoel van de R8 en legt mijn koffer en zijn tas in de bagageruimte aan de voorkant van de auto. De Audi naast ons is een ravage – alle banden zijn doorgesneden en er is witte verf over uitgestort. Daar krijg ik koude rillingen van en ik ben blij dat Christian me ergens anders heen brengt.

'Maandag heb je vervanging,' zegt Christian zonder blikken of blozen als hij naast me gaat zitten.

'Hoe kon ze weten dat het mijn auto was?'

Hij kijkt me gespannen aan en zucht. 'Zij had een Audi A3. Die koop ik voor al mijn Onderdanigen – het is een van de veiligste auto's in zijn klasse.'

O. 'Dus het was toch niet helemaal een afstudeercadeau.'

'Anastasia, in tegenstelling tot wat ik hoopte, ben je nooit mijn Onderdanige geweest, dus in feite is het wél een afstudeercadeau.' Hij draait de parkeerplaats uit en rijdt met flinke vaart naar de uitgang.

In tegenstelling tot wat ik hoopte. O nee... Mijn onderbewustzijn schudt verdrietig het hoofd. Hier komen we steeds weer op terug.

'Hoop je dat nog steeds?' fluister ik.

De telefoon in de auto trilt. 'Grey,' zegt Christian kortaf.

'Fairmont Olympic. Op mijn naam.'

'Dank je, Taylor. En, Taylor, wees voorzichtig.'

Taylor is even stil. 'Ja, meneer,' zegt hij zacht en Christian hangt op.

De straten van Seattle zijn uitgestorven en Christian raast over Fifth Avenue richting de snelweg. Eenmaal op de snelweg trapt hij het gaspedaal helemaal in en rijdt in noordelijke richting. Hij trekt zo snel op dat ik even achteruit in m'n stoel gegooid word.

Ik werp een blik op hem. Hij is diep in gedachten en zwijgt onheilspellend. Hij gaf geen antwoord op mijn vraag. Hij kijkt regelmatig in de achteruitkijkspiegel en ik realiseer me dat hij controleert of we niet worden gevolgd. Misschien rijden we daarom op de snelweg. Ik dacht dat het Fairmont in Seattle was.

Ik staar uit het raam en probeer mijn oververmoeide gedachten weer op een rijtje te krijgen. Als ze mij wat had willen aandoen, had ze daartoe alle kans in de slaapkamer.

'Nee. Dat is niet wat ik hoop, niet meer. Ik dacht dat ik dat wel duidelijk had gemaakt,' onderbreekt Christian mijn innerlijke overpeinzingen met een zachte stem.

Ik knipper naar hem, trek zijn spijkerjas strakker om me heen en kan niet bepalen of de kilte in mij zit of van buiten komt.

‘Ik maak me zorgen, begrijp je... of ik wel goed genoeg voor je ben.’

‘Jij bent meer dan genoeg voor me. Geloof me nou maar, Anastasia, wat moet ik doen om je dat een keer duidelijk te maken?’

Geef je bloot. Zeg me dat je van me houdt.

‘Waarom dacht je dat ik je zou verlaten toen ik je vertelde dat dr. Flynn me alles over je had verteld?’

Hij zucht zwaar, sluit zijn ogen even en het duurt een eeuwigheid voor hij antwoordt. ‘Jij hebt er geen idee van hoe verdorven ik ben, Anastasia. En dat is ook niet iets waar ik jou mee wil belasten.’

‘En je denkt echt dat ik zou vertrekken als ik het wist?’ Mijn stem is hoog, vol ongeloof. Begrijpt hij dan niet dat ik van hem hou? ‘Heb je zo weinig vertrouwen in me?’

‘Ik weet zeker dat je weg zou gaan,’ zegt hij bedroefd.

‘Christian... dat is zeer onwaarschijnlijk. Ik kan me geen leven voorstellen zonder jou.’ *Nooit...*

‘Je bent al een keer bij me weggegaan – dat wil ik nooit meer meemaken.’

‘Elena zei dat ze je afgelopen zaterdag heeft gezien,’ fluister ik zacht.

‘Dat is niet waar.’ Zijn gezicht betrekt.

‘Je bent niet naar haar toe gegaan nadat ik vertrok?’

‘Nee,’ snauwt hij geïrriteerd. ‘Dat zei ik toch en ik hou er niet van als je aan me twijfelt,’ wijst hij me terecht. ‘Ik ben nergens heen gegaan afgelopen weekend. Ik heb het zweefvliegtuig gemaakt dat je me hebt gegeven. Daar heb ik een eeuwigheid over gedaan,’ voegt hij er rustig aan toe.

Mijn hart krimpt weer ineen. Mrs. Robinson zei dat ze hem had gezien.

Moet ik haar nou geloven of niet? Ze liegt. Maar waarom?

‘In tegenstelling tot wat Elena denkt, ren ik niet naar haar toe met al mijn problemen, Anastasia. Ik ren naar niemand toe. Misschien heb je het gemerkt – ik ben geen prater.’ Zijn greep om het stuur verstrakt.

‘Carrick vertelde me dat je de eerste twee jaar niet hebt gesproken.’

'Is dat zo?' Christians mond perst zich samen.

'Ik heb hem dat min of meer ontfutseld.' Gegeneerd staar ik naar mijn vingers.

'En wat zei papa nog meer?'

'Hij vertelde dat je moeder de arts was die je onderzocht toen je het ziekenhuis werd binnengebracht. Nadat je was gevonden in je flat.'

Christians gezicht geeft niets prijs... voorzichtig.

'Hij zei dat pianoles had geholpen. En Mia.'

Zijn lippen krullen in een vertederde glimlach bij het horen van haar naam. Even later zegt hij: 'Ze was ongeveer zes maanden oud toen ze kwam. Ik was dolblij, Elliot veel minder. Hij had ook al mijn komst te verduren gehad. Ze was perfect.' Het lieve, bedroefde ontzag in zijn stem is ontroerend. 'Nu minder, natuurlijk,' voegt hij eraan toe en ik herinner me haar succesvolle pogingen tijdens het bal om onze opwindende plannetjes te dwarsbomen. Ik moet giechelen.

Christian kijkt me van opzij aan. 'Vindt u dat grappig, mevrouw Steele?'

'Ze leek vastbesloten om ons gescheiden te houden.'

Hij lacht zonder vreugde. 'Ja, daar slaagt ze wel in.' Hij haalt een hand van het stuur en knijpt in mijn knie. 'Maar het is ons uiteindelijk gelukt.' Hij glimlacht en kijkt dan nog een keer in de achteruitkijkspiegel. 'Ik denk niet dat we worden gevolgd.' Hij draait van de snelweg af en rijdt terug naar het centrum van Seattle.

'Mag ik je wat vragen over Elena?' We staan voor een stoplicht.

Hij kijkt me wantrouwend aan. 'Als je dat nodig vindt,' moppert hij aangebrand, maar ik laat me door zijn lichtgeraaktheid niet weerhouden.

'Je hebt mij een hele tijd geleden verteld dat zij van je hield op een voor jou acceptabele manier. Wat bedoelde je daarmee?'

'Is dat niet duidelijk?' vraagt hij.

'Voor mij niet.'

'Ik was helemaal van God los. Ik kon geen aanraking verdragen. Dat kan ik nog steeds niet. Voor die puberende knul van veertien, vijftien jaar met al die hormonen die door zijn lichaam razen, was het een zware tijd. Zij toonde me een manier om stoom af te blazen.'

O. 'Mia zei dat je een vechtersbaas was.'

'Christus, wat is dat met die loslippige familie van mij? Wacht even – dat komt door jou.' We staan weer voor een stoplicht en hij kijkt me met toegeknepen ogen aan. 'Jij troggelt informatie af.' Hij schudt zijn hoofd zogenaamd afkeurend.

'Mia kwam er zelf mee. Ze bedoelde het eigenlijk heel goed. Ze was bang dat jij herrie zou schoppen in de tent als je mij niet won bij de verloting,' zei ik verontwaardigd.

'O, schatje, daar hoefde je je niet druk om te maken. Het is natuurlijk uitgesloten dat ik jou met iemand anders zou laten dansen.'

'Dr. Flynn mocht met me dansen.'

'Hij is altijd de uitzondering op de regel.'

Christian draait de indrukwekkende oprijlaan met bomen aan weerszijden van het Fairmont Olympic Hotel op en parkeert dicht bij de hoofdingang, naast een stijlvolle stenen fontein.

'Kom.' Hij stapt uit en pakt onze bagage. Een dienstbode snelt op ons af, verrast – ongetwijfeld omdat wij zo laat arriveren. Christian werpt hem de autosleutels toe.

'Op naam van Taylor,' zegt hij. De dienstbode knikt en kan zijn grijns niet onderdrukken als hij in de R8 springt en wegrijdt. Christian pakt mijn hand en loopt met flair de lobby in.

Naast hem aan de balie van de receptie voel ik me volslagen belachelijk. Hier sta ik dan, in het meest prestigieuze hotel van Seattle, gekleed in een veel te groot spijkerjack, een slobberende joggingbroek en een oud T-shirt naast deze elegante, mooie Griekse god. Geen wonder dat de receptioniste van de een naar de ander kijkt alsof het sommetje niet klopt. Natuurlijk is ze zwaar onder de indruk van Christian. Ik rol met mijn ogen, terwijl zij bloost en stottert. *Jemig, haar handen trillen zelfs.*

'Hebt... u hulp nodig... voor uw bagage, meneer Taylor?' vraagt ze, opnieuw rood aanlopend.

'Nee, mevrouw Taylor en ik redden het wel.'

Mevrouw Taylor! Maar ik draag geen ring. Ik verstop mijn handen achter mijn rug.

'U hebt de Cascade Suite, meneer Taylor, elfde etage. Onze piccolo zal u helpen dragen.'

'Niet nodig,' zegt Christian bits. 'Waar zijn de liften?'

Mevrouw Vuurrode Blos legt het uit en Christian pakt weer mijn hand. Ik laat mijn blik even rondgaan door de imposante, luxueuze lobby vol met dik beklede stoelen, waar niemand is, behalve een donkerharige vrouw op een gezellige sofa, die haar schoothondje lekkere hapjes voert. Ze kijkt op en glimlacht naar ons, terwijl wij naar de liften lopen. Zo, het hotel laat huisdieren toe? Vreemd is dat bij deze grandeur!

De suite heeft twee slaapkamers, een zakelijke eetkamer en is zelfs voorzien van een vleugel. In de enorme zitkamer brandt een openhaardvuur. *Jemig...* Deze suite is groter dan mijn appartement.

'Zo, mevrouw Taylor, ik weet niet of dat ook voor jou geldt, maar ik ben echt toe aan sterkedrank,' verzucht Christian, terwijl hij de voordeur met zorg afsluit.

Hij zet mijn koffer en zijn schoudertas in de slaapkamer op de bank aan het voeteneind van het kingsizehemelbed en leidt me naar de zitkamer waar het vuur lekker is opgestookt. Het is een warm welkom. Ik ga ervoor staan en warm mijn handen, terwijl Christian voor ons beiden iets inschenkt.

'Armagnac?'

'Graag.'

Even later komt hij eveneens bij het vuur staan en reikt me een kristallen cognacglas aan.

'Wat een enerverende dag, hè?'

Ik knik en hij kijkt onderzoekend, bezorgd.

'Het gaat wel hoor,' stel ik hem zachtjes gerust. 'Hoe gaat het met jou?'

'Nou, op dit moment wil ik dit drinken en dan, als jij daar niet te moe voor bent, je mee naar bed nemen en mezelf in je kwijtraken.'

'Ik denk dat dat wel kan worden geregeld, meneer Taylor.' Ik glimlach verlegen naar hem, terwijl hij zich ontdoet van zijn schoenen en zijn sokken uittrekt.

'Mevrouw Taylor, bijt niet zo op uw lip,' fluistert hij.

Ik duik blozend weg in mijn glas. De armagnac is heerlijk, geeft een brandende warmte, terwijl het zijdezacht mijn keel inglijdt. Als ik opkijk naar Christian, neemt hij een slokje en kijkt me met gretige donkere ogen aan.

'Je blijft me verbazen, Anastasia. Na een dag als vandaag – of eigenlijk gisteren – zeur je niet en ga je er niet vandoor. Ik heb ontzag voor je. Jij bent heel sterk.'

'Jij bent een goede reden om te blijven,' werp ik tegen. 'Ik heb je toch gezegd, Christian, ik ga nergens heen, wat je ook hebt gedaan. Je weet wat ik voor je voel.'

Hij trekt met zijn mond alsof hij aan mijn woorden twijfelt en zijn voorhoofd fronst alsof wat ik zeg hem pijn doet om te horen. O Christian, wat moet ik doen om je te laten beseffen wat ik voel?

Laat hem je slaan, sneert mijn onderbewustzijn. Ik druk die gedachte boos weg.

'Waar ga je Josés portretten van mij hangen?' Ik probeer de spanning te doorbreken.

'Dat hangt ervan af.' Zijn lippen ontspannen. Dit is duidelijk een veel aangenamer gespreksonderwerp voor hem.

'Waarvan?'

'Omstandigheden,' zegt hij geheimzinnig. 'Zijn expositie is nog niet afgelopen, dus ik hoef nog niet meteen te besluiten.'

Ik kijk hem scheef aan en knijp mijn ogen samen.

'U kunt zo streng kijken als u wilt, mevrouw Taylor. Ik laat niets los,' plaagt hij.

'Ik zou je ervoor kunnen martelen.'

Hij heft een wenkbrauw. 'Echt, Anastasia, je moet geen beloften doen die je niet kunt waarmaken.'

O hemel, is dat wat hij denkt? Ik zet mijn glas op de schoorsteenmantel, strek mijn arm en verras Christian door hem zijn glas af te nemen en het naast dat van mij te zetten.

'Dat zullen we dan nog wel eens zien,' zeg ik vastbesloten. Heel moedig – waarschijnlijk onder invloed van de drank – pak ik Christians hand en trek hem mee naar de slaapkamer. Bij het voeteneind hou ik halt. Christian probeert zijn lachen te verbergen.

'Nu je me hier hebt, Anastasia, wat ben je met me van plan?' plaagt hij, met een zware stem.

'Ik ga je uitkleden. Ik wil afmaken waar ik eerder aan ben begonnen.' Ik pak de revers van zijn jasje en zorg dat ik hem daarbij niet aanraak. Hij geeft geen krimp, maar houdt wel zijn adem in.

Zachtjes duw ik zijn jasje van zijn schouders en zijn ogen blijven in die van mij hangen, alle sporen van humor verdwenen, terwijl ze groter worden en in me branden, op hun hoede... en smachtend? Zijn blik is voor zo veel uitleg vatbaar. *Wat denkt hij?* Ik leg zijn jasje op de bank.

'Nu je T-shirt,' fluister ik en ik til die op bij de zoom. Hij werkt mee, strekt zijn armen en stapt achteruit, zodat ik het shirt gemakkelijker over zijn hoofd kan trekken. Bevrijd uit zijn shirt kijkt hij omlaag naar mij, intens, met alleen nog zijn spijkerbroek die zo uitnodigend op zijn heupen hangt. De band van zijn boxershort komt erbovenuit.

Mijn ogen gaan hongerig over zijn strakke buikspieren omhoog naar de resten van de streep lippenstift, vervaagd en uitgesmeerd, en dan naar zijn borst. Ik wil niets liever dan met mijn tong eroverheen gaan om zijn borstharen te proeven.

'En nu?' fluistert hij, met vlammende ogen.

'Ik wil je hier kussen.' Ik strijk met mijn vinger van heup tot heup over zijn buik.

Zijn lippen gaan uiteen en hij ademt scherp in. 'Ik hou je niet tegen,' ademt hij.

Ik pak zijn hand. 'Ga dan maar even liggen,' zeg ik zwoel en ik leid hem naar de zijkant van het hemelbed. Hij lijkt in de war en ik krijg de indruk dat misschien niemand meer de leiding bij hem heeft genomen sinds... haar. *Nee, niet aan denken.*

Hij slaat het dekbed opzij en zit op de rand van het bed, kijkt naar me op, afwachtend, zijn uitdrukking is gespannen en ernstig. Ik sta voor hem en laat het spijkerjack dat ik draag van me afglijden op de vloer, daarna schud ik me uit de joggingbroek.

Hij wrijft met zijn duim over de toppen van zijn vingers. Zijn handen jeuken om mij aan te raken, zie ik, maar hij houdt zich in. Ik haal diep adem en met alle moed die ik kan opbrengen pak ik mijn T-shirt beet en trek dat over m'n hoofd, zodat ik naakt voor hem sta. Zijn ogen laten die van mij niet los, maar hij slikt en zijn lippen gaan uiteen.

'Jij bent Aphrodite, Anastasia,' zegt hij lief.

Ik omklem zijn gezicht met mijn handen, buig zijn hoofd naar achteren en buk me om hem te kussen. Hij gromt laag in zijn keel.

Als ik mijn mond op die van hem plaats pakt hij mijn heupen en voor ik het weet lig ik onder hem, duwt hij mijn benen met die van hem uiteen, zodat hij dicht tegen mij aan ligt tussen mijn benen. Hij kust me, maakt zich meester van mijn mond, onze tongen verstrengelen. Zijn hand glijdt vanaf mijn dij, over mijn heup, langs mijn buik naar mijn borst, hij knijpt, kneedt en trekt prikkelend aan mijn tepel.

Ik kreun en kantel mijn schaambeen onwillekeurig tegen hem aan in een heerlijke wrijving met de rand van zijn gulp en zijn groeiende erectie. Hij stopt met zoenen en kijkt me verwilderd en buiten adem aan. Hij draait met zijn heupen zodat zijn erectie tegen me aan drukt... *Precies. Daar.*

Ik sluit mijn ogen en kreun, en hij doet het opnieuw, maar deze keer duw ik terug, genietend van zijn gekreun als hij me weer kust. Zijn heerlijke langzame foltering houdt aan – hij wrijft tegen mij, ik tegen hem. En hij heeft gelijk – mezelf in hem verliezen is meer bedwelmend dan wat dan ook. Al mijn zorgen zijn weggevaagd. Het enige wat telt, is dit moment hier met hem – mijn bloed dat zingt in mijn aderen, luid suist in mijn oren, vermengd met het geluid van onze ademstoten. Ik begraaf mijn handen in zijn haar, druk hem op mijn mond, eet hem, mijn tong al net zo inhalig als die van hem. Ik glijd met mijn vingers langs zijn armen, langs zijn onderrug naar de band van zijn spijkerbroek en duw mijn onverschrokken, hebberige handen ertussen, hem steeds weer aansporend – ik vergeet alles om ons heen, we zijn alleen over.

'Je bent me aan het ontmannen, Ana,' fluistert hij plotseling, en hij maakt zich van me los en gaat op zijn knieën zitten. Hij trekt bliksemsnel zijn spijkerbroek omlaag en duwt een folieverpakking in mijn hand.

'Jij wil me, schatje, en ik wil jou al helemaal. Je weet wat je te doen staat.'

Met ongeduldige, vaardige vingers trek ik de folie open en rol het condoom over hem af. Hij grijnst naar me, zijn mond open, ogen mistig grijs en vol vleselijke belofte. Hij leunt over me heen en wrijft zijn neus langs de mijne, zijn ogen gesloten, en verrukkelijk langzaam komt hij bij me naar binnen.

Ik grijp zijn armen en werp mijn kin omhoog, badend in het hemels volle gevoel door hem te worden genomen. Hij gaat met zijn tanden langs mijn kin, trekt zich rustig terug en glijdt dan weer in me – zo langzaam, zo lief, zo teder –, drukt zijn lichaam op me, steunend op zijn ellebogen en handen aan beide zijden van mijn gezicht.

'Jij laat me alles vergeten. Jij bent de beste therapie,' ademt hij, terwijl hij in een tergend langzaam tempo elke millimeter van me aftast.

'Alsjeblieft, Christian, sneller,' smeek ik, ik wil meer, nu.

'O nee, schatje. Ik wil hier lang van proeven.' Hij kust me verrukkelijk, bijt zachtjes in mijn onderlip en absorbeert mijn zachte kreunen.

Ik plaats mijn handen in zijn haar en geef me over aan zijn ritme, mijn lichaam klimt langzaam maar zeker naar hogere en hogere toppen en rolt daar in volle vaart en kracht af, terwijl ik om hem heen klaarkom.

'O, Ana,' kreunt hij, terwijl hij zich laat gaan, mijn naam als een heildronk op zijn lippen op het moment van bevrijding.

Zijn hoofd rust op mijn buik, zijn armen zijn om me heen geslagen. Mijn vingers spelen in zijn warrige haar en zo liggen we ik weet niet hoe lang. Het is zo laat en ik ben zo moe, maar ik wil gewoon genieten van het stil en zuiver nagloeien van het liefdesspel met Christian Grey, want dat is wat we deden: zacht en zoet de liefde bedrijven.

Hij is enorm gegroeid, en ik ook, in zo korte tijd. Het is bijna te veel om te bevatten. Met al het gedoe eromheen verlies ik haast het zicht op het eenvoudige en eerlijke groeiproces dat we samen doormaken.

'Ik zal nooit genoeg van je krijgen. Verlaat me niet,' prevelt hij en hij kust mijn buik.

'Ik ga nergens heen, Christian, en ik meen me te herinneren dat ik jouw buik wilde kussen,' pruttel ik slaperig.

Hij grijnst tegen mijn huid. 'Niets houdt je tegen, schatje.'

'Ik denk niet dat ik me nog kan bewegen. Ik ben zo moe.'

Christian zucht en legt zich met tegenzin naast me, zijn hoofd op zijn elleboog, en trekt het dekbed over ons heen. Hij ligt naar me te kijken, zijn ogen glimmen, warm, liefhebbend.

'Ga maar slapen, schatje.' Hij kust mijn haar, slaat een arm om me heen en ik soes weg.

Als ik mijn ogen weer opendoe, is de kamer gevuld met licht en ik knipper. Mijn hoofd is duf van slaapgebrek. *Waar ben ik? O ja, het hotel...*

'Hallo,' zegt Christian, met een liefhebbende glimlach. Hij ligt naast me, volledig aangekleed, op het dekbed. Hoe lang was hij er al? Heeft hij me liggen bestuderen? Plotseling voel ik me enorm verlegen en mijn gezicht gloeit onder zijn aanhoudende blik.

'Hoi,' antwoord ik, blij dat ik op mijn buik lig. 'Hoe lang lig je al naar me te kijken?'

'Ik zou uren naar je kunnen kijken terwijl je slaapt, Anastasia. Maar ik lig hier net vijf minuten.' Hij leunt voorover en kust me teder. 'Dr. Greene komt zo.'

'O.' Ik was Christians ongepaste bemoeienis al helemaal vergeten.

'Heb je lekker geslapen?' vraagt hij vriendelijk. 'Het leek er wel op, zoals je lag te snurken.'

O speelse plagerige Vijftig.

'Ik snurk echt niet!' pruil ik kregelig.

'Nee. Dat is zo.' Hij grijnst naar me. De vage streep rode lippenstift is nog steeds te zien in zijn nek.

'Heb je al gedoucht?'

'Nee. Ik heb op jou gewacht.'

'O... oké.'

'Hoe laat is het?'

'Kwart over tien. Ik had het hart niet om je eerder wakker te maken.'

'Je zei ooit dat je helemaal geen hart hebt.'

Hij lacht bedroefd, maar geeft geen antwoord. 'Het ontbijt staat klaar – pannenkoeken met spek voor jou. Kom, opstaan, ik voel me eenzaam zonder jou.' Hij geeft me een venijnige tik op mijn bil zodat ik opveer en hij stapt van het bed.

Hmm... Christians versie van warme tederheid.

Ik rek me uit en voel overal pijn... hoogstwaarschijnlijk door de seks, het dansen en rondstruinen op dure schoenen met hoge hakken. Ik strompel het bed uit en loop naar de weelderig aangeklede badkamer, terwijl de gebeurtenissen van de vorige dag door mijn hoofd gaan. Als ik er weer uit kom, heb ik een van de superdeluxe badjassen aan, die daar op een koperen haakje hangen.

Leila – het meisje dat op mij lijkt – is het beeld dat mijn brein ter overdenking tevoorschijn haalt, dat en haar griezelige aanwezigheid in Christians slaapkamer. Wat wilde ze? Mij? Christian? Waarvoor? En waarom had ze verdomme mijn auto zo toegetakeld?

Christian zei dat ik een andere Audi zou krijgen, zoals al zijn Onderdanigen. Een gedachte waar ik niet vrolijk van word. Omdat ik zo vrijgevig was met het geld dat hij me gaf, kan ik er echter niet veel aan doen.

Ik loop de zitkamer van de suite in – Christian is nergens te bekennen. Uiteindelijk tref ik hem aan in de eetkamer. Ik neem plaats, dankbaar voor het indrukwekkende ontbijt dat voor me klaarstaat. Christian leest de zondagkrant en drinkt koffie, zijn ontbijt heeft hij al op. Hij lacht naar me.

'Eet op. Je zult je krachten nog nodig hebben vandaag,' plaagt hij.

'Hoe dat zo? Ga je me in de slaapkamer opsluiten?' Mijn innerlijke godin schiet plotseling wakker, geradbraakt en met een pasgeneukt-look.

'Zo aanlokkelijk als dat klinkt, ik had meer het idee om erop uit te gaan. Lekker wat frisse lucht.'

'Is dat veilig dan?' vraag ik onschuldig, terwijl ik tevergeefs probeer de ironie in mijn stem te onderdrukken.

Christians gezicht verduistert en zijn mond verstrakt. ‘Waar wij heen gaan wel. En het is echt niet iets om luchtig over te doen,’ vult hij bars aan met toegeknepen ogen.

Ik bloos en richt mijn ogen op mijn ontbijt. Ik heb geen zin in ruzie na al dat drama gisteren en zo weinig slaap. Ik eet mijn ontbijt zwijgend op met een kriegel gevoel.

Mijn onderbewustzijn schudt haar hoofd tegen me. Vijftig maakt geen grapjes over mijn veiligheid – dat zou ik nu toch moeten weten. Ik beheers de neiging om met mijn ogen te rollen.

Oké, ik ben moe en kribbig. Gisteren was een lange dag en ik heb te weinig geslapen. Echt, waarom ziet hij er zo fit als een hoentje uit? Het leven is niet eerlijk.

Er wordt op de deur geklopt.

‘Dat zal onze lieve dokter zijn,’ pruttelt Christian, duidelijk nog geraakt door mijn ironie. Hij loopt weg van de tafel.

Kunnen we dan niet een gewone rustige ochtend hebben? Ik slaak een zware zucht, laat mijn halve ontbijt staan en sta op om dr. Anticonceptie te begroeten.

We zijn in de slaapkamer en dr. Greene kijkt me met open mond aan. Ze is meer casual gekleed dan de laatste keer in een oudroze kasjmieren twinset met zwarte pantalon en haar fijne blonde haar los.

‘En toen ben je gewoon gestopt met innemen? Zomaar?’

Ik bloos, voel me ontzettend stom.

‘Ja.’ Kan mijn stemmetje nog kleiner?

‘Dan kun je zwanger zijn,’ zegt ze alsof het de gewoonste zaak van de wereld is.

Wat! De grond zakt onder mijn voeten vandaan. Mijn onderbewustzijn zakt kokhalzend ineen op de grond en ik voel me ook misselijk worden. *Nee!*

‘Hier, plas hier even in.’ Ze is puur zakelijk vandaag – recht voor zijn raap.

Gehoorzaam pak ik het plastic bekertje van haar aan en loop overdonderd de badkamer in. Nee. Nee. *Nee*. Dit kan niet... Echt niet... Laat het niet zo zijn. Nee.

Wat zal Vijftig doen? Ik verbleek. Hij raakt in paniek.

Nee, alsjeblieft! fluister ik in stil gebed.

Ik geef dr. Greene het urinemonster en ze plaatst er voorzichtig een klein wit staafje in.

'Wanneer werd je ongesteld?'

Hoe kan ik nu nadenken over een datum als al mijn aandacht zich richt op die witte stick?

'Eh... woensdag? Niet de meest recente, maar die daarvoor. De eerste van juni.'

'En wanneer ben je gestopt met het innemen van de pil?'

'Zondag. Afgelopen zondag.'

Ze knijpt haar lippen samen.

'Dan hoef je je denk ik geen zorgen te maken,' zegt ze scherp. 'Ik kan aan je gezicht zien dat een ongeplande zwangerschap geen blij nieuws zou zijn. Dan is medroxyprogesteron een goed idee als je de pil niet elke dag kan innemen.' Ze kijkt me streng aan en ik krimp ineen onder haar autoritaire blik. Ze pakt de witte stick en bekijkt die.

'Je bent buiten schot gebleven. Je hebt nog geen ovulatie gehad, dus, vooropgesteld dat je voorbehoedsmiddelen hebt gebruikt, ben je waarschijnlijk niet zwanger. Dan leg ik je nu de prikpil uit. De vorige keer hebben we ervan afgezien vanwege de bijverschijnselen, maar eerlijk gezegd zijn de bijverschijnselen van een kind veel groter en die gaan jaren door.' Ze lacht om haar eigen grapje, maar ik kan niet reageren – ik ben te onthutst.

Dr. Greene ratelt maar door over bijverschijnselen en verlamd van opluchting hoor ik niets van wat ze zegt. Ik denk dat ik beter ik weet niet hoeveel vreemde vrouwen aan mijn voeteneind zou verdragen dan aan Christian te moeten vertellen dat ik zwanger ben.

'Ana!' snauwt dr. Greene. 'Laten we die prik doen.' Ze haalt me uit mijn dagdroom, en ik rol gewillig mijn mouw op.

Christian sluit de deur achter haar en kijkt me bezorgd aan. 'Alles in orde?' vraagt hij.

Ik knik zwijgend en hij houdt zijn hoofd schuin, zijn gezicht strak van bezorgdheid.

'Anastasia, wat is er? Wat zei dr. Greene?'

Ik schud mijn hoofd. 'Over zeven dagen kun je je gang gaan,' prevel ik.

'Zeven dagen?'

'Ja.'

'Ana, wat is er?'

Ik slik. 'Niets om je zorgen over te maken. Alsjeblieft, Christian, laat gaan.'

Christian staat te dralen. Hij pakt mijn hoofd, tilt mijn kin op en kijkt me diep in mijn ogen om te achterhalen waarom ik in paniek ben.

'Vertel op,' zegt hij scherp.

'Er is niets te vertellen. Ik wil me gaan aankleden.' Ik trek mijn kin van hem weg.

Hij zucht en haalt een hand door zijn haar, bekijkt mij onderzoekend.

'Laten we gaan douchen,' zegt hij ten slotte.

'Tuurlijk,' zeg ik afwezig, en zijn mond vertrekt.

'Kom,' zegt hij nors, hij pakt mijn hand stevig beet. Hij loopt naar de badkamer met mij achter zich aan. Ik ben niet de enige met een slecht humeur, lijkt het. Terwijl hij het water van de douche warm laat worden, kleedt Christian zich snel uit voor hij zich naar mij omdraait.

'Ik weet niet waarom jij van streek bent, of misschien heb je gewoon te weinig geslapen,' zegt hij, terwijl hij mijn badjas losmaakt. 'Maar ik wil dat je het me vertelt. Ik ben me nu van alles in mijn hoofd aan het halen en daar hou ik niet van.'

Ik rol met mijn ogen naar hem en hij bekijkt me met toegeknepen ogen.

Shit! Oké... daar gaan we dan.

'Dr. Greene gaf me een preek omdat ik de pil niet had geslikt. Ze zei dat ik zwanger kon zijn.'

'Wat?' Hij trekt wit weg en zijn handen verstijven, terwijl hij me lijkbleek opneemt.

'Maar dat ben ik niet. Ze heeft een testje gedaan. Het was even schrikken, meer niet. Zo dom van me.'

Hij is zichtbaar opgelucht. 'Je weet zeker dat het niet zo is?'

'Ja.'

Hij blaast alle ingehouden adem uit. 'Goed. Ja, ik kan me voorstellen dat je van slag raakt als je zoiets te horen krijgt.'

Ik frons... *ik van slag?* 'Ik maakte me meer zorgen om jouw reactie.'

Met een opgetrokken wenkbrauw kijkt hij me verbaasd aan. 'Mijn reactie? Nou, uiteraard ben ik opgelucht... het zou absoluut onverantwoordelijk en onfatsoenlijk zijn als ik je zwanger had gemaakt.'

'Dan moeten we maar aan onthouding doen,' zeg ik boos.

Hij kijkt me even verwonderd aan, alsof ik een soort wetenschappelijk experiment ben. 'Je bent slechtgehumeurd deze morgen.'

'Het was schrikken, meer niet,' herhaal ik kribbig.

Bij de revers van mijn badjas trekt hij me in een warme omhelzing, hij kust mijn haar en duwt mijn hoofd tegen zijn borst. Het kietelen van zijn borsthaar tegen mijn wang leidt mij af. O, als ik hem toch zou mogen knuffelen!

'Ana, ik ben dit niet gewend,' zegt hij. 'Van nature ben ik geneigd het uit je te slaan, maar ik betwijfel ernstig of dat is wat je wil.'

Mijn hemel. 'Nee, dat wil ik niet. Dit helpt.' Ik pak Christian steviger beet en een hele tijd staan we in een vreemde omhelzing, Christian naakt en ik gehuld in een badjas. Ik ben opnieuw ondersteboven van zijn oprechtheid. Hij heeft geen verstand van relaties en ik ook niet, behalve wat ik van hem heb geleerd. Tja, hij heeft om vertrouwen en geduld gevraagd; misschien moet ik hetzelfde doen.

'Kom, douchen,' zegt Christian uiteindelijk, en hij laat me los.

Naar achteren stappend, ontdoet hij me van mijn badjas en ik volg hem onder het neervallende water, mijn gezicht tegen de stroom in. Er is voldoende ruimte voor ons allebei onder de gigantische douchekop. Christian pakt de shampoo en begint zijn haar te wassen. Hij reikt mij de fles aan en ik volg zijn voorbeeld.

O, dit voelt lekker. Ik sluit mijn ogen en geef me over aan het reinigende en verwarmende water; terwijl ik de shampoo uitspoel, voel ik zijn handen op me. Hij zeept mijn lichaam in: mijn schouders, mijn armen, onder mijn armen, mijn borsten, mijn rug.

Zachtjes draait hij me rond en trekt me tegen zich aan, terwijl hij verdergaat met mijn onderlichaam: mijn buik, zijn vaardige vingers tussen mijn benen – hmm, mijn billen. O, dat voelt heerlijk en zo intiem. Hij draait me weer met mijn gezicht naar hem toe.

'Hier,' zegt hij zacht en hij geeft me de douchegel. 'Ik wil dat jij de lippenstiftresten wegwast.'

Mijn ogen sperren zich onzeker open en flitsen snel naar die van hem. Hij kijkt me welbewust aan, kletsnat en mooi, maar zijn prachtige, glanzende, grijze ogen laten niets los.

'Alleen die lippenstift, niet verder,' zegt hij benauwd.

'Oké,' antwoord ik en ik probeer het uitzonderlijke te bevatten van wat hij mij zojuist gevraagd heeft te doen – hem aanraken op de rand van de verboden zone.

Ik knijp een kleine hoeveelheid zeep op mijn hand, wrijf dat tot sop, en plaats mijn handen dan op zijn schouders en was zachtjes de lippenstift aan beide zijden weg. Hij verstijft en sluit zijn ogen, met onbewogen gezicht, maar versnelde ademhaling en ik weet dat het geen lust maar angst is. Het snijdt door m'n ziel.

Met trillende vingers volg ik voorzichtig de streep langs zijn borst, zachtjes schuimend en wrijvend. Hij slikt met stijve kaken, alsof zijn tanden opeengeklemd zijn. *O!* Mijn hart knijpt zich samen en mijn keel vernauwt zich. *O nee, ik ga huilen.*

Ik stop om meer zeep op mijn hand te doen en voel hem voor me ontspannen. Ik kan niet naar hem opkijken. Ik kan het niet verdragen zijn pijn te zien, het is te veel. Op mijn beurt slik ik.

'Ben je zover?' zeg ik en de spanning in mijn stem is luid en duidelijk.

'Ja,' fluistert hij, met schorre stem, omrand met angst.

Teder leg ik mijn handen aan beide zijden van zijn borst en hij verstijft weer.

Het wordt me te veel. Ik ben beduusd van zijn vertrouwen in mij – overweldigd door zijn angst en door het misdadige dat deze prachtige, gevallen, beschadigde man is aangedaan.

Tranen wellen op in mijn ogen en stromen langs mijn gezicht, opgaand in de waterstralen van de douche. *O, Christian! Wie heeft jou dit aangedaan?*

Zijn middenrif beweegt snel bij elke korte ademstoot, zijn lichaam is verstard, de spanning straalt ervan af, terwijl ik met mijn handen de streep wegwas. O, kon ik de pijn maar wegnemen, dan deed ik dat – ik zou er alles voor overhebben – en ik zou niets liever willen dan elk litteken kussen dat ik ontdek, die afschuwelijke jaren van verwaarlozing wegkussen. Maar ik weet dat ik dat niet mag en mijn tranen rollen onstuitbaar over mijn wangen.

'Nee. Alsjeblieft, niet huilen,' zegt hij met een geschrokken stem, terwijl hij me stevig in zijn armen neemt. 'Huil alsjeblieft niet om mij.' En ik barst volledig in snikken uit, mijn gezicht verborgen in zijn nek, terwijl ik denk aan de kleine jongen die verdrinkt in een zee van angst en pijn, bang, verwaarloosd, misbruikt – ondraaglijk verneukt.

Hij maakt zich los en pakt mijn hoofd met beide handen, kantelt het achterover en buigt zich voorover om me te kussen.

'Niet huilen, Ana, alsjeblieft,' stamelt hij tegen mijn mond gedrukt. 'Het was lang geleden. Ik verlang ernaar door jou aangeraakt te worden, maar kan het gewoon niet verdragen. Het is te veel. Alsjeblieft, huil niet, alsjeblieft.'

'Ik wil jou ook aanraken. Meer dan je ooit zult beseffen. Jou zo te zien... zo gewond en bang, Christian... het raakt me heel diep. Ik hou zoveel van je.'

Hij gaat met zijn duim over mijn onderlip. 'Ik weet het. Ik weet het,' fluistert hij.

'Van jou houden is zo vanzelfsprekend. Zie je dat dan niet?'

'Nee, schatje, dat zie ik niet.'

'Het is zo. En ik hou van je en je familie ook. En Elena en Leila ook – ze laten het op een vreemde manier blijken – maar het is zo. Je bent het waard.'

'Stop.' Hij legt zijn vinger op mijn lippen en schudt zijn hoofd met een gepijnigde uitdrukking op zijn gezicht. 'Ik kan dit niet aanhoren. Ik ben niets, Anastasia. Ik ben een schim. Ik heb geen hart.'

'Jawel, dat heb je wel. En ik wil het, helemaal. Jij bent een goed mens, Christian, echt een goed mens. Twijfel daar nooit aan. Kijk wat je hebt gedaan... wat je allemaal hebt bereikt,' snik ik. 'Kijk wat je voor mij hebt gedaan... wat je hebt achtergelaten, voor mij,' fluister ik. 'Ik weet het. Ik weet wat je voor me voelt.'

Hij kijkt me met gebogen hoofd aan, zijn ogen wijd en in paniek, en het enige wat we horen is de gestage stroom water die uit de douchekop over ons heen stroomt.

'Je houdt van mij,' fluister ik.

Zijn ogen worden nog groter en zijn mond gaat open. Hij ademt diep in, alsof hij moed bijeenraapt. Hij ziet er gekweld uit – kwetsbaar.

'Ja,' fluistert hij. 'Ik hou van jou.'

Negen

Ik ben in de zevende hemel! Mijn onderbewustzijn gaapt me met open mond aan – totaal verbijsterd – en ik heb een lach op mijn gezicht van oor tot oor, terwijl ik verlangend omhoogkijk in Christians wijd open, gekwelde ogen.

Zijn zachte, lieve bekentenis doet een diepgeworteld beroep op mij, alsof hij vergiffenis vraagt, en die paar woorden van hem zijn voor mij als een hemelse manna. De tranen prikken opnieuw in mijn ogen. *Ja, ik hou van jou. Ik weet dat je van me houdt.*

Het is zo'n bevrijdende gedachte, alsof er een zware molensteen opzij is geschoven. Deze mooie, beschadigde man, die ik voorheen zag als mijn romantische held – sterk, eenzelvig, mysterieus –, heeft al deze eigenschappen in zich, maar is tegelijk ook breekbaar, vervreemd met een laag gevoel voor eigenwaarde. Mijn hart vult zich met blijdschap naast de pijn van zijn lijden. En ik besef op dit moment dat mijn hart groot genoeg is voor ons beiden. Ik hoop dat het groot genoeg is voor ons beiden.

Ik reik omhoog om zijn lieve, mooie gezicht aan te raken en hem zacht te kussen, zodat ik alle liefde die ik voel in dit warme contact giet. Ik wil hem verorberen onder het hete kletterende water. Christian kreunt, slaat zijn armen om me heen en houdt me vast alsof ik de lucht ben die hij nodig heeft om te ademen.

'O, Ana,' fluistert hij schor, 'ik wil je, maar niet hier.'

'Ja,' antwoord ik in zijn mond.

Hij draait de waterkraan dicht, pakt mijn hand, leidt me onder de douche vandaan en slaat mijn badjas om me heen. Hij grijpt een handdoek voor zichzelf, vouwt die om zijn middel, neemt dan een kleinere en begint zachtjes mijn haar af te drogen. Als hij het droog genoeg vindt wikkelt hij de handdoek om mijn hoofd, zodat het lijkt of ik een sluier draag wanneer ik mezelf in de grote spiegel boven de wasbak bekijk. Hij staat achter me en onze ogen ontmoeten elkaar in de spiegel, smeulend grijs tegenover helder blauw, en ik krijg een idee.

'Mag ik het nu doen bij jou?' vraag ik.

Hij knikt, hoewel zijn voorhoofd rimpelt. Ik pak nog een fluweelzachte handdoek van de verzameling die op een stapel naast de kaptafel ligt, en terwijl ik op mijn tenen voor hem sta, begin ik zijn haar af te drogen. Hij buigt voorover om het mij gemakkelijker te maken en als ik af en toe een glimp opvang van zijn gezicht onder de handdoek, zie ik dat hij als een klein jochie grijnst.

'Lang geleden dat iemand dit bij mij deed. Heel lang geleden,' zegt hij, maar dan fronst hij. 'Ik denk eigenlijk dat nog nooit iemand mijn haar heeft afgedroogd.'

'Grace toch wel? Die droogde je toch wel af toen je jong was?'

Hij schudt zijn hoofd, mij hinderend bij wat ik doe.

'Nee. Ze respecteerde mijn grenzen vanaf dag één, hoe pijnlijk dat ook voor haar was. Ik kon mezelf heel goed redden als kind,' zegt hij zacht.

Ik voel een felle steek tussen mijn ribben als ik denk aan dat kleine kind met koperkleurig haar dat voor zichzelf zorgt omdat niemand het doet. De gedachte maakt me ziekelijk verdrietig. Maar ik wil niet dat mijn melancholie het wint van de opbloeiende intimiteit.

'Nou, ik ben vereerd,' plaag ik hem vriendelijk.

'Dat is ook zo, mevrouw Steele. Of misschien ben ik het wel die vereerd is.'

'Dat staat buiten kijf, meneer Grey,' reageer ik sletterig.

Ik droog zijn haar verder af, pak een andere kleine handdoek en loop om hem heen naar zijn rug. Onze ogen ontmoeten elkaar weer in de spiegel en zijn waakzame, vragende blik spoort me aan om iets te zeggen.

'Mag ik iets proberen?'

Het duurt even en dan knikt hij. Behoedzaam en heel zacht ga ik met de handdoek langs zijn linkerarm, neem daarmee het water op dat op zijn huid parelt. Via de spiegel hou ik in de gaten hoe hij reageert. Hij knippert terug en zijn ogen branden in die van mij.

Ik buig me naar voren en kus zijn biceps en zijn lippen wijken nauwelijks waarneembaar. Ik droog zijn andere arm op dezelfde manier, met een spoor kusjes rondom zijn biceps en rond zijn lippen speelt een glimlach. Voorzichtig veeg ik zijn rug af onder de vage streep lippenstift die nog zichtbaar is. Ik was er niet aan toegekomen om zijn rug schoon te maken.

'Mijn hele rug,' zegt hij bijna onhoorbaar, 'met de handdoek.' Hij haalt diep adem en knijpt zijn ogen dicht, terwijl ik hem gedecideerd afdroog, ik let erop dat ik hem alleen met de handdoek aanraak.

Hij heeft zo'n aantrekkelijke rug – brede, welgevormde schouders en alle kleine spieren duidelijk zichtbaar. Hij zorgt echt goed voor zichzelf. De mooie aanblik wordt alleen verstoord door zijn littekens. Ik doe mijn best om ze te negeren en onderdruk de enorme aandrang om ze één voor één te kussen. Als ik klaar ben, ademt hij uit en ik buig naar voren voor een beloningskus op zijn schouder. Met mijn armen om hem heen droog ik zijn buik. Onze ogen ontmoeten elkaar weer in de spiegel en zijn gezicht staat geamuseerd, maar hij is ook op zijn hoede.

'Hou dit eens vast.' Ik geef hem een klein handdoekje voor het gezicht en hij fronst verbaasd. 'Weet je nog in Georgia? Je liet mij mezelf aanraken met jouw handen,' ga ik verder.

Zijn blik wordt donkerder, maar ik negeer zijn reactie en sla mijn armen om hem heen. Zoals ik ons beiden in de spiegel zie, zijn schoonheid, zijn naaktheid en ik met mijn bedekte haar – we zien er bijna Bijbels uit, alsof we zo uit een barok schilderij over het Oude Testament zijn gestapt.

Ik pak zijn hand, die hij me gewillig toevertrouwt, en leid die hand langs zijn borst omhoog om die te drogen en we vegen met de handdoek wat onbeholpen over zijn lichaam. Een keer, twee keer – dan nog een keer. Hij is helemaal verkrampt, strak van de spanning, behalve zijn ogen, die mijn hand om die van hem nauwgezet volgen.

Mijn onderbewustzijn kijkt goedkeurend mee, haar gewoonlijk zuinige mondje lacht en ik ben hoofd marionettenspeler. Zijn angst golft over zijn rug, maar hij houdt oogcontact, hoewel zijn ogen donkerder, dodelijker zijn. Misschien laten ze mij hun geheimen zien.

Is dit wat ik wil? Wil ik de confrontatie aangaan met zijn demonen?

'Ik denk dat je nu wel droog bent,' fluister ik, terwijl ik mijn hand laat zakken en via de spiegel in de diepte van zijn ogen kijk. Zijn ademhaling is versneld, zijn lippen zijn uiteen.

'Ik heb je nodig, Anastasia,' fluistert hij.

'Ik jou ook.' En, terwijl ik dat zeg, realiseer ik me hoe waar deze woorden zijn. Ik kan me geen leven zonder Christian voorstellen.

'Laat me je liefhebben,' zegt hij hees.

'Ja,' antwoord ik en terwijl hij zich omdraait, trekt hij me in zijn armen, hij zoekt met zijn lippen die van mij, smeekt me, verafgoodt me, bewondert me... heeft me lief.

Hij glijdt met zijn vingers op en neer langs mijn ruggengraat, terwijl we naar elkaar kijken, nagenietend van het vrijen, verzadigd. We liggen samen, ik op mijn buik met mijn kussen in mijn armen, hij op zijn zij, en ik koester zijn zachte aanraking. Ik weet dat hij mij nu moet aanraken. Ik ben een balsem voor hem, een bron van troost, en hoe zou ik hem dat kunnen ontzeggen? Ik voel precies hetzelfde voor hem.

'Dus je kunt wel teder zijn,' zeg ik.

'Hmm... het lijkt er inderdaad op, mevrouw Steele.'

Ik grinnik. 'Dat was je de eerste keer niet echt toen we... eh, dit deden.'

'Niet?' spot hij. 'Toen ik je van je maagdelijkheid beroofde.'

'Ik denk niet dat je me beroofd hebt,' zeg ik stoer – *jemig, ik ben geen hulpeloos meisje of zo*. 'Ik denk dat ik mijn maagdelijkheid toch echt bewust en uit vrije wil aan je gaf. Ik wilde jou ook en als ik het me goed herinner, had ik het erg naar m'n zin.' Ik lach verlegen naar hem en bijt op mijn lip.

'Ik ook als ik me goed herinner, mevrouw Steele. Wij doen ons best om het ons naar de zin te maken,' zegt hij en zijn gezicht wordt zacht, serieus. 'En dat betekent dat je van mij bent, huid en haar.' Elk spoor van humor is verdwenen als hij me aankijkt.

'Ja, dat ben ik,' antwoord ik. 'Ik wil je iets vragen.'

'Ga je gang.'

'Je biologische vader... weet je wie hij was?' Met deze vraag liep ik al een tijdje rond.

Zijn voorhoofd fronst en hij schudt zijn hoofd. 'Ik heb geen idee. Het was niet die bruut die haar pooier was, gelukkig.'

'Hoe weet je dat?'

'Iets wat mijn vader... Carrick tegen me zei.'

Ik kijk mijn Vijftig verwachtingsvol aan en wacht. Hij grijnst naar me.

'Wat wil je veel weten, Anastasia,' zucht hij hoofdschuddend. 'De pooier ontdekte het lichaam van de heroïnehoer en belde het door aan de politie. Hij deed er vier dagen over om het te ontdekken, dat wel. Hij deed de deur weer dicht toen hij wegging... liet mij achter bij haar... haar lichaam.' In zijn ogen tekent de herinnering zich af.

Ik haal diep adem. Arme kleine jongen – de verschrikking is bijna niet te bevatten.

'De politie ondervroeg hem later. Hij ontkende keihard dat hij iets met mij te maken had en Carrick zei dat hij totaal niet op mij leek.'

'Kun jij je herinneren hoe hij eruitzag?'

'Anastasia, dit is geen periode van mijn leven waar ik vaak aan terugdenk. Ja, ik weet nog hoe hij eruitzag. Ik zal hem nooit vergeten.' Christians gezicht wordt donkerder en harder, hoekiger, zijn ogen bevriezen van boosheid. 'Kunnen we over iets anders praten?'

'Het spijt me. Ik wilde je niet overstuur maken.'

Hij schudt zijn hoofd. 'Het is oud nieuws, Ana. Niet iets waar ik aan wil terugdenken.'

'Welke verrassing had je eigenlijk voor me in petto?' Ik moet van onderwerp veranderen, voordat hij helemaal op de Vijftig-toer gaat. Zijn gezicht klaart meteen op.

'Heb je zin om de frisse lucht in te gaan? Ik wil je iets laten zien.'

'Natuurlijk.'

Het verbaast me hoe snel hij zich herstelt – weerbarstig als altijd. Hij grijnst jongensachtig naar me, zijn zorgeloze, ik-ben-pas-zevenentwintig-lach, en mijn hart floept in mijn keel. Het gaat om iets wat hem na aan het hart ligt, dat zie ik. Hij geeft me een speelse mep op de billen.

'Kleed je aan. Spijkerbroek is prima. Ik hoop dat Taylor die voor je heeft ingepakt.'

Hij staat op en trekt zijn boxershort aan. O... Ik zou hier de hele dag kunnen kijken hoe hij rondloopt in de kamer. Mijn innerlijke godin is het daarmee eens, valt in katzwijm op haar ligstoel.

'Hop,' beveelt hij, bazig als altijd. Ik bekijk hem, grinnikend.

'Ik was van het uitzicht aan het genieten.'

Hij rolt zijn ogen naar me.

Terwijl we ons aankleden, merk ik dat we ons synchroon bewegen als twee mensen die elkaar heel goed kennen, allebei oplettend en zich werkelijk bewust van de ander met af en toe een liefdevolle blik of aanraking. En het begint me te dagen dat dit net zo nieuw voor hem is als voor mij.

'Droog je haar,' draagt Christian op als we aangekleed zijn.

'Dominant als altijd,' lach ik naar hem en hij buigt zich en kust mijn haar.

'Dat zal nooit veranderen, schatje. Ik wil niet dat je ziek wordt.'

Ik rol met mijn ogen naar hem en zijn mondhoeken gaan krullen.

'Mijn handen jeuken nog steeds, mevrouw Steele.'

'Ik ben blij dat te horen, meneer Grey. Ik werd al bang dat u de kantjes eraf liep.'

'Ik kan u zo demonstreren dat u zich daarin vergist, mocht dat wenselijk zijn.' Christian trekt een grote, crèmekleurige kabeltrui uit zijn tas en drapeert die nonchalant over zijn schouders. Met zijn witte T-shirt en spijkerbroek, zijn warrige kunstenaarshaar en nu dit, ziet hij eruit of hij zo uit een dure glossy is gestapt.

Hij ziet er ongelooflijk knap uit. En ik weet niet of het komt doordat ik tijdelijk in de ban ben van zijn simpelweg perfecte uiterlijk of omdat ik weet dat hij van me houdt, maar zijn dreigement maakt me niet meer bang. Dit is mijn Vijftig Tinten. Zo is hij.

Terwijl ik de föhn pak, voel ik dat mijn hoop opbloeit. We zullen een middenweg vinden. We moeten de behoeften van elkaar erkennen en eraan tegemoetkomen. *Dat kan ik wel, toch?*

Ik bekijk mezelf in de spiegel van de kaptafel. Ik draag het lichtblauwe shirt dat Taylor gekocht heeft en voor me in heeft gepakt. Mijn haar is in de war, mijn gezicht rood, mijn lippen gezwollen. Ik raak ze aan en herinner me Christians brandende kussen. Onbewust verschijnt er een lachje, terwijl ik naar mezelf staar. Ja, *ik hou van je*, zei hij.

'Waar gaan we precies heen?' vraag ik, terwijl we in de lobby wachten tot de auto door de dienstbode is voorgereden.

Christian tikt tegen de zijkant van zijn neus en knipoogt samenzweerderig naar me alsof hij de grootste moeite heeft zijn gezicht in de plooi te houden. Eerlijk gezegd is het heel on-Vijftig.

Zo was hij ook toen we gingen zweefvliegen – misschien gaan we dat doen. Ik retourneer zijn blik. Hij kijkt langs zijn neus omlaag naar me met die superieure scheve lach van hem. Naar voren buigend kust hij me zacht.

'Heb je er enig idee van hoe gelukkig jij me maakt?' zegt hij.

'Ja... dat weet ik precies. Want jij doet hetzelfde met mij.'

De dienstbode komt aangereden met Christians auto, met een gelukzalige grijns op zijn gezicht. Jemig, iedereen is zo blij vandaag.

'Geweldige auto, meneer,' zegt hij, terwijl hij de sleutels overhandigt. Christian knipoogt en geeft hem een ongepast grote fooi.

Ik frons naar hem. Werkelijk.

Terwijl we door het verkeer laveren, is Christian diep in gedachten verzonken. De stem van een jonge vrouw klinkt uit de luidsprekers. Ze heeft een prachtig, rijk en warm timbre en ik verlies me in haar droevige, bezielde stem.

'Ik moet eerst nog even ergens langs. Zal niet lang duren,' zegt hij afwezig, mij uit het lied trekkend.

O, waarom? Ik ben nieuwsgierig naar de verrassing. Mijn innerlijke godin staat als een vijfjarige opgewonden te springen.

'Natuurlijk,' zeg ik. Er klopt iets niet. Plotseling kijkt hij strak en vastberaden.

Hij rijdt de auto de parkeerplaats op van een grote autodealer, stopt de auto en draait zich naar me toe met een onzekere blik.

'We moeten een nieuwe auto voor je kopen,' zegt hij. Ik kijk hem met open mond aan.

Nu? Op zondag? Is hij gek geworden? En dit is een Saab-dealer.

'Geen Audi?' is stom genoeg het enige wat ik kan uitbrengen en tot mijn vreugde bloost hij.

Goeie genade – Christian, in verlegenheid gebracht. Dat is een primeur!

'Ik dacht dat je misschien iets anders zou willen,' zegt hij. Hij wringt zich in een bocht.

O, alsjeblieft... Dit is een te mooie kans om hem te plagen. Ik spot. 'Een Saab?'

'Ja. A9-3. Kom.'

'Wat heb jij toch met die buitenlandse auto's?'

'De Duitsers en de Zweden maken de veiligste auto's ter wereld, Anastasia.'

Is dat zo? 'Ik dacht dat je al een andere Audi A3 voor me had besteld?'

Hij bekijkt me met een duivels lachje. 'Die kan ik annuleren. Kom.' Hij stapt uit de auto, loopt om en helpt mij eruit.

'Je hebt nog een afstudeercadeau van me te goed,' zegt hij en hij reikt mij de helpende hand.

'Christian, dat hoef je echt niet te doen.'

'Jawel. Alsjeblieft. Kom.' Aan zijn toon is te horen dat hij geen weerwoord duldt.

Ik geef me over aan mijn lot. Een Saab? Wil ik wel een Saab? Ik was heel tevreden met mijn Audi Onderdanige Deluxe. Dat was een leuk bakkie.

Die is nu alleen bedolven onder duizend liter witte verf... Ik huiver. En ze loopt nog steeds ergens rond.

Ik pak Christians hand en we lopen de showroom in.

Troy Turniansky, de verkoper, kleeft aan Vijftig als een goedkoop pak. Hij ruikt geld. Zijn accent klinkt vreemd genoeg een beetje Europees, misschien Engels? Moeilijk te zeggen.

'Een Saab, meneer? Tweedehands?' Hij wrijft verheugd zijn handen.

'Nieuw.' Christians lippen verharden.

Nieuw!

'Had u een bepaald model op het oog, meneer?' Hij is een gladjanus.

'9-3 2.0T Sport sedan.'

'Een geweldige keus, meneer.'

'Welke kleur, Anastasia?' Christian houdt zijn hoofd scheef.

'Eh... zwart?' zeg ik onverschillig. 'Je hoeft dit echt niet te doen.'

Hij fronst. 'Zwart is niet goed te zien in de nacht.'

O, hou op. Ik onderdruk de neiging om met mijn ogen te rollen. 'Jij hebt een zwarte auto.'

Hij kijkt boos naar me.

'Kanariegeel dan,' zeg ik schouderophalend.

Christian trekt een vies gezicht – kanariegeel is duidelijk niet zijn kleur.

'Welke kleur had je graag voor me gewild?' vraag ik alsof hij een klein kind is, wat hij in veel opzichten ook is. Daar wil ik niet aan denken – het maakt me verdrietig en ontnuchtert tegelijk.

'Zilver of wit.'

'Zilver dan. Je weet dat ik genoegen neem met de Audi,' voeg ik toe, gestraft door mijn gedachten.

Troy verbleekt, voelt dat de verkoop hem ontglipt. 'Misschien is de Saab cabrio iets voor u, mevrouw?' vraagt hij, enthousiast in zijn handen klappend.

Mijn onderbewustzijn walgt, gegeneerd door dat hele auto-kopen-gedoe, maar mijn innerlijke godin schoffelt haar onderuit. *Cabrio? Vet!*

Christian fronst en kijkt naar me. 'Cabrio?' vraagt hij met een opgetrokken wenkbrauw.

Ik bloos. Alsof hij een direct lijntje heeft naar mijn innerlijke godin, en dat is natuurlijk ook zo. Dat komt soms behoorlijk ongelegen. Ik kijk naar mijn handen.

Christian draait zich naar Troy. 'Wat zeggen de veiligheidsstatistieken over de cabrio?'

Troy merkt waar Christian gevoelig voor is, grijpt zijn kans en draait een mooi verhaal over statistieken af.

Natuurlijk hecht Christian belang aan mijn veiligheid. Die is heilig voor hem en omdat hij zo'n fanatiekeling is, luistert hij geïnteresseerd naar Troys mierzoete praatjes. Vijftig is echt zorgzaam.

Ja. Ik hou van je. Ik herinner me zijn fluisterende, schorre woorden van vanmorgen en een gloed smelt als warme honing door mijn aderen. Deze man – een godsgeschenk voor vrouwen – houdt van mij.

Ik merk dat ik als een idioot naar hem sta te lachen en als hij me aankijkt, moet hij lachen en is verbaasd. Ik wil mezelf knuffelen, zo blij ben ik.

'Hoe kom jij zo high? Daar wil ik ook wel wat van, mevrouw Steele,' zegt hij als Troy naar zijn computer loopt.

'Ik ben high van jou, meneer Grey.'

'Echt? Nou, je ziet er inderdaad een beetje bedwelmd uit.' Hij kust me snel. 'En bedankt dat je de auto aanneemt. Dat ging gemakkelijker dan de vorige keer.'

'Nou ja, het is dan ook geen Audi A3.'

Hij grijnst. 'Dat is niet jouw auto.'

'Ik vond hem leuk.'

'Meneer, de 9-3? Ik heb er een gevonden bij onze vestiging in Beverly Hills. We kunnen die over een paar dagen voor u in huis hebben.' Troy glimt van trots.

'De beste in zijn klasse?'

'Ja, meneer.'

'Uitstekend.' Christian haalt zijn creditcard tevoorschijn, of is het die van Taylor? Dat is een vervelende gedachte. Ik vraag me af hoe het met Taylor is en of hij Leila in het appartement heeft op weten te sporen. Ik wrijf over mijn voorhoofd. Ja, Christian komt met veel bagage.

'Als u even hierheen wilt komen, meneer...', Troy kijkt naar de naam op de creditcard, '...Grey.'

Christian opent mijn deur en ik ga weer zitten op de passagiersstoel.

'Dank je,' zeg ik, als hij naast me zit.

Hij glimlacht.

'Heel graag gedaan, Anastasia.'

De muziek begint weer als Christian de motor start.
'Wie is dit?' vraag ik.
'Eva Cassidy.'
'Ze heeft een prachtige stem.'
'Heeft ze, had ze.'
'O.'
'Ze is heel jong gestorven.'
'O.'
'Heb je trek? Je hebt niet je hele ontbijt opgegeten.' Hij werpt snel een blik op me met afkeuring in zijn gezicht.
O-o. 'Ja.'
'Eerst lunchen dan maar.'
Christian rijdt naar de kust en dan in noordelijke richting over de Alaskan Way Viaduct. Het is weer een mooie dag in Seattle. Het weer is ongewoon zacht de laatste paar weken.
Christian kijkt blij en ontspannen, terwijl we achteruit geleund luisteren naar Eva Cassidy's lieve, warme stem en over de snelweg rijden. Heb ik me ooit eerder zo op mijn gemak gevoeld in zijn gezelschap? Ik weet het niet.
Zijn buien maken me minder nerveus, ik vertrouw erop dat hij me niet straft en hij lijkt ook meer op zijn gemak bij mij. Hij slaat links af, volgt de weg langs de kust en rijdt uiteindelijk een parkeerplaats op tegenover een grote jachthaven.
'We eten hier wel een hapje. Ik doe je deur wel even open,' zegt hij op zodanige manier dat ik het niet in mijn hoofd haal om al in beweging te komen en ik kijk hoe hij om de auto heen loopt. Zal dit ooit gaan vervelen?

We wandelen arm in arm naar de waterkant, waar de kade zich voor ons uitstrekt.
'Wat veel boten,' zeg ik verwonderd. Er liggen honderden schepen in allerlei soorten en maten te dobberen op het kalme, stille water van de jachthaven. Buiten de haven op Puget Sound staan verscheidene zeilen in de wind, ze wapperen heen en weer. Het is een geweldig natuurplaatje. De wind is een beetje opgestoken, dus ik trek mijn jasje dichter om me heen.
'Heb je het koud?' vraagt hij en hij trekt me dicht tegen zich aan.

'Nee, ik bewonderde het uitzicht.'

'Ik kan er hele dagen naar kijken. Kom, deze kant op.'

Christian leidt me een grote horecagelegenheid in en loopt door naar de bar. Het decor doet meer New England aan dan West Coast – witgekalkte muren, lichtblauwe meubels en overal spullen die met boten te maken hebben. Het is een lichte, vrolijke tent.

'Meneer Grey!' De barman groet Christian opgetogen. 'Wat kan ik voor u klaarmaken deze middag?'

'Dante, goedemiddag.' Christian grijnst, terwijl wij plaatsnemen op de barkrukken. 'Deze mooie dame is Anastasia Steele.'

'Welkom in SP's Place.' Dante glimlacht vriendelijk naar me. Hij is zwart en prachtig, zijn ogen beoordelen me en keuren me goed, lijkt het. Een grote diamant blinkt naar me vanaf zijn oor. Ik mag hem gelijk.

'Wat wil je drinken, Anastasia?'

Ik kijk naar Christian, die afwachtend terugkijkt. O, hij gaat mij laten kiezen.

'Noem me maar Ana hoor, en ik neem hetzelfde als Christian.' Ik lach verlegen naar Dante. Vijftig weet veel meer van wijn dan ik.

'Ik neem een biertje. Dit is de enige bar in Seattle waar je Adnams Explorer kan krijgen.'

'Een biertje?'

'Ja.' Hij grijnst naar me. 'Twee Explorers graag, Dante.'

Dante knikt en plaatst het bier op de bar.

'Ze hebben hier een heerlijke vissoep,' zegt Christian.

Hij vraagt me wat ik wil voor de verandering.

'Soep en bier, dat klinkt geweldig,' lach ik naar hem.

'Tweemaal de vissoep?' vraagt Dante.

'Graag,' grinnikt Christian naar hem.

We praten tijdens het eten als nooit tevoren. Christian is ontspannen en kalm – hij ziet er jong, gelukkig en opgewekt uit ondanks wat er gisteren allemaal is voorgevallen. Hij vertelt over de geschiedenis van Grey Enterprises Holdings, en hoe meer hij prijsgeeft, hoe meer ik zijn passie voel voor het oplappen van probleembedrijven, zijn verwachtingen van de technologie die hij ontwikkelt en zijn dromen over het productiever maken van ontwikkelingslanden. Ik luister verrukt naar hem. Hij is grappig, slim, goedgeefs en knap, en hij houdt van mij.

Op mijn beurt word ik overstelpt met vragen over Ray en mijn moeder, over opgroeien in de weelderige bossen van Montesano en mijn kortstondige verblijf in Texas en Vegas. Hij wil weten wat mijn favoriete boeken en films zijn, en het verbaast me hoeveel we gemeen hebben.

Terwijl we praten, valt het me op dat hij van Hardy's Alec in Angel is veranderd, van een laag karakter naar een hoog ideaalbeeld in zeer kort tijdsbestek.

Het is twee uur geweest als we klaar zijn met eten. Christian rekent af bij Dante, die vriendelijk afscheid van ons neemt.

'Dit is een geweldige plek. Dank je voor de lunch,' zeg ik, terwijl Christian mij bij de hand pakt en we de bar verlaten.

'We komen hier nog wel eens terug,' zegt hij en we wandelen langs de waterkant. 'Ik wil je iets laten zien.'

'Dat weet ik... ik ben zo benieuwd, wat het ook is.'

We lopen hand in hand langs de kade. Het is een heerlijke middag. Mensen genieten van hun vrije zondag in de buitenlucht – ze wandelen met de hond, bewonderen de boten, letten op hun kinderen die over de promenade rennen.

Als we de jachthaven in lopen, worden de boten steeds groter. Christian leidt me de steiger op en stopt bij een enorme catamaran.

'Ik had gedacht een zeiltochtje te maken vanmiddag. Dit is mijn boot.'

Jeetje mina. Ze is minimaal vijftien meter lang. Twee slanke witte vlotters, een dek, een ruime hut en daarbovenuit torent een imposante mast. Ik weet niets van boten, maar kan zien dat deze bijzonder is.

'Wauw...' roep ik bewonderend.

'Gebouwd door mijn bedrijf,' zegt hij trots en mijn hart bloeit op. 'Ze is tot in de puntjes uitgedacht door de beste scheepsontwerpers ter wereld en hier in Seattle in mijn werf gebouwd. Ze heeft hybride elektrische aandrijvingen, asymmetrische kruisboards, een recht afgetopt hoofdzeil...'

'Oké... je bent me kwijt, hoor, Christian.'
Hij grijnst. 'Het is een geweldige boot.'
'Ze ziet er fenomenaal uit, meneer Grey.'
'Dat klopt, mevrouw Steele.'
'Hoe heet ze?'

Hij trekt me mee naar de zijkant zodat ik de naam kan lezen: The Grace. Ik ben verbaasd. 'Je hebt haar naar je moeder genoemd?'

'Ja.' Hij kijkt me scheef en plagerig aan. 'Waarom vind je dat zo raar?'

Ik haal mijn schouders op. Ik ben verbaasd – hij heeft altijd een ambivalente houding jegens zijn moeder.

'Ik ben heel gek op mijn moeder, Anastasia. Waarom zou ik de boot niet naar haar noemen?'

Ik bloos. 'Nee, dat bedoel ik niet... maar het is...' Shit, hoe moet ik dat uitleggen?

'Anastasia, Grace Trevelyan heeft mijn leven gered. Ik heb alles aan haar te danken.'

Ik kijk naar hem en laat de voelbare eerbied in deze zacht uitgesproken erkenning tot me doordringen. Voor het eerst wordt me duidelijk dat hij van zijn moeder houdt. Waarom dan die vreemde, gespannen ambivalentie tegenover haar?

'Wil je aan boord?' vraagt hij met glanzende ogen van opwinding.

'Ja, graag.' Ik glimlach.

Hij ziet er verrukt en verrukkelijk uit, samengebonden in één heerlijk hemels pakketje. Hij pakt mijn hand vast, gaat de smalle loopplank over en brengt mij aan boord. We staan op het dek onder een overkapping.

Aan een kant staan een tafel en een U-vormige bank bekleed met lichtblauw leer, waarop wel acht mensen kunnen zitten. Ik kijk door de schuifdeuren naar het interieur van de hut en maak een verschrikte sprong als ik ontdek dat daar iemand is. Een lange blonde man opent de schuifdeuren en komt tevoorschijn – lekker zongebruind, met krullend haar en bruine ogen – hij draagt een vaalroze poloshirt met korte mouwen en bootschoenen. Ik schat hem begin dertig.

'Mac,' glundert Christian.

'Meneer Grey! Welkom thuis.' Ze schudden elkaar de hand.

'Anastasia, dit is Liam McConnell. Liam, mijn vriendin, Anastasia Steele.'

Vriendin! Mijn innerlijke godin voert een snelle arabesk uit. Ze grijnst nog altijd om de cabrio. Ik zal eraan moeten wennen – het is niet de eerste keer dat hij het zegt, maar ik krijg er nog steeds een kick van.

'Aangenaam kennis te maken.' Liam en ik geven elkaar een hand.

'Noem me Mac,' zegt hij vriendelijk en zijn accent kan ik niet thuisbrengen. 'Welkom aan boord, mevrouw Steele.'

'En mij Ana, alsjeblieft,' zeg ik blozend. Hij heeft diepbruine ogen.

'Is ze in vorm, Mac?' onderbreekt Christian snel en even denk ik dat hij het over mij heeft.

'Ze is er helemaal klaar voor, meneer,' glundert Mac. *O, de boot, The Grace. Domkopje.*

'Laten we gaan dan.'

'U wilt gaan varen?'

'Jep.' Christian werpt Mac een samenzweerderige grijns toe. 'Even binnen rondkijken, Anastasia?'

'Ja, graag.'

Ik volg hem de hut in. Een L-vormige sofa in crèmekleurig leer staat recht voor ons en erboven biedt een groot gebogen venster uitzicht op de jachthaven. Links is het keukengedeelte – mooi ingericht met licht hout.

'Dit is de hoofdkajuit. Kombuis ernaast,' zegt Christian zwaaiend met zijn hand in de richting van de keuken. Hij pakt mijn hand en leidt me door het vertrek. Het is er opvallend ruim. De vloer is van hetzelfde lichte hout. Deze ruimte ziet er modern en strak uit en heeft een lichte en luchtige sfeer, maar is vooral functioneel, alsof hij er niet veel tijd in doorbrengt.

'Badkamers aan beide kanten.' Christian wijst naar twee deuren en opent dan de kleine, vreemd gevormde deur direct voor ons en stapt naar binnen. We zijn in een luxe slaapkamer. *O...*

Er is een groot lits-jumeaux met lichtblauw linnen en licht

hout, net als zijn slaapkamer in Escala. Christian heeft duidelijk een uitgesproken smaak.

'Dit is de grootste hut.' Hij kijkt omlaag naar mij met stralende ogen.

'Jij bent het eerste meisje dat hier binnenkomt, naast familie,' zegt hij. 'Zij tellen niet.'

Ik bloos onder zijn opgewonden blik en mijn polsslag versnelt. *Echt? Weer een primeur.* Hij trekt me in zijn armen, zijn vingers spelen door mijn haar en hij kust me, lang en hard. We zijn beiden buiten adem als hij stopt.

'Misschien moeten we dit bed inwijden,' fluistert hij tegen mijn mond.

O, op zee!

'Maar nu nog niet. Kom, Mac gaat ons afduwen.' Ik negeer de steek van teleurstelling als hij mijn hand pakt en me terugleidt door de kajuit. Hij wijst op een andere deur.

'Dat is een kantoor en voorin zijn nog twee hutten.'

'Dus hoeveel kunnen er aan boord slapen?'

'Ze is op zes personen gebouwd. Maar tot nu toe heb ik alleen de familie aan boord gehad. Ik zeil graag alleen. Maar niet als jij er bent. Ik moet op jou letten.'

Hij duikt in een kist en haalt er een felrood reddingsvest uit.

'Hier.' Hij doet het over mijn hoofd en trekt alle koorden aan, terwijl een flauw glimlachje over zijn lippen glijdt.

'Het blijft leuk om mij in te snoeren, hè?'

'Maakt niet uit hoe,' zegt hij met een wellustige grijs op zijn mond.

'Je bent pervers.'

'Weet ik.' Hij heft zijn wenkbrauwen en zijn grijns verbreedt.

'Mijn perverseling,' fluister ik.

'Ja, van jou.'

Gerustgesteld grijpt hij de revers van mijn jas en kust me.

'Voor altijd,' zucht hij en hij laat me los voor ik kan reageren.

Voor altijd! Mijn hemel.

'Kom.' Hij pakt mijn hand en leidt me naar buiten, een paar traptreden op en naar het bovendek de kleine stuurhut in waar zich een groot stuurwiel en een verhoogde stoel bevinden. Langs de steven van de boot is Mac in de weer met touwen.

'Is dit waar je je trucjes met knopen hebt geleerd?' vraag ik Christian onschuldig.

'Mastworpen zijn best handig gebleken,' zegt hij met een goedkeurende blik. 'Mevrouw Steele, u klinkt nieuwsgierig. Dat vind ik leuk, schatje. Ik wil je met alle plezier laten zien wat ik allemaal met een touw kan.'

Hij grijnst naar me en ik kijk strak terug alsof hij me van streek heeft gemaakt. Zijn lach verdwijnt.

'Gefopt,' grijns ik.

Met samengeknepen mond en ogen kijkt hij me aan. 'Jou krijg ik straks nog wel, maar nu moet ik eerst mijn cat besturen.' Hij gaat zitten, drukt op een knop en de motoren beginnen te draaien.

Mac komt aangesneld aan de zijkant van de boot, grijnst naar me en springt op het lagere dek waar hij een knoop los gaat maken. Misschien kent hij ook wel een paar knooptrucjes. Die gedachte schiet onwillekeurig door mijn hoofd en ik bloos.

Mijn onderbewustzijn kijkt me streng aan. Inwendig haal ik mijn schouders op en kijk naar Christian – dat komt door Vijftig. Hij pakt de zendontvanger en maakt contact met de kustwacht als Mac roept dat we kunnen vertrekken.

Opnieuw sta ik perplex van Christians vakkundigheid. Is er dan helemaal niets wat deze man niet kan? Dan herinner ik me zijn goedbedoelde poging om een paprika in stukjes te snijden, afgelopen vrijdag in mijn appartement. De gedachte maakt me aan het lachen.

Langzaam beweegt Christian The Grace uit haar plek om de jachthaven uit te varen. Achter ons heeft zich een klein groepje mensen verzameld op de kade om ons te zien vertrekken. Kleine kinderen zwaaien en ik zwaai terug.

Christian kijkt over zijn schouder, trekt me dan tussen zijn benen en geeft me uitleg over de verschillende schermpjes en technische snufjes in de stuurhut. 'Pak het roer,' draagt hij me bazig als altijd op, maar ik gehoorzaam.

'Ay ay, kapitein!' giechel ik.

Met zijn handen knus over mijn handen blijft hij ons de jachthaven uit sturen en binnen een paar minuten zijn we op open zee, de koude blauwe wateren van Puget Sound. Weg van de luwte van de haven is de wind sterker en de zee golft en rolt onder ons. Ik moet lachen omdat Christian zo opgewonden is – dit is zo leuk. We varen in een grote bocht tot we in de westelijke richting van het schiereiland Olympic gaan, met de wind in de rug.

'Tijd voor de zeilen,' zegt Christian enthousiast. 'Hier – neem haar van me over. Hou haar op deze koers.'

Wat? Hij grijnst om de schrik op mijn gezicht.

'Schatje, het is echt heel eenvoudig. Hou het roer vast en richt je ogen op de horizon erboven. Je kunt het, zoals altijd. Wanneer de zeilen uitslaan, voel je dat trekken. Hou haar gewoon recht. Als ik je dit teken geef...', hij maakt een snijdend gebaar langs zijn keel, '...dan kun je de motoren afzetten. Met deze knop.' Hij wijst naar een grote zwarte knop. 'Begrepen?'

'Ja,' knik ik onzeker, paniekerig. *Jemig – ik had niet verwacht iets te moeten doen!*

Hij kust me snel, verlaat de kapiteinsstoel en voegt zich bij Mac voor op de boot, waar hij zeilen uitrolt, touwen losmaakt en lieren en katrollen bedient. Ze werken voortreffelijk samen als team, schreeuwen elkaar nautische termen toe en ik vind het hartverwarmend om Vijftig zo ongedwongen bezig te zien met iemand anders.

Misschien is Mac een vriend van Vijftig. Hij lijkt er niet veel te hebben, voor zover ik weet, maar ja, ik heb er ook niet zoveel. In ieder geval niet hier in Seattle. De enige vriendin die ik heb, is op vakantie en ligt te zonnebaden in Saint James aan de westkust van Barbados.

Ik verlang ineens vreselijk naar Kate. Ik mis mijn kamergenote meer dan ik had verwacht toen ze vertrok. Ik hoop dat ze zich bedenkt en naar huis komt met haar broer, Ethan, in plaats van haar verblijf te verlengen met Christians broer Elliot.

Christian en Mac hijsen het grootzeil. Dat vult zich en gaat bol staan, terwijl de wind er gretig bezit van neemt en plotseling voel ik een ruk aan de cat, als zij voorwaarts wordt gestuwd. Ik voel het aan het roer. *Wauw!*

Ze gaan aan de slag met de voorsteven en ik kijk gefascineerd hoe die in de mast omhooggaat. De wind vat hem en trekt hem strak.

'Hou haar recht, schatje en doe de motoren uit!' schreeuwt Christian boven de wind uit, me gebarend dat ik de motoren moet uitzetten.

Ik kan zijn stem amper horen, maar knik enthousiast en kijk hoe de man die ik liefheb zich, heerlijk met de wind om hem heen, fier staande houdt bij het op en neer slaan van de boot.

Ik druk op de knop, het geronk van de motoren stopt en The Grace glijdt vliegensvlug over het water in de richting van het schiereiland Olympic. Ik wil schreeuwen, gillen en juichen – dit moet echt een van de opwindendste ervaringen van mijn leven zijn – buiten het zweefvliegtuig misschien en wellicht ook de Rode Kamer van Pijn.

Allemachtig, wat beweegt ze mooi! Ik ga stevig staan, hou het stuur vast, vecht met het roer en dan is Christian er weer, zijn handen op die van mij.

'Wat vind je ervan?' schreeuwt hij boven het kabaal van de wind en de zee uit.

'Christian! Dit is fantastisch.'

Hij straalt en grijnst van oor tot oor. 'Wacht maar tot de spinnaker op staat.' Hij wijst met zijn kin naar Mac, die de spinnaker ontrolt, een donker dieprood zeil. Die doet me denken aan een van de muren van de speelkamer.

'Interessante kleur,' schreeuw ik.

Hij grijnst sluw en knipoogt. O, dat is expres zo.

De spinnaker bolt – een grote, vreemde, elliptische vorm – en brengt The Grace op snelheid. Eenmaal op koers, snelt zij over de Sound.

'Asymmetrisch zeil. Voor de snelheid,' is Christians antwoord op mijn niet-gestelde vraag.

'Geweldig.' Ik weet niets beters te verzinnen. Ik heb een volstrekt belachelijke grijns op mijn gezicht, terwijl we over het water zwiepen in de richting van de majestueuze Olympic Mountains en Bainbridge Island. Achteromkijkend zie ik het almaar kleiner wordende Seattle en Mount Rainier in de verte.

Ik had nog niet echt begrepen hoe mooi en ruig het landschap rondom Seattle is – groen, weelderig en glooiend, met hoge naaldbomen en hier en daar oprijzende klippen. De woeste maar serene schoonheid op deze heerlijke zonnige middag doet mijn adem stokken. De stilte is ongelooflijk vergeleken met de snelheid waarmee wij over het water vliegen.

'Hoe snel gaan we?'

'Vijftien knopen vaart ze nu.'

'Ik heb geen idee wat dat betekent.'

'Dat is bijna dertig kilometer per uur.'

'Is dat alles? Het voelt veel sneller.'

Hij knijpt lachend in mijn hand. 'Je ziet er mooi uit, Anastasia. Het is goed om wat kleur op je wangen te zien... en niet van het blozen. Je ziet eruit als op de foto's van José.'

Ik draai me om en geef hem een kus.

'U weet precies hoe u een meisje blij maakt, meneer Grey.'

'We doen ons best om u te behagen, mevrouw Steele.' Hij zwiept mijn haar opzij en kust mij op de achterzijde van mijn nek, zodat er heerlijke rillingen langs mijn rug omlaaggaan. 'Ik zie je graag gelukkig,' zegt hij en hij neemt me steviger in zijn armen.

Ik kijk uit over het uitgestrekte blauwe water, me afvragend waar ik het in hemelsnaam aan heb verdiend dat het geluk me zo toelacht en deze man bracht.

Ja, je hebt geluk gehad trut, sneert mijn onderbewustzijn. *Maar je zult nog werk genoeg krijgen met hem. Hij zal die vanilleshit niet eeuwig willen slikken... je zult een compromis moeten vinden.* Ik zie haar sarcastische, botte gezicht voor me en leun met mijn hoofd tegen de borst van Christian. Diep vanbinnen weet ik dat mijn onderbewustzijn gelijk heeft, maar ik verdring de gedachten. Ik wil deze dag niet bederven.

Een uur later liggen we voor anker in een kleine verlaten inham van Bainbridge Island. Mac is aan land gegaan in de rubberboot – waarom weet ik niet – maar ik heb mijn vermoedens, want zodra Mac de buitenboordmotor start, grijpt Christian mijn hand en sleurt me haast mee naar zijn hut, een man met een missie.

Nu staat hij voor me met zijn bedwelmende sensuele uitstraling, terwijl zijn vaardige vingers snel in de weer gaan met de koorden van mijn zwemvest. Hij gooit het zwemvest in een hoek en kijkt met donkere, opengesperde ogen vol concentratie omlaag naar mij.

Ik ben al verloren en hij heeft me nog amper aangeraakt. Hij brengt zijn hand naar mijn gezicht en zijn vingers bewegen in een opwindende aanraking omlaag langs mijn kin, mijn hals, mijn borstbeen, naar de eerste knoop van mijn blauwe blouse.

'Ik wil je zien,' zucht hij en hij maakt behendig de knoop los. Vooroverbuigend plaatst hij een kus op mijn geopende lippen. Ik hijg van wellust, opgewekt door de doeltreffende combinatie van zijn aanlokkelijke schoonheid, zijn pure seksualiteit, de omringende muren van de hut en het kalme wiegen van de boot. Hij stapt naar achteren.

'Kleed je voor me uit,' fluistert hij met vurige ogen.

O hemel. Ik gehoorzaam met alle plezier. Met mijn ogen die van hem niet loslatend, maak ik langzaam knoopje na knoopje los, gevoed door zijn verzengende blikken. O, dit is heftig. Ik zie zijn groeiende verlangen – op zijn gezicht... en op een andere plaats.

Ik laat mijn shirt op de grond vallen en ga met mijn hand naar de knoop van mijn broek.

'Stop,' beveelt hij. 'Zitten.'

Ik ga zitten op de rand van het bed en in een vloeiende beweging knielt hij voor mijn voeten, maakt eerst de veters van de ene en dan van de andere gymp los, trekt ze uit en ook mijn sokken. Hij tilt mijn linkervoet op en geeft een zachte kus op de onderzijde van mijn grote teen en gaat er dan met zijn tanden langs.

'Ah!' Ik kreun als ik het effect tot in mijn onderbuik voel. Hij staat soepel op, steekt mij een hand toe en trekt mij van het bed.

'Ga verder,' zegt hij en hij stapt weer naar achteren om naar me te kijken.

Ik trek de rits van mijn spijkerbroek omlaag en steek mijn duimen tussen de band, terwijl ik heupwieg en dan het denim langs mijn benen omlaag laat zakken. Een zacht lachje speelt op zijn lippen, maar zijn ogen blijven donker.

En ik weet niet of het komt doordat hij vanmorgen de liefde met me heeft bedreven, en ik bedoel echte liefde, zacht, lief, of dat het zijn gloedvolle *ja... ik hou van je* was, maar ik voel me totaal niet ongemakkelijk. Ik wil sexy zijn voor deze man. Hij verdient sexy – hij zorgt ervoor dat ik me sexy voel.

Oké, dit is wel nieuw voor me, maar ik leer onder toezien van deze expert. En dan nog, veel is voor hem ook nieuw. We houden de wipwap aardig in balans, denk ik zo.

Ik draag nieuw ondergoed – een moderne witte string en een bijpassende bh –, een topmerk met bijpassend prijskaartje. Ik stap uit mijn spijkerbroek en sta daar voor hem in de lingerie die hij heeft betaald, maar voel me niet langer goedkoop. Ik ben van hem.

Achter mijn rug reikend, maak ik de sluiting van mijn bh los, laat de bandjes van mijn armen glijden en laat het kledingstuk vallen op mijn shirt. Langzaam trek ik mijn broekje uit, laat die naar mijn enkels zakken en stap eruit, verbaasd over mijn eigen gratie.

Naakt en zonder schaamte sta ik voor hem en ik weet dat dat zo is omdat hij van mij houdt. Ik hoef niets meer te verbergen. Hij zegt niets, kijkt alleen naar me. Wat ik zie, is zijn verlangen, zijn adoratie zelfs en nog iets, de diepte van zijn behoefte – de diepte van zijn liefde voor mij.

Hij reikt omlaag, tilt zijn crèmekleurige sweater op aan de onderkant en trekt hem over zijn hoofd uit, gevolgd door zijn T-shirt zodat zijn borst zichtbaar wordt, en hij houdt daarbij zijn stoutmoedige grijze ogen voortdurend op mij gericht. Zijn schoenen en sokken volgen voor hij de knoop van zijn spijkerbroek beetpakt.

Naar voren reikend, fluister ik. 'Mag ik?'

Zijn lippen trekken zich even samen in de vorm van een o en dan lacht hij. 'Ga je gang.'

Ik stap op hem af, laat mijn moedige vingers tussen de band van zijn spijkerbroek glijden en geef een rukje, zodat hij wel een stapje dichterbij moet komen. Hij hijgt onwillekeurig door mijn onverwachte vrijpostigheid en lacht dan naar me. Ik maak de knoop los, maar voor ik de rits omlaagtrek, laat ik mijn vingers afdwalen langs zijn erectie die ik door het zachte denim heen voel. Hij draait met zijn heup in mijn handpalm en sluit even zijn ogen, geniet van mijn aanraking.

'Jij bent zo vrij geworden, Ana, zo vrijpostig,' fluistert hij, en hij omklemt mijn gezicht met beide handen en buigt voorover om me innig te kussen.

Ik plaats mijn handen op zijn heupen – half op zijn koele huid en half op de laaghangende band van zijn spijkerbroek. 'Net als jij,' murmel ik tegen zijn lippen, terwijl mijn duimen langzaam in cirkeltjes over zijn huid wrijven, en hij lacht.

'Ik begin het te leren.'

Ik breng mijn handen naar de voorkant van zijn spijkerbroek en trek de rits omlaag. Mijn onverschrokken vingers gaan door zijn schaamhaar naar zijn erectie en ik pak hem stevig vast.

Hij maakt een laag keelgeluid, zijn zoete adem strijkt over me heen en hij kust me opnieuw, liefkozend, terwijl mijn hand over hem heen gaat, eromheen, strelend, knijpend. Hij slaat zijn armen om mij heen, zijn rechterhand plat op het midden van mijn rug en zijn vingers gespreid. Zijn linkerhand is in mijn haar, en houdt mij tegen zijn mond.

'O, ik wil je zo graag, schatje,' zucht hij en hij stapt plotseling naar achteren om zijn spijkerbroek en boxershort in één soepele beweging uit te trekken. Hij ziet er echt superlekker uit, met en zonder kleren, elke vierkante centimeter van hem.

Hij is perfect. Zijn schoonheid wordt alleen door zijn littekens vertroebeld, denk ik verdrietig. En die gaan zoveel dieper dan zijn huidoppervlak.

'Wat is er, Ana?' zegt hij en hij strijkt zacht langs mijn kaak met zijn knokkels.

'Niets. Vrij met me, nu.'

Hij trekt me in zijn armen, kust me, zijn handen verstrengeld in mijn haar. Onze tongen vinden elkaar, hij loopt met me naar het bed, duwt me er zachtjes op en komt naast me liggen.

Hij laat zijn neus langs mijn kaak glijden, terwijl mijn handen door zijn haar gaan.

'Weet je wel hoe heerlijk je ruikt, Ana? Onweerstaanbaar.'

Zijn woorden doen wat ze altijd doen – ze verhitten mijn bloed, versnellen mijn polsslag – en hij trekt met zijn neus een lijn langs mijn keel en over mijn borsten, terwijl hij er met eerbied kussen op achterlaat.

'Je bent zo mooi,' zegt hij in zichzelf, terwijl hij een van mijn tepels in zijn mond neemt en er zacht op zuigt.

Ik kreun, terwijl mijn lichaam zich gekromd oplicht van het bed.

'Laat me je horen, schatje.'

Zijn hand gaat omlaag naar mijn middel en ik ga op in het gevoel van zijn aanraking, huid op huid – zijn hongerige mond op mijn borsten en zijn vaardige lange vingers die me strelen en aaien, verwennen. Hij gaat over mijn heupen, mijn billen, langs mijn dij naar mijn knie en ondertussen kust en zuigt hij op mijn borsten – *o hemel.*

Plotseling pakt hij mijn knie, trekt mijn been over zijn heupen. Ik hijg ervan en voel hoe hij met een grijns tegen mijn huid aan reageert. Hij rolt om, zodat ik schrijlings op hem zit, en overhandigt mij een folieverpakking.

Ik schuif naar achteren, neem hem in mijn handen en kan hem gewoon niet weerstaan zo in volle glorie. Ik buig voorover, kus hem en neem hem in mijn mond, draai rondjes om hem heen met mijn tong en zuig dan hard. Hij gromt en beweegt met zijn heupen zodat hij dieper mijn mond in gaat.

Hmm... hij smaakt heerlijk. Ik wil hem in me. Ik ga overeind zitten en kijk naar hem. Hij is buiten adem, met zijn mond open kijkt hij me doordringend aan.

Haastig trek ik het condoom uit de verpakking en rol het erover. Hij houdt zijn handen voor me op. Ik steun op een van zijn handen en met mijn andere hand plaats ik mezelf over hem heen, hem langzaam in bezit nemend.

Hij gromt laag in zijn keel en sluit zijn ogen.

Hem in mij te voelen... groeiend... vullend – ik kreun zachtjes – *goddelijk.* Hij plaatst zijn handen op mijn heupen en beweegt me op en neer, en duwt zich in me. *O... het is zo lekker.*

'O, schatje,' fluistert hij en plotseling gaat hij zitten, zijn neus tegenover die van mij en de sensatie is buitengewoon – zo vol. Ik hijg en grijp zijn bovenarmen, terwijl hij mijn hoofd in zijn handen klemt en mij diep in de ogen kijkt met zijn intense en grijze ogen brandend van verlangen.

'O, Ana. Wat doe je met me?' zegt hij en hij kust me met passie en hartstocht. Ik kus hem terug, duizelend van het gelukzalige gevoel dat hij diep in mij teweegbrengt.

'O, ik hou van je,' hijg ik. Hij gromt alsof mijn gefluisterde woorden hem pijnigen en rolt om, mij meenemend zonder ons zalige contact te verbreken en ik kom onder hem te liggen. Ik sla mijn benen rond zijn middel.

Hij kijkt omlaag naar me met bewonderende verbazing en ik weet zeker dat ik zijn uitdrukking weerspiegel, terwijl ik omhoogreik om zijn mooie gezicht te strelen. Heel langzaam begint hij te bewegen, hij sluit zijn ogen en kreunt zacht.

Het zachte deinen van de boot en de stille en vreedzame rust van de hut worden alleen onderbroken door onze gepaarde ademhaling, terwijl hij zachtjes in en uit me beweegt, zo gecontroleerd en zo geweldig goed – het is hemels. Hij legt zijn arm boven mijn hoofd, zijn hand op mijn haar en hij streelt mijn gezicht met zijn andere hand, terwijl hij vooroverbuigt om me te kussen.

Hij omringt me volledig, terwijl hij met me vrijt, zachtjes in en uit beweegt, mij neemt. Ik raak hem aan – binnen de grenzen –, zijn armen, zijn haren, zijn onderrug, zijn mooie billen – en mijn ademhaling versnelt als hij gestaag het tempo opvoert en me naar een hoger en hoger punt opstuwt. Hij kust mijn mond, mijn kin, mijn kaak en knabbelt op mijn oor. Ik kan zijn ademstoten horen bij elke zachte stoot van zijn lichaam.

Mijn lichaam begint te sidderen. *O… Dit gevoel dat ik nu zo goed ken… Ik ben er dichtbij… O…*

'Goed zo, schatje… geef je aan me over… Alsjeblieft… Ana,' brengt hij hijgend uit en zijn woorden duwen me over het randje.

'Christian,' schreeuw ik en hij kreunt als we samen klaarkomen.

Tien

'Mac komt zo weer terug,' zegt hij.

'Hmm.' Mijn ogen knipperen open en ontmoeten zijn zachte, grijze ogen. Hemel, wat hebben zijn ogen een bijzondere kleur – vooral hier, op zee, waar ze het licht reflecteren dat vanaf het water weerkaatst wordt via de kleine patrijspoorten in de hut.

'Ik zou hier de hele middag met je willen blijven liggen, maar hij heeft hulp nodig met de jol.' Voorovergeleund kust Christian me teder. 'Ana, je ziet er nu zo mooi uit, lekker verfomfaaid en sexy. Ik wil je zo alleen maar meer.' Hij lacht en staat op uit het bed. Ik lig op mijn buik en bewonder het uitzicht.

'Jij mag er ook best zijn, Kap'tein.' Ik smak bewonderend met mijn lippen en hij grijnst.

Ik kijk hoe hij rondscharrelt in de hut, terwijl hij zich aankleedt. Deze man is echt goddelijk mooi, en daarbij komt nog dat hij zojuist weer heerlijk de liefde met me heeft bedreven. Ik kan mijn geluk nauwelijks bevatten. Ik kan bijna niet geloven dat deze man van mij is. Hij komt naast me zitten om zijn schoenen aan te trekken.

'Kapitein, hè?' zegt hij droogjes. 'Nou, ik heb me in elk geval meester gemaakt van dit vaartuig.'

Ik kantel mijn hoofd opzij. 'U heeft zich meester gemaakt van mijn hart, meneer Grey.' *En mijn lichaam... en ziel.*

Hij schudt zijn hoofd in ongeloof en buigt voorover om me

een kus te geven. 'Ik ben op het dek. In de badkamer kun je douchen als je wilt. Heb je iets nodig? Wil je wat drinken?' vraagt hij attent en ik kan alleen maar grijnzen. Is dit dezelfde man? Is dit dezelfde Vijftig?

'Wat?' zegt hij, in reactie op mijn stomme grijns.

'Jij.'

'Wat is er met mij?'

'Wie ben jij en wat heb je met Christian gedaan?'

Zijn lippen trekken in een verdrietige glimlach.

'Hij is niet ver weg, schatje,' zegt hij zacht en er klinkt een melancholie in zijn stem waardoor ik direct spijt heb van mijn vraag, maar hij vermant zich. 'Je zult hem snel genoeg weer zien', hij lacht smeulend naar me, 'vooral als je nu niet opstaat.' Hij strekt zijn arm en geeft me een harde klets op mijn billen. Ik geef een gil en lach tegelijkertijd.

'Ik was al bezorgd.'

'Is dat zo?' Christian trekt z'n wenkbrauwen samen. 'Ik krijg gemengde signalen van je, Anastasia. Hoe kan iemand dat nou bijhouden?' Hij leunt voorover en kust me weer. 'Later, schatje,' voegt hij eraan toe en met een oogverblindende glimlach staat hij op en laat mij alleen met gedachten die alle kanten op gaan.

Als ik aan dek kom, is Mac terug aan boord, maar hij verdwijnt naar het bovendek zodra ik de klapdeuren van de kajuit open. Christian belt met zijn BlackBerry. *Met wie?* Ik zou het graag weten. Hij komt naar me toe, trekt me tegen zich aan en kust mijn haar.

'Goed nieuws... prima. Oké... Echt? De brandtrap?... Ik begrijp het... Ja, vanavond.'

Hij drukt het gesprek weg en ik schrik van het geluid van de startende motoren. Mac zal wel in de stuurhut zijn.

'Tijd om terug te gaan,' zegt Christian en hij kust me nog eens, terwijl hij me weer in het zwemvest hijst.

De zon staat laag aan de hemel achter ons als we terugvaren naar de jachthaven en ik denk terug aan de geweldige middag. Onder Christians zorgzame en geduldige begeleiding heb ik nu een grootzeil, een fok en een spinnaker gehesen. Ik heb ook geleerd om een platte knoop, mastworp en trompetsteek te maken. Hij trok gedurende de hele les met zijn lippen.

'Misschien bind ik jou op een dag wel vast,' zeg ik plagerig.

Om zijn mond verschijnt een lachje. 'Dan zult u me eerst moeten vangen, mevrouw Steele.'

Zijn woorden herinneren me aan die keer dat hij achter me aan zat in het appartement, de spanning en daarna de afschrikwekkende gevolgen. Ik frons en huiver. Daarna ben ik bij hem weggegaan.

Zou ik hem weer verlaten nu hij heeft toegegeven dat hij van me houdt? Ik kijk omhoog in zijn heldere grijze ogen. Kan ik hem ooit nog verlaten – ongeacht wat hij me aandoet? Zou ik hem op die manier kunnen verraden? Nee. Ik denk niet dat ik dat kan.

Hij heeft me een uitgebreidere rondleiding op zijn prachtige boot gegeven. Hij heeft me alle innovatieve ontwerpen en technieken uitgelegd die aanwezig zijn, en me de hoogwaardige materialen waarmee ze is gebouwd getoond. Ik herinner me het interview toen ik hem voor het eerst ontmoette. Het was mij meteen duidelijk dat hij een passie heeft voor schepen. Ik dacht dat zijn liefde voornamelijk uitging naar de grote vrachtschepen die zijn bedrijf bouwt – niet ook naar supersexy catamarans met alles erop en eraan.

En hij heeft natuurlijk ook nog eens heerlijk, ongehaast, de liefde met me bedreven. Ik schud mijn hoofd bij de herinnering aan het krommen en verlangen van mijn lichaam onder zijn vaardige handen. Hij is een uitzonderlijk goede minnaar, daar ben ik van overtuigd – hoewel ik natuurlijk geen vergelijkingsmateriaal heb, maar Kate zou er veel meer mee hebben gedweept als het altijd zo was. Het is niets voor haar om details achterwege te laten.

Maar hoe lang blijft dit voor hem volstaan? Ik heb geen idee en die gedachte maakt me onzeker.

Hij zit nu, en ik sta urenlang binnen de veilige ring van zijn armen, zo lijkt het, in een ongedwongen, gemoedelijke stilte, terwijl The Grace dichter en dichter naar Seattle zeilt. Ik heb het roer vast en Christian geeft me af en toe aanwijzingen.

'Zeilen kent een poëzie die zo oud is als de wereld,' zegt hij in mijn oor.

'Dat klinkt als een citaat.'

Ik voel zijn grijns. 'Ja, Antoine de Saint-Exupéry.'
'O... Ik vind *De kleine prins* geweldig.'
'Ik ook.'

Het is vroeg in de avond als Christian ons de jachthaven in stuurt, zijn handen nog altijd op die van mij. Vanaf de boten knipperen lichten, ze weerkaatsen van het donkere water, maar het is nog licht buiten – een milde, heldere avond, een ouverture van wat ongetwijfeld een spectaculaire zonsondergang wordt.

Mensen verzamelen zich op de kade, terwijl Christian de boot langzaam naar een relatief kleine ligplaats manoeuvreert. Het gaat hem gemakkelijk af en hij draait soepel achteruit naar de plek die we eerder verlieten. Mac springt de steiger op en legt The Grace stevig vast aan een meerpaal.

'Terug van weggeweest,' zegt Christian.

'Dank je,' zeg ik verlegen. 'Het was een perfecte middag.'

Christian grijnst. 'Dat dacht ik ook. Misschien kunnen we je inschrijven op een zeilschool, dan kunnen we samen een paar dagen gaan zeilen, alleen wij tweeën.'

'Dat zou ik geweldig vinden. Dan kunnen we de slaaphut elke keer opnieuw inwijden.'

Hij leunt naar voren en kust me vlak onder mijn oor. 'Hmm... Daar kijk ik naar uit, Anastasia,' fluistert hij en elk haartje op mijn lichaam gaat verwachtingsvol overeind staan.

Hoe krijgt hij dat toch voor elkaar?

'Kom, het appartement is veilig. We kunnen weer terug.'

'En onze spullen in het hotel dan?'

'Taylor heeft ze al opgehaald.'

O! Wanneer dat dan?

'Eerder vandaag, nadat hij The Grace met zijn team had geïnspecteerd,' antwoordt Christian alsof hij mijn gedachten leest.

'Slaapt die arme man dan nooit?'

'Hij slaapt heus wel.' Christian kijkt me vragend aan. 'Hij doet gewoon zijn werk, Anastasia, en daar is hij erg goed in. Ik heb het getroffen met Jason.'

'Jason?'

'Jason Taylor.'

Ik dacht dat Taylor zijn voornaam was. Jason. Past wel bij hem – loyaal, betrouwbaar. Om de een of andere reden moet ik erom lachen.

'Je bent op Taylor gesteld,' zegt Christian, terwijl hij mij wantrouwend aankijkt.

'Ja, dat denk ik wel.' Zijn vraag brengt me in verwarring. Hij fronst. 'Ik voel me niet tot hem aangetrokken, als dat de reden is waarom je boos kijkt. Stop daarmee.'

Christian trekt bijna een pruillip – nukkig.

Jemig, soms is hij zo kinderachtig. 'Ik denk dat Taylor heel goed voor je zorgt. Daarom mag ik hem. Hij lijkt me aardig, betrouwbaar en loyaal. Hij heeft een vaderlijke invloed op me.'

'Vaderlijk?'

'Ja.'

'Oké, vaderlijk.' Christian probeert woorden en betekenis uit. Ik lach.

'Jeetje, Christian, doe eens volwassen.'

Zijn mond valt open, verbaasd om mijn uitval, maar dan fronst hij, alsof hij nadenkt over mijn opmerking. 'Dat is best lastig,' zegt hij ten slotte.

'Dat ben je ook. Heel erg,' antwoord ik zacht en ik rol met mijn ogen naar hem.

'De zoete herinneringen die je bij me oproept als je met je ogen naar me rolt, Anastasia,' grijnst hij.

Met een vals lachje laat ik hem weten: 'Nou, als je je gedraagt, kunnen we wellicht een paar van die herinneringen herbeleven.'

Hij moet lachen. 'Me gedraag?' Zijn wenkbrauwen gaan omhoog. 'Zo, mevrouw Steele – en waarom denkt u dat ik die wil herbeleven?'

'Waarschijnlijk omdat je ogen oplichtten als kerstverlichting toen ik het zei.'

'Je kent me nu al zo goed,' zegt hij droogjes.

'Ik zou je graag nog beter leren kennen.'

Hij glimlacht zacht. 'En ik jou, Anastasia.'

'Bedankt, Mac.' Christian schudt McConnells hand en stapt op de steiger.

'Zoals altijd graag gedaan, meneer Grey, en tot ziens. Ana, leuk je te ontmoeten.'

Ik schud hem verlegen de hand. Hij weet echt wel wat Christian en ik hebben uitgevoerd op de boot, terwijl hij aan land was.

'Fijne dag, Mac, en dank je.'

Hij grijnst naar me en knipoogt, zodat ik ga blozen. Christian pakt mijn hand en we wandelen de steiger af naar de promenade.

'Waar komt Mac vandaan?' vraag ik, nieuwsgierig vanwege zijn accent.

'Ierland... Noord-Ierland,' corrigeert Christian zichzelf.

'Is hij een vriend?'

'Mac? Hij werkt voor me. Hij heeft The Grace helpen bouwen.'

'Heb je veel vrienden?'

Hij fronst. 'Niet echt. Met wat ik doe... ik bouw geen vriendschappen op. Ik heb alleen...' Hij stopt, de rimpels in zijn voorhoofd worden dieper en ik weet dat hij Mrs. Robinson had willen noemen.

'Heb je trek?' vraagt hij, om van het onderwerp af te stappen.

Ik knik. Ik heb eigenlijk echt grote trek.

'We eten wel waar de auto staat. Kom.'

Naast de SP's is een kleine Italiaanse bistro die Bee's heet. Het doet me denken aan het restaurantje in Portland – een paar tafels en zithoeken, het decor heel fris en modern, met een grote zwartwitfoto van een eeuwwisselingsfeest als wandversiering.

Christian en ik hebben plaatsgenomen in een zithoek, nemen het menu door en nippen aan een heerlijke lichte frascati. Als ik opkijk van het menu en een keus heb gemaakt, zit Christian me op te nemen.

'Wat is er?' vraag ik.

'Je ziet er mooi uit, Anastasia. Het buitenleven doet je goed.'

Ik bloos. 'Ik voel me eerder verschroeid door de wind om heel eerlijk te zijn. Maar ik heb een heerlijke middag gehad. Een perfecte middag. Dank je.'

Hij lacht met een warme blik. 'Ik heb ook genoten,' zegt hij.

'Mag ik je iets vragen?' Ik trek de stoute schoenen aan.

'Alles, Anastasia. Dat weet je.' Hij houdt zijn hoofd schuin, ziet er heerlijk uit.

'Je lijkt niet veel vrienden te hebben. Hoe komt dat?'

Hij haalt zijn schouders op en fronst. 'Dat heb ik je verteld, ik heb er niet echt tijd voor. Ik heb zakenrelaties, maar dat is een ander soort vriendschap, denk ik. En mijn familie, dat is het. Buiten Elena.'

Ik negeer de naam van die takketrol. 'Geen mannelijke vrienden van jouw leeftijd waarmee je op stap kunt om stoom af te blazen?'

'Je weet hoe ik graag stoom afblaas, Anastasia.' Christians mond verhardt. 'En ik heb gewerkt, het bedrijf opgebouwd.' Hij kijkt verward. 'Daar gaat al mijn tijd in zitten – buiten af en toe zeilen of vliegen.'

'Ook niet toen je nog studeerde?'

'Niet echt.'

'Alleen Elena, dus?'

Hij knikt en kijkt onzeker.

'Lijkt me eenzaam.'

Zijn lippen krullen in een weemoedige glimlach. 'Wat wil je eten?' vraagt hij, weer van onderwerp veranderend.

'Ik ga voor de risotto.'

'Prima keus.' Christian wenkt de ober en daarmee is het gesprek afgelopen.

Nadat we hebben besteld, schuif ik ongemakkelijk heen en weer op mijn stoel, mijn ogen op mijn samengeknepen handen gericht. Als hij op de praatstoel zit, moet ik daar gebruik van maken.

Ik moet met hem praten over zijn verwachtingen, over zijn, eh... behoeften.

'Anastasia, wat is er? Vertel.'

Ik kijk in zijn bezorgde gezicht.

'Vertel het me,' dringt hij aan en zijn bezorgdheid verandert in wat? Angst? Boosheid?

Ik haal diep adem. 'Ik ben gewoon bang dat ik niet genoeg voor je ben. Je weet wel, om stoom bij af te blazen.'

Zijn kaken verstrakken en zijn ogen verharden. 'Heb ik je aanleiding gegeven om te denken dat je niet genoeg bent?'

'Nee.'

'Waarom denk je dat dan?'

'Ik weet hoe je bent. Wat je... eh... nodig hebt,' stotter ik.

Hij sluit zijn ogen en wrijft over zijn voorhoofd met zijn lange vingers.

'Wat moet ik doen om het te bewijzen?' Zijn stem is onheilspellend zacht, alsof hij kwaad is, en de moed zinkt me in de schoenen.

'Nee, je begrijpt me verkeerd – je was geweldig en ik weet dat we pas een paar dagen samen zijn, maar ik hoop dat ik je niet dwing je anders voor te doen dan je bent.'

'Ik ben nog steeds mezelf, Anastasia – met al mijn volledig gestoorde vijftig tinten van verneuktheid. Ja, ik moet mijn neiging om te domineren beheersen... maar dat is mijn natuur, zo heb ik mij staande gehouden in het leven. Ja, ik verwacht van jou dat je je op een bepaalde manier gedraagt en als je dat niet doet, is dat tegelijkertijd lastig en verfrissend. We doen nog steeds wat ik graag doe. Je liet me je gisteren over de knie nemen, na jouw buitensporige bod.' Hij glimlacht met genoegen bij de herinnering. 'Ik vind het leuk je te straffen. Ik denk niet dat die aandrang ooit helemaal zal verdwijnen... maar ik doe mijn best en het is niet zo moeilijk als ik dacht.'

Ik wriemel en bloos, terugdenkend aan het stiekeme samenzijn in zijn slaapkamer bij zijn ouders. 'Dat vond ik niet erg,' fluister ik, verlegen lachend.

'Weet ik.' Zijn lippen krullen onwelwillend in een lach. 'Ik ook niet, maar laat ik je vertellen, Anastasia, dit is allemaal nieuw voor me en deze laatste paar dagen waren de beste dagen van mijn leven. Ik wil er niets aan veranderen.'

O!

'Het waren ook de beste dagen van mijn leven, zonder uitzondering,' zeg ik en zijn lach verbreedt. Mijn innerlijke godin knikt bemoedigend – en port me hard. *Oké, oké.*

'Dus je wil me niet meenemen naar je speelkamer.'

Hij slikt en verbleekt, geen spoor meer van vrolijkheid. 'Nee, dat wil ik niet.'

'Waarom niet?' fluister ik. Dit antwoord had ik niet verwacht.

En ja, daar is het, dat kleine steekje van teleurstelling. Mijn innerlijke godin stampt pruilend weg, haar armen over elkaar geslagen als een boze peuter.

'De laatste keer dat we daar waren ben je bij me weggegaan,' zegt hij zacht. 'Ik zal alles uit de weg gaan om te voorkomen dat dat nog een keer gebeurt. Ik was kapot toen jij me verliet. Ik heb je uitgelegd dat ik me nooit meer zo wil voelen. Ik heb je verteld wat ik voor je voel.' Zijn grijze ogen staan wijd open en stralen intense oprechtheid uit.

'Maar het lijkt zo oneerlijk. Het kan niet erg rustgevend voor jou zijn – om constant bezorgd om mij te zijn. Jij past je zo aan voor mij, en ik... ik vind dat ik daar iets tegenover moet stellen. Ik weet het niet, misschien... proberen... iets met rollenspellen.' Ik stotter met een gezicht zo rood als de muren van de speelkamer.

Waarom is het zo moeilijk hierover te praten? Ik heb allerlei kinky neukerij met deze man gedaan, dingen waar ik tot een paar weken geleden zelfs niet van had gehoord, dingen die ik nooit voor mogelijk had gehouden en toch is praten met hem nog altijd het moeilijkst.

'Ana, jij geeft genoeg, meer dan je beseft. Alsjeblieft, alsjeblieft, maak je geen zorgen.'

Weg is zorgeloze Christian. Zijn ogen staan nu wijder van paniek en dat is hartverscheurend. 'Schatje, er is pas één weekend voorbij,' vervolgt hij. 'Geef ons tijd. Ik heb zoveel aan je gedacht de afgelopen week toen je bij me weg was. We hebben tijd nodig. Je moet me vertrouwen en ik jou. Misschien over een tijdje, maar ik hou van je zoals je nu bent. Ik vind het geweldig om je zo gelukkig te zien, zo ontspannen en zorgeloos, wetende dat ik daar iets mee te maken heb. Ik heb nog nooit...' Hij stopt en haalt een hand door zijn haar. 'We moeten eerst leren lopen voor we gaan rennen.' Plotseling grinnikt hij.

'Wat is er zo grappig?'

'Flynn. Hij zegt dat altijd. Ik had nooit gedacht dat ik hem zou citeren.'

'Een flynnisme.'

Christian lacht. 'Exact.'

De ober komt de voorgerechten en bruchette brengen, en ons gesprek neemt een andere wending nu Christian ontspant.

Terwijl de absurd grote hoofdgerechten voor ons worden gezet, kan ik het niet helpen terug te denken aan hoe ik Christian heb gezien vandaag, zo ontspannen, vrolijk, onbekommerd. Gelukkig lacht hij nu ook, weer op zijn gemak.

Ik slaak inwendig een zucht van verlichting als hij vragen begint te stellen over plaatsen die ik heb bezocht. We zijn daarover snel uitgepraat, want ik ben nog nooit buiten de Verenigde Staten geweest. Christian wel, die is de hele wereld over geweest. Het gesprek wordt vanzelf vrolijker, terwijl we praten over zijn reizen.

Na de smakelijke en verzadigende maaltijd rijdt Christian terug naar Escala, Eva Cassidy's zoetgevooisde stem klinkt weer uit de luidsprekers. Dat geeft mij de gelegenheid wat dingen te overdenken. Het was een overweldigende dag: dr. Greene, samen douchen, Christians bekentenis, vrijen in het hotel en op de boot, een auto kopen. Christian zelf was ook anders. Het is alsof hij iets laat gaan of juist herontdekt – ik kan er mijn vinger niet op leggen.

Wie had kunnen denken dat hij zo zachtaardig kon zijn? Hijzelf?

Als ik een blik op hem werp, lijkt ook hij in gedachten verzonken. Het doet me zeer dat hij nooit echt een pubertijd heeft gehad – geen normale in elk geval. Ik schud mijn hoofd.

Mijn gedachten gaan terug naar het bal, de dans met dr. Flynn en Christians angst dat Flynn mij alles over hem had verteld. Christian verbergt nog altijd iets voor me. Hoe moeten we verder als hij dat zo voelt?

Hij denkt dat ik wegga als ik het weet. Hij denkt dat ik wegga als hij zichzelf is. *Hemel, wat is deze man ingewikkeld.*

Als we dichter in de buurt van zijn woning komen, gaat er steeds meer spanning van hem uit, het is bijna tastbaar. Zijn ogen speuren langs trottoirs en in steegjes, onrustig, en ik weet dat hij op zoek is naar Leila. Door hem aangestoken, kijk ik mee. Elke jonge brunette is verdacht, maar we zien haar niet.

Bij het binnenrijden van de garage staat zijn mond strak. Ik vraag me af waarom we hier terugkomen als hij er zo angstig en gespannen van wordt. Sawyer staat in de garage, hij patrouilleert.

De toegetakelde Audi is weg. Hij komt om voor mij de deur te openen, als Christian naast de MPV parkeert.

'Hallo, Sawyer,' begroet ik hem.

'Mevrouw Steele.' Hij knikt. 'Meneer Grey.'

'Niet gevonden?' vraagt Christian.

'Nee, meneer.'

Christian knikt, grijpt mijn hand en stevent op de lift af. Ik weet dat zijn brein overuren maakt – hij is afwezig. Eenmaal in de lift richt hij zich tot me.

'Je mag niet alleen naar buiten. Begrepen?' zegt hij bars.

'Oké.' *Jemig – maak je niet zo druk.* Maar zijn houding maakt me aan het lachen. Ik wil mezelf omarmen – zo ken ik hem weer, dominerend en commanderend, heerlijk. Ik realiseer me dat ik dit een week geleden nog als dreigend had ervaren als hij zo zou hebben gesnauwd. Maar nu begrijp ik hem zoveel beter. Dit is zijn overlevingsmechanisme. Hij is gestrest vanwege Leila, hij houdt van me en hij wil me beschermen.

'Wat is er zo grappig?' vraagt hij, met een licht geamuseerde blik.

'Jij.'

'Ik? Mevrouw Steele? Waarom ben ik grappig?' pruilt hij.

Pruilende Christian is... sexy.

'Niet pruilen.'

'Waarom?' Hij kijkt nog geamuseerder.

'Omdat je daarmee hetzelfde effect op mij hebt als ik bij jou wanneer ik dit doe.' Ik bijt met opzet op mijn lip.

Hij kijkt verrast en blij tegelijk. 'Echt?' Hij pruilt weer en buigt voorover om me een snelle kuise kus te geven.

Ik bied mijn lippen aan en zodra onze lippen elkaar raken, wordt het een andere kus – het vuur slaat wild om zich heen, verspreidt zich door mijn aderen vanaf dit intieme contactpunt, het drijft me naar hem toe.

Plotseling krullen mijn vingers zich in zijn haar, grijpt hij me vast en duwt me tegen de wand van de lift, zijn handen om mijn gezicht, me tegen zijn lippen drukkend, terwijl onze tongen elkaar besmeuren. En ik weet niet of het door de beslotenheid van de liftruimte komt dat het veel echter lijkt, maar ik voel zijn behoefte, zijn opwinding, zijn passie.

Holy shit. Ik wil hem, hier, nu.

De lift komt met een belletje tot stilstand, de deuren gaan open en Christian trekt zijn gezicht weg van dat van mij, terwijl zijn heupen mij nog altijd tegen de wand gedrukt houden en zijn erectie op mij induwt.

'Whoa,' zegt hij hijgend.

'Whoa,' spiegel ik, terwijl ik een hap lucht neem.

Hij kijkt me met vurige ogen aan. 'Wat jij met me doet, Ana.' Hij gaat over mijn onderlip met zijn duim.

Vanuit mijn ooghoek zie ik Taylor achteruit stappen, zodat ik hem niet meer kan zien. Ik ga op mijn tenen staan en kus Christian op de hoek van zijn welgevormde mond.

'Wat jij met mij doet, Christian.'

Hij stapt naar achteren en pakt mijn hand. Zijn ogen verduisteren.

'Kom,' beveelt hij.

Taylor staat nog discreet op ons te wachten in de hal.

'Goedenavond, Taylor,' zegt Christian vriendelijk.

'Meneer Grey, mevrouw Steele.'

'Gisteren was ik mevrouw Taylor,' grijns ik naar Taylor, die bloost.

'Dat klinkt wel leuk, mevrouw Steele,' zegt Taylor constaterend.

'Dat vond ik ook.'

Christians greep om mijn hand verstrakt. 'Als jullie klaar zijn, wil ik graag een verslag.' Hij kijkt naar Taylor, die gelijk minder ontspannen is en ik krimp inwendig ineen. Ik ben buiten mijn boekje gegaan.

'Sorry,' zeg ik geluidloos tegen Taylor, die zijn schouders ophaalt en vriendelijk glimlacht voor ik me omdraai om Christian te volgen.

'Ik zie je zo. Ik wil alleen eerst even met mevrouw Steele praten,' zegt Christian tegen Taylor en ik weet dat me wat te wachten staat.

Christian leidt me zijn slaapkamer in en sluit de deur.

'Niet met het personeel flirten, Anastasia,' berispt hij.

Ik open mijn mond om mezelf te verdedigen – sluit hem weer

en open hem opnieuw. 'Ik was niet aan het flirten. Ik was gewoon vriendelijk – dat is iets anders.'

'Niet vriendelijk tegen het personeel zijn en flirt niet met ze. Ik wil het niet hebben.'

O. En weg is zorgeloze Christian. 'Het spijt me,' zeg ik en ik bekijk mijn vingers. Hij heeft me de hele dag nog niet het gevoel gegeven dat ik een kind ben. Hij legt een hand onder mijn kin en tilt mijn hoofd omhoog, zodat ik hem aan moet kijken.

'Je weet hoe jaloers ik ben,' fluistert hij.

'Je hebt geen reden om jaloers te zijn, Christian. Ik ben van jou, lichaam en ziel.'

Hij knippert alsof dat iets is wat hij niet kan begrijpen. Hij buigt naar voren en kust me snel, maar de passie die er zojuist in de lift was, blijft uit.

'Ik blijf niet lang weg. Maak het je gemakkelijk,' zegt hij nors en hij draait zich om, terwijl hij mij beduusd en verward achterlaat in zijn slaapkamer.

Waarom zou hij in godsnaam jaloers zijn op Taylor? Ik kan er met mijn verstand niet bij.

Met een blik op de wekker constateer ik dat het even over achten is. Ik besluit om alvast mijn kleren te gaan klaarleggen voor mijn werk morgen. Ik loop naar boven en de inloopkast in. Die is leeg. Al mijn kleren zijn verdwenen. *O nee!* Christian heeft mijn woorden letterlijk opgevat en alles weg laten gooien. *Shit.*

Mijn onderbewustzijn kijkt me heel boos aan. *Ja, dat komt ervan met je grote mond.*

Waarom nam hij mijn woorden letterlijk? Mijn moeders waarschuwing gaat door mijn hoofd: *'Mannen zijn heel simpele, letterlijke wezens, lieverd.'* Ik pruil, kijkend naar de lege ruimte. Er zaten echt heel leuke kleren bij, zoals de zilveren jurk die ik op het bal droeg.

Ik loop terneergeslagen de slaapkamer in. *Wacht eens even – wat is hier aan de hand?* De iPad is weg. Waar is mijn Mac? *O nee.* Mijn eerste onaardige gedachte is dat Leila ze gestolen kan hebben.

Ik ren terug naar beneden en Christians slaapkamer in. Op het nachtkastje zie ik mijn Mac, mijn iPad en mijn rugzakje. Alles is er nog.

Ik open de inloopkast. Mijn kleren hangen hier – allemaal – en delen de ruimte met de kleren van Christian. Wanneer is dat gebeurd? Waarom waarschuwt hij me nooit voor hij zoiets doet?

Ik draai me om en hij staat in de deuropening.

'O, ze hebben alles kunnen verhuizen,' zegt hij, afwezig.

'Wat is er?' vraag ik. Hij kijkt gespannen.

'Taylor denkt dat Leila via de nooduitgang is binnengekomen. Ze moet een sleutel hebben gehad. Alle sloten zijn nu vervangen. Taylors team heeft alle kamers in het appartement uitgekamd. Ze is niet hier.' Hij stopt en haalt een hand door zijn haar. 'Ik wou dat ik wist waar ze is. Ze laat zich niet vinden, terwijl ze hulp nodig heeft.' Hij fronst en mijn eerdere geïrriteerdheid is verdwenen. Ik sla mijn armen om hem heen. Terwijl hij mij omarmt, kust hij mijn haar.

'Wat ben je van plan als je haar vindt?' vraag ik.

'Ze kan bij dr. Flynn terecht.'

'En haar man dan?'

'Die heeft zijn handen van haar afgetrokken.' Christian klinkt bitter. 'Haar familie woont in Connecticut. Ik denk dat ze er helemaal alleen voor staat.'

'Dat is zielig.'

'Vind je het goed dat je spullen hier zijn gebracht? Ik wil dat je deze kamer met mij deelt,' zegt hij.

Whoa, wat een snelle overgang.

'Ja.'

'Ik wil dat je bij me slaapt. Ik heb geen nachtmerries als je bij me slaapt.'

'Heb jij nachtmerries?'

'Ja.'

Ik pak hem steviger vast. Lieve hemel. Nog meer bagage. Ik voel zo voor deze man.

'Ik wilde juist kleren uitzoeken voor morgen op het werk,' zeg ik.

'Werk!' roept Christian alsof het een vies woord is en hij laat me met een boze blik los.

'Ja, werk,' antwoord ik, in verwarring door zijn reactie.

Hij staart me niet-begrijpend aan. 'Maar Leila – die loopt ergens rond.' Hij wacht even. 'Ik wil niet dat je gaat werken.'

Wat? 'Maar dat is belachelijk, Christian. Ik moet naar mijn werk.'

'Nee, dat hoef je niet.'

'Ik heb net een nieuwe baan die me bevalt. Natuurlijk moet ik naar mijn werk.' *Wat bedoelt hij?*

'Nee, dat hoef je niet,' herhaalt hij, voor alle duidelijkheid.

'Denk je dat ik hier binnen blijf duimendraaien, terwijl jij ergens de Meester van het Universum uithangt?'

'Eerlijk gezegd... ja.'

O, Vijftig, Vijftig, Vijftig... geef me kracht.

'Christian, ik moet echt naar mijn werk.'

'Nee, dat hoef je niet.'

'Jawel. Dat. Moet. Ik. Wel,' zeg ik langzaam alsof ik tegen een kind praat.

Hij wordt kwaad. 'Het is niet veilig.'

'Christian... Ik moet werken voor de kost en er gebeurt heus niets.'

'Nee, je hoeft niet te werken voor de kost – en hoe weet je dat er niets zal gebeuren?' Hij staat bijna te schreeuwen.

Wat bedoelt hij? Gaat hij me onderhouden? O, het is echt belachelijk, hoe komt hij erbij! Ik ken hem nu hoe lang – vijf weken?

Hij is nu kwaad, zijn ogen spuwen vuur, maar dat kan me niets schelen.

'Stel je niet aan, Christian, Leila stond aan het eind van je bed en ze heeft me niets gedaan, en ja, ik moet wel werken. Ik wil niet op jouw zak teren. Ik moet mijn studieschuld afbetalen.'

Zijn mond knijpt zich samen tot een strakke lijn als ik mijn handen op mijn heupen zet. Ik ga niet toegeven. Wie denkt hij wel dat hij is?

'Ik wil niet dat je gaat werken.'

'Dat is niet aan jou, Christian. Je hebt hier niets over te zeggen.'

Hij strijkt zijn hand door zijn haar en staart naar me. Seconden, minuten verstrijken, terwijl we zo tegenover elkaar staan.

'Sawyer gaat met je mee.'

'Christian, dat is niet nodig. Dat is onzinnig.'

'Onzinnig?' snauwt hij. 'Of hij gaat met je mee, of ik doe echt onzinnig en hou je hier.'

Dat zou hij niet durven, toch? 'Hoe dan precies?'

'O, daar verzin ik wel wat op, Anastasia. Daag me niet uit.'

'Oké!' geef ik toe en ik hou hem kalmerend mijn handen voor. *Mijn hemel – Vijftig is terug met versterking.*

We staan elkaar strak aan te kijken.

'Oké – Sawyer mag meegaan als jij je daar prettiger bij voelt.' Ik stem met rollende ogen in. Christians ogen vernauwen zich en hij zet een dreigende stap in mijn richting. Ik stap onmiddellijk achteruit. Hij stopt, ademt diep in, sluit zijn ogen en strijkt met beide handen door zijn haar. O nee. Vijftig is echt ten einde raad.

'Zal ik je rondleiden?'

Rondleiden? Maak je een grapje? 'Oké,' zeg ik, op mijn hoede. Weer een plotselinge wending – daar zal je Meneer Veranderlijk hebben. Hij steekt een hand naar me uit en als ik die van mij erin leg, knijpt hij zacht.

'Ik wilde je niet afschrikken.'

'Dat deed je ook niet. Ik stond net op het punt om te vluchten,' scherts ik.

'Vluchten?' Christians ogen worden groot.

'Ik maak een grapje!' *O, jemig.*

Hij leidt me de kast uit en ik neem even de tijd om te kalmeren. De adrenaline raast nog door mijn lichaam. Een ruzie met Vijftig is altijd heftig.

Hij geeft mij een rondleiding door het appartement en laat me de verschillende vertrekken zien. Ik ben verbaasd dat er, naast de speelkamer en drie extra slaapkamers boven, ook nog een aparte vleugel is voor Taylor en mevrouw Jones – met een keuken, ruime woonkamer en voor elk een eigen slaapkamer. Mevrouw Jones is nog niet terug van een bezoek aan haar zus die in Portland woont.

De kamer die mij beneden opvalt, ligt tegenover zijn studeerkamer – een tv-kamer met een veel te groot plasmascherm en verschillende spelcomputers. Het is er huiselijk.

'Dus je hebt wel een Xbox?' spot ik.

'Ja, maar ik bak er niets van. Elliot wint altijd van me. Het was grappig, toen je dacht dat ik dit bedoelde met speelkamer.' Hij kijkt grijnzend naar me omlaag, zijn boosheid vergeten. Gelukkig is hij weer in een goede bui.

'Ik ben blij dat u me grappig vindt, meneer Grey,' zeg ik hooghartig.

'Dat bent u, mevrouw Steele – tenzij je irritant bent, natuurlijk.'

'Ik ben meestal irritant als jij onredelijk bent.'

'Ik? Onredelijk?'

'Ja, meneer Grey. Onredelijk zou je tweede voornaam kunnen zijn.'

'Ik heb geen tweede voornaam.'

'Onredelijk past wel bij je.'

'Ik denk dat het een kwestie van mening is, mevrouw Steele.'

'Ik ben wel geïnteresseerd in de professionele mening van dr. Flynn hierover.'

Christian grijnst.

'Ik dacht dat Trevelyan je tweede voornaam was.'

'Nee. Achternaam.'

'Maar je gebruikt hem niet.'

'Te lang. Kom,' beveelt hij. Ik loop achter hem aan de tv-kamer uit door de grote kamer, de gang langs de utiliteitsruimte en een imposante wijnkelder en dan Taylors eigen, grote, goed voorziene kantoor in. Taylor staat op als we binnenkomen. Er is ruimte voor een vergadertafel met zes stoelen. Boven een bureau hangen monitors. Ik had er geen idee van dat het appartement met camera's is beveiligd. Blijkbaar worden het balkon, het trappenhuis, de dienstlift en de hal in de gaten gehouden.

'Hallo, Taylor. Ik geef Anastasia een rondleiding.'

Taylor knikt, maar lacht niet. Ik vraag me af of hij ook een standje heeft gekregen en waarom is hij eigenlijk nog aan het werk? Ik glimlach naar hem en hij knikt beleefd. Christian grijpt mijn hand weer en leidt me naar de bibliotheek.

'En, hier ben je natuurlijk al geweest.' Christian opent de deur. Mijn oog valt op het groene doek van de biljarttafel.

'Zullen we een potje?' vraag ik.

Christian lacht, verrast. 'Oké. Heb je al eens eerder gespeeld?'

'Een paar keer,' lieg ik en hij kijkt me met vernauwde ogen en een gekanteld hoofd aan.

'Jij kunt slecht liegen, Anastasia. Je hebt of nog nooit gespeeld, of...'

Ik lik mijn lippen. 'Bang te verliezen?'

'Van een klein meisje als jij?' schampert Christian plagerig.

'Wat zet u in, meneer Grey.'

'Zo veel vertrouwen in uzelf, mevrouw Steele?' Hij grijnst, geamuseerd, maar ook verbaasd. 'En waar wil je dan om spelen?'

'Als ik win, neem je me mee naar de speelkamer.'

Hij kijkt me aan alsof hij niet begrijpt wat ik zeg. 'En als ik win?' vraagt hij na een aantal geschokte hartslagen.

'Dan mag jij zelf bepalen.'

Zijn mond trekt nerveus, terwijl hij zint op een antwoord. 'Oké, afgesproken.' Hij grijnst vals. 'Wil je poolen, snookeren of caramboleren?'

'Poolen, graag. Met die andere ben ik niet bekend.'

Uit een kastje onder een van de boekenplanken haalt Christian een grote leren koffer. Daarin liggen de ballen in een fluwelen bed. Snel en vaardig legt hij de ballen klaar op de tafel. Ik denk niet dat ik eerder op zo'n grote tafel heb gespeeld. Christian reikt me een keu aan en het krijt.

'Wil jij afstoten?' vraagt hij, beleefdheid veinzend. Hij heeft lol – hij denkt dat hij gaat winnen.

'Oké.' Ik krijt op het puntje van mijn keu en blaas het teveel eraf – Christian tussen mijn wimpers door opnemend. Zijn ogen worden donkerder als ik dat doe.

Ik leg de witte bal op z'n plek en met een snelle directe stoot raak ik de middelste bal van de driehoek met zo'n kracht dat een gestreepte bal ronddraait en in de pocket rechtsboven belandt. De andere ballen heb ik uiteengedreven.

'Ik kies de halve ballen,' zeg ik onschuldig, met een beleefd lachje naar Christian. Zijn mond trekt geamuseerd.

'Ga je gang,' zegt hij ridderlijk.

Ik ga door en het lukt me om snel achter elkaar drie ballen te potten. Inwendig juich ik. Op dit moment ben ik José zeer dankbaar dat hij mij goed pool heeft leren spelen. Christian kijkt onbewogen toe, laat niets merken, maar lijkt niet meer zo vrolijk. Ik mis de bal met groene streep op een haar na.

'Weet je, Anastasia, ik zou de hele dag hier kunnen staan kijken, terwijl jij je lichaam over het biljart buigt,' zegt hij goedkeurend.

Ik bloos. Gelukkig draag ik een spijkerbroek. Hij grijnst. Hij probeert me uit mijn concentratie te halen, de vuilak. Hij trekt zijn crèmekleurige sweater uit, gooit die over een stoelleuning en grijnst naar me, terwijl hij naar de tafel loopt voor zijn eerste stoot.

Hij buigt zich laag over de tafel. Mijn mond wordt droog. *O, ik zie wat hij bedoelt.* Christian in strakke spijkerbroek en wit T-shirt, voorovergebogen, op deze manier... is iets om je ogen op te houden. Ik kan niet meer nadenken. Hij pot snel vier hele ballen en gaat dan de fout in door de witte te potten.

'Een beginnersfout, meneer Grey,' plaag ik.

Hij smaalt. 'Ach, mevrouw Steele, ik ben ook maar een domme sterveling. Jouw beurt, geloof ik.' Hij wijst naar de tafel.

'Je probeert toch niet om me te laten winnen?'

'O nee. De prijs die ik in mijn hoofd heb, wil ik graag winnen, Anastasia.' Hij trekt luchtig zijn schouders op. 'Maar goed, ik wil altijd winnen.'

Ik kijk hem scherp aan. *Oké dan...* Ik ben zo blij dat ik mijn laag uitgesneden blauwe blouse aan heb. Ik loop opzichtig rond de tafel, buig me steeds ver voorover – om Christian zo veel mogelijk zicht te geven op mijn billen en mijn decolleté. Dat spelletje kan ik ook spelen. Ik kijk naar hem.

'Ik weet waar je mee bezig bent,' fluistert hij met omfloerste ogen. Ik houd mijn hoofd koket schuin, krijt zachtjes mijn keu en wrijf op en neer langs de stok. 'O. Ik ben alleen maar aan het kijken waar ik mijn volgende stoot zal plaatsen,' zeg ik onverschillig.

Leunend tegen het biljart, geef ik de oranje halve een zetje naar een betere positie. Ik ga dan recht voor Christian staan en haal alles uit de kast. Ik maak me klaar voor mijn volgende stoot, over de tafel gebogen. Ik hoor Christian diep inademen en natuurlijk mis ik. *Shit.*

Hij komt achter me staan, terwijl ik nog voorovergebogen sta, en legt zijn hand op mijn billen. *Hmm...*

'Wrijf je dit onder m'n neus om me te tergen, mevrouw Steele?' Hij geeft me een tik, hard.

Ik hap naar adem. 'Ja,' zeg ik, want het is de waarheid.

'Wees voorzichtig met wat je wenst, schatje.'

Ik wrijf over mijn billen, terwijl hij naar de andere kant van de tafel loopt, vooroverbuigt en een stoot uitvoert. Jemig, ik kan de hele dag wel naar hem kijken. Hij raakt de rode bal en die pot aan de linkerkant. Hij richt op de gele bal, rechtsboven, en mist die nipt. Ik grinnik.

'Rode Kamer, we komen eraan,' pest ik.

Hij trekt een wenkbrauw op en laat me weten dat ik aan de beurt ben. Ik werk de groen gestreepte snel weg en met geluk gaat de laatste, oranje gestreepte bal er ook in.

'Noem je pocket,' meldt Christian en het is alsof hij het over iets anders heeft, iets donkers en ondeugends.

'Linksboven.' Ik mik op de zwarte bal, raak die, maar nee. Ver naast. *Shit!*

Christian leunt met een vals lachje over de tafel en werkt zijn twee overgebleven ballen snel weg. Ik hijg bijna, terwijl ik kijk hoe zijn soepele lichaam zich over de tafel strekt. Hij gaat staan en krijt opnieuw zijn keu, zijn ogen branden in me.

'Als ik win...'

O ja?

'Ga ik je op je billen slaan en dan neuk ik je op deze biljarttafel.'

O hemel. Alle spieren onder mijn navel knijpen zich hard samen.

'Rechtsboven,' zegt hij, wijzend naar de zwarte bal, en hij buigt voorover om te stoten.

Elf

Soepel tikt Christian tegen de witte bal zodat die over de tafel glijdt en de zwarte lichtjes aantikt, die vervolgens o zo langzaam rolt, langs de rand, en uiteindelijk in de rechterbovenhoek van de biljarttafel belandt.

Shit.

Hij gaat rechtop staan en om zijn mond verschijnt een triomfantelijk jij-bent-zó-van-mij-lachje. Hij legt zijn keu neer en slentert op me af, een en al warrig haar, spijkerbroek en wit T-shirt. Hij ziet er niet uit als een directeur – hij ziet eruit als een kwajongen uit een slechte buurt. Mijn god, hij is zo abnormaal sexy.

'Je bent toch geen slechte verliezer, hè?' zegt hij, zijn grijns nauwelijks onderdrukkend.

'Ligt eraan hoe hard je me gaat straffen,' fluister ik, mijn keu vastklampend, zoekend naar steun. Hij neemt m'n keu van me af en zet die tegen het biljart, haakt een vinger in de hals van mijn shirt, en trekt me naar zich toe.

'Zo, laten we uw overtredingen eens doornemen, mevrouw Steele.' Hij telt op zijn lange vingers. 'Eén, mij jaloers maken op mijn eigen personeel. Twee, ruzie met me maken over je werk. En drie, met die verrukkelijke derrière van je onder m'n neus lopen draaien de afgelopen twintig minuten.'

Zijn ogen gloeien zacht grijs van opwinding en vooroverbuigend wrijft hij zijn neus langs die van mij. 'Ik wil dat je je spijkerbroek en deze erg uitdagende blouse uittrekt. Nu.' Hij geeft me een heel zacht kusje op mijn lippen, loopt nonchalant naar de deur en doet die op slot.

O hemel.

Als hij zich omdraait en me aankijkt, branden zijn ogen op me. Ik ben verlamd, compleet van de wereld, mijn hart gaat tekeer, mijn bloed raast door mijn aderen en ik ben niet in staat om te bewegen. Het enige wat door mijn hoofd gaat, is: *ik doe dit voor hem* – een gedachte die ik als een mantra herhaal.

'Je kleren, Anastasia. Het lijkt erop dat je ze nog steeds aanhebt. Doe ze uit – of ik doe het voor je.'

'Doe jij het maar.' Mijn stem is eindelijk terug en klinkt laag en opgewonden. Christian grijnst.

'O, mevrouw Steele. Dat is een naar klusje, maar ik denk dat ik het wel aankan.'

'Zoals u het meeste wel aankan, meneer Grey.' Ik kijk hem scheef aan en hij lacht zelfgenoegzaam.

'Welnu, mevrouw Steele, ik zou niet weten waar u op doelt.' Naar me toe lopend houdt hij halt bij een klein bureautje dat is ingebouwd in de boekenkast. Hij pakt een plexiglas liniaal, houdt beide einden vast en buigt hem, zijn ogen strak op mij gericht.

Holy shit – hij heeft zijn wapen gekozen. Mijn mond wordt droog.

Opeens ben ik opgewonden, geil en vochtig op alle juiste plekken. Alleen Christian krijgt dat voor elkaar met een oogopslag en een liniaal. Hij steekt hem in de achterzak van zijn spijkerbroek en kuiert naar me toe, ogen donker en vol belofte. Zonder een woord te zeggen, zakt hij op zijn knieën voor me om mijn veters los te maken en snel en vaardig mijn All Stars en sokken uit te trekken. Ik leun tegen de biljarttafel om niet te vallen. Omlaagkijkend, terwijl hij mijn veters losmaakt, ervaar ik hoeveel ik voor deze man voel. Ik hou van hem.

Hij grijpt mijn heupen, steekt zijn vingers in de band van mijn spijkerbroek en maakt de knoop en rits los. Hij kijkt omhoog door zijn lange wimpers en grijnst een wellustige grijns, terwijl hij mij langzaam ontdoet van mijn spijkerbroek. Ik stap eruit, blij dat ik dit supermooie slipje aan heb en hij grijpt me bij de achterkant van mijn benen beet en gaat met zijn neus over de bovenkant van mijn dijen. Ik smelt bijna.

'Ik heb zin in heel ruige seks met je, Ana. Je moet het me zeggen als het te veel wordt,' zucht hij.

O mijn god. Hij kust me... daar. Ik kreun zacht.

'Stopwoord?' vraag ik.

'Nee, geen stopwoord, gewoon zeggen dat ik moet stoppen en dan stop ik. Begrepen?' Hij kust me weer, zijn neus graaft in me. *O, dat is lekker.* Hij staat op, kijkt me diep in m'n ogen. 'Geef antwoord,' beveelt hij met een fluwelen stem.

'Ja. Ja, ik begrijp het.' Waarom dringt hij zo aan?

'Je hebt de hele dag hints en gemengde signalen afgegeven, Anastasia,' zegt hij. 'Je zei dat je bang was dat ik m'n scherpe randjes kwijt was. Ik weet niet wat je daarmee bedoelde en ik weet ook niet hoe serieus je was, maar we gaan het uitvinden. Ik wil nog niet teruggaan naar de speelkamer, dus we kunnen dit nu proberen, maar beloof me dat je het zegt als je er niet van houdt.' Een brandende intensiteit, geboren uit angst, vervangt zijn eerdere vrijpostigheid.

Whoa, niet bang zijn, Christian. 'Ik zal het aangeven. Geen stopwoord,' herhaal ik om hem gerust te stellen.

'Wij zijn minnaars, Anastasia. Minnaars hebben geen stopwoord nodig.' Hij fronst. 'Toch?'

'Denk het ook niet, nee,' zeg ik. *Jemig – hoe moet ik dat nou weten?* 'Ik beloof het.'

Hij kijkt me onderzoekend aan om te zien of ik wel zo moedig ben als ik beweer en ik ben nerveus, maar ook opgewonden. Ik voel me hier veel beter bij in de wetenschap dat hij van me houdt. Het komt heel natuurlijk, vanzelfsprekend bij me op en ik wil er niet te veel over nadenken.

Langzaam glijdt er een glimlach over zijn gezicht en hij begint mijn shirt los te knopen, wat hem snel lukt met zijn vaardige vingers, maar hij trekt het niet uit. Hij bukt opzij en pakt de keu.

O shit, wat is hij daarmee van plan? Ik krijg een koude rilling van angst.

'U speelt goed, mevrouw Steele. Ik moet zeggen dat ik verrast ben. Pot jij de zwarte bal even?'

Mijn angst vervlogen trek ik een pruillip, me afvragend waarom hij uitgerekend verrast moet zijn – sexy, arrogante eikel. Mijn innerlijke godin doet op de achtergrond lenig haar rek- en strekoefeningen – een grote brede lach op haar gezicht.

Ik breng de witte bal in positie. Christian wandelt om de tafel terug en staat vlak achter me als ik vooroverbuig om te stoten. Hij legt zijn hand op mijn rechterdij en gaat met zijn vingers op en neer langs mijn been, omhoog naar mijn billen en weer terug, zachtjes strelend.

'Ik ga missen als je daarmee doorgaat,' fluister ik en ik sluit mijn ogen, terwijl ik geniet van het gevoel dat zijn handen mij geven.

'Het kan me niet zoveel schelen of je raakt of mist, schatje. Ik wilde je gewoon zo bezig zien – half gekleed, uitgestrekt over mijn biljarttafel. Heb je enig idee hoe sexy je eruitziet op dit moment?'

Ik bloos en mijn innerlijke godin neemt een roos tussen haar tanden en danst de tango. Ik haal diep adem, probeer hem te negeren en over te gaan tot de stoot. Het is onmogelijk. Hij streelt mijn billen, steeds maar weer.

'Linksboven,' zeg ik en ik stoot dan de witte bal. Hij geeft me een harde tik, dwars over mijn billen.

Dat kwam zo onverwacht dat ik een kreet slaak. De witte raakt de zwarte, die op het kussen botst en ver van de pocket rolt. Christian streelt mijn billen weer.

'O, ik denk dat je het nog maar eens moet proberen,' fluistert hij. 'Je moet je wel concentreren, Anastasia.'

Ik hijg nu, opgewonden door dit spelletje. Hij wandelt naar het einde van de tafel, legt de zwarte bal weer klaar en rolt de witte bal terug naar mij. Hij kijkt als een roofdier met donkere ogen en een seksbeluste glimlach. Hoe kan ik hem zo weerstaan? Ik vang de bal op en leg die op zijn plek, klaar om weer te stoten.

'Uh-uh,' wijst hij mij terecht. 'Gewoon even wachten.' O, wat vindt hij het heerlijk om die kwelling te rekken. Hij wandelt op zijn gemak terug en komt weer achter me staan. Ik sluit mijn ogen weer terwijl hij deze keer mijn linkerdij streelt en dan opnieuw mijn billen verwent.

'Richten maar,' ademt hij.

Ik kan het niet helpen en kreun van het verlangen dat in mij tekeergaat. En dan probeer ik weer, probeer echt na te denken waar ik de zwarte met de witte bal moet raken. Ik schuif een beetje naar rechts en hij volgt me. Opnieuw leun ik over de tafel heen. Met mijn laatste restje innerlijke kracht – die enorm is verkleind nu ik weet wat er gebeurt zodra ik de witte bal raak – richt ik de keu en stoot weer. Christian slaat opnieuw, hard.

Au! Weer mis. 'O, nee!' kerm ik.

'Nog een keer, schatje. En als je dit keer mist, krijg je er echt van langs.'

Wat? Waarlangs?

Hij legt de zwarte bal weer klaar en loopt tergend langzaam terug naar me tot hij weer achter me staat en mijn billen streelt.

'Je kunt het,' zegt hij vleiend.

O – echt niet als jij me zo afleidt. Ik duw met mijn billen tegen zijn hand en hij geeft me een tikje.

'Gretig, mevrouw Steele?' zegt hij.

Ja. Ik wil je.

'Nou, laten we dit dan maar eens uitdoen.' Zachtjes schuift hij mijn slipje langs mijn dijen omlaag en uit. Ik kan niet zien wat hij ermee doet maar hij geeft me een heel naakt gevoel, terwijl hij een zachte kus op elke bil geeft.

'Stoot maar, schatje.'

Ik begin bijna te jammeren, dit gaat me nooit lukken. Ik weet dat ik ga missen. Ik leg de witte bal neer, stoot die en door mijn ongeduld mis ik de zwarte volkomen. Ik verwacht een tik – maar die komt niet. In plaats daarvan leunt hij over me heen en drukt me voorover op de tafel, neemt de keu uit mijn hand en rolt die over de tafel opzij. Ik voel hem, hard tegen mijn billen.

'Je hebt gemist,' zegt hij zacht in mijn oor. Met mijn wang lig ik op de bekleding van het biljart gedrukt. 'Leg je handen plat op de tafel.'

Ik doe wat hij zegt.

'Goed. Nu ga ik je straffen en de volgende keer mis je dan misschien niet.' Hij schuift op, zodat hij links van me staat met zijn erectie tegen mijn heup.

Ik kreun en mijn hart bonst in mijn keel. Mijn adem komt met korte stoten en een zware, warme opwinding gaat door mijn aderen. Zachtjes streelt hij mijn billen, hij legt zijn andere hand rond mijn hals waar hij mijn haren vastpakt en met een elleboog op mijn rug houdt hij me neergedrukt. Ik ben volledig overgeleverd.

'Benen spreiden,' zegt hij en ik aarzel een moment. En dan slaat hij me hard – met de liniaal! Het geluid is harder dan de pijn en ik word erdoor verrast. Ik hap naar adem en hij slaat me opnieuw.

'Je benen,' beveelt hij. Ik spreid mijn benen, hijgend. De liniaal komt weer neer. Au – dat bijt, maar de aanraking met mijn huid maakt meer geluid dan dat ik het voel.

Ik sluit mijn ogen en vang de pijn op. Het is niet heel erg en Christians ademhaling wordt heftiger. Hij slaat en hij slaat en ik kreun. Ik weet niet hoeveel tikken ik nog kan verdragen – maar dat ik hem zo bezig hoor en te weten hoe opgewonden hij is, voedt mijn opwinding en mijn verlangen naar meer. Ik ga over naar de donkere zijde, een plek in mijn geest die ik niet goed ken maar wel al een keer heb bezocht in de speelkamer – toen met Tallis. De liniaal raakt me weer en ik kreun luid, en Christian antwoordt kreunend. Hij slaat me nog een keer – en nog een keer... en weer... harder nu – en ik verbijt me.

'Stop.' Het woord is eruit voor ik het weet. Christian laat de liniaal ogenblikkelijk vallen en laat me los.

'Genoeg?' fluistert hij.

'Ja.'

'Ik wil je nu neuken,' zegt hij met spanning in zijn stem.

'Ja,' zeg ik verlangend. Hij doet zijn rits omlaag terwijl ik hijgend op de tafel lig te wachten en weet dat hij ruig tekeer zal gaan dit keer.

Het verbaast me opnieuw hoe ik wat hij tot nu toe met me deed heb doorstaan – en ja, ervan heb genoten. Het is zo duister en zo hém tegelijk.

Hij glijdt met twee vingers in me en draait cirkeltjes. Een zalig gevoel. Met gesloten ogen geniet ik van de sensatie. Ik hoor het bekende geluid van het scheuren van folie en dan staat hij achter me, tussen mijn benen en duwt die verder uiteen.

Langzaam komt hij in me, vult me. Ik hoor hem kreunen van puur genot en dat raakt me tot in mijn ziel. Hij grijpt mijn heupen stevig vast, trekt zich langzaam uit me terug en stoot dan hard weer in me, zodat ik het uitschreeuw. Hij stopt even.

'Meer?' vraagt hij zacht.

'Ja... ik ben oké. Verlies jezelf... en neem me mee,' zeg ik buiten adem.

Hij gromt laag in zijn keel, trekt weer terug en stoot weer in me, herhaalt dit telkens langzaam maar zeker – een straffend, ruw en hemels ritme.

O mijn god... het gevoel binnen in me begint op te wellen. Hij voelt het ook en versnelt het ritme, stoot in me, verder, harder, sneller – ik geef me over, explodeer om hem heen – een uitputtend orgasme dat me diep in mijn ziel raakt en dat me volledig vloert en afmat.

Vaag ben ik me ervan bewust dat Christian zich ook laat gaan, mijn naam roept, terwijl zijn vingers zich in mijn heupen boren en dan stopt hij en valt op me neer. We glijden naar de grond en hij koestert me in zijn armen.

'Dank je, schatje,' zucht hij en hij overdekt mijn gezicht met vederlichte kusjes. Ik open mijn ogen, kijk naar hem op en hij slaat zijn armen nog steviger om mij heen.

'Je wang is roze van het laken,' zegt hij en hij wrijft teder over mijn gezicht. 'Hoe was het?' Zijn ogen zijn groot en alert.

'Tandenknarsend goed,' zeg ik. 'Ik vind ruw lekker, Christian en ik vind teder ook lekker. Ik vind het lekker met jou.'

Hij sluit zijn ogen en houdt me nog steviger in zijn armen.

Jemig, wat ben ik moe.

'Jij laat het nooit afweten, Ana. Je bent mooi, intelligent, uitdagend, grappig, sexy en ik dank God elke dag op mijn blote knieën dat jij mij kwam interviewen in plaats van Katherine Kavanagh.' Hij kust mijn haar. Ik glimlach en gaap tegen zijn borst aan. 'Ik mat je af,' praat hij verder. 'Kom. Bad en dan bed.'

We zitten samen in Christians bad, tot de kin in het schuim met de gezichten naar elkaar toe, gehuld in de zoete geur van jasmijn. Christian masseert mijn voeten, één voor één. Dat voelt zo lekker, het zou verboden moeten worden.

'Mag ik je iets vragen?' zeg ik.

'Uiteraard. Alles, Ana, dat weet je.'

Ik haal diep adem en ga rechtop zitten, aarzel maar een beetje. 'Kan Sawyer me morgen – wanneer ik ga werken – gewoon afzetten bij kantoor en me dan aan het eind van de werkdag weer ophalen? Alsjeblieft, Christian. Alsjeblieft,' bepleit ik.

Zijn handen vallen stil, terwijl hij nadenkt. 'Ik dacht dat we een afspraak hadden,' moppert hij.

'Alsjeblieft,' smeek ik.

'En tijdens de lunch dan?'

'Ik maak wel wat voor mezelf dat ik kan meenemen zodat ik niet naar buiten hoef, alsjeblieft.'

Hij kust mijn wreef. 'Ik kan jou moeilijk iets weigeren,' zegt hij, alsof dat voor hem als een zwakte voelt. 'Je gaat niet naar buiten?'

'Nee.'

'Oké.'

Ik glunder naar hem. 'Dank je.' Ik ga op mijn knieën zitten, zodat het water alle kanten op klotst, en kus hem.

'Graag gedaan, mevrouw Steele. Hoe gaat het met je billen?'

'Pijnlijk. Maar niet heel erg. Het water verzacht.'

'Ik ben blij dat je me liet stoppen,' zegt hij terwijl hij me aankijkt.

'Mijn billen ook.'

Hij grinnikt.

Ik rek me uit in bed, zo moe. Het is pas halfelf, maar het voelt als drie uur 's nachts. Dit was een van de vermoeiendste weekenden van mijn leven.

'Heeft mevrouw Acton niet voor nachtkleding gezorgd?' vraagt Christian, zijn stem omrand met afkeuring terwijl hij mij bekijkt.

'Geen idee. Ik draag graag jouw T-shirts,' mompel ik slaperig.

Zijn gezicht verzacht, hij leunt voorover en geeft me een kus op mijn voorhoofd.

'Ik moet nog werken, maar wil jou niet alleen laten. Mag ik jouw laptop gebruiken om in te loggen in het kantoorsysteem? Stoor ik je als ik hier ga zitten werken?'

'Is niet mijn laptop.' Ik doezel weg.

De radiowekker gaat aan en ik schrik wakker van de fileberichten. Christian ligt nog te slapen naast me. In mijn ogen wrijvend kijk ik op de klok. Halfzeven – veel te vroeg.

Het regent buiten voor het eerst sinds tijden en het licht is zwak en somber. Ik voel me echter lekker warm in dit grote bed met Christian bij me. Ik strek me en draai me om naar die heerlijke man naast me. Zijn ogen gaan open en hij bekijkt me slaperig.

'Goedemorgen.' Ik glimlach en streel zijn gezicht, leun naar hem over om hem te kussen.

'Goedemorgen, schatje. Meestal word ik voor de wekker wakker,' zegt hij verbaasd.

'Hij staat heel vroeg afgesteld.'

'Dat is ook zo, mevrouw Steele.' Christian grijnst. 'Ik moet opstaan.' Hij kust me, veert dan op en stapt uit bed. Ik val terug in de kussens. Wauw, op een werkdag wakker worden naast Christian Grey. Hoe is het mogelijk? Ik sluit mijn ogen en zak weer in slaap.

'Kom, slaapkopje, opstaan.' Christian staat over me heen gebogen. Hij is geschoren, schoon, fris – *hm, wat ruikt hij lekker* – in een pas gestreken wit overhemd en zwart kostuum, geen das – de directeur is terug.

'Wat?' vraagt hij.

'Ik zou willen dat je weer bij me kwam liggen.'

Zijn lippen gaan uiteen, verbaasd dat ik zo direct ben, en hij lacht bijna verlegen. 'Jij bent onverzadigbaar, mevrouw Steele. Hoe aanlokkelijk het idee ook is, ik heb een vergadering om halfnegen, dus ik moet zo gaan.'

O jee, ik heb nog ruim een uur geslapen. *Shit.* Ik spring gehaast uit bed en Christian moet erom lachen.

Ik douche en kleed me snel aan met de kleren die ik gisteren had klaargelegd: een strakke grijze kokerrok, lichtgrijze zijden blouse en zwarte pumps met hoge hakken, allemaal te danken aan mijn nieuwe assortiment. Ik borstel mijn haar, steek het zorgvuldig op en loop dan naar de grote kamer, niet goed wetend wat te verwachten. Hoe kom ik nu op mijn werk?

Christian neemt slokjes van zijn koffie aan de ontbijtbar. Mevrouw Jones is in de keuken en bakt pannenkoeken met spek.

'Je ziet er geweldig uit,' zegt Christian. Hij slaat een arm om me heen en kust me net onder mijn oor. Vanuit een ooghoek zie ik mevrouw Jones vriendelijk lachen. Ik bloos.

'Goedemorgen, mevrouw Steele,' zegt ze, terwijl ze pannenkoeken met spek voor me neerzet.

'O, dank u. Goedemorgen,' zeg ik. Jemig – hier zou ik wel aan kunnen wennen.

'Meneer Grey vertelde dat u een lunch wilt meenemen naar het werk. Wat wilt u eten?'

Ik kijk naar Christian, die zijn best doet om niet zelfgenoegzaam te lachen. Ik kijk hem aan met dichtgeknepen ogen.

'Een broodje... een salade. Maakt me eigenlijk niet zo uit.' Ik glunder naar mevrouw Jones.

'Ik pak wel even iets voor u in, mevrouw.'

'Alstublieft, mevrouw Jones, noem me Ana.'

'Ana.' Ze glimlacht en draait zich om om thee voor me te zetten.

Wauw... dit is zo gaaf.

Ik draai me om en kijk uitdagend naar Christian – nou, beschuldig me nu maar dat ik flirt met mevrouw Jones.

'Ik moet gaan, schatje. Taylor komt dan weer terug om jou met Sawyer af te zetten bij je werk.'

'Alleen tot de deur.'

'Ja. Alleen tot de deur.' Christian laat zijn ogen rollen. 'Maar wees voorzichtig.'

Ik kijk om me heen en ontdek dat Taylor staat te wachten in de gang. Christian staat op, pakt me bij mijn kin en geeft me een kus.

'Later, schatje.'

'Fijne dag op kantoor, lief,' roep ik hem na. Hij kijkt om met een stralende glimlach en dan is hij weg. Mevrouw Jones reikt me een kopje thee aan en plotseling voel ik me ongemakkelijk nu alleen wij hier nog zijn.

'Hoe lang werk je al voor Christian?' vraag ik, om iets van een gesprek op gang te brengen.

'Vier jaar nu ongeveer,' zegt ze vriendelijk, terwijl ze de lunch voor mij klaarmaakt.

'Ik kan dat natuurlijk ook wel zelf doen, hoor,' zeg ik, ik voel me gegeneerd omdat zij aan het werk is voor mij.

'Eet je ontbijt maar, Ana. Dit is mijn werk. Ik doe het met plezier. Het is leuk om eens voor iemand anders te zorgen dan meneer Taylor en meneer Grey.' Ze lacht heel lief naar me.

Mijn wangen blozen van blijdschap en ik zou deze vrouw zo veel vragen willen stellen. Zij moet zoveel weten over Vijftig en hoewel ze warm en vriendelijk overkomt, is ze ook heel professioneel. Ik weet dat ik ons allebei alleen maar in verlegenheid breng als ik haar ga uithoren, dus ik eet mijn ontbijt op en er valt gelukkig geen ongemakkelijke stilte omdat zij mij vragen stelt over wat ik wel en niet graag eet.

Vijfentwintig minuten later verschijnt Sawyer in de deuropening van de grote kamer. Ik heb mijn tanden gepoetst en ben klaar om te vertrekken. Voorzien van een lunch in een bruine papieren zak – ik kan me zelfs niet herinneren dat mijn moeder dit ooit voor me heeft gedaan – gaan Sawyer en ik met de lift naar de eerst verdieping. Hij is net als Taylor erg zwijgzaam, laat niets blijken. Taylor wacht ons op in de Audi en ik neem achterin plaats, terwijl Sawyer de deur voor me openhoudt.

'Goedemorgen, Taylor,' zeg ik vrolijk.

'Mevrouw Steele.' Hij glimlacht.

'Taylor, sorry voor mijn ongepaste opmerkingen van gisteren. Ik hoop dat ik je niet in de problemen heb gebracht.'

Taylor fronst geamuseerd naar me via de achteruitkijkspiegel en richt zijn ogen weer op het drukke verkeer van Seattle.

'Mevrouw Steele, ik kom zelden in de problemen,' zegt hij geruststellend.

O, gelukkig maar. Misschien heeft Christian hem geen uitbrander gegeven. Alleen mij, dus, denk ik zuur.

'Ik ben blij dat te horen, Taylor.' Ik glimlach.

Jack staart me aan, beoordeelt mijn verschijning, terwijl ik naar mijn bureau loop.

'Goedemorgen, Ana. Goed weekend gehad?'

'Ja, dank je. En jij?'

'Ja, was goed. Neem plaats aan je bureau – ik heb werk voor je.'

Ik knik en ga achter mijn computer zitten. Het lijkt jaren geleden dat ik aan het werk was. Ik zet mijn computer aan, open mijn mailprogramma – en uiteraard heeft Christian mij gemaild.

Van: Christian Grey
Onderwerp: Baas
Datum: 13 juni 2011, 08:24
Aan: Anastasia Steele

Goedemorgen mevrouw Steele,

Ik wil je alleen even bedanken voor een geweldig weekend ondanks al dat drama.
Ik hoop dat je altijd bij me blijft, altijd.
En ik wil je eraan herinneren dat er nog vier weken een embargo rust op het SIP-nieuws.
Verwijder deze mail zodra je die hebt gelezen.

De jouwe

Christian Grey
Directeur, Grey Enterprises Holding, Inc. & de baas van je baas z'n baas

Hoop dat je altijd bij me blijft? Wil hij dat ik bij hem intrek? Allemachtig... Ik ken die man nog maar net. Ik druk op verwijderen.

Van: Anastasia Steele
Onderwerp: Bazig
Datum: 13 juni 2011**:** 09:03
Aan: Christian Grey

Beste meneer Grey

Vraag je mij om bij je in te trekken? En uiteraard weet ik nog dat het bewijs van jouw epische stalktalent nog vier weken geheim moet blijven. Moet ik een cheque uitschrijven aan Samen Sterk en die naar je vader sturen? Verwijder deze e-mail alsjeblieft niet, maar geef antwoord.

HVJ xxx

Anastasia Steele
Assistente van Jack Hyde, redacteur, SIP

'Ana!' Jack laat me schrikken.

'Ja.' Ik bloos en Jack kijkt me vragend aan.

'Alles in orde?'

'Ja hoor.' Ik kom van mijn stoel en ga met een notitieblok naar zijn kantoor.

'Goed. Zoals je je wellicht zult herinneren, ga ik donderdag naar het fictiesymposium in New York. Ik heb entreekaartjes en reserveringen, maar ik zou graag willen dat je meegaat.'

'Naar New York?'

'Ja. We gaan er woensdag heen en overnachten daar. Ik denk dat het voor jou een heel leerzame ervaring kan zijn.' Zijn blik vertroebelt terwijl hij dit zegt, maar hij glimlacht beleefd. 'Zorg jij voor een vliegticket? En een extra kamer in het hotel waar ik verblijf? Ik denk dat Sabrina, mijn vorige assistente, alle gegevens wel ergens heeft genoteerd.'

'Oké.' Ik kijk hem blij aan.

Shit. Ik loop terug naar mijn bureau. Dit zal niet goed vallen bij Vijftig – maar ik wil echt gaan. Het klinkt als een buitenkans en ik ben er zeker van dat ik Jack op afstand kan houden als hij bijbedoelingen heeft. Weer achter mijn computer zie ik dat er een antwoord is van Christian.

Van: Christian Grey
Onderwerp: Ik, bazig?
Datum: 13 juni 2011, 09:07
Aan: Anastasia Steele

Ja. Graag.

Christian Grey
Directeur, Grey Enterprises Holding, Inc.

Jemig... Hij wil dat ik bij hem intrek. O Christian – dat is echt te snel. Met mijn hoofd in mijn handen probeer ik mijn kalmte te herwinnen. Dit is te veel van het goede na dat bizarre weekend. Ik heb nog geen moment voor mezelf gehad om alles wat ik de laatste dagen heb ervaren en ontdekt te overdenken en te laten bezinken.

Van: Anastasia Steele
Onderwerp: Flynnismes
Datum: 13 juni 2011, 09:20
Aan: Christian Grey

Christian,

Hoe zit dat met eerst leren lopen voor je gaat rennen?
Kunnen we hier vanavond over praten, alsjeblieft?
Ik ben gevraagd om mee te gaan naar een conferentie in New York op donderdag.
Dat betekent daar woensdag overnachten.
Wilde je dat vast laten weten.

A x

Anastasia Steele
Assistente van Jack Hyde, redacteur, SIP

Van: Christian Grey
Onderwerp: WAT?
Datum: 13 juni 2011, 09:21
Aan: Anastasia Steele

Ja, laten we het vanavond bespreken.
Ga je alleen?

Christian Grey
Directeur, Grey Enterprises Holding, Inc.

Van: Anastasia Steele
Onderwerp: Geen schreeuwerige hoofdletters op een maandagochtend!
Datum: 13 juni 2011, 09:30
Aan: Christian Grey

Kunnen we het er vanavond over hebben?

A x

Anastasia Steele
Assistente van Jack Hyde, redacteur, SIP

Van: Christian Grey
Onderwerp: Dan weet je niet wat echt schreeuwen is bij mij
Datum: 13 juni 2011, 09:35
Aan: Anastasia Steele

Vertel.
Als je erheen gaat met die viezerik voor wie je werkt, dan is mijn antwoord nee, over mijn lijk.

Christian Grey
Directeur, Grey Enterprises Holding, Inc.

Mijn moed zinkt me in de schoenen. Shit – het is net alsof hij m'n vader is of zo.

Van: Anastasia Steele
Onderwerp: Nee, JIJ hebt mij nog niet zien schreeuwen
Datum: 13 juni 2011, 09:46
Aan: Christian Grey

Ja. Ik ga met Jack.

Ik wil gaan. Dit is een geweldige buitenkans.
En ik ben nog nooit in New York geweest.
Reageer nou niet zo halsoverkop.

Anastasia Steele
Assistente van Jack Hyde, redacteur, SIP

Van: Christian Grey
Onderwerp: Nee, JIJ hebt mij nog niet zien schreeuwen
Datum: 13 juni 2011, 09:50
Aan: Anastasia Steele

Anastasia

Ik maak me om mijn eigen hals en kop geen zorgen.
Het antwoord is NEE.

Christian Grey
Directeur, Grey Enterprises Holding, Inc.

'Wat nou nee!' Ik schreeuw tegen mijn computer, zodat iedereen in het kantoor stopt en naar me kijkt. Jack kijkt door de deuropening van zijn kantoor. 'Alles in orde, Ana?'

'Ja. Sorry,' mompel ik verontschuldigend. 'Ik eh... vergat een document op te slaan.' Ik ben vuurrood van schaamte. Hij glimlacht naar me, maar met een verbaasde blik. Ik adem een paar keer diep in en typ haastig een antwoord. Ik ben laaiend.

Van: Anastasia Steele
Onderwerp: Vijftig tinten
Datum: 13 juni 2011, 09:55
Aan: Christian Grey

Christian,

Doe ff normaal.
Ik ga NIET met Jack naar bed – niet voor alle goud in de wereld.

Ik HOU van jou.
Als mensen van elkaar houden, VERTROUWEN ze elkaar.
Ik ga er ook niet van uit dat jij iemand anders IN JE BED TOELAAT, OP DE BILLEN SLAAT, NEUKT of RANSELT. Ik GELOOF in jou en VERTROUW je.
Alsjeblieft, RESPECTEER mij dan ook.

Ana

Anastasia Steele
Assistente van Jack Hyde, redacteur, SIP

Ik zit te wachten op zijn antwoord, maar dat komt niet. Ik bel de luchtvaartmaatschappij en boek een vlucht voor mezelf, ik zorg ervoor dat het dezelfde is als die van Jack. Ik hoor *ping* en daar is een nieuw bericht.

Van: Lincoln, Elena
Onderwerp: Lunchafspraak
Datum: 13 juni 2011, 10:15
Aan: Anastasia Steele

Beste Anastasia,

Ik zou graag met je gaan lunchen. Onze kennismaking is verkeerd gelopen en ik wil een en ander rechtzetten. Heb je daar deze week tijd voor?

Elena Lincoln

Holy shit – niet Mrs. Robinson! Hoe komt ze verdomme aan mijn e-mailadres? Ik verberg mijn hoofd in mijn handen. Kan het vandaag nog slechter gaan?

Mijn telefoon rinkelt en vermoeid til ik mijn hoofd op om op te nemen. Ik kijk op de klok en zie dat het pas tien voor halfelf is. Was ik maar in Christians bed blijven liggen.

'Met Ana Steele, assistente van Jack Hyde.'

Een pijnlijk bekende stem snauwt tegen me: 'Wil je alsjeblieft die laatste e-mail die je me stuurde direct verwijderen en proberen om een beetje op je taalgebruik te letten in de e-mailberichten op je werk? Ik heb je al verteld, het systeem wordt gevolgd. Ik zal proberen om de schade van hieruit te beperken.' En hij hangt op.

Verdomme... Ik staar naar de telefoon. Christian hing op voor ik iets kon zeggen. Die man walst volledig over mijn opbloeiende carrière heen en hangt dan gelijk op? Ik kijk naar het toestel en als dat geen levenloos ding zou zijn, zou het zeker ineenkrimpen onder mijn woedende blik.

Ik open mijn e-mails en verwijder het bericht dat ik hem zond. Zo erg was het eigenlijk helemaal niet. Ik vermeldde het slaan op de billen en o ja, ranselen. Jemig, als hij zich daar zo voor schaamt, moet hij het verdomme gewoon niet doen. Ik pak mijn BlackBerry en bel naar zijn mobiel.

'Wat?' snauwt hij.

'Ik ga naar New York, of jij het nou goed vindt of niet,' sis ik.

'Reken daar maar niet...'

Ik hang op, midden in zijn zin. Adrenaline raast door mijn lichaam. Zo! Net goed. Ik ben laaiend.

Ik haal diep adem om mezelf te kalmeren. Met mijn ogen dicht stel ik mezelf voor op een fijne plek. *Hmm... in een slaaphut met Christian.* Ik schud het beeld uit mijn hoofd, want ik ben nu te kwaad op Vijftig om hem in de buurt van mijn fijne plek te laten komen.

Ik open mijn ogen, pak mijn notitieblok en neem rustig mijn takenlijst door. Ik haal nog eens heel diep adem en hervind mijn evenwicht.

'Ana!' Jack roept en laat me schrikken. 'Boek maar geen vlucht!'

'O, te laat. Dat heb ik al gedaan,' antwoord ik als hij vanuit zijn kantoor op me af komt snellen. Hij kijkt kwaad.

'Luister, er is iets aan de hand. Om de een of andere reden moeten opeens alle personeelskosten voor reizen en hotels worden goedgekeurd door het hoger management. Is bepaald door het bestuur. Ik ga even praten met die ouwe Roach. Blijkbaar is er zojuist een bezuinigingsmaatregel doorgevoerd. Ik begrijp er niets van.' Jack masseert de brug van zijn neus en sluit zijn ogen.

Het bloed zakt weg uit mijn gezicht en mijn maag raakt in de knoop. *Vijftig!*

'Neem mijn gesprekken aan. Ik ga eens kijken wat Roach hiervan zegt.' Hij knipoogt naar me en loopt weg om verhaal te halen bij zijn baas – niet de baas van zijn baas.

Verdomme. Christian Grey... Mijn bloed kookt weer.

Van: Anastasia Steele
Onderwerp: Wat heb je gedaan?
Datum: 13 juni 2011, 10:43
Aan: Christian Grey

Beloof me alsjeblieft dat je je niet met mijn werk bemoeit.
Ik wil echt graag naar die conferentie.
Daar hoef ik jou geen toestemming voor te vragen.
Ik heb dat ongepaste mailtje verwijderd.

Anastasia Steele
Assistente van Jack Hyde, redacteur, SIP

Van: Christian Grey
Onderwerp: Wat heb je gedaan?
Datum: 13 juni 2011, 10:46
Aan: Anastasia Steele

Ik bescherm slechts wat van mij is.
De e-mail die je zo onbezonnen verstuurde, is nu verwijderd uit de SIP-server, evenals mijn berichten aan jou.
Trouwens, ik vertrouw jou volkomen. Ik vertrouw hem niet.

Christian Grey
Directeur, Grey Enterprises Holding, Inc.

Ik controleer of ik zijn e-mailberichten nog heb en ze zijn inderdaad verdwenen. Deze man heeft zo veel macht. Hoe doet hij dat? Wie zou er voor hem stiekem in de SIP-servers zijn gedoken om e-mail te verwijderen? Hier kan ik niet tegenop.

Van: Anastasia Steele
Onderwerp: Volwassen
Datum: 13 juni 2011, 10:48
Aan: Christian Grey

Christian

Ik hoef niet te worden beschermd tegen mijn eigen baas.
Mocht hij me willen versieren, zeg ik gewoon nee.
Je mag je er niet mee bemoeien. Het is fout om alle touwtjes zo naar je toe te trekken.

Anastasia Steele
Assistente van Jack Hyde, redacteur, SIP

Van: Christian Grey
Onderwerp: Het antwoord is NEE
Datum: 13 juni 2011, 10:50
Aan: Anastasia Steele

Ana

Ik heb gezien hoe 'effectief' jij ongewenste aandacht afweert. Ik herinner me dat ik daardoor mijn eerste nacht met jou kon doorbrengen. Die fotograaf heeft tenminste oprechte gevoelens voor je. Die viezerik niet. Hij is serieversierder en zal het ook bij jou proberen. Vraag hem maar wat er is gebeurd met zijn vorige assistente en die daarvoor.
Ik wil hier geen ruzie over maken.
Als jij naar New York wil, neem ik je een keer mee. We kunnen dit weekend gaan. Ik heb er een appartement.

Christian Grey
Directeur, Grey Enterprises Holding, Inc.

O, Christian! Daar gaat het toch niet om. Hij is zo verdomde frustrerend. En natuurlijk heeft hij daar een appartement. Waar zou hij nog meer huizen bezitten? En natuurlijk haalt hij José er weer bij. Houdt hij daar nooit over op? Ik was dronken, ja! Dat zou mij met Jack niet gebeuren.

Ik schud mijn hoofd naar het scherm, maar bedenk dat ik niet via e-mail ruzie met hem kan blijven maken. Ik zal geduld moeten hebben tot vanavond. Ik kijk op de klok. Jack is nog niet terug van zijn gesprek met Jerry en ik moet nog van Elena af. Ik lees haar mail nog eens en besluit dat doorsturen naar Christian de beste manier is om dit op te lossen. Laat hem zich maar druk maken om haar in plaats van om mij.

Van: Anastasia Steele
Onderwerp: FW Lunchafspraak of irritante bagage
Datum: 13 juni 2011, 11:15
Aan: Christian Grey

Christian

Terwijl jij druk was met je te mengen in mijn werksituatie en het wegwerken van mijn onbezonnenheid, ontving ik de volgende e-mail van mevrouw Lincoln. Ik wil haar echt niet ontmoeten – en al zou ik dat willen, ik mag dit gebouw niet uit. Hoe ze aan mijn mailadres komt, is een raadsel. Wat vind je dat ik moet doen? Haar mail staat hieronder:

Beste Anastasia,
Ik zou graag met je gaan lunchen. Onze kennismaking is verkeerd gelopen en ik wil een en ander rechtzetten. Heb je daar deze week tijd voor?
Elena Lincoln

Anastasia Steele
Assistente van Jack Hyde, redacteur, SIP

Van: Christian Grey
Onderwerp: Irritante bagage
Datum: 13 juni 2011, 11:23
Aan: Anastasia Steele

Wees niet boos op me. Ik heb het beste met je voor.
Als jou iets zou overkomen, vergeef ik dat mezelf nooit.
Ik handel dat met mevrouw Lincoln wel af.

Christian Grey
Directeur, Grey Enterprises Holding, Inc.

Van: Anastasia Steele
Onderwerp: Later schatje
Datum: 13 juni 2011, 11:32
Aan: Christian Grey

Kunnen we hier vanavond over praten?
Ik probeer te werken en word steeds afgeleid door je berichten.

Anastasia Steele
Assistente van Jack Hyde, redacteur, SIP

Jack komt na twaalf uur terug en vertelt dat New York voor mij niet doorgaat, hoewel hij nog steeds gaat, en dat hij niets kan veranderen aan het beleid van het hoger management. Hij loopt zijn kamer in en smijt de deur dicht. Waarom is hij zo kwaad?

Eigenlijk weet ik best dat hij geen oprechte bedoelingen heeft, maar ik ben er zeker van dat ik hem wel aan kan en ik vraag me af wat Christian weet over zijn vorige assistentes. Ik probeer wat te werken en niet meer verder te piekeren, maar besluit wel om te proberen Christian van gedachten te doen veranderen, al geef ik mezelf weinig kans.

Om één uur steekt Jack zijn hoofd om de hoek van de deur.

'Ana, zou je alsjeblieft een lunch voor me kunnen halen?'

'Zeker. Wat wilt u eten?'

'Pastrami op roggebrood, geen mosterd. Ik zal je geld geven als je terugkomt.'

'Iets te drinken erbij?'

'Coca-Cola, graag. Dank je, Ana.' Hij trekt zich weer terug in zijn kamer en ik zoek mijn portemonnee.

Shit. Ik had Christian beloofd niet naar buiten te gaan. Ik zucht. Nou ja, hij komt er toch niet achter en ik ben zo terug.

Claire van de receptie biedt me haar paraplu aan omdat het nog altijd regent. Terwijl ik het gebouw uit loop, trek ik mijn jas strakker om me heen en kijk van onder de grote paraplu snel om me heen. Niets verdachts te ontdekken. Spookmeisje is nergens te bekennen.

Ik loop stevig door naar de delicatessenzaak een eindje verder in de straat en hoop niet op te vallen. Hoe dichter ik de winkel nader, hoe meer me echter het gevoel bekruipt dat ik in de gaten word gehouden en ik weet niet of ik gewoon een beetje paranoïde ben of dat het echt zo is. Shit. Ik hoop niet dat het Leila is met een pistool.

Je fantasie slaat op hol, snauwt mijn onderbewustzijn. *Wie zou er in vredesnaam op jou willen schieten?*

Binnen vijftien minuten ben ik terug – veilig en wel, en een beetje opgelucht. Ik denk dat Christians enorme paranoia en zijn overbezorgde oplettendheid mij op de zenuwen beginnen te werken.

Terwijl ik Jack z'n lunch breng, kijkt hij op van zijn telefoongesprek.

'Ana, dank je. Omdat je nu toch niet meegaat, heb ik je vandaag wat langer nodig. We moeten deze verslagen klaar hebben. Hopelijk had je geen plannen.' Hij glimlacht vriendelijk naar me op en ik bloos.

'Nee, hoor, is prima,' zeg ik met een stralende glimlach en een bezwaard hart. Dit kan er nog wel bij. Christian krijgt een hartverzakking, zeker weten.

Terwijl ik terugloop naar mijn bureau, besluit ik het niet gelijk aan Christian te vertellen, anders heeft hij wellicht tijd om er een stokje voor te steken. Ik ga zitten en eet het broodje met kipsalade dat mevrouw Jones voor me heeft gemaakt. Het is heerlijk. Ze kan er echt wat van.

Als ik bij Christian intrek, zal ze natuurlijk elke werkdag een lunch voor me maken. Dat is iets waar ik aan zou moeten wennen. Ik heb nooit gedroomd van enorme rijkdom en wat daaraan vastzit – alleen van liefde. Iemand die van me houdt en niet elke stap die ik zet wil bepalen. De telefoon gaat.

'Assistente van Jack...'

'Je had me beloofd dat je niet naar buiten zou gaan,' onderbreekt Christian me en zijn stem is koud en hard.

Voor de zoveelste keer vandaag zinkt mij de moed in de schoenen. Shit. Hoe weet hij dat nu weer?

'Jack stuurde me erop uit voor zijn lunch. Ik kon moeilijk weigeren. Word ik door iemand van jou geschaduwd?' Mijn hoofdhuid prikt bij het idee. Geen wonder dat ik dat voelde, er werd wél op me gelet. Die gedachte maakt me kwaad.

'Dit is waarom ik wilde dat je niet ging werken,' snauwt Christian.

'Christian, alsjeblieft. Je bent...' – *zo Vijftig* – '...zo verstikkend.'

'Verstikkend?' fluistert hij, verbaasd.

'Ja. Je moet hiermee stoppen. Ik spreek je vanavond. Helaas zal ik moeten overwerken omdat ik niet meega naar New York.'

'Anastasia, ik wil jou niet verstikken,' zegt hij op rustige toon, ontredderd.

'Nou, dat doe je wel. Ik heb werk te doen. Ik spreek je later.' Ik hang op met een zwaar vermoeid en licht depressief gevoel.

Na ons fantastische weekend is de werkelijkheid als een koude douche. Ik heb niet eerder zo sterk het gevoel gehad te willen vluchten. Weg naar een rustige plek waar ik kan nadenken over deze man, hoe hij is, en hoe met hem om te gaan. Van de ene kant weet ik dat hij beschadigd is – dat is me nu wel heel duidelijk – en dat is tegelijk hartverscheurend en zwaar vermoeiend. Doordat hij kleine tipjes van de donkere sluier over zijn leven heeft opgelicht, begrijp ik waarom. Een kind dat geen liefde kreeg, in een afschuwelijke omgeving waar hij werd mishandeld, een moeder die hem niet kon beschermen, die hij niet kon beschermen en die voor zijn ogen doodging.

Ik ril. Mijn arme Vijftig. Ik ben van hem, maar hoor niet in een gouden kooitje. Hoe moet ik hem dat laten inzien?

Met een bezwaard hart pak ik een van de manuscripten waarvan Jack een samenvatting van me wil op zijn schoot en lees verder. Ik heb geen eenvoudige oplossing voor Christians zieke bemoeizucht. Ik zal er later met hem over moeten praten, als ik hem weer in de ogen kan kijken.

Een halfuur later mailt Jack me een document waarin ik nog wat schoonheidsfoutjes moet wegwerken en dat ik op tijd moet printen voor de conferentie die hij gaat bijwonen. Dat gaat me niet alleen de hele middag, maar ook nog een deel van de avond kosten. Ik ga aan de slag.

Als ik weer opkijk van mijn werk, is het zeven uur geweest en het kantoor is leeg, hoewel het licht op de kamer van Jack nog brandt. Ik heb er geen erg in gehad dat iedereen vertrok, maar mijn werk zit er nu bijna op. Ik mail het document terug naar Jack voor zijn goedkeuring en kijk in mijn Postvak IN. Er is geen nieuw bericht van Christian, dus ik kijk snel op mijn BlackBerry en ik schrik als die overgaat: het is Christian.

'Hoi,' zeg ik.

'Hoi, wanneer ben je klaar?'

'Tegen halfacht, denk ik.'

'Ik wacht buiten op je.'

'Oké.'

Hij klinkt kalm, nerveus zelfs. Waarom? Omdat hij niet weet hoe ik zal reageren?

'Ik ben nog steeds boos op je, meer niet,' fluister ik. 'We hebben veel te bespreken.'

'Weet ik. Ik zie je om halfacht.'

Jack komt zijn kamer uit lopen.

'Ik moet ophangen. Zie je straks.' Ik druk hem weg.

Ik kijk naar Jack die op zijn gemak aan komt lopen.

'Nog een paar kleinigheidjes. Ik heb hem naar je teruggestuurd.'

Hij buigt over me heen, terwijl ik het document ophaal, hij staat nogal dichtbij – vervelend dichtbij. Zijn arm strijkt langs die van mij. Per ongeluk? Ik verstijf een ogenblik, maar hij doet of hij niets merkt. Zijn andere arm rust op mijn stoelleuning en raakt mijn rug. Ik ga rechtop zitten, zodat ik niet tegen de leuning aan zit.

'Pagina's zestien en drieëntwintig, en dan moet het goed zijn,' zegt hij, zijn mond vlak bij mijn oor.

Ik krijg kippenvel van zijn nabijheid, maar kies ervoor dat te negeren. Nadat ik het document heb geopend, voer ik trillend de wijzigingen door. Hij blijft over me heen geleund staan en al mijn zenuwen staan op scherp. Het leidt af en is gênant. Inwendig schreeuw ik: *Opzouten!*

'Als dit klaar is, kan het worden afgedrukt. Dat kun je morgen regelen. Dankjewel dat je bent gebleven om dit af te maken, Ana.' Hij praat zacht, aardig, alsof hij tegen een gewond dier praat. Mijn maag draait zich om.

'Ik vind dat je wel een drankje hebt verdiend als beloning, op zijn minst.' Hij duwt een plukje van mijn haar dat is losgeraakt achter mijn oor en streelt zachtjes mijn oorlel.

Ik bevries, knars met mijn tanden en trek mijn hoofd weg. *Shit!* Christian had gelijk. *Blijf van me af.*

'Dat gaat niet vanavond.' *En geen enkele avond, Jack.*

'Een snelle?' probeert hij.

'Nee, ik moet gaan. Maar bedankt.'

Jack gaat op de rand van mijn bureau zitten en fronst. Alarmbellen gaan af in mijn hoofd. Ik ben hier alleen op kantoor. En ik kan niet weg. Nerveus kijk ik op de klok. Nog vijf minuten voor Christian komt.

'Ana, ik denk dat wij een goed team zijn samen. Het spijt me dat ik die trip naar New York niet voor elkaar kreeg. Het zal niet hetzelfde zijn zonder jou.'

Nee, dat geloof ik graag. Ik glimlach flauwtjes naar hem want ik weet niet wat ik moet zeggen. En voor het eerst die dag ben ik een beetje opgelucht dat ik niet meega.

'Dus je had een goed weekend?' vraagt hij gladjes.

'Ja, inderdaad.' Waar gaat dit naartoe?

'Met je vriend?'

'Ja.'

'Wat doet hij?'

Jou op je nek zitten... 'Dienstverlening.'

'Interessant. Wat voor zaken?'

'O, hij trekt aan heel veel touwtjes tegelijk.'

Jack houdt zijn hoofd scheef en leunt weer naar me over, komt weer te dichtbij.

'Je doet erg geheimzinnig, Ana.'

'Nou ja, hij houdt zich bezig met telecommunicatie, fabricage, landbouw.'

Jack trekt zijn wenkbrauwen op. 'Zo veel verschillende dingen. Voor wie werkt hij?'

'Hij is eigen baas. Als het document zo in orde is, wil ik graag gaan als dat mag?'

Hij richt zich op. Ik heb weer ruimte.

'O ja, natuurlijk. Sorry, ik wilde je niet ophouden,' zegt hij slecht acterend.

'Hoe laat sluit het gebouw?'

'De beveiliging is hier tot elf uur.'

'Goed.' Ik glimlach en mijn onderbewustzijn zakt neer in haar luie stoel, opgelucht omdat ze nu weet dat we niet alleen in het gebouw zijn. Ik zet mijn computer uit, pak mijn tas en sta op, klaar om te vertrekken.

'Dus je vindt hem leuk? Je vriend?'

'Ik hou van hem,' antwoord ik, Jack recht in de ogen kijkend.

'O.' Jack fronst en gaat van mijn bureau af. 'Wat is zijn achternaam?'

Ik bloos.

'Grey. Christian Grey,' zeg ik.

Jacks mond valt open. 'Seattles rijkste vrijgezel? Die Christian Grey?'

'Ja. Dat is hem.' Ja, die Christian Grey, jouw toekomstige baas die gehakt van je maakt als je nog eens te dicht bij me komt.

'Ik dacht al dat ik iets bekends zag,' zegt Jack met een donkere blik en zijn voorhoofd fronst weer. 'Nou, hij boft.'

Ik kijk hem even aan. Wat moet ik daarop zeggen?

'Een fijne avond, Ana.' Jack glimlacht, maar niet met zijn ogen en hij loopt stijfjes terug naar zijn kantoor zonder nog om te kijken.

Ik slaak een zucht van opluchting. Zo, dat probleem is nu wellicht uit de wereld. Vijftig en zijn magische krachten. Alleen zijn naam al werkt als mijn talisman en daardoor druipt die vent met zijn staart tussen zijn benen af. Ik sta mezelf een kleine overwinningslach toe. *Zie je wel, Christian? Zelfs je naam beschermt mij – je had je al die moeite van het terugschroeven van uitgaven kunnen besparen.* Ik ruim mijn bureau op en kijk op de klok. Christian zal er nu wel zijn.

De Audi staat langs de stoeprand en Taylor springt eruit om de deur voor me open te houden. Ik was nog niet eerder zo blij om hem te zien en ga snel uit de regen vandaan de auto in.

Christian zit op de achterbank en kijkt me met grote, onzekere ogen aan. Hij wapent zich voor mijn boosheid, zijn kaken strak op elkaar.

'Hoi,' zeg ik.

'Hoi,' antwoordt hij schuchter. Hij reikt naar me en pakt mijn hand, knijpt er stevig in en mijn hart ontdooit een beetje. Ik ben zo in de war. Ik heb nog niet eens nagedacht wat ik tegen hem moet zeggen.

'Ben je nog steeds boos?' vraagt hij.

'Ik weet het niet,' antwoord ik. Hij tilt mijn hand op en overlaadt mijn knokkels met zachte vlinderkusjes.

'Wat een rotdag,' zegt hij.

'Ja, dat was het.' Maar voor het eerst sinds hij naar zijn werk ging vanochtend, komt er weer rust over me heen. Bij hem zijn is als een verzachtende balsem voor de ziel. Al dat vervelende gedoe van Jack, de nijdige e-mails over en weer, die irritante Elena, ze verdwijnen naar de achtergrond. Het gaat nu alleen om mij en mijn controlfreak op de achterbank van de auto.

'Het gaat beter nu je hier bent,' zegt hij. We praten verder niet, terwijl Taylor door de stroom van het avondverkeer laveert, beiden in onze eigen gedachten, maar ik voel dat Christian ook langzaam ontspant naast me, terwijl hij zachtjes in een geruststellend ritme zijn duim over mijn knokkels laat glijden.

Taylor zet ons af voor het flatgebouw en we rennen snel door de regen naar binnen. Christian pakt me bij de hand als we wachten op de lift, terwijl zijn ogen de ingang van het gebouw in de gaten houden.

'Ik neem aan dat je Leila nog niet hebt gevonden.'

'Nee. Welch zoekt nog steeds naar haar,' zegt hij terneergeslagen.

De lift is er en we stappen erin. Christian kijkt met een blik waaruit ik niets kan opmaken op me neer. O, hij ziet er gewoon geweldig uit – verward haar, witte blouse, donker kostuum. En opeens is het er, uit het niets, dat gevoel. *O hemel* – het verlangen, de lust, de elektrische lading. Als dat gevoel zichtbaar zou zijn, was het een intens blauwe aura om en tussen ons, zo sterk is het. Zijn lippen gaan uiteen en hij kijkt naar me.

'Voel je dat?' zucht hij.

'Ja.'

'O, Ana.' Hij kreunt en pakt me, zijn armen slaat hij om me heen, een hand bij mijn hals, en hij duwt mijn hoofd achterover terwijl zijn lippen mijn lippen vinden. Mijn vingers woelen door zijn haar, strelen zijn wang en hij drukt me tegen de wand van de lift.

'Ik heb een hekel aan ruziemaken met jou,' ademt hij tegen mijn mond aan en zijn kus is net zo wanhopig en gepassioneerd als mijn kus. Het verlangen explodeert in mijn lichaam, alle spanning van de dag zoekt een uitweg, richt zich op hem, zoekt meer. We zijn een en al tong en adem en handen en aanraking en zoete, zoete sensatie. Zijn hand ligt op mijn heup en abrupt trekt hij mijn rok omhoog, streelt dan mijn dijen met zijn vingers.

'Jezus, wat geil, je hebt jarretels aan.' Hij kreunt waarderend terwijl zijn duim de huid boven de rand ervan streelt.

'Dit wil ik zien,' zucht hij en hij trekt mijn rok helemaal omhoog, zodat de bovenkant van mijn dijen zichtbaar wordt.

Hij stapt naar achteren en drukt op de stopknop, zodat de lift rustig tot stilstand komt tussen de tweeëntwintigste en de drieëntwintigste. Zijn ogen zijn donker, zijn lippen van elkaar, en hij ademt al net zo zwaar als ik. We bekijken elkaar zonder aanraking. Ik blij dat ik ruggensteun heb van de wand, zodat ik overeind blijf, terwijl ik op een sensuele manier vleselijk door deze verrukkelijke man wordt getaxeerd.

'Doe je haar los,' draagt hij me op met een sexy stem. Ik reik omhoog naar mijn haar, haal de klemmetjes eruit, zodat het als een dikke wolk over mijn schouders tot aan mijn borsten rolt. 'Open de twee bovenste knopen van je blouse,' fluistert hij, met verwijde ogen.

Hij maakt me zo gewillig. Mijn innerlijke godin ligt te kronkelen op haar ligstoel, wachtend, hunkerend, hijgend. Ik ga met mijn hand naar de knopen en maak die tergend langzaam los, zodat de bovenkant van mijn borsten uitdagend zichtbaar wordt.

Hij slikt. 'Heb je enig idee hoe verleidelijk je eruitziet?'

Met opzet bijt ik op mijn lip en ik schud mijn hoofd. Hij sluit zijn ogen even en als hij ze weer opent, stralen ze vuur. Hij stapt naar voren en plaatst zijn handen aan beide zijden van mijn hoofd op de wand van de lift. Hij is zo dichtbij als mogelijk is zonder aanraking.

Ik kijk omhoog om zijn blik te ontmoeten en hij buigt voorover en wrijft zijn neus langs die van mij, zodat die streling het enige contactpunt is tussen ons. Ik voel me zo opgewonden in de beslotenheid van de lift met hem. Ik wil hem – nu.

'Ik denk van wel, mevrouw Steele. Ik denk dat je me graag gek maakt.'

'Maak ik je gek?' fluister ik.

'In alle opzichten, Anastasia. Je bent een Sirene, een godin.' En hij pakt me, grijpt mijn been vast boven mijn knie en slaat dat rond zijn middel, zodat ik op één been sta en tegen hem aan leun. Ik voel hem tegen me aan, voel hem hard en gretig tegen de bovenkant van mijn binnendij, terwijl hij met zijn lippen langs mijn keel gaat. Ik kreun en sla mijn armen om zijn nek.

'Ik ga je nu nemen, Anastasia,' hijgt hij en ik krom mijn rug ten antwoord, me tegen hem aan drukkend, zoekend naar de wrijving. Hij gromt diep achter in zijn keel en duwt me hogerop, terwijl hij zijn gulp opent.

'Hou goed vast, schatje,' zegt hij en hij tovert een folieverpakking tevoorschijn die hij voor mijn mond houdt. Ik neem het tussen mijn tanden en hij trekt, zodat we het samen opentrekken.

'Goed zo.' Hij stapt iets naar achteren terwijl hij het condoom erom doet.

'God, ik kan niet wachten op de volgende zes dagen,' gromt hij en hij kijkt me met omfloerste ogen aan. 'Ik hoop dat je niet al te zeer gehecht bent aan dit slipje.' Hij scheurt het van mijn lijf met zijn lenige vingers en er blijft niets van over in zijn handen. Mijn bloed gaat tekeer in mijn aderen. Ik hijg van lust.

Zijn woorden bedwelmen me, al mijn angst van de afgelopen

dag is verdwenen. Dit is gewoon wij, op ons best. Mij voortdurend in de ogen kijkend, komt hij langzaam in me. Mijn lichaam krult en ik buig mijn hoofd naar achteren, sluit mijn ogen, volledig opgaand in het gevoel van hem in mij. Hij trekt terug en gaat dan weer in me, zo geleidelijk, zo lief. Ik kreun.

'Je bent van mij, Anastasia,' zegt hij met zijn mond tegen mijn keel.

'Ja. Van jou. Wanneer accepteer je dat nu eens?' hijg ik. Hij kreunt en begint te bewegen, echt te bewegen. Ik geef me over aan zijn ongenadige ritme, genietend van elke stoot en terugtrekking, van zijn hortende ademhaling, zijn verlangen naar mij dat gelijk is aan mijn verlangen naar hem.

Ik voel me krachtig, sterk, gewild en geliefd – geliefd door deze innemende, gecompliceerde man, die ik ook liefheb met heel mijn hart. Hij stoot harder en harder, zijn ademhaling stokkend, verliest hij zich in mij zoals ik mezelf verlies in hem.

'O, schatje,' kreunt Christian, zijn tanden in mijn hals, en ik kom hevig klaar. Hij verstijft, grijpt me hard vast en komt eveneens, terwijl hij mijn naam fluistert.

Nu Christian bevredigd is en gekalmeerd, en me zachtjes kust, komt ook zijn ademhaling tot rust. Hij houdt me rechtop tegen de wand van de lift, onze voorhoofden tegen elkaar gedrukt, en mijn lichaam voelt als boter, slap maar heerlijk verzadigd door mijn orgasme.

'O, Ana,' zegt hij. 'Ik heb je zo nodig.' Hij kust mijn voorhoofd.

'En ik jou, Christian.'

Hij laat me los, trekt mijn rok recht, maakt de twee knopen van mijn blouse vast en toetst dan de code in die de lift weer in beweging zet. Dat gaat schokkerig zodat ik me vastgrijp aan zijn armen.

'Taylor zal zich wel afvragen waar we blijven.' Hij grijnst wellustig naar me.

O shit, ja. Ik haal mijn vingers door mijn haar in een vergeefse poging om er niet te pas-geneukt uit te zien, maar geef snel op en bind mijn haar in een staart.

'Je kunt ermee door,' grinnikt Christian terwijl hij zijn gulp dichtdoet en het condoom in zijn broekzak stopt.

Hij ziet er meteen weer uit als de verpersoonlijking van de Amerikaanse ondernemer en omdat zijn haar meestal zit alsof hij net uit bed komt, is er weinig verschil. Behalve dat hij nu glimlacht, ontspannen, een jongensachtige sprankeling in zijn ogen. Zouden alle mannen zo snel opknappen?

Taylor staat te wachten als de deuren opengaan.

'Probleem met de lift,' zegt Christian terwijl we uitstappen en ik ontwijk de blikken van beide mannen. Ik haast me door de dubbele deuren naar Christians slaapkamer om schoon ondergoed aan te doen.

Als ik weer tevoorschijn kom, heeft Christian zijn colbert uitgetrokken en zit hij aan de ontbijtbar te praten met mevrouw Jones. Ze glimlacht vriendelijk naar me terwijl ze twee borden met een warme maaltijd voor ons neerzet. Mmm, dat ruikt heerlijk – coq au vin als ik me niet vergis. Ik ben uitgehongerd.

'Eet smakelijk, meneer Grey, Ana,' zegt ze en ze laat ons alleen.

Christian pakt een fles witte wijn uit de koelkast en terwijl we eten, vertelt hij me over zijn vorderingen om een mobieltje op zonne-energie te maken. Hij praat onderhoudend en enthousiast over het project en ik begrijp eruit dat niet de hele dag vervelend is geweest voor hem.

Ik vraag hem naar zijn bezittingen. Hij kijkt zelfgenoegzaam en blijkt alleen de appartementen in New York en Aspen te bezitten, en Escala. Verder niet. Als we uitgegeten zijn, pak ik onze borden en breng ze naar de gootsteen.

'Laat zitten. Dat doet Gail wel,' zegt hij. Ik draai me om en kijk hem aan, en hij kijkt betekenisvol terug. Zal ik er ooit aan wennen dat iemand de rommel achter me opruimt?

'Zo, nu je wat meer gedwee bent, mevrouw Steele, zullen we dan maar eens over vandaag praten?'

'Ik denk dat jij het bent die nu meer gedwee is. Ik denk dat ik je aardig weet te temmen.'

'Mij temmen?' briest hij lachend. Als ik knik, fronst hij en denkt na. 'Ja. Misschien is dat ook wel zo, Anastasia.'

'Je had gelijk over Jack,' zeg ik, serieus nu, en ik leun over het keukeneiland om zijn reactie te peilen. Christians lach verdwijnt en zijn mond verhardt.

'Heeft hij wat geprobeerd?' fluistert hij met een dodelijk kille stem.

Ik schud mijn hoofd om hem gerust te stellen. 'Nee, en dat gaat ook niet gebeuren, Christian. Ik heb hem vandaag verteld dat wij een relatie hebben en toen droop hij gelijk af.'

'Weet je het zeker? Ik kan die klootzak ontslaan,' scheldt Christian.

Ik zucht, vind durf in mijn wijnglas. 'Je moet me echt voor mezelf op laten komen. Je kunt niet alles voor me regelen en me constant beschermen. Dat is beklemmend, Christian. Het gaat niet goed met mij als jij je onophoudelijk mengt in mijn zaken. Ik heb wat vrijheid nodig. Ik zou het niet in mijn hoofd halen om me met jouw zaken te bemoeien.'

Hij kijkt me aan. 'Ik wil alleen dat je veilig bent, Anastasia. Als jou iets zou overkomen, dan...' Hij stopt.

'Ik weet het en ik begrijp goed waarom jij zo gedreven bent om mij te beschermen. En voor een deel vind ik dat heerlijk. Ik weet dat als ik je nodig heb, je er voor me zult zijn, zoals ik er voor jou ben. Maar als we samen een toekomst willen hebben, moet je mij en mijn oordeel vertrouwen. Ja, ik zal het misschien wel eens verkeerd inschatten – ik zal fouten maken, maar ik moet daarvan leren.'

Hij staart naar me met een bange blik die me haastig naar hem toe doet lopen, zodat ik tussen zijn benen kom te staan terwijl hij op de barkruk zit. Ik pak zijn handen, sla die om me heen, en leg mijn handen op zijn armen.

'Je bemoeide je met mijn werk. Dat is niet goed. Ik heb geen ridder nodig die komt binnenstormen om mijn werkdag goed te laten verlopen. Ik weet dat jij alles graag in de hand wil houden en ik begrijp waarom, maar dat mag je niet. Dat leidt tot niets... je moet leren loslaten.' Ik til mijn hand op en streel zijn gezicht terwijl hij me met grote ogen aankijkt. 'En als je dat kunt – mij die ruimte geven – trek ik bij je in,' voeg ik er zacht aan toe.

Hij haalt scherp adem, verrast. 'Zou je dat doen?' fluistert hij.

'Ja.'

'Maar je kent me niet.' Hij fronst en klinkt plotseling kortademig en paniekerig, heel on-Vijftig.

'Ik ken je goed genoeg, Christian. Niets wat je over jezelf vertelt, zal me wegjagen.' Ik strijk zacht met mijn knokkels langs zijn kin. Zijn blik verandert van bang naar ongelovig. 'Maar probeer me wel wat los te laten,' verzoek ik hem.

'Ik doe mijn best, Anastasia. Ik kon je echt niet naar New York laten gaan met die... viezerik. Hij heeft een verontrustende reputatie. Geen van zijn assistentes heeft het langer dan drie maanden uitgehouden en geen van hen is blijven werken in het bedrijf. Ik wil niet dat jou dat overkomt, schatje.' Hij zucht. 'Ik wil niet dat jou ook maar iets overkomt. Als jij gekwetst wordt... die gedachte beangstigt me. Ik kan je niet beloven dat ik nooit zal ingrijpen, niet als ik denk dat jou iets gaat overkomen.' Hij pauzeert en haalt diep adem. 'Ik hou van je, Anastasia. Ik zal alles doen wat in mijn macht ligt om je te beschermen. Ik kan me geen leven voorstellen zonder jou.'

Hemeltjelief. Mijn innerlijke godin, mijn onderbewustzijn en ik gapen gezamenlijk in shock naar Vijftig.

Jemig, vier kleine woordjes. Mijn wereld komt tot stilstand, kantelt en draait om een nieuwe as, en ik geniet van het moment, kijkend in zijn oprechte, mooie grijze ogen.

'Ik hou ook van jou, Christian.' Ik buig naar voren en kus hem, en de kus wordt dieper.

Omdat wij er geen erg in hebben dat hij binnenkomt, schraapt Taylor zijn keel. Christian trekt zijn hoofd terug en werpt me een betekenisvolle blik toe. Hij staat op, zijn arm rond mijn middel.

'Ja?' blaft hij naar Taylor.

'Mevrouw Lincoln is onderweg naar boven, meneer.'

'Wat?'

Taylor haalt verontschuldigend zijn schouders op. Christian zucht diep en schudt zijn hoofd.

'Nou, dat kan interessant worden,' zegt hij en hij geeft mij een scheve grijns om zijn tegenzin te laten blijken.

Fuck! Waarom kan dat mens ons niet met rust laten?

Twaalf

'Heb je haar vandaag nog gesproken?' vraag ik aan Christian, terwijl we wachten tot Mrs. Robinson er is.

'Ja.'

'Wat heb je gezegd?'

'Ik heb gezegd dat je haar niet wilde zien en dat ik begreep waarom. Ik heb haar ook laten weten dat ik niet blij ben dat ze buiten mij om is gegaan.' Zijn gezicht is onbewogen, ik kan er niets aan aflezen.

O, gelukkig. 'Wat zei ze?'

'Ze praatte er snel overheen, zoals alleen Elena dat kan.' Zijn mond verstrakt tot een streep.

'Waarom denk je dat ze hier is?'

'Ik heb geen idee.' Christian haalt zijn schouders op.

Taylor komt de kamer weer binnen. 'Mevrouw Lincoln,' kondigt hij aan.

En daar is ze dan... Waarom is ze zo verdomd aantrekkelijk? Ze is helemaal in het zwart: strakke spijkerbroek, een blouse waarin haar perfecte figuur goed uitkomt en een prachtige kop met glanzend haar.

Christian trekt me naar zich toe. 'Elena,' zegt hij onzeker.

Ze staart geschokt naar me, blijft verstijfd staan. Ze knippert met haar ogen, en zegt dan zachtjes: 'Het spijt me. Ik wist niet dat je bezoek had, Christian. Het is maandag,' zegt ze, alsof dat een reden is voor haar komst.

'Mijn vriendin,' legt hij uit. Hij houdt zijn hoofd iets scheef en schenkt haar een koele glimlach.

Langzaam trekt een louter voor hem bedoelde stralende glimlach over haar gezicht. Verontrustend.

'Natuurlijk. Hallo Anastasia, ik wist niet dat jij hier zou zijn. Ik weet dat je niet met me wilt praten, dat accepteer ik ook.'

'Is dat zo?' vraag ik rustig, terwijl ik naar haar staar. Mijn reactie verbaast ons allemaal wel een beetje. Met haar voorhoofd iets gefronst komt ze verder de kamer in.

'Ja, je boodschap is helder. Ik ben hier ook niet voor jou. Zoals ik zei, Christian heeft zelden bezoek doordeweeks.' Ze aarzelt. 'Ik heb een probleem en ik moet er met Christian over praten.'

'O?' Christian veert op. 'Wil je iets drinken?'

'Ja graag,' prevelt ze dankbaar.

Christian haalt een glas, terwijl Elena en ik elkaar ongemakkelijk aanstaren. Ze friemelt aan de grote zilveren ring aan haar middelvinger, terwijl ik niet weet waar ik moet kijken. Uiteindelijk schenkt ze mij een klein glimlachje, loopt naar het kookeiland en gaat zitten op de barkruk aan het eind. Ze is hier duidelijk goed bekend en voelt zich op haar gemak.

Moet ik blijven? Zal ik gaan? *O, wat moeilijk allemaal.* Mijn onderbewuste kijkt met een zo vijandig mogelijke blik naar de vrouw.

Er is zoveel wat ik tegen deze vrouw zou willen zeggen, en het is allemaal niet bepaald vleiend. Maar ze is een vriendin van Christian – zijn enige vriendin – en ondanks mijn afkeer van deze vrouw ben ik van nature beleefd. Ik besluit te blijven en ga zo bevallig mogelijk zitten op de stoel waaruit Christian is opgestaan. Christian schenkt voor ons beiden een glas wijn in en gaat tussen ons in zitten aan de ontbijtbar. Voelt hij niet aan hoe raar dit is?

'Wat is er aan de hand?' vraagt hij aan haar.

Elena kijkt nerveus naar mij en Christian leunt naar mij toe en pakt mijn hand.

'Anastasia hoort nu bij mij,' zegt hij op haar onuitgesproken vraag en hij knijpt in mijn hand. Ik bloos en mijn onderbewuste straalt naar hem, de vijandige blik vergetend.

Elena kijkt iets vriendelijker, het lijkt alsof ze blij voor hem is.

Écht blij voor hem. O, ik begrijp deze vrouw totaal niet, en ik voel me ongemakkelijk en prikkelbaar in haar aanwezigheid.

Ze haalt diep adem en gaat verzitten, leunend op de rand van haar barkruk, ze ziet er gejaagd uit. Ze kijkt nerveus naar haar handen en begint verwoed rondjes te draaien met de grote zilveren ring om haar middelvinger.

Jemig, wat is er met haar aan de hand? Is het mijn aanwezigheid? Heb ik zo'n effect op haar? Want ik voel me net zo – ik wil niet dat ze hier is. Ze kijkt op en kijkt Christian recht in de ogen.

'Ik word gechanteerd.'

Holy shit. Niet wat ik verwachtte te horen. Christian verstijft. Heeft iemand ontdekt dat ze een voorliefde heeft voor het slaan en neuken van minderjarige jongens? Ik onderdruk mijn afkeer, terwijl een vluchtige gedachte door mijn hoofd schiet, over boontjes die om hun loontje komen. Mijn onderbewuste wrijft met nauwelijks verholen leedvermaak in haar handen. *Mooi.*

'Hoe?' vraagt Christian, met duidelijke afschuw in zijn stem.

Ze diept een briefje op uit haar gigantische lakleren designtas en overhandigt het aan hem.

'Leg het neer, vouw het open.' Christian wijst met zijn kin naar het blad van de ontbijtbar.

'Je wilt het niet aanraken?'

'Nee. Vingerafdrukken.'

'Christian, je weet dat ik hiermee niet naar de politie kan gaan.'

Waarom luister ik hiernaar? Neukt ze met een andere arme jongen?

Ze legt het briefje voor hem neer en hij begint het te lezen.

'Ze vragen maar vijfduizend dollar,' zegt hij bijna verstrooid. 'Enig idee wie dit kan zijn? Iemand uit de scene?'

'Nee,' zegt ze met een zacht stemmetje.

'Linc?'

Linc? Wie is dat?

'Wat – Na al die tijd? Ik denk het niet,' sputtert ze.

'Weet Isaac ervan?'

'Ik heb het hem niet verteld.'

Wie is Isaac?

'Ik denk dat hij het moet weten,' zegt Christian. Ze schudt haar hoofd en ik voel me een indringer. Ik wil hier niets van weten. Ik probeer mijn hand los te maken uit de greep van Christian, maar hij houdt me juist steviger vast en draait zich om om naar mij te kijken.

'Wat is er?' vraagt hij.

'Ik ben moe, ik denk dat ik maar naar bed ga.'

Hij kijkt onderzoekend in mijn ogen, wat zoekt hij? Censuur? Acceptatie? Vijandigheid? Ik hou mijn uitdrukking zo neutraal mogelijk.

'Goed,' zegt hij. 'Ik kom zo ook.'

Hij laat me los en ik sta op. Elena bekijkt me nauwlettend. Ik houd mijn lippen stijf op elkaar en staar terug, zonder iets te laten merken.

'Welterusten, Anastasia.' Er kan een klein lachje af.

'Welterusten,' mompel ik, mijn stem klinkt koel. Ik draai me om. Ik kan de spanning niet meer verdragen. Terwijl ik de kamer uit loop, gaan zij verder met hun gesprek.

'Ik denk niet dat ik veel voor je kan doen, Elena,' zegt Christian tegen haar. 'Als het een geldkwestie is...' Zijn stem sterft weg. 'Ik zou Welch kunnen vragen op onderzoek uit te gaan.'

'Nee, Christian, ik moest het alleen even aan iemand kwijt,' zegt ze.

Als ik de kamer uit ben, hoor ik haar zeggen: 'Je ziet er erg gelukkig uit.'

'Dat ben ik ook,' antwoordt Christian.

'En dat verdien je.'

'Ik wou dat dat waar was.'

'Christian,' vaart ze uit.

Ik blijf staan, luister intens. Ik kan er niets aan doen.

'Weet ze hoe negatief je over jezelf oordeelt? Kent zij al je issues?'

'Ze kent me beter dan wie dan ook.'

'Oei! Dat doet pijn.'

'Het is de waarheid, Elena. Met haar hoef ik geen spelletjes te spelen. En ik meen het, laat haar met rust.'

'Wat is het probleem?'

'Jij... Wat wij hadden. Wat wij deden. Ze begrijpt het niet.'

'Leg het haar dan uit.'

'Dat behoort tot het verleden, Elena, waarom zou ik haar willen belasten met onze verneukte relatie? Ze is goed en lief en onschuldig, en wonder boven wonder houdt ze van me.'

'Het is geen wonder, Christian,' vermaant Elena goedbedoeld. 'Heb een beetje vertrouwen in jezelf. Je bent echt een goede partij. Dat heb ik je vaak genoeg verteld. En ze lijkt me geweldig. Sterk. Iemand die tegen jou op kan.'

Ik kan het antwoord van Christian niet horen. Dus ik ben sterk? Zo voel ik me anders helemaal niet.

'Mis je het niet?' gaat ze verder.

'Wat?'

'Je speelkamer.'

'Dat gaat je geen flikker aan,' snauwt Christian.

O.

'Het spijt me,' snuift Elena huichelachtig.

'Ik denk dat je beter kunt gaan. En wil je in het vervolg eerst bellen voordat je komt?'

'Christian, het spijt me,' zegt ze, en aan de klank van haar stem te horen, meent ze het deze keer. 'Sinds wanneer ben jij zo gevoelig?' Ze geeft hem alweer een standje.

'Elena, we hebben een zakelijke relatie waar we allebei veel profijt van hebben gehad. Laten we dat zo houden. Wat er tussen ons was, is verleden tijd. Anastasia is mijn toekomst, en die wil ik op geen enkele manier in gevaar brengen. Hou dus verdomme op met dat gekut.'

Zijn toekomst!

'Ik begrijp het.'

'Luister, ik begrijp je probleem. Misschien moet je gewoon even niets doen en afwachten wat er gebeurt.' Zijn toon is zachter.

'Ik wil je niet kwijt, Christian.'

'Je kunt niet verliezen wat je niet bezit, Elena,' snauwt hij weer.

'Dat bedoel ik niet.'

'Wat bedoel je dan?' Hij is kortaf, boos.

'Luister, ik wil geen ruzie met je. Jouw vriendschap betekent veel voor mij. Ik zal bij Anastasia uit de buurt blijven. Maar je kunt altijd op mij rekenen als je me nodig hebt. Dat zal altijd zo blijven.'

'Anastasia denkt dat wij elkaar zaterdag gezien hebben. Je hebt gebeld, dat is alles. Waarom heb je haar iets anders verteld?'

'Ze moest begrijpen hoe overstuur je was toen ze wegging. Ik wil niet dat ze je pijn doet.'

'Dat weet ze. Ik heb het haar verteld. Bemoei je er niet meer mee. Echt, je lijkt wel een moederkloek.' Christian lijkt zich erbij neer te leggen. Elena lacht, maar er klinkt iets verdrietigs in door.

'Ik weet het. Het spijt me. Je weet dat ik om je geef. Ik had nooit verwacht dat je verliefd zou worden, Christian. Dat is heel fijn om te zien. Maar ik zou het niet kunnen verdragen als ze je pijn doet.'

'Ik waag het erop,' zegt hij droogjes. 'Weet je zeker dat je niet wil dat Welch op onderzoek uit gaat?'

Ze zucht diep. 'Het zou geen kwaad kunnen, denk ik.'

'Oké, dan bel ik hem morgenochtend.'

Ik luister naar hun gekibbel en probeer dit te begrijpen. Ze klinken als oude vrienden, precies zoals Christian zegt. Gewoon vrienden. En ze geeft om hem – misschien wel te veel. Nou ja, wie zou dat niet doen, als je hem eenmaal kent?

'Dank je, Christian. En het spijt me. Ik wilde je niet storen. Ik ga. Volgende keer zal ik bellen.'

'Goed.'

Ze gaat! Shit! Ik schiet door de hal naar Christians slaapkamer en ga op het bed zitten. Christian komt een paar tellen later binnen.

'Ze is weg,' zegt hij voorzichtig, mijn reactie peilend.

Ik kijk naar hem op terwijl ik probeer mijn vraag te formuleren. 'Zul je me alles over haar vertellen? Ik probeer te begrijpen waarom jij denkt dat ze jou geholpen heeft.' Ik stop even, denk goed na over mijn volgende zin. 'Ik veracht haar, Christian. Ik denk dat ze jou onnoemelijk veel schade heeft toegebracht. Je hebt geen vrienden. Heeft zij ze bij je weggehouden?'

Hij zucht en haalt een hand door zijn haar.

'Waarom wil je het verdomme nog over haar hebben? We hadden een langdurige relatie, ze sloeg me vaak verrot, en ik neukte haar op alle mogelijke, onvoorstelbare manieren. Klaar.'

Ik verbleek. Shit, hij is boos – op mij. Ik knipper met mijn ogen. 'Waarom ben je zo boos?'

'Omdat ik er KLAAR mee ben!' schreeuwt hij, terwijl hij me boos aankijkt. Hij zucht van frustratie en schudt zijn hoofd.

Ik krimp in elkaar. *Shit.* Ik kijk naar mijn handen, die ineengestrengeld op mijn schoot liggen. Ik wil het alleen begrijpen.

Hij gaat naast me zitten. 'Wat wil je weten?' vraagt hij vermoeid.

'Je hoeft het me niet te vertellen. Ik wil me er niet mee bemoeien.

'Anastasia, dat is het niet. Ik praat gewoon niet graag over die shit. Ik leef al jaren in een bubbel, waar niets me raakt en ik me tegenover niemand hoef te verantwoorden. Zij is altijd mijn vertrouwelinge geweest. En nu komen mijn verleden en mijn toekomst elkaar tegen op een manier die ik nooit voor mogelijk had gehouden.'

Ik gluur naar hem en hij staart naar mij, ogen wijd open.

'Ik dacht nooit dat ik een toekomst met iemand had, Anastasia. Door jou heb ik hoop en denk ik weer aan allerlei mogelijkheden.' Hij dwaalt af.

'Ik heb meegeluisterd,' fluister ik en ik staar weer naar mijn handen.

'Wat? Naar ons gesprek?'

'Ja.'

'En?' Hij klinkt gelaten.

'Ze geeft om jou.'

'Ja, dat klopt. En ik ook om haar, op mijn manier, maar dat valt in het niet bij wat ik voor jou voel. Als dat het probleem is.'

'Ik ben niet jaloers.' Het steekt dat hij dat denkt – of ben ik het wel? Shit. Misschien is dat het. 'Jij houdt niet van haar,' zeg ik.

Hij zucht weer. Hij is echt boos. 'Lang geleden dacht ik dat ik van haar hield,' zegt hij tandenknarsend.

O. 'Toen we in Georgia waren... zei je dat je niet van haar hield.'

'Dat klopt ook.'

Ik frons mijn voorhoofd.

'Ik hield toen al van jou, Anastasia,' fluistert hij. 'Je bent de enige voor wie ik vijfduizend kilometer zou vliegen om haar even te zien.'

O hemel. Ik begrijp het niet. Hij wilde me toen nog als zijn Onderdanige. Ik frons nog dieper.

'De gevoelens die ik voor jou heb, zijn compleet anders dan wat ik ooit voor Elena gevoeld heb,' geeft hij als uitleg.

'Wanneer kwam je erachter?'

Hij haalt z'n schouders op. 'Ironisch genoeg was het Elena die het me duidelijk maakte. Zij moedigde me aan naar Georgia te gaan.'

Ik wist het! Ik wist het in Savannah. Ik staar wezenloos naar hem.

Wat moet ik hier nu mee? Misschien staat ze aan mijn kant en is ze alleen bezorgd dat ik hem pijn zal doen. Pijnlijke gedachte. Ik zou hem nooit pijn kunnen doen. Ze heeft gelijk – hij heeft genoeg pijn doorstaan.

Misschien valt ze best mee. Ik schud mijn hoofd. Ik wil zijn relatie met haar niet accepteren. Ik keur die af. Ja, dat is het. Ze is een weerzinwekkend figuur dat misbruik maakte van een kwetsbare tiener, ze heeft hem zijn jeugd afgenomen, wat hij ook zegt.

'Dus je begeerde haar? Toen je jonger was.'

'Ja.'

O.

'Ze heeft me veel geleerd. Ze heeft me geleerd in mezelf te geloven.'

O. 'Maar ze heeft je ook verrot geslagen.'

Hij glimlacht warm. 'Ja, dat ook.'

'En vond je dat fijn?'

'Toen wel.'

'Zo fijn dat je het ook anderen wilde aandoen?'

Zijn ogen worden groot en ernstig. 'Ja.'

'Heeft ze je daarbij geholpen?'

'Ja.'

'Was zij jouw Onderdanige?'

'Ja.'

Fuck. 'Vind je dat ik haar aardig moet vinden?' Mijn stem klinkt breekbaar en bitter.

'Nee. Alhoewel het mijn leven een stuk gemakkelijker zou maken,' zegt hij vermoeid. 'Ik begrijp jouw terughoudendheid.'

'Terughoudendheid! Jemig, Christian – hoe zou jij je voelen als dat jouw zoon was?'

Hij kijkt me aan alsof hij de vraag niet begrijpt. Hij fronst. 'Ik werd niet gedwongen bij haar te blijven. Het was ook mijn keus, Anastasia,' zegt hij resoluut.

Dit schiet niet op.

'Wie is Linc?

'Haar ex-man.'

'Van Lincoln Timber?'

'De enige echte,' grijnst hij.

'En Isaac?'

'Haar huidige Onderdanige.'

O nee.

'Hij is midden twintig, Anastasia. Je weet wel – een volwassene die zelf kan kiezen,' voegt hij er snel aan toe, als hij mijn blik van walging correct ontcijfert.

'Van jouw leeftijd,' mompel ik.

'Luister, Anastasia, zoals ik ook tegen haar zei, zij maakt deel uit van mijn verleden. Jij bent mijn toekomst. Laat haar alsjeblieft niet tussen ons in komen. En eerlijk gezegd, het onderwerp begint me te vervelen. Ik ga nog wat werk doen.' Hij staat op en kijkt op me neer. 'Laat het los, alsjeblieft.'

Ik kijk schaapachtig naar hem op.

'O ja, dat vergeet ik bijna. 'Je auto is een dag eerder gekomen. Hij staat in de garage. Taylor heeft de sleutel.'

Wauw... de Saab? 'Mag ik er morgen mee rijden?'

'Nee.'

'Waarom niet?'

'Dat weet je heel goed. O ja, nu ik eraan denk. Laat het me weten iedere keer als je het kantoor verlaat. Sawyer was daar om je in de gaten te houden. Het lijkt erop dat ik er toch niet helemaal op kan vertrouwen dat je voor jezelf zorgt.' Hij kijkt boos, zodat ik me een stout kind voel – alweer. En ik zou hem graag tegenspreken, maar hij is al ontdaan vanwege Elena, en ik wil het niet erger maken. Toch moet ik een opmerking maken.

'Het schijnt dat ik jou ook niet kan vertrouwen,' mopper ik. 'Je had me kunnen vertellen dat Sawyer me in de gaten houdt.'

'Wil je daar ook nog ruzie over maken?' snauwt hij.

'Ik wist niet dat we ruzie hadden. Ik dacht dat we aan het communiceren waren,' antwoord ik kribbig.

Hij sluit zijn ogen even terwijl hij zijn boosheid onder controle probeert te houden. Ik slik en kijk ongerust naar hem. Mijn god, dit kan twee kanten op gaan.

'Ik moet aan het werk,' zegt hij zachtjes en hij verlaat de kamer.

Ik adem uit. Ik had me niet eens gerealiseerd dat ik mijn adem inhield. Ik plof op het bed en staar naar het plafond.

Kunnen we nooit eens een normaal gesprek voeren, zonder dat het uitloopt op een woordenwisseling? Het is dodelijk vermoeiend.

We kennen elkaar gewoon nog niet zo goed. Wil ik echt bij hem intrekken? Ik weet niet eens of ik koffie of thee voor hem moet maken als hij aan het werk is. Moet ik hem überhaupt wel storen? Ik heb geen idee waar hij wel en niet van houdt.

Hij heeft duidelijk genoeg van het hele Elena-gedoe – Hij heeft gelijk, ik moet me eroverheen zetten. Het loslaten. Nou ja, hij verwacht in ieder geval niet dat we vrienden worden en ik hoop dat ze me nu niet meer lastigvalt over een ontmoeting.

Ik sta op van het bed en loop naar het raam. Ik doe de balkondeur van het slot en open de deur. Ik loop naar de glazen balustrade. Best eng eigenlijk. De lucht is koud en fris, omdat ik zo hoog sta.

Ik kijk uit over de lichtjes van Seattle. Hij zit hierboven in zijn fort overal zo ver vandaan. Hoeft aan niemand verantwoording af te leggen. *Hij heeft net gezegd dat hij van me houdt, en dan komt al deze rotzooi naar boven, door dat vreselijke mens.* Ik rol met mijn ogen. Zijn leven zit zo ingewikkeld in elkaar. Hij zit zo ingewikkeld in elkaar.

Met een diepe zucht en een laatste blik op Seattle, dat als een gouden deken aan mijn voeten ligt, besluit ik om Ray te bellen. Ik heb hem al een tijdje niet gesproken. Het is een kort gesprek, zoals gebruikelijk, maar ik begrijp dat het goed met hem gaat en dat ik hem stoor bij een belangrijke voetbalwedstrijd.

'Ik hoop dat het goed gaat met Christian,' zegt hij terloops. Ik weet dat hij zit te hengelen naar informatie, maar dat hij het niet echt wil weten.

'Ja hoor. Het gaat goed met ons.' Of zoiets. En we gaan samenwonen. Hoewel we nog niet hebben afgesproken wanneer.

'Ik hou van je, pap.'

'Ik hou ook van jou, Annie.'

Ik hang op en kijk op mijn horloge. Het is nog maar tien uur 's avonds. Door onze discussie voel ik me vreemd opgewonden en rusteloos.

Ik neem snel een douche. Terug in de slaapkamer besluit ik een van de nachthemden aan te trekken die Caroline Acton voor me heeft geregeld bij Neiman Marcus. Christian zeurt altijd over mijn T-shirts. Het zijn er drie. Ik kies voor een lichtroze en trek het aan. De stof glijdt over mijn huid, streelt me terwijl het om mijn lichaam heen valt. Het voelt weelderig – het mooiste, dunste satijn. *Mijn hemel!* In de spiegel lijk ik wel een filmster uit de jaren dertig. Het is lang, elegant – past dus niet bij mij.

Ik pak de bijpassende ochtendjas en besluit een boek te gaan zoeken in de bibliotheek. Ik zou kunnen lezen op mijn iPad – maar ik voel nu meer voor het geruststellende gevoel van een echt boek. Ik zal Christian met rust laten. Misschien is hij weer in een goed humeur als hij klaar is met werken.

Er staan zo veel boeken in zijn bibliotheek. Het gaat uren duren om alle titels te bekijken. Ik kijk toevallig langs de biljarttafel en bloos als ik aan onze vorige avond denk. Ik glimlach als ik zie dat de liniaal nog steeds op de grond ligt. Ik pak hem op en mep op mijn handpalm. Au! Dat steekt.

Waarom kan ik niet wat meer pijn verdragen voor mijn man? Terneergeslagen leg ik de liniaal op het bureau en ga weer op zoek naar een goed boek.

De meeste boeken zijn eerste drukken. Hoe kan hij in zo'n korte tijd zo'n enorme collectie bijeengebracht hebben? Misschien is het aanschaffen van boeken wel een van Taylors taken. Ik kies voor *Rebecca* van Daphne du Maurier. Dat heb ik al lang niet meer gelezen. Ik glimlach als ik me in een van de enorme leunstoelen nestel en de eerste zin lees:

Gisteren droomde ik dat ik weer naar Manderley ging...

Ik schrik wakker als Christian me in zijn armen neemt.

'Hey,' mompelt hij. 'Je bent in slaap gevallen. Ik kon je niet vinden.' Hij snuffelt in mijn haar. Slaperig sla ik mijn armen om zijn nek en adem zijn geur in – o, hij ruikt zo lekker – terwijl hij me terug draagt naar de slaapkamer. Hij legt me neer op het bed en dekt me toe.

'Welterusten, schatje,' fluistert hij en drukt zijn lippen tegen mijn voorhoofd.

Ik word plotseling wakker uit een verontrustende droom en weet even niet waar ik ben. Ik tast ongerust de andere kant van het bed af, maar er is niemand. Vanuit de grote kamer komen flarden van een complexe pianomelodie binnendrijven.

Hoe laat is het? Ik kijk op de wekker – twee uur 's ochtends. Is Christian überhaupt wel naar bed geweest? Mijn benen zitten in de knoop met de ochtendjas die ik nog steeds aanheb. Ik ontwar de knoop en klauter uit bed.

In de grote kamer blijf ik in de schaduw staan luisteren. Christian gaat helemaal op in de muziek. Hij ziet er veilig uit in zijn lichtbubbel. En het stuk dat hij speelt heeft een vrolijke melodie, die af en toe bekend klinkt, maar wel ingewikkeld. *Jeetje, hij is echt goed.* Waarom sta ik daar altijd zo van te kijken?

Het hele tafereel ziet er op de een of andere manier anders uit, en ik realiseer me dat de klep van de vleugel dicht is, waardoor ik een onbelemmerd uitzicht heb. Hij kijkt op en onze ogen vinden elkaar, de zijne grijs en doorschijnend in het diffuse licht van de lamp. Hij speelt gewoon door, zonder hapering, terwijl ik naar hem toe loop. Zijn ogen volgen me, verslinden me, glanzen nog meer. Als ik bij hem ben, stopt hij.

'Waarom stop je? Dat was heel mooi.'

'Heb je enig idee hoe onweerstaanbaar je er op dit moment uitziet?' zegt hij zachtjes.

O. 'Kom naar bed,' fluister ik en zijn ogen stralen als hij zijn hand uitsteekt. Als ik hem aanpak, trekt hij me onverwacht naar zich toe, zodat ik op zijn schoot val. Hij slaat zijn armen om me heen en drukt zijn neus in mijn nek, achter mijn oor, waardoor er rillingen over mijn ruggengraat lopen.

'Waarom maken we ruzie?' fluistert hij, terwijl zijn tanden zachtjes in mijn oorlel bijten.

Goeie genade. Mijn hart slaat een slag over en begint dan te bonzen, terwijl er warmte door mijn hele lichaam stroomt.

'Omdat we elkaar nog leren kennen, en omdat je koppig en halsstarrig en humeurig en lastig bent,' zeg ik ademloos, terwijl ik mijn hoofd buig zodat hij beter bij mijn keel kan. Hij gaat met zijn neus langs mijn nek, en ik voel dat hij glimlacht.

'Dat is allemaal waar, mevrouw Steele. Het is een wonder dat u het met me volhoudt.' Hij bijt in mijn oorlel en ik kreun. 'Gaat het altijd zo?' zucht hij.

'Ik heb geen idee.'

'Ik ook niet.' Hij rukt aan de riem van mijn ochtendjas, zodat die openvalt, en zijn hand gaat zoekend over mijn lichaam, over mijn borst. Mijn tepels verstrakken onder zijn lichte aanraking en prikken door het satijn. Hij gaat verder omlaag naar mijn middel, naar mijn heup.

'Je voelt zo lekker aan onder deze stof, en ik kan alles zien – zelfs dit.' Hij trekt zachtjes aan mijn schaamhaar door de stof heen, en ik hap naar adem, terwijl hij met de vuist van zijn andere hand mijn nekhaar pakt. Hij trekt mijn hoofd achterover en kust me, zijn tong is ongeduldig, meedogenloos, zoekend. Ik kreun in reactie en streel zijn lieve, lieve gezicht. Zijn hand trekt mijn nachthemd omhoog, langzaam, plagend, totdat hij mijn naakte achterste streelt en dan met zijn nagel over de binnenkant van mijn dij gaat.

Plotseling staat hij op, ik schrik ervan, en tilt mij op de vleugel. Mijn voeten rusten op de toetsen, er klinken onwelluidende, onsamenhangende noten. Zijn handen glijden omhoog langs mijn benen en spreiden mijn knieën. Hij grijpt mijn handen vast.

'Ga liggen,' gebiedt hij en houdt mijn handen vast, terwijl ik me achterover laat zakken op de vleugel. De klep is hard en onbuigzaam tegen mijn rug. Hij laat los en duwt mijn benen wijder uit elkaar, mijn voeten dansen over de hoge en de lage toetsen.

O hemel. Ik weet wat hij gaat doen en het vooruitzicht... Ik kreun luid als hij de binnenkant van mijn knie kust en dan zoenend, zuigend en bijtend naar boven gaat over mijn dij. Het zachte satijn van mijn nachthemd schuift verder omhoog, glijdt over mijn gevoelige huid als hij de zachte stof verder duwt. Ik buig mijn voeten en produceer nieuwe akkoorden. Ik sluit mijn ogen en geef me aan hem over wanneer zijn mond de bovenkant van mijn dijen bereikt.

Hij kust me... *daar... mijn god...* blaast dan zachtjes en gaat met zijn tong over mijn clitoris. Hij duwt mijn benen verder uit elkaar. Ik voel me zo open – zo naakt. Hij houdt me vast, met zijn handen net boven mijn knieën, terwijl zijn tong me martelt, zonder pauze, zonder respijt... zonder onderbreking. Ik til mijn heupen op, kom hem tegemoet, pas me aan aan zijn ritme, ik ga er helemaal in op.

'O, Christian, alsjeblieft.' Ik kreun.

'O nee, schatje, nog niet,' plaagt hij, maar ik voel mezelf komen en hij ook, en hij stopt.

'Nee,' jammer ik.

'Dat is mijn wraak, Ana,' gromt hij zachtjes. 'Als je me tegenspreekt, neem ik op de een of andere manier wraak op je lichaam.' Hij plant een spoor van kusjes over mijn buik, zijn handen gaan omhoog langs mijn dijen, strelend, knedend, opwindend. Zijn tong draait rond mijn navel terwijl zijn handen – *en zijn duimen... o, zijn duimen* – de top van mijn dijen bereiken.

'Aah!' Ik schreeuw het uit als hij er een naar binnen duwt. De andere plaagt me, langzaam, tergend langzaam rondjes draaiend. Mijn rug kromt zich, los van de vleugel, terwijl ik kronkel onder zijn aanrakingen. Ik hou het bijna niet meer.

'Christian!' roep ik, buiten zinnen van wellust.

Hij toont medelijden en stopt. Hij tilt mijn voeten van de toetsen en geeft me een zet. Plotseling glijd ik moeiteloos over de vleugel heen, op het satijn, en hij volgt me, even pauzerend tussen mijn knieën om een condoom om te doen. Hij hangt boven me en ik staar hijgend naar hem op, razend van begeerte, en realiseer me dat hij naakt is. Wanneer heeft hij zijn kleren uitgedaan?

Hij staart naar me en ik zie verwondering in zijn ogen, verwondering en liefde en passie, en het is adembenemend.

'Ik wil je zo ontzettend graag,' zegt hij en heel langzaam, intens, gaat hij naar binnen.

Ik lig languit over hem heen, bekaf, mijn armen en benen loom, terwijl we boven op zijn vleugel liggen. *Lieve hemel.* Het ligt lekkerder op hem dan op de vleugel. Voorzichtig, zodat ik zijn borst niet aanraak, leg ik mijn wang tegen hem aan en blijf heel stil liggen. Hij protesteert niet en ik luister naar zijn ademhaling, die steeds langzamer gaat, net als die van mij. Hij streelt zachtjes mijn haar.

'Drink je 's avonds thee of koffie?' vraag ik slaperig.

'Wat een vreemde vraag,' zegt hij dromerig.

'Ik bedacht dat ik je thee zou kunnen brengen in je werkkamer, maar ik realiseerde me dat ik niet wist wat je lekker zou vinden.'

'O, op die manier. Water of wijn 's avonds, Ana. Hoewel ik misschien eens thee zou moeten proberen.'

Zijn hand beweegt ritmisch over mijn rug, me teder strelend.

'We weten echt heel weinig van elkaar,' mijmer ik.

'Dat weet ik,' zegt hij, en zijn stem klinkt triest. Ik ga rechtop zitten en staar naar hem.

'Wat is er?' vraag ik. Hij schudt zijn hoofd, als om een vervelende gedachte te verdrijven, en tilt zijn hand op. Hij streelt mijn wang, zijn ogen helder en oprecht.

'Ik hou van jou, Ana Steele,' zegt hij.

De wekker gaat af, met de fileberichten van zes uur, en ik word ruw wakker uit mijn verontrustende droom over te blonde en donkerharige vrouwen. Ik kan me niet herinneren waar het precies over ging. Ik ben onmiddellijk afgeleid omdat Christian Grey om me heen gewikkeld is als zijde, zijn woeste hoofd met haar op mijn buik, zijn hand om mijn borst, zijn been over me heen, waardoor ik vastlig. Hij slaapt nog en ik heb het te warm. Maar dat negeer ik, terwijl ik voorzichtig mijn hand optil om met mijn vingers zachtjes door zijn haar te gaan. Hij beweegt. Zijn heldere grijze ogen gaan open, hij grijnst slaperig. *Lieve hemel... hij is schattig.*

'Goedemorgen, schoonheid,' zegt hij.

'Goedemorgen, en wat je zegt ben je zelf.' Ik glimlach ook naar hem. Hij kust me, haalt zichzelf uit de knoop en leunt op zijn elleboog, terwijl hij naar me staart.

'Goed geslapen?' vraagt hij.

'Ja, ondanks de onderbreking van mijn slaap vannacht.'

Zijn grijns wordt breder. 'Hmm. Zo mag je mij altijd onderbreken.' Hij kust me weer.

'En jij? Ook goed geslapen?'

'Ik slaap altijd goed met jou, Anastasia.'

'Geen nachtmerries meer?'

'Nee.'

Ik frons en waag het om te vragen: 'Waar gaan jouw nachtmerries over?'

Zijn voorhoofd fronst en zijn lach verdwijnt. *Shit – waarom ben ik dan ook zo nieuwsgierig.*

'Het zijn flashbacks van mijn vroege jeugd, volgens dr. Flynn althans. Sommige heel levensecht, andere minder.' Zijn stem sterft weg en een afwezige, gekwelde blik trekt over zijn gezicht. Afwezig glijdt hij met zijn vinger langs mijn sleutelbeen, wat me afleidt.

'Word je huilend en gillend wakker?' Ik probeer er tevergeefs een grapje van te maken.

Hij kijkt me verbaasd aan. 'Nee, Anastasia, ik heb nooit gehuild. Voor zover ik me kan herinneren.' Hij fronst, alsof hij diep in zijn geheugen probeert te graven. O nee – dat is een veel te duistere plek, zeker op dit uur van de dag.

'Heb je ook gelukkige herinneringen aan je kindertijd? vraag ik snel, vooral om hem af te leiden. Hij denkt even diep na, blijft met zijn vinger over mijn huid gaan.

'Ik weet nog dat de heroïnehoer aan het bakken was. Ik herinner me de geur. Een verjaardagstaart, denk ik. Voor mij. En dan de komst van Mia met mijn moeder en vader. Mijn moeder was bezorgd om mijn reactie, maar ik vond baby Mia meteen lief. Mijn eerste woord was "Mia". Ik herinner me mijn eerste pianoles. Mevrouw Kathie, mijn lerares, was geweldig. Ze had ook paarden.' Hij glimlacht weemoedig.

'Je zei dat je moeder je gered had. Hoezo?'

Zijn dagdroom wordt onderbroken en hij kijkt me aan alsof ik niet begrijp hoe je twee plus twee bij elkaar optelt.

'Ze heeft me geadopteerd,' zegt hij simpel. 'Toen ik haar voor het eerst zag, dacht ik dat ze een engel was. Ze was helemaal in het wit gekleed en zo voorzichtig en rustig toen ze me onderzocht. Dat zal ik nooit vergeten. Als ze nee had gezegd, of als Carrick nee had gezegd...' Hij haalt zijn schouders op en kijkt achterom naar de wekker. 'Dit is allemaal een beetje zwaar voor de vroege ochtend,' zegt hij.

'Ik heb gezworen dat ik je beter zou leren kennen.'

'Is dat zo, mevrouw Steele? Ik dacht dat u wilde weten of ik liever koffie of thee heb.' Hij grijnst zelfgenoegzaam. 'Hoe dan ook, ik weet in ieder geval één manier om mij beter te leren kennen.' Hij duwt zijn heupen suggestief tegen me aan.

'Ik denk dat ik je op die manier al behoorlijk goed ken.' Mijn stem is hooghartig en vitterig, maar hij moet er nog harder om lachen.

'Ik denk niet dat ik je zo ooit goed genoeg zal leren kennen,' zegt hij. 'Het heeft absoluut voordelen om naast jou wakker te worden.' Zijn stem is zacht en onnoemelijk verleidelijk.

'Moet je niet opstaan?' Mijn stem is laag en hees. *Jemig... wat hij met me doet...*

'Vanochtend niet. Er is maar één plaats waar ik nu wil zijn, mevrouw Steele.' En zijn ogen schitteren van wellust.

'Christian!' hijg ik, geschokt. Hij beweegt ineens, zodat hij plotseling boven op me ligt en mij in het bed duwt. Hij grijpt mijn handen, trekt ze boven mijn hoofd en begint mijn hals te kussen.

'O, mevrouw Steele.' Hij glimlacht weer tegen mijn huid, en stuurt heerlijke tintelingen door me heen, terwijl zijn hand langs mijn lichaam gaat en langzaam mijn nachthemd omhoogschuift. 'O, wat ik toch met jou zou willen doen,' zegt hij zacht.

En ik ben verloren, het vraaggesprek is afgelopen.

Mevrouw Jones zet mijn ontbijt van pannenkoeken met bacon voor me neer en voor Christian een omelet met bacon. We zitten naast elkaar aan de bar in een prettige stilte.

'Wanneer ga ik Claude, die trainer van jou, nu eens ontmoeten en uitproberen?' vraag ik. Christian kijkt naar me en lacht.

'Dat hangt ervan af of je dit weekend naar New York wilt of niet – tenzij je hem deze week een keer 's ochtends vroeg wilt ontmoeten. Ik zal Andrea vragen om te kijken wanneer hij beschikbaar is en dat aan jou te melden.'

'Andrea?'

'Mijn assistente.'

O ja. 'Een van je vele blondines,' plaag ik hem.

'Ze is niet van mij. Ze werkt voor mij. Jij bent van mij.'

'Ik werk voor jou,' zeg ik zuur.

Hij grijnst alsof hij dat vergeten is. 'Dat is ook zo.' Zijn enorme glimlach werkt aanstekelijk.

'Misschien kan Claude me leren kickboksen,' waarschuw ik.

'O werkelijk? Denk je dat je het dan beter tegen me op kunt nemen?' Christian trekt een wenkbrauw op, geamuseerd. 'Kom maar op, mevrouw Steele.' Hij is zo vreselijk vrolijk, vergeleken met zijn slechte bui van gisteren, na Elena's vertrek. Het is heel ontwapenend. Misschien is het al die seks... misschien wordt hij daar zo blijmoedig van.

Ik gluur achter me naar de vleugel, nagenietend van de herinnering aan vannacht. 'Je hebt de klep weer opengezet.'

'Ik had hem gisteren dichtgedaan om jou niet te storen. Kennelijk werkte dat niet, maar daar ben ik dan wel weer blij om.' Christian heeft een wellustige grijns om zijn mond als hij een hap van zijn omelet neemt. Ik word knalrood en grijns terug.

O yes... goede tijden op de vleugel.

Mevrouw Jones buigt zich naar me toe en zet een papieren zak met mijn lunch voor me neer, waardoor ik schuldbewust bloos.

'Voor straks, Ana. Tonijn, is dat goed?'

'O ja, prima. Dank u, mevrouw Jones.' Ik lach verlegen naar haar, en ze lacht breed terug, voordat ze de grote kamer verlaat. Naar ik aanneem om ons wat privacy te gunnen.

'Mag ik je iets vragen?' Ik draai me om naar Christian.

Zijn geamuseerde uitdrukking verdwijnt. 'Natuurlijk.'

'En zul je niet boos worden?'

'Gaat het over Elena?'

'Nee.'

'Dan word ik niet boos.'

'Maar ik heb nu een aanvullende vraag.'
'O?'
'Die over haar gaat.'
Hij draait met zijn ogen. 'Wat?' zegt hij, en nu is hij geërgerd.
'Waarom word je zo boos als ik naar haar vraag?'
'Eerlijk?'
Ik kijk stuurs naar hem. 'Ik dacht dat je altijd eerlijk tegen mij was.'
'Dat probeer ik wel.'
Ik knijp mijn ogen half dicht. 'Dat klinkt nogal ontwijkend.'
'Ik ben altijd eerlijk tegen jou, Ana. Ik wil geen spelletjes spelen. In ieder geval niet dat soort spelletjes,' verduidelijkt hij, terwijl hij een verhitte blik in zijn ogen krijgt.
'Wat voor soort spelletjes wil jij spelen?'
Hij houdt zijn hoofd schuin en grijnst naar me. 'Mevrouw Steele, u bent ook zo snel afgeleid.'
Ik giechel. Hij heeft gelijk. 'Meneer Grey, u leidt op zo veel manieren af.' Ik staar naar zijn dansende grijze ogen, die glimmen van humor.
'Jouw gegiechel is mijn meest favoriete geluid van de hele wereld, Anastasia. Wat was de vraag ook alweer?' vraagt hij soepel, en ik denk dat hij me uitlacht. Ik probeer misprijzend te kijken, maar ik ben gek op speelse Vijftig – die is grappig. Ik hou wel van wat gekeuvel op de vroege morgen. Ik frons, probeer me mijn vraag te herinneren.
'O ja, je zag je Onderdanigen dus alleen in het weekend?'
'Ja, dat klopt,' zegt hij, terwijl hij nerveus naar me kijkt.
Ik grijns naar hem. 'Dus geen seks door de week?'
Hij lacht. 'O, daar wil je naartoe.' Hij kijkt enigszins opgelucht. 'Waarom denk je dat ik elke werkdag aan sport doe?' Nu lacht hij me echt uit, maar het kan me niet schelen. Ik kan mezelf wel omhelzen. Alweer een primeur – nou ja, meerdere primeurs.
'U lijkt erg tevreden met uzelf, mevrouw Steele.'
'Dat klopt, meneer Grey.'
'En terecht.' Hij grijnst. 'Eet nu je ontbijt op.'
O, bazige Vijftig... die is ook nooit ver weg.

We zitten achter in de Audi. Taylor rijdt, hij zal eerst mij afzetten op mijn werk, dan Christian. Sawyer zit op de bijrijdersstoel.

'Zei je niet dat de broer van je huisgenoot vandaag aankomt?' vraagt Christian, bijna terloops. Zijn stem en gezichtsuitdrukking verraden niets.

'O ja, Ethan,' zeg ik geschrokken. 'Helemaal vergeten. Fijn dat je me eraan herinnert, Christian. Ik moet terug naar het appartement.'

Hij kijkt ontstemd. 'Hoe laat?'

'Ik weet niet zeker hoe laat hij aankomt.'

'Ik wil niet dat je ergens alleen heen gaat,' zegt hij scherp.

'Weet ik,' zeg ik en kan me er nog net van weerhouden om met mijn ogen te rollen naar Mr. Overdrijf-Graag. 'Gaat Sawyer me vandaag bespio... eh... in de gaten houden?' Ik gluur stiekem naar Sawyer om te zien of zijn oren rood worden.

'Ja,' snauwt Christian, zijn ogen ijzig.

'Het zou makkelijker zijn als ik met de Saab zou gaan,' zeg ik kribbig.

'Sawyer heeft een auto ter beschikking en hij kan je naar het appartement brengen, afhankelijk van de tijd.'

'Prima. Ik denk dat Ethan in de loop van de dag contact opneemt. Ik laat je dan wel weten wat de bedoeling is.'

Hij staart naar me, maar zegt niets. O, waar denkt hij aan?

'Oké,' geeft hij toe. 'Nergens in je eentje naartoe. Heb je dat begrepen?' Hij zwaait met zijn vinger.

'Ja lief,' spot ik.

Even trekt er een glimlachje over zijn gezicht. 'En misschien moet je alleen je BlackBerry gebruiken – ik mail je daar wel op. Dan heeft mijn IT-man tenminste geen al te interessante ochtend, goed?' Zijn stem is sardonisch.

'Ja, Christian.' Ik kan het niet helpen. Ik rol met mijn ogen en hij grijnst.

'Welnu, mevrouw Steele, volgens mij bezorgt u mij jeukende handen.'

'Ah, meneer Grey, die eeuwige jeukende handen van u. Wat moeten we daar toch mee aan?'

Hij lacht en wordt dan afgeleid door zijn BlackBerry. Die staat vast op trillen, want hij rinkelt niet. Hij fronst als hij ziet wie er belt.

'Wat?' snauwt hij in het toestel. Dan luistert hij ingespannen. Ik maak van de gelegenheid gebruik om zijn prachtige trekken te bestuderen – zijn rechte neus, het haar dat rommelig over zijn voorhoofd hangt. Zijn gezichtsuitdrukking onderbreekt mijn stiekeme gelonk. Die verandert van ongeloof in geamuseerdheid. Ik let op wat hij zegt.

'Dat meen je niet... Voor een rollenspel... Wanneer heeft hij dat gezegd?' Christian grinnikt, bijna onwillig. 'Nee, maak je geen zorgen. Je hoeft je niet te verontschuldigen. Ik ben blij dat er een logische verklaring is. Het leek me al zo'n belachelijk laag bedrag... Ik kan me voorstellen dat je op een creatieve manier wraak gaat nemen. Arme Isaac.' Hij glimlacht. 'Uitstekend... Tot ziens.' Hij schuift de telefoon weer dicht en gluurt naar mij. Hij lijkt ineens op zijn hoede, maar vreemd genoeg ook opgelucht.

'Wie was dat?' vraag ik.

'Wil je dat echt weten?' vraagt hij zachtjes.

Daardoor weet ik het meteen. Ik schud mijn hoofd en staar uit het raam. Het is een grijze dag in Seattle en ik voel me verloren. Waarom kan ze hem niet met rust laten?

'Hey.' Hij pakt mijn hand en kust mijn knokkels één voor één, en zuigt plotseling hard op mijn pink. Dan bijt hij er zachtjes in.

Wauw! Hij heeft direct verbinding met mijn onderbuik. Ik hap naar adem en kijk nerveus naar Taylor en Sawyer, dan naar Christian. Zijn ogen staan donker. Hij geeft me een trage, zinnelijke glimlach.

'Maak je geen zorgen, Anastasia,' bevestigt hij. 'Zij is verleden tijd.' En hij kust me midden op mijn handpalm, wat overal tintelingen veroorzaakt. Mijn irritatie is alweer verdwenen.

'Goedemorgen, Ana,' zegt Jack als ik naar mijn bureau toe loop. 'Leuke jurk.'

Ik bloos. De jurk maakt deel uit van mijn nieuwe garderobe, met dank aan mijn ongelooflijk rijke vriendje. Het is een mouwloos jurkje van poederblauw linnen, behoorlijk nauwsluitend en ik draag crèmekleurige sandalen met hoge hakken. Christian is gek op hoge hakken, denk ik. Ik glimlach heimelijk bij de gedachte, maar zet snel weer mijn neutrale, zakelijke glimlach op voor mijn baas.

'Goedemorgen, Jack.'

Ik ga aan de slag en regel een koerier om zijn brochure naar de drukker te brengen. Hij steekt zijn hoofd om de deur van mijn kantoor.

'Heb je een kop koffie voor mij, Ana?'

'Tuurlijk.' Ik wandel naar de keuken en kom Claire van de receptie tegen. Zij is ook koffie aan het halen.

'Hey, Ana,' zegt ze opgewekt.

'Hoi, Claire.'

We kletsen even over haar familiereünie van afgelopen weekend, waar ze het enorm naar haar zin heeft gehad. Ik vertel haar over de zeiltocht met Christian.

'Jouw vriendje is zo'n droomvent, Ana,' zegt ze, haar ogen worden glazig.

Ik ben geneigd om met mijn ogen te rollen.

'Hij ziet er niet slecht uit.' Ik glimlach en we barsten allebei in lachen uit.

'Zo, je hebt de tijd genomen!' snauwt Jack als ik hem zijn koffie breng.

Oeps! 'Sorry.' Ik bloos, maar snap het niet. Ik ben niet langer weggebleven dan gebruikelijk. Wat is er aan de hand? Misschien is hij ergens zenuwachtig over.

Hij schudt zijn hoofd. 'Sorry, Ana. Ik wilde niet lelijk tegen je doen, lieverd.'

Lieverd?

'Er is iets gaande bij de hoge bazen en ik weet niet wat het is. Hou je oren en ogen open, oké? Als je iets hoort – ik weet hoe er onder de meiden gepraat wordt.' Hij grijnst en ik voel me misselijk. Hij heeft geen idee hoe wij 'meiden' praten. Trouwens, ik weet wat er aan de hand is.

'Je houdt me op de hoogte, hè?'

'Tuurlijk,' prevel ik. 'Ik heb de brochure naar de drukker gestuurd. Ik verwacht het drukwerk om twee uur terug.'

‘Te gek. Hier.’ Hij geeft me een stapel manuscripten. ‘Wil je voor allemaal een samenvatting van het eerste hoofdstuk maken, daarna kunnen ze gearchiveerd worden.’

‘Komt in orde.’

Opgelucht verlaat ik zijn kantoor en ik ga achter mijn bureau zitten. Het is afschuwelijk om dingen te weten. Wat doet hij als hij erachter komt? Er trekt een koude rilling over mijn rug. Ik weet zeker dat Jack er niet blij mee zal zijn. Ik gluur op mijn BlackBerry en glimlach. Er is een mailtje van Christian.

Van: Christian Grey
Onderwerp: Zonsopgang
Datum: 14 juni 2011, 09:23
Aan: Anastasia Steele

Ik vind het heerlijk om met jou samen wakker te worden ’s ochtends.

Christian Grey
Compleet tot over zijn oren verliefde directeur, Grey Enterprises Holdings, Inc.

Ik grijns van oor tot oor en mijn innerlijke godin doet achterwaartse flikflaks over haar ligstoel heen.

Van: Anastasia Steele
Onderwerp: Zonsondergang
Datum: 14 juni 2011, 09:35
Aan: Christian Grey

Lieve Compleet Tot Over Je Oren Verliefd,

Wakker worden met jou is ook geweldig. Maar ik vind het met jou geweldig in bed en in liften en op vleugels en biljarten en boten en bureaus en in douches en badkuipen en aan rare houten kruizen met boeien en in hemelbedden met rode satijnen lakens en in boothuizen en kinderkamers.

Jouw Seksverslaafd & Onverzadigbaar xx

Van: Christian Grey
Onderwerp: Natte apparatuur
Datum: 14 juni 2011, 09:37
Aan: Anastasia Steele

Lieve Seksverslaafd & Onverzadigbaar,

Ik heb net mijn koffie over mijn toetsenbord uitgespuwd.
Dat is me nog nooit eerder overkomen.
Ik hou van vrouwen die oog hebben voor locatie.
Moet ik hieruit afleiden dat je me alleen wilt om mijn lichaam?

Christian Grey
Compleet & tot over zijn oren gechoqueerde directeur,
Grey Enterprises Holdings, Inc.

Van: Anastasia Steele
Onderwerp: Giechelend – en ook nat
Datum: 14 juni 2011, 09:42
Aan: Christian Grey

Lieve Compleet & Tot Over Je Oren Gechoqueerd,

Altijd.
Ik moet aan het werk.
Laat me met rust.

S&O xx

Van: Christian Grey
Onderwerp: Moet dat?
Datum: 14 juni 2011, 09:50
Aan: Anastasia Steele

Lieve S&O,

Als altijd tot uw dienst.
Fijn dat je giechelt en ook nog nat bent.

Later, schatje.

x

Christian Grey
Compleet & tot over zijn oren verliefde, gechoqueerde en betoverde directeur, Grey Enterprises Holdings, Inc.

Ik leg de BlackBerry weg en ga weer aan het werk.

Tegen lunchtijd vraagt Jack me om voor hem even langs een broodjeszaak te gaan. Ik bel Christian zodra ik Jacks kantoor uit loop.

'Anastasia.' Hij neemt meteen op, zijn stem is warm en liefdevol. Hoe kan het toch dat hij me kan laten smelten over de telefoon?

'Christian, Jack heeft me gevraagd even een lunch voor hem te halen.'

'Luie eikel,' gromt Christian.

Ik negeer hem en ga verder. 'Dus dat ga ik even doen. Als je mij nu even het nummer van Sawyer geeft, hoef ik jou niet lastig te vallen.'

'Je valt me niet lastig, schatje.'

'Ben je alleen?'

'Nee. Er zitten me nu zes mensen aan te staren, die zich afvragen tegen wie ik het in vredesnaam heb.'

Shit... 'Echt?' vraag ik, lichtelijk in paniek.

'Ja, echt. Mijn vriendin,' zegt hij, met de telefoon iets verder weg.

Allemachtig. 'Ze dachten waarschijnlijk allemaal dat je homo was, weet je.'

Hij lacht. 'Ja, waarschijnlijk.' Ik hoor dat hij grijnst.

'Eh – ik kan beter maar gaan.' Ik weet zeker dat hij doorheeft hoe gênant ik het vind om hem te storen.

'Ik zal Sawyer inseinen.' Hij lacht weer. 'Heb je al iets van die vriend gehoord?'

'Nog niet. U bent de eerste die het hoort, meneer Grey.'

'Goed. Later, schatje.'

'Doei Christian.' Ik grijns. Elke keer dat hij dat zegt, moet ik lachen... het is zo on-Vijftig, en toch ook weer niet.

Als ik een paar tellen later naar buiten kom, staat Sawyer al te wachten bij de ingang van het gebouw.

'Mevrouw Steele,' begroet hij me hoffelijk.

'Sawyer.' Ik knik naar hem en we gaan samen op weg naar de broodjeszaak.

Met Sawyer voel ik me niet zo op mijn gemak als met Taylor. Hij kijkt voortdurend de straat op en neer, terwijl we langs de gebouwen lopen. Ik word er alleen maar nerveuzer van en merk dat ik hetzelfde doe.

Loopt Leila ergens rond? Of zijn we allemaal beïnvloed door de achterdochtigheid van Christian? Is dit onderdeel van zijn vijftig tinten? Ik zou heel wat overhebben voor een halfuurtje openhartig gesprek met dr. Flynn om hierachter te komen.

Er is niets aan de hand, gewoon Seattle rond lunchtijd – mensen haasten zich voor de lunch, winkelen, ontmoeten hun vrienden. Ik zie hoe twee jonge vrouwen elkaar begroeten met een omhelzing.

Ik mis Kate. Ze is nog maar twee weken geleden op vakantie gegaan, maar het voelt aan als de langste weken van mijn leven. Er is zoveel gebeurd – ze gelooft me nooit als ik het aan haar vertel. Nou ja, de opgeschoonde versie die ik haar volgens de geheimhoudingsverklaring mag vertellen. Ik denk na. Daar moet ik het met Christian over hebben. Wat zou Kate ervan vinden? Ik schrik van de gedachte. Misschien komt ze met Ethan mee terug. Ik kikker op van die gedachte, maar het is niet erg aannemelijk. Ze blijft waarschijnlijk weg met Elliot.

'Waar sta je altijd als je buiten moet wachten en de boel in de gaten moet houden?' vraag ik aan Sawyer als we in de rij gaan staan voor de lunch. Sawyer staat voor me en houdt de deur in de gaten, kijkt voortdurend de straat op en neer en let op iedereen die binnenkomt. Het is zenuwslopend.

'Ik zit altijd in het koffietentje aan de overkant, mevrouw Steele.'

'Is dat niet dodelijk vervelend?'

'Voor mij niet, mevrouw. Het is mijn werk,' zegt hij stijfjes.

Ik bloos. 'Sorry, ik wilde niet insinueren...' Mijn stem sterft weg als ik zijn vriendelijke, begrijpende gezichtsuitdrukking zie.

'Alstublieft, mevrouw Steele. Het is mijn werk om u te beschermen. En dat is dus wat ik doe.'

'Dus Leila is nergens te bekennen?'

'Nee, mevrouw.'

Ik frons. 'Hoe weet je hoe zij eruitziet?'

'Ik heb een foto van haar gezien.'

'O, heb je die bij je?'

'Nee, mevrouw.' Hij tikt op zijn hoofd. 'Opgeslagen in mijn geheugen.'

Natuurlijk. Ik zou wel eens een foto van Leila willen zien, om te zien hoe ze eruitzag voordat ze Spookmeisje werd. Zou Christian me een kopie willen geven? Ja, waarschijnlijk wel – voor mijn eigen veiligheid. Het is het begin van een plannetje, en mijn onderbewuste knikt instemmend.

De brochures worden afgeleverd op kantoor en tot mijn opluchting zien ze er fantastisch uit. Ik neem er eentje mee naar Jacks kantoor. Hij kijkt blij; ik weet niet of dat om mij is of om de brochure. Ik neem maar aan dat laatste.

'Deze zien er fantastisch uit, Ana.' Hij bladert er achteloos doorheen. 'Ja, goed gedaan. Zie je je vriendje nog vanavond?' Hij grijnst als hij 'vriendje' zegt.

'Ja. We wonen samen.' Dat klopt wel ongeveer. Nou ja, in ieder geval op dit moment. En ik heb er officieel in toegestemd om bij hem in te trekken, dus het ligt niet ver van de waarheid. Ik hoop dat hij er niet verder over doorvraagt.

'Zou hij er bezwaar tegen hebben als je vanavond nog even meegaat om iets te drinken? Om het resultaat van je harde werk te vieren?'

'Er komt vanavond een vriend van buiten de stad en we gaan met z'n allen uit eten.' En ik heb het elke avond erg druk, Jack.

'Begrijp ik.' Hij zucht, vertwijfeld. 'Misschien als ik terug ben uit New York dan?' Zijn wenkbrauwen gaan verwachtingsvol omhoog en hij kijkt me aan met een donkere, veelbetekenende blik.

O nee. Ik glimlach neutraal en onderdruk een rilling.

'Wil je koffie of thee? vraag ik.

'Koffie graag.' Zijn stem is laag en hees, alsof hij om iets anders vraagt. Fuck. Hij houdt er niet mee op. Dat zie ik nu in. *O... Wat moet ik nu?*

Ik slaak een diepe, lange zucht van opluchting als ik zijn kantoor uit ben. Hij maakt me zenuwachtig. Christian heeft gelijk wat hem betreft, en ergens ben ik woest júist omdat Christian gelijk heeft.

Ik neem weer plaats aan mijn bureau en mijn BlackBerry gaat over. Het is een onbekend nummer.

'Ana Steele.'

'Hé, Steele.' Ethans lijzige stem brengt me even van mijn stuk.

'Ethan! Hoe gaat het?' Mijn stem slaat bijna over van blijdschap.

'Blij om weer terug te zijn. Ik heb het wel gehad met de zonneschijn en de baco's. En dan mijn kleine zusje, die hopeloos verliefd is op die grote kerel. Het was afschuwelijk, Ana.'

'Ik geloof je meteen! Zee, zand, zon en baco's, dat klinkt echt als Dantes *Inferno*.' Ik giechel. 'Waar ben je nu?'

'Ik zit nog op de luchthaven, ik wacht op mijn bagage. Wat doe jij?'

'Ik ben op mijn werk. Ja ja, ik heb een betaalde baan,' antwoord ik op zijn verbaasde kreet. 'Kom je hiernaartoe om de sleutels op te halen? Dan zie ik je later in het appartement.'

'Klinkt goed. Dan zie ik je over ongeveer drie kwartier tot een uur? Wat is het adres?'

Ik geef hem het adres van SIP.

'Tot straks, Ethan.'

'Later,' zegt hij en hij hangt op. Wat? Ethan ook al? Dan besef ik dat hij net een week in gezelschap van Elliot heeft doorgebracht. Ik tik snel een mailtje aan Christian.

Van: Anastasia Steele
Onderwerp: Bezoek uit zonnige oorden
Datum: 14 juni 2011, 14:55
Aan: Christian Grey

Lieve compleet & tot over zijn oren VG&B,

Ethan is terug en hij komt hier straks de sleutels van het appartement ophalen.
Ik wil graag even gaan kijken of hij alles kan vinden.
Waarom pik je mij niet op na het werk? Dan gaan we even naar het appartement. Kunnen we daarna met z'n allen uit eten gaan, misschien?
Trakteer ik?

Jouw Ana x

Nog steeds S&O

Anastasia Steele
Assistente van Jack Hyde, redacteur, SIP

Van: Christian Grey
Onderwerp: Uit eten
Datum: 14 juni 2011, 15:05
Aan: Anastasia Steele

Ik keur je plan goed, met uitzondering van het gedeelte waar jij betaalt voor het eten!
Ik trakteer.
Ik haal je om zes uur op.

x

PS Waarom gebruik je je BlackBerry niet!!!

Christian Grey

Compleet en tot over zijn oren geïrriteerde directeur,
Grey Enterprises Holdings, Inc.

Van: Anastasia Steele
Onderwerp: Bazigheid
Datum: 14 juni 2011, 15:11
Aan: Christian Grey

Doe eens niet zo korzelig en pinnig.
Alles is gecodeerd.
Ik zie je om zes uur.

Ana x

Anastasia Steele
Assistente van Jack Hyde, redacteur, SIP

Van: Christian Grey
Onderwerp: Frustrerende vrouw
Datum: 14 juni 2011, 15:18
Aan: Anastasia Steele

Korzelig en pinnig!
Ik zal je eens laten zien wat korzelig en pinnig is.
Ik verheug me er nu al op.

Christian Grey
Compleet en nog verder dan tot over zijn oren geïrriteerd,
maar met een lach op zijn gezicht om onbekende redenen,
directeur, Grey Enterprises Holdings, Inc.

Van: Anastasia Steele
Onderwerp: Belofte maakt schuld
Datum: 14 juni 2011, 15:23
Aan: Christian Grey

Kom maar op, meneer Grey.

Ik verheug me er ook op. ;D

Ana x

Anastasia Steele
Assistente van Jack Hyde, redacteur, SIP

Hij geeft geen antwoord meer, maar dat had ik ook niet verwacht. Ik zie hem voor me, mopperend over tegenstrijdige signalen en ik moet erom lachen. Ik dagdroom over wat hij met me zou kunnen doen, maar merk dat ik in mijn stoel zit te schuiven. Mijn onderbewuste kijkt afkeurend naar me, over haar strenge juffenbril – ga eens aan je werk.

Een tijdje later rinkelt mijn telefoon. Het is Claire van de receptie.

'Er staat hier een heel leuke vent voor jou bij de receptie. We moeten echt eens samen wat gaan drinken, Ana. Jij kent zo veel lekkere kerels,' fluistert ze geheimzinnig door de telefoon.

Ethan! Ik graai de sleutels uit mijn tas en hol naar de foyer.

Holy shit – zijn haar is lichter, zijn huid fantastisch gebruind, zijn prachtige lichtbruine ogen kijken naar me op vanaf de groene leren bank. Zodra hij me ziet, valt zijn mond open. Hij staat op en komt naar me toe.

'Wauw, Ana.' Hij kijkt me fronsend aan en buigt dan om me te knuffelen.

'Je ziet er goed uit.' Ik grijns naar hem.

'Jij ziet er... wauw – anders uit. Mondain, verfijnd. Wat is er gebeurd? Heb je een ander kapsel? Andere kleding? Ik weet het niet, Steele, maar je ziet er gewoon sexy uit!'

Ik bloos heftig. 'Ach, Ethan, dit is gewoon mijn werkkleding,' vermaan ik, terwijl Claire toekijkt, een wenkbrauw omhoog en een glimlachje om haar mond.

'Hoe was het op Barbados?'

'Geweldig,' zegt hij.

'Wanneer komt Kate terug?'

'Ze vliegt vrijdag terug met Elliot. Ze hebben het zwaar te pakken.' Ethan rolt met zijn ogen.

'Ik heb haar gemist.'

'Ja? Hoe gaat het met jou en meneer Topman?

'Meneer Topman?' Ik grinnik. 'Laten we zeggen interessant. Hij neemt ons mee uit eten vanavond.'

'Cool.' Ethan lijkt er echt zin in te hebben. Gelukkig!

'Hier.' Ik geef hem de sleutels. 'Je hebt het adres?'

'Ja. Later!' Hij buigt naar me toe en geeft me een kus op mijn wang.

'Dat zegt Elliot altijd.'

'Ja, het is besmettelijk.'

'Dat is zo. Later.' Ik lach naar hem als hij van naast de groene bank zijn enorme tas pakt en het gebouw uit loopt.

Als ik me omdraai, zie ik dat Jack naar me kijkt vanaf de overkant van de foyer, zijn gezichtsuitdrukking ondoorgrondelijk. Ik lach vrolijk naar hem en loop weer naar mijn bureau, terwijl ik zijn ogen in mijn rug voel prikken. Dit begint op mijn zenuwen te werken. Wat moet ik ermee? Ik heb geen idee. Ik wacht wel tot Kate er weer is. Zij weet vast wel raad. Die gedachte vrolijkt me weer wat op en ik pak het volgende manuscript.

Om vijf voor zes gaat mijn telefoon. Het is Christian.

'Korzelig en Pinnig hier,' zegt hij en ik grijns. Hij is nog steeds speelse Vijftig. Mijn innerlijke godin klapt van blijdschap in haar handjes als een klein kind.

'Met seksverslaafd en Onverzadigbaar. Ik neem aan dat je buiten staat?' vraag ik droogjes.

'Dat klopt helemaal, mevrouw Steele. Ik hoop u zo te zien.' Zijn stem is warm en verleidelijk, en mijn hart klopt onrustig.

'Ik ook, meneer Grey. Ik kom eraan.' Ik hang op.

Ik schakel mijn computer uit en pak mijn tas en mijn vestje.

'Ik ben weg, Jack!' roep ik naar hem.

'Prima, Ana. Dank je voor je inzet vandaag, lieverd. Een prettige avond.'

'Jij ook.'

Waarom kan hij niet altijd zo zijn? Ik begrijp niets van hem.

De Audi staat naast de stoep en Christian stapt uit als ik aan kom lopen. Hij heeft zijn jasje uitgedaan en draagt zijn grijze broek, mijn lievelingsbroek, die op een speciale manier op zijn heupen hangt. Hoe kan deze Griekse god toch voor mij bestemd zijn? Ik merk dat ik als een idioot sta te grijnzen als reactie op zijn idiote grijns.

Hij heeft zich de hele dag gedragen als een verliefd vriendje – verliefd op mij. Deze aanbiddelijke, complexe man vol fouten is verliefd op mij, en ik op hem. Er welt een onverwachte vreugde in mij op en ik geniet van het moment waarin ik me voel alsof ik de hele wereld aankan.

'Mevrouw Steele, u ziet er nog net zo betoverend uit als vanochtend.' Christian trekt me in zijn armen en kust me hartstochtelijk.

'Meneer Grey, dat geldt ook voor u.'

'Laten we je vriend gaan ophalen.' Hij glimlacht naar me en doet de autodeur open.

Terwijl Taylor naar het appartement rijdt, vertelt Christian me over zijn dag – die zo te horen beter is verlopen dan gisteren. Ik kijk liefdevol naar hem op terwijl hij probeert uit te leggen welke doorbraak de afdeling milieukunde van de WSU in Vancouver heeft gemaakt. Ik begrijp zijn verhaal niet echt, maar ben gefascineerd door zijn persoon en zijn passie en interesse voor het onderwerp. Misschien zal het zo zijn, met goede en slechte dagen, en als de goede dagen zijn zoals deze, heb ik niet veel te klagen. Hij geeft me een vel papier.

'Dit zijn de tijden dat Claude vrij is deze week,' zegt hij.

O! De trainer.

Als we aankomen bij mijn appartementengebouw, vist hij zijn BlackBerry uit zijn zak.

'Grey,' neemt hij op. 'Ros, wat is er?' Hij luistert aandachtig en ik zie dat het een ingewikkeld gesprek is.

'Ik ga Ethan wel even ophalen. Ik ben met een paar minuten terug,' zeg ik heel zachtjes en ik steek twee vingers op.

Hij knikt, afgeleid door het gesprek. Taylor doet mijn deur open, lacht me vriendelijk toe. Ik grijns terug; zelfs Taylor voelt het. Ik druk op de intercom en roep vrolijk: 'Ethan, ik ben het. Doe even open.'

De zoemer gaat, de deur gaat open en ik ga de trap op naar het appartement. Ik realiseer me dat ik hier niet meer ben geweest sinds zaterdagmorgen. Dat lijkt nu zo lang geleden. Ethan is zo vriendelijk geweest de voordeur open te zetten. Ik stap het appartement binnen en krijg het ineens koud. Het duurt even voordat het tot me doordringt, maar dan besef ik dat de bleke, broze figuur die bij het kookeiland staat Leila is. Ze heeft een kleine revolver in haar hand en staart me onbewogen aan.

Dertien

Holy fuck.

Ze is hier, ze staart naar me met een verlammende, uitdrukkingsloze blik, ze heeft een pistool in haar hand. Mijn onderbewuste valt flauw en ik denk dat zelfs reukzout haar niet meer bij zou kunnen brengen.

Ik knipper een paar keer met mijn ogen naar Leila, terwijl mijn hersens op hol slaan. Hoe is ze binnengekomen? Waar is Ethan? Holy shit! Waar is Ethan?

Een koude angst slaat me om het hart, mijn hoofdhuid kriebelt als al mijn haarzakjes zich samentrekken van angst. Wat als ze hem iets heeft aangedaan? Mijn ademhaling gaat steeds sneller, als adrenaline en een allesverlammende angst door mijn lichaam trekken. *Rustig blijven, rustig blijven* – ik herhaal de mantra in mijn hoofd.

Ze houdt haar hoofd schuin, ze kijkt naar me alsof ik een zonderling ben, een kermisattractie. Jemig, ik ben hier niet de zonderling.

Het lijkt of er lichtjaren voorbijschieten voordat ik dit allemaal verwerkt heb, maar in werkelijkheid is het maar een fractie van een seconde. De uitdrukking op Leila's gezicht blijft hetzelfde, en ze ziet er nog net zo vuil en onverzorgd uit als altijd. Ze draagt nog steeds die groezelige regenjas, en ze ziet eruit alsof ze wel een douche kan gebruiken. Haar haar is vettig en slap, het zit tegen haar hoofd geplakt. Haar ogen zijn vaagbruin, dof en lichtelijk verward.

Ondanks het feit dat mijn mond volledig uitgedroogd is, doe ik een poging om iets te zeggen. 'Hallo. Leila, heet je toch?' Mijn stem kraakt. Ze lacht, maar het is meer een verontrustend opkrullen van haar lip dan een echte lach.

'Ze kan praten,' fluistert ze. Haar stem is zacht en schor tegelijk, een onwerkelijk geluid.

'Ja, ik kan praten,' zeg ik zachtjes, alsof ik tegen een kind praat. 'Ben je hier alleen?' Waar is Ethan? Mijn hart bonst bij de gedachte dat hem iets overkomen is.

Haar gezicht betrekt, zo erg dat ik denk dat ze elk moment in huilen kan uitbarsten. Ze ziet er verloren uit.

'Alleen,' fluistert ze. 'Alleen.' En de diepe droefheid die in dat ene woord schuilt is hartverscheurend. Wat bedoelt ze? Ben ik alleen? Is zij alleen? Is ze alleen omdat ze Ethan iets heeft aangedaan? O... nee... Ik vecht tegen de brok in mijn keel terwijl mijn tranen dreigend aan de oppervlakte liggen.

'Wat doe je hier? Kan ik iets voor je doen?' Mijn woorden zijn een kalme, behoedzame onderbreking, ondanks de verstikkende angst in mijn keel. Ze fronst haar voorhoofd alsof ze niets begrijpt van mijn vragen. Maar ze bedreigt mij niet met geweld. Haar hand is ontspannen om het pistool. Ik gooi het over een andere boeg, probeer mijn prikkende hoofdhuid te negeren.

'Zal ik thee voor je zetten?' Waarom vraag ik haar of ze thee wil? Het is de oplossing van Ray in elke emotionele situatie, die hier plotseling opduikt. Jemig, hij zou een toeval krijgen als hij mij hier zo zag. Zijn militaire training zou ervoor gezorgd hebben dat hij haar ondertussen al ontwapend had. Ze richt het pistool niet echt op mij. Misschien kan ik bewegen. Ze schudt haar hoofd en kantelt het van links naar rechts, alsof ze haar nekspieren oprekt.

Ik neem een diepe teug kostbare lucht, probeer mijn paniekerige ademhaling te kalmeren en loop naar het kookeiland toe. Ze fronst alsof ze niet helemaal begrijpt wat ik aan het doen ben en verschuift iets, zodat ze me nog steeds aankijkt. Ik pak de waterkoker en vul hem aan de kraan, met trillende handen. Terwijl ik beweeg, wordt mijn ademhaling rustiger. Ja, als ze me dood zou willen, had ze me zeker allang neergeschoten. Ze bekijkt me met een afwezige, geamuseerde nieuwsgierigheid. Als ik de waterkoker aanzet, besluipt de gedachte aan Ethan me. Is hij gewond? Vastgebonden?

'Is er nog iemand in het appartement?' vraag ik voorzichtig.

Ze buigt haar hoofd naar de andere kant en met haar rechterhand – de hand die niet de revolver vasthoudt – pakt ze een sliert van haar lange, vette haar en begint eraan te plukken en te draaien en te trekken. Het is duidelijk een zenuwtic, waardoor ik even afgeleid ben. Het valt me weer op hoeveel ze op me lijkt. Ik hou mijn adem in, wacht op haar reactie, terwijl de angst tot een bijna onverdraaglijke hoogte stijgt.

'Alleen. Helemaal alleen,' herhaalt ze. Ik ervaar het als geruststellend. Misschien is Ethan hier niet. Een enorme opluchting.

'Weet je zeker dat je geen thee of koffie wilt?'

'Geen dorst,' antwoordt ze zacht. Ze zet voorzichtig een stap in mijn richting. Weg is mijn gevoel van controle. Fuck! Ik begin weer te hijgen van angst, ik voel het gewoon woest door mijn aderen stromen. Desondanks draai ik me om, voel ik me ontzettend dapper, en pak een paar kopjes uit de keukenkast.

'Wat heb jij dat ik niet heb?' vraagt ze, met een kinderlijk stemmetje.

'Wat bedoel je precies, Leila?' vraag ik zo vriendelijk mogelijk.

'Meester – meneer Grey – jij mag hem bij zijn voornaam noemen.'

'Ik ben niet zijn Onderdanige, Leila. Eh... Meester begrijpt dat ik niet in staat ben, ontoereikend ben, om die rol te vervullen.'

Ze buigt haar hoofd naar de andere kant. Het is een zenuwslopende en onnatuurlijke handeling.

'On-toe-rei-kend.' Ze probeert het woord uit, de klank, het gevoel op haar tong. 'Maar Meester is gelukkig. Ik heb hem gezien. Hij lacht en glimlacht. Die reactie heeft hij zelden... heel zelden.'

O.

'Jij lijkt op mij.' Leila probeert het op een andere manier, verrast me. Haar ogen lijken voor de eerste keer op mij te focussen. 'Meester houdt van gehoorzame types die op jou en mij lijken.

De anderen, allemaal hetzelfde... allemaal hetzelfde... maar jij slaapt in zijn bed. Ik heb je gezien.'

Shit! Zij was het in de kamer. Ik heb het me niet verbeeld.

'Je hebt me in zijn bed gezien?' fluister ik.

'Ik heb nooit in het bed van Meester geslapen,' zegt ze. Ze lijkt een ongrijpbare geestverschijning. Een half mens. Ze ziet er zo teer uit, en ondanks het feit dat ze een pistool vasthoudt, word ik plotseling overmand door medeleven. Haar handen krommen zich om het wapen en mijn ogen worden groot, ze springen bijna uit mijn hoofd.

'Waarom wil Meester dat we zo zijn? Het lijkt wel alsof... alsof... Meester is duister... Meester is een duistere man, maar ik hou van hem.'

Nee, nee, nee, dat is hij niet. Inwendig bries ik. Hij is niet duister. Hij is een goede man en hij leeft niet in het duister. Hij is bij mij gekomen in het licht. En nu is zij hier, en probeert hem terug te slepen met een of ander ziek idee dat ze van hem houdt.

'Leila, kun je dat pistool aan mij geven?' vraag ik behoedzaam. Haar hand klemt het stevig vast, en ze houdt het tegen haar borst.

'Dit is van mij. Het is alles wat ik nog heb.' Ze streelt het wapen zachtjes. 'Zodat ze bij haar geliefde kan zijn.'

Holy shit! Welke geliefde – Christian? Het voelt alsof ze me in mijn maag heeft gestompt. Ik weet dat hij hier elk moment kan zijn om te kijken waar ik blijf. Wil ze hem neerschieten? De gedachte alleen al is zo afschuwelijk, dat mijn keel zich dichtknijpt, waardoor ik bijna stik. Dezelfde angst nestelt zich ook stevig in mijn maag.

Precies op het juiste moment knalt de deur open. Christian staat in de deuropening, Taylor achter hem.

Christian bekijkt me snel van top tot teen en ik zie even een glimp van opluchting in zijn blik. Maar zijn opluchting is van korte duur als zijn blik naar Leila schiet en daar blijft hangen, zich scherp stellend, onbeweeglijk. Zijn ogen kijken boos naar haar, intenser dan ik ooit heb gezien, zijn ogen zijn wild, opengesperd, boos en bang.

O nee... o nee.

Leila's ogen worden groot, en even lijkt het alsof ze bij zinnen komt. Ze knippert snel, terwijl haar hand het pistool weer stevig beetpakt.

Mijn adem stokt in mijn keel, en mijn hart begint zo luid te bonzen dat ik het bloed in mijn oren hoor gonzen. *Nee nee nee!*

Mijn hele wereld wankelt in de handen van deze zielige, gestoorde vrouw. Zal ze schieten? Ons allebei? Christian? De gedachte verlamt me.

Maar na een eeuwigheid, terwijl de tijd onbeweeglijk om ons heen hangt, kantelt ze haar hoofd iets en gluurt ze naar hem door haar wimpers, haar uitdrukking berouwvol.

Christian gebaart met zijn hand naar Taylor, dat hij moet blijven waar hij is. Taylors grauwe gelaatskleur verraadt zijn woede. Ik heb hem nog nooit zo gezien, maar hij blijft stokstijf staan, terwijl Christian en Leila naar elkaar staren.

Ik realiseer me dat ik mijn adem inhoud. Wat gaat ze doen? Wat gaat hij doen? Maar ze blijven maar naar elkaar staren. Christians gezichtsuitdrukking is rauw, gevuld met een onbekende emotie. Het zou medelijden kunnen zijn, angst, genegenheid... of is het liefde? Nee, alsjeblieft, geen liefde!

Zijn ogen doordringen haar, en tergend langzaam verandert de atmosfeer in het appartement. De spanning wordt opgebouwd, zodat ik de band tussen hen, de lading, kan voelen.

Nee! Plotseling lijkt het alsof ík de indringer ben, die hen stoort terwijl ze daar naar elkaar staan te staren. Ik ben een buitenstaander – een voyeur, die stiekem kijkt naar een verboden, intiem tafereel achter gesloten gordijnen.

De intense blik van Christian brandt nog helderder, en zijn houding verandert subtiel. Hij lijkt groter, hoekiger op de een of andere manier, kouder, en afstandelijker. Ik herken deze houding. Ik heb hem al eens eerder zo gezien – in zijn speelkamer.

Mijn schedel prikt weer. Dit is Dominante Christian, en hij lijkt volkomen op zijn gemak. Of hij nu voor deze rol geboren is of gemaakt, ik weet het gewoon niet, maar met angst in mijn hart en een knoop in mijn maag zie ik hoe Leila reageert, haar lippen wijken uit elkaar, haar ademhaling gaat sneller en een kleine blos vormt zich op haar wangen. *Nee!* Dit is een ongewenste blik in zijn verleden, het is afschuwelijk om te zien.

Uiteindelijk zegt hij iets tegen haar. Ik kan niet verstaan wat hij zegt, maar het heeft onmiddellijk effect op Leila. Ze valt op haar knieën op de vloer, het pistool valt en glijdt nutteloos over de houten vloer. *Holy fuck.*

Christian wandelt rustig naar de plek waar het pistool ligt en buigt zich elegant voorover om het op te rapen. Hij kijkt er misprijzend naar en laat het dan in de zak van zijn jasje verdwijnen. Hij staart nog een keer naar Leila, hoe ze daar braaf knielt bij het kookeiland.

'Anastasia, ga met Taylor mee,' commandeert hij. Taylor komt over de drempel en staart naar mij.

'Ethan,' fluister ik.

'Is beneden.' Hij beantwoordt mijn vraag zakelijk, zijn ogen nog steeds op Leila gericht.

Beneden. Niet hier. Ethan is veilig. De opluchting giert door mijn bloed en een ogenblik denk ik dat ik flauw ga vallen.

'Anastasia.' De stem van Christian is afgemeten, als een waarschuwing.

Ik knipper met mijn ogen, en kan me plotseling niet meer bewegen. Ik wil hem niet achterlaten – niet met haar achterlaten. Hij gaat naast Leila staan, zodat ze aan zijn voeten knielt. Hij staat beschermend over haar heen. Ze zit zo stil, het lijkt onnatuurlijk. Ik kan mijn ogen niet van die twee afhouden – samen...

'In godsnaam, Anastasia, doe nu voor één keer in je leven eens wat je wordt opgedragen en verdwijn!' Christians ogen houden de mijne vast terwijl hij boos naar me kijkt. Zijn stem is ijzig koud. De boosheid onder het oppervlak van zijn rustige, vastberaden woorden is tastbaar.

Boos op mij? Kan niet. Alsjeblieft – nee! Het voelt alsof hij me hard heeft geslagen. Waarom wil hij bij haar blijven?

'Taylor. Neem mevrouw Steele mee naar beneden. Nu.'

Taylor knikt naar hem, terwijl ik naar Christian staar.

'Waarom?' fluister ik.

'Ga. Terug naar het appartement.' Zijn ogen bevriezen me. 'Ik wil nu alleen zijn met Leila.' Het klinkt dringend.

Ik denk dat hij een of andere boodschap probeert over te brengen, maar ik ben zo van mijn stuk door alles wat er gebeurd is, dat ik er niet zeker van ben. Ik kijk voorzichtig naar Leila en zie een heel klein glimlachje om haar lippen. Verder blijft ze volkomen passief. Ze is perfect onderdanig. *Fuck!* Mijn hart bevriest.

Dit is wat hij nodig heeft. Dit is wat hij fijn vindt. *Nee!* Ik kan wel janken.

'Mevrouw Steele. Ana.' Taylor steekt een hand naar me uit, smekend of ik meega. Ik kan me niet verroeren door het afschuwelijke spektakel voor mijn neus. Het bevestigt mijn angsten en al mijn twijfels: Christian en Leila samen – de Dominant en zijn Onderdanige.

'Taylor,' dringt Christian aan, en Taylor tilt me in zijn armen. Het laatste wat ik zie als we vertrekken is hoe Christian teder het hoofd van Leila streelt en zachtjes iets tegen haar zegt.

Nee!

Als ik door Taylor naar beneden word gedragen, lig ik slapjes in zijn armen, terwijl ik probeer te bevatten wat er in de laatste tien minuten is gebeurd – of was het langer? Korter? Ik ben alle besef van tijd kwijt.

Christian en Leila, Leila en Christian... samen? Wat is hij nu met haar aan het doen?

'Jezus, Ana! Wat is hier verdomme aan de hand?'

Ik ben opgelucht om Ethan te zien. Hij loopt heen en weer in de kleine entreehal, nog steeds met de grote tas om zijn schouder. *Gelukkig, hij is in orde!* Als Taylor me neerzet, vlieg ik Ethan in de armen, ik klem me aan hem vast.

'Ethan. Godzijdank!' Ik knuffel hem, hou hem stevig vast. Ik was zo ongerust. Heel even vergeet ik zelfs mijn groeiende paniek over wat zich boven in mijn appartement afspeelt.

'Wat is er allemaal aan de hand, Ana? Wie is deze vent?'

'O sorry, Ethan. Dat is Taylor. Hij werkt voor Christian. Taylor, dit is Ethan, de broer van mijn huisgenoot.'

Ze knikken beleefd naar elkaar.

'Ana, wat is er boven gaande? Ik stond net de sleutels van het appartement uit mijn broekzak te vissen, toen deze kerels vanuit het niets op me sprongen en me de sleutels afpakten. Een daarvan was Christian...' Ethans stem sterft weg.

'Je was laat... godzijdank.'

'Ja. Ik kwam iemand tegen van Pullman – we zijn wat gaan drinken. Wat is daarboven aan de hand?'

'Er is een meisje, een ex van Christian. In ons appartement. Ze is helemaal doorgedraaid. En Christian is...' Mijn stem breekt, de tranen springen in mijn ogen.

'Hey,' fluistert Ethan en hij trekt me weer tegen zich aan. 'Heeft iemand de politie gebeld?'

'Nee. Dat is niet nodig.' Ik snik tegen zijn borst aan en nu ik eenmaal begonnen ben, kan ik niet meer stoppen. Alle spanning van dit hele avontuur komt eruit door mijn tranen. Ethan houdt me nog steviger vast, maar ik voel dat hij er niets van begrijpt.

'Hey, Ana. Laten we iets gaan drinken.' Hij klopt wat onbeholpen op mijn rug. Ik voel me ineens ook onbeholpen, en gegeneerd. Eerlijk gezegd wil ik liever alleen zijn. Maar ik knik, accepteer zijn aanbod. Ik wil hier weg, weg van wat zich hierboven afspeelt.

Ik draai me om naar Taylor.

'Was het appartement gecontroleerd?' vraag ik hem, nog steeds in tranen, terwijl ik met de rug van mijn hand mijn neus afveeg.

'Vanmiddag nog.' Taylor haalt schuldbewust zijn schouders op en geeft mij een zakdoek aan. Hij lijkt er ondersteboven van. 'Het spijt me, Ana,' zeg hij oprecht.

Ik denk na. Jemig, hij ziet er zo schuldig uit. Ik wil niet dat hij zich nog beroerder gaat voelen.

'Ze is er griezelig goed in om ons te ontwijken,' voegt hij er boos aan toe.

'Ethan en ik gaan even iets drinken en gaan dan terug naar Escala.' Ik droog mijn ogen.

Taylor wipt ongemakkelijk van de ene voet op de andere. 'Meneer Grey wil dat je teruggaat naar het appartement,' zegt hij zachtjes.

'Nou, we weten nu waar Leila is.' Ik kan niet vermijden dat mijn stem bitter klinkt. 'Er is dus geen reden meer voor al die veiligheidsmaatregelen. Zeg tegen Christian dat we later naar hem toe komen.'

Taylor doet zijn mond open om iets te zeggen, maar doet hem dan wijselijk weer dicht.

'Wil je je tas aan Taylor meegeven?' vraag ik aan Ethan.

'Nee, die hou ik wel bij me, dank je.'
Ethan knikt naar Taylor en duwt me dan voor zich uit door de voordeur. Ik bedenk te laat dat mijn handtas nog achter in de Audi ligt. Ik heb niets bij me.
'Mijn handtas...'
'Maak je geen zorgen,' zegt Ethan met een bezorgd gezicht. 'Geen probleem, ik trakteer.'

We gaan naar een bar aan de overkant van de straat, installeren ons op houten barkrukken bij het raam. Ik wil zien wat er gebeurt – wie er komt, en belangrijker nog wie er gaat. Ethan haalt een biertje voor me.
'Problemen met een ex?' zegt hij vriendelijk.
'Het ligt iets ingewikkelder,' zeg ik, meteen op mijn hoede. Ik kan hier niet over praten – ik heb een geheimhoudingsverklaring getekend. En voor het eerst baal ik ervan dat Christian het er nog niet over heeft gehad om die weer in te trekken.
'Ik heb alle tijd,' zegt Ethan vriendelijk en hij neemt een diepe teug van zijn bier.
'Ze is een ex, van jaren geleden. Ze is bij haar man weggegaan voor een of andere vent. Die is een paar weken geleden omgekomen bij een auto-ongeluk, en nu zit ze weer achter Christian aan.' Ik haal mijn schouders op. Zo, daar wordt hij niet veel wijzer van.
'Zit ze achter hem aan?'
'Ze had een pistool.'
'Jezus!'
Ze heeft er niet echt iemand mee bedreigd. Ik denk dat ze zichzelf iets wilde aandoen. Maar daarom maakte ik me zo'n zorgen om jou. Ik wist niet of je al in het appartement was.
'Snap ik. Ze klinkt nogal labiel.'
'Dat is ze ook.'
'En wat is Christian nu met haar aan het doen?'
Het bloed trekt uit mijn gezicht en ik heb een nare smaak in mijn mond. 'Ik weet het niet,' fluister ik.
Ethan zet grote ogen op – hij begrijpt het eindelijk.
Dit is de kern van mijn probleem. Wat zijn ze in godsnaam aan

het doen? Praten, hoop ik. Alleen praten. Maar het beeld van zijn hand, die teder over haar haar streelt, blijft in mijn hoofd hangen.

Ze is niet wijs en Christian geeft om haar, dat is alles, probeer ik het te beredeneren. Maar ergens diep vanbinnen schudt mijn onderbewuste bedroefd haar hoofd.

Het is meer dan dat. Leila kon in zijn behoeften voorzien op een manier die ik niet beheers. Die gedachte is deprimerend.

Ik probeer me te concentreren op alles wat we de laatste paar dagen gedaan hebben – zijn liefdesverklaring, zijn flirterige humor, zijn speelsheid. Maar de woorden van Elena achtervolgen me nog steeds. Het is waar wat ze zeggen over luistervinken.

Mis je het niet... je speelkamer?

Ik heb mijn biertje in recordtijd op en Ethan zet er nog een voor me neer. Ik ben niet echt goed gezelschap, maar hij blijft gelukkig bij me. Hij kletst een eind weg, probeert me op te beuren, vertelt over Barbados, over de capriolen van Kate en Elliot, het leidt me in ieder geval even af. Maar meer is het niet – een afleiding.

Mijn hoofd, mijn hart en mijn ziel zijn nog steeds in het appartement met mijn Vijftig Tinten en de vrouw die zijn Onderdanige is geweest. Een vrouw die denkt dat ze nog steeds van hem houdt. Een vrouw die op mij lijkt.

Bij ons derde biertje komt er grote MPV met donkere ruiten aanrijden, die naast de Audi parkeert. Ik herken dr. Flynn als hij uitstapt in het gezelschap van een vrouw die gekleed is in een soort lichtblauwe operatiekleding. Ik vang een glimp op van Taylor als hij ze de voordeur in laat.

'Wie is dat?' vraagt Ethan.

'Dat is dr. Flynn. Christian kent hem.'

'Wat voor een dokter?'

'Een psychiater.'

'O.'

We blijven allebei kijken en een paar minuten later komen ze naar buiten. Christian draagt Leila, in een deken gewikkeld. *Wat?* Ik kijk vol afgrijzen toe als ze allemaal de ambulance in gaan, waarna die wegscheurt.

Ethan kijkt vol sympathie naar me en ik voel me desolaat, compleet desolaat.

'Mag ik iets sterkers?' vraag ik aan Ethan, met een klein stemmetje.

'Tuurlijk. Wat wil je?'

'Doe maar een cognac. Dank je.'

Ethan knikt en loopt weg, naar de bar. Ik staar uit het raam naar de voordeur. Vlak daarna komt Taylor tevoorschijn. Hij stapt in de Audi en vertrekt richting Escala... Christian achterna? Ik weet het niet.

Ethan zet een grote bel cognac voor me neer.

'Kom op, Steele. Laten we het op een zuipen zetten.'

Dat is het beste idee dat ik in lange tijd gehoord heb. We toosten en ik neem een grote slok van de scherpe gouden vloeistof, de vurige warmte leidt me in ieder geval even af van de groeiende pijn in mijn hart.

Het is laat en ik voel me wazig. Ethan en ik kunnen het appartement niet in. Hij staat erop met me mee te lopen naar Escala, maar hij wil niet blijven. Hij heeft de vriend gebeld die hij 's middags was tegengekomen en heeft afgesproken dat hij daar kan pitten.

'Dus hier woont de topman.' Ethan fluit tussen zijn tanden door, onder de indruk.

Ik knik.

'Weet je zeker dat ik niet even met je mee naar binnen moet?' vraagt hij.

'Nee, ik moet het onder ogen zien – of gewoon naar bed gaan.'

'Zie ik je morgen?'

'Ja. Bedankt, Ethan.' Ik omhels hem.

'Je komt er wel uit, Steele,' zegt hij troostend in mijn oor. Hij laat me los en kijkt hoe ik het gebouw in loop.

'Later,' roept hij nog. Ik lach zwakjes naar hem en zwaai. Dan druk ik op de knop voor de lift.

Ik stap uit de lift en loop Christians appartement binnen. Taylor is er niet, dat is vreemd. Ik doe de dubbele deuren open en loop naar de grote kamer. Christian is aan het bellen, hij loopt langs de piano heen en weer.

'Ze is er,' snauwt hij. Hij draait zich om en kijkt boos naar mij, terwijl hij zijn telefoon uitschakelt. 'Waar heb jij godverdomme gezeten?' gromt hij, maar hij komt niet naar me toe.

Holy shit, is hij nou boos op mij? Hij heeft net god weet hoeveel tijd doorgebracht met zijn gestoorde ex-vriendin, en hij is boos op mij?

'Heb je gezopen?' vraagt hij, ontzet.

'Een beetje.' Ik dacht niet dat het zo goed te zien was.

Hij zucht en haalt een hand door zijn haar. 'Ik had gezegd dat je hierheen moest gaan.' Zijn stem is verontrustend kalm. 'Het is nu kwart over tien. Ik maakte me zorgen om je.'

'Ik ben wat gaan drinken met Ethan, terwijl jij je bekommerde om je ex,' sis ik hem toe. 'Ik wist toch niet hoe lang je werk zou hebben... met haar.'

Zijn ogen versmallen en hij doet een paar stappen in mijn richting, maar stopt dan.

'Waarom zeg je dat op die manier?'

Ik haal mijn schouders op en staar naar mijn vingers.

'Ana, wat is er?' Voor de eerste keer hoor ik iets anders dan boosheid in zijn stem. Wat? Angst?

Ik slik, terwijl ik probeer te bedenken wat ik wil zeggen. 'Waar is Leila?' vraag ik en ik kijk naar hem op.

'In een psychiatrisch ziekenhuis in Fremont,' zegt hij, terwijl hij me onderzoekend aankijkt. 'Ana, wat is er?' Hij komt dichterbij tot hij vlak voor me staat. 'Wat is er aan de hand?' fluistert hij.

Ik schud mijn hoofd. 'Ik ben niet goed genoeg voor jou.'

'Wat?' fluistert hij, zijn ogen worden groot van schrik. 'Waarom denk je dat? Hoe kun je dat nu denken?'

'Ik kan niet alles zijn wat jij nodig hebt.'

'Jij bent alles wat ik nodig heb.'

'Toen ik jou met haar zag...' Mijn stem sterft weg.

'Waarom doe je me dit aan? Dit gaat niet om jou, Ana. Het gaat om haar.' Hij haalt diep adem, gaat weer met een hand door zijn haar. 'Op dit moment is dat meisje niet meer dan een ziek hoopje ellende.'

'Maar ik voelde het... wat jullie samen deelden.'

'Wat? Nee.' Hij steekt zijn hand uit en ik doe automatisch een stap naar achteren. Hij laat zijn hand zakken, knippert met zijn ogen. Het lijkt alsof hij in paniek raakt.

'Je loopt weg?' fluistert hij, zijn ogen groot van angst.

Ik zeg niets terwijl ik mijn chaotische gedachten probeer te ordenen.

'Dat kan niet,' smeekt hij.

'Christian... ik...' Ik probeer mijn gedachten te ordenen. Wat wil ik eigenlijk zeggen? Ik heb tijd nodig, tijd om dit te verwerken. Geef me meer tijd.

'Nee. Nee!' zegt hij.

'Ik...'

Hij kijkt woest om zich heen. Wacht hij op inspiratie? Goddelijke interventie? Ik weet het niet.

'Je mag niet weggaan, Ana. Ik hou van jou!'

'Ik hou ook van jou, Christian, maar het is gewoon...'

'Nee... nee!' zegt hij wanhopig en grijpt zijn hoofd met beide handen vast.

'Christian...'

'Nee,' zucht hij, zijn ogen wagenwijd open in paniek, en hij valt plotseling voor me op zijn knieën, met zijn hoofd gebogen, zijn handen steunend op zijn dijen. Hij haalt diep adem en zit onbeweeglijk.

Wat? 'Christian, wat doe je?'

Hij blijft naar beneden staren, zonder naar me te kijken.

'Christian! Wat ben je aan het doen?' herhaal ik met een afgeknepen stem. Hij verroert zich niet. 'Christian, kijk me aan!' commandeer ik, in paniek.

Zijn hoofd zwiept zonder aarzeling omhoog en hij kijkt me passief aan met een koele, grijze blik – bijna sereen... afwachtend.

Holy fuck... Christian. De Onderdanige.

Veertien

Christian op zijn knieën voor me, mij vasthoudend in zijn strakke, grijze blik, is het meest benauwende en ontnuchterende dat ik ooit gezien heb – nog meer dan Leila met haar pistool. De vage alcoholische roes waar ik last van heb, is meteen verdwenen en wordt vervangen door een prikkende schedel en een gevoel van naderend onheil, als het bloed uit mijn gezicht wegtrekt.

Ik haal diep adem van de schok. *Nee. Nee, dit is fout, zo fout en zo verontrustend.*

'Christian, alsjeblieft, niet doen. Ik wil dit niet.'

Hij blijft me passief aankijken, onbeweeglijk, zonder iets te zeggen.

O fuck. Mijn lieve, arme Vijftig. Mijn hart knijpt zich samen en draait zich om. Wat heb ik in hemelsnaam met hem gedaan? De tranen prikken in mijn ogen.

'Waarom doe je dit? Zeg dan iets,' fluister ik.

Hij knippert een keer.

'Wat wil je graag horen?' zegt hij zachtjes, neutraal. Heel even ben ik blij dat hij iets zegt, maar niet op deze manier – nee. Nee.

De tranen lopen over mijn wangen. Ineens kan ik er niet meer tegen om hem zo te zien, in dezelfde onderdanige positie als dat armzalige schepsel van een Leila. Het beeld van een machtige man die eigenlijk nog steeds een klein jongetje is, die op een afschuwelijke manier misbruikt en verwaarloosd is, die denkt dat hij de liefde niet verdient, van zijn perfecte familie en zijn veel-minder-dan-perfecte vriendin... mijn verloren jochie... het breekt mijn hart.

Medeleven, verlies en wanhoop strijden in mijn hart en ik ervaar een verstikkend gevoel van wanhoop. Ik zal moeten vechten om hem terug te brengen, om míjn Vijftig terug te brengen.

Het idee van mij als Meesteres is absurd. Het idee dat ik Christian zou domineren is walgelijk. Dan zou ik op haar lijken – op de vrouw die hem dit heeft aangedaan.

Ik ril bij die gedachte, vecht tegen de gal die opkomt in mijn keel. Dat kan ik écht niet. Dat wíl ik echt niet.

Als ik mijn gedachten een beetje helder op rij heb, zie ik maar één oplossing. Zonder van hem weg te kijken zak ik voor hem op mijn knieën.

De houten vloer voelt hard tegen mijn schenen. Ik veeg mijn tranen ruw af met de rug van mijn hand.

Op deze manier zijn we gelijken. We zitten op hetzelfde niveau. Dit is de enige manier om hem weer terug te halen.

Zijn ogen gaan iets verder open als ik naar hem opkijk, maar verder verandert er niets aan zijn gezichtsuitdrukking of zijn houding.

'Christian, dit is niet nodig,' pleit ik. 'Ik ga er niet vandoor. Dat heb ik je keer op keer op keer gezegd. Ik loop niet weg. Alles wat er gebeurd is... het is overweldigend. Ik heb alleen wat tijd nodig om na te denken... wat tijd voor mezelf. Waarom ga je altijd van het slechtste uit?' Mijn hart knijpt zich weer samen omdat ik het antwoord weet; omdat hij overal aan twijfelt, zo vol afkeer van zichzelf is.

De woorden van Elena achtervolgen me. *'Weet ze hoe negatief je over jezelf oordeelt? Kent zij al je issues?'*

O, Christian. De angst slaat me weer om het hart en ik begin te ratelen. 'Ik dacht dat ik vanavond misschien beter terug zou kunnen gaan naar mijn appartement. Je gunt me nooit de tijd... de tijd om eens over alles na te denken,' snik ik en er trekt een vage frons over zijn gezicht. 'Gewoon tijd om na te denken. We kennen elkaar nauwelijks, en al die bagage die jij met je meebrengt... ik moet... ik moet er gewoon over nadenken. En nu Leila... wat er dan ook met haar aan de hand is... nu zij uit beeld is en geen bedreiging meer kan vormen... dacht ik... ik dacht...' Mijn stem sterft weg en ik staar naar hem. Hij bekijkt me intens en ik denk dat hij luistert.

'Toen ik je met Leila zag...' Ik sluit mijn ogen als de pijnlijke herinnering van de wisselwerking tussen hem en zijn voormalige Onderdanige weer aan me knaagt. 'Het was zo'n enorme schok. Het was een blik in hoe je leven voorheen was... en...' Ik kijk neer op mijn verstrengelde vingers, terwijl de tranen nog steeds over mijn wangen glijden. 'Het gaat er niet om dat ik niet goed genoeg voor je ben. Het was een kijkje in je leven en ik ben nu zo bang dat ik je ga vervelen, en dat je dan gaat... en dat ik dan eindig zoals Leila... een schim. Want ik hou van je, Christian, en als je me zou verlaten, zou dat zijn als een wereld zonder licht. Dan leef ik in de duisternis. Ik wil niet weglopen. Ik ben alleen zo bang dat je mij verlaat...'

Als ik deze woorden tegen hem uitspreek – in de hoop dat hij luistert – realiseer ik me wat eigenlijk mijn probleem is. Ik begrijp gewoon niet wat hij in mij ziet. Ik heb nóóit begrepen wat hij in mij ziet.

'Ik begrijp niet waarom je mij aantrekkelijk vindt,' mompel ik. 'Jij bent zo, nou ja, jij bent jij... en ik ben...' Ik haal mijn schouders op en staar hem aan. 'Ik begrijp het gewoon niet. Jij bent mooi en sexy en succesvol en goed en aardig en zorgzaam – al die dingen – en ik niet. En ik kan de dingen niet doen die jij graag doet. Ik kan je niet geven wat je nodig hebt. Hoe kun je met mij nou gelukkig zijn? Hoe kan ik nu denken dat ik jou kan vasthouden?' Mijn stem is bijna onhoorbaar als ik mijn diepste angsten verwoord. 'Ik heb nooit begrepen wat je in mij ziet. En toen ik jou met haar zag, realiseerde ik me dat allemaal.' Ik snotter en veeg mijn neus af met de rug van mijn hand, terwijl ik naar zijn onbewogen gezicht staar.

O, dit is zo tergend. *Zeg dan iets, verdomme!*

'Blijf je hier de hele nacht op je knieën liggen? Want dan doe ik dat ook, hoor,' snauw ik naar hem.

Ik denk dat zijn uitdrukking iets zachter wordt – misschien zelfs lichtelijk geamuseerd. Maar het is moeilijk te zeggen.

Ik zou mijn hand kunnen uitstrekken om hem aan te raken, maar dan zou ik ernstig misbruik maken van de positie waarin hij me gebracht heeft. Dat wil ik niet, maar ik weet niet wat hij wil, of wat hij me probeert duidelijk te maken. Ik begrijp het gewoon niet.

'Christian, alsjeblieft, alsjeblieft... zeg iets,' smeek ik hem, mijn handen wringend in mijn schoot. Ik zit ongemakkelijk zo op mijn knieën, maar ik blijf geknield zitten, ik staar in zijn serieuze, prachtige grijze ogen en wacht.

En wacht.

En wacht.

'Alsjeblieft,' smeek ik nog een keer.

Plotseling wordt zijn intense blik donkerder en hij knippert met zijn ogen.

'Ik was zo bang,' fluistert hij.

O, ik dank God op mijn blote knieën! Mijn onderbewuste wankelt achteruit naar haar fauteuil, slap van opluchting, en neemt een flinke teug van haar gin.

Hij praat! Ik word overmand door dankbaarheid, en ik slik, terwijl ik probeer om mijn emoties en de verse tranen die achter mijn ogen prikken in bedwang te houden.

Zijn stem is zacht en laag. 'Toen ik Ethan buiten zag aankomen, wist ik dat iemand je had binnengelaten in je appartement. Taylor en ik sprongen tegelijk de auto uit. We wisten het instinctief en toen ik haar daar zo zag met jou – en bewapend. Ik bestierf het, Ana. Iemand die jou bedreigt... mijn ergste nachtmerrie werd werkelijkheid. Ik was zo boos op haar, op jou, op Taylor, en op mezelf.'

Hij schudt zijn hoofd, de pijn zichtbaar op zijn gezicht. 'Ik wist niet hoe labiel ze zou zijn. Ik wist niet wat ik moest doen. Ik wist niet hoe ze zou reageren.' Hij stopt en fronst zijn wenkbrauwen. 'En toen gaf zij me de aanwijzing. Ze zag er zo berouwvol uit. En ik wist meteen wat ik moest doen. Hij stopt even, staart naar mij, probeert mijn reactie te peilen.

'Ga door,' fluister ik.

Hij slikt. 'Om haar in die staat te zien, wetend dat ik iets te maken heb met haar geestelijke inzinking...' Hij sluit zijn ogen opnieuw. 'Ze was altijd zo ondeugend en levendig.' Hij huivert en haalt hortend adem, het is bijna een snik. Het is een kwelling om naar te luisteren, maar ik kniel, ik luister aandachtig, en absorbeer het inzicht.

'Ze had je iets kunnen aandoen. En dan was dat mijn schuld geweest.' Zijn ogen dwalen weg, vol niet-begrijpende afschuw, en hij zwijgt weer.

'Maar dat is niet gebeurd,' fluister ik. 'En het was niet jouw schuld dat ze er zo aan toe was, Christian.' Ik knipper en kijk naar hem, hem aanmoedigend om verder te gaan.

Dan begint het tot me door te dringen dat alles wat hij gedaan heeft, bedoeld was om mij te beschermen, en misschien Leila ook, omdat hij ook om haar geeft. Maar hoeveel geeft hij om haar? De vraag blijft onwelkom in mijn hoofd hangen. Hij zegt dat hij van mij houdt, maar hij was op dat moment zo bikkelhard tegen me, gooide me uit mijn eigen appartement.

'Ik wilde je op dat moment alleen maar weg hebben,' zegt hij, met zijn griezelige gave om mijn gedachten te kunnen lezen, 'weg van het gevaar, en... Jij. Wilde. Gewoon. Niet. Weg,' sist hij tussen zijn op elkaar geklemde tanden door en hij schudt zijn hoofd. Zijn ergernis is bijna tastbaar.

Hij staart me intens in de ogen. 'Anastasia Steele, je bent de meest eigenwijze vrouw die ik ken.' Hij sluit zijn ogen en schudt nog eens vol ongeloof zijn hoofd.

O, hij is terug. Ik slaak een diepe, bevrijdende zucht van opluchting.

Hij doet zijn ogen weer open en zijn gezichtsuitdrukking is desolaat – oprecht. 'Je was niet van plan ervandoor te gaan?' vraagt hij.

'*Nee!*'

Hij doet zijn ogen weer dicht en zijn hele lichaam ontspant zich. Als hij zijn ogen weer opent, zie ik zijn pijn en zijn angst.

'Ik dacht...' Hij stopt. 'Dit ben ik, Ana. Helemaal... en ik ben helemaal van jou. Wat moet ik doen om je dat te laten beseffen? Zodat je weet dat ik jou wil, op welke manier dan ook. Dat ik van je hou.'

'Ik hou ook van jou, Christian, en je zo te zien, is...' Ik val stil en de tranen beginnen weer te stromen. 'Ik dacht dat ik je gebroken had.'

'Gebroken, mij? O nee, Ana. Juist het tegenovergestelde.' Hij steekt zijn hand uit en pakt mijn hand vast. 'Jij bent mijn reddende engel,' fluistert hij. Hij kust mijn knokkels voordat hij mijn handpalm tegen de zijne drukt.

Met zijn ogen wijd open en vol angst, trekt hij zachtjes aan mijn hand en legt hem op zijn borst over zijn hart – in het verboden gebied. Zijn ademhaling versnelt. Zijn hart slaat als een razende, het voelt als tromgeroffel onder mijn vingers. Zijn ogen laten me niet los, zijn kaak is gespannen, zijn tanden zijn op elkaar geklemd.

Ik hap naar adem. *O mijn Vijftig!* Ik mag hem aanraken. Het lijkt wel alsof alle lucht uit mijn longen is verdampt – verdwenen. Het bloed ruist in mijn oren als mijn hartslag zich versnelt en zich aanpast aan die van hem.

Hij laat mijn hand los, laat hem op zijn hart liggen. Ik buig mijn vingers een klein beetje, voel de warmte van zijn huid onder de stof van zijn overhemd. Hij houdt zijn adem in. Ik hou het niet meer. Ik maak aanstalten om mijn hand te verplaatsen.

'Nee,' zegt hij snel en legt zijn hand weer over die van mij heen, duwt zo mijn vingers tegen zich aan. 'Niet doen.'

Aangemoedigd door zijn woorden schuif ik naar hem toe, zodat onze knieën elkaar raken. Ik til voorzichtig mijn andere hand op zodat hij precies weet wat ik van plan ben. Zijn ogen worden groter, maar hij houdt me niet tegen.

Langzaam begin ik de knoopjes van zijn overhemd los te maken. Best lastig met één hand. Ik beweeg mijn vingers onder zijn hand en hij laat me los, waardoor ik beide handen kan gebruiken om zijn overhemd los te maken. Ik blijf hem in zijn ogen kijken, terwijl ik zijn overhemd wijd opentrek, waardoor zijn borst tevoorschijn komt.

Hij slikt, en zijn lippen wijken iets uiteen als zijn ademhaling sneller gaat, en ik voel zijn groeiende paniek, maar hij trekt zich niet terug. Zit hij nog steeds in de Onderdanige-modus? Ik heb geen idee.

Moet ik dit wel doen? Ik wil hem geen pijn doen, lichamelijk of geestelijk. Hem zo te zien, hoe hij zichzelf aan mij aanbiedt, heeft me wakker geschud.

Ik reik omhoog, mijn hand zweeft boven zijn borstkas, en ik staar naar hem... vraag hem om toestemming. Hij houdt heel subtiel zijn hoofd iets schuin, zet zich schrap in afwachting van mijn aanraking, en de spanning straalt van hem af, maar dit keer is hij niet boos – hij is bang.

Ik aarzel. Kan ik hem dit echt aandoen?

'Ja,' hijgt hij – opnieuw met die vreemde gave om mijn onuitgesproken vragen te kunnen beantwoorden.

Ik strek mijn vingers uit tot in zijn borsthaar en streel zachtjes over zijn borstbeen. Hij sluit zijn ogen en zijn gezicht vertrekt, alsof hij ondraaglijke pijn lijdt. Ik kan het niet aanzien, dus ik haal mijn vingers onmiddellijk weg, maar hij grijpt snel mijn hand en legt hem terug, plat op zijn blote borst zodat het haar aan mijn handpalm kriebelt.

'Nee,' zegt hij met gesmoorde stem, 'ik moet dit doen.'

Zijn ogen zijn helemaal samengeknepen. Dit moet een kwelling zijn. Het is afschuwelijk om aan te zien. Voorzichtig laat ik mijn vingers over zijn borst naar zijn hart gaan, ik geniet van het gevoel, maar ben bang dat het een stap te ver gaat.

Zijn ogen gaan weer open en spuwen grijs vuur, staan in lichterlaaie.

Allemachtig. Zijn blik is verschroeiend, dierlijk, meer dan intens, en zijn ademhaling gaat snel. Mijn bloed kookt. Ik krimp ineen onder zijn blik.

Hij heeft me niet tegengehouden, dus ik ga weer met mijn vingers over zijn borstkas, en zijn mond verslapt. Hij zucht en ik weet niet of het van angst is, of iets anders.

Ik wil hem daar al zo lang kussen, dat ik rechtop op mijn knieën ga zitten, zijn blik een moment vasthoud, en mijn bedoelingen glashelder maak. Dan buig ik me voorover en plant een zachte kus boven zijn hart, terwijl ik zijn warme, zoet geurende huid onder mijn lippen voel.

Zijn gesmoord kreunen grijpt me zo aan dat ik op mijn hurken ga zitten, bang voor wat ik op zijn gezicht zal zien. Zijn ogen zijn stijf dichtgeknepen, maar hij heeft niet bewogen.

'Nog een keer,' fluistert hij en ik leun nog een keer naar zijn borst, deze keer om een van zijn littekens te kussen. Zijn adem stokt, en ik kus er nog een, en nog een. Hij kreunt luid en slaat plotseling zijn armen om mij heen, zijn hand grijpt in mijn haar, rukt mijn hoofd hardhandig omhoog zodat mijn lippen de zijne ontmoeten. En dan kussen we, mijn vingers verstrengelen zich in zijn haar.

'O, Ana,' zucht hij, en hij draait me en trekt me naar de vloer, zodat ik onder hem lig. Met mijn handen hou ik zijn prachtige gezicht vast, en op dat moment voel ik zijn tranen.

Hij huilt... nee. Nee!

'Christian, huil alsjeblieft niet. Ik meende het toen ik zei dat ik je nooit zal verlaten. Echt. Als ik je een andere indruk heb gegeven, spijt me dat heel erg... wil je me alsjeblieft vergeven? Ik hou van jou. Ik zal altijd van je houden.'

Hij zweeft boven me, staart in mijn gezicht, en zijn gezicht drukt zo veel pijn uit.

'Wat is er?'

Zijn ogen worden groter.

'Wat is dat geheim, waardoor je ervan overtuigd bent dat ik ervandoor zal gaan? Waarom ben je er zo zeker van dat ik zal weglopen?' smeek ik, met bibberende stem. 'Zeg het me, Christian, *alsjeblieft...*'

Hij gaat rechtop zitten, maar nu met gekruiste benen. Ik doe hetzelfde, met mijn benen languit. Ergens vraag ik me af of we ooit nog van de vloer kunnen opstaan. Maar ik wil zijn gedachtegang niet onderbreken. Eindelijk neemt hij me in vertrouwen.

Hij staart me aan, en ziet er diepbedroefd uit. *O shit – dit is heel erg.*

'Ana...' Hij pauzeert, zoekend naar de juiste woorden, zijn gezichtsuitdrukking overschaduwd door verdriet... Waar gaat dit in godsnaam heen?

Hij haalt diep adem en slikt. 'Ik ben een sadist, Ana. Ik vind het prettig om kleine, bruinharige meisjes zoals jij met een zweep te slaan, omdat jullie allemaal lijken op de heroïnehoer – mijn biologische moeder. Ik denk dat je wel kunt raden waarom.' Hij zegt het gehaast, alsof hij deze zin al dagenlang in zijn hoofd heeft en hem nu zo snel mogelijk kwijt wil zijn.

Mijn wereld staat stil. *O wat erg.*

Dit is niet wat ik verwacht had. Dit is heel erg. Echt heel erg. Ik staar hem aan, probeer de implicatie te bevatten van wat hij zojuist heeft gezegd. Het verklaart in ieder geval waarom we allemaal op elkaar lijken.

Mijn eerste gedachte is dat Leila gelijk had – 'Meester is duister.'

Ik herinner me het eerste gesprek dat ik met hem had over zijn neigingen, toen we in de Rode Kamer van Pijn waren.

'Je hebt gezegd dat je geen sadist was,' fluister ik. Ik probeer het wanhopig te begrijpen... een uitvlucht voor hem te bedenken.

'Nee, ik heb gezegd dat ik een Dominant ben. Als ik tegen je gelogen heb, was het omdat ik informatie weg heb gelaten. Het spijt me.' Hij kijkt even naar zijn gemanicuurde vingernagels.

Het lijkt alsof hij doodsbenauwd is. Doodsbenauwd om tegen mij te liegen? Of om wat hij is?

'Toen je me die vraag stelde, voorzag ik een heel ander soort relatie tussen ons,' zegt hij zacht. Ik kan aan zijn blik zien dat hij panisch is.

Dan dringt het ineens in volle omvang tot me door. Als hij een sadist is, heeft hij echt behoefte aan dat gedoe met zwepen en stokken. O shit. Ik laat mijn hoofd in mijn handen zakken.

'Dus het is waar,' fluister ik, terwijl ik naar hem opkijk. 'Ik kan je niet geven wat je nodig hebt.' Dat is het dan – dit betekent dus echt dat we niet bij elkaar passen.

De wereld begint onder me weg te zakken, dondert om me heen in elkaar, terwijl de paniek me bij de keel grijpt. Dit is het. Het wordt niets met ons.

Hij fronst. 'Nee nee nee. Ana. Nee. Dat kun je wel. Je gééft me al wat ik nodig heb.' Hij balt zijn vuisten. 'Geloof me, alsjeblieft,' smeekt hij, zijn woorden zijn een vurig pleidooi.

'Ik weet niet wat ik moet geloven, Christian. Dit is zo'n zootje,' fluister ik. Mijn keel is rauw en pijnlijk, terwijl hij zich samenknijpt, ik stik bijna in mijn niet-vergoten tranen.

Zijn ogen zijn groot en glanzend als hij weer naar me kijkt.

'Ana, geloof me. Toen ik jou gestraft had en jij me verlaten had, veranderde mijn kijk op de wereld. Ik meende het toen ik zei dat ik er alles aan zou doen om me nooit meer zo te voelen.' Hij staart naar me, een woordeloze smeekbede. 'Toen je zei dat je van me hield, was dat een openbaring. Dat heeft nog nooit iemand tegen me gezegd, en het was alsof er een last van mijn schouders viel – of misschien heb jij die last van mijn schouders genomen, ik weet het niet. Dr. Flynn en ik zijn het daar nog niet helemaal over eens.'

O. Even flakkert er hoop in mijn hart. Misschien komt het wel goed. Ik wil dat het goed komt met ons. *Of niet?* 'Wat betekent dat allemaal?' fluister ik.

'Het betekent dat ik het niet nodig heb. Nu niet.'

Wat? 'Hoe weet je dat? Hoe kun je daar zo zeker van zijn?'

'Ik weet het gewoon. Het idee om jou pijn te doen... op wat voor manier dan ook... vind ik afschuwelijk.'

'Ik begrijp het niet. Hoe zit het dan met die linialen en die pakken slaag en al die kinky neukerij?'

Hij haalt een hand door zijn haar en glimlacht bijna, maar in plaats daarvan zucht hij spijtig. 'Ik heb het over het zware werk, Anastasia. Je zou eens moeten zien wat ik kan met een stok of een kat met negen staarten.'

Mijn mond valt open, stomverbaasd. 'Liever niet.'

'Weet ik. Als je dat zou willen, prima... maar je wilt het niet en dat begrijp ik. Ik kan al die shit niet met jou doen als jij dat niet wilt. Ik heb het je al eerder gezegd, jij hebt alle macht. En nu, nu je weer terug bent, heb ik die neiging helemaal niet.'

Ik gaap hem een moment lang aan, probeer het allemaal te bevatten. 'Maar toen we elkaar ontmoetten, was dat wel wat je wilde, toch?'

'Ja, zonder twijfel.'

'Hoe kan die neiging dan zomaar verdwijnen, Christian? Alsof ik een of ander wondermiddel ben en jij ineens – bij gebrek aan een beter woord – genezen? Ik snap het niet.'

Hij zucht nog een keer. 'Ik zou het geen "genezen" willen noemen... Geloof je me niet?'

'Ik vind het gewoon zo – ongelooflijk. Dat is net iets anders.'

'Als je me niet in de steek gelaten had, had ik me waarschijnlijk nu niet zo gevoeld. Bij me weglopen is het beste wat je ooit had kunnen doen... voor ons. Daardoor realiseerde ik me hoezeer ik jou wil, alleen jou, en ik meen het als ik zeg dat ik je neem hoe ik je kan krijgen.'

Ik staar hem aan. Kan ik dit geloven? Mijn hoofd doet pijn als ik alleen maar probeer om dit allemaal te overdenken, en diep vanbinnen voel ik me... verdoofd.

'Je bent er nog steeds. Ik dacht dat je er nu wel vandoor zou zijn,' fluistert hij.

'Waarom? Omdat ik denk dat je een of andere zieke geest bent die meisjes slaat en neukt die op zijn moeder lijken? Hoe kom je erop?' sis ik, tegen hem uitvarend.

Hij krimpt ineen onder mijn harde woorden.

'Nou ja, zo zou ik het niet gezegd hebben, maar inderdaad,' zegt hij, met grote, gekwetste ogen.

De uitdrukking op zijn gezicht werkt ontnuchterend en ik heb spijt van mijn uitbarsting. Ik frons, voel me schuldig.

Wat moet ik nu? Ik staar naar hem, en hij ziet er berouwvol uit, oprecht... hij ziet eruit als mijn Vijftig.

En onwillekeurig herinner ik me die foto uit zijn kindertijd in de slaapkamer, en dan realiseer ik me waarom de vrouw op de foto me zo bekend voorkwam. Zij leek op hem. Dat moet zijn biologische moeder zijn geweest.

Ik herinner me het gemak waarmee hij haar wegwuifde: *o, niemand...* Zij is verantwoordelijk voor dit alles... en ik lijk op haar... *Fuck!*

Hij staart me aan, zijn ogen zijn rood, en ik weet dat hij afwacht wat ik nu ga doen. Hij lijkt oprecht. Hij heeft gezegd dat hij van me houdt, maar ik ben behoorlijk in de war.

Dit is allemaal zo gestoord. Hij heeft me gerustgesteld over Leila, maar ik weet nu zekerder dan ooit dat zij in staat was hem zijn kicks te bezorgen. De gedachte is vermoeiend en ondraaglijk.

'Christian, ik ben uitgeput. Kunnen we het hier morgen over hebben? Ik wil nu naar bed.'

Hij knippert verrast met zijn ogen. 'Je gaat niet weg?'

'Wil je dat ik ga?'

'Nee! Ik dacht dat je zou vertrekken als je het wist.'

Alle keren dat hij heeft gezinspeeld op mijn vertrek als ik zijn duisterste geheimen zou weten, flitsen door mijn hoofd... en nu weet ik het. Shit. Meester ís duister.

Moet ik weggaan? Ik staar hem aan, die gekke man van wie ik hou – ja, ik hou van hem.

Zou ik hem kunnen verlaten? Ik heb hem al eens verlaten, en het heeft me bijna gebroken... en hem ook. Ik hou van hem. Ik weet dat, ondanks zijn onthulling.

'Ga niet bij me weg,' fluistert hij.

'O, voor eens en voor altijd – *nee!* Ik ga niet weg!' schreeuw ik, en ik voel me opgelucht. Zo, ik heb het gezegd. Ik ga niet weg.

'Echt?' Hij spert zijn ogen open.

'Wat moet ik doen om je te laten begrijpen dat ik er niet vandoor ga? Wat moet ik zeggen?'

Hij staart me aan, ik zie zijn angst en ongerustheid weer op zijn gezicht. Hij slikt. 'Er is iets wat je zou kunnen doen.'

'Wat?' snauw ik.

'Trouw met me,' fluistert hij.

Wat? Heeft hij dat net echt...

Voor de tweede keer in nog geen halfuur staat mijn wereld stil.

Holy fuck. Ik staar naar de ernstig verneukte man van wie ik hou. Ik kan mijn oren niet geloven.

Trouwen? Hij wil met me trouwen? Maakt hij een grapje? Ik kan er niets aan doen – van ergens diep vanbinnen ontsnapt een kleine, nerveuze, ongelovige giechel. Ik bijt op mijn lip om te voorkomen dat het een complete hysterische lachbui wordt, maar tevergeefs. Ik lig plat achterover op de vloer en geef me over aan de lachbui, ik lach zoals ik nog nooit heb gelachen, een enorme bevrijdende, gierende lachbui.

En een moment lang ben ik alleen, ik kijk van bovenaf op deze absurde situatie, een giechelend, overdonderd meisje naast een beeldschone, verneukte jongen. Ik sla mijn arm over mijn ogen, als het lachen overgaat in huilen, met hete tranen. *Nee, nee... het is allemaal te veel.*

Als de hysterie wat afneemt, tilt Christian zachtjes mijn arm van mijn gezicht. Ik draai me om en kijk hem aan.

Hij staat over me heen gebogen. Om zijn mond speelt een

scheef lachje, maar zijn ogen zijn brandend grijs, gekwetst misschien. *O nee.*

Hij veegt voorzichtig een traan weg met de achterkant van zijn hand. 'Vindt u mijn aanzoek grappig, mevrouw Steele?'

O, Vijftig! Omhoogreikend streel ik zachtjes zijn wang, ik geniet van het gevoel van zijn stoppelbaard onder mijn vingers. Hemel, wat hou ik van deze man.

'Meneer Grey... Christian. Je timing is zonder enige twijfel...' Ik staar hem aan terwijl ik geen woord meer kan uitbrengen.

Hij grijnst naar me, maar aan de rimpels bij zijn ogen zie ik dat hij gekwetst is. Het is ontnuchterend.

'Je maakt het wel heel spannend voor me nu, Ana. Wil je met me trouwen?'

Ik ga rechtop zitten en buig me over hem heen, met mijn handen op zijn knieën. Ik kijk in zijn lieve gezicht. 'Christian, ik heb je geschifte ex met haar pistool ontmoet, ben uit mijn appartement gegooid, heb gezien hoe jij veranderde in thermonucleair-Vijftig...'

Hij doet zijn mond open om iets te zeggen, maar ik steek mijn hand op. Hij doet gehoorzaam zijn mond dicht.

'Je hebt me net behoorlijk schokkende informatie over jezelf gegeven, en nu vraag je me of ik met je wil trouwen.'

Hij beweegt zijn hoofd heen en weer, alsof hij alle feiten nagaat. Hij moet erom lachen. Gelukkig.

'Ja, ik denk dat je de situatie daarmee correct samen hebt gevat,' zegt hij droogjes.

Ik schud mijn hoofd. 'Wat is er toch gebeurd met uitgestelde bevrediging?'

'Daar ben ik alweer overheen. Nu ben ik een sterke voorstander van onmiddellijke bevrediging. *Carpe diem*, Ana,' fluistert hij.

'Kijk, Christian, ik ken je nu ongeveer drie minuten, en er is nog zoveel meer wat ik moet weten. Ik heb te veel gedronken, ik heb trek, ik ben moe en ik wil naar mijn bed. Ik moet even over je voorstel nadenken, net als over dat contract dat je me hebt voorgelegd. En...' ik knijp mijn lippen samen om te laten zien dat ik niet blij ben, maar ook om de stemming iets minder zwaar te maken, '... dat was nou niet het meest romantische voorstel.'

Hij houdt zijn hoofd schuin en zijn lippen krullen op in een glimlach. 'Goed punt, raak gesproken, zoals gewoonlijk, mevrouw Steele,' zucht hij, zijn stem vol opluchting. 'Dus je zegt geen nee?'

Ik zucht. 'Nee, meneer Grey, ik zeg geen nee, maar ook geen ja. Je doet dit alleen maar omdat je bang bent, en mij niet vertrouwt.'

'Nee, ik doe dit, omdat ik eindelijk iemand heb ontmoet met wie ik de rest van mijn leven wil doorbrengen.'

O. Mijn hart slaat over en ik smelt vanbinnen. Hoe is het toch mogelijk dat hij in de meest bizarre situaties de meest romantische dingen kan zeggen? Mijn mond valt open van verbazing.

'Ik had nooit verwacht dat het mij zou kunnen overkomen,' gaat hij verder, zijn uitdrukking straalt pure, onverdunde oprechtheid uit.

Ik gaap hem aan, zoekend naar de juiste woorden.

'Mag ik erover nadenken... alsjeblieft? En ook over alles wat er verder nog gebeurd is vandaag? Wat je me net hebt verteld? Je hebt me gevraagd om geduld en vertrouwen. Nou, die bal ligt nu ook bij jou, Grey. Dat heb ik nu ook nodig.'

Zijn ogen kijken onderzoekend in de mijne en na een seconde leunt hij voorover en veegt hij mijn haar achter mijn oor.

'Daar kan ik wel mee leven.' Hij kust me snel op de lippen. 'Niet erg romantisch, hè?' Hij trekt een wenkbrauw omhoog en ik knik bevestigend. 'Hartjes en bloemen?' vraagt hij zacht.

Ik knik en er kan een klein lachje af bij hem.

'Heb je trek?'

'Ja.'

'Je hebt niet gegeten.' Zijn ogen bevriezen en zijn kaak verhardt.

'Nee, ik heb niet gegeten.' Ik ga achterover zitten op mijn hurken en kijk onbeweeglijk naar hem. 'Uit mijn appartement gegooid worden nadat ik heb gezien hoe mijn vriendje een intiem onderonsje had met zijn ex-Onderdanige heeft blijkbaar een slechte invloed op mijn eetlust.' Ik kijk boos naar hem en bal mijn handen tot vuisten op mijn heupen.

Christian schudt zijn hoofd en komt elegant overeind. *O, eindelijk, we kunnen van de vloer af.* Hij steekt een hand naar me uit.

'Laat mij iets te eten voor je maken,' zegt hij.

'Mag ik niet gewoon gaan slapen?' mopper ik, moe, terwijl ik zijn hand vastpak.

Hij trekt me overeind. Ik ben stijf. Hij kijkt op me neer, zijn uitdrukking zacht.

'Nee, je moet iets eten. Kom.' Bazige Christian is weer terug, en het is een opluchting.

Hij leidt me naar de keuken en duwt me naar een barkruk, terwijl hij naar de koelkast loopt. Ik kijk stiekem op mijn horloge en zie dat het bijna halftwaalf is. Ik moet morgenochtend vroeg op voor mijn werk.

'Christian, ik heb echt geen trek.'

Hij negeert me volkomen terwijl hij door de enorme koelkast aan het speuren is. 'Kaas?' vraagt hij.

'Niet op dit uur.'

'Pretzels?'

'Uit de koelkast? Nee,' zeg ik spits.

Hij draait zich om en grijnst naar me. 'Hou je niet van pretzels?'

'Niet om halftwaalf. Christian, ik ga naar bed. Je kunt voor mijn part de hele nacht in die koelkast blijven rommelen. Ik ben moe, mijn dag was een beetje té interessant. Een dag die ik graag zou willen vergeten.' Ik glijd van de kruk af en hij kijkt nijdig, maar dat kan me nu even niets schelen. Ik wil naar bed – ik ben uitgeput.

'Macaroni met kaas?' Hij houdt een witte schaal omhoog die is afgedekt met folie. Hij kijkt zo hoopvol en zo schattig.

'Hou jij van macaroni met kaas?' vraag ik.

Hij knikt enthousiast en mijn hart smelt. Hij ziet er plotseling zo jong uit. Wie zou dat gedacht hebben? Christian Grey houdt van babyvoedsel.

'Wil jij ook?' vraagt hij, het klinkt hoopvol. Ik kan hem niet weerstaan en ik heb inderdaad honger.

Ik knik en lach zwakjes naar hem. De grote grijns waarmee hij reageert is adembenemend. Hij haalt de folie van de schaal af en zet hem in de magnetron. Ik leun achterover op de kruk en geniet van het schouwspel: de prachtige meneer Christian Grey – de man die met mij wil trouwen – die zich soepel en gemakkelijk beweegt in zijn keuken.

'Dus je weet hoe de magnetron werkt?' plaag ik hem zachtjes.

'Als het in een pakje zit, kan ik er meestal wel iets mee. Met echt voedsel heb ik meer problemen.'

Ik kan niet geloven dat dit dezelfde man is die nog geen halfuur geleden op zijn knieën voor me zat. Hij is zijn gebruikelijke, veranderlijke zelf. Hij zet borden, bestek en placemats klaar op de ontbijtbar.

'Het is wel erg laat,' probeer ik nog.

'Dan ga je morgen toch niet werken.'

'Ik moet morgen wel naar mijn werk. Mijn baas vertrekt naar New York.'

Christian fronst. 'Wil je daar dit weekend een keer heen?'

'Ik heb het weerbericht gezien, en het ziet ernaar uit dat het gaat regenen,' zeg ik, terwijl ik met mijn hoofd schud.

'O, wat wil je dan gaan doen?'

De magnetron waarschuwt met een piep dat ons eten is opgewarmd.

'Ik wil op dit moment niet meer dan een dag vooruitkijken. Al die opwinding is... vermoeiend.' Ik trek een wenkbrauw op naar hem, die hij verstandig negeert.

Christian zet de witte kom tussen ons in en komt naast me zitten. Hij lijkt in gedachten verzonken, afgeleid. Ik verdeel de macaroni over onze borden. Het ruikt heerlijk en het water loopt me in de mond. Ik ben uitgehongerd.

'Het spijt me van Leila,' zegt hij.

'Waarom heb je spijt?' Mmm, de macaroni smaakt net zo lekker als hij ruikt. Mijn maag rommelt dankbaar.

'Het moet een enorme schok voor je zijn geweest, toen je haar in je appartement aantrof. Taylor had het eerder die middag nog uitgekamd. Hij is erg van streek.'

'Ik neem Taylor niets kwalijk.'

'Ik ook niet. Hij heeft vanavond overal naar je gezocht.'

'Echt? Waarom?'

'Ik wist niet waar je was. Je had je tas en je telefoon laten liggen. Ik kon je niet eens opsporen. Waar zat je?' vraagt hij. Zijn stem is zacht, maar er zit een onheilspellende ondertoon aan zijn woorden.

'Ethan en ik zijn naar een bar aan de overkant van de straat gegaan. Zo kon ik zien wat er gebeurde.'

'Ik begrijp het.' Er is een subtiele verandering in de sfeer tussen ons. Het is niet meer licht.

Oké, nou... dat spelletje kan ik ook spelen. Laten we het dan nu weer even over jou hebben, Vijftig. Zo nonchalant mogelijk, omdat ik mijn brandende nieuwsgierigheid wil bevredigen, maar ook bang ben voor wat ik te horen zal krijgen, vraag ik hem: 'Wat heb je eigenlijk met Leila gedaan in het appartement?'

Ik kijk op naar hem en hij verstijft, zijn vork vol macaroni blijft in de lucht hangen. *O jeetje, dat is niet goed.*

'Wil je het echt weten?'

Ik krijg een knoop in mijn maag en mijn eetlust is verdwenen. 'Ja,' fluister ik. *Is dat zo? Wil je dat echt?* Mijn onderbewuste heeft haar lege fles gin op de vloer gegooid en gaat rechtop zitten in haar fauteuil, terwijl ze boos en geschokt naar me kijkt.

Christians mond verstrakt. Hij aarzelt. 'We hebben gepraat, en ik heb haar in bad gestopt.' Zijn stem is schor en hij gaat snel verder als ik niet reageer. 'En ik heb haar wat van jouw kleren aangedaan. Ik hoop dat je het niet erg vindt. Maar ze was smerig.'

Dit ga je niet menen. Hij heeft haar in bad gestopt?

Wat ongepast. Ik voel me duizelig, staar naar mijn onaangeraakte macaroni. Op dit moment word ik misselijk als ik ernaar kijk.

Probeer het te beredeneren, instrueert mijn onderbewuste. Dat koele, intellectuele deel van mijn hersenen weet dat hij dat alleen heeft gedaan omdat ze vies was, maar het valt niet mee. Mijn fragiele, jaloerse ik kan het niet uitstaan.

Plotseling wil ik in huilen uitbarsten – niet van die keurige filmtranen die decoratief over mijn wangen biggelen, maar jankend-naar-de-maan huilen. Ik haal heel diep adem om de neiging te onderdrukken, maar mijn keel is kurkdroog en gevoelig door al mijn niet-vergoten tranen en ingehouden snikken.

'Dat was het enige wat ik kon doen, Ana,' zegt hij zachtjes.

'Voel je nog iets voor haar?'

'Nee!' zegt hij, geschokt. Hij sluit zijn ogen, ik zie het leed op zijn gezicht. Ik kijk de andere kant uit, staar opnieuw naar mijn misselijkmakende voedsel. Ik kan het niet verdragen om naar hem te kijken.

'Haar zo te zien – zo anders, zo gebroken. Ik geef om haar, als medemens.' Hij haalt zijn schouders op, alsof hij een vervelende herinnering verdrijft. Jemig, verwacht hij nu begrip van mij?

'Ana, kijk me aan.'

Ik kan het niet. Ik weet dat ik dan in tranen zal uitbarsten. Dit is te veel om te bevatten. Het is alsof ik een overstromende tank benzine ben – vol, overvol. Er is geen ruimte meer voor iets anders. Ik kan er gewoon geen shit meer bij hebben. Dan zou ik ontvlammen en exploderen, en dat zou er niet fraai uitzien. Godver!

Christian die op zo'n intieme manier zorgt voor zijn ex-Onderdanige – het beeld schiet door mijn hoofd. Haar in bad gestopt, ook nog – naakt. Een wrede, pijnlijke huivering trekt door mijn lichaam.

'Ana.'

'Wat?'

'Niet doen. Het heeft niets te betekenen. Het was alsof ik voor een kind zorgde, een gebroken, ontredderd kind,' mompelt hij.

Wat weet hij nou verdomme van zorgen voor een kind? Dit was een vrouw met wie hij een zeer intense, abnormale seksuele relatie heeft gehad met alle toeters en bellen.

Mijn god, dit doet pijn. Ik haal diep adem, probeer te kalmeren. Misschien heeft hij het over zichzelf. Hij is het gebroken kind. Dat klopt beter... of misschien klopt er helemaal niets van. O, het is allemaal zo volkomen gestoord. Plotseling ben ik hondsmoe. Ik moet slapen.

'Ana?'

Ik sta op, breng mijn bord naar het aanrecht en gooi de inhoud ervan weg.

'Ana, alsjeblieft.'

Ik draai me om en kijk hem aan. 'Gewoon kappen nu, Christian! Hou op met je "Ana, alsjeblieft"!' Ik schreeuw naar hem en de tranen beginnen over mijn gezicht te lopen. 'Voor vandaag heb ik genoeg van al deze ellende. Ik ga naar mijn bed. Ik ben moe en emotioneel. Laat me gewoon met rust.'

Ik draai me om en sprint zo ongeveer naar de slaapkamer, met de herinnering aan zijn grote, geschokte ogen. Fijn om te weten dat ik hem ook kan choqueren. Ik gooi snel mijn kleren uit en zoek in zijn kast tot ik een van zijn T-shirts vind. Dan ga ik richting badkamer.

Ik staar naar mezelf in de spiegel, herken mezelf bijna niet meer in de uitgemergelde feeks met rood doorlopen ogen en vlekkerige wangen die terugstaart. Het is te veel. Ik zak op de vloer en geef me over aan de verpletterende emotie die ik niet langer kan inhouden. Ik huil met enorme halen die pijn doen in mijn borst, en laat eindelijk mijn tranen de vrije loop.

Vijftien

‘Hey,’ zegt Christian zachtjes, terwijl hij me in zijn armen trekt. ‘Alsjeblieft, niet huilen, Ana, alsjeblieft,’ smeekt hij. Hij zit op de vloer van de badkamer, ik zit bij hem op schoot. Ik sla mijn armen om hem heen en huil in zijn nek. Hij wiegt me zacht, zijn neus in mijn haar, en streelt voorzichtig over mijn rug en hoofd.

‘Het spijt me, schatje,’ fluistert hij, en daardoor moet ik nog harder huilen en ik hou hem nog steviger vast.

We blijven een eeuwigheid zo zitten. Uiteindelijk, als ik helemaal uitgehuild ben, komt Christian moeizaam met mij in zijn armen overeind, hij draagt me naar zijn kamer, waar hij me op het bed legt. Twee tellen later ligt hij naast me en zijn de lichten uit. Hij trekt me in zijn armen, omhelst me innig en ik zink eindelijk weg in een donkere, onrustige slaap.

Ik word met een schok wakker. Mijn hoofd zit vol watten en ik heb het veel te warm. Christian zit helemaal om me heen gewikkeld, als een wijnrank. Hij knort in zijn slaap als ik uit zijn armen glip, maar hij wordt niet wakker. Ik ga rechtop zitten en kijk op de wekker. Het is drie uur ’s ochtends. Ik snak naar paracetamol en iets te drinken. Ik zwaai mijn benen over de rand van het bed en loop met moeite naar de keuken in de grote kamer.

Ik kom een pak sinaasappelsap tegen in de koelkast en schenk een glas vol. Mmm... het is heerlijk en de watten verdwijnen op slag uit mijn hoofd. Ik ga op zoek naar pijnstillers in de kastjes en vind uiteindelijk een plastic doos vol medicijnen. Ik gooi twee paracetamols naar binnen en schenk nog een glas sap in.

Ik slenter naar de grote glazen wand en kijk uit over een slapend Seattle. De lichtjes twinkelen en knipperen onder Christians kasteel in de wolken, of moet ik het een fort noemen? Ik druk mijn voorhoofd tegen het koele glas – dat voelt lekker. Er is zoveel waar ik over moet nadenken na alle onthullingen van gisteren. Ik draai mijn rug naar het glas en laat me op de vloer zakken. De grote kamer lijkt een enorme grot in het duister, het enige licht komt van de drie lampen boven het kookeiland.

Zou ik hier kunnen wonen, getrouwd met Christian? Na alles wat zich hier heeft afgespeeld? Met alle historie die deze plek voor hem met zich meebrengt?

Een huwelijk. Het is bijna niet te geloven en volkomen onverwacht. Maar goed, alles aan Christian is onverwacht. Mijn lippen krullen bij de ironie van deze realiteit. Christian Grey, verwacht altijd het onverwachte – Vijftig Tinten van Verneukt.

Mijn glimlach verdwijnt weer. Ik lijk op zijn moeder. Dit is enorm pijnlijk en ik zucht in één keer alle lucht uit mijn longen. We lijken allemaal op zijn moeder.

Hoe moet ik in godsnaam verder na zijn onthulling van dat kleine geheimpje? Geen wonder dat hij het me liever niet wilde vertellen. Maar zoveel kan hij zich vast niet herinneren van zijn moeder. Ik vraag me opnieuw af of ik met dr. Flynn zou moeten praten. Zou Christian dat goed vinden? Misschien zou hij de ontbrekende puzzelstukjes kunnen verschaffen.

Ik schud mijn hoofd. De hele wereld kan me gestolen worden, maar ik geniet van de serene rust van de grote kamer met de prachtige kunstwerken – koud en sober, maar ze zijn op hun eigen manier toch mooi in de schaduwen. Ze zijn waarschijnlijk een fortuin waard. Zou ik hier kunnen wonen? In voor- en tegenspoed? Bij ziekte en gezondheid? Ik sluit mijn ogen en leun met mijn hoofd tegen het glas. Ik haal diep en bevrijdend adem.

De vredige rust wordt ruw verstoord door een hartverscheurende oerschreeuw waardoor elke haar op mijn lichaam overeind schiet. *Christian! Holy fuck – wat is er gebeurd?* Ik schiet overeind en ren terug naar de slaapkamer, nog voordat de echo's van die afschuwelijke kreet zijn weggestorven. Mijn hart bonst van angst.

Ik duw op goed geluk een van de lichtschakelaars omhoog en het lampje naast Christians bed gaat aan. Hij ligt te woelen, heen en weer, in doodsangst. *Nee!* Hij schreeuwt weer, en het ijle, verscheurende geluid gaat weer dwars door me heen.

Shit – een nachtmerrie!

'Christian.' Ik leun over hem heen, pak hem bij zijn schouder en schud hem wakker. Hij doet zijn ogen open, een woeste en lege blik. Hij kijkt snel de lege kamer rond voordat zijn blik op mij blijft rusten.

'Je was weg, je was weg, je moet wel weggegaan zijn,' mompelt hij – zijn wijd open blik verandert in een beschuldiging – en hij ziet er verloren uit, ik voel een stekende pijn in mijn hart. Arme lieve Vijftig.

'Hier ben ik.' Ik ga naast hem op het bed zitten. 'Hier ben ik,' zeg ik nog een keer zacht en probeer hem daarmee gerust te stellen. Ik steek mijn hand uit om mijn handpalm om zijn gezicht te leggen, om te proberen hem te sussen.

'Je was er niet meer,' fluistert hij snel. Zijn ogen staan nog steeds wild en angstig, maar hij lijkt iets te kalmeren.

'Ik ben even iets gaan drinken. Ik had dorst.'

Hij sluit zijn ogen en wrijft over zijn gezicht. Als hij ze weer opendoet, ziet hij er zo verlaten uit.

'Je bent hier. O, godzijdank.' Hij reikt naar me, grijpt me stevig vast en trekt me naast zich op het bed.

'Ik ben gewoon even iets gaan drinken,' troost ik.

Wauw, hij is intens bang... ik kan het gewoon voelen. Zijn T-shirt is doorweekt van het zweet, en zijn hart bonst luid als hij me tegen zich aan trekt. Hij staart naar me alsof hij zich ervan wil vergewissen dat ik er echt nog ben. Ik streel zachtjes zijn haar en dan zijn wang.

'Christian, alsjeblieft. Ik ben hier. Ik ga helemaal nergens heen,' zeg ik sussend.

'O, Ana,' zucht hij. Hij pakt mijn kin vast zodat ik me niet kan bewegen en dan is zijn mond op de mijne. Verlangen zwiept door hem heen en onwillekeurig reageert mijn lichaam – het is zo met hem verbonden, zo op hem afgestemd. Zijn lippen zijn bij mijn oren, mijn keel, dan terug bij mijn mond, hij trekt zachtjes met zijn tanden aan mijn onderlip. Zijn hand gaat langs mijn lichaam omhoog, van mijn heup tot mijn borst, hij schuift het T-shirt omhoog. Met zijn streling zijn weg zoekend langs alle plooitjes en kuiltjes in mijn huid, brengt hij dezelfde vertrouwde reactie teweeg. Door zijn aanraking schieten er rillingen door me heen. Ik kreun als hij mijn borst in zijn hand houdt en zijn vingers zich spannen om mijn tepel.

'Ik wil je,' zegt hij.

'Ik ben er voor jou. Alleen voor jou, Christian.'

Hij kreunt en kust me weer, vol passie, met een gretigheid en wanhoop die ik nog niet eerder van hem gevoeld heb. Ik grijp de zoom van zijn T-shirt en trek eraan. Hij helpt me om het over zijn hoofd te trekken. Knielend tussen mijn benen trekt hij me snel overeind en rukt mijn T-shirt uit.

Zijn ogen staan ernstig, verlangend, vol donkere geheimen – kwetsbaar. Hij houdt mijn gezicht tussen zijn handen en kust me en we zakken weer neer op het bed, zijn dij tussen de mijne, zodat hij half over me heen ligt. Zijn erectie voelt hard tegen mijn heup, dwars door zijn boxershort. Hij verlangt naar mij, maar zijn eerdere woorden komen uitgerekend nu weer terug. Wat hij over zijn moeder heeft gezegd achtervolgt me. Het is als een emmer koud water over mijn libido. Shit. Ik kan dit niet. Niet nu.

'Christian... Stop. Ik kan dit niet,' fluister ik dringend tegen zijn mond, ik duw met mijn handen tegen zijn bovenarmen.

'Wat? Wat is er dan?' zegt hij en hij begint mijn hals te kussen. Met het puntje van zijn tong gaat hij zachtjes over mijn keel. *O...*

'Nee, alsjeblieft. Ik kan dit niet, niet nu. Ik heb wat tijd nodig, alsjeblieft.'

'O, Ana, denk het nou niet de grond in,' fluistert hij, terwijl hij op mijn oorlelletje knabbelt.

'Ah!' Ik snak naar adem, ik voel het in mijn kruis en mijn lichaam geeft toe, het verraadt mezelf. Dit is zo verwarrend.

'Ik ben nog steeds dezelfde, Ana. Ik hou van je en ik heb je nodig. Raak me aan. Alsjeblieft.' Hij wrijft zijn neus tegen de mijne. Zijn zachte, oprechte smeekbede ontroert me en ik smelt.

Raak hem aan. Raak hem aan terwijl we vrijen. O hemel.

Hij richt zich boven me op, staart naar beneden. In het vage licht van het zwakke lampje naast zijn bed kan ik zien hoe hij mijn beslissing afwacht, hoe hij gevangenzit in mijn betovering.

Ik strek mijn hand uit en leg hem voorzichtig op het zachte plukje haar bij zijn borstbeen. Hij snakt naar adem en knijpt zijn ogen stijf dicht, alsof het pijn doet, maar deze keer haal ik mijn hand niet weg. Ik schuif hem naar zijn schouders, voel hoe er een rilling door hem heen trekt. Hij kreunt en ik trek hem naar me toe, leg beide handen op zijn rug, waar ik hem nog nooit eerder heb aangeraakt, op zijn schouderbladen, hou hem stevig tegen me aan. Zijn gesmoorde kreet windt me op, meer dan iets anders.

Hij verbergt zijn hoofd in mijn nek, kussend en zuigend en bijtend, waarna hij zijn neus over mijn kin beweegt en me kust. Zijn tong neemt bezit van mijn mond, zijn handen bewegen opnieuw over mijn lichaam. Zijn lippen gaan omlaag, verder naar beneden, naar mijn borsten, die hij bijna eerbiedig liefkoost. Mijn handen blijven op zijn schouders en zijn rug, genieten van het rollen van zijn goed ontwikkelde spieren, van zijn huid die nog vochtig is van de nachtmerrie. Zijn lippen sluiten zich om mijn tepel, trekkend en zuigend, zodat de tepel overeind komt om zijn fantastisch behendige mond te verwelkomen.

Ik grom en kras met mijn vingernagels over zijn rug. En zijn adem stokt, het is een gesmoorde kreun.

'O, fuck, Ana,' brengt hij uit, half kreunend, half grommend. Het verscheurt mijn hart, maar ook iets diep vanbinnen, alle spieren in mijn onderlijf spannen zich aan. O, wat heb ik toch een uitwerking op hem! Ik hijg nu, pas mijn ademhaling aan zijn zwoegende ritme aan.

Zijn hand gaat naar beneden, over mijn buik, naar mijn vagina – zijn vingers op me, dan in me. Ik kreun als hij zijn vingers in mij beweegt, op die heerlijke manier, en ik duw mijn bekken omhoog om zijn aanraking tegemoet te komen.

'Ana,' zucht hij. Hij laat me plotseling los en gaat rechtop zitten; hij trekt zijn boxershort uit en leunt naar het nachtkastje om een folieverpakking te pakken. Zijn ogen zijn gloeiend grijs als hij het condoom aan mij geeft. 'Wil je dit echt? Je kunt nu nog nee zeggen. Je kunt altijd nee zeggen,' mompelt hij.

'Geef me niet de kans om na te denken, Christian. Ik wil jou ook.' Ik scheur de verpakking open met mijn tanden, terwijl hij tussen mijn benen knielt. Met trillende vingers doe ik het condoom om.

'Rustig aan,' zegt hij. 'Straks ontman je me nog, Ana.'

Ik vind het fantastisch wat mijn aanraking bij deze man veroorzaakt. Hij strekt zich boven mij uit, en voor nu zijn mijn twijfels weggedrukt en opgeborgen in de enge, donkere diepten van mijn geest. Ik ben helemaal bedwelmd door deze man, mijn man, mijn Vijftig Tinten. Hij komt plotseling in actie, mij volkomen verrassend, en ineens lig ik bovenop. *Whoa.*

'Jij – moet mij nemen,' zegt hij, terwijl zijn ogen gloeien met een dierlijke intensiteit.

O hemel. Langzaam, o zo langzaam, laat ik me over hem heen zakken. Hij kantelt zijn hoofd achterover en sluit zijn ogen, terwijl hij kreunt. Ik pak zijn handen vast en begin te bewegen, genietend van de grootsheid van mijn bezit, genietend van zijn reactie, ik zie hem onder me langzaam uit elkaar vallen. Ik voel me een godin. Ik leun voorover en kus hem op zijn kin, ga met mijn tanden over zijn stoppelige kaak. Hij smaakt goddelijk. Hij grijpt mijn heupen en bepaalt mijn ritme, langzaam en gestaag.

'Ana, raak me aan... alsjeblieft.'

O. Ik leun voorover en leun met mijn handen op zijn borst. En hij schreeuwt het uit, zijn kreet is bijna een snik, en hij stoot diep in mij.

'Ahh,' jammer ik zachtjes en ik ga met mijn nagels over zijn borst, door het haar dat daar groeit, en hij kreunt luid en draait zich plotseling, zodat ik weer onder hem lig.

'Genoeg.' Hij kreunt. 'Niet meer, alsjeblieft.' En het is een hartverscheurende smeekbede.

Ik reik omhoog en neem zijn gezicht in mijn handen, ik voel de vochtigheid op zijn wangen, en trek hem naar mijn lippen toe, zodat ik hem kan kussen. Ik vouw mijn handen achter zijn rug.

Hij kreunt diep en zacht achter in zijn keel, terwijl hij in mij beweegt, duwt me vooruit en achteruit, maar ik kan geen ontlading vinden. Mijn hoofd is te verward door alle toestanden. Ik ga te zeer in hem op.

'Laat je gaan, Ana,' moedigt hij me aan.

'Nee.'

'Ja,' gromt hij. Hij verandert zijn houding en draait met zijn heupen, steeds maar weer.

Jemig... argh!

'Kom maar, schatje, ik heb het nodig. Doe het voor mij.'

En ik explodeer, mijn lichaam onderworpen aan het zijne. Ik sla mezelf om hem heen, als een wijnrank, terwijl hij mijn naam uitschreeuwt en tegelijk met mij klaarkomt. Dan zakt hij in elkaar, met zijn volle gewicht duwt hij me in het matras.

Ik hou Christian in mijn armen, met zijn hoofd op mijn borst, als we liggen na te gloeien van het liefdesspel. Ik ga met mijn vingers door zijn haar, terwijl ik luister hoe zijn ademhaling weer tot rust komt.

'Laat me nooit in de steek,' fluistert hij. Ik rol met mijn ogen, zeker wetend dat hij me niet kan zien.

'Ik weet dat je met je ogen naar me rolt,' mompelt hij. Ik hoor een spoortje humor in zijn stem.

'Je kent me zo goed,' antwoord ik.

'Ik zou je graag nog beter kennen.'

'Dat geldt ook voor mij, Grey. Waar ging je nachtmerrie over?'

'Het gebruikelijke.'

'Vertel.'

Hij slikt en verstrakt iets voordat er een diepe zucht ontsnapt. 'Ik ben een jaar of drie, en de pooier van de heroïnehoer is weer eens laaiend. Hij rookt maar door, steekt de ene peuk aan met de andere, en hij kan geen asbak vinden.' Hij stopt, en ik bevries door een verlammende kou die mijn hart bevangt.

'Het deed pijn,' zegt hij. 'Ik herinner me vooral de pijn. Daar heb ik nachtmerries over. Dat, plus het feit dat zij niets deed om hem tegen te houden.'

O nee. Dit is onverdraaglijk. Ik hou hem nog steviger vast, mijn benen en armen klemmen hem tegen me aan, en ik probeer te voorkomen dat de wanhoop me verstikt. Hoe kan iemand een kind zo behandelen? Hij tilt zijn hoofd op en houdt me vast met zijn intense grijze blik.

'Jij lijkt niet op haar. Denk dat alsjeblieft nooit. Alsjeblieft.'

Ik kijk hem aan. Het stelt me gerust om dat te horen. Hij legt zijn hoofd weer op mijn borst en ik denk dat hij klaar is, maar hij verrast me door verder te gaan.

'Soms ligt ze in mijn droom gewoon op de grond. En ik denk dat ze slaapt. Maar ze beweegt niet. Ze beweegt nooit. En ik heb honger. Echte honger.'

O wat vreselijk.

'Er is een harde knal en hij is terug. Hij slaat me zo hard, terwijl hij de heroïnehoer vervloekt. Zijn eerste reactie was altijd om zijn vuisten of zijn riem te gebruiken.'

'Is dat waarom je liever niet aangeraakt wordt?'

Hij sluit zijn ogen en houdt me nog steviger vast. 'Dat ligt ingewikkeld,' mompelt hij. Hij drukt zijn neus tussen mijn borsten, haalt diep adem, probeert me af te leiden.

'Leg uit,' moedig ik hem aan.

Hij zucht. 'Ze hield niet van mij. Ik hield niet van mezelf. De enige aanraking die ik kende was... wreed. Daar komt het door. Flynn kan het beter uitleggen dan ik.'

'Mag ik een keer met Flynn praten?'

Hij tilt zijn hoofd op om me aan te kijken. 'Heb ik je besmet met de Vijftig Tinten?'

'Je weet niet half hoe. Maar ik vind het wel fijn hoe je me besmet.' Ik wriemel suggestief onder hem en hij glimlacht.

'Ja, mevrouw Steele, dat vind ik ook lekker.' Hij gaat rechtop zitten en kust me. Even blijft hij naar me staren.

'Jij bent me zo dierbaar, Ana. Ik meende het echt, dat ik met je wil trouwen. Dan kunnen we elkaar echt leren kennen. Ik kan voor je zorgen. Jij kunt voor mij zorgen. We kunnen kinderen krijgen, als je dat wil. Ik leg mijn wereld aan jouw voeten, Anastasia. Ik wil jou, lichaam en geest, voor altijd. Denk er alsjeblieft over na.'

'Ik zal erover nadenken, Christian, echt,' stel ik hem gerust, terwijl het me weer duizelt. *Kinderen? Jemig.* 'Ik zou echt heel graag met dr. Flynn willen praten, als je dat niet erg vindt.'

‘Wat je maar wilt, schatje. Wat je maar wilt. Wanneer wil je met hem afspreken?’

‘Hoe eerder, hoe beter.’

‘Oké, dan zal ik het morgenochtend meteen regelen.’ Hij werpt een blik op de wekker. ‘Het is al laat. We moeten slapen.’ Hij reikt naar de lamp om hem uit te doen en trekt me tegen zich aan.

Ik kijk naar de wekker. Shit, het is kwart voor vier.

Hij slaat zijn armen om me heen, zijn buik tegen mijn rug, en drukt zijn neus in mijn nek. ‘Ik hou van jou, Ana Steele, ik wil je aan mijn zijde, voor altijd,’ mompelt hij terwijl hij mijn nek kust. ‘En nu slapen.’

Ik sluit mijn ogen.

Met tegenzin doe ik mijn zware oogleden open. De kamer baadt in helder licht. Ik kreun. Ik voel me wazig, losgekoppeld van mijn loodzware ledematen, met Christian om me heen geslagen als klimop. Zoals gebruikelijk heb ik het te warm. Het moet nog voor vijven zijn, de wekker is nog niet afgegaan. Ik rek me uit om me te bevrijden van de hitte die hij afgeeft, draai me om in zijn armen. Hij mompelt iets onverstaanbaars in zijn slaap. Ik laat mijn oog even op de wekker vallen. Kwart voor negen.

Shit, ik kom te laat. *Fuck.* Ik klauter uit bed en schiet de badkamer in. Binnen vier minuten sta ik fris gedoucht weer buiten.

Christian zit overeind in bed en aanschouwt me lichtelijk geamuseerd en tegelijk behoedzaam, terwijl ik me verder afdroog en mijn kleren bij elkaar zoek. Misschien verwacht hij van mij een reactie op alle onthullingen van gisteren. Maar nu heb ik simpelweg geen tijd.

Ik controleer mijn kleding: zwarte lange broek, zwart shirt, het is allemaal een beetje Mrs. R., maar ik heb geen tijd om iets anders te verzinnen. Ik doe snel mijn zwarte bh en slipje aan, me ervan bewust dat hij elke beweging volgt. Het is... verontrustend. De slip en bh kunnen er wel mee door.

‘Je ziet er goed uit,’ zegt Christian poeslief vanuit het bed. ‘Je kunt je natuurlijk ook gewoon ziek melden.’ Hij geeft me zijn verwoestende, schuine, honderdvijftig procent slipjes-verscheurende grijns. O, hij is zo verleidelijk. Mijn innerlijke godin tuit uitdagend haar lippen.

'Nee, Christian, dat gaat echt niet. Ik ben niet zo'n megalomane directeur met een wonderschone glimlach die kan komen en gaan wanneer hij wil.'

'Ik kom zeker graag zoals ik wil.' Hij grijnst en schroeft zijn goddelijke glimlach nog een graadje op, zodat die nu in 'full HD IMAX' verschijnt.

'Christian!' vermaan ik. Ik gooi mijn handdoek naar hem en hij lacht.

'Mooie glimlach, zei je?'

'Ja. Je weet precies wat voor een effect je op mij hebt.' Ik doe mijn horloge om.

'Is dat zo?' Hij knippert onschuldig met zijn ogen.

'Ja, dat is zo. Je hebt dat effect op alle vrouwen. Dat is soms best vermoeiend, weet je, om ze allemaal te zien zwijmelen.'

'Echt waar?' Hij trekt een wenkbrauw op, heeft nog meer pret.

'Doe maar niet zo onschuldig, meneer Grey. Het past u niet,' mopper ik afwezig, terwijl ik mijn haar in een staart doe en mijn zwarte hoge hakken aantrek. Nou, zo moet het maar.

Als ik me buig om hem gedag te kussen, grijpt hij me beet en trekt me op het bed. Hij leunt over me heen en grijnst van oor tot oor. *O hemel.* Hij is zo mooi – zijn ogen schitteren vol ondeugendheid, zijn wilde, pas-geneukt-haardos, die verblindende lach. Hij is nu speels.

Ik ben moe, nog steeds niet bijgekomen van alle onthullingen van gisteren, terwijl hij klaarwakker is en zo sexy. *O*, onuitstaanbare Vijftig.

'Hoe kan ik je verleiden om te blijven?' zegt hij zachtjes, mijn hart slaat een slag over en begint te bonzen. Hij is de verpersoonlijking van verleiding.

'Dat kun je niet,' brom ik, terwijl ik probeer overeind te komen. 'Laat me los.'

Hij kijkt beteuterd en ik geef het op. Grinnikend ga ik met mijn vingers over de omtrek van zijn lippen – mijn Vijftig Tinten. Ik hou zo van hem, van zijn monumentale verneuktheid. En ik ben nog niet eens begonnen alles te verwerken wat er gisteren is gebeurd en hoe ik me daarover voel.

Ik leun naar hem toe om hem te kussen, blij dat ik mijn tanden heb gepoetst. Hij kust me lang en diep en zet me dan met een zwaai op mijn voeten, waardoor ik beduusd, buiten adem en wankel blijf staan.

'Taylor brengt je wel even weg. Dat is sneller dan een parkeerplaatsje zoeken. Hij wacht buiten het gebouw op je,' zegt Christian vriendelijk, en hij lijkt opgelucht. Is hij bezorgd om mijn reactie vanmorgen? Hij snapt toch wel dat vannacht – of eigenlijk vanmorgen – duidelijk heeft gemaakt dat ik er niet vandoor ga.

'Oké. Dank je,' zeg ik, teleurgesteld dat ik weer op mijn voeten sta, verward door zijn aarzeling, en lichtelijk geïrriteerd dat ik weer niet in mijn Saab kan rijden. Maar hij heeft natuurlijk gelijk, met Taylor gaat het vlotter.

'Geniet van uw luie ochtend, meneer Grey. Ik zou heel graag willen blijven, maar de eigenaar van het bedrijf waarvoor ik werk houdt er niet van als het personeel spijbelt om wat hete seks.' Ik pak mijn handtas.

'Persoonlijk, mevrouw Steele, twijfel ik er niet aan dat hij het zou goedkeuren. Het zou me zelfs niet verbazen als hij erop staat.'

'Waarom blijf jij eigenlijk in bed? Dat is niets voor jou.'

Hij vouwt zijn handen achter zijn hoofd en grijnst naar me.

'Omdat ik dat kan, mevrouw Steele.'

Ik schud mijn hoofd naar hem. 'Later, schatje.' Ik geef hem nog een kushandje en dan ben ik weg.

Taylor staat me op te wachten en hij lijkt te beseffen dat ik laat ben, want hij rijdt als een bezetene om te zorgen dat ik om kwart over negen op mijn werk ben. Ik ben dankbaar als hij langs de stoeprand parkeert – dankbaar dat ik nog leef – hij reed echt eng. En dankbaar dat ik niet afschuwelijk veel te laat ben, het is maar een kwartier.

'Dankjewel, Taylor,' roep ik, grauw van de schrik. Ik herinner me dat Christian vertelde dat hij een tank kan besturen, misschien rijdt hij ook wel autorally's.

'Ana.' Hij knikt me gedag en ik ren mijn kantoor binnen. Pas als ik de deur opendoe, realiseer ik me dat hij zich niet meer houdt aan het formele mevrouw Steele. Ik glimlach erom.

Claire grijnst naar me als ik me langs de receptie haast en naar mijn bureau ren.

'Ana!' Jack roept me. 'Hier komen!'

O, shit.

'Hoe laat noem je dit?' snauwt hij.

'Het spijt me, ik heb me verslapen.' Ik kleur donkerrood.

'Laat het niet weer gebeuren. Eerst koffie halen, daarna moet je een paar brieven voor me uitwerken. Tempo maken,' schreeuwt hij, waardoor ik in elkaar krimp.

Waarom is hij zo boos? Wat is zijn probleem? Wat heb ik misdaan? Ik haast me naar de keuken om zijn koffie te halen. Misschien had ik wel moeten spijbelen. Ik zou nu... nou ja, iets lekkers met Christian kunnen doen, of met hem kunnen ontbijten, of gewoon met hem kletsen – weer eens iets heel anders.

Jack lijkt nauwelijks te merken dat ik weer terug ben in zijn kantoor om de koffie neer te zetten. Hij schuift een vel papier naar me toe. Het is handgeschreven, met nauwelijks leesbare hanenpoten.

'Typ dit eerst uit, dan kom je het door mij laten ondertekenen. Dan moet je het kopiëren en aan al onze auteurs sturen.

'Komt in orde, Jack.'

Hij kijkt niet op als ik vertrek. Poeh, die is kwaad.

Enigszins opgelucht plof ik eindelijk achter mijn bureau neer. Ik neem een slokje thee, terwijl ik wacht tot mijn computer opgestart is. Ik check mijn mails.

Van: Christian Grey
Onderwerp: Ik mis je
Datum: 15 juni 2011, 09:05
Aan: Anastasia Steele

Gebruik alsjeblieft je BlackBerry.

x

Christian Grey
Directeur, Grey Enterprises Holdings, Inc.

Van: Anastasia Steele
Onderwerp: Makkelijk praten
Datum: 15 juni 2011, 09:27
Aan: Christian Grey

Mijn baas is boos.
Dat is jouw schuld omdat jij me zo lang wakker hebt gehouden met jouw... schelmenstreken.
Je zou je moeten schamen.

Anastasia Steele
Assistente van Jack Hyde, redacteur, SIP

Van: Christian Grey
Onderwerp: Schewattestreken?
Datum: 15 juni 2011, 09:32
Aan: Anastasia Steele

Je hoeft niet te werken, Anastasia.
Je hebt geen idee hoe verschrikkelijk ik mijn schelmenstreken vind.
Maar ik vind het leuk om je lang op te houden ;)
Gebruik alsjeblieft je BlackBerry.
O ja, en trouw alsjeblieft met me.

Christian Grey
Directeur, Grey Enterprises Holdings, Inc.

Van: Anastasia Steele
Onderwerp: De kost verdienen
Datum: 15 juni 2011, 09:35
Aan: Christian Grey

Ik weet dat je van nature graag zanikt, maar kap gewoon even.
Ik wil graag met je zielenknijper spreken.

Pas daarna geef ik je mijn antwoord.
Ik heb er geen bezwaar tegen om in zonde te leven.

Anastasia Steele
Assistente van Jack Hyde, redacteur, SIP

Van: Christian Grey
Onderwerp: BLACKBERRY
Datum: 15 juni 2011, 09:40
Aan: Anastasia Steele

Anastasia, als je het over dr. Flynn wilt hebben, GEBRUIK DAN JE BLACKBERRY.
Dit is geen verzoek.

Christian Grey
Nu boze directeur, Grey Enterprises Holdings, Inc.

O shit. Nu is hij ook nog boos op me. Nou ja, wat mij betreft blijft hij een tijdje in zijn eigen sop gaarkoken. Ik haal mijn BlackBerry uit mijn tas en kijk er sceptisch naar. Terwijl ik dat doe, gaat hij over. Kan hij me niet gewoon een keer met rust laten?

'Ja,' snauw ik.

'Ana, hoi...'

'José! Hoe is het met je?' Het is geweldig om zijn stem te horen.

'Met mij gaat het prima, Ana. Luister, ga je nog steeds om met die vent Grey?'

'Eh, ja... Hoezo?' Waarom vraagt hij dit?

'Nou, hij heeft al je foto's gekocht, dus ik dacht dat ik ze wel even in Seattle kon komen afleveren. De tentoonstelling sluit donderdag, dus dan kan ik ze vrijdag komen brengen, snap je? En misschien kunnen we dan nog wat gaan drinken, of zo. En eigenlijk hoopte ik ook dat ik dan ergens zou kunnen blijven pitten.'

'José, dat is prima. Dat komt wel goed. Ik heb het er even over met Christian en dan bel ik je terug, oké?'

'Is goed. Dan hoor ik wel van jou. Doei, Ana.'

'Doei.' En weg is hij.

Hemel. Ik heb niets meer van José gehoord sinds zijn tentoonstelling. Ik heb hem niet eens gevraagd hoe het is gegaan en of hij nog meer foto's heeft verkocht. Lekkere vriendin ben ik.

Dus, ik zou vrijdagavond met José kunnen doorbrengen. Hoe zal Christian dat vinden? Ik realiseer me pas dat ik op mijn lip bijt als het pijn doet. O, die man meet echt met twee maten. Hij mag wel – ik huiver bij de gedachte – zijn groezelige ex in bad doen, maar ik krijg waarschijnlijk een container bagger over me heen als ik wat wil gaan drinken met José. Hoe ga ik dat aanpakken?

'Ana.' Jack schrikt me ruw op uit mijn gedachten. Is hij nog steeds boos? 'Waar blijft die brief?'

'Eh – komt eraan.' Shit. Wat is er toch met hem?

Ik typ de brief vliegensvlug uit, print hem uit en loop zenuwachtig zijn kantoor binnen.

'Hier.' Ik leg de brief voor hem neer en wil de deur weer uit lopen. Jack kijkt de brief snel door met zijn kritische, doordringende blik.

'Ik weet niet wat je allemaal aan het doen bent, maar ik betaal je om je werk te doen,' blaft hij.

'Dat weet ik, Jack,' zeg ik verontschuldigend. Ik voel hoe een blos langzaam over mijn gezicht trekt.

'Deze zit vol met fouten,' snauwt hij. 'Doe het maar opnieuw.'

Shit. Hij klinkt net als iemand anders die ik ken, maar van Christian kan ik het wel hebben als hij lomp doet. Van Jack begin ik zo langzamerhand genoeg te krijgen.

'En haal meteen nog een koffie voor me, als je toch bezig bent.'

'Sorry,' fluister ik en ik rep me zo snel ik kan zijn kantoor uit.

Jezusmina. Hij is onuitstaanbaar. Ik ga weer aan mijn bureau zitten, doe de brief snel over. Er zaten overigens maar twee fouten in. Ik controleer hem nog een keer grondig voor ik hem print. Nu is hij perfect. Ik ga nog een koffie voor hem halen en maak aan Claire met rollende ogen duidelijk dat ik diep in de shit zit. Met een diepe zucht loop ik zijn kantoor weer binnen.

'Beter,' geeft hij met tegenzin toe, als hij de brief ondertekent. 'Maak er fotokopieën van, archiveer het origineel en stuur de brief aan al onze auteurs. Begrepen?'

'Ja.' Ik ben niet achterlijk. 'Jack, is er iets aan de hand?'

Hij kijkt op, zijn blauwe ogen worden donker terwijl hij me van boven tot onder bekijkt. Ik krijg het koud.

'Nee.' Zijn antwoord is kortaf, grof en neerbuigend. Ik sta eerst een beetje dom te kijken en schuifel dan zijn kantoor weer uit. Misschien heeft hij ook last van een persoonlijkheidsstoornis. Tsjemig, ik word erdoor omringd. Ik ga op weg naar het kopieerapparaat, waar het papier uiteraard is vastgelopen, en als ik dat heb opgelost, blijkt dat het papier op is. Dit is duidelijk niet mijn dag.

Als ik eindelijk weer achter mijn bureau zit, de brieven in de enveloppen aan het doen ben, zoemt mijn BlackBerry. Door de glazen wand kan ik zien dat Jack aan de telefoon zit. Ik neem op – het is Ethan.

'Hey, Ana. Hoe is 't gisteravond verlopen?'

Gisteravond. Een snelle serie beelden flitst door mijn hoofd – Christian op zijn knieën, zijn onthulling, zijn aanzoek, macaroni met kaas, mijn huilbui, zijn nachtmerrie, *de seks*, hoe ik hem aanraak...

'O... prima,' zeg ik, niet erg overtuigend.

Ethan wacht even en besluit dan om er niet verder op in te gaan. 'Mooi. Kan ik de sleutels komen ophalen?'

'Tuurlijk.'

'Dan ben ik er over ongeveer een halfuur. Heb je dan even tijd om ergens koffie te gaan drinken?'

'Vandaag niet. Ik was te laat vanochtend, en mijn baas gedraagt zich als een boze beer met een zere kop en brandnetels in zijn achterste.'

'Dat klinkt niet best.'

'Niet best, en best lelijk.' Ik giechel.

Ethan lacht ook en ik voel me weer iets beter. 'Oké, dan zie ik je over een halfuur.' Hij hangt op.

Ik kijk op naar Jack en hij zit naar me te staren. O shit. Ik negeer hem zeer nadrukkelijk en ga verder met het vullen van de enveloppen.

Een halfuur later gaat mijn telefoon over. Het is Claire. 'Hij is er weer, bij de receptie. Die blonde god.'

Het is heerlijk om Ethan te zien, na al het gedoe van gisteren en het slechte humeur dat mijn baas op me botviert, maar hij neemt al snel weer afscheid.

'Zie ik je vanavond nog?'

'Ik blijf waarschijnlijk bij Christian.' Ik bloos.

'Je hebt het goed te pakken,' merkt Ethan vriendelijk op.

Ik haal mijn schouders op. Dat is maar een deel van het verhaal, en op dat moment realiseer ik me dat ik het meer dan goed te pakken heb. Ik heb het voorgoed te pakken. En wonderbaarlijk genoeg voelt Christian het net zo. Ethan omhelst me snel.

'Later, Ana.'

Ik ga terug naar mijn bureau, worstelend met dit besef. Ik zou heel wat overhebben voor een dagje op mezelf, om eens rustig over alles na te denken.

'Waar heb jij gezeten?' Jack staat opeens naast me.

'Ik moest iets regelen bij de receptie.' Hij werkt nu echt op mijn zenuwen.

'Ik wil lunch. Het gewone recept,' zegt hij kortaf en hij beent weer terug naar zijn kantoor.

Waarom ben ik vandaag niet thuisgebleven bij Christian? Mijn innerlijke godin slaat haar armen over elkaar en tuit haar lippen; dat zou zij ook wel eens willen weten. Ik pak mijn tas en mijn BlackBerry en ga richting de uitgang. Ik controleer mijn berichten.

Van: Christian Grey
Onderwerp: Ik mis je
Datum: 15 juni 2011, 09:06
Aan: Anastasia Steele

Mijn bed is te groot zonder jou.
Ik denk dat ik toch maar even aan het werk moet.
Zelfs een megalomane directeur moet iets omhanden hebben.
x

Christian Grey
Duimendraaiende directeur, Grey Enterprises Holdings, Inc.

En er is er nog een, van later vanochtend.

Van: Christian Grey
Onderwerp: Discretie
Datum: 15 juni 2011, 09:50
Aan: Anastasia Steele

...is de moeder van de porseleinkast.
Wees alsjeblieft voorzichtig... de e-mail op je werk wordt gescreend.
HOE VAAK MOET IK JE DAT NOG VERTELLEN?
Inderdaad, met schreeuwerige hoofdletters, zoals jij dat noemt.
GEBRUIK JE BLACKBERRY.
Dr. Flynn heeft morgenavond tijd voor ons.

Christian Grey
Nog steeds pissige directeur, Grey Enterprises Holdings, Inc.

En nog later weer eentje... O nee.

Van: Christian Grey
Onderwerp: Krekels
Datum: 15 juni 2011, 12:15
Aan: Anastasia Steele

Ik heb niets meer van je gehoord.
Laat me even weten of alles in orde is.
Je weet dat ik me zorgen maak.
Anders stuur ik Taylor om je te controleren!
x

Christian Grey
Overbezorgde directeur, Grey Enterprises Holdings, Inc.

Ik rol met mijn ogen en bel hem. Ik wil niet dat hij zich zorgen maakt.

'Toestel van Christian Grey, u spreekt met Andrea Parker.'

O. Ik ben zo van mijn stuk dat Christian niet zelf opneemt, dat ik midden op straat stilsta. Een jongeman achter me moppert boos, omdat hij nog maar net kan voorkomen dat hij tegen me aanbotst. Ik sta onder de groene luifel van de broodjeszaak.

'Hallo? Kan ik u misschien van dienst zijn?' Andrea doorbreekt de ongemakkelijke stilte.

'Sorry... eh... ik had gehoopt dat ik Christian even kon spreken...'

'Meneer Grey zit op dit moment in een vergadering.' Ze is een en al efficiëntie. 'Kan ik een boodschap aannemen?'

'Kunt u hem laten weten dat Ana gebeld heeft?'

'Ana? Als in Anastasia Steele?'

'Eh... ja.' De vraag brengt me in verwarring.

'Blijft u even aan de lijn, mevrouw Steele.'

Ik luister ingespannen als ze de hoorn neerlegt, maar kan niet volgen wat er aan de hand is. Een paar tellen later is Christian aan de lijn. 'Gaat alles goed met je?'

'Ja, prima.'

Hij ademt opgelucht uit.

'Christian, waarom zou het niet goed met me gaan?' fluister ik geruststellend.

'Je reageert anders altijd zo snel op mijn mails. Na wat ik je gisteren heb verteld, maakte ik me zorgen,' zegt hij zachtjes. Daarna zegt hij iets tegen iemand in zijn kantoor.

'Nee Andrea, laat ze maar even wachten.' O, dat toontje ken ik.

Ik kan het antwoord van Andrea niet horen.

'Nee. Ik zei wachten,' snauwt hij.

'Christian, ik begrijp dat je het druk hebt. Ik belde alleen om je te laten weten dat alles goed met me gaat, en dat meen ik – ik ben alleen heel erg druk vandaag. Jack haalt echt de zweep erover. Eh... ik bedoel...' Ik bloos en hou mijn mond.

Christian zwijgt een minuut lang.

'De zweep erover, hè? Er was een tijd dat ik hem een gelukkige vent genoemd zou hebben.' Zijn stem klinkt vol droge humor. 'Laat hem niet over je heen gaan, schatje.'

'Christian!' vermaan ik, en ik weet gewoon dat hij zit te grinniken.

'Hou hem gewoon goed in de gaten. Dat bedoel ik daarmee. Ik ben blij dat alles goed met je gaat. Hoe laat moet ik je komen ophalen?'

'Ik stuur je wel een mailtje.'
'Vanaf je BlackBerry,' zegt hij streng.
'Ja, meneer,' kaats ik terug.
'Later, schatje.'
'Doeiii...'
Hij hangt nog steeds aan de lijn.
'Hang op,' vaar ik tegen hem uit, lachend.
Hij zucht diep door de telefoon. 'Ik wou dat je niet naar je werk was gegaan vanmorgen.'
'Ik ook. Maar ik heb het druk. Hang op.'
'Hang jij maar op.' Ik hoor zijn lach. O, speelse Christian. Ik hou van speelse Christian. Hmm... ik hou van Christian, punt.
'Je valt in herhaling.'
'Je bijt op je lip.'
Shit, dat klopt. Hoe weet hij dat?
'Zie je, je denkt dat ik je niet ken, Anastasia. Maar ik ken je beter dan je denkt,' fluistert hij verleidelijk, op die manier die me zwak maakt, en nat.
'Christian, ik spreek je straks weer. Op dit moment zou ik ook willen dat ik vanochtend niet weggegaan was.'
'Ik zie uw e-mail graag tegemoet, mevrouw Steele.'
'Goedendag, meneer Grey.'
Als ik opgehangen heb, leun ik tegen het koude, harde raam van de broodjeszaak. Lieve hemel, zelfs aan de telefoon heeft hij me in zijn macht. Ik schud mijn hoofd om die Grey-gedachten te verdrijven. Ik loop de broodjeszaak in, in gedachten piekerend over Jack.

Hij kijkt chagrijnig als ik terug ben.
'Is het goed als ik nu eerst ga lunchen?' vraag ik voorzichtig. Hij staart naar me en zijn blik wordt nog bozer.
'Als het moet,' snauwt hij. 'Drie kwartier. Dan kun je de verloren tijd van vanochtend inhalen.'
'Jack, mag ik je iets vragen?'
'Wat?'
'Je bent vandaag helemaal uit je doen. Heb ik je iets misdaan?'
Hij knippert even met zijn ogen. 'Ik denk niet dat ik in de

stemming ben om nu een lijst van je missers te maken. Ik heb het druk.' Hij kijkt weer ingespannen naar zijn beeldscherm, en negeert mij verder.

Whoa... Wat heb ik gedaan?

Ik draai me om en loop zijn kantoor uit. Even sta ik op het punt om in huilen uit te barsten. Waarom heeft hij zo plotseling zo'n grote hekel aan me? Een vervelende gedachte komt bij me op, maar die negeer ik. Deze shit kan ik er nu echt niet bij hebben – ik heb al genoeg ellende van mezelf.

Ik verlaat het gebouw en ga naar de dichtstbijzijnde Starbucks. Ik bestel een koffie verkeerd en ga bij het raam zitten. Ik haal mijn iPod uit mijn tas en doe mijn oordopjes in. Op goed geluk kies ik een nummer en druk op repeat, zodat het steeds weer opnieuw wordt afgespeeld. Ik heb muziek nodig om te kunnen nadenken.

Mijn gedachten dwalen af. Christian de sadist. Christian de Onderdanige. Christian de onaanraakbare. Christians oedipuscomplex. Christian die Leila in bad doet. Ik grom en doe mijn ogen dicht, als dat laatste beeld me bijblijft.

Kan ik wel met deze man trouwen? Er is zoveel om te verwerken. Hij is complex en moeilijk, maar diep vanbinnen weet ik dat ik hem niet in de steek wil laten, ondanks al zijn issues. Ik wil nooit meer bij hem weg. Ik hou van hem. Het zou net zoiets zijn als mijn rechterarm eraf hakken.

Ik heb me nog nooit zo levend gevoeld, zo levenskrachtig, als op dit moment. Ik heb allerlei verontrustende, diepgaande gevoelens ervaren en nieuwe dingen meegemaakt sinds ik hem ontmoet heb. Met Vijftig verveel je je nooit.

Als ik terugkijk op mijn leven voor Christian, lijkt het alsof alles in zwart-wit was, net als de foto's van José. Nu staat mijn hele wereld bol van rijke, heldere, verzadigde kleuren. Ik vlieg op een straal van oogverblindend licht, Christians oogverblindende licht. Ik ben nog steeds Icarus, die te dicht bij de zon vliegt. Ik snuif hardop. Vliegen met Christian – wie kan er nu weerstand bieden aan een man die kan vliegen?

Kan ik hem opgeven? Wil ik hem opgeven? Het is net alsof hij een schakelaar heeft omgezet en me van binnenuit in vuur en vlam heeft gezet. Hem kennen is zo verhelderend geweest. Ik heb meer over mezelf ontdekt in de laatste paar weken dan ooit daarvoor. Ik heb dingen geleerd over mijn lichaam, mijn harde grenzen, mijn zachte grenzen, mijn tolerantie, mijn geduld, mijn medeleven, en mijn vermogen om lief te hebben.

En dan dringt het plotseling tot me door, het raakt me als een bliksemschicht – dat is wat hij van mij nodig heeft, waar hij recht op heeft – onvoorwaardelijke liefde. Dat heeft hij nooit gekregen van de heroïnehoer – dat is wat hij nodig heeft. Kan ik onvoorwaardelijk van hem houden? Kan ik accepteren wie hij is, ondanks zijn onthullingen van gisteravond?

Ik weet dat hij beschadigd is, maar ik denk niet dat het onherstelbaar is. Ik zucht, herinner me de woorden van Taylor. *Hij heeft het hart op de juiste plaats, mevrouw Steele.*

Ik heb het veelomvattende bewijs gezien van zijn goedheid – zijn liefdadigheidswerk, zijn manier van zakendoen, zijn gulheid – maar hij ziet dat niet in zichzelf. Hij denkt dat hij geen liefde verdient. Gezien zijn geschiedenis en zijn bijzondere voorkeuren, kan ik me wel iets voorstellen bij zijn zelfhaat – daarom heeft hij nooit iemand toegelaten. *Kan ik dat overwinnen?*

Hij heeft ooit gezegd dat ik nooit ook maar iets zou kunnen begrijpen van de omvang van zijn verdorvenheid. Nou, hij heeft het me nu verteld, en gezien zijn eerste levensjaren verbaast het me niets, hoewel het toch nog een schok was om het hardop uitgesproken te horen. Hij heeft het me tenminste verteld – en hij lijkt gelukkiger nu hij dat gedaan heeft. Ik weet nu alles.

Betekent dit dat hij minder van me houdt? Nee, dat denk ik niet. Hij heeft zich nog niet eerder zo gevoeld en datzelfde geldt voor mij. We hebben allebei zo'n afstand overbrugd.

De tranen prikken en mijn ogen stromen vol als ik weer voor me zie hoe zijn laatste barricade gisteravond afbrokkelde toen hij me toestond hem aan te raken. *Jemig*, Leila en al haar gestoordheid waren nodig om dat punt te bereiken.

Misschien zou ik dankbaar moeten zijn. De wetenschap dat hij haar in bad heeft gedaan veroorzaakt nu niet meer zo'n bittere smaak op mijn tong. Ik vraag me af welke kleren hij haar heeft gegeven. Hopelijk niet het pruimkleurige jurkje. Daar was ik echt aan gehecht.

Kan ik dus onvoorwaardelijk houden van deze man met al zijn problemen? Omdat hij niets minder verdient. Hij moet nog steeds leren mijn grenzen te respecteren, en kleine dingetjes als invoelingsvermogen, en hij moet dingen minder willen beheersen. Hij zegt dat hij niet langer de neiging heeft om mij pijn te doen; misschien kan dr. Flynn daar zijn licht eens over laten schijnen.

Uiteindelijk is dat wat me de meeste zorgen baart – dat hij dat nodig heeft en dat hij altijd gelijkgestemde vrouwen heeft gevonden die dat ook nodig hebben. Ik frons. Ja, die geruststelling heb ik nodig. Ik wil alles zijn voor deze man, zijn alfa en zijn omega, en alles daartussenin, omdat hij alles voor mij is.

Ik hoop dat Flynn mijn vragen kan beantwoorden, misschien kan ik dan ja zeggen. Dan kunnen Christian en ik ons eigen stukje paradijs op aarde zoeken.

Ik staar naar buiten, naar de drukte van Seattle rond lunchtijd. Mevrouw Grey, wie had dat gedacht? Ik kijk op mijn horloge. *Shit!* Ik schiet overeind en ren naar buiten – een heel uur alleen maar gezeten – waar is de tijd gebleven? Jack springt uit zijn vel!

Ik glip weer terug achter mijn bureau. Gelukkig is hij niet in zijn kantoor. Het lijkt erop dat ik ermee weggekomen ben. Ik staar intens naar mijn beeldscherm, zonder iets te zien, probeer mijn gedachten weer op het werk te richten.

'Waar was je?'

Ik schrik op, Jack staat achter me, met zijn armen over elkaar.

'Ik was beneden, kopieën aan het maken,' lieg ik. Jack klemt zijn lippen stijf op elkaar, hij kijkt boos.

'Ik vertrek om halfzeven naar de luchthaven. Tot die tijd heb ik je nodig.'

'Oké.' Ik glimlach zo lief mogelijk naar hem.

'Wil je mijn reisschema voor New York voor me uitprinten en er tien kopieën van maken. En maak een pakketje van de brochures. En haal koffie voor me,' snauwt hij, voordat hij terugbeent naar zijn kantoor.

Ik slaak een zucht van opluchting en steek mijn tong naar hem uit als hij de deur achter zich sluit. Eikel.

Om vier uur belt Claire van de receptie.

'Mia Grey aan de lijn voor jou.'

Mia? Ik hoop niet dat ze met me naar het winkelcentrum wil.

'Hallo Mia!'

'Ana, hoi. Hoe gaat het?' Haar opgewektheid is verstikkend.

'Goed. Druk vandaag. Jij?'

'Ik verveel me dood! Ik moet iets omhanden hebben, dus ik ben bezig om een verjaardagsfeest voor Christian te organiseren.'

Christian is jarig? Hemel, daar wist ik niets van. 'Wanneer is dat?'

'Ik wist 't! Ik wist dat hij dat niet aan jou zou vertellen. Het is aanstaande zaterdag. Mam en pap willen iedereen uitnodigen om te komen eten, om het te vieren. Bij dezen ben je officieel uitgenodigd.'

'Dat is fantastisch. Dankjewel, Mia.'

'Ik heb Christian al gebeld om het hem te vertellen, dus hij weet het al. Hij heeft mij dit telefoonnummer gegeven.'

'Prima.' Mijn hersenen draaien op volle toeren – wat moet ik Christian in godsnaam voor zijn verjaardag geven? Wat koop je voor een man die alles heeft?

'En misschien kunnen we volgende week een keer samen gaan lunchen?'

'Tuurlijk. Of kun jij morgen? Dan zit mijn baas toch in New York.'

'Ja, dat zou ik geweldig vinden, Ana. Hoe laat?'

'Kwart voor een?'

'Dan zie je me morgen. Tot dan, Ana.'

'Tot dan.' Ik hang op.

Christian. Verjaardag. Maar wat moet ik hem in vredesnaam geven?

Van: Anastasia Steele
Onderwerp: Voorwereldlijk
Datum: 15 juni 2011, 16:11
Aan: Christian Grey

Beste meneer Grey,
Wanneer had u het mij eigenlijk willen vertellen?

Wat moet ik die ouwe van me voor zijn verjaardag geven?
Misschien nieuwe batterijtjes voor zijn gehoorapparaat?
A x

Anastasia Steele
Assistente van Jack Hyde, redacteur, SIP

Van: Christian Grey
Onderwerp: Prehistorisch
Datum: 15 juni 2011, 16:20
Aan: Anastasia Steele

Je mag niet spotten met ouderdom.
Blij dat je springlevend bent.
En dat Mia je gebeld heeft.
Batterijen komen altijd van pas.
Ik vier mijn verjaardag niet graag.

x

Christian Grey
Stokdove directeur, Grey Enterprises Holdings, Inc.

Van: Anastasia Steele
Onderwerp: Hmmm
Datum: 15 juni 2011, 16:24
Aan: Christian Grey

Beste meneer Grey,
Ik stel me voor dat je met een pruillip die laatste zin hebt geschreven.
Je weet wat dat met me doet.
A xox

Anastasia Steele
Assistente van Jack Hyde, redacteur, SIP

Van: Christian Grey
Onderwerp: Rollende ogen
Datum: 15 juni 2011, 16:29
Aan: Anastasia Steele

Mevrouw Steele,

GEBRUIK UW BLACKBERRY!!!

x

Christian Grey
Directeur met jeukende handen, Grey Enterprises Holdings, Inc.

Ik rol met mijn ogen. Waarom liggen die e-mails toch zo gevoelig bij hem?

Van: Anastasia Steele
Onderwerp: Inspiratie
Datum: 15 juni 2011, 16:33
Aan: Christian Grey

Beste meneer Grey,

Ah, die eeuwig jeukende handen van u kunnen niet lang stilzitten, hè?
Ik vraag me af wat dr. Flynn daarover te zeggen heeft.
Maar ik weet nu wel wat ik je voor je verjaardag ga geven – en ik hoop dat het me pijnlijke plekken oplevert...
;)

A x

Van: Christian Grey
Onderwerp: Ademnood
Datum: 15 juni 2011, 16:38
Aan: Anastasia Steele

Mevrouw Steele,

Ik denk niet dat mijn hart de spanning van nog zo'n e-mail kan verdragen. En mijn broek trouwens ook niet.

Gedraag je.

x

Christian Grey
Directeur, Grey Enterprises Holdings, Inc.

Van: Anastasia Steele
Onderwerp: Best lastig
Datum: 15 juni 2011, 16:42
Aan: Christian Grey

Christian,

Ik probeer te werken voor mijn zeer veeleisende baas.
Laat me alsjeblieft met rust en wees zelf ook niet zo lastig.
Door jouw laatste mailtje sta ik in vuur en vlam.

x

PS Kun je me om halfzeven ophalen?

Van: Christian Grey
Onderwerp: Ik zal er zijn
Datum: 15 juni 2011, 16:47
Aan: Anastasia Steele

Je kunt me geen groter plezier doen dan dat.
Nou ja, eigenlijk kan ik een groot aantal dingen verzinnen die me meer plezier zouden doen, en jij hebt overal een rol in.

x

Christian Grey
Directeur, Grey Enterprises Holdings, Inc.

Ik bloos als ik zijn antwoord lees en schud mijn hoofd. Een beetje geinen via de mail is best leuk natuurlijk, maar we moeten echt praten. Misschien nadat we Flynn hebben gesproken. Ik leg mijn BlackBerry weer weg en ga verder met het opmaken van de kleine kas.

Tegen kwart over zes is het kantoor uitgestorven. Alles ligt klaar voor Jack. Zijn taxi naar de luchthaven is geboekt en ik hoef hem alleen nog zijn papieren te geven. Ik kijk bezorgd door het raam, maar hij zit nog ingespannen te telefoneren en ik wil hem niet storen. Zeker niet met zijn humeur van vandaag.

Terwijl ik wacht tot hij zover is, realiseer ik me dat ik vandaag nog niets gegeten heb. O shit, dat gaat Vijftig niet op prijs stellen. Ik glip snel naar de keuken om te zien of er nog koekjes overgebleven zijn.

Als ik de gemeenschappelijke koektrommel opendoe, verschijnt Jack ineens in de deuropening. Ik schrik ervan.

O. Wat doet hij hier?

Hij staart me aan. 'Welnu Ana, dit lijkt me een goed moment om het te hebben over jouw missers.' Hij stapt naar binnen en doet de deur achter zich dicht. Mijn mond is acuut kurkdroog terwijl in mijn hoofd alle alarmbellen rinkelen.

O fuck.

Zijn lippen vertrekken tot een groteske glimlach, en zijn ogen glinsteren een diep, donker kobaltblauw. 'Eindelijk ben je een moment alleen,' zegt hij, en zijn tong glijdt over zijn onderlip.

Wat?

'En... zul je nu een braaf meisje zijn en goed luisteren naar wat ik zeg?'

Zestien

Jacks ogen vlammen opeens in het diepste blauw, hij neemt me op met een minachtende grijns en laat zijn ogen wellustig over mijn lichaam glijden.

De angst grijpt me bij de keel. Wat is dit? Wat wil hij van me? Ik moet diep graven om de vastberadenheid en moed te vinden om er, ondanks mijn droge mond, wat woorden uit te persen. De mantra uit mijn cursus zelfverdediging, 'hou ze aan de praat', blijft maar door mijn hoofd spoken als een lijfspreuk.

'Jack, daar hebben we nu niet echt tijd voor. Je taxi komt over tien minuten en ik moet je alle documenten nog geven.' Mijn stem klinkt rustig, maar schor en dat verraadt me.

Hij glimlacht. Het is een despotische krijg-de-kolere-glimlach die na een tijdje zijn ogen bereikt. Ze glimmen in de felle fluorescerende gloed van de tl-buis boven ons in deze kleurloze kamer zonder ramen. Hij komt een stap dichterbij en kijkt me kwaad aan, zijn blik houdt me gevangen. Zijn pupillen worden groter – het zwart verdrijft het blauw. O nee. Mijn angst groeit.

'Weet je wel dat ik het tegen Elizabeth heb opgenomen om jou deze baan te bezorgen...' Zijn stem sterft weg als hij nog een pas dichterbij komt. Ik doe een stap naar achteren en bots tegen de gammele kastjes die tegen de muur staan. *Aan de praat houden, aan de praat houden, aan de praat houden.*

'Jack, wat is precies het probleem? Als je klachten hebt, kunnen we vragen of personeelszaken erbij komt zitten om erover te praten. We kunnen dit met Elizabeth in een formelere omgeving bespreken.'

Waar is de beveiliging? Zijn ze al in het gebouw?

'We hebben personeelszaken echt niet nodig om dit af te handelen, Ana,' snauwt hij. 'Toen ik je in dienst nam, dacht ik dat je een harde werker zou zijn. Ik dacht dat je potentieel had. Maar nu weet ik het niet meer zo zeker. Je bent afgeleid en slordig. En ik vraag me af... houdt je *vriendje* je van het werk?' Het woord 'vriendje' wordt met ijzingwekkende minachting gezegd.

'Ik besloot je e-mailaccount te bekijken om te zien of ik wat aanknopingspunten kon vinden. En weet je wat ik ontdekte, Ana? Wat er niet klopte? De enige persoonlijk e-mails in jouw account waren aan dat stoere vriendje van je gericht.' Hij zwijgt even om mijn reactie te peilen. 'En toen dacht ik... waar zijn *zíjn* e-mails? Die waren er niet. Niks, nakkes, nada. Dus wat is er aan de hand, Ana? Waarom staan zijn mails niet in ons systeem? Ben je soms zijn bedrijfsspion? Ben je hier gepoot door Greys bedrijf? Is dat het?'

Holy shit, de e-mails. *O nee!* Wat stond er ook alweer in?

'Jack, waar heb je het over?' Ik probeer verbijsterd over te komen en ik ben best overtuigend. Dit gesprek verloopt niet zoals ik had verwacht en ik vertrouw hem voor geen meter. Een of ander subtiel feromoon dat Jack uitscheidt laat bij mij alle alarmbellen rinkelen. Deze man is kwaad, lichtgeraakt en compleet onvoorspelbaar. Ik probeer een rationele aanpak.

'Je vertelt me net dat je Elizabeth hebt moeten overhalen om me aan te nemen. Hoe kan ik dan als spion zijn ingezet? Het is het een of het ander, Jack.'

'Maar Grey heeft de reis naar New York voor ons verneukt, toch?'

O shit!

'Hoe heeft hij dat voor elkaar gekregen, Ana? Wat heeft je rijke, kakkerige vriendje gedaan?'

Ik voel nu al het bloed uit mijn gezicht wegtrekken en ik word helemaal duizelig. 'Ik weet niet waar je het over hebt, Jack,' fluister ik. 'Je taxi is er zo. Zal ik je spullen halen?' Alsjeblieft, laat me gaan. Hou hiermee op.

Jack gaat door; hij geniet van mijn onbehaaglijkheid. 'En hij denkt dat ik een poging zou doen om je te versieren?' Hij grijnst zelfgenoegzaam en kijkt me verhit aan. 'Ik wil dat je ergens over nadenkt terwijl ik in New York ben. Ik heb je deze baan bezorgd en ik verwacht dat je je dankbaarheid toont. Sterker nog, daar heb ik recht op. Ik heb moeten vechten om jou te krijgen. Elizabeth wilde iemand met betere kwalificaties, maar ik – ik zag iets in jou. Dus, wij moeten maar eens afspraken maken. Afspraken waarbij jij mij tevreden houdt. Begrijpen we elkaar, Ana?'

Fuck!

'Zie het maar als een aanvulling op je taakomschrijving, zo je wilt. En als jij mij tevreden houdt, zal ik niet verder graven naar hoe jouw vriendje aan de touwtjes trekt, zijn contacten aanwendt of een wederdienst vraagt van een van die kakkerige slijmballen uit zijn studentenclub.'

Mijn mond valt open. *Hij chanteert me! Voor seks!* En wat heb ik tegen hem in te brengen? Het nieuws over de overname door Christian wordt nog drie weken geheimgehouden. Ik kan het bijna niet geloven. Seks – met mij!

Jack komt dichterbij tot hij vlak voor me staat en me recht in mijn ogen kijkt. Zijn walgelijke zoete aftershave dringt mijn neusgaten binnen – het is misselijkmakend – en als ik me niet vergis ruik ik de bittere stank van alcohol in zijn adem. *Fuck, hij heeft gedronken... wanneer?*

'Je bent zo'n stijve, frigide opgeilster, Ana,' fluistert hij met op elkaar geklemde kaken.

Wát? Opgeilster... ik?

'Jack, ik weet niet waar je het over hebt,' fluister ik. De adrenaline giert door mijn lichaam. Hij staat nu nog dichter bij me. Ik wacht op mijn kans. Ray zal trots zijn. Ray heeft me geleerd wat ik moet doen. Ray is waanzinnig goed in zelfverdediging. Als Jack me aanraakt – als zijn adem ook maar iets te dicht op me komt – dan neem ik hem te grazen. Ik haal oppervlakkig adem. *Ik mag niet flauwvallen, ik mag niet flauwvallen.*

'Kijk nou toch.' Hij kijkt me wellustig aan. 'Ik zie gewoon dat je opgewonden bent. Je hebt me echt aanleiding gegeven. Diep vanbinnen weet je dat je dit wilt. Ik weet het.'

Godallemachtig. Die vent heeft waanideeën. Mijn angst bereikt nu 'alarmfase één' en dreigt me te verlammen. 'Nee, Jack, ik heb je nooit aanleiding gegeven.'

'Wel waar, jij geile trut. Ik ben niet blind.' Hij steekt zijn hand uit en strijkt langzaam met zijn knokkels langs mijn wang tot aan mijn kin. Zijn wijsvinger glijdt langs mijn nek en mijn hart klopt in mijn keel, terwijl ik probeer niet te kokhalzen. Hij bereikt het kuiltje onder aan mijn hals. Het bovenste knoopje van mijn zwarte shirt is los en hij drukt zijn hand op mijn borst.

'Jij wilt me. Geef toe, Ana.'

Ik blijf hem recht in de ogen kijken en concentreer me op wat ik moet doen in plaats van op mijn groeiende afkeer en angst – ik leg mijn hand zacht op die van hem. Hij glimlacht triomfantelijk. Ik pak zijn pink vast en trek die ruw zo ver mogelijk naar achteren.

'Arrgh!' schreeuwt hij van pijn en verrassing. Als hij zijn gewicht op één been plaatst, geef ik hem keihard een knietje en het is een voltreffer. Ik spring snel naar links als hij door zijn knieën gaat. Hij valt kermend op de keukenvloer en grijpt zijn kruis vast.

'Waag het niet me ooit nog aan te raken,' snauw ik hem toe. 'Je reisbeschrijving en de brochures liggen klaar op mijn bureau. Ik ga naar huis. Fijne reis. En in de toekomst haal je verdomme je eigen koffie!'

'Vuil kutwijf!' zegt hij half schreeuwend, half kreunend, maar ik ben al weg.

Ik ren in rap tempo naar mijn bureau, grijp mijn jasje en tas en sprint naar de receptie. Ik negeer het gekreun en gevloek van de klootzak die nog steeds machteloos op de keukenvloer ligt. Ik vlieg het gebouw uit en blijf even staan als ik de koele lucht op mijn gezicht voel. Ik adem diep in en probeer weer rustig te worden. Maar ik heb de hele dag nog niet gegeten en als de onvrijwillige stoot adrenaline wegebt, zak ik door mijn benen en plof ik op de grond neer.

Met een haast onwerkelijk gevoel kijk ik naar wat er zich in slow motion voor me lijkt af te spelen: Christian en Taylor in hun donkere pakken en witte overhemden springen uit de wachtende auto en rennen naar me toe. Christian laat zich naast me op zijn knieën zakken en op een onbewust niveau denk ik alleen maar: *Hij is er. Mijn lief is er.*

'Ana, Ana! Wat is er?' Hij tilt me op zijn schoot en strijkt met zijn handen over mijn armen, op zoek naar mogelijke verwondingen. Hij neemt mijn hoofd in zijn handen en staart me geschrokken aan met zijn grote grijze ogen. Ik laat me tegen hem aan zakken, opeens word ik overmand door opluchting en uitputting. O, Christians armen. Ik wil nergens liever zijn.

'Ana.' Hij schudt me zacht door elkaar. 'Wat is er nou? Ben je ziek?'

Ik schud mijn hoofd. Ik moet gaan communiceren.

'Jack,' fluister ik en ik voel gewoon dat Christian snel naar Taylor kijkt, en die vervolgens abrupt het gebouw in loopt.

'Fuck!' Christian neemt me in zijn armen. 'Wat heeft die viezerik met je gedaan?'

En ik voel de haast waanzinnige drang om te giechelen. Ik zie de geschokte uitdrukking op Jacks gezicht nog voor me toen ik zijn vinger greep.

'Het is meer wat ik met hem heb gedaan.' Ik moet giechelen en kan niet meer stoppen.

'Ana!' Christian schudt me weer heen en weer en ik hou op met giechelen. 'Heeft hij je aangeraakt?'

'Eén keer maar.'

Christian verstijft van woede en hij staat snel en moeiteloos op – superstabiel – met mij in zijn armen. Hij is woest. *Nee!*

'Waar is die klootzak?'

Er klinkt gedempt geschreeuw vanuit het gebouw. Christian zet me neer.

'Kun je zelf staan?'

Ik knik. 'Ga niet naar binnen, Christian. Blijf hier.' Opeens is de angst weer in volle hevigheid terug; ik ben bang voor wat Christian Jack zal aandoen.

'Ga in de auto zitten,' bijt hij me toe.

'Christian, nee.' Ik pak hem bij zijn arm vast.

'Ga verdomme in de auto zitten, Ana.' Hij schudt mijn hand van zich af.

'Nee, alsjeblieft!' smeek ik hem. 'Blijf bij me. Laat me niet alleen.' Ik gebruik mijn ultieme wapen.

Hij woelt ruw met zijn hand door zijn haar en kijkt me kwaad aan, duidelijk verscheurd door twijfel. Het geschreeuw in het gebouw neemt toe en houdt dan opeens op.

O nee. Wat heeft Taylor gedaan?

Christian pakt zijn BlackBerry.

'Christian, hij heeft mijn e-mails.'

'Wat?'

'Mijn e-mails aan jou. Hij wilde weten waar jouw e-mails aan mij waren. Hij probeerde me te chanteren.'

Als blikken konden doden... *O shit.* 'Fuck!' Hij kijkt me met samengeknepen ogen aan. Hij toetst een nummer in op zijn BlackBerry.

O nee. Ik zit in de problemen. Wie belt hij nu?

'Barney, Grey. Je moet op de SIP-server alle e-mails van Anastasia Steele aan mij verwijderen. Kijk dan in de persoonlijke files van Jack Hyde om te controleren dat ze daar niet zijn opgeslagen. Als dat wel het geval is, verwijderen... Ja, allemaal. Nu. Laat even weten als je er klaar mee bent.' Hij beëindigt het gesprek en toetst een ander nummer in. 'Roach, Grey. Hyde – ik wil hem weg hebben. Nu. Meteen. Bel de beveiliging. Hij moet onmiddellijk zijn bureau leegruimen, anders liquideer ik dit bedrijf morgenochtend meteen. Je hebt genoeg redenen om hem te ontslaan. Begrepen?' Hij luistert even en hangt dan schijnbaar tevreden op.

'BlackBerry,' sist hij me toe.

'Wees alsjeblieft niet boos.' Ik kijk hem smekend aan.

'Ik ben nu echt onwijs kwaad op je,' snauwt hij en hij woelt nog eens door zijn haar. 'De auto in, nu.'

'Christian, alsjeblieft...'

'In de auto, Anastasia, of ik stop je er verdomme zelf in,' dreigt hij en zijn ogen spuwen vuur.

O shit. 'Doe alsjeblieft niet iets stoms,' smeek ik.

'Iets STOMS!' roept hij. 'Ik heb je gezegd je verdomde BlackBerry te gebruiken. Iets stoms? Stap godverdomme nu in die auto, Anastasia – NU!' snauwt hij.

Er loopt een rilling over mijn rug. Dit is Ontzettend Kwade Christian. Ik heb hem nog nooit zo kwaad gezien. Hij is bijna buiten zinnen.

'Oké,' zeg ik om hem te kalmeren. 'Maar wees alsjeblieft voorzichtig.'

Hij perst zijn lippen op elkaar en wijst met een laaiende blik naar de auto.

Jemig, oké, de boodschap is helder.

'Wees alsjeblieft voorzichtig. Ik wil niet dat er iets met je gebeurt, dat zou ik niet kunnen verdragen,' zeg ik. Hij knippert snel met zijn ogen en bedaart, laat zijn arm zakken en haalt diep adem.

'Ik doe voorzichtig,' zegt hij met een tedere blik. O, gelukkig. Ik voel zijn blik op mijn rug branden als ik naar de auto loop, de deur aan de passagierskant opentrek en ga zitten. Als ik eenmaal veilig in de luxe Audi zit, loopt hij het gebouw in en komt alle spanning weer terug. Wat is hij van plan?

Ik wacht, en wacht, en wacht. Vijf oneindige minuten lang. Jacks taxi komt voor de Audi tot stilstand. Tien minuten. Vijftien. Jemig, wat zijn ze daarbinnen in godsnaam aan het doen? Hoe gaat het met Taylor? Het wachten is verschrikkelijk.

Jack komt na vijfentwintig minuten het gebouw uit met een kartonnen doos in zijn handen. Achter hem loopt iemand van de beveiliging. Waar was die toen ik hem nodig had? Na hen komen Christian en Taylor. Jack ziet er haast ziek uit. Hij loopt recht naar de taxi en ik ben dankbaar voor de donkere ramen van de Audi waardoor hij me niet kan zien. De taxi rijdt weg – waarschijnlijk niet naar de luchthaven – terwijl Christian en Taylor bij de auto aankomen.

Christian opent het portier en gaat achter het stuur zitten, waarschijnlijk omdat ik voorin zit, terwijl Taylor achter mij gaat zitten. Geen van hen zegt een woord. Christian start de motor en duikt het verkeer in. Ik kijk snel even naar Vijftig. Hij heeft zijn lippen op elkaar geperst, maar hij ziet er afwezig uit. De autotelefoon klinkt.

'Grey,' zegt Christian kortaf.

'Meneer Grey, met Barney.'

'Barney, de luidspreker staat aan en er zijn anderen in de auto,' waarschuwt Christian.

'Het is geregeld, meneer. Maar ik moet u over iets anders vertellen wat ik op de computer van meneer Hyde heb gevonden.'

'Ik bel je wel als ik op mijn bestemming ben. En bedankt, Barney.'

'Geen probleem, meneer Grey.'

Barney hangt op. Hij klinkt veel jonger dan ik had verwacht.

Wat staat er nog meer op Jacks computer?

'Praat je weer met me?' vraag ik zacht.

Christian kijkt me kort aan en richt zijn blik dan weer op de weg. Hij is nog steeds boos.

'Nee,' mompelt hij nors.

O, daar gaan we... lekker kinderachtig. Ik sla mijn armen over elkaar en staar nietsziend uit het raam. Misschien moet ik gewoon vragen of hij me bij mijn appartement afzet, dan kan hij veilig niet tegen me praten vanuit Escala en kunnen we ons de onvermijdelijke ruzie besparen. Maar terwijl ik dit denk, weet ik dat ik hem niet in zijn eentje kan laten tobben, niet na gisteren.

We stoppen uiteindelijk voor zijn flatgebouw en Christian stapt uit. Hij loopt soepel om de auto heen en doet het portier voor me open.

'Kom,' beveelt hij, terwijl Taylor achter het stuur kruipt. Ik pak zijn hand en volg hem door de grote hal naar de lift. Hij laat me niet los.

'Christian, waarom ben je zo kwaad op me?' fluister ik, terwijl we wachten.

'Je weet wel waarom,' bromt hij als we de lift in lopen. Hij toetst de code van zijn verdieping in. 'God, als er iets met jou was gebeurd, had ik hem echt vermoord.' Ik huiver bij het horen van de toon in zijn stem. De deuren glijden dicht.

'Het minste wat ik nu kan doen is zijn carrière om zeep helpen, zodat hij geen misbruik meer kan maken van jonge vrouwen. Het is een zielige klootzak.' Hij schudt zijn hoofd. 'Jezus, Ana.' Hij grijpt me opeens vast, houdt me in de hoek van de lift gevangen.

Hij duwt zijn handen in mijn haren en trekt me naar zich toe en dan drukt hij zijn mond op die van mij. Hij kust me met een wanhopige passie. Ik weet niet waarom me dit verrast. Ik proef zijn opluchting, zijn verlangen en het laatste restje van zijn woede als zijn tong mijn mond verkent. Hij stopt en kijkt me aan, drukt zich met zijn volle gewicht tegen me aan zodat ik me niet kan bewegen. Ik hou me ademloos aan hem vast en staar naar dat knappe, vastberaden gezicht waar geen greintje humor op te bekennen is.

'Als er ook maar iets met je was gebeurd... Als hij je iets had aangedaan...' Hij huivert. 'BlackBerry,' beveelt hij zacht. 'Van nu af aan. Begrepen?'

Ik knik en moet even slikken; ik kan me niet losmaken van zijn grimmige, hypnotiserende blik.

Hij gaat rechtop staan en laat me los als de lift tot stilstand komt. 'Hij zei dat je hem in zijn ballen hebt getrapt.' Hij klinkt wat gemoedelijker en een beetje bewonderend. Volgens mij heeft hij het me vergeven.

'Ja,' fluister ik. Het duizelt me nog na zijn vurige kus en zijn hartstochtelijke bevel.

'Mooi.'

'Ray heeft in het leger gezeten. Hij heeft me goed geleerd mezelf te verdedigen.'

'Daar ben ik blij om,' zegt hij. 'Dat moet ik vooral niet vergeten,' gaat hij met opgetrokken wenkbrauwen verder. Hij pakt mijn hand en gaat me voor de lift uit. Ik ben opgelucht. Zijn humeur zal nu niet veel erger worden.

'Ik moet Barney bellen. Het duurt niet lang.' Hij laat me in de kolossale woonkamer achter en verdwijnt zijn werkkamer in. Mevrouw Jones is al bijna klaar met ons eten.

Ik heb opeens enorme trek, maar ik wil iets doen.

'Mag ik helpen?'

Ze lacht. 'Nee, Ana. Wil je iets drinken? Je ziet er moe uit.'

'Ik zou dolgraag een glas wijn lusten.'

'Wit?'

'Ja, graag.'

Ik ga op een van de barkrukken zitten en ze geeft me een koud glas wijn. Ik weet niet wat voor een wijn het is, maar hij drinkt heerlijk weg en kalmeert me. Waar dacht ik eerder vandaag ook alweer aan? Hoe levendig ik me voel sinds ik Christian ken. Hoe opwindend mijn leven is geworden. Jemig, zijn een paar saaie dagen te veel gevraagd?

Wat als ik Christian nooit had ontmoet? Dan zou ik me verschuilen in mijn appartement om alles met Ethan door te praten. Dan zou ik helemaal over de rooie zijn, vanwege de aanvaring met Jack en dat allemaal in de wetenschap dat ik die viezerik op vrijdag weer zou zien. Zoals het er nu uitziet, is de kans groot dat ik hem nooit meer zal zien. Maar voor wie werk ik dan nu? Ik frons mijn voorhoofd. Daar had ik nog niet aan gedacht. Shit, heb ik nog wel een baan?

'Goedenavond, Gail,' zegt Christian als hij de kamer weer in komt en ik kijk meteen op.

Hij loopt recht naar de koelkast en schenkt een glas wijn in voor zichzelf.

'Goedenavond, meneer Grey. Over tien minuten eten, meneer?'

'Klinkt goed.'

Christian heft zijn glas.

'Op ex-militairen die hun dochter goed trainen,' zegt hij met een tedere blik.

'Proost,' mompel ik en ik hef mijn glas.

'Wat is er?' vraagt Christian.

'Ik weet niet of ik nog wel een baan heb.'

Hij houdt zijn hoofd schuin. 'Wil je er dan nog wel een?'

'Natuurlijk.'

'Dan heb je er een.'

Simpel. Zie je wel? Hij is de meester van mijn universum. Ik rol met mijn ogen naar hem en hij glimlacht.

Mevrouw Jones maakt echt een heerlijke kippenpastei. Ze vertrekt om ons in alle rust van de maaltijd te laten genieten en ik voel me al veel beter nu ik heb gegeten. We zitten aan de ontbijtbar en ondanks het feit dat ik al mijn charmes in de strijd werp wil Christian me niet vertellen wat Barney op Jacks computer heeft gevonden. Ik hou erover op en stap dan over op het netelige onderwerp van het aanstaande bezoek van José.

'José heeft gebeld,' zeg ik nonchalant.

'O?' Christian keert zich naar me toe.

'Hij wil vrijdag je foto's brengen.'

'Persoonlijk. Wat aardig van hem,' zegt Christian.

'Hij wil uitgaan. Wat drinken. Met mij.'
'Aha.'
'Dan zijn Kate en Elliot waarschijnlijk ook weer terug,' ga ik snel verder.
Christian legt zijn vork neer en kijkt me met een frons aan.
'Wat vraag je nu eigenlijk?'
Ik vlieg op. 'Ik vraag je niets. Ik vertel je wat ik vrijdag ga doen. Luister, ik wil José zien en hij wil blijven logeren. Hij kan hier blijven of bij mij thuis, maar dan zou ik daar ook blijven.'
Christian kijkt me verbijsterd aan.
'Hij heeft geprobeerd je te versieren.'
'Christian, dat was weken geleden. Hij was dronken, ik was dronken en jij hebt me gered – dat gebeurt niet nog eens. Het is verdorie Jack toch niet?'
'Ethan is er. Hij kan hem gezelschap houden.'
'Hij wil mij zien, niet Ethan.'
Christian kijkt me boos aan.
'Hij is gewoon een vriend,' zeg ik nadrukkelijk.
'Ik vind het maar niets.'
Nou en? Jemig, wat is hij soms irritant. Ik adem diep in. 'Hij is mijn vriend, Christian. Ik heb hem sinds zijn expositie niet meer gezien. En dat was veel te kort. Ik weet dat jij niet veel vrienden hebt, op dat verschrikkelijke mens na, maar ik zeik toch ook niet over haar.' Mijn onderbewustzijn schrikt op. *Ben jij nou herrie aan het schoppen? Doe lekker rustig joh!*
Hij kijkt me ziedend aan. 'Meen je dat echt?'
'Wat?'
'Elena. Wil je dat ik haar niet meer zie?'
Allemachtig. 'Precies. Ik heb liever dat je haar niet meer ziet.'
'Waarom heb je daar dan niets over gezegd?'
'Omdat ik daar niets over te zeggen heb. Jij denkt dat zij je enige vriend is.' Ik haal gefrustreerd mijn schouders op. Hij snapt het echt niet. Waarom hebben we het nu over haar? Ik wil niet eens aan haar denken. Ik probeer het gesprek terug naar José te sturen. 'Net zoals jij er niets over te zeggen hebt of ik wel of niet met José kan afspreken. Snap je dat dan niet?'
Christian kijkt me ontsteld aan. *Waar denkt hij nou aan?*

'Dan kan hij hier wel logeren, denk ik,' zegt hij humeurig. 'Dan kan ik hem in de gaten houden.'

Halleluja!

'Dank je! Weet je, als ik hier ook kom wonen...' mijn stem sterft weg. Christian knikt. Hij weet wat ik bedoel. 'Het is niet alsof je er geen plek voor hebt,' zeg ik met een grijns.

Er verschijnt langzaam een glimlach op zijn gezicht. 'Lacht u me nu uit, mevrouw Steele?'

'Absoluut, meneer Grey.' Ik sta op voor het geval zijn handen gaan jeuken, pak onze borden en zet ze in de vaatwasser.

'Dat doet Gail wel.'

'Maar nu heb ik het gedaan.' Ik kom overeind en kijk hem aan. Hij bestudeert me met een intense blik.

'Ik moet nog even werken,' zegt hij verontschuldigend.

'Oké, ik vermaak me wel.'

'Kom hier,' beveelt hij zacht, verleidelijk. Hij werpt me een verhitte blik toe. Ik loop zonder aarzeling zijn armen in en omhels hem, terwijl hij op zijn barkruk zit. Hij slaat zijn armen strak om me heen en houdt me gewoon even vast.

'Gaat het?' fluistert hij tegen mijn haren.

'Hoezo?'

'Na wat er met die klootzak is gebeurd? Na gisteren?' vraagt hij zacht.

Ik kijk in zijn donkere, serieuze ogen. *Gaat het?* 'Ja,' fluister ik.

Zijn armen omsluiten me en ik voel me veilig, gekoesterd en geliefd tegelijk. Het is heerlijk. Ik sluit mijn ogen en geniet van het gevoel in zijn armen te zijn. Ik hou van deze man. Ik hou van zijn bedwelmende geur, zijn kracht, zijn veranderlijke maniertjes – mijn Vijftig.

'Laten we geen ruzie maken,' zegt hij zacht. Hij kust me op mijn hoofd en ademt diep in. 'Je ruikt hemels, Ana, zoals altijd.'

'Jij ook,' fluister ik en ik druk een kus op zijn hals.

Hij laat me veel te snel los. 'Ik ben hooguit een paar uur bezig.'

Ik dwaal doelloos door het appartement. Christian is nog steeds aan het werk. Ik heb me gedoucht en heb een joggingbroek en mijn eigen T-shirt aangetrokken. Ik verveel me. Ik heb geen zin om te lezen. Als ik stilzit denk ik aan Jack en zijn handen op mijn huid.

Ik loop door mijn oude kamer, de Onderdanige-kamer. José kan hier wel slapen – hij vindt het uitzicht vast geweldig. Het is ongeveer kwart over acht en de zon gaat langzaam onder. Ik vraag me afwezig af waar Christian de foto's van mij zal ophangen. Van mij hoeft dat niet; ik kijk niet graag naar mezelf.

Ik loop weer door de gang en blijf voor de speelkamer staan. Zonder erbij na te denken druk ik de deurklink naar beneden. Christian doet de deur normaal altijd op slot, maar nu gaat de deur tot mijn verrassing open. Wat vreemd. Ik voel me heel ondeugend, alsof ik me op verboden terrein begeef. Ik loop naar binnen. Het is er donker. Ik duw het lichtknopje omhoog en de lampen in de kroonlijst geven een zachte gloed. Precies zoals ik het me herinner, net een baarmoeder.

Herinneringen aan de laatste keer dat ik hier was, schieten door mijn hoofd. De riem... Ik krimp ineen als ik eraan denk. Nu hangt die heel onschuldig bij de rest aan het rek naast de deur. Ik laat voorzichtig mijn vingers langs de riemen, strengenzwepen, peddels en andere zweepjes glijden. Tjemig. Hier moet ik het met dr. Flynn over hebben. Kan iemand zomaar met deze levenswijze stoppen? Het lijkt zo onwaarschijnlijk. Ik loop naar het bed, ga op de rode satijnen lakens zitten en kijk om me heen naar alle apparaten.

De werkbank staat naast me met daarboven de verzameling roedes. *Zoveel! Eén is toch wel genoeg?* Hm, niet te lang over nadenken, volgende onderwerp. En de grote tafel. Die hebben we nooit gebruikt, wat hij daar ook mee doet. Mijn oog valt op de Chesterfield-bank en ik ga erop zitten. Het is gewoon een bank, niets bijzonders. Voor zover ik weet kun je nergens iets aan vastmaken. Ik kijk achter me en zie de ladekast. Ik ben nieuwsgierig. Wat zit daarin?

Mijn hart klopt in mijn keel als ik de bovenste lade opentrek. Waarom ben ik zo zenuwachtig? Dit voelt aan als verboden terrein en dat is het natuurlijk ook. Maar als hij met me wil trouwen, tja...

Godallemachtig! Wat is dit allemaal? Een verzameling instrumenten en bizarre werktuigen ligt netjes gerangschikt in de la. Ik heb geen idee waar het voor is bedoeld. Ik pak er een op. Het is kogelvormig met een soort handvat eraan. *Hm... wat zou je daar in godsnaam mee moeten doen?* Het gaat mijn verstand eigenlijk te boven, maar ik heb een flauw vermoeden. Jemig, er zijn vier verschillende maten! Ik voel de haartjes in mijn nek prikken en ik kijk op.

Christian staat in de deuropening naar me te kijken. Er valt niets van zijn gezicht af te lezen. Hoe lang staat hij daar al? Ik heb het gevoel alsof ik op heterdaad betrapt ben.

'Hoi.' Ik glimlach nerveus. Het bloed trekt weg uit mijn gezicht en ik kijk hem met grote ogen aan.

'Wat ben je aan het doen?' vraagt hij zacht, maar er is een onderstroom in zijn toon.

O shit! Is hij boos? Ik bloos. 'Eh... Ik verveelde me en was nieuwsgierig,' zeg ik gegeneerd omdat ik ben gesnapt. Hij zou toch twee uur werken?

'Dat is een heel gevaarlijke combinatie.' Hij strijkt met twee vingers peinzend over zijn onderlip en blijft me aanstaren.

Ik slik, mijn mond voelt droog aan.

Hij slentert de kamer in en trekt de deur zacht achter zich dicht. Zijn grijze blik lijkt haast te branden. *O hemel.* Hij buigt zich nonchalant over de ladekast, maar ik weet dat zijn houding misleidend is. Mijn innerlijke godin twijfelt: vluchten of vechten?

'En, waar had u precies vragen over, mevrouw Steele? Misschien kan ik uw nieuwsgierigheid bevredigen.'

'De deur was niet op slot... Ik...' Ik kijk Christian aan, hou mijn adem in, onzeker over zijn reactie en wat ik moet zeggen. Zijn ogen zijn nu donkerder van kleur. Ik denk dat hij plezier heeft, maar ik weet het niet zeker. Hij leunt met zijn ellebogen op de kast en steunt met zijn kin op zijn samengevouwen handen.

'Ik was hier eerder vandaag om te bedenken wat ik hier allemaal mee zou doen. Ik ben denk ik vergeten de deur weer op slot te doen.' Hij fronst zijn wenkbrauwen even, alsof dat een grote vergissing is. Dat verbaast me – hij is nooit zo vergeetachtig.

'O?'

'Maar nu ben je hier, nieuwsgierig als altijd.' Hij klinkt onzeker.

'Je bent niet boos?' fluister ik ademloos.

Hij houdt zijn hoofd schuin en er speelt een glimlach om zijn lippen.

'Waarom zou ik boos zijn?'

'Ik heb het gevoel dat ik op verboden terrein ben... en je bent altijd boos op me,' zeg ik zacht, alhoewel ik opgelucht ben. Christian fronst zijn wenkbrauwen weer.

'Ja, het is verboden terrein, maar ik ben niet boos. Je komt hier hopelijk bij me wonen en dan is dit allemaal...' hij gebaart naar de hele kamer, '... ook van jou.'

Mijn speelkamer, ja? Ik staar hem met open mond aan – ik moet even aan het idee wennen, zeg maar.

'Daarom was ik hier ook. Om een besluit te nemen.' Hij tikt met zijn wijsvinger op zijn lippen. 'Ben ik altijd boos op je? Vanmorgen anders niet.'

O, dat is waar. Ik glimlach bij de herinnering aan vanmorgen toen we wakker werden en dat leidt me af van de gedachte aan wat er met de speelkamer gaat gebeuren. Mijn Vijftig was vanmorgen zó leuk.

'Je was in een speelse bui. Ik hou van speelse Christian.'

'Is dat zo?' Hij trekt een wenkbrauw op en zijn mooie mond krult in een glimlach, een verlegen glimlach. Wauw!

'Wat is dit?' Ik hou een kogelvormig zilveren voorwerp omhoog.

'Altijd nieuwsgierig, mevrouw Steele. Dat is een buttplug,' zegt hij zacht.

'O...'

'Voor jou gekocht.'

Wat? 'Voor mij?'

Hij knikt langzaam, hij kijkt opeens ernstig en afwachtend.

Ik kijk hem vragend aan. 'Koop je voor elke Onderdanige nieuw, eh... speelgoed?'

'Sommige dingen wel, ja.'

'Buttplugs?'

'Ja.'

Oké... Ik slik even. Buttplug. Het is van massief metaal – dat zit toch niet fijn? Ik denk terug aan ons gesprek na mijn afstuderen over seksspeeltjes en harde grenzen. Ik denk aan die keer dat ik had gezegd dat ik het zou proberen. Nu ik er ook echt een zie, weet ik niet of ik het wel wil. Ik kijk er nog eens naar en leg het terug in de la.

'En dit?' Ik pak een lang, zwart voorwerp van rubber; het bestaat uit acht steeds kleinere balletjes die aan elkaar vastzitten.

'Anaalballetjes,' zegt Christian, terwijl hij me nauwgezet in de gaten houdt.

'O!' Ik staar er met ontzette fascinatie naar. Alle acht, in mij... *Daar!* Nooit van gehoord.

'Ze hebben een vrij groot effect als je ze er tijdens een orgasme uit trekt,' zegt hij zakelijk.

'Is dit voor mij?' fluister ik.

'Voor jou.' Hij knikt langzaam.

'Is dit de kontla?'

Hij grijnst. 'Als je het zo wilt noemen.'

Ik schuif hem snel dicht. Mijn wangen gloeien.

'Vind je de kontla niets?' vraagt hij heel onschuldig. Zijn ogen glimmen. Ik kijk hem aan en haal mijn schouders op om niet te laten merken hoe geschokt ik ben.

'Het staat niet boven aan mijn verlanglijstje,' zeg ik nonchalant. Ik trek voorzichtig de tweede la open. Hij grijnst.

'In die la ligt een verzameling vibrators.'

Ik doe de la vlug weer dicht.

'En de volgende?' fluister ik. Ik geneer me dood.

'Die is wat interessanter.'

O! Ik trek de la aarzelend open, terwijl ik naar zijn knappe maar nogal zelfvoldane gezicht kijk. In de la liggen allerlei dingen van metaal en een aantal wasknijpers. Wasknijpers! Ik pak een grote metalen klem.

'Genitale klemmen.' Hij gaat rechtop staan, slentert om de kast heen en komt naast me staan.

Ik leg hem meteen terug en pak dan iets kleiners: twee klemmetjes aan een kettinkje.

'Sommige zijn voor pijn, maar de meeste zijn voor genot,' legt hij op zachte toon uit.

'Wat zijn dit?'

'Tepelklemmen – dat is voor allebei.'

'Allebei de tepels?'

Christian lacht. 'Nou, er zijn twee klemmen, schatje. Ja, voor allebei de tepels, maar dat bedoelde ik niet. Deze zijn voor zowel genot als pijn.'

O. Hij pakt de klemmen.

'Steek je pink eens uit.'

Ik doe wat hij vraagt en hij zet een klemmetje op mijn vingertop. Het is niet erg.

'Het is heel intens, maar pas als je ze eraf haalt zijn ze het pijnlijkst en het lekkerst.' Ik haal de klem van mijn vinger. Hmm, dat zou nog wel eens fijn kunnen zijn. Ik kronkel bij de gedachte.

'Die lijken me wel wat,' bedenk ik hardop en Christian glimlacht.

'Is dat zo, mevrouw Steele. Ik denk het te merken.'

Ik knik verlegen en bijt op mijn lip. Hij pakt mijn kin en geeft er een rukje aan, zodat ik mijn lip loslaat.

'Je weet wat dat met me doet,' zegt hij.

Ik leg de klemmetjes terug in de la. Christian leunt voorover en pakt er twee andere uit.

'Deze zijn verstelbaar.' Hij houdt ze omhoog zodat ik ze kan bekijken.

'Verstelbaar?'

'Je kunt ze heel strak afstellen... of niet. Dat hangt van je stemming af.'

Hoe krijgt hij het voor elkaar om dat zo erotisch te laten klinken? Ik slik en in een poging zijn aandacht af te leiden, pak ik iets wat op een stekelige deegsnijder lijkt. 'En dit?' Er wordt vast niet gebakken in de speelkamer.

'Dat is een Wartenbergtandwiel.'

'Wat?'

Hij pakt hem uit mijn hand. 'Steek je hand eens uit, palm naar boven.'

Ik steek mijn linkerhand uit en hij pakt die voorzichtig vast. Hij strijkt met zijn duim over mijn knokkels en ik huiver. Ik raak altijd opgewonden als hij me aanraakt. Hij rolt het wieltje over mijn handpalm.

‘Ah!’ De tanden bijten in mijn huid – maar er is meer dan pijn. Het kietelt zelfs een beetje.

‘Stel je dat eens voor op je borsten,’ fluistert hij wellustig.

O! Ik bloos en trek mijn hand weg. Ik adem sneller en mijn hart bonst. *Allemachtig.*

‘De grens tussen pijn en genot is vaag, Anastasia.’ Hij legt het wiel weer in de la.

‘Wasknijpers?’ fluister ik.

‘Je kunt heel creatief zijn met een wasknijper.’ Hij kijkt me vurig aan.

Ik duw de la met mijn heup dicht.

‘Was dat het?’ vraagt Christian geamuseerd.

‘Nee...’ Ik trek de vierde la open en zie tot mijn verrassing een berg leer en riempjes. Ik trek aan een van de riempjes... die zit vast aan een bal.

‘Mondprop. Om je stil te houden,’ zegt Christian.

‘Zachte grens,’ mompel ik.

‘Ik weet het nog,’ zegt hij. ‘Maar je kunt wel ademen. Je bijt op de bal.’ Hij beeldt de handeling uit met zijn vingers.

‘Heb je er wel eens een gedragen?’

Hij verstijft en kijkt me aan. ‘Ja.’

‘Zodat je niet kon schreeuwen?’

Hij doet zijn ogen dicht, waarschijnlijk uit frustratie. ‘Nee, daar draait het niet om.’

O?

‘Het draait om controle, Anastasia. Hoe hulpeloos zou je zijn als je was vastgebonden en niet kon praten? Hoe groot zou je vertrouwen moeten zijn, wetende dat ik die macht over je had? Dat ik je lichaam en je reacties zou moeten lezen in plaats van naar je woorden te luisteren? Het maakt je afhankelijker en geeft mij de ultieme controle.’

Ik slik.

‘Het klinkt alsof je het mist.’

‘Dit is wat ik ken,’ zegt hij zacht. Hij kijkt me met zijn grote grijze ogen ernstig aan en de sfeer tussen ons verandert, het is alsof hij een bekentenis aflegt.

‘Jij hebt macht over me, dat weet je,’ fluister ik.

‘Is dat zo? Ik voel me zo... hulpeloos door jou.’

‘Nee!’ *O, Vijftig*... ‘Waarom?’

‘Omdat jij de enige bent die me echt pijn kan doen.’ Hij duwt een lok haar achter mijn oor.

‘O, Christian... dat werkt twee kanten op. Als jij me niet zou willen...’ Ik huiver en kijk naar mijn verstrengelde vingers. Dat is mijn andere grote angst over ons. Als hij niet zo... gebroken zou zijn, zou hij mij dan willen? Ik moet proberen niet zo te denken.

‘Ik wil je voor geen goud pijn doen. Ik hou van je,’ zeg ik. Ik ga met mijn vingers door zijn bakkebaard en streel zijn wang. Hij leunt met zijn gezicht tegen mijn handen en laat de mondprop in de la vallen. Hij pakt me bij mijn middel en trekt me tegen zich aan.

‘Heb je genoeg gehad voor vandaag?’ vraagt hij op verleidelijke toon. Hij laat zijn hand naar mijn nek glijden.

‘Waarom? Wat wil je dan doen?’

Hij kust me zacht en ik smelt. Ik pak zijn armen vast.

‘Ana, je werd vandaag bijna aangerand.’ Zijn stem klinkt zacht maar ijskoud en bezorgd.

‘En?’ Ik geniet van het gevoel van zijn hand op mijn rug en zijn lichaam tegen dat van mij. Hij heft zijn hoofd en kijkt me met gefronste wenkbrauwen aan.

‘Hoe bedoel je, “en”?’ zegt hij vermanend.

Ik kijk naar zijn knappe, chagrijnige gezicht en ik word verblind.

‘Christian, er is niets aan de hand.’

Hij slaat zijn armen om me heen en houdt me stevig vast. ‘Als ik denk aan wat er had kunnen gebeuren...’ Hij duwt zijn gezicht in mijn haren.

‘Wanneer leer je nou eens dat ik sterker ben dan ik eruitzie?’ fluister ik geruststellend tegen zijn hals. Ik adem zijn heerlijke geur in. Er is niets beters op deze planeet dan in Christians armen te zijn.

‘Ik weet dat je sterk bent.’ Hij drukt een kus op mijn haren en laat me dan los. *O?*

Ik buk me en pak iets anders uit de open lade. Een stang waar boeien aan vastzitten.

Christians ogen worden donkerder. 'Dat, dat is een spreidstang met enkel- en polsboeien.'

'Hoe werkt het?' vraag ik oprecht geïnteresseerd. Mijn innerlijke godin steekt haar hoofd even buiten de bunker.

Hij is verrast. 'Zal ik het laten zien?' Hij knijpt zijn ogen even dicht.

Ik knipper naar hem. Als hij zijn ogen weer opendoet, kijkt hij me vurig aan.

Lieve hemel. 'Ja, ik wil een demonstratie. Ik vind het fijn om te worden vastgebonden,' zeg ik zacht, terwijl mijn innerlijke godin met een polsstok vanuit de bunker op haar ligstoel landt.

'O, Ana,' verzucht hij. Hij kijkt opeens gepijnigd.

'Wat?'

'Niet hier.'

'Hoe bedoel je?'

'Ik wil je in mijn bed, niet hier. Kom.' Hij pakt de stang en mijn hand en trekt me snel de kamer uit.

Waarom gaan we weg? Ik kijk achterom als we de kamer uit lopen. 'Waarom niet hier?'

Christian staat stil op de trap en kijkt me ernstig aan. 'Ana, misschien ben jij klaar voor die kamer, maar ik niet. De vorige keer dat we daar waren, ging je bij me weg. Ik heb het je toch gezegd – wanneer begrijp je het nou?' Hij fronst zijn wenkbrauwen. Hij laat me los om met zijn hand te kunnen gebaren.

'Mijn levenshouding is daarna totaal veranderd. Mijn blik op het leven is radicaal veranderd. Dat heb ik je verteld. Wat ik je niet heb verteld...' Hij zwijgt en gaat met zijn hand door zijn haar. Hij zoekt naar de juiste woorden. 'Je moet me zien als een herstellend alcoholist, snap je? Dat is de enige vergelijking die ik kan trekken. De dwangmatigheid is weg, maar ik wil de verleiding mijden. Ik wil je geen pijn doen.'

Hij kijkt ontzettend berouwvol en op dat moment schiet er een zeurende pijn door me heen. Wat heb ik deze man aangedaan? Heb ik zijn leven beter gemaakt? Hij was gelukkig voor hij mij kende, toch?

'Ik wil je juist geen pijn doen omdat ik van je hou,' gaat hij verder, terwijl hij me aankijkt met de oprechtheid van een jongetje dat de waarheid vertelt.

Hij is totaal ongekunsteld en adembenemend. Ik hou meer van hem dan van wie of wat dan ook. Ik hou écht onvoorwaardelijk van hem. Ik spring zo onverwachts op hem af dat hij alles uit zijn handen laat vallen om me op te vangen, terwijl ik hem tegen de muur duw. Ik neem zijn gezicht in mijn handen, druk mijn lippen op zijn mond en proef zijn verrassing als ik mijn tong naar binnen duw. Ik sta op de tree boven hem – we zijn zo even groot en ik heb een euforisch machtsgevoel. Ik kus hem gepassioneerd, grijp zijn haren vast; ik wil hem aanraken, overal, maar ik hou me in, ben me bewust van zijn fobie. Toch groeit mijn begeerte, nat en geil; ik voel het diep vanbinnen.

Hij kreunt, legt zijn handen op mijn schouders en duwt me van zich af. 'Wil je dat ik je op de trap neuk?' zegt hij ademloos. 'Want op dit moment doe ik het zo.'

'Ja,' fluister ik. Mijn betekenisvolle blik evenaart die van hem.

Hij kijkt me met geloken ogen boos aan. 'Nee, ik wil je in mijn bed.' Hij neemt me opeens over zijn schouder en ik geef een harde gil. Hij geeft me een harde tik op mijn achterste en ik gil nog eens. Hij loopt de trap af en bukt zich om de spreidstang op te pakken.

Mevrouw Jones komt uit de bijkeuken als we door de gang komen. Ze glimlacht naar ons en ik zwaai ondersteboven verontschuldigend naar haar. Volgens mij ziet Christian haar niet eens.

Hij zet me in de slaapkamer neer en gooit de stang op het bed.

'Ik denk niet dat jij me pijn doet,' zeg ik ademloos.

'Dat denk ik ook niet,' zegt hij. Hij neemt mijn gezicht in zijn handen en kust me, lang en hard, en stookt zo mijn begeerte nog verder op.

'Ik wil je zo erg,' fluistert hij hijgend tegen mijn mond. 'Weet je het zeker? Na vandaag?'

'Ja, ik wil jou ook. Ik wil je uitkleden.' Ik kan niet wachten om hem onder handen te nemen – mijn vingers jeuken om hem aan te raken.

Hij kijkt me met grote ogen aan en aarzelt even, misschien om mijn verzoek te overwegen.

'Oké,' zegt hij dan voorzichtig.

Ik reik naar het tweede knoopje van zijn overhemd en hoor zijn adem stokken.

'Ik raak je niet aan als je dat niet wilt,' fluister ik.

'Nee,' antwoordt hij stil. 'Doe maar. Het is prima. Het gaat wel.'

Ik maak voorzichtig het knoopje los en laat mijn vingers over zijn hemd naar het volgende glijden. Zijn ogen zijn groot en helder, zijn lippen wijken van elkaar terwijl zijn ademhaling oppervlakkiger wordt. Hij is zo mooi, zelfs als hij bang is... omdat hij bang is. Ik maak het derde knoopje los en dan wordt zijn borsthaar zichtbaar.

'Ik wil je daar kussen,' mompel ik.

Hij ademt scherp in. 'Kussen?'

'Ja.'

Hij hapt naar adem als ik het volgende knoopje losmaak en langzaam naar voren leun, mijn bedoeling duidelijk. Hij houdt zijn adem in, maar blijft stokstijf staan als ik teder een kus op zijn zachte, krullende borsthaar druk. Ik maak het laatste knoopje los en kijk hem dan aan. Hij kijkt terug, tevreden, rustig... er straalt verwondering van zijn gezicht.

'Het wordt makkelijker, of niet?' fluister ik.

Hij knikt, terwijl ik langzaam zijn overhemd van zijn schouders duw zodat het op de grond valt.

'Wat heb je met me gedaan, Ana?' mijmert hij. 'Wat het ook is, niet ophouden.' Hij neemt me in zijn armen, duwt zijn vingers in mijn haren en trekt mijn hoofd naar achteren, zodat hij bij mijn keel kan komen.

Zijn lippen glijden zacht, plukkend, naar mijn kaak. Ik kreun. O, wat wil ik deze man. Mijn vingers friemelen aan de band van zijn broek, ik maak zijn knoop los en trek de rits omlaag.

'O, schatje,' ademt hij en hij kust me achter mijn oor.

Ik voel zijn erectie, hard en stevig, tegen me aan. Ik wil hem – in mijn mond. Ik zet abrupt een stap naar achteren en laat me op mijn knieën vallen.

'Whoa?' hijgt hij.

Ik trek hard aan zijn broek en boxershort en zijn erectie springt tevoorschijn. Voor hij me kan tegenhouden neem ik hem in mijn mond en zuig hard. Zijn mond valt open en ik geniet van zijn geschokte verbazing. Hij volgt elke beweging die ik maak met zijn donkere ogen vol vleselijk genot. O hemel. Ik vouw mijn lippen om mijn tanden en zuig harder. Hij doet zijn ogen dicht en geeft zich over aan dit zinnelijke genot. Ik weet wat ik met hem doe en het is hedonistisch, bevrijdend en vreselijk sexy. Het is een overweldigend gevoel; ik ben niet gewoon machtig – ik ben almachtig.

'Fuck,' sist hij. Hij pakt mijn hoofd voorzichtig vast en beweegt zijn heupen zodat hij dieper in mijn mond dringt. O yes. Dit wil ik. Ik sabbel op hem, zuig hard... keer op keer.

'Ana.' Hij probeert achteruit te stappen.

Echt niet, Grey. Ik wil jou. Ik pak zijn heupen stevig beet, gooi er nog een schepje bovenop en ik merk dat hij bijna zover is.

'Alsjeblieft,' hijgt hij. 'Ana, ik ga klaarkomen,' kreunt hij dan.

Mooi. Mijn innerlijke godin heeft haar hoofd in extase in haar nek gegooid en hij komt, luidruchtig en nat, klaar in mijn mond.

Hij doet zijn heldergrijze ogen open en kijkt me aan. Ik glimlach naar hem en lik mijn lippen af. Hij grijnst terug, een ondeugende, wellustige grijns.

'O, gaan we het zo spelen, mevrouw Steele?' Hij bukt zich, pakt me onder mijn oksels vast en trekt me overeind. Opeens kust hij me en dan kreunt hij.

'Ik proef mezelf. Jij smaakt beter,' zegt hij tegen mijn lippen. Hij trekt mijn T-shirt over mijn hoofd uit en laat het op de grond vallen. Hij tilt me op en gooit me op het bed. Hij pakt de broekspijpen van mijn joggingbroek en trekt die in één keer uit. Ik heb er niets onder aan en lig uitgestrekt op bed. Wachtend. Verlangend. Hij verslindt me met zijn ogen en trekt zonder weg te kijken langzaam de rest van zijn kleren uit.

'Je bent zo'n bloedmooie vrouw, Ana,' zegt hij bewonderend.

Hmm... Ik houd mijn hoofd koket schuin en kijk hem stralend aan. 'Jij bent zo'n bloedmooie vent, Christian, en je smaakt onwijs lekker.'

Hij grijnst ondeugend en pakt de spreidstang. Hij pakt dan mijn linkerenkel, maakt die snel vast en gespt de riem strak, maar niet té strak, vast. Hij controleert of er nog voldoende speling is door zijn pink tussen de boei en mijn enkel te duwen zonder het oogcontact te verbreken. Hij weet precies waar hij mee bezig is. Hmm... hij heeft dit eerder gedaan.

'Nu zullen we eens kijken hoe u smaakt. Als ik het me goed herinner bent u een echt zeldzame delicatesse, mevrouw Steele.'

O.

Hij maakt snel en efficiënt mijn andere enkel ook vast en mijn voeten liggen meer dan een halve meter uit elkaar.

'Het mooie van deze spreidstang is dat hij verlengbaar is,' zegt hij zacht. Hij drukt op een knopje op de stang en mijn benen gaan verder uit elkaar. Whoa, bijna een meter. Mijn mond zakt open en ik adem diep in. Fuck, dit is geil. Ik sta in de fik, rusteloos en smachtend.

Christian likt langs zijn onderlip.

'O, dit wordt leuk, Ana.' Hij bukt zich, pakt de stang beet en draait die, zodat ik tot mijn verrassing opeens op mijn buik lig.

'Zie je wat ik met je kan doen?' zegt hij dreigend. Hij trekt er nog eens aan zodat ik weer op mijn rug lig en hem hulpeloos aanstaar.

'De andere boeien zijn voor je polsen. Daar moet ik nog even over nadenken. Het hangt ervan af of je je gedraagt of niet.'

'Ik gedraag me toch altijd?'

'Ik weet zo nog wel een paar overtredingen,' zegt hij zacht. Hij laat zijn vingers over mijn voetzolen glijden.

Het kietelt en ik probeer weg te kronkelen, maar de stang houdt me op mijn plek.

'Je BlackBerry, bijvoorbeeld.'

Ik snak naar adem. 'Wat ga je doen?'

'O, ik verklap mijn plannen nooit.' Hij grijnst ondeugend.

Lieve hemel. Hij is zo ongelooflijk sexy dat het me de adem beneemt.

Hij kruipt over het bed tot hij tussen mijn benen knielt, heerlijk naakt, en ik ben hulpeloos. 'Hmm. U bent zo kwetsbaar, mevrouw Steele.' Hij laat zijn vingers aan de binnenkant van mijn benen langzaam maar zeker in cirkeltjes omhoogglijden. Hij houdt oogcontact.

'Het draait allemaal om de anticipatie, Ana. Wat zal ik eens met je doen?' Zijn zachte woorden lijken door te dringen tot de diepste, donkerste plek in mij. Ik kronkel op het bed en kreun. Zijn vingers gaan verder met hun trage aanval op mijn benen, voorbij de achterkant van mijn knieën. Ik wil automatisch mijn benen bij elkaar doen, maar dat kan niet.

'Onthoud goed, als je iets niet fijn vindt, zeg je gewoon dat ik moet stoppen,' zegt hij zacht. Hij bukt zich en drukt zachte, zuigende kusjes op mijn buik, terwijl hij met zijn handen de trage, martelende reis langs de binnenkant van mijn dijen voortzet, strelend, plagend.

'O alsjeblieft, Christian,' smeek ik.

'O, mevrouw Steele, ik heb ontdekt dat u genadeloos kunt zijn in uw amoureuze aanvallen op mijn persoon. Ik zal u dezelfde dienst bewijzen.'

Ik grijp het dekbed vast en geef me aan hem over. Zijn mond glijdt langzaam naar het zuiden, zijn vingers naar het noorden, naar het kwetsbare en naakte plekje waar mijn dijen samenkomen. Ik kreun als hij zijn vingers zacht in me duwt en duw mijn bekken omhoog om ze tegemoet te komen. Christian kreunt ook.

'Je blijft me verbazen, Ana. Je bent zo nat,' fluistert hij vlak boven mijn schaamhaar tegen mijn buik. Mijn hele lichaam komt omhoog als zijn mond me vindt.

O, hemel.

Zijn aanval is traag en sensueel; hij beweegt zijn tong in cirkeltjes en hij likt me terwijl hij zijn vingers in me beweegt. Omdat ik mijn benen niet kan sluiten is het echt ongelooflijk intens. Ik welf mijn rug terwijl ik de prikkels probeer te verwerken.

'O, Christian!' roep ik.

'Ik weet het schatje,' fluistert hij. Hij gunt me een korte pauze en blaast zacht op het gevoeligste deel van mijn lichaam.

'Ah! Alsjeblieft!' smeek ik.

'Zeg mijn naam,' beveelt hij.

'Christian,' roep ik. Ik herken mijn stem bijna niet – zo hoog en smachtend.

'Nog een keer!'

'Christian, Christian, Christian Grey,' zeg ik steeds harder.

'Je bent van mij.' Zijn stem klinkt zacht en gevaarlijk. Met een laatste lik met zijn tong val ik – spectaculair – in een ongekend orgasme. Omdat mijn benen zo gespreid zijn, gaat het door en door en ik ben verloren.

Ik ben me er vaag van bewust dat Christian me op mijn buik heeft gedraaid.

'We gaan dit een keer proberen, schatje. Als je het niets vindt, zeg je dat en stoppen we.'

Wat? Ik ben nog te verdwaasd om een samenhangende gedachte te hebben. Ik zit bij Christian op schoot. Hoe is dat gebeurd?

'Naar voren leunen, schatje,' fluistert hij in mijn oor. 'Hoofd en borst op het bed.'

Ik volg nog steeds verdwaasd zijn bevel op. Hij trekt allebei mijn handen naar achteren en maakt ze naast mijn enkels aan de stang vast. *O*... Mijn knieën zijn opgetrokken, mijn kont steekt in de lucht, totaal kwetsbaar, helemaal van hem.

'Ana, je bent zo mooi.' Hij klinkt verwonderd en dan hoor ik folie scheuren. Hij laat zijn vingers van mijn onderrug richting mijn vagina glijden en stopt even bij mijn kont.

'Als je er klaar voor bent, wil ik deze ook.' Zijn vinger aait over me heen. Ik hap hoorbaar naar adem bij het voelen van die zachte druk. 'Vandaag nog niet, lieve Ana. Maar op een dag... Ik wil je op alle mogelijke manieren. Ik wil je van top tot teen bezitten. Je bent van mij.'

Ik denk aan de buttplug en ik verstijf. Zijn woorden maken me aan het kreunen en zijn vingers glijden verder, op weg naar meer bekend terrein.

Even later ramt hij in een keer bij me binnen. 'Aagh! Voorzichtig!' roep ik.

Hij stopt. 'Gaat het?'

'Rustig... Laat me hier even aan wennen.'

Hij trekt zich terug en komt langzaam weer bij me binnen, vult me, rekt me op... twee keer, drie keer en ik lig hulpeloos.

'Ja, goed zo, nu gaat het,' steun ik en ik geniet van dit gevoel.

Hij kreunt en versnelt zijn ritme. Sneller, sneller... meedogenloos. Verder, naar binnen, hij vult me... en het is heerlijk. Er zit een gevoel van vreugde bij mijn hulpeloosheid, vreugde om mijn overgave, de wetenschap dat hij zich in mij kan verliezen zoals hij dat wil. Ik kan dit. Hij geeft me deze donkere ervaringen, dingen die ik me nooit had kunnen inbeelden en samen gaan we op in de verblindende, louterende explosie. O, yes... brandend, verblindend licht.

En ik laat me gaan, ga helemaal op in wat hij met me doet en vind nog een overweldigende ontlading. Ik gil zijn naam. En hij verstijft, stort zich met hart en ziel in me uit.

'Ana, schatje,' schreeuwt hij en hij laat zich naast me op het bed vallen.

Zijn vingers maken kundig de riempjes los en hij wrijft eerst over mijn enkels en dan over mijn polsen. Als ik weer helemaal los ben, neemt hij me in zijn armen en ik doezel uitgeput weg.

Als ik weer bijkom, lig ik tegen hem aan en ik zie dat hij naar me kijkt. Ik heb geen idee hoe laat het is.

'Ik zou eeuwig naar je kunnen kijken als je slaapt, Ana,' zegt hij zacht. Hij slaat zijn armen om me heen.

Ik glimlach en druk mijn lichaam tegen hem aan over de volle lengte.

'Ik wil je nooit meer laten gaan,' zegt hij zachtjes en slaat zijn armen om me heen.

Hmm. 'Ik wil nooit meer bij je weg. Laat me nooit gaan,' fluister ik slaperig. Mijn ogen weigeren nog open te gaan.

'Ik heb je nodig,' fluistert hij. Maar zijn stem is een ver, hemels onderdeel van mijn dromen. Hij heeft me nodig... nodig... en als ik me uiteindelijk overgeef aan de duisternis, denk ik als laatste aan een jongetje met grijze ogen en vuil, rommelig koperkleurig haar dat verlegen naar me glimlacht.

Zeventien

Hmm.

Christian wrijft met zijn neus langs mijn nek, terwijl ik langzaam wakker word.

'Morgen, schatje,' fluistert hij en hij bijt zacht in mijn oorlelletje. Ik doe langzaam mijn ogen open en knijp ze snel weer dicht. Fel ochtendlicht verlicht de kamer. Hij streelt zacht, plagend, mijn borst. Dan pakt hij mijn heup vast. Hij ligt achter me en trekt me dicht tegen zich aan.

Ik rek me tegen hem uit, geniet van zijn liefkozingen en ik voel zijn erectie tegen mijn billen. *O hemel.* Goedemorgen à la Christian Grey.

'Jij bent blij me te zien,' zeg ik slaperig en ik duw mijn billen suggestief tegen hem aan. Ik voel hem tegen mijn kaak glimlachen.

'Ik ben héél blij je te zien,' zegt hij, terwijl zijn hand over mijn buik naar beneden glijdt, zich om mijn geslacht sluit en hij me met zijn vingers verkent. 'Naast u wakker worden heeft zeker zo zijn voordelen, mevrouw Steele,' zegt hij plagend en hij rolt me op mijn rug.

'Lekker geslapen?' vraagt hij en zijn vingers spelen hun sensuele spel. Hij glimlacht boven me – zijn oogverblindende, doodnormaal-maar-o-zo-perfect-mannenmodel-met-stralend-witte-tanden-glimlach. Hij is adembenemend.

Mijn heupen volgen het ritme van zijn vingers. Hij drukt een kuise kus op mijn mond en reist dan kussend, zacht bijtend en zuigend, langs mijn hals naar beneden. Hij is teder en zijn strelingen voelen hemels aan. Zijn onderzoekende vingers glijden verder omlaag en hij duwt er langzaam een bij me naar binnen. Hij sist zacht in verwondering.

'O Ana,' mompelt hij eerbiedig tegen mijn keel. 'Altijd klaar voor me.' De bewegingen van zijn vinger vallen samen met zijn kus. Hij drukt op zijn gemak kusjes langs mijn sleutelbeen, richting mijn borst. Hij kwelt eerst de ene en dan de andere tepel met zijn tanden en lippen, o zo teder, en ze verstrakken, worden hard.

Ik kreun.

'Hmm,' bromt hij zacht en hij kijkt me aan met zijn vurige grijze blik. 'Ik wil je, nu.' Hij pakt iets van het nachtkastje. Hij gaat op me liggen en steunt op zijn ellebogen; hij wrijft met zijn neus langs die van mij en duwt mijn benen uit elkaar met zijn benen. Hij knielt en haalt het condoom uit de verpakking.

'Ik kan niet wachten tot het zaterdag is,' zegt hij. Zijn ogen lijken haast te gloeien van een wellustig genot.

'Je feestje?' hijg ik.

'Nee, dan hoef ik die fuckdingen niet meer te gebruiken.'

'Een heel passende omschrijving.' Ik giechel.

Met een glimlach rolt hij het condoom om. 'Mevrouw Steele, bent u aan het giechelen?'

'Nee.' Ik probeer mijn gezicht in de plooi te houden.

'Daar is het nu niet het moment voor.' Hij schudt vermanend zijn hoofd. Zijn lage stem klinkt streng, maar zijn gezicht – *goeie genade* – zijn uitdrukking is ijskoud en vulkanisch.

Mijn adem stokt. 'Ik dacht dat je graag wilde dat ik meer giechel,' fluister ik schor. Zijn onheilspellende blik houdt me gevangen.

'Nu niet. Er is een tijd en plek voor, maar niet hier en niet nu. Ik weet wel hoe ik je stil kan krijgen,' zegt hij dreigend en hij gaat op me liggen.

'Wat wil jij bij het ontbijt, Ana?'

'Muesli, graag, mevrouw Jones.' Met een blos ga ik naast Christian op mijn plek aan de ontbijtbar zitten. De laatste keer dat ik de keurige mevrouw Jones zag, werd ik zeer niet-deftig ondersteboven over Christians schouder naar zijn slaapkamer gesleurd.

'Je ziet er mooi uit,' zegt Christian zacht. Ik heb mijn grijze kokerrok en grijze zijden blouse weer aan.

'Jij ook.' Ik glimlach verlegen. Hij draagt een lichtblauw overhemd en een spijkerbroek; hij ziet er zoals altijd koel, fris en perfect uit.

'We moeten eigenlijk wat meer rokjes voor je kopen,' zegt hij alsof het de gewoonste zaak van de wereld is. 'Ik wil heel graag met je gaan winkelen.'

Hmm, winkelen. Ik haat het. Maar misschien is het met Christian niet zo erg. Ik besluit dat afleiding de beste vorm van zelfverdediging is.

'Ik ben benieuwd wat er vandaag op het werk gaat gebeuren.'

'Ze zullen vervanging moeten zoeken voor die viezerik.' Christian fronst zijn wenkbrauwen; hij kijkt alsof hij net in iets buitengewoon onaangenaams is gaan staan.

'Ik hoop dat ik een vrouwelijke manager krijg.'

'Hoezo?'

'Nou, dan vind je het niet zo erg als ik met haar op zakenreis moet gaan,' plaag ik.

Zijn mondhoeken trekken en hij neemt een hap van zijn omelet.

'Wat is er zo grappig?' vraag ik.

'Jij. Eet je muesli op, alles, als dat het enige is wat je eet.'

Bazig als altijd. Ik tuit mijn lippen, maar neem toch een hap.

'Dus daar moet de sleutel.' Christian wijst naar het contact onder de versnellingspook.

'Rare plek,' zeg ik. Maar ik ben verheugd bij elk klein detail. Ik ben zo blij als een kind en stuiter haast op en neer op de comfortabele leren stoel. Ik mag eindelijk in mijn eigen auto rijden.

Hij kijkt me koeltjes aan, maar hij heeft pretogen. 'Je vindt dit echt leuk, hè?'

Ik knik met een idiote grijns op mijn gezicht. 'Ruik je die nieuwe autogeur niet? Deze is zelfs beter dan de Onderdanige Deluxe... eh, de A3,' zeg ik snel. Mijn wangen gloeien.

Christian glimlacht. 'De Onderdanige Deluxe, hè? Leuke woordspeling, mevrouw Steele.' Hij leunt met een quasi-afkeurende blik naar achteren, maar ik laat me niet voor de gek houden – ik weet dat hij dit leuk vindt.

'Hop, karren met die handel.' Hij gebaart met zijn mooie hand naar de uitgang van de garage.

Ik klap in mijn handen, start de auto en de motor komt spinnend tot leven. Ik zet de automaat in drive, haal mijn voet van de rem en de Saab trekt soepel op. Taylor volgt ons in de Audi en als de slagboom van de garage omhooggaat, verlaten we Escala en rijden we de straat op.

'Mag de radio aan?' vraag ik bij het eerste stoplicht.

'Ik wil dat je op de weg let,' zegt hij scherp.

'Christian, alsjeblieft, ik kan echt wel rijden met muziek aan.' Ik rol met mijn ogen. Hij kijkt me even boos aan en zet de radio aan.

'Je kunt hier je iPod, mp3's én gewone cd's op afspelen,' legt hij uit.

De relaxte klanken van The Police knallen opeens hard door de auto. Christian zet het volume lager. *Hmm... 'King of Pain'.*

'Jouw lijflied,' plaag ik, maar daar heb ik onmiddellijk spijt van als hij zijn lippen op elkaar perst. *O nee.* 'Ik heb deze cd, ergens.' Ik praat snel om hem af te leiden. Hmm... ergens in het appartement waar ik nog maar weinig tijd heb doorgebracht.

Hoe zou het met Ethan gaan? Ik ga hem vandaag bellen. Er zal op het werk niet veel te doen zijn.

De zenuwen gieren door mijn keel. Wat gaat er gebeuren op kantoor? Weet iedereen het van Jack? Weet iedereen dat Christian ermee te maken heeft? Heb ik nog wel een baan? Tsjemig, als ik geen baan heb, wat moet ik dan doen?

Trouw met de triljonair, Ana! Mijn onderbewustzijn trekt een bijdehand gezicht. Ik negeer haar – inhalige trut.

'Hey, juf Grootmond. Kom je even terug op aarde?' Christian sleurt me weer naar het hier en nu als ik optrek bij het stoplicht.

'Je bent erg afgeleid. Let op de weg, Ana,' vermaant hij. 'Als je je niet concentreert gebeuren er ongelukken.'

O, hou eens op. En opeens denk ik terug aan de tijd dat Ray me rijles gaf. Ik heb niet nog een vader nodig. Een echtgenoot, misschien, een kinky echtgenoot. *Hmm.*

'Ik zat aan het werk te denken.'

'Schatje, het komt wel goed. Geloof me.' Christian glimlacht.

'Je bemoeit je er niet mee hoor. Ik wil dit zelf doen, Christian, alsjeblieft. Dat is belangrijk voor me,' zeg ik zo tactisch mogelijk. Ik wil geen ruzie. Er verschijnt een koppige uitdrukking op zijn gezicht; ik denk dat hij me weer de les gaat lezen.

O nee.

'Laten we geen ruzie maken, Christian. We hebben zo'n leuke ochtend gehad. En vannacht was... ik kan het haast niet omschrijven... hemels.'

Hij zegt niets. Ik kijk even opzij; hij heeft zijn ogen dicht.

'Ja, hemels,' zegt hij zacht. 'Ik meende wat ik zei.'

'Wat?'

'Ik wil je nooit meer laten gaan.'

'Ik wil ook helemaal niet weg.'

Hij glimlacht en deze nieuwe verlegen glimlach verwoest alles op zijn pad. Oef, die is krachtig.

'Mooi,' is alles wat hij zegt en hij ontspant zich zichtbaar.

Ik rijd het parkeerterrein op dat vlak bij SIP ligt.

'Ik loop even mee. Taylor pikt me daar wel op,' biedt Christian aan.

Ik klim onhandig uit de auto, mijn kokerrok helpt niet echt mee. Christian stapt echter elegant uit, voelt zich op zijn gemak met z'n lichaam. Dat is in ieder geval wat hij uitstraalt. Hmm... iemand die het niet kan verdragen te worden aangeraakt kan niet zo relaxed zijn. Ik frons mijn voorhoofd bij die onwillekeurige gedachte.

'Vergeet onze afspraak vanavond met Flynn niet, om zeven uur,' zegt hij en hij steekt zijn hand naar me uit.

Ik doe de auto met de afstandsbediening op slot en pak zijn hand vast. 'Dat vergeet ik niet. Ik zal een lijst met vragen opstellen.'

'Vragen? Over mij?'

Ik knik.

'Stel die dan gewoon aan mij.' Christian kijkt beledigd.

Ik glimlach. 'Ja, maar ik wil de onpartijdige mening van een dure kwakzalver.'

Hij fronst zijn wenkbrauwen en trekt me opeens tegen zich aan en houdt mijn handen strak achter mijn rug vast.

'Is dit wel zo'n goed idee?' vraagt hij schor. Ik leun iets naar achteren en zie de spanning op zijn gezicht. Het raakt me diep in mijn ziel.

'Als jij het niet wilt, dan doe ik het niet.' Ik blijf hem aankijken, knipper met m'n ogen om hem gerust te stellen. Ik beweeg een van mijn handen en hij laat me los. Ik raak teder zijn wang aan – die voelt glad na het scheren vanmorgen.

'Waar maak je je zo druk om?' vraag ik kalm.

'Dat je weggaat.'

'Christian, hoe vaak moet ik het je nog zeggen – ik ga nergens heen. Je hebt me het ergste al verteld. Ik ga niet bij je weg.'

'Waarom heb je me dan nog geen antwoord gegeven?'

'Antwoord?' vraag ik gemaakt onschuldig.

'Je weet wat ik bedoel, Ana.'

Ik zucht. 'Ik wil zeker weten dat ik genoeg voor je ben, Christian. Dat is alles.'

'En mij geloof je niet?' vraagt hij geïrriteerd. Hij laat me los.

'Christian, het is allemaal zo snel gegaan. En je hebt zelf toegegeven dat je vijftig tinten van verneukt bent. Ik kan je niet geven wat je nodig hebt,' zeg ik. 'Ik vind het gewoon niets en daardoor krijg ik het gevoel dat ik niet genoeg ben, helemaal nadat ik je met Leila samen heb gezien. En wie geeft mij de garantie dat je op een dag niet iemand ontmoet die dezelfde dingen wil doen als jij? En hoe weet ik zeker dat je dan niet, je weet wel... voor haar valt? Iemand die beter bij jou past.' Ik word al misselijk bij de gedachte aan Christian met een ander. Ik staar naar mijn verstrengelde vingers.

'Ik heb verschillende vrouwen ontmoet die dezelfde dingen willen als ik. Ze halen het niet bij jou. Ik heb met geen van hen ooit een emotionele band gehad. Jij bent de enige, Ana.'

'Je hebt hun nooit een kans gegeven. Je hebt te lang opgesloten gezeten in je fort, Christian. Laten we het hier later over hebben. Ik moet aan het werk. Misschien kan dr. Flynn zijn visie daarop geven.' Dit is een te zwaar gespreksonderwerp voor op een parkeerterrein om tien voor negen 's ochtends en Christian lijkt het voor de verandering met me eens te zijn. Hij knikt, maar kijkt me behoedzaam aan.

'Kom,' beveelt hij en hij steekt zijn hand uit.

Op mijn bureau ligt een briefje met het verzoek meteen naar Elizabeths kantoor te komen. Mijn hart bonkt in mijn keel. Dit is het dan: ik word ontslagen.

'Anastasia,' Elizabeth glimlacht vriendelijk en gebaart naar een stoel voor haar bureau. Ik ga zitten en kijk haar afwachtend aan en hoop dat ze mijn hart niet hoort bonken. Ze strijkt haar dikke zwarte haren glad en kijkt me aan met haar sombere lichtbruine ogen.

'Ik heb nogal triest nieuws.'

O nee!

'Ik heb je laten komen om je te vertellen dat Jack ons nogal plotseling heeft verlaten.'

Ik bloos. Dat is niet triest. Moet ik haar vertellen wat ik weet?

'Dankzij zijn nogal abrupte vertrek staat er een vacature open en we willen dat jij die vult... tot we een vervanger hebben gevonden.'

Wat? Ik voel het bloed uit mijn gezicht wegtrekken. *Ik?*

'Maar ik ben hier amper een week.'

'Ja, Anastasia, dat weet ik, maar Jack gaf altijd hoog van je op. Hij had hoge verwachtingen.'

Mijn adem stokt. Hij had verwacht dat ik makkelijk op mijn rug ging voor hem.

'Hier is een gedetailleerde taakomschrijving. Lees die maar eens goed door en dan hebben we het er later vandaag nog over.'

'Maar...'

'Ik weet dat dit onverwachts komt, maar jij hebt al contact gehad met de belangrijkste auteurs uit Jacks portefeuille. De andere redacteuren hebben je notities opgemerkt. Je bent slim, Anastasia. We denken allemaal dat je dit kunt.'

'Oké.' *Dit is zo onwerkelijk.*

'Luister, denk er gewoon even over na. Je kunt in de tussentijd Jacks kantoor gebruiken.'

Ze staat op als teken dat ik mag gaan. Ze steekt me haar hand toe en ik schud die verdwaasd.

'Ik ben blij dat hij weg is,' fluistert ze en er trekt een gekwelde uitdrukking over haar gezicht. *Holy shit.* Wat heeft hij met haar gedaan?

Ik ga naar mijn bureau, pak mijn BlackBerry en bel Christian.

Hij neemt vrijwel onmiddellijk op. 'Anastasia. Alles oké?' vraagt hij bezorgd.

'Ik heb net tijdelijk Jacks baan gekregen,' flap ik eruit.

'Dat meen je niet!' fluistert hij geschokt.

'Heb jij hier iets mee te maken?' Mijn stem klinkt scherper dan bedoeld.

'Nee – Nee, helemaal niet juist. Ik bedoel, Anastasia, met alle respect, je bent er pas een week, of zo – en dat bedoel ik niet onaardig.'

'Ik weet het.' Ik frons mijn wenkbrauwen. 'Kennelijk was Jack erg enthousiast over me.'

'O, is dat zo?' zegt Christian ijzig en dan zucht hij.

'Nou schatje, als zij denken dat je het kunt, dan weet ik zeker dat het ook zo is. Gefeliciteerd. Zullen we het vieren nadat we bij Flynn zijn geweest?'

'Hmm. Weet je zeker dat je er niets mee te maken hebt gehad?'

Hij zwijgt even en dan zegt hij op een lage dreigende toon: 'Geloof je me niet? Daar ben ik niet blij mee.'

Ik slik. Wat wordt hij toch snel boos. 'Het spijt me,' zeg ik bedrukt.

'Laat me maar weten als je iets nodig hebt. Ik ben er voor je. En Anastasia?'

'Ja?'

'Gebruik je BlackBerry.' zegt hij kortaf.

'Ja, Christian.'

Hij hangt niet op, maar ademt diep in.

'Ik meen het. Ik ben er als je me nodig hebt.' Zijn stem klinkt zachter, verzoenend. O, hij is zo veranderlijk... Zijn gemoedstoestand schommelt als een tijdsmeter die te snel staat afgesteld.

'Oké,' zeg ik. 'Ik kan maar beter gaan. Ik moet naar een ander kantoor verhuizen.'

'Ik meen het. Ik sta voor je klaar als je me nodig hebt.'

'Dat weet ik. Dank je, Christian. Ik hou van je.'

Ik voel dat hij glimlacht. Hij is er weer.

'Ik ook van jou, schatje.' Zal ik het ooit zat worden hem die woorden te horen zeggen?

'Ik spreek je later.'

'Later, schatje.'

Ik hang op en kijk naar Jacks kantoor. Mijn kantoor. Mijn god – Anastasia Steele, Plaatsvervangend redacteur. Wie had dat gedacht? Ik moet om loonsverhoging vragen.

Wat zou Jack ervan vinden als hij het wist? Ik huiver en vraag me af wat hij nu doet. Hij zit duidelijk niet in New York zoals hij had verwacht. Ik loop zijn – mijn – kantoor binnen, ga achter het bureau zitten en verdiep me in de taakomschrijving.

Om halftwaalf belt Elizabeth.

'Ana, je moet om één uur in de directiekamer zijn voor een vergadering. Jerry Roach en Kay Bestie zijn er ook – je weet wel, de algemeen directeur en de stafdirecteur? Alle redacteurs zullen er zijn.'

Shit!

'Moet ik iets voorbereiden?'

'Nee, het is een informele bijeenkomst die we één keer per maand houden. Voor de lunch wordt gezorgd.'

'Ik zal er zijn.' Ik hang op.

Holy shit! Ik kijk even naar het meest recente overzicht van Jacks schrijvers. Ja, die ken ik bijna allemaal. Ik heb de vijf manuscripten die hij erdoor wilde hebben en nog twee andere die echt in overweging moeten worden genomen voor publicatie. Ik adem diep in. Ongelooflijk dat het al lunchtijd is. De ochtend is voorbijgevlogen en ik vind dit geweldig. Er is zoveel gebeurd. Een *ping* van mijn agenda kondigt een afspraak aan.

O, nee – Mia! In alle opwinding ben ik onze afspraak vergeten. Ik pak mijn BlackBerry en ga als een gek op zoek naar haar nummer.

Mijn telefoon rinkelt.

'Hij staat er weer, bij de receptie.' Claires stem klinkt gedempt.

'Wie?' Heel even denk ik dat Christian er is.

'De blonde god.'

'Ethan.'

Wat komt hij doen? Ik voel me meteen schuldig dat ik hem niet heb gebeld.

Ethan, gekleed in een blauw geruit overhemd, wit T-shirt en spijkerbroek, kijkt me stralend aan als hij me ziet.

'Wauw! Je ziet er sexy uit, Steele,' zegt hij en hij knikt waarderend. Hij omhelst me even.

'Alles goed?'

Hij fronst zijn voorhoofd. 'Prima, Ana. Ik wilde je gewoon even zien. Ik heb al een tijdje niets van je gehoord en ik wilde kijken of meneer Topman je goed behandelt.'

Ik bloos en kan mijn glimlach niet tegenhouden.

'Oké!' roept Ethan en hij steekt zijn handen afwerend voor zich op. 'Die glimlach zegt genoeg, meer wil ik niet weten. Heb je toevallig tijd om met me te gaan lunchen? Ik ga me inschrijven bij de universiteit van Seattle voor de cursus psychologie die in september begint. Voor mijn master.'

'O Ethan. Er is zoveel gebeurd. Ik moet je zoveel vertellen, maar daar heb ik nu geen tijd voor. Ik moet naar een vergadering.' Dan krijg ik een ingeving. 'Zou je me een heel, heel, heel groot plezier willen doen?' Ik vouw mijn handen en kijk hem smekend aan.

'Tuurlijk.' Hij kijkt me verbaasd aan.

'Ik zou eigenlijk gaan lunchen met de zus van Christian en Elliot, maar ik heb net pas over deze vergadering gehoord en ik krijg haar niet te pakken. Wil jij alsjeblieft met haar gaan lunchen? Alsjeblieft?'

'Ah, Ana! Ik ga niet oppassen op een of ander verwend nest.'

'Alsjeblieft, Ethan.' Ik kijk hem met heel grote blauwe ogen aan. Hij rolt met zijn ogen en ik weet dat hij het gaat doen.

'Kook je dan weer een keer voor me,' oppert hij.

'Ja, zeg maar wat en wanneer.'

'Waar is ze dan?'

'Ze kan er elk moment zijn.' En als je het over de duivel hebt...

'Ana!' roept ze als ze door de voordeur komt.

We draaien ons allebei om en daar is ze – lang en weelderig met een sluike bob – in een mintgroene mini-jurk met bijpassende pumps met bandjes om haar smalle enkels. Ze ziet er geweldig uit.

'Het verwende nest?' fluistert hij terwijl hij naar haar staart.

'Ja, ze heeft echt oppas nodig,' fluister ik terug. 'Hoi, Mia.' Ik omhels haar even terwijl ze openlijk naar Ethan staart.

'Mia – dit is Ethan, de broer van Kate.'

Hij knikt en bekijkt haar verrast. Mia knippert met haar ogen en geeft hem dan haar hand.

'Aangenaam je te ontmoeten,' zegt Ethan gladjes en Mia knippert nog eens met haar ogen. Ze is voor de verandering een keer stil. Ze bloost.

Hemel. Dit is volgens mij de eerste keer dat ik haar zie blozen.

'Ik kan niet met je lunchen,' zeg ik zwakjes. 'Ethan neemt je mee, als je dat goed vindt. Zullen wij dan snel weer afspreken?'

'Ja hoor,' zegt ze stil. Mia, stil – ongekend!

'Ja, wij redden ons wel. Later, Ana,' zegt Ethan en hij biedt Mia zijn gebogen arm aan. Ze pakt die met een verlegen glimlach vast.

'Doei, Ana.' Mia kijkt achterom en beweegt haar lippen geluidloos: 'O. Mijn. God!' en geeft me een overdreven vette knipoog.

Jemig... ze vindt hem leuk! Ik zwaai naar ze als ze naar buiten lopen. Ik vraag me ongerust af wat Christian ervan vindt dat zijn zus uitgaat. Ze is van mijn leeftijd, dus hij kan er niets van zeggen, toch?

Je hebt het wel over Christian. Mijn humeurige onderbewustzijn is terug, bits als altijd, ouderwets vestje aan, handtasje onder de arm geklemd. Ik zet dat beeld van me af. Mia is een volwassen vrouw en Christian is toch best redelijk? Ik loop naar Jacks... eh... mijn kantoor om me op de vergadering voor te bereiden.

Om halfvier ben ik weer terug. Het is goed gegaan. Ik heb zelfs goedkeuring gekregen om de twee manuscripten die ik heb voorgedragen binnen te halen. Dit is een geweldig gevoel.

Op mijn bureau staat een enorme rieten mand vol schitterende witte en lichtroze rozen. Wauw – de geur alleen is al hemels. Ik pak met een glimlach het kaartje. Ik weet wie de afzender is.

Gefeliciteerd, mevrouw Steele,
en dat helemaal alleen!
Zonder hulp van je te vriendelijke, altijd-in-de-buurt-zijnde, megalomaniak-directeur.

Liefs,
Christian.

Ik pak mijn BlackBerry om hem te mailen.

Van: Anastasia Steele
Onderwerp: Megalomaniak
Datum: 16 juni 2011, 15:43
Aan: Christian Grey

...is mijn lievelingsmaniak. Bedankt voor de schitterende bloemen. Ze zitten in een grote rieten mand die me doet denken aan picknicks en dekens.

x

Van: Christian Grey
Onderwerp: Frisse lucht
Datum: 16 juni 2011, 15:55
Aan: Anastasia Steele

Een maniak, hè? Daar heeft dr. Flynn vast nog wel iets over te zeggen.
Wil je gaan picknicken?
We kunnen heel wat leuke dingen doen in de buitenlucht, Anastasia.
Hoe gaat je dag, schatje?

Christian Grey
Directeur, Grey Enterprises Holdings, Inc.

O. Ik bloos bij het lezen van zijn reactie.

Van: Anastasia Steele
Onderwerp: Hectisch
Datum: 16 juni 2011, 16:00
Aan: Christian Grey

De dag is voorbijgevlogen. Ik heb bijna geen moment aan iets anders dan werk kunnen denken. Ik denk dat ik dit wel kan!
Ik vertel je alles als ik thuis ben.
Buiten klinkt... interessant.

Ik hou van je.

A x

PS Maak je geen zorgen over dr. Flynn.

Mijn telefoon zoemt. Het is Claire van de receptie; ze wil dolgraag weten wie me de bloemen heeft gestuurd en wat er met Jack is gebeurd. Omdat ik de hele dag op kantoor heb gezeten, heb ik alle roddels gemist. Ik vertel haar snel dat de bloemen van mijn vriendje zijn en dat ik weinig over het vertrek van Jack weet. Mijn BlackBerry zoemt; er komt weer een e-mail van Christian binnen.

Van: Christian Grey
Onderwerp: Ik doe mijn best...
Datum: 16 juni 2011, 16:09
Aan: Anastasia Steele

...om me geen zorgen te maken.

Later, schatje. x

Christian Grey
Directeur, Grey Enterprises Holdings, Inc.

Om halfzes ruim ik mijn bureau op. Het is ongelooflijk hoe snel de dag voorbij is gegaan. Ik moet naar Escala gaan om me voor te bereiden op de ontmoeting met dr. Flynn. Ik heb zelfs geen tijd gehad om vragen te bedenken. Misschien is vandaag een introductie en mag ik hem van Christian nog eens zien. Dan ren ik het kantoor uit en zeg Claire snel gedag.

Ik moet ook nog nadenken over Christians verjaardag. Ik weet wat ik hem ga geven. Ik zou het hem vanavond vast willen geven voor we naar Flynn gaan, maar hoe? Naast het parkeerterrein is een klein souvenirwinkeltje. Ik krijg een ingeving en ik loop er snel binnen.

Christian is aan de telefoon; hij staart door de glazen wand als ik een halfuur later bij de woonkamer stil blijf staan. Hij straalt als hij me ziet en hij beëindigt snel het gesprek.

'Ros, dat is geweldig. Vertel het aan Barney en dan gaan we daar verder mee... Dag.'

Hij komt naar me toe. Ik wacht verlegen in de ingang. Hij heeft nu een wit T-shirt aan en een spijkerbroek, hij is om op te eten. *Whoa.*

'Goedenavond, mevrouw Steele,' zegt hij zacht en hij kust me. 'Gefeliciteerd met uw promotie.' Hij slaat zijn armen om me heen. Hij ruikt heerlijk.

'Je hebt gedoucht.'

'Ik heb net getraind met Claude.'

'O.'

'Ik heb hem twee keer omver gekregen.' Christian straalt; hij ziet er jongensachtig en tevreden uit. Zijn glimlach werkt aanstekelijk.

'Lukt dat niet zo vaak dan?'

'Nee. Het geeft erg veel voldoening als het lukt. Trek?'

Ik schud mijn hoofd.

'Wat?' Hij kijkt me vragend aan.

'Ik ben zenuwachtig. Voor dr. Flynn.'

'Ik ook. Hoe was je dag?' Hij laat me los en ik geef hem een samenvatting waar hij aandachtig naar luistert.

'O – en ik moet je nog iets vertellen. Ik zou met Mia gaan lunchen.'

Hij trekt verrast zijn wenkbrauwen op. 'Daar heb je niets over gezegd.'

'Nee, ik was het vergeten. Ik had een vergadering en daarom is Ethan met haar gaan lunchen.'

Zijn gezicht wordt donker. 'O, op die manier. Bijt niet op je lip.'

'Ik ga me omkleden,' zeg ik om van onderwerp te veranderen en ik draai me om voor hij kan reageren.

Het kantoor van dr. Flynn ligt niet ver van Christians appartement. *Handig voor noodgevallen.*

'Ik ren er meestal naartoe vanaf thuis,' zegt Christian, terwijl hij mijn Saab parkeert. 'Dit is een gave auto.' Hij glimlacht.

'Dat vind ik ook.' Ik glimlach terug. 'Christian... ik...' Ik staar hem zenuwachtig aan.

'Wat is er, Ana?'

'Hier.' Ik pak het zwarte pakje uit mijn tas. 'Dit is voor je verjaardag. Ik wilde je het nu vast geven – maar je moet me beloven dat je het zaterdag pas openmaakt, oké?'

Hij kijkt me verrast aan en slikt nerveus. 'Oké,' zegt hij voorzichtig.

Ik adem diep in, negeer zijn vragende blik en geef het aan hem. Christian schudt met het doosje en het rammelt aanlokkelijk. Hij fronst zijn wenkbrauwen. Ik weet dat hij dolgraag wil weten wat erin zit. Dan grijnst hij. Zijn ogen stralen vol jeugdige, zorgeloze opwinding. *Hemel.* Zijn uitstraling past nu bij zijn leeftijd en hij is zo knap.

'Niet voor zaterdag openmaken!' waarschuw ik.

'Ik snap het,' zegt hij. 'Waarom geef je het me nu al?' Hij stopt het pakje in de binnenzak van zijn blauwe jasje met krijtstreep, vlak bij zijn hart.

Heel toepasselijk. Ik glimlach plagend.

'Omdat ik dat kan, meneer Grey.'

Hij glimlacht droogjes. 'Zeg, mevrouw Steele, dat is mijn tekst.'

We worden door een kordate en vriendelijke receptioniste naar het vorstelijke kantoor van dr. Flynn gebracht. Ze geeft Christian een warm onthaal, een beetje te warm naar mijn smaak – jemig, ze zou zijn moeder kunnen zijn – en hij noemt haar bij haar voornaam.

De kamer is sober ingericht: lichtgroene muren en twee donkergroene banken die haaks op elkaar tegenover twee oorfauteuils staan. Het lijkt wel een herenclub. Dr. Flynn zit aan de andere kant van de kamer achter een bureau.

Hij staat op als we binnenkomen en komt naar het zitgedeelte toe. Hij draagt een zwarte pantalon en een lichtblauw overhemd zonder das – de bovenste knoopjes zijn open. Zijn lichtblauwe ogen lijken niets te missen.

'Christian.' Hij glimlacht vriendelijk.

'John.' Christian schudt hem de hand. 'Je kent Anastasia nog wel.'

'Hoe kan ik dat vergeten. Welkom, Anastasia.'

'Ana, alsjeblieft,' zeg ik terwijl hij me ferm de hand schudt. Zijn Britse accent is geweldig!

'Ana,' zegt hij vriendelijk en we lopen naar de banken.

Christian gebaart naar een bank. Ik ga zitten en probeer ontspannen over te komen; ik leg mijn hand op de armleuning. Christian gaat onderuitgezakt op de andere bank naast me zitten. Tussen ons in staat een tafeltje met daarop een eenvoudige lamp. Ik merk geïnteresseerd op dat er een doos tissues naast de lamp staat.

Dit had ik niet verwacht. Ik had me een spierwitte kamer voorgesteld met een zwarte leren ligstoel – dan had mijn innerlijke godin zich ook wat meer thuis gevoeld.

Dr. Flynn, ontspannen en beheerst, gaat in een van de fauteuils zitten en pakt een leren notitiemap. Christian slaat het ene been over het andere, zijn enkel rust op zijn knie, en legt een arm over de rugleuning. Met zijn andere hand pakt hij mijn hand vast die op de armleuning ligt en hij geeft er een geruststellend kneepje in.

'Christian heeft gevraagd of je bij een van onze sessies kon zijn,' zegt dr. Flynn. 'Even ter informatie: deze sessies zijn volstrekt vertrouwelijk...'

Ik trek een wenkbrauw op, waardoor hij abrupt zwijgt.

‘O – eh… ik heb een geheimhoudingsverklaring getekend,’ zeg ik. Ik schaam me voor de onderbreking. Flynn en Christian staren me aan en Christian laat mijn hand los.

‘Een geheimhoudingsverklaring?’ Dr. Flynn fronst zijn voorhoofd en kijkt Christian vragend aan.

Christian haalt zijn schouders op.

‘Beginnen al jouw relaties met vrouwen met een geheimhoudingsverklaring?’ vraagt dr. Flynn.

‘Die met contract wel, ja.’

De mond van dr. Flynn trekt. ‘Heb je dan wel eens een ander soort relatie gehad met een vrouw?’ vraagt hij met een geamuseerde blik.

‘Nee,’ zegt Christian na een korte stilte en hij kijkt ook geamuseerd.

‘Dat dacht ik al.’ Dr. Flynn richt zijn aandacht weer op mij. ‘Nou, dan hoeven we ons geen zorgen te maken over vertrouwelijkheid, maar mag ik voorstellen dat jullie dit een keer gaan bespreken? Voor zover ik heb begrepen, ga je niet langer dergelijke contractuele relaties aan.’

‘Ik hoop op een ander soort contract,’ zegt Christian zacht, terwijl hij me kort aankijkt. Ik bloos en dr. Flynn knijpt zijn ogen samen.

‘Ana, je moet het me maar vergeven, maar ik weet waarschijnlijk meer over jou dan je denkt. Christian is heel open geweest.’

Ik kijk nerveus naar Christian. Wat heeft hij verteld?

‘Een geheimhoudingsverklaring? Dat kwam vast als een schok,’ gaat Flynn verder.

Ik kijk hem verrast aan. ‘O, maar dat was niets vergeleken bij zijn laatste onthullingen.’ Mijn stem klinkt zacht, aarzelend en ontzettend nerveus.

‘Dat geloof ik graag.’ Dr. Flynn glimlacht vriendelijk. ‘En, Christian, waar wil je het over hebben?’

Christian haalt zijn schouders op als een norse tiener. ‘Anastasia vroeg om de afspraak. Vraag het haar maar.’

Dr. Flynn kijkt weer verbaasd en werpt me dan een priemende blik toe.

Shit. Dit is gênant. Ik staar naar mijn handen.

'Zou het makkelijker voor je zijn als Christian ons even alleen laat?'

Ik kijk snel naar Christian; hij kijkt me verwachtingsvol aan.

'Ja,' fluister ik.

Christian fronst zijn wenkbrauwen en doet zijn mond open. Dan sluit hij hem weer snel en hij staat soepel en vlug op. 'Ik zit in de wachtkamer,' zegt hij met een gladgestreken en knorrige mond.

O nee.

'Dank je, Christian,' zegt dr. Flynn onverstoorbaar.

Christian kijkt me onderzoekend aan en beent dan de kamer uit – maar hij slaat de deur niet achter zich dicht. Pfiew. Ik ontspan me meteen.

'Intimideert hij je?'

'Ja, maar niet zo erg als eerst.' Het voelt alsof ik ontrouw ben, maar het is de waarheid.

'Dat verrast me niet, Ana. Waar kan ik je mee helpen?'

Ik staar naar mijn verstrengelde vingers. Wat kan ik hem vragen?

'Dr. Flynn, dit is mijn eerste relatie en Christian is... nou ja, hij is Christian. En er is de afgelopen week ontzettend veel gebeurd. Ik heb er nog niet over kunnen nadenken.'

'Waar moet je over nadenken?'

Ik kijk hem aan; hij houdt zijn hoofd schuin en kijkt me aan met medeleven, denk ik.

'Nou, Christian zegt dat hij voor mij graag iets opgeeft... eh...' Ik stotter en zwijg dan. Dit is veel moeilijker dan ik had gedacht.

Dr. Flynn zucht. 'Ana, in de zeer korte tijd dat je hem kent, heb je meer vooruitgang met mijn patiënt geboekt dan ik gedurende de afgelopen twee jaar. Je hebt een grote invloed op hem. Dat weet je zelf toch zeker ook wel.'

'Hij heeft ook een grote invloed op mij. Maar ik weet niet of ik genoeg ben. Of ik aan zijn behoeften kan voldoen,' fluister ik.

'Is dat wat je van mij wilt? Geruststelling?'

Ik knik.

'Behoeften veranderen,' zegt hij eenvoudig. 'Christian verkeerde in een situatie waarin zijn oude overlevingstechnieken niet langer effectief waren. Samengevat: je hebt hem gedwongen een aantal oude demonen het hoofd te bieden en er opnieuw over na te denken.'

Ik kijk hem verrast aan. Dit lijkt op wat Christian me vertelde.

'Ja, zijn demonen,' zeg ik zacht.

'We blijven er niet bij stilstaan – dat is het verleden. Christian weet wat zijn problemen zijn, net als ik – en ik weet zeker jij nu ook. Maar ik hou me meer bezig met de toekomst. Ik wil Christian op de plek krijgen waar hij wil zijn.'

Ik kijk hem vragend aan.

Hij trekt zijn wenkbrauwen op. 'De technische term is SFBT – sorry.' Hij glimlacht. 'Dat staat voor Solution-Focused Brief Therapy. Dat werkt doelgericht. We concentreren ons op waar Christian wil zijn en hoe we hem daar kunnen krijgen. Het is een dialectische aanpak. Het heeft geen zin om op het verleden te blijven hameren – dat heeft elke dokter, psycholoog en psychiater die Christian ooit heeft gehad al gedaan. We weten waarom hij is zoals hij is, maar juist de toekomst is belangrijk. Waar Christian zichzelf ziet, waar hij wil zijn. Pas nadat jij hem had verlaten nam hij deze vorm van therapie serieus. Hij besefte dat een liefdevolle relatie met jou zijn doel is. Zo eenvoudig is het en daar werken we nu aan. Er zijn natuurlijk obstakels – zoals zijn haphefobie.'

Eh pardon... zijn wát? Ik hap naar adem.

'Sorry, ik bedoel zijn angst om te worden aangeraakt,' zegt dr. Flynn hoofdschuddend alsof hij zichzelf een standje geeft. 'Daar weet jij vast alles van.'

Ik bloos en knik. *O, dat!*

'Hij heeft een morbide zelfverachting. Dat zal geen verrassing zijn. Dan is er nog de parasomnia... eh, sorry, heftige levensechte nachtmerries voor een leek.'

Ik kijk hem aan en probeer die moeilijke woorden in me op te nemen. Dit weet ik allemaal, maar Flynn heeft het niet over mijn grootste angst gehad.

'Maar hij is een sadist. Daardoor heeft hij toch zekere behoeften waar ik niet aan kan voldoen.'

Dr. Flynn rolt met zijn ogen en hij perst zijn lippen even op elkaar. 'Dat is niet langer een erkende psychiatrische term. Ik heb hem dat al zo vaak gezegd. Het wordt zelfs niet meer als een parafilie gezien, al sinds de jaren negentig niet meer.'

Waar heeft hij het over? Ik kijk hem vragend aan en krijg een vriendelijke glimlach terug.

'Dat is een van mijn grote ergernissen.' Hij schudt zijn hoofd. 'Christian gaat altijd van het ergste uit. Dat komt door zijn zelfverachting. Er bestaat natuurlijk wel zoiets als seksueel sadisme, maar dat is geen ziekte. Het is eerder een soort verkozen levensstijl. En als dat met wederzijdse instemming wordt beoefend in een veilige, stabiele relatie tussen twee volwassen, dan is daar niets mis mee. Voor zover ik weet heeft Christian al zijn bdsm-relaties zo afgehandeld. Jij bent zijn eerste geliefde die geen toestemming heeft gegeven, dus daarom doet hij het ook niet.'

Geliefde!

'Maar zo eenvoudig kan het toch niet zijn?'

'Waarom niet?' Dr. Flynn haalt nonchalant zijn schouders op.

'Nou... gezien de oorzaak, waarom hij het doet.'

'Ana, daar draait het nu juist om. Wat betreft een op oplossing gebaseerde therapie is het wel zo eenvoudig. Christian wil met jou samen zijn. Daarvoor moet hij de meer extreme aspecten van een dergelijke relatie opgeven. Want wat je van hem vraagt is niet onredelijk... toch?'

Ik bloos. Het is ook niet onredelijk, toch?

'Nee, dat vind ik niet. Maar ik ben bang dat hij dat wel vindt.'

'Dat weet Christian en daar heeft hij naar gehandeld. Hij is niet krankzinnig.' Dr. Flynn zucht. 'In een notendop: hij is geen sadist, Ana. Hij is een boze, bange, briljante jongeman die een ontzettende slechte start in het leven heeft gehad. We kunnen er allemaal over blijven jammeren en het wie, hoe en waarom tot het einde der tijden blijven analyseren, of Christian kan verdergaan en zelf beslissen hoe hij zijn leven wil leiden. Hij had iets ontdekt wat een aantal jaren min of meer heeft gewerkt, maar dat werkt niet meer sinds hij jou kent. Als gevolg daarvan is hij zijn modus operandi aan het veranderen. Jij en ik moeten zijn keus respecteren en hem daarin steunen.'

Ik kijk hem met open mond aan. 'Dat is mijn geruststelling?'

‘Beter wordt het niet, Ana. Er zijn in dit leven geen garanties.’ Hij glimlacht. ‘En dat is mijn professionele mening.’

Ik glimlach zwakjes. Doktersgrapjes... Jemig.

‘Maar hij ziet zichzelf als een herstellend alcoholist.’

‘Christian zal altijd het ergste van zichzelf denken. Het is, zoals ik al zei, onderdeel van zijn zelfverachting. Het zit in zijn karakter, ongeacht wat er gebeurt. Hij is natuurlijk nerveus over deze verandering in zijn leven. Hij stelt zich mogelijk open voor een wereld vol emotionele pijn, waar hij trouwens een voorproefje van heeft gehad toen je bij hem wegging. Natuurlijk maakt hij zich zorgen.’ Dr. Flynn pauzeert even. ‘Ik wil niet een te grote nadruk leggen op jouw rol bij zijn Damascus-ervaring – zijn weg naar Damascus. Maar Christian zou niet zijn waar hij nu is als hij jou niet had ontmoet. Persoonlijk vind ik alcoholist geen goede analogie, maar als het op dit moment voor hem werkt, dan vind ik dat we hem het voordeel van de twijfel moeten geven.’

Christian het voordeel van de twijfel geven. Ik kijk bedenkelijk.

‘Ana, Christian is emotioneel gezien een puber. Hij heeft die levensfase compleet overgeslagen. Hij heeft al zijn energie gericht op het slagen in de zakenwereld en dat is hem ongelooflijk goed gelukt. Zijn emotionele belevingswereld is alles nu aan het inhalen.’

‘Hoe kan ik dan helpen?’

Dr. Flynn lacht. ‘Blijf gewoon doen wat je doet.’ Hij grijnst. ‘Christian is tot over zijn oren verliefd op je. Het is een genot om te zien.’

Ik bloos en mijn innerlijke godin is buiten zichzelf van vreugde, maar er zit me nog iets dwars.

‘Mag ik u nog één vraag stellen?’

‘Natuurlijk.’

Ik adem diep in. ‘Ergens denk ik dat als hij niet zo gebroken was, hij mij niet... zou willen.’

Dr. Flynn fronst verrast zijn wenkbrauwen. ‘Het is wel erg negatief om zoiets over jezelf te zeggen, Ana. Het zegt eerlijk gezegd meer over jou dan over Christian. Het is niet zo erg als zijn zelfverachting, maar het verrast me wel.’

‘Nou, kijk eens naar hem... en dan naar mij.’

Dr. Flynn kijkt ernstig. ‘Dat heb ik gedaan. Ik zie een aantrekkelijke jonge man en een aantrekkelijke jonge vrouw. Ana, waarom vind jij jezelf niet aantrekkelijk?'

O nee... Ik wil het niet over mezelf hebben. Ik staar naar mijn handen. Er wordt hard op deur geklopt en ik schrik op. Christian komt de kamer in en kijkt ons boos aan. Ik bloos en kijk snel naar Flynn, die vriendelijk naar hem glimlacht.

'Welkom terug, Christian,' zegt hij.

'Ik denk dat het tijd is, John.'

'Bijna, Christian. Kom er even bij zitten.'

Christian gaat zitten, naast me deze keer, en legt zijn hand bezitterig op mijn knie. Het gebaar ontgaat dr. Flynn niet. 'Had je verder nog vragen, Ana?' vraagt hij duidelijk bezorgd.

Shit... Ik had die vraag niet moeten stellen. Ik schud mijn hoofd.

'Christian?'

'Vandaag niet, John.'

Flynn knikt.

'Het lijkt me goed als jullie nog eens komen. Ana zal zeker nog meer vragen hebben.'

Christian knikt met tegenzin.

Ik bloos. Shit... Hij wil dieper graven. Christian pakt mijn hand stevig vast en kijkt me doordringend aan.

'Oké?' vraagt hij.

Ik knik en glimlach. Ja, we gaan voor het voordeel van de twijfel, dankzij deze gegoede dr. uit Engeland.

Christian knijpt even in mijn hand en kijkt dan naar Flynn.

'Hoe gaat het met haar?' vraagt hij zacht.

Mij?

'Ze komt er wel.'

'Mooi. Hou me op de hoogte.'

'Doe ik.'

Shit. Ze hebben het over Leila.

'Zullen we nu je promotie gaan vieren?' vraagt Christian nadrukkelijk.

Ik knik verlegen als Christian gaat staan.

We nemen snel afscheid van dr. Flynn en Christian werkt me onbeleefd snel naar buiten.

Buiten op straat kijkt hij me aan. 'Hoe ging het?' vraagt hij zenuwachtig.

'Goed.'

Nu kijkt hij me achterdochtig aan. Ik hou mijn hoofd schuin.

'Meneer Grey, kijk me alstublieft niet zo aan. Op doktersadvies ga ik u het voordeel van de twijfel geven.'

'Wat houdt dat in?'

'Dat merk je nog wel.'

Hij perst zijn lippen op elkaar en knijpt zijn ogen samen. 'In de auto,' beveelt hij en hij trekt het portier van de Saab open.

O, ander onderwerp. Mijn BlackBerry zoemt. Ik vis hem uit mijn tas.

Shit, José!

'Hallo!'

'Hoi, Ana...'

Ik zie dat Vijftig me achterdochtig aankijkt. 'José,' zeg ik geluidloos. Hij staart me uitdrukkingsloos aan, al verschijnt er een harde uitdrukking op zijn gezicht. Denkt hij dat ik dat niet zie? Ik concentreer me weer op José.

'Sorry dat ik niet eerder heb gebeld. Gaat het over morgen?'

'Ja, zeg, ik heb iemand van Grey gesproken, dus ik weet waar ik de foto's moet afleveren. Ik ben er tussen vijf en zes... daarna ben ik vrij.'

O.

'Nou, ik verblijf nu min of meer bij Christian en je mag van hem ook blijven logeren, als je wilt.'

Christian perst zijn lippen op elkaar. Hmm – fijne gastheer.

José zwijgt even en verwerkt het nieuws in stilte. Ik krimp ineen. Ik heb hem nog niet over Christian en mij kunnen vertellen.

'Oké,' zegt hij uiteindelijk. 'Dat met Grey, is het serieus?'

Ik keer de auto mijn rug toe en loop naar de andere kant van de stoep.

'Ja.'

'Hoe serieus?'

Ik rol even met mijn ogen. Waarom moet Christian nu net meeluisteren?

'Serieus.'

'Is hij nu bij je? Krijg ik daarom antwoorden van één woord?'

'Ja.'

'Oké. Mag je morgenavond uit?'

'Natuurlijk.' Hoop ik... Ik kruis automatisch mijn vingers.

'Waar spreken we af?'

'Haal me maar van het werk,' stel ik voor.

'Oké.'

'Ik sms je het adres wel.'

'Hoe laat?'

'Zes uur of zo?'

'Goed. Ik zie je dan, Ana. Ik heb er zin in; ik mis je.'

Ik grijns. 'Goed, zie ik je dan.' Ik beëindig het gesprek en draai me om.

Christian leunt tegen de auto en houdt me scherp in de gaten met een nietszeggende uitdrukking op zijn gezicht.

'Hoe gaat het met je vriend?' vraagt hij koel.

'Goed. Hij haalt me morgen op van het werk en dan gaan we ergens wat drinken, denk ik. Ga je ook mee?'

Christian aarzelt, er ligt een koele blik in zijn ogen. 'Hij gaat niets bij je proberen?

'Nee,' zeg ik geïrriteerd – ik rol maar niet met mijn ogen.

'Oké.' Christian houdt zijn handen op in overgave. 'Ga jij dan maar lekker met je vriend uit en dan zie ik je daarna weer.'

Ik had een ruzie verwacht en zijn makkelijke overgave komt als een verrassing.

'Zie je wel dat ik redelijk kan zijn,' zegt hij met een grijns.

Dat zullen we nog wel eens zien.

'Mag ik rijden?'

Christian kijkt me verrast aan.

'Liever niet.'

'Waarom niet?'

'Omdat ik liever niet wordt gereden.'

'Vanmorgen kon het anders wel en je lijkt het bij Taylor ook niet erg te vinden.'

'Ik vertrouw Taylor achter het stuur.'

'En mij niet?' Ik zet mijn handen op mijn heupen. 'Echt, je

controlfreakerigheid kent geen grenzen. Ik rij al vanaf mijn vijftiende.'

Hij haalt zijn schouders op, alsof dat niet belangrijk is. O – zo irritant! Voordeel van de twijfel? Vergeet het maar.

'Is het mijn auto?'

Hij kijkt me met gefronste wenkbrauwen aan. 'Natuurlijk is het jouw auto.'

'Hier met die sleutels dan, alsjeblieft. Ik heb er twee keer in gereden, alleen maar van en naar het werk. Nu heb jij alle lol.' Ik zit vol in de pruilmodus.

Christian moet bijna lachen.

'Maar je weet niet waar we heen gaan.'

'Ik weet zeker dat u me de weg kunt wijzen, meneer Grey. Dat is u tot op heden heel goed gelukt.'

Hij staart me verbijsterd aan en glimlacht dan. Zijn nieuwe verlegen glimlach ontwapent me en laat me ademloos achter.

'Heel goed gelukt, hè?' zegt hij.

Mijn wangen gloeien. 'Meestal wel, ja.'

'Nou, in dat geval...' Hij geeft me de sleutels, loopt naar de bestuurderskant en doet het portier voor me open.

'Hier links,' beveelt Christian en we rijden in noordelijke richting naar de snelweg. 'Jezus – voorzichtig, Ana.' Hij zet zich schrap tegen het dashboard.

O. Mijn. Hemel. Ik rol met mijn ogen, maar kijk hem niet aan. Van Morrison zingt zacht op de achtergrond.

'Rustig rijden.'

'Ik ga al langzamer.'

Christian zucht eens. 'Wat heeft Flynn gezegd?' vraagt hij gespannen.

'Dat heb ik je gezegd. Hij zei dat ik je het voordeel van de twijfel moest geven.' Verdomme – misschien had ik Christian toch moeten laten rijden. Dan had ik hem kunnen bestuderen. Trouwens... Ik zet mijn knipperlicht naar rechts aan.

'Wat doe je?' snauwt hij geschrokken.

'Jij mag rijden.'

'Waarom?'

'Dan kan ik naar je kijken.'

Hij lacht. 'Nee, nee – jij wilde rijden, dan zul je rijden ook. En ik kijk wel naar jou.'

Ik kijk hem boos aan. 'Ogen op de weg!' schreeuwt hij.

Mijn bloed kookt. Zo! Ik ga vlak voor een stoplicht aan de kant van de weg staan, spring uit de auto, gooi het portier dicht en ga met mijn armen over elkaar geslagen op de stoep staan. Ik kijk hem kwaad aan. Hij stapt uit de auto.

'Waar ben jij nou mee bezig?' vraagt hij boos.

'Nee, waar ben jíj mee bezig?'

'Je mag hier niet parkeren.'

'Dat weet ik.'

'Waarom doe je het dan?'

'Omdat ik je gecommandeer zat ben. Of jij rijdt, of je houdt je mond over hoe ik rij!'

'Anastasia, stap in de auto voor we een bekeuring krijgen.'

'Nee.'

Hij kijkt me kwaad aan, gaat met zijn hand door zijn haar en dan slaat de verbijstering bij hem toe. Hij ziet er opeens zo grappig uit dat ik moet lachen. Hij kijkt me gefrustreerd aan.

'Wat?' snauwt hij weer.

'Jij.'

'O, Anastasia! Je bent de meest frustrerende vrouw ter wereld.' Hij gooit zijn handen in de lucht. 'Goed – ik rij wel.'

Ik grijp hem bij zijn jasje en trek hem naar me toe. 'Nee, jij bent de meest frustrerende man ter wereld, meneer Grey.'

Hij kijkt me aan met zijn donkere, intense blik, slaat dan zijn armen om mijn middel en trekt me dicht tegen zich aan. 'Misschien zijn we dan wel voor elkaar bestemd,' zegt hij zacht. Hij drukt zijn neus tegen mijn haren en ademt diep in. Ik sla mijn armen om hem heen en doe mijn ogen dicht. Voor het eerst sinds vanmorgen ontspan ik me echt.

'O... Ana, Ana, Ana,' verzucht hij. Hij drukt een kus op mijn hoofd. Ik pak hem steviger vast en zo staan we daar en genieten we van een onverwacht moment van rust. Hij laat me los en doet het portier voor me open. Ik stap in en wacht rustig tot hij achter het stuur gaat zitten.

Christian start de motor en trekt weer op; hij neuriet afwezig met Van Morrison mee.

Whoa. Ik heb hem nog nooit horen zingen, zelfs niet onder de douche. Ik kijk bedenkelijk. Hij heeft een mooie stem – uiteraard. Hmm... heeft hij mij ooit horen zingen?

Dan zou hij je niet ten huwelijk hebben gevraagd! Mijn onderbewustzijn heeft haar armen over elkaar geslagen en draagt Burberry... hittepetit. Het liedje is afgelopen en Christian grijnst.

'Weet je, de auto staat op jouw naam, dus jij had een eventuele bekeuring mogen betalen.'

'Dan is het maar goed dat ik een promotie heb gehad – dan kan ik het lijden,' zeg ik zelfvoldaan, terwijl ik naar zijn mooie profiel staar. Zijn mond trekt. Er begint een ander liedje van Van Morrison te spelen als hij de oprit naar de snelweg in noordelijke richting neemt.

'Waar gaan we heen?'

'Het is een verrassing. Wat zei Flynn nog meer?'

Ik zucht. 'Hij had het over FFSTB, of zoiets.'

'SFBT. De zoveelste therapie,' bevestigt hij.

'Heb je al veel andere therapieën geprobeerd?'

Christian snuift. 'Schatje, ik heb ze allemaal mogen proberen. Cognitivisme, Freud, functionalisme, gestalt, gedragspsychologie... Noem het maar op en ik heb het wel een keer gedaan,' zegt hij verbitterd. De wrok in zijn stem is verontrustend.

'Denk je dat deze aanpak zal helpen?'

'Wat zei Flynn?'

'Dat we niet in je verleden moeten blijven hangen, maar ons op de toekomst moeten richten. Op waar jij wilt zijn.'

Christian knikt, maar haalt ook zijn schouders op. Hij kijkt afwachtend. 'En verder?'

'Hij had het over je angst om te worden aangeraakt, al gaf hij het een andere naam. En over je nachtmerries en je zelfverachting.' In het schemerlicht ziet hij er bedachtzaam uit. Hij kauwt onder het rijden op de nagel van zijn duim. Hij kijkt me snel even aan.

'Ogen op de weg, meneer Grey,' zeg ik vermanend.

Hij kijkt me geamuseerd en ook wat gefrustreerd aan. 'Jullie hebben een eeuwigheid gepraat, Anastasia. Wat zei hij nog meer?'

Ik slik even. 'Hij vindt je geen sadist,' fluister ik.

'Werkelijk?' zegt hij stil. De spanning is opeens om te snijden.

'Hij zegt dat die term in de psychiatrie niet wordt erkend. Tenminste, niet meer sinds de jaren negentig,' zeg ik snel in de hoop de spanning op te heffen.

Christian kijkt steeds chagrijniger en ademt langzaam uit.

'Flynn en ik verschillen hierover van mening.'

'Hij zei dat je altijd het ergste van jezelf denkt. Ik weet dat dat waar is,' zeg ik. 'Hij had het ook over seksueel sadisme – maar hij zei dat het een keus was, een levensstijl, geen psychiatrische aandoening. Misschien is dat wat jij gelooft.'

Zijn groene ogen vlammen weer op en zijn mond trekt zich samen.

'O, één gesprek met de gegoede dokter en jij bent een expert?' zegt hij bijtend en hij kijkt weer voor zich.

Hemeltjelief... Ik zucht.

'Als je niet wilt horen wat hij heeft gezegd, vraag het dan niet,' zeg ik zacht.

Ik wil geen ruzie. En hij heeft gelijk – wat weet ik nou van al zijn shit? Wil ik het trouwens wel weten? Ik kan de belangrijkste punten opnoemen: zijn behoefte aan controle, zijn bezitterigheid, zijn jaloezie, zijn overbezorgdheid – ik begrijp hoe hij zich voelt. Ik begrijp zelfs waarom hij niet wil worden aangeraakt – ik heb zijn fysieke littekens gezien. Ik kan me de geestelijke littekens wel voorstellen en ik heb zijn nachtmerries nog maar één keer meegemaakt. En dr. Flynn zei...

'Ik wil weten waar jullie het over hebben gehad.' Christian verlaat de snelweg via afrit 172 en rijdt dan de ondergaande zon in het westen tegemoet.

'Hij noemde me jouw geliefde.'

'O, is dat zo?' Hij klinkt verzoenend. 'Nou, hij denkt in ieder geval goed na over zijn bewoordingen. Het is de juiste omschrijving, vind je ook niet?'

'Heb je je Onderdanigen ooit als liefdes beschouwd?'

Er verschijnt een nadenkende uitdrukking op zijn gezicht. Hij slaat af en rijdt nu weer in noordelijke richting. *Waar gaan we heen?*

'Nee, dat waren seksuele partners,' zegt hij voorzichtig. 'Jij bent mijn enige geliefde. En ik wil dat je meer dan dat wordt.'

O... daar is dat magische woord weer, boordevol mogelijkheden. Ik heb een glimlach op mijn gezicht en ik sla mijn armen om mezelf heen, mijn innerlijke godin straalt van geluk.

'Dat weet ik,' fluister ik. Het kost me moeite om mijn opwinding te verbergen. 'Ik heb gewoon wat tijd nodig, Christian. Om de afgelopen dagen te verwerken.' Hij kijkt me vreemd aan. Hij is verrast. Dan wordt het stoplicht waar we voor wachten groen. Hij knikt, zet de muziek harder en onze discussie is voorbij.

Van Morrison zingt nog steeds – nu wat vrolijker – over een geweldige nacht voor dansen in het maanlicht. Ik staar door het raam naar de dennenbomen en de sparren die door het licht van de ondergaande zon goud kleuren; hun lange schaduwen strekken zich uit over de weg. Christian slaat af naar een woonwijk en we rijden in westelijke richting naar de Puget Sound.

'Waar gaan we heen?' vraag ik weer als we afslaan. Ik zie een straatbordje – 9TH AVE NW. Ik ben nieuwsgierig.

'Verrassing,' zegt hij met een mysterieuze glimlach.

Achttien

Christian rijdt verder langs goed onderhouden huizen met leien daken, waar kinderen in de tuin basketbal spelen of op straat rennen en fietsen. Zo met de huizen tussen de bomen genesteld, ziet het er allemaal welvarend en netjes uit. Misschien gaan we bij iemand op bezoek. Wie dan?

Na een paar minuten maakt Christian een scherpe bocht naar links en dan staan we voor een sierlijke witte poort van metaal in een zandstenen muur van ongeveer één meter tachtig hoog. Christian drukt op een knopje in het portier en het elektrische raampje zakt geluidloos omlaag. Hij toetst een code in op het paneel en de hekken zwaaien verwelkomend open.

Hij kijkt me even aan, maar hij ziet er nu onzeker, zelfs nerveus uit.

'Wat is er?' vraag ik en ik kan de bezorgdheid in mijn stem niet verhullen.

'Een idee,' zegt hij zacht en hij rijdt langzaam door de poort.

We rijden over een oprijlaan met bomen aan weerszijden, die breed genoeg is voor twee auto's. Aan een kant sluiten de bomen een dichtbebost gebied af en aan de andere kant een uitgestrekt weiland dat vroeger een akker is geweest, maar nu braak ligt. Gras en veldbloemen groeien er weelderig en het ziet er landelijk en idyllisch uit – een wei waar tegen de avond een briesje zachtjes over het gras aait en de avondzon de veldbloemen nog net verlicht. Het is mooi – er heerst een serene rust en opeens stel ik me voor dat ik op mijn rug in het gras lig en naar de strakblauwe zomerhemel kijk. Het is een verleidelijke gedachte en op de een of andere manier krijg ik heimwee. Wat vreemd.

De oprijlaan loopt in een bocht en eindigt dan in een grote oprit voor een indrukwekkend huis van lichtroze zandsteen in mediterrane stijl. Het is net een paleis. Alle lampen zijn aan en alle ramen worden helder verlicht in de schemering. Er staat een keurige zwarte BMW voor de garage met vier deuren, maar Christian stopt onder de indrukwekkende portiek.

Hmm... Wie zou hier wonen? Waarom zijn we hier?

Christian werpt me een zenuwachtige blik toe als hij de motor afzet.

'Sta je open voor ideeën?'

Ik kijk hem bedenkelijk aan.

'Christian, dat doe ik al vanaf het moment dat ik jou heb ontmoet.'

Hij glimlacht ironisch en knikt. 'Goed punt, raak gesproken, mevrouw Steele. Kom.'

De donkere houten deuren zwaaien open en daar staat een vrouw met donkerbruin haar te wachten; ze draagt een vlot lila mantelpakje en er speelt een oprechte glimlach om haar lippen. Ik ben blij dat ik mijn nieuwe donkerblauwe mouwloze jurkje heb aangetrokken om indruk te maken op dr. Flynn. Oké, ik heb niet van die gave hoge hakken aan als zij – maar goed, ik draag in ieder geval geen spijkerbroek.

'Meneer Grey.' Ze schenkt hem een warme glimlach en schudt zijn hand.

'Mevrouw Kelly,' zegt hij beleefd.

Ze glimlacht nu naar mij en steekt me haar hand toe. Haar is-hij-niet-geweldig-was-hij-maar-van-mij-blos gaat niet helemaal aan mij voorbij.

'Olga Kelly,' zegt ze luchtig.

'Ana Steele,' antwoord ik. Wie is die vrouw? Ze doet een stap opzij en nodigt ons uit binnen te komen. Ik schrik als ik naar binnen stap. Het huis is leeg – helemaal leeg. We staan in een grote hal. De muren hebben een vale, lichtgele kleur met hier en daar slijtplekken waar vast ooit schilderijen hebben gehangen. Er hangen alleen ouderwetse kristallen lampfittingen en er ligt een doffe hardhouten vloer. Aan weerszijden van de hal zijn gesloten deuren, maar Christian geeft me geen tijd om op adem te komen.

'Kom,' zegt hij en hij pakt mijn hand vast. We lopen door de gewelfde doorgang naar een nog grotere hal die wordt gedomineerd door een indrukwekkende spiltrap en boven een sierlijke ijzeren balustrade, maar Christian loopt door. We komen door een enorme lege woonkamer, er ligt alleen een verschoten gouden vloerkleed – het grootste kleed dat ik ooit heb gezien. O – en er hangen vier kristallen kroonluchters.

Nu wordt het duidelijk waar Christian heen wil. We lopen door de kamer naar de openslaande deuren en we komen uit op een groot betegeld terras. Onder ons ligt een grasveld ter grootte van een half voetbalveld, maar nog iets verder komt de rest van het uitzicht. *Wauw.*

Het panorama en ononderbroken uitzicht is adembenemend – duizelingwekkend zelfs: schemering over de Sound. *O mijn hemel.*

In de verte ligt Bainbridge Island en dankzij de heldere avondlucht is nog verder weg de ondergaande zon te zien die, bloedrood en knaloranje, achter het Olympic National Park wegzakt. Helderrode kleuren vloeien over in het hemelsblauw van de lucht – met opaaltinten en aquamarijn – en versmelten met het donkere paars van de sluierwolken en het vasteland aan de andere kant van de Sound. De natuur op haar best, een visuele symfonie in de lucht die in het diepe, gladde water van de Sound wordt weerspiegeld. Ik ga helemaal op in het uitzicht en probeer al die schoonheid in me op te nemen.

Ik besef dat ik in ontzag mijn adem inhou en dat Christian nog steeds mijn hand vasthoudt. Met tegenzin ruk ik mijn ogen los van het uitzicht en zie dat hij me afwachtend aankijkt.

'Heb je me hier gebracht voor het uitzicht?' fluister ik. Hij knikt, zijn blik serieus.

'Het is onvoorstelbaar mooi, Christian. Dank je.' Ik kijk er weer naar.

Hij laat mijn hand los.

'Zou je er de rest van je leven naar willen kijken?' vraagt hij gespannen.

Wat? Ik kijk hem geschrokken aan – verschrikte blauwe ogen kijken in peinzende grijze. Volgens mij valt mijn mond open en ik kijk hem wezenloos aan.

'Ik heb altijd al bij de kust willen wonen. Als ik over de Sound zeil, ben ik vaak jaloers op de bewoners van deze huizen. Dit huis is nog niet lang op de markt. Ik wil het kopen, slopen en een nieuw huis laten bouwen – voor ons,' fluistert hij. Zijn ogen glanzen vol hoop en dromen.

Mijn hemel. Ik val gelukkig niet om. Het duizelt me. *Wonen, hier? In dit schitterende toevluchtsoord! Voor de rest van mijn leven...*

'Het is maar een idee,' zegt hij op zijn hoede.

Ik kijk achterom en bestudeer het interieur van het huis. Hoeveel is het waard? Zal wel iets van, wat – vijf, tien miljoen zijn? Ik heb geen idee. Holy shit.

'Waarom wil je het slopen?' zeg ik tegen hem. Hij kijkt teleurgesteld. *O nee.*

'Ik wil een duurzaam huis laten bouwen, waar de nieuwste milieuvriendelijke technieken worden toegepast. Elliot zou het kunnen bouwen.'

Ik kijk weer naar de kamer. Olga Kelly staat aan de andere kant van de kamer bij de ingang. Zij is natuurlijk de makelaar. De kamer is enorm groot en bijna twee keer zo hoog als normaal, net zoals de woonkamer in Escala. Er is boven een balkon – dat moet de overloop van de eerste verdieping zijn. Er is een grote open haard en een rij openslaande deuren die uitkomen op het terras. Het heeft een koloniale uitstraling.

'Kunnen we binnen even rondkijken?'

Hij kijkt me verbaasd aan. 'Tuurlijk.' Hij haalt verward zijn schouders op.

Mevrouw Kelly straalt als we weer binnenkomen. Natuurlijk wil ze ons rondleiden en haar verkooppraatje afsteken.

Het huis is enorm: meer dan elfhonderd vierkante meter op meer dan twee hectare grond. Naast de grote woonkamer is er een grote keuken – nee, een balzaal – met een aangrenzende eetkamer – *voor een gezin!* – een muziekkamer, bibliotheek, studeerkamer en, tot mijn grote verbazing, een binnenzwembad en sportruimte met aangrenzend een sauna en een stoomruimte. In de kelder zit een thuisbioscoop – *jemig* – en een speelkamer. Hmm... wat voor spelletjes kunnen we hier spelen?

Mevrouw Kelly wijst ons op allerlei dingen, maar het is een schitterend huis dat duidelijk ook een gezellig thuis is geweest. Het is nu een beetje afgeleefd, maar met wat liefdevolle aandacht is het zo opgeknapt.

We volgen mevrouw Kelly de grote trap in de hal op naar de eerste verdieping en ik kan me haast niet beheersen... Dit is mijn droomhuis!

'Kan het bestaande huis niet duurzamer worden gemaakt?'

Christian kijkt me verward aan. 'Dat moet ik Elliot vragen. Hij is de expert.'

Mevrouw Kelly laat ons de grote kamer zien waar grote glazen deuren op het balkon uitkomen en het uitzicht is nog steeds spectaculair. Ik zou vanuit bed de hele dag naar buiten kunnen staren naar de passerende zeilboten en het veranderende weer.

Er zijn nog vijf andere slaapkamers op deze verdieping. *Jemig – kinderen!* Ik zet die gedachte snel van me af. Dat is nu te veel. Mevrouw Kelly vertelt Christian dat het terrein uitermate geschikt is voor een manege en een bak. *Paarden!* Angstaanjagende herinneringen aan de paar rijlessen die ik heb gehad schieten door mijn hoofd, maar Christian lijkt niet te luisteren.

'De bak zou op de plek van de wei komen?' vraag ik.

'Ja,' zegt mevrouw Kelly vrolijk.

De wei lijkt mij eerder een plek om in het lange gras te liggen en voor picknicks, niet voor een vierbenige vriend van Satan.

Terug in de grote woonkamer laat mevrouw Kelly ons discreet alleen en neemt Christian me weer mee naar het terras. De zon is ondergegaan en de verlichting van de dorpjes op het schiereiland Olympic schittert aan de overkant van de Sound.

Christian neemt me in zijn armen, duwt met zijn wijsvinger mijn kin omhoog en kijkt me strak aan.

'Een beetje overweldigend?'

Ik knik.

'Ik wilde jouw mening weten voor ik het kocht.'

'Het uitzicht?'

Hij knikt.

'Het is geweldig, net als het bestaande huis.'

'Echt waar?'

Ik glimlach verlegen. 'Christian, ik was bij de wei al verkocht.'

Hij ademt in en dan grijnst hij. Hij duwt zijn handen in mijn haar en kust me.

Eenmaal weer in de auto rijden we terug naar Seattle en Christian is een stuk vrolijker.

'En, ga je het kopen?' vraag ik.

'Ja.'

'Zet je Escala te koop?'

Hij fronst zijn voorhoofd. 'Waarom zou ik dat doen?'

'Om het huis te beta...' Mijn stem valt weg – natuurlijk! Ik bloos.

Hij grijnst zelfgenoegzaam. 'Geloof me, ik kan het betalen.'

'Vind je het fijn om rijk te zijn?'

'Ja, wie niet?' zegt hij bars.

Oké, ander onderwerp.

'Anastasia, je zult eraan moeten wennen dat je ook rijk bent, als je ja zegt,' zegt hij zacht.

'Het is nooit mijn ambitie geweest om rijk te worden, Christian.' Ik frons.

'Dat weet ik. Dat vind ik ook zo mooi aan je. Maar... jij hebt dan ook nooit honger gekend,' zegt hij simpelweg. Zijn woorden zijn ontnuchterend.

'Waar gaan we heen?' vraag ik opgewekt, in een poging van onderwerp te veranderen.

'We gaan het vieren.' Christian ontspant zich.

O! 'Wat, het huis?'

'Ben je het al vergeten? Je promotie.'

'O ja.' Ik grijns. Ongelooflijk. Ik was het echt vergeten.

'Waar?'

'We zoeken het hogerop: in mijn club.'

'Jouw club?'

'Ja, een ervan.'

De Mile High Club is gelegen op de vijfenzeventigste verdieping van de Columbia Tower, hij ligt zelfs hoger dan Christians appartement. Hij is ontzettend trendy en biedt het meest waanzinnige uitzicht over Seattle.

'Cristal, mevrouw?' Christian geeft me een glas gekoelde champagne. Ik zit op een barkruk.

'Dank u wel, *meneer*,' zeg ik extreem flirterig en ik knipper overdreven met mijn ogen.

Hij kijkt me verleidelijk aan. 'Bent u met me aan het flirten, mevrouw Steele?'

'Ja, meneer Grey. Wat gaat u daaraan doen?'

'Ik weet zeker dat ik wel iets kan bedenken,' zegt hij zacht. 'Kom – onze tafel is klaar.'

Als we bij de tafel komen, legt Christian zijn hand op mijn elleboog en houdt hij me staande. 'Ga je slipje uittrekken,' fluistert hij.

O? Er loopt rilling over mijn rug.

'Nu,' beveelt hij zacht.

Whoa, wat? Ik knipper met mijn ogen. Hij lacht niet – hij is bloedserieus. Elke spier in mijn onderlichaam trekt zich samen. Ik geef hem mijn glas champagne, draai me om en ga naar het toilet.

Shit. Wat is hij nu weer van plan? Misschien is de naam van de club wel heel toepasselijk.

De toiletten zijn modern ingericht – donker hout, zwart graniet en strategisch geplaatste halogeenlampen. In een hokje trek ik met een glimlach mijn slipje uit. Ik ben weer blij dat ik mijn donkerblauwe jurk draag. Ik vond hem geschikt om de gegoede dr. Flynn in te ontmoeten, maar ik had niet verwacht dat deze avond zo'n onverwachte wending zou nemen.

Ik ben nu al helemaal opgewonden. Waarom heeft hij dit effect op me? Ik neem het hem een beetje kwalijk. Ik weet nu dat we het vanavond niet over onze problemen en de recente gebeurtenissen gaan hebben... maar hoe kan ik hem weerstaan?

Ik kijk in de spiegel. Mijn ogen fonkelen en er ligt een opgewonden blos op mijn wangen. *Lekker belangrijk.*

Ik haal diep adem en ga de club weer in. Ik bedoel, het is echt niet de eerste keer dat ik geen slipje draag. Mijn innerlijke godin draagt diamanten en een roze boa en loopt heupwiegend op geile hoge hakken.

Christian gaat beleefd staan als ik bij de tafel kom. Er valt niets van zijn gezicht af te lezen; hij ziet er zoals altijd rustig en beheerst uit. Maar ik weet wel beter.

'Kom naast me zitten.' Ik ga op de stoel naast hem zitten. 'Ik heb vast voor ons besteld. Hopelijk vind je dat niet erg.' Hij geeft me mijn halfvolle glas champagne en bestudeert me even en mijn bloed begint weer te koken. Hij legt zijn handen op zijn dijbenen. Ik verstijf en doe mijn benen iets uit elkaar.

De ober brengt ons een schaal oesters op ijsschilfers. *Oesters.* De herinnering aan de privékamer in het Heathman waar we zijn contract doornamen, schiet door mijn hoofd. O hemel. Er is in de tussentijd zoveel gebeurd.

'Volgens mij vond je oesters de vorige keer wel lekker.' Zijn stem klinkt laag, verleidelijk.

'Dat was de eerste keer dat ik ze heb gegeten.' Ik klink hijgerig, mijn stem verraadt me. Er speelt een glimlachje om zijn lippen.

'O mevrouw Steele – gaat u het ooit leren?' Hij neemt een oester van de schaal en heft zijn andere hand. Ik verstijf, maar hij pakt een schijfje citroen.

'Wat moet ik leren?' vraag ik. Jemig, mijn polsslag gaat tekeer. Zijn lange kundige vingers knijpen de citroen uit boven de schaaldieren.

'Eet,' zegt hij en hij houdt me de schelp voor. Ik open mijn mond en hij zet de schelp aan mijn lippen. 'Doe je hoofd langzaam naar achteren,' fluistert hij. Ik volg zijn bevel op en de oester glijdt door mijn keel. Alleen de schelp raakt me aan.

Christian neemt er zelf ook een en voert me er dan nog een. Hij herhaalt dit tot ze alle twaalf op zijn. Hij raakt mij zelf niet aan. Het maakt me helemaal gek.

'Vind je ze nog steeds lekker?' vraagt hij terwijl ik de laatste oester doorslik.

Ik knik. Mijn wangen gloeien en ik wil dat hij me aanraakt.

'Mooi.'

Ik schuif heen en weer op mijn stoel. Waarom is dit zo erotisch?

Hij legt zijn hand weer nonchalant op zijn dij en ik smelt. Nu.

Alsjeblieft. Raak me aan. Mijn innerlijke godin ligt smekend op haar knieën, naakt, op haar slipje na. Hij wrijft langzaam over zijn dij, tilt zijn hand op en legt hem dan weer neer.

De ober vult onze glazen bij met champagne en neemt onze borden mee. Even later is hij terug met ons hoofdgerecht: zeebaars – *ongelooflijk* – met asperges, gebakken aardappels en hollandaise.

'Uw lievelingsgerecht, meneer Grey?'

'Absoluut, mevrouw Steele. Al was het bij het Heathman kabeljauw, als ik me niet vergis.' Zijn hand glijdt omhoog en omlaag over zijn dij. Mijn adem stokt, maar hij raakt me nog steeds niet aan. Het is zo frustrerend. Ik probeer me op ons gesprek te concentreren.

'Volgens mij zaten we toen in een privékamer en hadden we het over contracten.'

'Die goeie ouwe tijd,' zegt hij met een spottend lachje. 'Deze keer mag ik je hopelijk wel neuken.' Hij beweegt zijn hand en... pakt zijn mes.

Gah!

Hij neemt een hap van zijn zeebaars. Hij doet dit met opzet.

'Reken daar maar niet op,' zeg ik pruilend en hij kijkt me geamuseerd aan. 'Nu we het toch over contracten hebben,' zeg ik. 'De geheimhoudingsverklaring.'

'Verscheur hem maar,' zeg hij eenvoudigweg.

Whoa.

'Wat? Echt?'

'Ja.'

'Je weet zeker dat ik niet naar de krant ren met een onthullend verhaal?' plaag ik.

Hij lacht en het is een heerlijk geluid. Hij ziet er zo jong uit.

'Nee, ik vertrouw je. Ik geef je het voordeel van de twijfel.'

O. Ik kijk hem met een glimlach aan. 'Idem dito.'

Zijn ogen sprankelen. 'Ik ben heel blij dat je een jurk draagt,' zegt hij zacht. En bam! Het verlangen schiet weer door me heen.

'Waarom heb je me dan nog niet aangeraakt?'

'Mis je dat?' vraagt hij met een grijns. Hij heeft er plezier in... Eikel.

'Ja,' sis ik.
'Eten,' beveelt hij.
'Je gaat me niet aanraken, hè?'
'Nee.' Hij schudt zijn hoofd.
Wat? Ik hap hoorbaar naar adem.
'Stel je eens voor hoe je je voelt als we thuiskomen,' fluistert hij. 'Ik kan niet wachten.'
'Het is jouw schuld als ik hier op de vijfenzeventigste verdieping spontaan ontplof,' bijt ik hem toe.
'O, Anastasia. We vinden wel een manier om de brand te blussen,' zegt hij met een wellustige grijns.
Ik begin ziedend aan mijn zeebaars en mijn innerlijke godin knijpt haar ogen in sluwe overpeinzing samen. Wij kunnen dit spelletje ook spelen. De basis heb ik tijdens een etentje in het Heathman geleerd. Ik neem een hapje vis. Hij is boterzacht. Ik doe mijn ogen dicht om van de smaak te genieten. Als ik ze opendoe, begin ik Christian te verleiden. Ik trek heel langzaam mijn rok omhoog en ontbloot zo meer van mijn dijbenen.
Christian houdt even stil; zijn vork met vis hangt stil in de lucht.
Raak me aan.
Dan eet hij verder. Ik neem nog een hap zeebaars en negeer hem. Dan leg ik mijn mes neer en aai met mijn vingers net boven mijn knie langs de binnenkant van mijn dij, ik trommel er licht op met mijn vingertoppen. Dat leidt mij ook af omdat ik zo naar hem verlang. Christian houdt zich weer stil.
'Ik weet wat je aan het doen bent.' Zijn lage stem klinkt schor.
'Dat weet ik, meneer Grey,' antwoord ik zachtjes. 'Dat is ook de bedoeling.' Ik pak een asperge op, houd zijn blik vast en doop dan de asperge in de saus en draai het topje rond en rond.
'We gaan de rollen echt niet omdraaien,' mevrouw Steele.' Hij pakt de asperge glimlachend van me af – en hij raakt me frustrerend genoeg weer niet aan. Nee, dit is niet eerlijk – dit loopt niet volgens plan. *Gah!*
'Mond open,' beveelt hij.
Mijn wilskracht neemt snel af. Ik kijk hem weer in zijn glanzende grijze ogen. Ik doe mijn mond iets open en lik langs mijn

onderlip. Christian glimlacht en zijn ogen lijken nog donkerder te worden.

'Wijder.' Zijn lippen wijken uiteen en ik zie zijn tong. Inwendig kreun ik. Ik bijt op mijn onderlip en geef dan toe.

Ik hoor zijn adem stokken – ha! Toch niet helemaal immuun. Mooi, ik breng hem eindelijk van zijn stuk. Mijn innerlijke godin bokst in de lucht boven haar ligstoel.

Ik kijk hem recht aan en neem de asperge in mijn mond en dan zuig ik zacht... voorzichtig... aan het topje. De hollandaise is heerlijk. Ik bijt en kreun zachtjes.

Christian doet zijn ogen dicht. *Yes!* Als hij ze weer opendoet zijn zijn pupillen groter geworden. Ik voel het effect meteen. Ik kreun en wil zijn dij aanraken, maar tot mijn grote verrassing pakt hij met zijn andere hand mijn pols beet.

'Echt niet, mevrouw Steele,' fluistert hij. Hij brengt mijn hand naar zijn mond en wrijft zacht met zijn lippen over mijn knokkels. En ik ga opgewonden op mijn stoel verzitten. Eindelijk! Meer, alsjeblieft.

'Niet aanraken,' zegt hij vermanend. Hij legt mijn hand weer op mijn knie.

Het is zo frustrerend – dit onbevredigende korte contact.

'Jij speelt vals,' zeg ik pruilend.

'Dat weet ik.' Hij heft zijn glas in een toost en ik hef mijn glas.

'Gefeliciteerd met uw promotie, mevrouw Steele.' We klinken met de glazen en ik moet blozen.

'Ja, beetje onverwacht,' zeg ik. Hij kijkt even alsof hij aan iets onaangenaams denkt.

'Eten! Ik neem je niet mee naar huis voordat je klaar bent met eten en dan kunnen we het pas echt gaan vieren.' De blik in zijn ogen is zo wellustig, zo rauw en zo dominant dat ik smelt.

'Ik heb geen trek, tenminste niet in eten.'

Hij schudt zijn hoofd geamuseerd, maar knijpt wel zijn ogen samen.

'Eten, of ik leg je hier over mijn knie en vermaken we de andere gasten.'

Ik krijg het helemaal warm van zijn woorden. Dat zou hij niet durven! Hij en zijn jeukende hand. Ik pers mijn lippen op elkaar en kijk hem aan.

Hij pakt een asperge en doopt het kopje in de hollandaise.

'Eet dit maar,' zegt hij verleidelijk.

Ik gehoorzaam graag.

'Je eet echt niet genoeg. Je bent afgevallen sinds ik je ken,' zegt hij teder.

Ik wil niet aan mijn gewicht denken; om eerlijk te zijn vind ik het fijn om zo dun te zijn. Ik slik de asperge door.

'Ik wil gewoon naar huis gaan en met je vrijen,' zeg ik droevig. Christian lacht.

'Ik ook en dat gaan we ook doen. Eet nou maar op.'

Met tegenzin begin ik te eten. Heb ik daar nou echt mijn slipje voor uitgetrokken? Ik voel me als een klein kind dat geen snoep heeft gekregen. Hij is zo'n plaaggeest, een heerlijke, knappe, ondeugende plaaggeest, en hij is helemaal van mij.

Hij stelt me vragen over Ethan. Het blijkt dat Christian zaken doet met de vader van Kate en Ethan. Hmm... kleine wereld. Ik ben blij dat hij het niet over dr. Flynn of het huis heeft, want het kost me moeite om me op ons gesprek te concentreren. Ik wil naar huis.

De vleselijke spanning tussen ons neemt toe. Hij is hier zo goed in. Me laten wachten. Een sfeer scheppen. Tussen de happen door legt hij zijn hand op zijn dijbeen, zo dicht bij me, maar hij raakt me nog steeds niet aan, om me nog meer op te hitsen.

Eikel! Ik heb eindelijk mijn eten op en leg mijn vork en mes op het bord.

'Grote meid,' zegt hij en die twee woorden klinken zo veelbelovend.

'En nu?' vraag ik. Mijn buik krimpt ineen van verlangen. O, ik wil deze man.

'Nu? Vertrekken we. Ik geloof dat ik een bepaalde verwachting heb gewekt, mevrouw Steele. En ik ga mijn uiterste best doen om daaraan te voldoen.'

Whoa!

'Je... ui... ter... ste... best?' stotter ik. *Holy shit.*

Hij lacht en gaat staan.

'Moeten we niet betalen?' vraag ik buiten adem.

Hij houdt zijn hoofd schuin. 'Ik ben lid. Het gaat op rekening. Kom, Anastasia, na jou.' Hij doet een stap opzij en ik ga ook staan. Ik ben me er ontzettend van bewust dat ik geen ondergoed draag.

Hij bestudeert me dreigend, alsof hij me met zijn ogen uitkleedt en ik geniet van zijn zinnelijke inspectie. Ik voel me er zo enorm sexy door – deze schitterende man wil mij. Zal ik hier altijd een kick van krijgen? Ik blijf expres voor hem staan en strijk mijn jurk over mijn heupen glad.

Christian fluistert in mijn oor: 'Ik kan niet wachten tot we thuis zijn.' Maar nog steeds raakt hij me niet aan.

Op weg naar de lift zegt hij iets over de auto tegen de gerant, maar ik luister niet; mijn innerlijke godin raakt buiten zinnen van opwinding. Ze barst opeens van de energie.

We wachten voor de lift en er komen twee stellen van middelbare leeftijd bij staan. Als de deuren opengaan, pakt Christian me bij mijn elleboog en stuurt hij me naar achteren. Ik kijk om me heen; overal spiegels van donker rookglas. De andere stellen komen binnen en een man in een nogal onflatteus bruin pak begroet Christian.

'Grey.' Hij knikt beleefd.

Christian knikt terug, maar zwijgt verder.

De anderen staan met hun rug naar ons toe. Ze zijn duidelijk bevriend – de vrouwen kletsen er levendig en luid op los, opgewonden na hun diner. Volgens mij zijn ze allemaal een beetje aangeschoten.

Als de deuren dichtglijden, bukt Christian zich even om zijn veters te strikken. Vreemd, zijn veters zijn niet los. Hij legt discreet zijn hand op mijn enkel en ik schrik. Hij gaat staan en zijn hand glijdt snel langs mijn been omhoog, en – *whoa* – helemaal naar boven. Ik moet mijn adem even inhouden als zijn hand bij mijn billen komt. Christian gaat achter me staan.

O hemel. Ik staar naar de mensen voor ons, naar hun achterhoofd. Ze hebben geen idee wat we aan het doen zijn. Christian slaat zijn vrije arm om mijn middel, trekt me tegen zich aan en houdt me op mijn plek terwijl zijn vingers op verkenning uitgaan.

O mijn fucking hemel... hier? De lift glijdt soepel naar beneden en stopt even op de tweeënvijftigste verdieping waar nog meer mensen instappen, maar ik kijk niet eens naar ze. Ik concentreer me op elke beweging die hij met zijn vingers maakt. In de rondte... naar voren, zoekend, terwijl we naar achteren schuifelen.

Ik moet nog een kreun onderdrukken als hij zijn doel vindt.

'Altijd klaar, mevrouw Steele,' fluistert hij terwijl hij een vinger in me duwt. Ik snak naar adem. Hoe kan hij dit doen met al deze mensen in de buurt?

'Stilstaan en stil zijn,' fluistert hij waarschuwend zacht in mijn oor.

Ik heb het heet, warm; ik wil hem en ik zit vast in een lift met zeven mensen, van wie er zes geen idee hebben van wat er in de hoek gebeurt. Zijn vinger glijdt naar binnen en naar buiten, keer... op keer. Mijn ademhaling. Jemig, wat gênant. Hij moet ophouden... en doorgaan... en ophouden. Ik zak tegen hem aan en zijn arm verstrakt om mijn middel, zijn erectie duwt tegen mijn heup.

We stoppen weer op de drieënveertigste verdieping. *O... hoe lang gaat deze kwelling duren? In... uit... in... uit...* Ik duw terug tegen zijn vinger. Hij raakt me de hele tijd niet aan, maar nu wel? Hier! En ik voel me zo – geil.

'Sssht,' fluistert hij, ogenschijnlijk koel, terwijl er nog twee mensen instappen. Het wordt druk. Christian trekt ons nog verder naar achteren, zodat we nu echt in het hoekje staan. Hij houdt me vast en kwelt me verder. Hij drukt zijn neus in mijn haar. We zien er ongetwijfeld uit als een jong verliefd stelletje dat wat aan het knuffelen is, maar als iemand zich omdraait en ziet wat we aan het doen zijn... En hij duwt een tweede vinger naar binnen.

Shit! Ik kreun en ik ben dankbaar voor het feit dat het groepje voor ons nog steeds aan het kletsen is en duidelijk van niets weet.

O Christian, wat doe je toch met me. Ik leun met mijn hoofd tegen zijn borst, doe mijn ogen dicht en geef me over aan het gevoel.

'Niet klaarkomen,' fluistert hij. 'Dat wil ik later pas.' Hij spreidt zijn hand op mijn buik en drukt iets naar binnen, terwijl hij verdergaat met zijn plaagspel. Het gevoel is zo intens.

Eindelijk komt de lift op de begane grond aan. Met een harde *ping* gaan de deuren open en vrijwel meteen loopt iedereen de hal in. Christian laat langzaam zijn vingers uit me glijden en drukt een kus op mijn achterhoofd. Ik kijk naar hem om en hij glimlacht. Hij knikt weer naar de Meneer Lelijk-bruin-pak die op dezelfde manier reageert, terwijl hij met zijn vrouw de lift uit schuifelt. Ik merk het nauwelijks en probeer rechtop te blijven staan en niet te hard te hijgen. Jemig, het tintelt en klopt en ik ben niet klaargekomen. Christian laat me los, zodat ik zelf rechtop moet blijven staan.

Ik kijk hem aan. Hij ziet er zoals altijd uit alsof er niets aan de hand is. Hmm... dat is zó niet eerlijk.

'Klaar?' vraagt hij met een ondeugende blik. Hij stopt eerst zijn wijs- en dan zijn middelvinger in zijn mond en zuigt ze schoon. 'Heerlijk, mevrouw Steele,' fluistert hij.

Ik kom bijna ter plekke.

'Ongelooflijk dat je dat net hebt gedaan,' zeg ik en het kost me moeite om me in te houden.

'Je zou versteld staan van wat ik allemaal kan, mevrouw Steele.' Hij strijkt glimlachend een lok haar achter mijn oor. Een kleine glimlach verraadt zijn plezier.

'Ik wil eigenlijk naar huis gaan, maar misschien halen we de auto nog maar net.' Met een grijns pakt hij mijn hand vast en hij trekt me mee de lift uit.

Wat? Seks in de auto? Kunnen we het niet gewoon op de koele marmeren vloer in de lobby doen... alsjeblieft?

'Kom.'

'Ja graag.'

'Mevrouw Steele!' zegt hij vermanend met gemaakte schok.

'Ik heb nog nooit seks in een auto gehad.' Christian blijft staan, legt dezelfde wijs- en middelvinger onder mijn kin en duwt mijn hoofd iets omhoog. Hij kijkt me boos aan.

'Ik ben blij dat te horen. Ik zou ook erg verrast zijn, kwaad zelfs, als dat wel zo was.'

Ik kijk hem zenuwachtig aan. Natuurlijk, ik heb alleen met hem seks gehad.

'Dat bedoelde ik niet.'

'Wat bedoelde je dan wel?' vraagt hij onverwacht bars.

'Christian, het is maar een uitdrukking.'

'De bekende uitdrukking "Ik heb nog nooit seks in een auto gehad". Ja, die flap je er zo uit.'

Jemig... wat nu weer?

'Christian, ik dacht niet na. Lieve hemel, je hebt net... eh, dát met me gedaan in een volle lift. Ik denk nog even niet helder na.'

Hij trekt zijn wenkbrauwen op. 'Wat heb ik dan met je gedaan?' vraagt hij uitdagend.

Ik kijk hem boos aan. Hij wil dat ik het zeg.

'Je hebt me onwijs geil gemaakt. Dus neem me nu mee naar huis en neuk me.'

Zijn mond valt open en dan lacht hij. Hij ziet er nu weer jong en zorgeloos uit. O, zijn lach... Ik hou er zo van, maar ik hoor hem zo zelden.

'U bent een geboren romantica, mevrouw Steele.' Hij pakt mijn hand vast en we lopen het gebouw uit waar de dienstbode bij mijn Saab staat.

'Dus je wilt seks in een auto?' vraagt Christian zachtjes als hij de motor start.

'Eerlijk gezegd zou ik al blij zijn geweest met de vloer in de lobby.'

'Geloof me, Ana, ik ook. Maar ik word op dit tijdstip liever niet gearresteerd en ik wilde het niet op het toilet doen. Tenminste, niet vandaag.'

Wát! 'Je bedoelt dat dat tot de mogelijkheden behoorde?'

'O, echt wel.'

'Kom we gaan terug.'

Hij kijkt me lachend aan en dat werkt aanstekelijk. We lachen allebei hardop – een geweldige, hoofd achterovergooiende slappe lach. Dan legt hij zijn hand op mijn knie en streelt me. Ik zwijg.

'Geduld, Anastasia,' zegt hij en we rijden weg.

Hij parkeert de Saab in de garage van Escala en zet de motor af. Opeens verandert de sfeer in de auto. Ik kijk hem in wellustige afwachting aan, mijn hart bonkt. Hij heeft zich naar me toegekeerd.

Hij plukt met duim en wijsvinger aan zijn onderlip. Zijn mond leidt me enorm af. Ik wil hem op me voelen. Hij kijkt me doordringend aan met zijn donkergrijze ogen. Mijn mond voelt droog aan. Er speelt een verleidelijke glimlach om zijn lippen.

'We neuken in een auto waar en wanneer ík dat wil. Op dit moment wil ik je op elk beschikbaar oppervlak in mijn appartement nemen.'

Het voelt alsof zijn stem rechtstreeks in contact staat met mijn onderlichaam... mijn innerlijke godin doet vier arabesken en een *pas de basque*.

'Ja.' Jemig, wat klink ik hijgerig, wanhopig.

Hij leunt naar voren. Ik doe mijn ogen dicht en wacht op zijn kus, eindelijk... Maar er gebeurt niets. Na enkele eindeloze seconden doe ik mijn ogen open. Hij kijkt me aan. Ik heb geen idee waar hij aan denkt, maar voor ik het kan vragen...

'Als ik je nu kus, dan halen we het appartement niet. Kom.'

Gah! Kan hij nog frustrerender zijn? Hij stapt uit.

En weer wachten we bij de lift, mijn lichaam zindert van de spanning. Christian houdt mijn hand vast, aait ritmisch met zijn duim over mijn knokkels en ik voel het overal. O, ik wil zijn handen over mijn hele lichaam voelen. Hij heeft me nu lang genoeg gekweld.

'Wat is er gebeurd met directe bevrediging?' zeg ik, terwijl we wachten.

Christian kijkt me aan met een zelfvoldane grijns op zijn gezicht.

'Dat geldt niet voor iedere situatie, Anastasia.'

'Sinds wanneer?'

'Sinds vanavond.'

'Waarom kwel je me zo?'

'Ik betaal u met gelijke munt terug, mevrouw Steele.'

'Hoe kwel ik jou dan?'

'Dat weet je wel.'

Er is niets van zijn gezicht af te lezen. *Hij wil mijn antwoord... dat is het.*

'Ik ben ook fan van uitgestelde bevrediging,' fluister ik verlegen.

Hij trekt onverwachts aan mijn hand en ik val in zijn armen. Hij pakt het haar bij mijn nek vast en trekt zacht mijn hoofd naar achteren.

'Hoe krijg ik je zover dat je ja zegt?' vraagt hij totaal onverwacht en hartstochtelijk.

Ik kijk hem verrast aan, naar de mooie, serieuze, wanhopige uitdrukking op zijn gezicht.

'Geef me wat tijd... alsjeblieft,' zeg ik. Hij kreunt en kust me dan eindelijk, lang en hard. Dan staan we in de lift en zijn er alleen handen, monden, tongen, lippen, vingers en haar. Begeerte schiet door me heen en mijn verstand is weg. Hij duwt me tegen de muur, pint me vast met zijn heupen, een hand in mijn haren, een hand onder mijn kin en zo houdt hij me op mijn plek.

'Ik ben van jou,' fluistert hij. 'Mijn lot ligt in jouw handen, Ana.'

Zijn woorden werken bedwelmend en ik wil de kleren van zijn lijf scheuren. Ik duw zijn jasje over zijn schouders en als de lift bij het appartement aankomt, tuimelen we de hal in.

Christian drukt me naast de lift tegen de muur; zijn jasje valt op de grond en zijn hand glijdt langs mijn been omhoog terwijl hij me nog steeds kust. Hij trekt mijn jurk omhoog.

'Het eerste oppervlak,' bromt hij en hij tilt me abrupt op. 'Sla je benen om me heen.'

Ik volg zijn bevel op; hij draait zich om en legt me op het dressoir, zodat hij tussen mijn benen staat. Waar is die vaas met bloemen die hier altijd staat? *Huh?* Hij haalt een pakje uit zijn broekzak en geeft het aan mij terwijl hij zijn broek opendoet.

'Weet je wel hoe geil ik van jou word?'

'Wat?' hijg ik. 'Nee... ik...'

'Nou, dat is zo,' zegt hij. 'Altijd.' Hij pakt het condoom van me af. O, dit gaat zo snel, maar na al zijn verleidelijke getreiter wil ik hem – nu meteen. Hij blijft naar me kijken, terwijl hij het condoom omdoet. Hij schuift zijn handen onder mijn dijen en trekt mijn benen verder uit elkaar.

Hij gaat goed staan en wacht. 'Hou je ogen open. Ik wil je

zien,' fluistert hij. Hij pakt mijn handen vast en dringt dan langzaam bij me binnen.

Ik probeer het, echt, maar dit gevoel is zo ongelooflijk lekker. Ik heb hier de hele avond al op gewacht. *O, dit heerlijke volle gevoel...* Ik kreun en welf mijn rug van de tafel.

'Open!' gromt hij. Hij pakt me steviger vast en stoot hard in me en ik gil.

Ik doe mijn ogen knipperend open en hij staart me met grote ogen aan. Hij trekt zich langzaam terug, komt weer naar binnen. Zijn mond ontspant en vormt een *ah*... maar hij zegt niets. Het zien van zijn begeerte, hoe hij op mij reageert... mijn bloed kookt en ik gloei haast. Zijn grijze ogen houden mijn blik gevangen. Hij voert het tempo op en ik vind het geweldig. Ik kijk naar hem en hij naar mij – ik zie zijn passie, zijn liefde – en dan exploderen we samen.

Met een schreeuw kom ik klaar en Christian volgt.

'Ja, Ana!' Hij valt boven op me, laat mijn handen los en legt zijn hoofd op mijn borst. Ik heb mijn benen nog steeds om hem heen en, onder de geduldige, moederlijke ogen van de Madonnaschilderijen, druk ik zijn hoofd tegen me aan en probeer ik op adem te komen.

Hij tilt zijn hoofd op en kijkt me aan. 'Ik ben nog niet klaar met je,' zegt hij en hij kust me.

Ik lig naakt in Christians bed op zijn borst na te hijgen. Allemachtig – raakt zijn energie dan nooit op? Christian streelt mijn rug.

'Tevreden, mevrouw Steele?'

Ik mompel iets bevestigends. Ik heb de energie niet om te praten. Ik hef mijn hoofd en kijk hem verdwaasd aan. Hij kijkt teder terug. Ik buig mijn hoofd expres heel langzaam voorover, zodat hij weet dat ik zijn borst ga kussen.

Hij verstijft even en ik druk een zachte kus op zijn borsthaar en snuif zijn unieke geur vermengd met zweet en seks op. Het is bedwelmend. Hij rolt op zijn zij zodat ik naast hem lig en kijkt me aan.

'Is seks voor iedereen zo? Het verbaast me namelijk dat er nog mensen gewoon naar buiten gaan,' mompel ik verlegen.

Hij grijnst. 'Ik kan niet voor iedereen spreken, maar het is echt verdomd bijzonder met jou, Anastasia.' Hij heft zijn hoofd en kust me.

'Dat komt omdat u verdomd bijzonder bent, meneer Grey.' Met een glimlach aai ik langs zijn gezicht.

Hij kijkt me verward aan, een beetje verloren.

'Het is laat. Ga maar lekker slapen,' zegt hij. Hij kust me, gaat liggen en trekt me naar zich toe zodat we lepeltje lepeltje liggen.

'Je houdt niet van complimenten.'

'Ga slapen, Anastasia.'

Hmm... Maar hij is wel verdomd bijzonder. Jemig... waarom beseft hij dat niet?

'Ik vond het huis geweldig.'

Het blijft even stil, maar volgens mij grijnst hij.

'Ik hou van je. En nou slapen.' Hij drukt een kus op mijn hoofd. Ik val in zijn armen in slaap, veilig, dromend van zonsondergangen en openslaande deuren en grootse trappen... en een koperblond jongetje dat lachend door een weiland rent, terwijl ik hem achternazit.

'Ik moet gaan, schatje.' Christian kust me net onder mijn oor.

Ik doe mijn ogen open. Het is ochtend. Ik draai me naar hem toe, maar hij is al aangekleed en fris en heerlijk en hij leunt over me heen.

'Hoe laat is het?' *O nee... ik wil niet te laat komen.*

'Geen paniek. Ik heb een ontbijtvergadering.' Hij wrijft met zijn neus langs die van mij.

'Je ruikt lekker,' mompel ik en ik strek me onder hem uit. Mijn lichaam voelt plezierig uitgewoond aan na al onze avonturen van gisteren. Ik sla mijn armen om zijn hals.

'Niet weggaan.'

Hij houdt zijn hoofd schuin en trekt zijn wenkbrauwen op. 'Mevrouw Steele – u probeert toch niet een man van zijn broodwinning af te houden?'

Ik knik slaperig en hij lacht zijn nieuwe, verlegen glimlach.

'Hoe verleidelijk je ook bent, ik moet gaan.' Hij kust me en gaat staan. Hij draagt een ontzettend elegant marineblauw pak, wit overhemd en donkerblauwe das en hij ziet er op en top directeurachtig uit... de sexy directeur.

'Later, schatje,' zegt hij en hij is weg.

Ik kijk op de wekker; het is al zeven uur – ik heb denk ik door het alarm heen geslapen. Hop, in de benen!

Onder de douche krijg ik nog een idee voor een verjaardagscadeau voor Christian. Het is zo moeilijk om iets te kopen voor de man die alles al heeft. Ik heb hem mijn grote cadeau al gegeven en ik heb nog het cadeautje uit het souvenirwinkeltje, maar dit cadeau is eigenlijk stiekem voor mij. Ik kan haast niet wachten. Ik zet de douche uit. Ik hoef het alleen maar voor te bereiden.

Ik trek in de inloopkast een perfect passende donkerrode jurk aan met een vrij lage vierkante hals. Geschikt voor naar het werk.

En nu Christians cadeau. Ik rommel in zijn laden, op zoek naar zijn dassen. In de onderste la ligt die vale versleten spijkerbroek die hij in de speelkamer draagt – daar ziet hij er zo sexy in uit. Ik aai er met mijn vlakke hand over. O hemel, hij voelt zo zacht aan.

Daaronder ligt een grote, platte zwarte kartonnen doos. Ik ben meteen nieuwsgierig. Wat zit hierin? Ik staar ernaar en heb weer het gevoel dat ik me op verboden terrein begeef. Ik pak hem op en schud ermee. Hij voelt zwaar aan, alsof er documenten of manuscripten in zitten. Ik kan het niet laten. Ik til het deksel eraf – en doe die er snel weer op. Holy fuck – foto's uit de Rode Kamer. Ik zit geschokt op mijn hurken en probeer dat beeld uit mijn hoofd te krijgen. *Waarom heb ik in die doos gekeken? Waarom heeft hij ze bewaard?*

Ik huiver. Mijn onderbewustzijn is boos – het is van voor jouw tijd. Vergeet het.

En zo is het ook. Als ik ga staan zie ik zijn dassen aan het eind van zijn kledingrek hangen. Ik pak mijn favoriete das en loop snel de kast uit.

De foto's zijn VA – Vóór Ana. Mijn onderbewustzijn knikt goedkeurend, maar ik loop wat aangeslagen naar de woonkamer voor het ontbijt. Mevrouw Jones kijkt met een warme glimlach op, maar fronst dan.

'Alles goed, Ana?' vraagt ze vriendelijk.

'Ja,' antwoord ik afwezig. 'Hebt u een sleutel van de... eh, speelkamer?'

Ze kijkt me even verrast aan.

'Ja, natuurlijk.' Ze knipt een sleutelbosje van haar riem los. 'Wat wil je voor het ontbijt, lieverd?' vraagt ze me als ze me de sleutels geeft.

'Alleen muesli. Ik ben zo terug.'

Ik twijfel nu over het cadeau, maar dat komt door die foto's. *Er is niets veranderd!* bijt mijn onderbewustzijn me toe en ze kijkt me over haar strenge juffenbril boos aan. Die foto was echt geil, draagt mijn innerlijke godin bij, en in mijn hoofd kijk ik haar boos aan. Het is wel waar – te geil voor mij.

Wat verbergt hij nog meer? Ik rommel snel in de ladekast; ik pak wat ik nodig heb en doe de deur achter me op slot. Ik zou niet willen dat José deze kamer ontdekt!

Ik geef de sleutels terug aan mevrouw Jones en ga zitten om mijn ontbijt op te peuzelen. Het voelt vreemd aan zo zonder Christian. De foto wil maar niet uit mijn gedachten verdwijnen. Wie zou het zijn geweest? Leila, misschien?

Onderweg naar mijn werk vraag ik me af of ik Christian moet vertellen dat ik zijn foto's heb gevonden. *Nee*, schreeuwt mijn onderbewustzijn, haar gezicht lijkt weer eens op *De Schreeuw* van Edvard Munch. Ze heeft waarschijnlijk gelijk.

Ik ga achter mijn bureau zitten en mijn BlackBerry zoemt.

Van: Christian Grey
Onderwerp: Oppervlakten
Datum: 17 juni 2011, 08:59
Aan: Anastasia Steele

Bij mijn weten hebben we nog minimaal dertig oppervlakten te gaan. Ik kan niet wachten. En dan heb ik de vloer, de muren en het balkon nog niet eens meegeteld.
Daarna is mijn kantoorpand aan de beurt...

Ik mis je. x

Christian Grey
Priapische directeur, Grey Enterprises Holdings, Inc.

Ik moet lachen om zijn e-mail en al mijn zorgen verdampen. Hij wil mij nu en de herinneringen aan de avonturen van gisteravond komen weer boven... *De lift, de hal, het bed.* Priapisch is het goede woord. Ik vraag me terloops af wat het vrouwelijke equivalent daarvan zou zijn.

Van: Anastasia Steele
Onderwerp: Romantiek?
Datum: 17 juni 2011, 09:03
Aan: Christian Grey

Meneer Grey,
U denkt maar aan één ding.
Ik heb je gemist bij het ontbijt.
Maar mevrouw Jones was erg inschikkelijk.
A x

Van: Christian Grey
Onderwerp: Nieuwsgierig
Datum: 17 juni 2011, 09:07
Aan: Anastasia Steele

Op welk vlak was mevrouw Jones inschikkelijk?
Wat bent u van plan, mevrouw Steele?

Christian Grey
Nieuwsgierige directeur, Grey Enterprises Holdings, Inc.

Hoe weet hij dat?

Van: Anastasia Steele
Onderwerp: Voor jou een vraag...
Datum: 17 juni 2011, 09:10
Aan: Christian Grey

Wacht maar af – het is een verrassing.
Ik moet aan het werk... Laat me met rust.
Ik hou van je.
A x

Van: Christian Grey
Onderwerp: Gefrustreerd
Datum: 17 juni 2011, 09:12
Aan: Anastasia Steele

Ik heb er een hekel aan als je iets voor me verbergt.

Christian Grey
Directeur, Grey Enterprises Holdings, Inc.

Ik staar naar het schermpje van mijn BlackBerry. De felheid van zijn e-mail verrast me. Waarom voelt hij zich zo? Het is niet alsof *ík* erotische foto's van mijn exen verstop.

Van: Anastasia Steele
Onderwerp: Toegeeflijk
Datum: 17 juni 2011, 09:14
Aan: Christian Grey

Het is voor je verjaardag.
Nog een verrassing.
Niet zo knorrig doen.
A x

Hij reageert niet en ik word naar een vergadering geroepen, dus ik kan er niet te lang bij stilstaan.

Als ik weer op mijn BlackBerry kijk, zie ik tot mijn schrik dat het al vier uur 's middags is. De dag is omgevlogen. Nog steeds niets van Christian. Ik stuur hem nog een e-mail.

Van: Anastasia Steele
Onderwerp: Hallo
Datum: 17 juni 2011, 16:03
Aan: Christian Grey

Praat je niet meer met me?
Vergeet niet dat ik vanavond met José wat ga drinken en dat hij bij ons blijft logeren.
Ga toch mee, denk er nog eens over na.
A x

Hij reageert niet en ik maak me een beetje zorgen. Ik hoop dat alles goed is. Ik bel zijn mobiel en krijg zijn voicemail, die bijzonder kortaf klinkt: *Grey, spreek een boodschap in.* Dat is alles.

'Hoi... eh... ik ben het, Ana. Is alles goed? Bel me,' stotter ik. Ik heb nog nooit bij hem in hoeven te spreken. Ik bloos als ik de verbinding verbreek. *Natuurlijk weet hij dat jij het bent, sukkel!* Mijn onderbewustzijn rolt met haar ogen. Het is heel verleidelijk om Andrea, zijn assistente, te bellen, maar dat gaat me toch te ver. Ik ga met tegenzin weer aan het werk.

Mijn telefoon gaat onverwacht af en mijn hart slaat over. *Christian!* Maar nee – het is Kate, mijn beste vriendin. Eindelijk!

'Ana!' roept ze vanwaar ze ook is.

'Kate? Ben je terug? Ik heb je gemist.'

'Ik jou ook. Ik moet je zoveel vertellen. We staan op de luchthaven, ik en mijn vent.' Ze giechelt. Dat is niets voor Kate.

'Cool. Ik heb jou ook heel veel te vertellen.'

'Zie ik je thuis?'

'Ik ga met José wat drinken. Ga je mee?'

'Is José er? Tuurlijk! Sms me waar.'

'Oké.' Ik straal. Mijn beste vriendin is thuis. Dat heeft echt veel te lang geduurd!

'Alles goed, Ana?'

'Ja, prima.'

'Je bent nog steeds met Christian samen?'

'Ja.'

'Mooi. Later!'

O, niet zij ook al. Elliots invloed kent geen grenzen.

'Ja – later, schatje.' Ik grijns als ze ophangt.

Wauw, Kate is thuis. Hoe moet ik haar alles vertellen wat er is gebeurd? Ik kan het maar beter opschrijven, zodat ik niets vergeet.

Een uur later rinkelt de telefoon in mijn kantoor – *Christian?* Nee, het is Claire.

'Je moet die vent eens zien die hier bij de receptie staat en naar je vraagt. Hoe kom je toch aan al die knappe kerels, Ana?'

Dat zal José zijn. Ik kijk even op de klok – het is vijf voor zes. Een kleine schok van blijheid gaat door me heen. Ik heb hem al zo lang niet gezien.

'Ana, wauw! Je ziet er geweldig uit, zo volwassen.' Hij grijnst.

Wat een chique jurk al niet teweeg kan brengen... jemig.

Hij geeft me een stevige knuffel. 'En zo lang,' zegt hij verbaasd.

'Dat komt door de schoenen, José. Je ziet er zelf ook niet slecht uit.'

Hij draagt een spijkerbroek, een zwart T-shirt en een zwart-wit geruit flanellen overhemd.

'Ik pak even mijn spullen en dan kunnen we gaan.'

'Cool, ik wacht hier op je.'

Ik haal twee flesjes bier aan de drukke bar en loop terug naar het tafeltje waar José zit.

'Heb je Christians appartement makkelijk kunnen vinden?'

'Ja. Ik ben nog niet binnen geweest. Ik heb de foto's bij de dienstlift afgegeven. Ene Taylor heeft ze meegenomen. Het ziet er behoorlijk groot uit.'

'Ja. Je zou het vanbinnen moeten zien.'

'Kan niet wachten. *Salut*, Ana. Seattle past goed bij je.'

Ik bloos als we met de flesjes klinken. Christian past goed bij me. '*Salut*. Vertel me alles over je expositie en hoe het is gegaan.'

Hij straalt en vertelt me alles. Hij heeft op drie foto's na alles verkocht, waardoor hij zijn studieleningen heeft kunnen aflossen en er ook nog wat aan heeft overgehouden. 'En ik heb een opdracht van het Toeristenbureau in Portland om wat landschapsfoto's te maken. Gaaf, hè?' besluit hij trots.

'O, José – dat is geweldig. Heb je nog wel tijd over voor je studie?' vraag ik bezorgd.

'Ja hoor. Nu jullie en drie van de kerels met wie ik vaak uitging weg zijn, heb ik meer tijd.'

'Geen chick om je van de straat te houden? De vorige keer had je minstens zes vrouwen aan je lippen hangen.' Ik kijk hem vragend aan.

'Nah, Ana. Ze zijn niet vrouw genoeg voor mij.' Hij klinkt heel stoer.

'Ja hoor. José Rodriguez, ladykiller.' Ik giechel.

'Hey – ik heb zo mijn momenten, Steele!' Hij heeft een gekwetste blik in zijn ogen. Ik voel me schuldig.

'Tuurlijk,' zeg ik sussend.

'En, hoe gaat het met Grey?' vraagt hij koeltjes.

'Goed. Met ons gaat het goed,' zeg ik zacht.

'Serieus, dus?'

'Ja, serieus.'

'Is hij niet te oud voor je?'

'O José. Je weet wat mijn moeder altijd zegt – ik ben oud geboren.'

José glimlacht wrang. 'Hoe gaat het met je moeder?' En daarmee zijn we uit de gevarenzone.

'Ana!'

Ik draai me om en daar zijn Kate en Ethan. Ze ziet er geweldig uit: haar roodblonde haar is iets lichter geworden door de zon en haar huid heeft een goudbruine kleur waar haar witte lach fel tegen afsteekt. Haar welvingen komen goed uit in haar witte topje en strakke witte spijkerbroek. Iedereen kijkt om naar Kate. Ik spring overeind en knuffel haar. O, wat heb ik haar gemist!

Ze duwt me iets naar achteren, houdt me op armslengte en bestudeert me van top tot teen. Ik voel mijn wangen gloeien.

'Je bent afgevallen. Veel. En je ziet er anders uit, volwassen. Wat is er allemaal gebeurd?' vraagt ze bezorgd. Mijn moederkloek, bezorgd en bazig. 'Je jurk is mooi; hij staat je goed.'

'Er is veel gebeurd sinds je vertrek, maar dat vertel ik je later wel als we alleen zijn.' Ik ben nog niet klaar voor de inquisitie van Katherine Kavanagh. Ze kijkt me achterdochtig aan.

'Is alles wel goed?' vraagt ze zacht.

'Ja.' Ik glimlach, al zou ik me nog een stuk beter voelen als ik wist waar Christian was.

'Mooi zo.'

'Hoi Ethan.' Ik lach naar hem en hij omhelst me even.

'Hoi Ana,' fluistert hij in mijn oor.

José kijkt hem achterdochtig aan.

'Hoe was de lunch met Mia?' vraag ik aan Ethan.

'Interessant,' zegt hij raadselachtig.

O?

'Ethan – ken je José?'

'We hebben elkaar een keer eerder ontmoet,' zegt José. Hij schudt Ethan de hand, maar neemt hem scherp in zich op.

'Ja, in Vancouver bij Kate,' zegt Ethan terwijl hij vriendelijk naar José glimlacht. 'Oké – wie wil er wat drinken?'

Ik ga naar het toilet. Terwijl ik daar ben sms ik Christian het adres, misschien komt hij nog. Geen gemiste gesprekken, geen e-mails. Dat is niets voor hem.

'Tisser, Ana?' vraagt José als ik weer bij de tafel kom.

'Ik kan Christian niet bereiken. Ik hoop maar dat alles goed is.'

'Dat zal wel loslopen. Nog een biertje?'

'Tuurlijk.'

Kate komt naar me toe. 'Ethan vertelde me dat er een of andere gestoorde stalkende ex in het appartement was met een pistool?'

'Nou... ja.' Ik haal mijn schouders op. O jemig – moet dit nu?

'Ana – wat is er verdomme allemaal aan de hand?' Kate zwijgt opeens en kijkt op haar mobiel.

'Hé, schatje,' neemt ze op. *Schatje!* Ze kijkt me met een frons aan. 'Tuurlijk,' zegt ze. 'Het is Elliot... hij wil je spreken.'

'Ana,' zegt Elliot kortaf en stil. Onheilspellend.

'Wat is er?'

'Het is Christian. Hij is nog niet terug uit Portland.'

'Wat? Hoe bedoel je?'
'Zijn helikopter wordt vermist.'
'Charlie Tango?' fluister ik. Ik krijg het ijskoud en alle adem trekt uit mijn longen weg. 'Nee!'

Negentien

Ik staar gebiologeerd naar het vuur. De oranje vlammen met kobaltblauwe topjes dansen in de open haard in Christians appartement. Ondanks de warmte van het vuur en de deken om mijn schouders heb ik het koud. IJs- en ijskoud.

In de verte hoor ik stemmen, veel verschillende stemmen. Maar het is op de achtergrond, ruis. Ik hoor niet wat zij zeggen. Het enige wat ik hoor, het enige waar ik me op kan concentreren, is het zachte gesis van het gas van het vuur.

Ik denk aan het huis waar we gisteren naar hebben gekeken en de enorme open haarden – echte open haarden om hout in te branden. Ik zou graag met Christian willen vrijen voor dat vuur. Ja, dat zou leuk zijn. Hij zou het ongetwijfeld heel speciaal maken, net als elke andere keer dat we hebben gevreeën. Ik snuif even in stilte, zelfs de keren dat we gewoon hebben geneukt. Ja, dat was ook iedere keer heel speciaal. *Waar is hij?*

De vlammen schijnen en flakkeren, hypnotiseren me, verdoven me. Ik concentreer me alleen op hun felle, verschroeiende schoonheid. Ze zijn betoverend.

Anastasia, je hebt me behekst.

Dat zei hij de eerste keer dat we samen in mijn bed sliepen. *O nee...*

Ik vouw mijn armen voor mijn buik en met een schok kom ik weer in de realiteit terecht. Het lege gevoel verspreidt zich weer door mijn lichaam en geest. Charlie Tango wordt vermist.

'Kijk eens, Ana,' zegt mevrouw Jones zachtjes. Haar stem brengt me weer in het hier en nu, terug in het leed. Ze geeft me een kopje thee. Ik pak het dankbaar aan, al verraadt het geratel van het kopje op het schoteltje dat mijn handen trillen.

'Dank je,' zeg ik zacht. Ik klink schor door alle emotie en de brok in mijn keel.

Mia zit tegenover me op de groter-dan-grote U-vormige bank en houdt de handen van Grace vast. Ze staren me aan, hun lieve gezichten vertrokken van spanning en angst. Grace ziet er ouder uit – een moeder die zich zorgen maakt om haar zoon. Ik kijk ze verdoofd aan. Ik kan ze geen geruststellende glimlach bieden, zelfs geen traan. Er is niets, alleen die groeiende leegte. Ik kijk naar Elliot, José en Ethan, die bij de ontbijtbar staan en zacht iets met elkaar bespreken – hun gezichten serieus. Achter hen houdt mevrouw Jones zich in de keuken bezig.

Kate zit in de tv-kamer en houdt het plaatselijke nieuws in de gaten. Ik hoor in de verte het geluid van de grote plasma-tv. Ik kan dat nieuwsbericht niet nog een keer zien – CHRISTIAN GREY VERMIST – zijn mooie gezicht op tv.

Opeens bedenk ik dat ik nog nooit zo veel mensen in deze kamer heb gezien die overigens ondanks hun aanwezigheid nog steeds enorm groot is. Kleine eilandjes verloren, bange mensen in het huis van mijn Vijftig. Wat zou hij ervan vinden dat iedereen er is?

Taylor en Carrick zijn ergens met de autoriteiten in gesprek; zij geven ons mondjesmaat informatie, maar het stelt allemaal niets voor. Het feit blijft – hij wordt vermist. Hij wordt al acht uur lang vermist. Geen enkel teken, helemaal niets. De zoektocht is gestaakt – dat weet ik dan weer wel. Het is gewoon te donker. En we weten niet waar hij is. Hij kan wel gewond zijn, honger hebben, of nog erger. *Nee!*

Ik doe weer een schietgebedje. *Laat Christian alstublieft niets overkomen. Laat Christian alstublieft niets overkomen.* Ik herhaal dit keer op keer in mijn hoofd – mijn mantra, mijn houvast, iets concreets om me in mijn wanhoop aan vast te klampen. Ik weiger aan het ergste scenario te denken. Nee, niet doen. Er is hoop.

Jij bent mijn reddende engel.

Christians woorden van nog niet zo lang geleden spoken door

mijn hoofd. Ja, er is altijd hoop. Geen paniek. Zijn woorden geven me houvast.

Ik ben nu een sterke voorstander van onmiddelijke bevrediging. Carpe diem, Ana.

Waarom heb ík de dag niet geplukt?

Ik doe dit, omdat ik eindelijk iemand heb ontmoet met wie ik de rest van mijn leven wil doorbrengen.

Zacht wiegend bid ik met mijn ogen dicht. *Laat alstublieft de rest van zijn leven niet zo kort zijn. Alstublieft. Alstublieft.* We hebben nog niet genoeg tijd gehad samen... we hebben meer tijd nodig. We hebben de afgelopen weken zoveel gedaan, zoveel bereikt. Het kan niet voorbij zijn. Al onze tedere momenten: de lippenstift, toen hij voor het eerst met me vree in Hotel Olympic, toen hij zich op zijn knieën aan me aanbood, toen ik hem eindelijk kon aanraken...

Ik ben nog steeds dezelfde, Ana. Ik hou van je en ik heb je nodig. Raak me aan. Alsjeblieft.

O, ik hou zoveel van hem. Ik ben niets zonder hem, een schaduw. Er zou geen enkel lichtpuntje meer zijn. *Nee, nee, nee... mijn arme Christian.*

Dit ben ik, Ana. Helemaal... en ik ben helemaal van jou. Wat moet ik doen om je dat te laten beseffen? Zodat je weet dat ik jou wil, op welke manier dan ook. Dat ik van je hou.

En ik van jou, mijn Vijftig.

Ik doe mijn ogen open en staar weer wezenloos naar het vuur. Herinneringen aan onze tijd samen schieten door mijn hoofd: zijn jongensachtige vreugde toen we gingen zeilen en zweefvliegen; zijn gladde, elegante en ongelooflijk knappe verschijning op het gemaskerde bal; dansen, o ja, hier in de kamer dansen op Sinatra, zwieren door de kamer; zijn stille, zenuwachtige, hoopvolle houding gisteren in het huis – dat duizelingwekkende uitzicht.

Ik leg mijn wereld aan jouw voeten, Anastasia. Ik wil jou, lichaam en geest, voor altijd.

O, alsjeblieft, laat er niets met hem zijn. Hij kan niet dood zijn. Hij is de spil van mijn bestaan.

Er ontsnapt een snik en ik sla mijn hand voor mijn mond. Nee, ik moet sterk zijn.

Opeens zit José naast me. Of zat hij daar de hele tijd al? Ik heb geen idee.

'Wil je je vader of moeder bellen?' vraagt hij zacht.

Nee! Ik schud mijn hoofd en pak zijn hand stevig vast. Ik kan niets zeggen, dan breek ik, maar de warmte en druk van zijn hand bieden me geen troost.

O mam. Mijn onderlip trilt als ik aan haar denk. Moet ik haar bellen? Nee, ik zou haar reactie niet aankunnen. Misschien Ray, hij zou niet emotioneel worden. Hij wordt nooit emotioneel, zelfs niet als de Mariners verliezen.

Grace staat op en loopt naar de jongens toe. Zo lang heeft ze vanavond nog niet stilgezeten. Mia komt naast me zitten en pakt mijn andere hand vast.

'Hij komt weer terug,' zegt ze eerst vastberaden, maar haar stem schiet uit bij het laatste woord. Haar ogen zijn groot en rood doorlopen, haar gezicht bleek door slaapgebrek.

Ik kijk naar Ethan, die naar Mia en Elliot kijkt. Elliot heeft zijn armen om Grace geslagen. Ik kijk op de klok. Het is elf uur geweest en de wijzer gaat richting middernacht. *Verdomde tijd!* Met elk uur dat verstrijkt worden de wanhoop en de leegte groter, vullen me, verstrikken me. Ik weet dat ik me diep vanbinnen op het ergste voorbereid. Ik doe mijn ogen dicht en bid nog een keer en grijp de handen van José en Mia steviger vast.

Ik doe mijn ogen weer open en staar weer naar de vlammen. Ik zie zijn verlegen glimlach voor me – zo zie ik hem het liefst, een glimp van de echte Christian, mijn echte Christian. Hij heeft zo veel kanten: controlfreak, directeur, stalker, seksgod, Dominant, en tegelijkertijd – ook zo'n jochie met zijn speeltjes. Ik glimlach. Zijn auto, zijn boot, zijn vliegtuig… *Charlie Tango*… Mijn verloren jongen, op dit moment echt verloren. Mijn glimlach vervaagt en ik word haast overmand door verdriet. Ik herinner me hem in de douche, toen hij de lippenstiftlijnen wegwaste.

Ik ben niets, Anastasia. Ik ben leeg en heb geen hart.

De brok in mijn keel wordt groter. O Christian, dat heb je wel; je hebt een hart en het is van mij. Ik wil het voor altijd koesteren. Ik hou van hem, ook al is hij complex en moeilijk. Ik zal altijd van hem houden. Er zal nooit een ander zijn. Nooit.

Ik weet nog dat ik in de Starbucks zat en de voor- en nadelen over Christian tegen elkaar afwoog. Al die nadelen, zelfs de foto's die ik vanmorgen vond, stellen nu niets meer voor. Het draait alleen om hem en of hij terugkomt. *O alstublieft, breng hem terug, laat er niets aan de hand zijn. Ik zal naar de kerk gaan... ik doe alles.* O, als ik hem terugkrijg, zal ik de dag plukken. Zijn stem klinkt weer in mijn hoofd. *Carpe diem, Ana.*

Ik staar dieper in het nog steeds dansende vuur. Dan slaakt Grace opeens een gil en alles lijkt in slow motion te gebeuren.

'Christian!'

Ik kijk net op tijd om Grace door de grote kamer te zien stormen vanaf de plek waar ze stond te ijsberen ergens achter me en daar, in de entree, staat een verbijsterde Christian. Hij heeft alleen zijn pantalon en overhemd aan, zijn marineblauwe jasje, schoenen en sokken heeft hij vast. Hij ziet er moe, vuil en schitterend uit.

Holy fuck... Christian. Hij leeft nog. Ik staar hem verdoofd aan. Hallucineer ik nu of is hij het echt?

Hij kijkt totaal verbouwereerd de kamer rond. Hij legt zijn jasje en schoenen op de vloer, net op tijd om Grace op te vangen die haar armen om zijn hals slaat en hem hard op zijn wang zoent.

'Mam?'

Christian kijkt haar sprakeloos aan – hij weet niet wat hij moet zeggen.

'Ik dacht dat ik je nooit meer zou zien,' fluistert Grace. Ze spreekt voor ons allemaal.

'Mam, ik ben er.' Ik hoor de ontzetting in zijn stem.

'Ik heb vandaag doodsangsten uitgestaan om jou,' fluistert Grace nauwelijks hoorbaar – ze zegt wat ik denk. Ze snikt en kan haar tranen niet langer bedwingen.

Christian fronst zijn wenkbrauwen – ik weet niet of hij is geschrokken of dat hij zich schaamt – maar dan trekt hij haar in een stevige omhelzing dicht tegen zich aan.

'O Christian,' perst ze eruit. Ze slaat haar armen om hem heen en huilt nu onbeheerst tegen zijn hals – alle zelfbeheersing vergetend. En Christian laat het toe. Hij houdt haar alleen maar vast, wiegt haar in zijn armen, troost haar. Hete tranen branden in mijn ogen. Carrick roept vanuit de gang.

'Hij leeft nog! Shit – je bent er al!' Hij komt uit Taylors kantoor, zijn mobiel in zijn hand, en omhelst hen allebei. Hij heeft zijn ogen opgelucht dichtgeknepen.

'Papa?'

Mia gilt iets onverstaanbaars naast me en dan sprint ze naar hen toe en gooit ze haar armen om hen heen.

Eindelijk laat ik mijn tranen gaan, ze rollen over mijn wangen. Hij is thuis; er is niets aan de hand. Maar ik kan me niet bewegen.

Carrick is de eerste die zich losmaakt; hij veegt zijn tranen weg en slaat Christian op zijn schouder. Dan laat Mia hen los en Grace doet als laatste een stap naar achteren.

'Sorry,' snikt ze.

'Hey, mama – geeft niet hoor,' zegt Christian, nog steeds van zijn stuk.

'Waar was je? Wat is er gebeurd?' huilt Grace en ze verbergt haar gezicht in haar handen.

'Mam,' zegt Christian. Hij trekt haar weer in zijn armen en drukt een kus boven op haar hoofd. 'Ik ben thuis. Er is niets aan de hand. Het heeft gewoon verdomd veel tijd gekost om uit Portland terug te komen. Hoe komt dit welkomstcomité hier verzeild?' Hij kijkt de kamer rond tot hij mij ziet.

Hij knipoogt en kijkt kort naar José, die mijn hand loslaat. Christians mond verstrakt. Ik neem hem van top tot teen in me op en de opluchting is zo intens dat ik opeens uitgeput ben en tegelijkertijd ook buiten zinnen van vreugde. Maar de tranen blijven komen. Christian richt zijn aandacht weer op zijn moeder.

'Mama, er is echt niets aan de hand,' zegt hij troostend. 'Wat is er?' Ze neemt zijn gezicht in haar handen.

'Christian, je werd vermist. Je vliegplan – je bent nooit in Seattle aangekomen. Waarom heb je niets van je laten horen?'

Christian trekt verrast zijn wenkbrauwen op. 'Ik had niet verwacht dat het zo lang zou duren.'

'Waarom heb je niet gebeld?'

'Mijn batterij was leeg.'

'En kon je onderweg niet even bellen?'

'Mam – het is een lang verhaal.'

'O Christian! Dat doe je me nooit meer aan, begrepen?' zegt ze half schreeuwend.

'Ja, mam.' Hij veegt met zijn duimen haar tranen weg en omhelst haar weer. Als ze wat is gekalmeerd laat hij haar los om Mia een knuffel te geven, die hem hard op zijn borst mept.

'We waren zo bezorgd!' flapt ze eruit. Zij is ook in tranen.

'Ik ben er nu toch weer? Lieve help,' troost Christian.

Als Elliot naar hem toe komt, laat Christian Mia los. Carrick, die al een arm om zijn vrouw heeft geslagen, slaat zijn andere arm om zijn dochter heen. Tot Christians verbazing slaat Elliot even zijn armen om hem heen en dan slaat hij hem hard op zijn rug.

'Goed je te zien,' zegt Elliot luid en een beetje bars, in een poging zijn gevoelens te verbergen.

En ondanks de tranen die over mijn wangen stromen, zie ik het allemaal. De kamer is ermee gevuld – onvoorwaardelijke liefde. Hij heeft het in overvloed; hij heeft het alleen nooit geaccepteerd en nu weet hij niet wat hij ermee moet doen.

Kijk, Christian, al deze mensen houden van je! Misschien dat je het nu eindelijk gaat geloven.

Kate staat opeens achter me – ik weet niet wanneer ze de tv-kamer uit is gekomen – en aait zachtjes door mijn haar.

'Hij is er echt, Ana,' zegt ze zacht.

'Ik ga nu even naar mijn meisje,' zegt Christian tegen zijn ouders die allebei glimlachend een stap opzij doen.

Hij komt naar me toe. Hij kijkt helder, maar moe uit zijn grijze ogen en lijkt nog steeds een beetje verdwaasd te zijn. Ik haal ergens de kracht vandaan om overeind te komen en in zijn armen te springen.

'Christian!' snik ik.

'Stil maar,' zegt hij en hij slaat zijn armen om me heen en duwt zijn gezicht in mijn haren en ademt diep in. Ik kijk hem aan en hij kust me, veel te kort.

'Hoi,' zegt hij zacht.

'Hoi,' fluister ik terug. Ik heb nog steeds een brok in mijn keel.

'Heb je me gemist?'

'Een klein beetje.'

Hij grijnst. 'Dat zie ik.' En heel teder veegt hij de tranen weg die maar over mijn wangen blijven stromen.

'Ik dacht... Ik dacht...' – ik struikel over mijn woorden.

'Ik weet het. Stil maar... Ik ben er. Het spijt me, het is later dan gepland,' zegt hij en hij drukt nog een korte kus op mijn lippen.

'Is alles goed met je?' vraag ik. Ik laat hem los en raak zijn borst aan, zijn armen, zijn middel – o, het voelen van deze arme, vitale, sensuele man onder mijn vingers – en dat verzekert me dat hij er echt is, dat hij echt voor me staat. Hij is er weer. En hij geeft geen krimp. Hij blijft me strak aankijken.

'Het gaat prima. Ik ga nergens heen.'

'Godzijdank.' Ik sla mijn armen weer om zijn middel en hij omhelst me nog een keer. 'Heb je trek? Wil je iets te drinken?'

'Ja.'

Ik wil iets voor hem gaan halen, maar hij laat me niet gaan. Hij trekt me tegen zijn zij en steekt José een hand toe.

'Meneer Grey,' zegt José kalm.

Christian snuift. 'Christian, alsjeblieft,' zegt hij.

'Welkom terug, Christian. Ik ben blij dat alles goed is... en, eh – bedankt dat ik kan blijven slapen.'

'Geen probleem.' Christian knijpt zijn ogen samen, maar dan wordt zijn aandacht getrokken door mevrouw Jones die opeens naast hem staat. Ik zie nu pas dat ze er niet zo verzorgd uitziet als normaal. Haar haren hangen los en ze draagt een zachte grijze legging met daarop een grijs sweatshirt met de tekst WSU COUGARS dat veel te groot voor haar is. Ze ziet er veel jonger uit.

'Kan ik iets voor u halen, meneer Grey?' Ze dept haar ogen met een tissue.

Christian glimlacht naar haar. 'Graag een biertje, Gail – Budvar – en iets te eten.'

'Ik haal het wel,' zeg ik. Ik wil iets voor mijn man doen.

'Nee. Niet weggaan,' zegt hij zacht en hij trekt zijn arm strakker om mij heen.

Zijn familie komt bij ons staan en Ethan en Kate volgen. Christian schudt Ethan de hand en kust Kate even op haar wang. Mevrouw Jones komt terug met een flesje bier en een glas. Hij pakt alleen het flesje aan. Ze glimlacht en gaat weer naar de keuken.

‘Het verbaast me dat je niet iets sterkers wilt,’ zegt Elliot. ‘Wat is er nou verdomme gebeurd. Ik wist pas dat er iets aan de hand was toen pap me belde met het nieuws dat de heli werd vermist.’

‘Elliot!’ zegt Grace vermanend.

‘Helikopter,’ verbetert Christian Elliot, maar die kijkt hem grijnzend aan. Het zal wel een familiegrapje zijn.

‘Laten we gaan zitten en dan vertel ik alles.’ Christian trekt me mee naar de bank waar iedereen gaat zitten. Alle ogen zijn op hem gericht. Hij neemt een grote slok bier. Hij ziet Taylor bij de ingang staan en knikt naar hem. Taylor knikt terug.

‘Je dochter?’

‘Het gaat nu goed. Vals alarm, meneer.’

‘Goed zo,’ zegt Christian met een glimlach.

Dochter? Wat is er met Taylors dochter gebeurd?

‘Blij dat u er weer bent. Is er verder nog iets?’

‘We zitten met een helikopter die moet worden opgehaald.’

Taylor knikt. ‘Nu? Of kan het morgenochtend?’

‘Morgen maar, Taylor.’

‘Goed, meneer Grey. Verder nog iets?’

Christian schudt zijn hoofd en heft zijn flesje naar hem. Taylor geeft hem een zeldzame glimlach – zeldzamer dan die van Christian denk ik – en verdwijnt. Ik neem aan naar zijn kantoor, of zijn kamer boven.

‘Christian, wat is er gebeurd?’ vraagt Carrick.

Christian vertelt het hele verhaal. Hij vloog met Ros, zijn rechterhand, in Charlie Tango naar Vancouver om bij WSU een financieringsprobleem op te lossen. Ik kan het nauwelijks bijhouden. Ik hou alleen maar zijn hand vast en staar naar zijn gemanicuurde nagels, zijn lange vingers, de rimpels op zijn knokkels en zijn horloge – een Omega met drie extra wijzerplaatjes. Ik bestudeer zijn prachtige profiel, terwijl hij verder praat.

‘Ros had Mount Saint Helens nog nooit gezien en om het succes te vieren vlogen we op de terugweg een stukje om. Ik hoorde dat het tijdelijke vliegverbod pas geleden was opgeheven en ik wilde er even een kijkje nemen. En het is maar goed dat we dat hebben gedaan. We vlogen laag, op ongeveer zestig meter boven de grond, toen allerlei instrumenten begonnen te knipperen. Er was brand in de staart. Ik moest alle elektronica uitzetten en landen.' Hij schudt zijn hoofd. 'Ik heb hem bij Silver Lake neergezet, Ros eruit gehaald en daarna is het me gelukt het vuur te doven.'

'Brand? In allebei de motoren?' vraagt Carrick ontsteld.

'Yep.'

'Shit! Maar ik dacht...'

'Ik weet het,' onderbreekt Christian hem. 'Het was puur geluk dat ik zo laag vloog,' zegt hij zacht. Ik huiver. Hij laat mijn hand los en slaat zijn arm om me heen.

'Koud?' vraagt hij. Ik schud mijn hoofd.

'Hoe heb je het vuur gedoofd?' vraagt Kate, haar journalistieke instincten komen in actie. Jemig, ze kan soms meteen tot de kern komen.

'Blusapparaat. We zijn wettelijk verplicht er een aan boord te hebben,' antwoordt Christian rustig.

Ik denk aan wat hij lang geleden zei. *'Ik dank God elke dag op mijn blote knieën dat jij me kwam interviewen in plaats van Katherine Kavanagh.'*

'Waarom heb je niet gebeld, of de radio gebruikt?' vraagt Grace.

Christian schudt zijn hoofd. 'Zonder elektronica konden we de radio ook niet gebruiken en met de brand kon ik het risico niet nemen om alles weer aan te zetten. De gps op mijn BlackBerry werkte nog en zo kon ik de dichtstbijzijnde weg vinden. We moesten vier uur lopen om daar te komen en Ros had schoenen met hakken aan.' Christian kijkt even afkeurend.

'We hadden geen ontvangst op de mobiele telefoons. Er is geen bereik bij Gifford. De batterij van Ros was als eerste leeg. Die van mij daarna.'

Allemachtig. Ik verstijf en Christian trekt me op zijn schoot.

'Maar hoe ben je dan terug naar Seattle gekomen?' vraagt Grace. Ze kijkt verbaasd en dat komt ongetwijfeld door hoe wij nu zitten. Ik bloos.

'We hebben gelift. We hadden ons geld bij elkaar gelegd en we hadden samen ongeveer zeshonderd dollar. We dachten dat we iemand zouden moeten betalen om ons terug te brengen, maar er stopte een vrachtwagenchauffeur die ons mee wilde nemen. Hij wilde het geld niet aannemen en deelde zijn lunch met ons.' Christian schudt ongelovig zijn hoofd. 'Het duurde ontzettend lang. Hij had vreemd genoeg geen mobiel. Ik heb er helemaal niet aan gedacht.' Hij zwijgt en kijkt naar zijn familie.

'Dat we ons zorgen zouden maken?' zegt Grace. 'O Christian,' zegt ze verwijtend. 'We hebben ons vreselijk zorgen gemaakt!'

'Je hebt het nieuws gehaald, broertje.'

Christian rolt met zijn ogen. 'Ja, dat had ik wel bedacht toen ik al die fotografen buiten zag en dit ontvangstcomité. Het spijt me, mam. Ik had de chauffeur moeten vragen om even te stoppen zodat ik kon bellen, maar ik wilde zo snel mogelijk terug zijn.' Hij werpt een blik op José.

O, daarom dus. Omdat José hier was. Ik frons even mijn wenkbrauwen. Jemig – al die zorgen om niets.

Grace schudt haar hoofd. 'Ik ben allang blij dat je weer heelhuids terug bent, lieverd.'

Ik begin me te ontspannen en leg mijn hoofd tegen zijn borst. Hij ruikt naar de buitenlucht, een beetje zweet, douchegel en Christian, de lekkerste geur ter wereld. De tranen beginnen weer te stromen, nu van dankbaarheid.

'Beide motoren?' zegt Carrick weer ongelovig.

'Ik weet ook niet hoe het kan.' Christian haalt zijn schouders op en aait over mijn rug.

'Hey,' fluistert hij. Hij duwt mijn kin iets omhoog. 'Stop met huilen.'

Ik veeg heel ongemanierd met de achterkant van mijn hand mijn neus af.

'Stop met verdwijnen.' Ik haal even mijn neus op en hij glimlacht.

'Elektronisch mankement... dat is toch raar?' zegt Carrick weer.

'Ja, dat vind ik ook, pap. Maar nu wil ik graag gewoon naar bed gaan; al die shit komt morgen wel.'

'Dus de media weet dat dé Christian Grey veilig en wel weer thuis is?' vraagt Kate.

'Ja. Andrea en mijn pr-mensen handelen de media wel af. Ros heeft haar gebeld nadat we haar thuis hadden afgezet.'

'Ja, Andrea belde me om me te vertellen dat je nog leefde.' Carrick grijnst.

'Ik moet die vrouw echt loonsverhoging geven. Die werkt echt overuren,' zegt Christian.

'Ik denk dat dit een hint is, dames en heren, dat mijn geliefde broer zijn schoonheidsslaapje nodig heeft,' zegt Elliot suggestief. Christian grimast.

'Cary, mijn zoon is veilig thuis. Breng me nu maar naar huis.'

Cary? Grace kijkt haar echtgenoot vol aanbidding aan.

'Ja. We kunnen wel wat slaap gebruiken,' zegt Carrick met een lach.

'Blijf dan,' biedt Christian aan.

'Nee, lieverd, ik wil naar huis. Ik weet nu dat je veilig terug bent.'

Christian zet me met tegenzin op de bank en gaat staan. Grace omhelst hem weer, drukt haar gezicht even met gesloten ogen tevreden tegen zijn borst. Hij slaat zijn armen om haar heen.

'Ik was zo bezorgd, lieverd,' fluistert ze.

'Er is niets aan de hand, mam.'

Ze leunt iets naar achteren en bestudeert nauwgezet zijn gezicht. 'Ja, dat denk ik ook,' zegt ze langzaam. Ze kijkt naar mij en glimlacht. Ik bloos.

We lopen met Carrick en Grace mee naar de hal. Ik hoor Mia en Ethan achter me een verhitte, gefluisterde discussie voeren, maar ik kan hen niet verstaan.

Mia kijkt Ethan met een verlegen glimlach aan. Hij staart haar met open mond aan en schudt dan zijn hoofd. Ze vouwt plotseling haar armen over elkaar en draait zich abrupt om. Hij wrijft duidelijk gefrustreerd met een hand over zijn voorhoofd.

'Mam, pap – wacht op mij!' roept Mia dan. Misschien is ze net zo wispelturig als haar broer.

Kate geeft me een stevige knuffel. 'Ik zie wel dat er heftige shit is voorgevallen, terwijl ik heerlijk onwetend op Barbados zat. Jullie zijn duidelijk gek op elkaar. Ik ben blij dat hij veilig thuis is. Niet alleen voor hem, Ana – ook voor jou.'

'Bedankt, Kate,' fluister ik.

'Ja, ja. Wie had gedacht dat we tegelijkertijd verliefd zouden worden?' Ze grijnst. Wauw. Ze geeft het toe.

'En ze zijn broers van elkaar!' Ik giechel.

'Straks worden we nog schoonzussen,' grapt ze.

Ik verstijf en vervloek mezelf als Kate een stap naar voren doet en me aankijkt met een wat-hou-je-voor-me-achter-Steele-blik. Ik bloos. Verdomme, zal ik haar vertellen dat hij me heeft gevraagd?

'Kom op, schatje,' roept Elliot.

'We praten morgen wel verder, Ana. Je zult wel uitgeput zijn.'

Uitstel van executie. 'Prima. Jij ook, Kate. Je hebt vandaag een hele reis afgelegd.'

We omhelzen elkaar nog eens en dan lopen zij en Elliot samen met de Greys de lift in en de deuren glijden achter hen dicht.

José staat nog bij de entree als we uit de hal komen.

'Ik... eh... ik ga maar naar bed. Dan kunnen jullie alleen zijn,' zegt hij.

Ik bloos. Jemig, waarom voelt deze situatie zo ongemakkelijk aan?

'Weet je waar je heen moet?' vraagt Christian.

José knikt.

'Ja, de huishoudster...'

'Mevrouw Jones,' val ik in.

'Ja, mevrouw Jones, ze heeft me mijn kamer laten zien. Gaaf appartement, Christian.'

'Dank je,' zegt Christian beleefd als hij naast me komt staan en zijn arm om me heen slaat. Hij leunt naar me toe en drukt een kus op mijn haar.

'Ik ga even kijken wat mevrouw Jones voor me heeft klaargezet. Welterusten, José.' Christian loopt de woonkamer in en laat ons bij de entree achter.

Wauw! Hij laat me alleen met José.

'Nou, welterusten.' José ziet er opeens wat ongemakkelijk uit.

'Welterusten, José. Bedankt dat je er was.'

'Tuurlijk, Ana. Als je rijke, deftige vriendje nog eens verdwijnt – ik sta voor je klaar.'

'José,' zeg ik vermanend.

'Grapje. Niet boos worden. Ik vertrek morgenochtend vroeg. We spreken snel weer af, oké? Ik heb je gemist.'

'Dat doen we, José. Snel, hoop ik. Sorry dat vanavond zo... shitterig was.' Ik grijns verontschuldigend.

'Ja.' Hij grijnst. 'Shitterig.' Hij omhelst me. 'Even serieus, Ana. Ik ben blij dat je gelukkig bent, maar ik ben er voor je als je me nodig hebt.'

Ik kijk hem aan. 'Bedankt.'

Hij glimlacht droevig en loopt dan de trap op naar boven.

Ik draai me om, naar de kamer toe, en daar staat Christian naast de bank naar me te kijken met een nietszeggende uitdrukking op zijn gezicht. Eindelijk alleen. We staren elkaar aan.

'Hij heeft het nog steeds zwaar te pakken, dat zie je hoop ik wel,' zegt hij zacht.

'En hoe weet u dat, meneer Grey?'

'Ik herken de symptomen, mevrouw Steele. Ik heb, geloof ik, last van dezelfde aandoening.'

'Ik dacht dat ik je nooit meer zou zien,' fluister ik. Zo – ik heb het gezegd. Mijn grootste angst wordt door een kort zinnetje verdreven.

'Het was niet zo erg als het klonk.'

Ik pak zijn jasje en schoenen van de vloer en loop naar hem toe.

'Geef maar,' zegt hij en hij neemt het jasje van me aan.

Hij kijkt naar me alsof ik de reden van zijn bestaan ben en zo kijk ik waarschijnlijk ook naar hem. Hij is hier, echt hier. Hij trekt me dicht tegen zich aan en slaat zijn armen om me heen.

'Christian,' zeg ik met een snik en daar komen de tranen weer.

'Stil maar,' zegt hij en hij kust me. 'Weet je... tijdens die paar angstige seconden voor ik kon landen, dacht ik alleen maar aan jou. Jij bent mijn talisman, Ana.'

'Ik dacht dat ik je kwijt was,' zeg ik ademloos. We staan daar in een omhelzing en stellen elkaar gerust, herstellen het contact. Ik verstevig mijn greep en besef dat ik zijn schoenen nog in mijn handen heb. Ik laat ze op de vloer vallen.

'Kom met me douchen,' zegt hij.

'Oké.' Ik kijk hem aan. Ik wil hem niet loslaten. Hij duwt mijn kin iets omhoog met zijn hand.

'Weet je, zelfs betraand ben je mooi, Ana Steele.' Hij bukt zich en kust me teder. 'En je lippen zijn zo zacht.' Hij verdiept de kus.

O hemel... en dan te bedenken dat ik hem had kunnen verlie... nee... Ik stop met denken en geef me over.

‘Ik moet mijn jasje even wegleggen,’ zegt hij zacht.

‘Laat vallen,’ zeg ik tegen zijn lippen.

‘Dat kan niet.’

Ik kijk hem vragend aan.

Hij grijnst. ‘Hierom.’ Hij pakt het kleine doosje dat ik hem heb gegeven uit zijn binnenzak. Hij legt het jasje over de rug van de bank en legt het doosje erop.

Pluk de dag, Ana, dringt mijn onderbewustzijn aan. Het is na middernacht, dus technisch gezien is hij jarig. ‘Maak maar open,’ fluister ik. Mijn hart bonkt.

‘Ik hoopte al dat je dat zou zeggen. Het heeft me bijna tot waanzin gedreven,’ zegt hij.

Ik lach hem ondeugend toe. Jemig, ik voel me helemaal licht in m’n hoofd. Hij glimlacht verlegen terug en ik smelt, ondanks mijn bonzende hart. Ik geniet van zijn geamuseerde, maar nieuwsgierige blik. Hij maakt het pakje snel open en haalt het dekseltje van het doosje. Met een frons pakt hij een vierkante sleutelhanger op. Op de voorkant is de skyline van Seattle te zien in oplichtende pixels. Het woord SEATTLE is eroverheen gedrukt in grote letters die aan en uit knipperen.

Hij staart er even naar en kijkt me dan vragend aan.

‘Kijk eens op de andere kant,’ fluister ik en dan hou ik mijn adem in.

Hij draait hem om en hij kijkt me meteen weer aan met grote ogen vol vreugde, verwondering en ongeloof.

Het woordje JA knippert aan en uit.

‘Gefeliciteerd,’ fluister ik.

Twintig

‘Wil je echt met me trouwen?’ fluistert hij, vol ongeloof.

Ik knik zenuwachtig, blozend en verschrikt en enigszins verward door zijn reactie – deze man van wie ik dacht dat ik hem kwijt was. Hoe kan het toch dat hij niet begrijpt hoeveel ik van hem hou?

‘Zeg het,’ beveelt hij zacht, zijn blik intens en vurig.

‘Ja, ik wil met je trouwen.’

Hij ademt scherp in en beweegt plotseling, pakt me vast en draait me rond op een beduidend on-Vijftig-achtige manier. Hij lacht, jong en zorgeloos, hij straalt van gelukzalige opwinding. Ik klem me vast aan zijn armen om niet te vallen, en voel hoe zijn spieren onder mijn vingers rollen, en zijn aanstekelijke lach tilt me op – duizelig, beduusd, een meisje dat hopeloos en grenzeloos verliefd is op haar prachtige man. Hij zet me neer en kust me. Hard. Zijn handen aan weerszijden van mijn gezicht, zijn tong doortastend... opwindend.

‘O, Ana’, zijn adem op mijn lippen, zijn kreet maakt me dronken van blijdschap. Hij houdt van me, daar twijfel ik niet aan, en ik geniet intens van de smaak van deze heerlijke man, deze man van wie ik dacht dat ik hem misschien nooit meer zou zien. Zijn geluk is overduidelijk – zijn ogen glinsteren, zijn jeugdige glimlach – en zijn opluchting is bijna tastbaar.

‘Ik dacht dat ik je kwijt was,’ zeg ik, nog altijd verdwaasd en ademloos door zijn kus.

'Schatje, er is meer voor nodig dan een defecte 135 om me bij je weg te houden.

'135?'

'Charlie Tango. Het is een Eurocopter 135, de veiligste in zijn klasse.' Een onbenoembare maar duistere emotie flitst over zijn gezicht, en leidt me af. Wat verzwijgt hij? Voordat ik het hem kan vragen, valt hij stil en kijkt naar me, fronsend, en even denk ik dat hij het me gaat zeggen. Ik knipper en kijk omhoog in zijn ondoordringbare grijze ogen.

'Wacht eens even. Je hebt me dit gegeven voordat we bij Flynn waren geweest,' zegt hij, en houdt de sleutelhanger omhoog. Zijn blik is er bijna een van afschuw.

Lieve help, waar wil hij heen? Ik knik, en hou mijn gezicht in de plooi.

Zijn mond valt open.

Ik haal verontschuldigend mijn schouders op. 'Ik wilde dat je zou weten dat wat Flynn ook zou zeggen, het voor mij niets zou uitmaken.'

Christian knippert met zijn ogen, vol ongeloof. 'Dus gisteravond, toen ik je smeekte om een antwoord, toen had ik het al die tijd al?' Hij is ontzet. Ik knik weer, en probeer angstvallig zijn reactie te peilen. Hij staart naar me, stomgeslagen van verwondering. Maar dan worden zijn ogen kleiner en zijn mond krult geamuseerd.

'En ik me maar druk maken,' fluistert hij op duistere toon. Ik grinnik naar hem en haal weer mijn schouders op. 'O nee, nu niet proberen schattig te doen om er onderuit te komen, mevrouw Steele. Het enige wat ik nu wil...' Hij haalt zijn vingers door zijn haar, schudt dan zijn hoofd en verandert van tactiek.

'Ongelooflijk, dat je me zo hebt laten bungelen.' Zijn gefluister is doorspekt met ongeloof. Zijn uitdrukking verandert licht, een gemene glinstering in zijn ogen, zijn mond gekruld tot een dierlijke glimlach.

O hemel. Er loopt een rilling langs mijn rug. Wat denkt hij?

'Ik geloof dat dit om vergelding vraagt, mevrouw Steele,' zegt hij zachtjes.

Vergelding? O shit! Ik weet dat hij met me speelt – maar ik doe toch een voorzichtige stap achteruit.

Hij grijnst. 'Is dat het spelletje?' fluistert hij. 'Want ik vang je.' En zijn ogen branden van felle, speelse intensiteit. 'En nu bijt je ook nog eens op je lip,' zegt hij dreigend.

Alles in mijn lichaam spant zich aan. *O hemel.* Mijn toekomstige echtgenoot wil spelen. Ik doe nog een stap achteruit, draai me om en wil wegrennen – maar tevergeefs. Christian pakt me beet, en in een moeiteloze beweging, terwijl ik gil van verrukking, verrassing en schok, gooit hij me over zijn schouder en loopt de gang in.

'Christian!' sis ik, wetende dat José boven is, al is het niet waarschijnlijk dat hij ons zou kunnen horen. Ik hou me vast door zijn onderrug beet te pakken, en in een moment van impulsieve dapperheid geef ik hem een mep op zijn billen. Hij mept me net zo snel terug.

'Au!' krijs ik.

'Tijd om te douchen,' verklaart hij triomfantelijk.

'Zet me neer!' Ik probeer afkeurend te klinken, maar dat mislukt hopeloos. Mijn gespartel is zinloos – zijn arm stevig om mijn dijen geklemd – en om de een of andere reden kan ik niet ophouden met giechelen.

'Ben je gehecht aan deze schoenen?' vraagt hij op geamuseerde toon terwijl hij de deur naar de badkamer opendoet.

'Ik heb liever dat ze de grond aanraken.' Ik probeer te snauwen, maar dat is niet heel effectief omdat ik mijn lach niet kan onderdrukken.

'Uw wens is mijn bevel, mevrouw Steele.' Zonder me neer te zetten doet hij mijn schoenen uit en laat ze met luid gekletter vallen op de tegelvloer. Hij houdt even stil bij de wastafel en leegt zijn broekzakken – lege BlackBerry, sleutels, portemonnee, de sleutelhanger. Ik kan me nauwelijks voorstellen hoe ik er vanuit deze hoek uitzie in de spiegel. Zodra hij klaar is, loopt hij resoluut naar zijn enorme douche.

'Christian!' roep ik luid – het is nu duidelijk wat hij van plan is.

Hij doet de kraan vol aan. *Jemig!* IJskoud water regent neer op mijn billen, en ik gil – en hou vervolgens weer in, herinner me ineens dat José zich direct boven ons bevindt.

Het is koud en ik heb al mijn kleren aan. Mijn jurk, mijn ondergoed en mijn bh zijn allemaal doordrenkt met snijdend koud water. Ik ben door- en doornat, en ik kan niet ophouden met giechelen.

'Nee!' gil ik. 'Zet me neer!' Ik geef hem weer een mep, harder nu, en Christian laat me los, laat me langs zijn nu kletsnatte lichaam glijden. Zijn witte overhemd is aan zijn borst vastgeplakt en zijn broek is doordrenkt. Ik ben ook drijfnat, rood aangelopen, wiebelig en buiten adem, en hij kijkt op me neer met een grote grijns, en ziet er zo... ongelooflijk sexy uit.

Hij herpakt zich, zijn ogen glanzen, en hij houdt mijn gezicht weer in zijn handen, brengt mijn lippen naar de zijne. Zijn kus is teder, koesterend en leidt me volkomen af. Het kan me niet meer schelen dat ik aangekleed en kletsnat onder Christians douche sta. Wij staan samen onder het stromende water. Hij is terug, hij is veilig, hij is van mij.

Mijn handen bewegen volledig uit zichzelf richting zijn overhemd dat iedere welving van zijn borstkas accentueert, zijn borsthaar zichtbaar onder de natte witte stof. Ik trek zijn overhemd uit zijn broek, en hij kreunt tegen mijn mond aan, maar zijn lippen verlaten geen seconde de mijne. Terwijl ik zijn overhemd losknoop, gaan zijn vingers richting mijn rits, trekken de sluiting langzaam naar beneden. Zijn lippen worden indringender, uitdagender, zijn tong neemt bezit van mijn mond – en mijn lichaam spat uiteen van verlangen. Ik ruk hard aan zijn overhemd, scheur het open. De knoopjes vliegen in het rond, ketsen af tegen de tegels en verdwijnen op de vloer van de douche. Terwijl ik de doorweekte stof van zijn natte schouders en armen afstroop duw ik hem tegen de muur, dwarsboom zijn pogingen mij uit te kleden. 'Manchetknopen,' zegt hij, en houdt zijn polsen omhoog, daar waar zijn overhemd als een natte lap naar beneden hangt.

Met bevende vingers, maak ik eerst een en dan de andere mouw los, laat zijn gouden manchetknopen argeloos op de tegelvloer vallen, gevolgd door zijn overhemd. Met zoekende ogen kijkt hij in de mijne, door het vallende water heen, zijn blik vurig en beestachtig. Ik grijp naar zijn gulp, maar hij schudt zijn hoofd en pakt me bij mijn schouders, draait me om zodat ik met mijn rug naar hem toe sta. Hij bereikt eindelijk het einde van de lange weg zuidwaarts van mijn ritssluiting, strijkt mijn natte haren weg van mijn hals, en met zijn tong draalt hij van mijn nek naar mijn haarlijn en weer terug, kussend en zuigend.

Ik kreun en hij doet langzaam mijn jurk uit, begint bij mijn schouders, langs mijn borsten, kust mijn nek net onder mijn oor. Hij doet mijn bh los en duwt hem van mijn schouders, bevrijdt mijn borsten. Zijn handen reiken naar voren en pakken ieder een borst vast terwijl hij goedkeurend in mijn oor mompelt.

'Zo mooi,' fluistert hij.

Mijn armen zitten vastgeklemd door de bandjes van mijn bh en mijn jurk, die half onder mijn borsten hangen, mijn armen nog altijd in de mouwen, maar mijn handen zijn vrij. Ik rol mijn hoofd naar achteren, zodat Christian beter bij mijn nek kan en druk mijn borsten in zijn magische handen. Ik reik achter me en verwelkom de hapering in zijn ademhaling wanneer mijn zoekende vingers contact maken met zijn erectie. Hij duwt zijn kruis tegen mijn gretige handen. Verdomme, waarom liet hij mij zijn broek niet uitdoen?

Hij trekt aan mijn tepels, en terwijl ze harder worden en meegeven onder zijn ervaren aanraking, verdwijnen alle gedachten aan zijn broek en piekt het genot scherp en vol verlangen in mijn buik. Ik leg mijn hoofd naar achteren, tegen hem aan, en kreun.

'Ja,' zegt hij hees en hij draait me weer om, vangt mijn mond met de zijne. Hij pelt mijn bh, jurk en slipje naar beneden zodat ze samen met zijn overhemd in een nat hoopje op de douchevloer liggen.

Ik pak de douchegel die naast ons staat. Christian verstijft als hij beseft wat ik ga doen. Terwijl ik hem recht in de ogen kijk, knijp ik wat van de heerlijk geurende gel op mijn handpalm en houd mijn hand voor zijn borst, wachtend op een antwoord op mijn stille vraag. Zijn ogen worden groot en hij knikt nauwelijks waarneembaar.

Ik leg mijn hand voorzichtig op zijn borstbeen en begin de zeep in zijn huid te masseren. Zijn borst zwelt met zijn scherpe inademing, maar hij blijft stokstijf staan. Na een tel pakt hij mijn heupen vast, maar hij duwt me niet weg. Hij kijkt me argwanend aan, zijn blik eerder intens dan angstig, maar zijn mond een beetje open terwijl zijn ademhaling sneller wordt.

'Is dit oké?' fluister ik.

'Ja.' Zijn korte, hese antwoord is bijna een snak naar adem. Ik moet terugdenken aan al die keren dat we samen onder de douche hebben gestaan, maar die keer bij de Olympic is een bitterzoete herinnering. En nu mag ik hem aanraken. Ik was hem, teken tedere cirkels op zijn huid, was mijn man, ga door richting zijn onderarmen, over zijn ribben, neerwaarts over zijn platte, strakke, buik, volg het zachte spoor van haartjes op zijn onderbuik, richting de band van zijn broek.

'Mijn beurt,' fluistert hij en pakt de fles shampoo, hij zorgt ervoor dat we niet langer binnen het bereik van het stromende water staan, hij knijpt wat boven op mijn hoofd.

Ik denk dat dit het teken is dat ik moet stoppen hem te wassen, dus haak ik mijn vingers in de band van zijn broek. Hij werkt de shampoo in mijn haar, zijn sterke, lange vingers masseren mijn hoofdhuid. Ik kreun van dankbaarheid, sluit mijn ogen en geef me over aan de hemelse sensatie. Na alle stress van deze avond is dit precies wat ik nodig heb.

Hij grinnikt en ik open een oog, zie hoe hij naar me glimlacht. 'Lekker?'

'Hmm...'

Hij grijnst. 'Vind ik ook,' zegt hij, en hij buigt voorover om mijn voorhoofd te kussen, terwijl zijn vingers doorgaan met hun heerlijke, stevige massage van mijn hoofdhuid.

'Draai je om,' zegt hij autoritair. Ik doe wat me gezegd wordt, en zijn vingers kneden langzaam mijn hoofd, ze wassen, ontspannen, houden van me. O, dit is hemels. Hij pakt meer shampoo en wast de lange lokken die op mijn rug hangen. Wanneer hij klaar is, zet hij me terug onder de douche.

'Leun met je hoofd naar achteren,' beveelt hij zachtjes.

Ik volg zijn bevel gewillig op, en hij spoelt het zeepsop voorzichtig weg. Als hij klaar is, sta ik weer oog in oog met hem en ga direct aan de slag met zijn broek.

'Ik wil je helemaal wassen.'

Ik fluister. Hij lacht die schuine lach van hem en steekt zijn handen omhoog in een gebaar dat betekent 'Ga je gang, schatje.' Ik grijns: het is net pakjesavond. Zijn gulp heb ik snel open, en zijn broek en boxershort vallen al snel boven op het hoopje kleren dat er al lag. Ik sta en pak de douchegel en de spons.

'Het lijkt erop dat je blij bent me te zien,' zegt ik droog.

'Ik ben altijd blij om u te zien, mevrouw Steele.' Hij grijnst zelfgenoegzaam.

Ik zeep de spons in, en hervat mijn reis over zijn borst. Hij is meer ontspannen – misschien komt dat doordat ik hem niet direct aanraak. Ik ga zuidwaarts, over zijn buik, de donkere streep haartjes, door zijn schaamhaar en naar beneden over zijn erectie.

Ik kijk hem even snel aan, en hij kijkt naar me met omfloerste ogen en sensueel verlangen. *Hmm... Deze blik bevalt me wel.* Ik laat de spons vallen en gebruik mijn handen, pak hem stevig vast. Hij sluit zijn ogen, legt zijn hoofd naar achteren en kreunt, duwt zijn heupen tegen mijn handen.

O yes! Het is zo opwindend. Mijn innerlijke godin is weer terug na haar avond vol hopeloos heen-en-weer-geschommel en gehuil in een hoekje van de kamer, en ze draagt haar sloerierode lippenstift.

Zijn vurige ogen vangen ineens de mijne. Hij herinnert zich iets.

'Het is zaterdag,' roept hij, zijn ogen branden met geile verwondering, en hij pakt me bij mijn heup, trekt me naar zich toe en kust me wild.

Whoa – de snelheid wordt opgeschroefd!

Zijn handen glijden rap over mijn gladde, natte lijf, naar mijn vagina, zijn vingers verkennen, plagen, en zijn mond is ongenadig, beneemt me de adem. Zijn andere hand woelt door mijn natte haren, houdt me op mijn plek terwijl ik de volle kracht van zijn ongebreidelde passie onderga. Zijn vingers bewegen in me.

'Ahh,' kreun ik in zijn mond.

'Ja,' sist hij, en tilt me op, zijn handen onder mijn billen. 'Wikkel je benen om me heen, schatje.' Ik vouw mijn benen om hem heen, en ik hang om zijn nek als een aapje. Hij pint me vast tegen de muur van de douche, en stopt even, kijkt naar me.

'Ogen open,' fluistert hij. 'Ik wil je zien.'

Ik kijk, knipper met mijn ogen, mijn hart bonst, mijn bloed klopt heet en zwaar door mijn lijf, verlangen, puur en wild giert door mijn aderen. Dan komt hij o zo langzaam bij me naar binnen, hij vult me op, eist me op, huid tegen huid. Ik duw tegen hem aan en kreun hard. Eenmaal volledig in me, houdt hij weer stil, zijn gezicht gespannen, intens.

'Je bent van mij, Anastasia,' fluistert hij.

'Voor altijd.'

Hij lacht triomfantelijk en beweegt, ik hap naar adem.

'En nu mag iedereen het weten, want jij hebt ja gezegd.' Zijn toon is stemmig, en hij buigt zich iets voorover, vangt mijn mond met de zijne, en begint te bewegen... langzaam en heerlijk. Ik sluit mijn ogen en leg mijn hoofd naar achteren terwijl mijn lichaam zich kromt, mijn wil geeft zich over aan de zijne, slaaf van zijn bedwelmend trage ritme.

Zijn tanden schampen mijn kaak, mijn kin, en naar beneden langs mijn hals; hij versnelt, duwt me verder, hoger – weg van het aardse, de douchestralen, de angst eerder die avond. Er is niets anders dan mijn man en ik die samen bewegen als één – allebei volkomen opgegaan in de ander – ons gehijg en gekreun vermengen zich. Ik geniet van het uitzinnige gevoel dat hij bezit van me neemt, terwijl mijn lichaam om hem heen in volle bloei komt.

Ik had hem kwijt kunnen raken... en ik hou van hem... Ik hou zoveel van hem, en ineens word ik overspoeld door de grootsheid van mijn liefde en de diepte van mijn verbintenis met hem. Ik zal de rest van mijn leven van deze man houden, en met die gigantische, alles ontstijgende gedachte, ontplof ik om hem heen – een helend, zuiverend orgasme, ik schreeuw zijn naam terwijl de tranen over mijn wangen stromen.

Hij bereikt zijn hoogtepunt en komt diep in me klaar. Zijn gezicht verborgen in mijn nek, zakt hij naar de grond, houdt me stevig vast, kust mijn gezicht, en kust mijn tranen weg terwijl het water om ons heen neerkomt en ons schoonwast.

'Mijn vingers zijn helemaal gerimpeld,' zeg ik, voldaan en natollend, terwijl ik tegen zijn borst leun. Hij brengt mijn vingers naar zijn lippen, en kust ze, één voor één.

'We moeten maar eens onder de douche vandaan.'

'Ik vind het hier prettig.' Ik zit tussen zijn benen en hij houdt me dicht tegen zich aan. Ik wil me niet verroeren.

Christian mompelt zijn goedkeuring. Maar ineens ben ik doodmoe, wereldmoe. Er is zoveel gebeurd afgelopen week – genoeg drama voor een heel leven – en nu ga ik trouwen. Ik moet ineens giechelen van ongeloof.

'Is er iets grappigs, mevrouw Steele?' vraagt hij liefdevol.

'Het is een drukke week geweest.'

Hij grijnst. 'Dat kun je wel zeggen.'

'Ik ben zo dankbaar dat je heelhuids terug bent gekomen, meneer Grey,' fluister ik, ontnuchterd door de gedachte aan wat er had kunnen gebeuren. Hij verstijft, en ik heb meteen spijt dat ik hem eraan heb herinnerd.

'Ik was bang,' geeft hij tot mijn verbazing toe.

'Toen het gebeurde?'

Hij knikt, zijn uitdrukking serieus.

Holy shit. 'Dus je deed er zo luchtig over om je familie gerust te stellen?'

'Ja. Ik vloog veel te laag om veilig te landen. Maar op de een of andere manier lukte het toch.'

Shit. Ik kijk hem in zijn ogen, en hij ziet er bedrukt uit, terwijl het water over ons heen stroomt. 'Hoe link was het?' Hij kijkt me aan.

'Heel link,' hij is even stil. 'Heel even was ik bang dat ik je nooit meer zou zien.'

Ik omhels hem stevig. 'Ik kan me geen leven zonder jou voorstellen, Christian. Ik hou zoveel van je dat het me bang maakt.'

'Ik ook,' zucht hij. 'Mijn leven zou leeg zijn zonder jou. Ik hou zoveel van je.' Zijn armen omhelzen me nog steviger en hij drukt zijn neus in mijn haren. 'Ik laat je nooit meer gaan.'

'Ik wil niet gaan, nooit.' Ik zoen zijn nek, en hij buigt voorover en kust me zacht.

Even later komt hij in beweging. 'Kom. Ik droog je af en stop je in bed. Ik ben doodop en jij ziet er afgemat uit.'

Ik leun achterover en trek een wenkbrauw omhoog door zijn woordkeus. Hij houdt zijn hoofd scheef en grijnst naar me.

'Wilt u iets zeggen, mevrouw Steele?'

Ik schud van nee en ga wat onbeholpen staan.

Ik zit in bed. Christian stond erop om mijn haar te föhnen – hij is er erg goed in. Hoe dat zo is gekomen is geen fijne gedachte, dus wuif ik die direct weg. Het is al na twee uur 's nachts, en ik wil gaan slapen. Christian kijkt naar me en bekijkt de sleutelhanger nog eens aandachtig voordat hij in bed klimt. Hij schudt zijn hoofd, nog steeds vol ongeloof.

'Dit is zo gaaf. Het beste verjaardagscadeau dat ik ooit heb gekregen.' Hij kijkt me aan, zijn blik teder en warm. 'Beter zelfs dan mijn getekende Giuseppe DeNatale-poster.'

'Ik had het je eerder willen vertellen, maar aangezien het je verjaardag was... Wat geef je iemand die alles al heeft? Dus ik dacht, ik geef je... mij.'

Hij legt de sleutelhanger op het nachtkastje en komt dicht tegen me aan liggen, trekt me tegen zich aan zodat we lepeltje lepeltje liggen.

'Het is perfect. Net zoals jij.'

Ik grijns, al kan hij de uitdrukking op mijn gezicht niet zien. 'Ik ben allesbehalve perfect, Christian.'

'Grijnst u naar mij, mevrouw Steele?'

Hoe weet hij dat? 'Misschien.' Ik giechel. 'Mag ik je iets vragen?

'Natuurlijk.' Hij drukt zijn neus tegen mijn nek.

'Je hebt me niet gebeld toen je op de terugweg was uit Portland. Ging dat echt om José? Maakte je je zorgen dat ik hier alleen was met hem?'

Christian geeft geen antwoord. Ik draai me om om hem aan te kijken, zijn ogen zijn opengesperd als ik hem terechtwijs.

'Heb je enig idee hoe belachelijk dat is? Hoeveel angst jij je familie en mij hebt aangejaagd? We houden allemaal heel veel van je.'

Hij knippert een paar keer met zijn ogen en geeft me zijn verlegen glimlach. 'Ik had geen idee dat jullie zo bezorgd zouden zijn.'

Ik knijp mijn lippen samen. 'Wanneer breek ik eindelijk door dat blok beton voor je hoofd heen en zie je in dat er van je gehouden wordt?

'Blok beton?' Hij trekt verrast zijn wenkbrauwen op.

Ik knik. 'Ja. Beton.'

'Ik heb niet het idee dat mijn uitzicht beperkt wordt door een blok beton.'

'Ik meen het! Probeer me eens niet aan het lachen te maken. Ik ben nog steeds een beetje boos op je, al wordt dat enigszins overschaduwd omdat je veilig thuis bent, terwijl ik dacht dat...' Mijn stem hapert, terugdenkend aan die angstige uren. 'Nou ja, je weet wat ik dacht.'

Zijn blik verzacht en hij brengt zijn hand naar mijn gezicht, streelt me teder. 'Het spijt me. Oké?'

'En je arme moeder. Het deed me echt wat, jullie zo samen te zien,' fluister ik.

Hij glimlacht verlegen. 'Ik heb haar nog nooit zo gezien.' De herinnering doet hem met zijn ogen knipperen. 'Ja, dat was echt bizar. Ze is meestal zo beheerst. Het was een behoorlijke schok.'

'Zie je? Iedereen houdt van je.' Ik glimlach. 'Misschien ga je het nu ook eindelijk zelf geloven.' Ik buig voorover en kus hem zacht.

'Gefeliciteerd met je verjaardag, Christian. Ik ben blij dat je hier bij me bent om het samen te vieren. En je hebt nog niet eens gezien wat ik morgen, eh... vandaag voor je heb.' Ik grijns.

'Komt er nog meer?' zegt hij, verbijsterd, en er verschijnt een adembenemende grijns op zijn gezicht.

'Jazeker, meneer Grey. Maar je zult nog even geduld moeten hebben.'

Ik schrik wakker uit een droom of nachtmerrie, en mijn hart bonst. Ik draai me om, in paniek, en ben opgelucht om te zien dat Christian in diepe slaap naast me ligt. Doordat ik ging verliggen, draait hij zich om, en zoekt me in zijn slaap, legt zijn arm over me heen en rust met zijn hoofd op mijn schouder, hij zucht zachtjes.

De kamer baadt in het licht. Het is acht uur. Christian slaapt nooit zo laat uit. Ik ga achteroverliggen en laat mijn bonzende hart tot rust komen. Vanwaar deze paniek? Komt dat nog door gisteravond?

Ik draai me om en staar naar hem. Hij is hier. Hij is veilig. Ik haal diep adem, breng mezelf tot bedaren en bekijk zijn prachtige gezicht. Een gezicht dat ik inmiddels zo goed ken, iedere glooiing, iedere schaduw staat gegrift in mijn geheugen.

Hij ziet er zoveel jonger uit als hij slaapt, en ik grinnik omdat hij vandaag een heel jaar ouder is geworden. Ik omhels mezelf, denk aan zijn cadeau. Oooh... hoe zal hij reageren? Ik zou kunnen beginnen met hem ontbijt op bed te brengen. Bovendien, misschien is José er nog.

Ik kom José tegen bij het aanrecht, hij eet een bakje muesli. Ik verschiet van kleur wanneer ik hem zie. Hij weet dat ik vannacht bij Christian ben gebleven. Waarom ben ik ineens zo verlegen? Ik ben niet naakt of zo. Ik heb mijn lange zijden kamerjas aan.

'Goedemorgen, José,' glimlach ik, ik sla me er brutaal doorheen.

'Hé, Ana!' Hij straalt, is oprecht blij me te zien. Er zit geen sprankje uitdagendheid of wellust in zijn gezichtsuitdrukking.

'Goed geslapen?' vraag ik.

'Zeker, wat een waanzinnig uitzicht heb je hierboven.'

'Ja. Het is zeker nogal bijzonder.' Net als de eigenaar van dit appartement. 'Wil je een echt mannenontbijt?' plaag ik.

'Graag.'

'Christian is jarig vandaag – ik ga ontbijt op bed voor hem maken.'

'Is hij wakker?'

'Nee, volgens mij is hij nog bekaf door gisteren.' Ik kijk snel weg en loop naar de koelkast om te voorkomen dat hij ziet hoe ik bloos. *Jemig, het is José maar*. Als ik de eieren uit de koelkast haal, staat José naar me te grijnzen.

'Je vindt hem echt leuk, hè?'

Ik pers mijn lippen samen. 'Ik hou van hem, José.'

Even sperren zijn ogen open, en dan grijnst hij. 'Hoe kan het ook anders?' vraagt hij, en maakt een wijds gebaar naar de immense kamer.

Ik kijk hem kwaad aan. 'Goh. Bedankt!'

'Geintje Ana, Geintje.'

'Hmm... is dit wat ik de rest van mijn leven kan verwachten? Dat iedereen denkt dat ik om het geld met Christian trouw?'

'Echt. Ik plaag je maar. Zo zit jij niet in elkaar.'

'Is een omelet oké?' vraag ik, en verander van onderwerp. Ik heb geen zin in ruzie.

'Lekker.'

'Ik ook,' zegt Christian, terwijl hij ontspannen de kamer binnen komt paraderen. Holy shit, hij draagt alleen maar een pyjamabroek, zo een die ontzettend lekker losjes op zijn heupen hangt – *hemel!*

'José.' Hij knikt.

'Christian.' José knikt ernstig terug.

Christian draait zich naar mij om en grijnst terwijl ik staar. Hij doet dit met opzet. Ik kijk hem pseudoboos aan, en doe mijn uiterste best mezelf weer bij elkaar te rapen. Christians uitdrukking verandert subtiel. Hij weet dat ik weet waar hij mee bezig is, en het kan hem niets schelen.

'Ik wilde je ontbijt op bed brengen.'

Nonchalant komt hij op me af wandelen, doet zijn armen om me heen, brengt mijn hoofd omhoog en plant een harde, natte kus op mijn lippen. Heel on-Vijftig!

'Goedemorgen, Anastasia,' zegt hij. Ik wil hem boos aankijken en zeggen dat hij zich moet gedragen – maar hij is jarig. Ik bloos. Waarom is hij zo bezitterig?

'Goedemorgen, Christian. Gefeliciteerd.' Ik glimlach naar hem, en hij grijnst naar mij.

'Ik zie uit naar mijn andere cadeau,' zegt hij, en meer is er niet nodig. Ik word zo rood als de Rode Kamer van Pijn en werp een korte, zenuwachtige blik op José, die eruitziet alsof hij iets zeer onaangenaams heeft doorgeslikt. Ik draai me om en begin het eten klaar te maken.

'En José, wat zijn jouw plannen voor vandaag?' vraagt Christian quasinonchalant en hij gaat op een barkruk zitten.

'Ik ga naar mijn vader en Ray, Ana's vader.'

Christian fronst.

'Kennen zij elkaar?'

'Ja, ze zaten samen in het leger. Ze waren elkaar uit het oog verloren totdat Ana en ik samen naar de universiteit gingen. Het is eigenlijk best schattig. Ze zijn nu beste maatjes. We gaan vissen.'

'Vissen?' Christian is oprecht geïnteresseerd.

'Ja – je kunt behoorlijk wat moois vangen in deze kustwateren. De regenboogforellen kunnen gigantisch worden.'

'Dat is waar. Mijn broer Elliot en ik vingen er ooit een van vijftien kilo.'

Hebben ze het over vissen? Wat is dat toch met vissen? Nooit begrepen.

'Vijftien kilo? Niet slecht. Maar Ana's vader, die heeft het absolute record in handen. Bijna twintig kilo.'

'Echt?! Heeft hij nooit verteld.'

'Gefeliciteerd met je verjaardag, trouwens.'

'Dank je. Maar vertel, waar vis jij het liefst?'

Ik haak af. Dit hoef ik niet te weten. Maar ik ben tegelijkertijd ook opgelucht. Zie je wel, Christian? Zo erg is José niet.

Tegen de tijd dat José klaar is om te vertrekken, gaan ze veel meer ontspannen met elkaar om. Christian trekt snel een T-shirt en een spijkerbroek aan, en loopt op blote voeten met José en mij naar de hal.

'Bedankt dat ik hier mocht slapen,' zegt José tegen Christian terwijl ze elkaars hand schudden.

'Je bent altijd welkom,' glimlacht Christian.

José geeft me een snelle omhelzing. 'Hou je goed, Ana.'

'Doe ik. Ik vond het fijn om je weer te zien. En de volgende keer gaan we echt een avond op stap.'

'Daar houd ik je aan.' Hij zwaait naar ons vanuit de lift, en is weg.

'Zie je wel dat hij best aardig is?'

'Hij wil nog steeds met je naar bed, Ana. Al begrijp ik dat heel goed.'

'Christian, dat is niet waar!'

'Je hebt echt geen idee, hè?' Hij grijnst naar me. 'Hij wil je. Mega.'

Ik frons. 'Christian, we zijn gewoon vrienden, goede vrienden.' En ineens realiseer ik me dat ik precies als Christian klink wanneer hij het over Mrs. Robinson heeft. Een onaangename gedachte.

Christian houdt zijn handen omhoog en gebaart me tot kalmte. 'Ik wil geen ruzie maken.'

O! We hebben helemaal geen ruzie... toch? 'Ik ook niet.'

'Je hebt hem niet verteld dat we gaan trouwen.'

'Nee. Ik vind dat ik het eerst aan mama en Ray moet vertellen.'

Shit. Dit is de eerste keer dat ik daaraan heb gedacht sinds ik ja heb gezegd. Jemig – wat zullen mijn ouders ervan zeggen?

Christian knikt. 'Ja, je hebt gelijk. En ik... eh, moet het eigenlijk aan je vader vragen.'

Ik lach. 'O, Christian – we leven niet in de achttiende eeuw.'

Holy shit. Wat gaat Ray zeggen? De gedachte aan dat gesprek is afschuwelijk.

'Zo hoort het.' Christian haalt zijn schouders op.

'Laten we het daar een andere keer over hebben. Ik wil je je andere cadeau geven.' Mijn doel is hem af te leiden. De gedachte aan mijn cadeau brandt een gat in mijn bewustzijn. Ik moet het aan hem geven en zijn reactie zien.

Hij geeft me zijn verlegen glimlach, en mijn hart slaat over. Zo lang als ik leef, ik zal nooit genoeg krijgen van zijn lach.

'Je bijt op je lip,' zegt hij, en hij knijpt me zachtjes in mijn kin.

Zijn aanraking stuurt een schok door mijn lijf. Zonder een woord, en nu ik nog een sprankje lef heb, pak ik zijn hand en leid hem naar de slaapkamer. Ik laat zijn hand vallen, hem achterlatend naast het bed, en vanonder het bed, aan mijn kant, pak ik de twee overgebleven doosjes.

'Twee?' zegt hij, verrast. Ik adem diep in. 'Ik had deze gekocht voor het, eh... incident gisteren. Ik weet het nu niet meer zo zeker.' Ik geef hem snel een van de pakketjes voor ik van gedachten kan veranderen.

Hij kijkt naar me, vragend, hij voelt mijn onzekerheid.

'Weet je zeker dat ik het open mag maken?'

Ik knik, angstig.

Christian scheurt het papier eraf en kijkt verrast naar de doos.

'Charlie Tango,' fluister ik.

Hij grijnst. In het doosje zit een kleine houten helikopter met een grote, door zonne-energie aangedreven rotor. Hij maakt het open.

'Op zonne-energie,' zegt hij. 'Wauw.' En voor ik er erg in heb zit hij op bed en zet de helikopter in elkaar. Hij is eenvoudig in elkaar te klikken en Christian houdt hem omhoog in zijn handpalm. Een blauwe houten helikopter. Hij kijkt me aan en geeft me zijn fantastische, toonbeeld-van-een-jongen-glimlach, loopt vervolgens naar het raam zodat de kleine helikopter baadt in het zonlicht en de rotor begint te draaien.

'Kijk nou eens,' zegt hij blij verrast, en bekijkt hem geconcentreerd. 'Wat we al niet kunnen met die technologie.' Hij houdt hem op ooghoogte, kijkt hoe de rotor draait. Hij is gefascineerd, en het is fascinerend om te zien hoe hij in gedachten verzonken staart naar het helikoptertje. Waar denkt hij aan?

'Vind je hem leuk?'

'Ana, ik vind hem geweldig. Dankjewel.' Hij pakt me beet en kust me snel, en draait zich vervolgens weer om om naar de draaiende rotor te kijken. 'Ik zet hem bij mijn zweefvliegtuigje op kantoor,' zegt hij, afgeleid, kijkend naar de draaiende wieken. Hij beweegt zijn hand naar de schaduw, en de rotor vertraagt en stopt.

Ik glimlach van oor tot oor, en wil mezelf een knuffel geven. Hij vindt hem geweldig. Natuurlijk, hij is helemaal bezeten van alternatieve technologieën, dat was ik even vergeten in mijn haastige aankoopactie. Hij zet hem op de ladekast, en draait zich naar me toe.

'Hij kan me gezelschap houden tot Charlie Tango gerepareerd is.'

'Is die te redden dan?'

'Ik weet het niet. Ik hoop het, anders ga ik haar missen.'

Haar? Ik schrik van mijn plotselinge jaloezie op een levenloos ding. Mijn onderbewustzijn gniffelt spottend. Ik negeer haar.

'Wat zit er in de andere doos?' vraagt hij, met grote ogen als een opgewonden kind.

O hemel. 'Ik weet niet zo goed of die voor jou is of voor mij.'

'Echt?' vraagt hij, en ik weet dat ik zijn interesse aangewakkerd heb. Zenuwachtig overhandig ik hem het tweede doosje. Hij schudt het voorzichtig heen en weer en we horen beiden zwaar gerammel. Hij kijkt me aan.

'Waarom ben je zo zenuwachtig?' vraagt hij, geamuseerd. Ik haal mijn schouders op, beschaamd en opgewonden terwijl ik bloos. Hij trekt een wenkbrauw omhoog.

'Ik ben geïntrigeerd, mevrouw Steele,' fluistert hij, en zijn stem raakt me diep vanbinnen, verlangen en verwachting in mijn buik.

'Ik moet zeggen dat ik je reactie erg plezierig vind. Wat heb je allemaal uitgespookt?' Vragend knijpt hij zijn ogen een beetje dicht.

Ik hou mijn lippen stijf op elkaar en hou mijn adem in.

Hij tilt het dekseltje omhoog en haalt een klein kaartje tevoorschijn. De rest van de inhoud is ingepakt in dun papier. Hij vouwt het kaartje open, en zijn blik schiet mijn kant op – ogen wijd, geschokt of verbaasd opengesperd. Ik heb geen idee.

'Onbeleefde dingen met je doen?' vraagt hij. Ik knik en slik. Hij houdt zijn hoofd omzichtig schuin, probeert mijn reactie te peilen, en fronst. Dan vestigt hij zijn aandacht weer op het doosje. Hij scheurt het lichtblauwe papier open en haalt een oogmasker, een paar tepelklemmen, een buttplug, zijn iPod, zijn zilvergrijze das – en boven alles – de sleutel van zijn speelkamer tevoorschijn.

Hij staart naar me, zijn uitdrukking donker, onontcijferbaar. *O shit.* Was dit een slechte zet?

'Wil je spelen?' vraagt hij zacht.

'Ja,' fluister ik.

'Voor mijn verjaardag?'

'Ja.' Ik zou onmogelijk nog kleiner kunnen klinken.

Op zijn gezicht zie ik een opeenvolging van uitdrukkingen, geen enkele daarvan kan ik plaatsen. Uiteindelijk blijft hij hangen bij verlangen. *Hmm...* Niet bepaald de reactie die ik had verwacht.

'Weet je het zeker?' vraagt hij.

'Niet de zweepjes en zo.'

'Dat begrijp ik.'

'In dat geval, ja. Ik weet het zeker.'

Hij schudt zijn hoofd en kijkt naar de inhoud van het doosje. 'Seksbelust en onverzadigbaar. Tja, ik denk dat we hier wel wat mee kunnen,' zegt hij bijna in zichzelf, en hij doet vervolgens de spullen weer terug in het doosje. Wanneer hij me weer aankijkt, is zijn uitdrukking volslagen anders. Allemachtig, zijn grijze ogen branden, en zijn lippen krullen zich tot een langzame, erotische glimlach. Hij steekt zijn hand naar me uit.

'Nu,' zegt hij, en het is geen vraag. Mijn buik spant zich, stevig en hard, diep, heel diep vanbinnen.

Ik leg mijn hand in de zijne.

'Kom,' beveelt hij, en ik volg hem de slaapkamer uit, mijn hart in mijn keel. Verlangen schiet glad en heet door mijn aderen en mijn hele lijf staat strak van hongerige verwachting. Mijn innerlijke godin doet een flikflak om haar ligstoel heen. Eindelijk!

Eenentwintig

Christian houdt stil voor de speelkamer.

'Weet je het zeker?' vraagt hij, zijn blik opgewonden en toch ook bezorgd.

'Ja,' zeg ik vastbesloten, met een verlegen glimlach.

Zijn blik wordt zachter. 'Dingen die je niet wilt doen?' Ik ben enigszins van mijn à propos door zijn vraag, en mijn gedachten schieten alle kanten op. Eén ding blijft hangen. 'Ik wil niet dat je foto's van me neemt.'

Hij verstart, en zijn uitdrukking verhardt terwijl hij zijn hoofd naar een kant buigt.

O shit. Even denk ik dat hij gaat vragen waarom, maar gelukkig doet hij dat niet.

'Oké,' zegt hij. Hij fronst en draait de sleutel in het slot, stapt opzij om mij de kamer binnen te laten. Ik voel zijn blik op me terwijl hij achter mij aan de kamer in loopt en de deur dichtdoet.

Hij zet het doosje op de ladekast, pakt zijn iPod eruit, zet hem aan, en zwaait naar de muziekinstallatie op de muur waarna de deurtjes van gerookt glas zachtjes openglijden. Hij drukt op een paar knoppen, en na een paar tellen echoot het geluid van een metro door de kamer. Hij zet het volume zachter, zodat het langzame, hypnotiserende elektronische ritme dat erop volgt als een warme deken voelt. Een vrouw begint te zingen, ik heb geen idee wie ze is maar haar stem is zacht en ruw tegelijk, en het ritme is uitgemeten, weloverwogen... erotisch. O hemel. Het is muziek om op te vrijen.

Christian draait zich naar me om terwijl ik in het midden van de kamer sta, mijn hart bonst, het bloed raast door mijn aderen, pulseert – of zo lijkt het – in hetzelfde verleidelijke ritme als dat van de muziek. Hij wandelt nonchalant naar me toe en trekt zachtjes aan mijn kin zodat ik niet langer op mijn lip bijt.

'Wat wil je, Anastasia?' zegt hij zacht, en hij geeft me een korte, kuise kus op mijn mondhoek, zijn vingers houden nog altijd mijn kin vast.

'Het is jouw verjaardag. Ik wil wat jij wilt,' fluister ik. Met zijn duim volgt hij de contouren van mijn onderlip, zijn voorhoofd opnieuw gefronst.

'Zijn we hier omdat je denkt dat ik hier wil zijn?' Hij spreekt de woorden op zachte toon uit, maar kijkt me intens aan.

'Nee,' fluister ik. 'Ik wil hier ook zijn.'

Zijn blik wordt donkerder, brutaler terwijl hij mijn reactie peilt. Na wat een eeuwigheid lijkt, spreekt hij.

'O, er zijn legio mogelijkheden, mevrouw Steele.' Zijn stem laag, opgewonden. 'Maar laten we beginnen met je uit te kleden.' Hij trekt aan de riem van mijn kamerjas zodat die openvalt, onthult daarmee mijn zijden nachthemd, doet een stap terug en gaat nonchalant op de armleuning van de Chesterfield-bank zitten.

'Kleed je uit. Langzaam.' Hij kijkt me sensueel, uitdagend aan.

Ik slik dwangmatig, knijp mijn dijen samen. Ik ben al vochtig tussen mijn benen. Mijn innerlijke godin staat naakt en in de rij, klaar voor de start, wacht en smeekt me om op te schieten. Ik schud de kamerjas los van mijn schouders, blijf hem strak aankijken, haal mijn schouders op en laat de kamerjas golvend op de vloer vallen. Zijn hypnotiserende ogen worden heter, en hij strijkt met zijn wijsvinger over zijn lippen terwijl hij naar me staart.

Terwijl ik de spaghettibandjes van mijn nachthemd langzaam van mijn schouders schuif, kijk ik hem even aan, en wend daarna mijn blik af. Mijn nachthemd glijdt en valt golvend van mijn lichaam af, ligt gedrapeerd aan mijn voeten. Ik ben naakt, moet zowat hijgen en ben o zo klaar.

Christian pauzeert even, en ik verbaas me over wat niet anders omschreven kan worden dan zijn uitdrukking van vleselijke waardering. Hij staat op, loopt naar de ladekast en pakt zijn zilvergrijze das – mijn favoriete das. Hij speelt ermee terwijl hij zich omdraait en rustig naar me toe loopt, een glimlach om zijn lippen. Wanneer hij voor me staat, verwacht ik dat hij om mijn handen gaat vragen, maar dat doet hij niet.

'Ik vind dat u niet netjes genoeg bent aangekleed, mevrouw Steele,' zegt hij. Hij doet de das om mijn nek, en langzaam maar behendig knoopt hij hem in wat waarschijnlijk een perfecte Windsor is. Terwijl hij de knoop strakker trekt, strijken zijn vingers langs mijn hals, en er schiet een elektrische schok door me heen, doet me naar adem happen. Hij laat de brede kant van de das lang, lang genoeg dat hij mijn schaamhaar schampt.

'U ziet er nu perfect uit, mevrouw Steele,' zegt hij, en buigt voorover om me teder op mijn lippen te kussen. Het is een snelle kus, en ik wil meer, verlangen gaat als een draaikolk door mijn lijf.

'Wat zullen we nu eens met je doen?' zegt hij, en hij pakt de das vast en trekt er hard aan, waardoor ik in zijn armen beland. Zijn handen duiken in mijn haar en trekken mijn hoofd naar achteren, en hij geeft me een echte zoen, hard, zijn tong ruw en genadeloos. Een van zijn handen zoekt zijn weg naar beneden en pakt mijn billen vast. Als hij zich terugtrekt, is hij ook ademloos en hij kijkt naar me, zijn ogen een wollig grijs; en ik blijf achter, vol verlangen, hijgend, beduusd. Ik weet zeker dat mijn lippen opgezwollen zijn na deze sensuele aanval.

'Draai je om,' beveelt hij teder en ik gehoorzaam. Hij trekt mijn haren los van onder de das, en hij legt er snel een vlecht in en maakt het vast. Hij trekt aan de vlecht zodat ik met mijn kin omhoog kom.

'Je hebt prachtig haar, Anastasia,' zegt hij, en hij zoent mijn hals, er loopt een rilling door mijn lijf.

'Je hoeft alleen maar stop te zeggen. Dat weet je, toch?' fluistert hij, zijn adem warm op mijn hals.

Ik knik, mijn ogen gesloten, en geniet van de sensatie van zijn lippen op mijn huid. Hij draait me weer om en pakt het uiteinde van de das.

'Kom,' zegt hij, en hij trekt zachtjes aan de das, leidt me naar de ladekast waar de rest van de inhoud van het doosje uitgestald ligt.

'Anastasia, deze dingen.' Hij houdt de buttplug omhoog. 'Deze is een maat te groot. Als anale maagd wil je zeker niet met deze beginnen. Hier willen we mee beginnen.' Hij houdt zijn pink omhoog, en ik hap verschrikt naar adem, geschokt. Vingers... *daar?* Hij grijnst naar me, en de onaangename gedachte aan het anale fisten dat in het contract genoemd werd schiet door mijn hoofd.

'Gewoon vinger – enkelvoud,' zegt hij zacht met die merkwaardige gave die hij heeft om mijn gedachten te lezen. Mijn blik schiet naar zijn ogen. Hoe doet hij dat toch?

'Deze klemmen zijn wreed.' Hij geeft de tepelklemmen een por. 'We gebruiken deze.' Hij legt een ander paar klemmen op het kastje. Ze lijken op gigantische haarschuifjes, maar dan met kleine gitzwarte juweeltjes die eraan hangen. 'Ze zijn verstelbaar,' zegt Christian, op een zorgzame toon.

Ik kijk hem aan, knipper met mijn ogen, Christian, mijn seksuele mentor. Hij weet hier zoveel meer van dan ik. Ik zal hem nooit inhalen. Ik frons. Hij weet zoveel meer dan ik over alles... behalve koken dan.

'Duidelijk?' vraagt hij.

'Ja,' fluister ik, mijn mond droog. 'Ga je me vertellen wat je van plan bent?'

'Nee. Ik bedenk het ter plekke. Er is geen scenario, Ana.'

'Hoe moet ik me gedragen?'

Hij fronst. 'Hoe je maar wilt.'

O!

'Verwachtte je mijn alter ego, Anastasia?' vraagt hij, zijn toon licht spottend en geamuseerd tegelijkertijd. Ik knipper met mijn ogen.

'Eigenlijk wel. Ik vind hem leuk,' antwoord ik. Hij lacht geheimzinnig en brengt zijn hand naar mijn gezicht, strijkt met zijn duim langs mijn wang.

'Is dat zo?' zucht hij, en hij gaat met zijn duim langs mijn onderlip. 'Ik ben je minnaar, Anastasia, niet je Meester. Ik vind het fijn om je lach en je meisjesachtige gegiechel te horen. Ik vind het fijn om je ontspannen en gelukkig te zien, zoals je eruitziet op Josés foto's. Dat is het meisje dat mijn kantoor binnen kwam vallen. Dat is het meisje waar ik verliefd op werd.'

Lieve hemel. Mijn mond valt open, en een aangename warmte bloeit in mijn hart. Het is vreugde – pure vreugde.

'Maar ik vind het ook fijn om vulgaire dingen met u te doen, mevrouw Steele; en mijn alter ego kent wel een paar trucjes. Dus, doe wat je gezegd wordt en draai je om.' Hij heeft een verdorven glinstering in zijn ogen, en mijn vreugde beweegt zich zuidwaarts, pakt me stevig vast, omklemt iedere spier in mijn onderbuik. Ik doe wat me opgedragen wordt. Achter me trekt hij een van de lades open, en een tel later staat hij weer voor me.

'Kom,' beveelt hij en hij trekt aan de das, leidt me naar de tafel. Als we langs de bank lopen, valt het me opeens op dat de roedes weg zijn. Het leidt me af. Waren ze er gisteren nog, toen ik hier binnen was? Ik kan het me niet herinneren. Heeft Christian ze verplaatst? Mevrouw Jones? Christian onderbreekt mijn gedachtestroom.

'Ik wil dat je hierop knielt,' zegt hij, als we bij de tafel staan.

O, oké. Wat is hij van plan? Mijn innerlijke godin kan niet wachten – zij springt ninjastijl op de tafel en kijkt hem aanbiddend aan.

Hij tilt me voorzichtig op de tafel, ik vouw mijn benen onder me en kniel voor hem neer, verrast om mijn eigen elegantie. We staan nu oog in oog. Hij streelt met zijn hand over mijn dijen, pakt mijn knieën, spreidt mijn benen en staat pal voor me. Hij kijkt serieus, zijn ogen donkerder, geloken... vol lust.

'Armen op je rug. Ik ga je handen boeien.'

Hij tovert een paar leren handboeien uit zijn achterzak en pakt mijn armen beet. Dit is het. Waar gaat hij me dit keer mee naartoe nemen?

Zijn nabijheid is bedwelmend. Deze man wordt mijn echtgenoot. Is het mogelijk om zo wellustig te verlangen naar je eigen man? Ik kan me niet herinneren zoiets ooit gehoord te hebben. Ik kan hem niet weerstaan, en strijk met licht geopende mond langs zijn kaak, voel de stoppels, een opwindende combinatie van kriebelig en zacht, op mijn tong. Hij houdt zich stil en sluit zijn ogen. Zijn ademhaling stokt en hij trekt zich terug.

'Stop. Anders is dit veel sneller voorbij dan we beiden willen,' waarschuwt hij. Even denk ik dat hij boos is, maar dan glimlacht hij, en zijn opgewonden ogen stralen van vermaak.

'Je bent onweerstaanbaar,' pruil ik.

'Is dat zo?' zegt hij droog.

Ik knik.

'Pas op – niet afleiden, anders snoer ik je de mond.'

'Ik vind het leuk om je af te leiden,' fluister ik. Ik kijk hem obstinaat aan, en hij trekt een wenkbrauw omhoog.

'Of geef ik je een pak slaag.'

O! Ik probeer mijn glimlach te verbergen. Ooit, niet zo heel lang geleden, zou die dreiging voldoende zijn geweest om me in te tomen. Ik zou nooit de moed hebben gehad hem te zoenen, ongevraagd, in deze kamer. Ik realiseer me ineens dat ik me niet meer geïntimideerd voel door hem. Het is een openbaring. Ik grijns ondeugend, en hij grijnst zelfgenoegzaam terug.

'Gedraag je,' gromt hij en hij doet een pas naar achteren, staart naar me en slaat met de leren handboeien op zijn handpalm. De waarschuwing ligt in zijn handeling geïmpliceerd. Ik probeer berouwvol te kijken, en ik denk dat het gelukt is. Hij komt weer op me af lopen.

'Dat is beter,' zegt hij hees en hij leunt weer achter me met de handboeien. Ik weersta de verleiding hem aan te raken maar inhaleer zijn hemelse Christian-geur, nog altijd fris door de douche van gisteravond. *Hmm...* Misschien moet ik dit gaan bottelen.

Ik verwacht dat hij mijn polsen vastmaakt, maar hij sluit de boeien net boven mijn ellebogen. Daardoor moet ik mijn rug welven, mijn borsten naar voren duwend, al raken mijn ellebogen elkaar niet. Wanneer hij klaar is, gaat hij een stukje naar achteren staan om me te bewonderen.

'Voelt dat goed?' vraagt hij. Het is nou niet de meest comfortabele positie, maar ik ben zo bedwelmd door nieuwsgierigheid om wat zijn volgende stap wordt dat ik knik, zwak door verlangen.

'Mooi.' Hij haalt het masker uit zijn achterzak.

'Ik vind dat je nu wel genoeg hebt gezien,' zegt hij. Hij doet het masker over mijn hoofd, bedekt mijn ogen. Mijn ademhaling piekt. *Wauw*. Waarom is het zo erotisch om niets te zien? Hier zit ik dan, vastgebonden en geknield op een tafel, wachtend – zoete verwachting heftig en geil, diep in mijn buik. Maar ik kan nog steeds horen, en het melodische, regelmatige ritme van de muziek gaat door. Het resoneert in mijn lichaam. Het was me niet eerder opgevallen. Hij zal het wel op repeat hebben gezet.

Christian loopt weg. Wat doet hij? Hij gaat terug naar de ladekast en trekt een la open, doet hem weer dicht. Even later is hij terug, ik voel dat hij voor me staat. Er hangt een rijke, diepe muskusachtige geur in de lucht. Het is heerlijk, doet me bijna watertanden.

'Ik wil mijn favoriete das niet vernielen,' fluistert hij. Hij valt langzaam los nadat hij de knoop losmaakt.

Ik adem scherp in terwijl ik voel hoe de das omhoog langs mijn lijf glijdt, me kietelt. Zijn das vernielen? Ik luister geconcentreerd om vast te stellen wat hij van plan is. Hij wrijft in zijn handen. Ineens voel ik zijn knokkels over mijn wang strijken, richting mijn kaak, langs mijn kaaklijn.

Mijn lichaam springt in de houding terwijl zijn aanraking een rilling door mijn lijf laat lopen. Zijn hand spant zich over mijn hals, hij is glad door een zoet geurende olie, waardoor zijn hand gemakkelijk over mijn hals glijdt, mijn sleutelbeen, en omhoog naar mijn schouder, zachtjes knedend. O, ik krijg een massage. Niet helemaal wat ik verwachtte.

Hij plaatst zijn andere hand op mijn schouder en begint weer met een langzame, plagende reis richting mijn sleutelbeen. Ik kreun zacht terwijl hij richting mijn verlangende borsten beweegt, verlangend naar zijn handen. Het is tergend. Ik welf mijn rug en duw me dieper naar zijn behendige aanraking, maar zijn handen glijden naar mijn zij, langzaam, uitgemeten, op de maat van de muziek, en ontwijken moedwillig mijn borsten. Ik kreun, maar weet niet of dat voortkomt uit genot of frustratie.

'Je bent zo mooi, Ana,' fluistert hij, zijn stem laag en hees, zijn mond dicht naast mijn oor. Zijn neus strijkt langs mijn kaak terwijl hij me masseert – onder mijn borsten, over mijn buik, naar beneden... Hij kust me vluchtig op mijn lippen, gaat dan met zijn neus langs mijn nek, mijn hals. *Holy shit. Ik sta in brand...* zijn nabijheid, zijn handen, zijn woorden.

'En straks ben je mijn vrouw,' fluistert hij.

O hemel.

'Om lief te hebben en te koesteren.'

Jemig.

'Met mijn lichaam zal ik je aanbidden.'

Ik leg mijn hoofd naar achteren en kreun. Zijn vingers strelen door mijn schaamhaar, over mijn venusheuvel en hij wrijft met zijn handpalm tegen mijn clitoris.

'Mevrouw Grey,' fluistert hij, terwijl zijn handpalm me blijft beroeren. Ik kreun.

'Ja,' zegt hij hees, terwijl zijn handpalm me blijft plagen. 'Doe je mond open.'

Mijn mond is al open omdat ik hijg, ik open hem nog wijder, en hij stopt een groot, koel, metalen object tussen mijn lippen. Het heeft de vorm van een grote speen, heeft kleine groeven of gravering, en iets wat voelt als een ketting aan het uiteinde. Het is enorm.

'Zuigen,' beveelt hij zacht. 'Ik ga deze in je stoppen.'

In me? Waar in me? Ik voel mijn hart bonzen in mijn mond.

'Zuigen,' herhaalt hij en hij stopt met wrijven.

Nee. Niet ophouden, wil ik roepen, maar ik heb mijn mond vol. Zijn geoliede handen glijden weer omhoog langs mijn lijf en bereiken eindelijk mijn verwaarloosde borsten.

'Blijf zuigen.'

Voorzichtig rolt hij mijn tepels tussen zijn duimen en wijsvingers, ze worden meteen lang en hard onder zijn kundige aanraking, het stuurt synaptische golven van genot helemaal naar mijn kruis.

'Je hebt zulke prachtige borsten, Ana,' fluistert hij, en mijn tepels reageren direct door nog harder te worden. Hij geeft blijk van goedkeuring en ik kreun. Zijn lippen gaan naar beneden, via mijn nek, naar een borst, hij bijt en zuigt zacht, gaat door, door, richting mijn tepel en ineens voel ik het knellen van de klem.

'Ah!' breng ik uit, ondanks het ding in mijn mond. Mijn hemel, wat een apart gevoel, rauw, pijnlijk, lekker... o – het knijpt. Teder wast hij de beklemde tepel met zijn tong, en terwijl hij dat doet brengt hij ook de andere klem aan. De steek van de tweede klem is net zo scherp... maar net zo lekker. Ik kreun luid.

'Voel het,' fluistert hij.

O, dat doe ik. Dat doe ik. Dat doe ik.

'Geef me deze.' Hij geeft een kort rukje aan de versierde metalen speen in mijn mond, en ik laat los. Zijn handen bewegen weer over mijn lichaam, gaan langzaam naar beneden, richting mijn kruis. Hij heeft zijn handen opnieuw geolied. Ze glijden naar achteren, naar mijn billen.

Ik hap naar adem. Wat gaat hij doen? Ik kom omhoog op mijn knieën wanneer hij met zijn vingers tussen mijn billen streelt.

'Stil maar, rustig.' Hij ademt in mijn oor en kust mijn nek terwijl zijn vingers me beroeren en plagen.

Wat gaat hij doen? Zijn andere hand glijdt langs mijn buik naar mijn kruis, en hij wrijft weer met zijn handpalm tegen me aan. Zijn vingers komen gemakkelijk in me, en ik kreun luid, dankbaar.

'Ik ga deze in je stoppen,' fluistert hij. 'Niet hier.' Zijn vingers strijken zachtjes langs mijn billen, verspreiden de olie. 'Maar hier.' Hij maakt rondjes met zijn vingers, erin en eruit, raakt de voorkant van mijn vagina. Ik kreun en mijn beklemde tepels zwellen op.

'Ah.'

'Rustig maar.' Christian verwijdert zijn vingers en glipt het ding in me. Hij houdt mijn gezicht in zijn handen en kust me, zijn mond valt de mijne binnen, en ik hoor een lichte klik. Meteen begint de plug in me te trillen – *daarbeneden!* Ik hap naar adem. Het gevoel is onbeschrijflijk – waanzinniger dan ik ooit eerder heb gevoeld.

'Ah!'

'Zachtjes.' Christian sust me, smoort mijn kreten met zijn mond. Zijn handen bewegen naar beneden en trekken zachtjes aan de klemmen. Ik gil hard.

'Christian, alsjeblieft!'

'Rustig, schatje. Even volhouden nog.'

Dit is te veel – al die overstimulatie, overal. Mijn lichaam begint te klimmen, en zittend op mijn knieën kan ik de opbouw niet tegenhouden. *Mijn god...* kan ik dit wel aan?

'Goed zo, meisje,' kalmeert hij mij.

'Christian,' hijg ik, en zelfs ik vind dat ik wanhopig klink.

'Shhh, voel het, Ana. Niet bang zijn.' Zijn handen rusten nu op mijn taille, hij houdt me vast, maar ik kan me niet tegelijkertijd concentreren op zijn handen, wat er in me zit en ook nog eens de klemmen. Mijn lichaam stijgt op, verder, verder richting een explosie – de meedogenloze combinatie van de trillingen en de zoete, zoete marteling van mijn tepels. *Mijn god.* Het wordt te intens. Zijn handen bewegen van mijn heupen naar beneden en naar achteren, glad en geolied, ze strelen, voelen, kneden mijn huid – kneden mijn billen.

'Zo mooi,' fluistert hij en ineens duwt hij teder een vinger in me... *daar!* In mijn achterste. *Fuck.* Het voelt vreemd, vol, verboden... maar o... zo... lekker. En hij beweegt langzaam, voorzichtig naar binnen en naar buiten, terwijl hij met zijn tanden langs mijn omhooggekeerde kin schampt.

'Zo mooi, Ana.'

Ik zweef hoog – hoog boven een diep, diep ravijn, en ik vlieg en val tegelijkertijd, stort richting de aarde. Ik kan het niet meer tegenhouden, en ik schreeuw terwijl mijn lichaam schokt en klaarkomt door de overweldigende volheid. En terwijl ik ontplof ben ik een en al gevoel – overal. Christian maakt eerst een, dan de andere klem los, waardoor mijn tepels zingen in een golf van zoete, zoete pijn, maar het is o zo lekker en mijn orgasme, dit orgasme, verlengt zich, gaat maar door. Zijn vinger blijft waar hij is, en beweegt langzaam naar binnen en naar buiten.

'Argh!' gil ik, en Christian vouwt zich om me heen, houdt me vast, terwijl mijn lichaam nog altijd ongenadig schokt vanbinnen.

'*Nee!*' schreeuw ik weer, smekend, en nu trekt hij de vibrator uit me, en ook zijn vinger, terwijl mijn lichaam onophoudelijk blijft schokken.

Hij maakt een van de handboeien los, zodat mijn armen naar voren vallen. Mijn hoofd hangt slap op zijn schouder, en ik ben verloren, verloren in al deze overdonderende sensaties. Ik ben een en al ademloosheid, uitgeteld verlangen en zoete, aangename vergetelheid.

Ik ben me er vaag van bewust dat Christian me optilt, naar het bed draagt en me neerlegt op de koele satijnen lakens. Een paar tellen later voel ik hoe zijn handen, nog steeds glad van de olie, zachtjes over de achterkant van mijn dijen wrijven, mijn knieën, mijn kuiten en mijn schouders. Ik voel hoe het bed meegeeft wanneer hij zich naast me neer strekt.

Hij trekt het masker los, maar ik ben te moe om mijn ogen open te doen. Hij vindt mijn vlecht, maakt mijn haren los en buigt voorover, kust me zacht op mijn lippen. Mijn onregelmatige ademhaling is het enige wat de rust in de kamer verstoort, ik word kalmer en zweef langzaam weer richting de aarde. De muziek is opgehouden.

'Zo mooi,' fluistert hij.

Eindelijk kan ik een oog ertoe bewegen zich te openen, en ik zie hoe hij naar me kijkt, een tedere glimlach op zijn gezicht.

'Hoi,' zegt hij. Ik ben alleen in staat te antwoorden met een steun, en zijn glimlach wordt nog breder.

'Was dat vulgair genoeg?'

Ik knik en geef hem een onwillige grijns. Jemig, nog onbeleefder en ik zou ons allebei een pak slaag moeten geven.

'Volgens mij probeer je me te vermoorden,' mompel ik.

'Dood door orgasme.' Hij grijnst. 'Er zijn slechtere manieren om dood te gaan,' zegt hij, en er verschijnt een lichte frons op zijn gezicht terwijl een nare gedachte door zijn hoofd schiet. Ik breng mijn handen omhoog en streel zijn gezicht.

'Op deze manier mag je me altijd vermoorden,' fluister ik. Ik zie dat hij betoverend naakt is en klaar voor de strijd. Hij pakt mijn hand en kust mijn knokkels, ik leun omhoog en pak zijn gezicht in mijn handen en breng zijn lippen naar de mijne. Hij kust me kort, stopt dan.

'Dit is wat ik wil doen,' fluistert hij, en hij pakt de afstandsbediening van de stereo van onder zijn kussen. Hij drukt op een knop en de zachte akkoorden van een gitaar zingen door de kamer.

'Ik wil de liefde met je bedrijven,' zegt hij, en hij staart naar me, zijn grijze ogen branden van stralende, liefdevolle oprechtheid. Op de achtergrond hoor ik zachtjes de klank van een bekende stem die zingt 'The First Time Ever I Saw Your Face'. En zijn lippen vinden de mijne.

Ik klem me stevig om hem vast, en vind mijn ontlading weer. Christian laat zich gaan in mijn armen, zijn hoofd naar achteren gegooid, hij schreeuwt mijn naam. Hij houdt me strak tegen zijn borst aan terwijl we neus aan neus zitten in het midden van het enorme bed, ik boven op hem. En nu – in dit ogenblik van geluk met deze man en deze muziek – word ik weer overdonderd door alle ervaringen van deze ochtend in deze kamer en alles wat er de afgelopen week is gebeurd, niet alleen emotioneel, maar ook fysiek overdonderd. Ik word volledig overmand door al deze gevoelens. Ik ben zo ontzettend, verschrikkelijk verliefd op deze man. Dit is de eerste keer dat ik een idee krijg van hoe hij zich bezighoudt met mijn veiligheid.

Ik herinner me hoe het gisteren bijna fout afliep met Charlie Tango, een koude rilling loopt langs mijn rug en er komen tranen in mijn ogen. Als hem ooit iets zou overkomen – ik hou zoveel van hem. Mijn tranen stromen onbedaarlijk over mijn wangen. Al die kanten van Christian – zijn lieve, zachte kant en zijn ruige, ik-doe-godverdomme-met-je-waar-ik-zin-in-heb-en-je-komt-klaar-als-een-denderende-trein-Dominante kant – zijn vijftig tinten – alles. Allemaal spectaculair. Allemaal van mij. En ik besef dat we elkaar nog niet heel goed kennen, en dat we een berg aan problemen moeten overwinnen, maar ik weet ook dat ons dat gaat lukken, voor elkaar – en we hebben een leven lang om dat te doen.

'Hey,' fluistert hij hees, mijn hoofd stevig in zijn handen, hij kijkt me aan. Hij zit nog steeds in me. 'Waarom huil je?' Zijn stem bezorgd.

'Omdat ik zoveel van je hou,' fluister ik. Hij sluit zijn ogen half, alsof hij gedrogeerd is, neemt mijn woorden in zich op. Wanneer hij ze weer opent, branden ze van liefde. 'En ik van jou, Ana. Jij maakt me... compleet.' Hij zoent me zacht terwijl Roberta Flack haar lied afmaakt.

We hebben gepraat, gepraat en gepraat, samen zittend op het bed in de speelkamer, ik op zijn schoot, onze benen in elkaar verstrengeld. Het rode satijnen laken is om ons heen gedrapeerd als een koninklijke cocon, en ik heb geen flauw idee hoe laat het is. Christian lacht om mijn imitatie van Katherine tijdens de fotoshoot bij het Heathman.

'En dan te bedenken dat zij het had kunnen zijn die me kwam interviewen. Prijs de Heer voor een beetje verkoudheid,' fluistert hij en hij kust me op mijn neus.

'Ze had de griep, Christian,' zeg ik streng, mijn vingers spelen lui met zijn borsthaar, ik verwonder me erom dat hij dat zo goed verdraagt.

'Alle roedes zijn weg,' fluister ik. Ik herinner me hoe ik erdoor werd afgeleid. Voor de zoveelste keer steekt hij een plukje haar achter mijn oor.

'Ik dacht niet dat je ooit over die keiharde grens heen zou gaan.'

'Nee, dat denk ik ook niet,' fluister ik, mijn ogen wijd open, en mijn blik dwaalt onvrijwillig af naar de zweepjes, paddels en gesels die op een rij hangen aan de muur. Hij volgt mijn blik.

'Wil je dat ik die ook wegdoe?' Hij is geamuseerd, maar oprecht.

'Niet de rijzweep... dat bruine ding. Of die suède strengenzweep, je weet wel.' Ik bloos.

Hij lacht naar me.

'Oké, de rijzweep en de gesel. Welnu, mevrouw Steele, u zit vol verrassingen.'

'Als u, meneer Grey. Het is een van de dingen die ik zo geweldig aan u vind.' Ik kus hem zacht op zijn mondhoek.

'Wat vind je nog meer geweldig aan mij?' vraagt hij, en hij doet zijn ogen wijder open.

Ik weet dat het een enorme stap voor hem is om deze vraag te stellen. Het maakt me nederig en ik knipper naar hem met mijn ogen. Ik vind alles geweldig aan hem – zelfs zijn vijftig tinten. Ik weet zeker dat een leven met Christian nooit saai zal zijn.

'Dit.' Ik strijk met mijn vinger langs zijn lippen. 'Ik vind dit geweldig, en alles wat eruit komt, en wat het met me doet. En wat hierin zit.' Ik streel zijn slapen. 'Je bent zo intelligent en grappig en slim, je kunt zoveel. Maar het meest hou ik van wat hierin zit.' Ik druk mijn handpalm zachtjes op zijn borst, voel zijn regelmatige hartslag. 'Je bent de meest ruimhartige man die ik ken. Wat je doet. Hoe je werkt. Het is ontzagwekkend,' fluister ik.

'Ontzagwekkend?' Hij is verward, maar zijn uitdrukking verraadt ook dat hij een grapje maakt. Dan verandert zijn uitdrukking, en zijn verlegen glimlach komt tevoorschijn, alsof hij zich geneert, en ik wil me boven op hem werpen. En dat is precies wat ik doe.

Ik doezel, gewikkeld in satijn en Grey. Christian knuffelt me zachtjes wakker.

'Trek?' fluistert hij.

'Huhuh, uitgehongerd.'

'Ik ook.'

Ik steun op mijn ellebogen en kijk naar hem, hoe hij uitgespreid op het bed ligt.

'Het is uw feestje vandaag, meneer Grey. Ik ga iets te eten maken. Waar heb je zin in?'

'Verras me maar.' Zijn hand glijdt over mijn rug, streelt me zacht. 'Ik moet eigenlijk even op mijn BlackBerry kijken naar alle berichten die ik gisteren gemist heb.' Hij zucht en komt overeind, en ik weet dat dit bijzondere moment voorbij is... voor nu.

'Kom, we gaan douchen.'

Wie ben ik om nee te zeggen tegen de jarige job?

Christian zit in zijn studeerkamer en is aan het bellen. Taylor is bij hem, ziet er ernstig maar nonchalant uit in een spijkerbroek en strak zwart T-shirt. Ik hou me in de keuken bezig met de lunch. Ik heb zalmsteaks in de koelkast gevonden, en ik pocheer ze met citroen, maak een salade en kook wat krieltjes. Ik voel me onvoorstelbaar ontspannen en gelukkig, de koning te rijk – letterlijk. Ik draai me om richting het gigantische raam, en staar naar de prachtige blauwe lucht. *Al dat praten... al die seks... hmm.* Daar zou een meisje best aan kunnen wennen.

Taylor komt de studeerkamer uit lopen, onderbreekt mijn dagdromerij, en ik zet mijn iPod zachter en doe een oortje uit.

'Hoi, Taylor.'

'Ana.' Hij knikt.

'Alles goed met je dochter?'

'Ja, aardig dat je het vraagt. Mijn ex-vrouw dacht dat ze een blindedarmontsteking had, maar die was weer eens overbezorgd.'

Taylor draait met zijn ogen, dat verrast me. 'Er is niets aan de hand met Sophie, al heeft ze wel een nare buikgriep.'

'Wat vervelend.'

Hij glimlacht.

'Is Charlie Tango al gevonden?'

'Ja. Het bergingsteam is onderweg. Als het goed is komt ze vanavond alweer aan op Boeing Field.'

'O, gelukkig.'

Hij geeft me een verwrongen glimlach. 'Is dat alles, mevrouw?'

'Ja, ja natuurlijk.' Ik bloos... Zal ik er ooit aan wennen dat Taylor mevrouw tegen me zegt. Ik voel me er zo oud door, minstens dertig.

Hij knikt en loopt de grote kamer uit. Christian is nog altijd aan de telefoon, ik wacht tot de aardappels koken. Het brengt me op een idee. Ik pak mijn tas en vis er mijn BlackBerry uit. Ik heb een sms van Kate.

Zie je vanaaf. Kijk uit naar heul lang bijkletsen.

Ik sms terug. Ik heb zin om met Kate te praten.

Ik ook

Ik open het e-mailprogramma en typ een kort berichtje aan Christian.

Van: Anastasia Steele
Onderwerp: Lunch
Datum: 18 juni, 2011, 13:12
Aan: Christian Grey

Beste meneer Grey,

U ontvangt deze e-mail om u ervan op de hoogte te stellen dat uw lunch bijna gereed is.
En dat ik afgrijselijk lekkere kinky neukerij heb beleefd eerder vandaag.

Verjaardags-kinky-neukerij is zeer aan te raden.
En nog iets – ik hou van jou.

A x
(Je verloofde)

Ik luister of ik zijn reactie kan horen, maar hij is nog steeds aan het bellen. Ik haal mijn schouders op. Misschien heeft hij het gewoon te druk. Mijn BlackBerry trilt.

Van: Christian Grey
Onderwerp: Kinky neukerij
Datum: 18 juni, 2011, 13:15
Aan: Anastasia Steele

Welk onderdeel was het meest afgrijselijk lekker?
Ik maak aantekeningen.

Christian Grey
Uitgehongerd en wegkwijnend na de inspanningen van hedenochtend directeur, Grey Enterprises Holdings, Inc.

PS Ik vind je ondertekening geweldig

PPS Wat is er gebeurd met de kunst der conversatie?

Van: Anastasia Steele
Onderwerp: Uitgehongerd?
Datum: 18 juni, 2011, 13:18
Aan: Christian Grey

Geachte heer Grey

Mag ik u erop attenderen dat ik in mijn eerdere e-mail u reeds op de hoogte stelde van het feit dat uw lunch bijna gereed is… dus geen onzin mekkeren over uitgehongerd en wegkwijnend. Met betrekking tot de afgrijselijk lekkere aspecten van de kinky neukerij... om eerlijk te zijn – alles. Ik ben zeer geïnteresseerd in uw aantekeningen. En ik ben zelf ook nogal blij met mijn tussenhaakjes-ondertekening.

A x
(Je verloofde)

PS Sinds wanneer ben jij zo spraakzaam? En je bent aan de telefoon!

Ik druk op verzenden en kijk op, hij staat voor me, grijnzend. Voordat ik iets kan zeggen, spurt hij om het kookeiland heen, zwaait me omhoog in zijn armen, en geeft me een keurige kus.

'Dat is alles, mevrouw Steele,' zegt hij. Hij laat me los, en wandelt nonchalant – in zijn spijkerbroek, op blote voeten, shirt losjes uit zijn broek hangend – terug naar zijn kantoor, mij ademloos achterlatend.

Ik heb een waterkers-, koriander- en zure-roomdip gemaakt voor bij de zalm, en ik heb de ontbijtbar gedekt. Ik wil hem liever nooit storen als hij aan het werk is, maar nu sta ik in de deuropening van zijn kantoor. Hij is nog steeds aan de telefoon, een en al net-geneukt-haar en sprankelende grijze ogen – een visueel zeer voedzaam feestmaal. Hij kijkt op zodra hij me ziet en blijft me strak aankijken. Hij fronst licht, en ik weet niet of het door mij of het telefoongesprek komt...

'Laat hen gewoon binnen en laat hen met rust. Begrepen, Mia??' sist hij, en hij draait met zijn ogen. 'Goed zo.'

Ik maak een eetgebaar, en hij grijnst en knikt.

'Ik zie je later.' Hij hangt op. 'Nog één telefoontje?' vraagt hij.

'Tuurlijk.'

'Dat is een bijzonder kort jurkje,' voegt hij eraan toe.

'Vind je het leuk?' Ik doe een snelle pirouette voor hem. Het is een van Caroline Actons aankopen. Een zacht turkooizen zomerjurkje, waarschijnlijk meer geschikt voor het strand, maar het is zo'n mooie dag, op zo veel verschillende manieren. Hij fronst en mijn stemming zakt in elkaar.

'Het staat je fantastisch, Ana. Ik wil alleen niet dat iemand anders je zo ziet.'

'O!' zeg ik bozig. 'We zijn thuis, Christian. Er is niemand behalve het personeel.'

Zijn mond trekt, het is niet helemaal duidelijk of hij probeert te verhullen dat hij het grappig vindt of dat hij het echt niet leuk vindt. Maar uiteindelijk knikt hij, gerustgesteld. Ik schud mijn hoofd naar hem – meent hij dat nou echt? Ik ga terug naar de keuken.

Vijf minuten later staat hij weer voor me, met de telefoon in zijn hand.

'Ik heb Ray voor je aan de lijn,' fluistert hij, zijn ogen onzeker.

Alle lucht ontsnapt uit mijn lichaam. Ik pak de telefoon, leg mijn hand over de hoorn.

'Je hebt het hem verteld!' sis ik. Christian knikt, zijn ogen opengesperd in reactie op mijn paniekerige blik.

Shit! Ik adem diep in. 'Hallo, pap.'

'Christian heeft me net gevraagd of hij met je mag trouwen,' zegt Ray.

O shit. De stilte strekt zich tussen ons uit terwijl ik wanhopig probeer te bedenken wat ik zal zeggen. Ray blijft, zoals altijd, stil, en geeft me geen enkele hint over zijn reactie op dit nieuws.

'En wat heb je gezegd?' Ik geef als eerste toe.

'Ik zei dat ik met jou wilde praten. Het is wel een beetje snel, vind je niet, Annie? Je kent hem nog maar net. Ik bedoel, het is een leuke vent, weet veel van vissen... maar zo snel?' Zijn toon is kalm en afgepast.

'Ja. Het is plotseling... wacht even.' Ik haast me de keuken uit om aan de angstige blik van Christian te ontkomen en loop richting het grote raam. De deuren naar het balkon staan open, en ik stap naar buiten, in de zon. Ik durf niet helemaal naar de balustrade te lopen, dat is gewoon echt te hoog.

'Ik weet dat het snel is en zo – maar... nou ja, ik hou van hem. Hij houdt van mij. Hij wil met me trouwen, en er zal nooit een ander voor me zijn.' Ik bloos, bedenk dat dit waarschijnlijk het meest intieme gesprek is dat ik ooit met mijn stiefvader gehad heb.

Ray is nog altijd stil aan de andere kant van de lijn.

'Heb je het je moeder verteld?'

'Nee.'

'Annie... ik weet dat hij enorm rijk en geschikt is en zo, maar trouwen? Het is zo'n grote stap. Weet je het zeker?'

'Hij is mijn lang en gelukkig,' fluister ik.

'Jeetje,' zegt Ray na een tijdje, zijn toon zachter.

'Hij is alles.'

'Annie, Annie, Annie. Je bent zo'n koppige jonge vrouw. Ik hoop van harte dat je weet wat je doet. Mag ik hem weer?'

'Natuurlijk, pap, en wil jij me weggeven op mijn trouwdag?' vraag ik zachtjes.

'O, lieverd.' Zijn stem breekt, en hij is even stil, de emotie in zijn stem brengt tranen in mijn ogen. 'Niets zou me gelukkiger maken,' zegt hij uiteindelijk.

O, Ray. Ik hou zoveel van je... ik slik de tranen weg. 'Dankjewel, pap. Ik geef je Christian weer. Wees lief voor hem, ik hou van hem,' fluister ik.

Volgens mij moet Ray glimlachen aan de andere kant van de lijn, maar ik weet het niet zeker. Je weet het nooit zeker bij Ray.

'Zeker weten, Annie. En kom eens op bezoek bij deze oude man en neem die Christian mee.'

Ik been terug de kamer in – nijdig dat Christian me niet gewaarschuwd heeft – en geef hem de telefoon, de uitdrukking op mijn gezicht maakt duidelijk hoe boos ik ben. Hij kijkt geamuseerd, pakt de telefoon en gaat weer naar zijn studeerkamer.

Twee minuten later is hij terug.

'Ik heb de nogal terughoudende zegen van je stiefvader,' zegt hij trots, zo trots zelfs dat ik erom moet giechelen, en hij grijnst naar me. Hij gedraagt zich alsof hij net een gigantische fusie of overname heeft gerealiseerd, en misschien is dat ook wel zo als je het op een bepaalde manier bekijkt.

'Mens, wat kun jij lekker koken.' Christian slikt zijn laatste mondvol door en heft zijn glas met witte wijn naar me. Ik bloei helemaal op door zijn lof, en ik bedenk ineens dat ik alleen in de weekenden voor hem kan koken. Ik frons. Ik hou van koken. Misschien had ik een verjaardagstaart voor hem moeten maken. Ik kijk op mijn horloge. Ik heb nog tijd zat.

'Ana?' Hij onderbreekt mijn gedachten. 'Waarom wilde je niet dat ik foto's van je zou maken?' Zijn vraag is des te verontrustender omdat zijn stem zo bedrieglijk zacht is.

O... shit. De foto's. Ik staar wezenloos naar mijn lege bord, friemel op mijn schoot met mijn vingers. Wat moet ik zeggen? Ik had mezelf beloofd nooit te zeggen dat ik zijn versie van *Readers' Wives* gevonden had.

'Ana,' bitst hij. 'Wat is er?' Ik schrik op, en zijn stem dwingt me naar hem te kijken. Hoe kon ik denken dat hij me niet intimideerde?

'Ik heb je foto's gevonden,' fluister ik.

Zijn blik is geschokt. 'Je bent in de kluis geweest?' vraagt hij, ongelovig.

'Kluis? Nee. Ik wist niet dat je een kluis hebt.'

Hij fronst. 'Ik begrijp je niet.'

'In je kast. De doos. Ik zocht je das, en die doos lag onder je spijkerbroek... de broek die je meestal in de speelkamer draagt. Behalve vandaag.' Ik bloos.

Hij kijkt me met open mond aan, geschokt, en haalt zenuwachtig zijn hand door zijn haren terwijl hij deze informatie verwerkt. Hij wrijft over zijn kin, diep in gedachten, maar hij kan zijn uitdrukking van onthutste irritatie niet verbergen. Plotseling schudt hij met zijn hoofd, teleurgesteld – maar ook geamuseerd – en een licht bewonderende glimlach manifesteert zich rond zijn mondhoeken. Hij vouwt zijn handen voor zich en richt zijn blik weer op mij.

'Het is niet wat je denkt. Ik was ze helemaal vergeten. Die doos is verplaatst. Die foto's horen in mijn kluis te liggen.'

'Wie heeft ze verplaatst?' fluister ik.

Hij slikt. 'Er is maar een persoon die dat gedaan kan hebben.'

'O. Wie dan? En hoe bedoel je, "het is niet wat ik denk"?'

Hij zucht en houdt zijn hoofd schuin, volgens mij schaamt hij zich. *En terecht!* sneert mijn onderbewustzijn.

'Dit gaat heel kil klinken, maar – ze zijn een verzekeringspolis,' fluistert hij, en hij zet zich schrap voor mijn reactie.

'Verzekeringspolis?'

'Tegen het uitlekken van informatie.'

Het kwartje valt en tolt en rammelt ongemakkelijk door mijn hoofd.

'O,' fluister ik, omdat ik niets anders weet uit te brengen. Dit is het. Dit is Vijftig Tinten van Verneukt, dit hier, op dit moment. 'Ja. Je hebt gelijk,' zeg ik. 'Dat klinkt inderdaad kil.' Ik sta op om af te ruimen. Ik heb genoeg gehoord.

'Ana.'

'Weten ze het? Die meisjes... de Onderdanigen?'

Hij fronst. 'Natuurlijk weten ze het.'

Nou, dat is dan tenminste iets. Hij strekt zich naar me uit, pakt me vast en trekt me tegen zich aan.

'Deze foto's horen in de kluis. Ze zijn niet voor recreatief gebruik.' Hij stopt. 'Misschien wel toen ze genomen werden. Maar...' Hij stopt, smeekt me. 'Ze betekenen niets.'

'Wie heeft ze in jouw kast gelegd?'

'Dat kan alleen maar Leila geweest zijn.'

'Kent zij de combinatie van jouw kluis?'

Hij haalt zijn schouders op. 'Het zou me niets verbazen. Het is nogal een lange cijferreeks, en ik gebruik hem nauwelijks. Het is het enige nummer dat ik heb opgeschreven en nooit veranderd.' Hij schudt zijn hoofd. 'Ik vraag me af wat ze nog meer weet en of ze er nog iets anders uit heeft gehaald.' Hij fronst, richt zich dan weer tot mij. 'Luister, ik vernietig die foto's nu meteen, als je dat wilt.'

'Het zijn jouw foto's, Christian. Doe ermee wat je wilt,' antwoord ik.

'Doe niet zo,' zegt hij en hij houdt mijn hoofd in zijn handen en kijkt me indringend aan. 'Ik wil dat leven niet. Ik wil ons leven, samen.'

Holy shit. Hoe weet hij dat achter mijn ontzetting over deze foto's eigenlijk paranoia schuilt?

'Ana, ik dacht dat we al die geesten vanochtend hadden uitgedreven. Zo voelde het voor mij. Voor jou niet?'

Ik knipper met mijn ogen, herinner me onze zeer, zeer fijne en romantische en ronduit ranzige ochtend in zijn speelkamer.

'Ja,' glimlach ik. 'Ja, zo voelt het ook voor mij.'
'Gelukkig.' Hij buigt naar voren en kust me, vouwt zijn armen om me heen.
'Ik doe ze door de shredder,' zegt hij. 'En daarna moet ik aan het werk. Het spijt me, liefje, maar ik heb een berg werk liggen voor vanmiddag.'
'Is prima. Ik moet mijn moeder bellen.' Ik grimas. 'Daarna wil ik even boodschappen doen en een taart voor je bakken.'
Hij grijnst en zijn ogen sprankelen alsof hij een klein jongetje is. 'Een taart?'
Ik knik.
'Een chocoladetaart?'
'Wil je een chocoladetaart?' Zijn grijns is aanstekelijk.
Hij knikt.
'Ik zal kijken wat ik kan doen, meneer Grey.'
Hij geeft me nog een kus.

Mijn moeder valt stil van verbazing.
'Mama, zeg iets.'
'Je bent toch niet zwanger, hè, Ana?' fluistert ze ontdaan.
'Nee, nee, dat is het niet.'
Teleurstelling snijdt scherp door mijn hart, het maakt me verdrietig dat ze dat van mij kan denken. Maar dan herinner ik me, met een knoop in mijn maag, dat mijn moeder zwanger van mij was toen ze met mijn vader trouwde.
'Het spijt me, lieverd. Maar het is zo plotseling. Ik bedoel, Christian is een goede partij, maar je bent zo jong, en je zou nog wat meer van de wereld moeten zien.'
'Mam, kun je niet gewoon blij voor me zijn? Ik hou van hem.'
'Lieverd, ik moet gewoon aan het idee wennen. Het is een schok. Toen jullie in Georgia waren kon ik ook wel zien dat jullie iets heel speciaals hebben, maar trouwen...?'
In Georgia wilde hij dat ik zijn Onderdanige zou zijn, maar dat ga ik haar niet vertellen. 'Hebben jullie al een datum?'
'Nee.'
'Ik wou dat je vader nog leefde,' fluistert ze. O nee... niet dit. Nu niet.

'Dat weet ik, mam. Ik had hem ook graag gekend.'

'Hij heeft je maar één keer vastgehouden, en hij was zo trots. Hij vond je het mooiste meisje van de hele wereld.' Haar stem dodelijk zacht, terwijl ze het alom bekende verhaal vertelt... alweer. De volgende stap is dat ze in tranen uitbarst.

'Ik weet het, mam.'

'En toen ging hij dood.' Ze snottert, en ik weet dat dit haar weer heeft getriggerd, zoals altijd.

'Mama,' fluister ik, ik wil door de telefoon heen kruipen om haar vast te houden.

'Ik ben een dwaze oude vrouw,' zegt ze, en ze snottert weer. 'Natuurlijk ben ik blij voor je, lieverd. Weet Ray het?' voegt ze eraan toe, en ze lijkt weer rustig te zijn.

'Christian heeft het hem net gevraagd.'

'O, dat is lief. Fijn.' Ze klinkt melancholisch, maar ze doet haar best.

'Ja, dat is het,' bevestig ik.

'Ana, lieverd, ik hou zoveel van je. Ik ben écht blij voor je. En jullie moeten samen op bezoek komen.'

'Ja, mam. Ik hou ook van jou.'

'Bob roept, ik moet gaan. Laat me de datum zo snel mogelijk weten. We moeten gaan plannen... wordt het een grote bruiloft?'

Grote bruiloft, shit. Ik heb daar niet eens over nagedacht. Grote bruiloft? Nee. Ik wil geen grote bruiloft.

'Weet ik nog niet. Zodra ik het weet, bel ik je.'

'Goed zo. Pas op jezelf en hou het veilig. Jullie moeten nog even plezier hebben... er is tijd genoeg om later aan kinderen te beginnen.'

Kinderen! *Hmm*... daar zijn we weer – een niet bepaald omzichtige verwijzing naar het feit dat ze mij zo jong kreeg.

'Mam, ik heb toch niet echt je leven verpest?'

Ze slaakt een kreet. 'O nee, Ana, dat mag je nooit denken. Jij bent het beste wat mij en je vader ooit overkomen is. Ik zou alleen zo graag willen dat hij er was om te zien hoe volwassen je bent, en bij je bruiloft kon zijn.' Ze is weer droevig en sentimenteel.

'Ik ook.' Ik schud mijn hoofd, denkend aan mijn mythische vader. 'Mam, ik ga ophangen. Ik bel je snel.'

'Ik hou van je, lieverd.'
'Ik van jou, mam. Dag.'

Christians keuken is een droom om in te werken. Voor een man die niets over koken weet, lijkt hij wel alles te hebben. Ik vermoed dat mevrouw Jones ook graag kookt. Het enige wat ik nog nodig heb is goede chocolade voor het glazuur. Ik laat de twee taarthelften afkoelen op een rekje, pak mijn tas, en steek mijn hoofd om de hoek van de deur van Christians studeerkamer. Hij tuurt geconcentreerd naar zijn computerscherm. Hij kijkt op en glimlacht naar me.

'Ik ga even naar de winkel om wat ingrediënten te halen.'

'Oké.' Hij fronst naar me.

'Wat?'

'Trek je nog een spijkerbroek aan of zo?'

Alsjeblieft, zeg. 'Christian, het zijn gewoon benen.'

Hij staart naar me, duidelijk niet geamuseerd. Dit wordt ruzie. En het is zijn verjaardag. Ik rol met mijn ogen naar hem, voel me een opstandige tiener.

'En als we nou op het strand zouden zijn?' Ik verander van tactiek.

'We zijn niet op het strand.'

'Zou je er ook een probleem mee hebben als we wel op het strand waren?'

Hij denkt er even over na. 'Nee,' is zijn eenvoudige antwoord.

Ik draai weer met mijn ogen en grijns naar hem. 'Nou, doe maar alsof we op het strand zijn dan. Later.' Ik draai me om en haast me naar de hal. Ik red het tot de lift voordat hij me inhaalt. Terwijl de deuren dichtgaan, zwaai ik naar hem, een zoete grijns op mijn gezicht terwijl hij toekijkt, hulpeloos – maar gelukkig geamuseerd – met samengeknepen ogen. Hij schudt zijn hoofd verontwaardigd, en daarna verdwijnt hij uit mijn zicht.

O, dat was spannend. Adrenaline giert door mijn aderen, en mijn hart bonst zo hard dat het voelt of het ieder moment uit mijn borstkas zal springen. Dan daalt de lift, en zo ook mijn bui. Shit, wat heb ik gedaan?

Ik heb de tijger bij zijn staart. Hij zal wel boos zijn als ik terugkom. Mijn onderbewustzijn kijkt me woest aan, over haar strenge juffenbril heen, een wilgentwijg in haar hand. Shit. Ik bedenk hoe weinig ervaring ik met mannen heb. Ik heb nog nooit met een man samengewoond – nou ja, behalve met Ray dan – en op de een of andere manier telt dat niet. Hij is m'n vader... nou ja, de man die ik als mijn vader beschouw.

En nu heb ik Christian. Hij heeft ook nog nooit echt met iemand samengeleefd, denk ik. Ik zal het hem vragen – als hij nog met me wil praten, tenminste.

Maar ik vind echt dat ik moet dragen wat ik wil. Ik herinner me zijn regels. Ja, dit zal wel moeilijk voor hem zijn, maar hij heeft verdomme zelf dit jurkje betaald. Hij had Neiman's beter moeten instrueren. Geen te korte rokjes!

Zo kort is het niet, toch? Ik kijk in de grote spiegel die in de lobby hangt. Hemel. Ja, het is behoorlijk kort, maar ik heb nu mijn stelling al ingenomen. En ik zal ongetwijfeld met de consequenties te maken krijgen. Ik vraag me vertwijfeld af hoe ik dit op ga lossen, maar eerst heb ik geld nodig.

Ik staar naar het bonnetje van de pinautomaat: $51.689,16. Dat is vijftigduizend dollar te veel! *Anastasia, je zult eraan moeten wennen dat je ook rijk bent, als je ja zegt.* Het is dus begonnen. Ik pak mijn armzalige vijftig dollar en ga naar de winkel.

Als ik terugkom loop ik meteen door naar de keuken, en kan een gevoel van onrust niet onderdrukken. Christian is nog steeds in zijn studeerkamer. Jemig, dat is al bijna de hele middag. Ik besluit dat ik hem het beste meteen onder ogen kan komen om te kijken hoeveel schade ik heb aangericht. Ik kijk behoedzaam om het hoekje van zijn studeerkamerdeur. Hij is aan de telefoon en staart naar buiten door het raam.

'En de Eurocopter-specialist komt maandagmiddag?... Prima. Hou me op de hoogte. Zeg maar dat ik hun eerste bevindingen maandagavond of dinsdagochtend nodig heb.' Hij hangt op en draait zijn stoel rond, maar zodra hij mij ziet houdt hij stil, de uitdrukking op zijn gezicht onbewogen.

'Hoi,' fluister ik. Hij zwijgt, en mijn hart maakt een vrije val richting mijn buik. Ik loop voorzichtig zijn studeerkamer in en langs zijn bureau naar waar hij zit. Hij zwijgt, blijft me recht aankijken. Ik sta voor hem, voel me vijftig tinten dwaas.

'Ik ben er weer. Ben je boos op me?'

Hij zucht, pakt mijn hand en trekt me op zijn schoot, vouwt zijn armen om me heen. Hij verbergt zijn gezicht in mijn haar.

'Ja,' zegt hij.

'Het spijt me. Ik weet niet waarom ik dat deed.' Ik maak me klein, adem zijn hemelse Christian-geur in, voel me veilig ondanks het feit dat hij boos is.

'Ik ook niet. Je moet dragen waar je zin in hebt,' zegt hij. Zijn hand glijdt over mijn blote been naar mijn dij. 'Bovendien heeft dit jurkje zo zijn voordelen.' Hij buigt voorover om me te kussen, en zodra onze lippen elkaar raken, word ik overmand door passie of lust of een diepgewortelde behoefte om het goed te maken, en verlangen brandt in mijn aderen. Ik pak zijn hoofd in mijn handen, pak met mijn vuisten zijn haren. Zijn lichaam reageert, hij kreunt, en hij bijt hongerig in mijn onderlip – mijn hals, mijn oor, zijn tong neemt bezit van mijn mond, en nog voordat ik er erg in heb ritst hij zijn gulp open, zet me boven op hem, en zinkt diep in me. Ik grijp de rugleuning van de stoel, mijn voeten raken net de vloer... en we beginnen te bewegen.

'Ik vind jouw versie van sorry geweldig,' hijgt hij in mijn haar.

'En ik de jouwe,' giechel ik, en ik kruip dicht tegen zijn borst aan. 'Ben je al klaar?'

'Allemachtig, Ana, wil je meer?'

'Nee! Je werk bedoel ik.'

'Ik ben over een halfuurtje klaar. Ik hoorde je voicemailberichten.'

'Van gisteren.'

'Je klonk bezorgd.'

Ik pak hem stevig vast.

'Was ik ook. Ik ben gewend dat je altijd reageert.'

Hij kust mijn haar.

'Je taart is over een halfuur klaar.' Ik lach naar hem en kruip van zijn schoot af.

'Ik kijk ernaar uit. Hij rook heerlijk, om van te watertanden zelfs, toen hij in de oven stond.'

Ik glimlach verlegen naar hem, voel me een beetje onzeker, en hij doet mijn gezichtsuitdrukking na. Jemig, zijn we echt zo verschillend? Misschien heeft het te maken met zijn vroege herinneringen aan baklucht. Ik leun naar voren, geef hem een vluchtige zoen op zijn mond en loop terug naar de keuken.

Ik heb alles klaar wanneer ik hem zijn studeerkamer uit hoor lopen, en ik steek één goudkleurige kaars op zijn taart aan. Hij grijnst van oor tot oor, en ik zing zachtjes 'Lang zal hij leven' voor hem. Hij buigt voorover en blaast de kaars uit, ogen gesloten.

'Ik heb mijn wens gedaan,' zegt hij, en hij opent zijn ogen weer, en op de een of andere manier moet ik blozen om zijn blik.

'Het glazuur is nog zacht. Ik hoop dat je hem lekker vindt.'

'Ik kan niet wachten om hem te proeven, Anastasia,' zegt hij, en het klinkt heel erg stout. Ik snijd voor ons allebei een stuk af, en we gaan allebei aan de slag met kleine gebakvorkjes.

'Mmm,' laat hij zijn goedkeuring blijken. 'Daarom wil ik met je trouwen.' En ik lach opgelucht... hij vindt het lekker.

'Klaar om mijn familie onder ogen te komen?' Hij doet de motor van de R8 uit. We staan geparkeerd op de oprit van zijn ouders.

'Ja. Ga je het ze vertellen?'

'Natuurlijk. Ik ben benieuwd naar hun reactie.' Hij lacht verdorven naar me en klimt uit de auto.

Het is halfacht, en ook al is het een warme dag geweest, er waait nu een frisse avondbries vanaf de baai. Ik wikkel mijn shawl om me heen en stap uit de auto. Ik draag een smaragdgroene cocktailjurk die ik vanochtend vond toen ik in de kast aan het rommelen was. Hij heeft een brede bijpassende riem. Christian pakt mijn hand, en we lopen richting de voordeur. Carrick doet hem wijd open nog voordat Christian kan kloppen.

'Christian, hallo. Van harte gefeliciteerd, jongen.' Hij pakt Christians uitgestoken hand, maar trekt hem naar zich toe voor een korte omhelzing, verrast hem.

'Eh... bedankt, pap.'

'Ana, wat fijn om je weer te zien.' Hij omhelst mij ook, en we lopen achter hem aan het huis binnen.

We hebben nog geen stap in de woonkamer gezet, of Kate komt vanuit de hal recht op ons af benen. Ze kijkt woest.

O nee!

'Jullie twee! Ik wil met jullie praten.' Ze sneert op haar met-mij-valt-godverdomme-niet-te-sollen-toon. Ik werp een zenuwachtige blik op Christian, die zijn schouders ophaalt en besluit haar haar zin te geven terwijl we achter haar aanlopen naar de eetkamer, Carrick in verwarring achterlatend op de drempel van de woonkamer. Ze doet de deur dicht en valt me aan.

'Wat is dit, verdomme?' sist ze en ze zwaait naar me met een stuk papier. Totaal overrompeld pak ik het van haar aan en kijk er snel naar. Mijn mond wordt droogt. *Holy shit*. Het is mijn e-mail aan Christian, mijn reactie op het contract.

Tweeëntwintig

Ik voel alle kleur uit mijn gezicht wegtrekken terwijl mijn bloed bevriest en angst door mijn lichaam giert. Ik ga instinctief tussen haar en Christian in staan.

'Wat is dat?' zegt Christian, zijn toon behoedzaam.

Ik negeer hem. Ik kan niet geloven dat Kate dit doet.

'Kate! Dit heeft niets met jou te maken.' Ik kijk haar giftig aan, boosheid vervangt mijn angst. Hoe durft ze? Niet nu, niet vandaag. Niet op Christians verjaardag. Verbaasd om mijn reactie kijkt ze naar me, haar groene ogen wijd opengesperd.

'Ana, wat is dat?' vraagt Christian nogmaals, zijn toon dreigender.

'Christian, wil je alsjeblieft even weggaan?' vraag ik hem.

'Nee. Laat zien.' Hij steekt zijn hand uit, en ik weet dat ik niet met hem in discussie moet gaan – zijn stem is kil en hard. Aarzelend geef ik hem de e-mail.

'Wat heeft hij met je gedaan?' vraagt Kate, Christian negerend. Ze ziet er volslagen bevreesd uit. Ik bloos om de wirwar van erotische beelden die door mijn hoofd flitsen.

'Dat zijn jouw zaken niet, Kate.' Ik kan mijn irritatie niet verbergen.

'Hoe kom je hieraan?' vraagt Christian, zijn hoofd schuin, zijn gezicht uitdrukkingsloos, maar zijn stem... zo dreigend rustig. Kate bloost.

'Dat doet er niet toe.' In reactie op zijn keiharde blik gaat ze snel door. 'Het zat in de zak van een jasje – ik neem aan van jou – die aan de achterkant van Ana's deur hing.' Oog in oog met Christians vuurspuwende grijze blik, wankelt Kates hardheid enigszins, maar ze hervindt zich en werpt een nijdige blik in zijn richting.

Ze is een baken van vijandigheid in een slanke, knalrode jurk. Ze ziet er fantastisch uit. Maar waarom doorzoekt ze in godsnaam mijn kleding? Het is meestal andersom.

'Heb je het iemand verteld?' Christians stem is net een zijden handschoen.

'Nee! Natuurlijk niet,' snauwt Kate, beledigd. Christian knikt en lijkt zich te ontspannen. Zwijgend kijken Kate en ik toe terwijl hij een aansteker van de schoorsteenmantel pakt, de e-mail in brand steekt, loslaat, en hem traag in het vuur laat dwarrelen tot hij tot as vergaat.

De stilte in de kamer is drukkend.

'Zelfs Elliot niet?' vraag ik, en ik vestig mijn aandacht weer op Kate.

'Niemand,' zegt Kate nadrukkelijk, en voor het eerst verraadt haar uitdrukking verwarring en gekwetstheid. 'Ik wil alleen zeker weten dat het goed met je gaat, Ana,' fluistert ze.

'Het gaat prima met me, Kate. Meer dan prima. Alsjeblieft, tussen Christian en mij gaat het goed – dit is oud nieuws. Vergeet het alsjeblieft.'

'Vergeet het?' zegt ze. 'Hoe kan ik dat vergeten? Wat heeft hij met je gedaan?'

En haar groene ogen kijken vol oprechte zorg.

'Hij heeft me niets aangedaan, Kate. Echt – het gaat goed met me.'

Ze kijkt me aan.

'Echt?' vraagt ze.

Christian legt een arm om me heen en trekt me dicht tegen zich aan, maar blijft Kate strak aankijken.

'Ana heeft toegestemd om mijn vrouw te worden, Katherine,' zegt hij zachtjes.

'Vrouw!' piept Katherine, haar ogen verbaasd opengesperd.

'We gaan trouwen. We gaan vanavond onze verloving aankondigen,' zegt hij.

'O!' Kate gaapt me aan. Ze is overrompeld. 'Ik laat je zestien dagen alleen, en dan gebeurt dit? Het is wel heel plotseling. Dus gisteren, toen ik zei...' Ze staart me aan, verloren. 'Hoe past die e-mail in dit plaatje?'

'Niet, Kate. Laat het – alsjeblieft. Ik hou van hem en hij houdt van mij. Doe dit niet. Ga niet deze avond en zijn feestje verpesten,' fluister ik. Ze knippert met haar ogen, en volkomen onverwacht vullen haar ogen zich met tranen.

'Nee, natuurlijk niet. Dus het gaat goed met je?' Ze wil gerustgesteld worden.

'Ik ben gelukkiger dan ooit,' fluister ik. Ze reikt naar voren en pakt mijn hand, slaat geen acht op Christians arm om mij heen.

'Gaat het echt goed met je?' vraagt ze hoopvol.

'Ja.' Ik grijns naar haar. Mijn gelukzalige gevoel keert terug. Ze staat weer aan onze kant. Ze glimlacht naar me, mijn geluk weerspiegelt op haar. Ik stap naar voren, maak me los van Christian, en ze omhelst me plotseling.

'O, Ana – ik maakte me zo veel zorgen toen ik dit had gelezen. Ik wist niet wat ik moest denken. Zul je het wel aan me uitleggen?' fluistert ze.

'Ooit, niet nu.'

'Oké. Ik hou mijn mond. Ik hou zoveel van je, Ana, je bent mijn zusje. Ik dacht alleen... ik wist eigenlijk niet wat ik moest denken. Het spijt me. Als jij gelukkig bent, ben ik dat ook.' Ze kijkt Christian recht aan en herhaalt haar excuses. Hij knikt naar haar, zijn ogen ijskoud, en zijn uitdrukking blijft hetzelfde. Shit, hij is nog wel boos.

'Het spijt me echt. Je hebt gelijk, het zijn mijn zaken niet,' fluistert ze me toe.

Er wordt op de deur geklopt, en Kate en ik schrikken zo dat we elkaar loslaten. Grace steekt haar hoofd om de hoek.

'Gaat het goed, lieverd?' vraagt ze Christian.

'Alles is prima, mevrouw Grey,' antwoordt Kate pijlsnel.

'Prima, mam,' zegt Christian.

'Gelukkig.' Grace komt binnen. 'Dan vind je het vast niet erg als ik mijn zoon een verjaardagsknuffel geef.' Ze kijkt ons beiden stralend aan. Hij omhelst haar stevig en ontdooit meteen.

'Gefeliciteerd, lieverd,' zegt ze liefkozend, en ze sluit haar ogen tijdens de omhelzing. 'Ik ben zo blij dat je er nog bent.'

'Mam, het gaat prima met me.' Christian glimlacht naar haar. Ze leunt naar achteren, bekijkt hem nauwlettend en grijnst.

'Ik ben zo blij voor je,' zegt ze, en ze streelt zijn gezicht.

Hij grijnst naar haar – zijn duizend megawatt glimlach.

Ze weet het! Wanneer heeft hij het haar verteld?

'Als jullie klaar zijn met jullie onderonsje, er is hier een hele stoet mensen die zelf willen zien dat je nog heel bent, Christian, en je een fijne verjaardag willen wensen.'

'Ik kom eraan.'

Grace kijkt bezorgd naar Kate en lijkt gerustgesteld door onze glimlach. Ze knipoogt naar me en houdt de deur voor ons open. Christian strekt zijn hand naar me uit en ik pak hem vast.

'Christian, ik wil echt mijn excuses aanbieden,' zegt Kate nederig. Nederige Kate is een wonderlijk gezicht. Christian knikt naar haar, en we lopen achter haar aan de kamer uit.

In de hal kijk ik zenuwachtig naar Christian. 'Weet je moeder het al?'

'Ja.'

'O.' En dan te bedenken dat onze hele avond had kunnen ontsporen dankzij onze doortastende mevrouw Kavanagh. Ik huiver bij de gedachte – de consequenties die het zou hebben als Christians levensstijl openbaar zou worden. *Allemachtig.*

'Nou, dat was een interessante manier om de avond te beginnen.' Ik lach lief naar hem. Hij kijkt naar me – en hij is terug, zijn geamuseerde blik. Gelukkig.

'Zoals altijd, mevrouw Steele, heeft u een gave voor zachte uitdrukkingen.' Hij brengt mijn hand naar zijn lippen en kust mijn knokkels terwijl we de woonkamer binnenlopen onder een plotseling, spontaan en oorverdovend applaus.

Shit. Hoeveel mensen zijn hier wel niet?

Ik kijk snel de kamer rond: alle Greys, Ethan met Mia, dr. Flynn en zijn vrouw, neem ik aan. Daar is Mac van de boot, een lange, knappe donkere man – ik herinner me dat ik hem gezien heb in Christians kantoor de eerste keer dat ik Christian ontmoette – Mia's bitchy vriendin Lily, twee vrouwen die ik totaal niet kan plaatsen, en... *o nee.* Mijn hart maakt een vrije val. Dát mens... Mrs. Robinson.

Gretchen komt tevoorschijn met een dienblad champagne. Ze draagt een laag uitgesneden zwart jurkje, geen staartjes maar opgestoken haar, ze bloost en kijkt Christians kant op. Het applaus sterft weg, en Christian knijpt in mijn hand wanneer alle ogen zich verwachtingsvol op hem richten.

'Bedankt, iedereen. Ik denk dat ik een van deze nodig heb.' Hij pakt twee glazen van Gretchens dienblad en glimlacht kort naar haar. Ik denk dat Gretchen het ieder moment kan begeven of in katzwijm vallen. Hij geeft mij een glas.

Christian heft zijn glas tot de rest van de kamer, en iedereen komt ineens op hem af. Aan kop is de duivelse vrouw in het zwart.

Draagt ze wel eens een andere kleur?

'Christian, ik was zo bezorgd.' Elena omhelst hem vluchtig en kust hem op beide wangen. Hij laat me niet los, al probeer ik mijn hand weg te trekken.

'Het gaat goed, Elena,' zegt Christian koeltjes.

'Waarom heb je me niet gebeld?' Haar smeekbede is wanhopig, haar ogen zoeken de zijne.

'Ik heb het druk gehad.'

'Heb je mijn berichten niet gekregen?'

Christian verplaatst ongemakkelijk het gewicht van zijn ene been naar het andere, en trekt me dichter tegen zich aan, doet zijn arm om me heen. Zijn gezicht blijft uitdrukkingsloos terwijl hij naar Elena kijkt. Ze kan me onmogelijk nog langer negeren, dus knikt ze beleefd in mijn richting.

'Ana,' kirt ze. 'Je ziet er enig uit, liefje.'

'Elena,' kir ik terug. 'Dankjewel.'

Grace en ik kijken elkaar aan. Ze fronst, kijkend naar ons drieën.

'Elena, ik moet iets aankondigen,' zegt Christian, en hij kijkt haar onbewogen aan.

Haar blauwe ogen betrekken. 'Natuurlijk.' Ze veinst een glimlach en doet een stap terug.

'Mensen,' roept Christian. Hij wacht even totdat het geroezemoes uitdooft en alle ogen weer op hem gericht zijn.

'Bedankt dat jullie hier aanwezig zijn vandaag. Ik moet bekennen dat ik een rustig familiediner verwachtte, dus dit is een aangename verrassing.' Hij staart nadrukkelijk naar Mia, die grijnst en ingetogen naar hem zwaait. Christian schudt geërgerd zijn hoofd en gaat verder.

'Ros en ik,' hij wijst naar de roodharige vrouw die vlakbij staat naast een montere blondine, 'wij hebben gisteren geluk gehad.'

O, dus dat is de Ros waar hij mee samenwerkt. Ze grijnst en heft haar glas naar hem. Hij knikt terug.

'Dus ik ben bijzonder blij vandaag hier met jullie te zijn en mijn goede nieuws met jullie te delen. Deze mooie vrouw,' hij kijkt naar mij, 'mevrouw Anastasia Rose Steele, heeft mijn huwelijksaanzoek geaccepteerd, en dat wil ik als eerste met jullie delen.'

Er klinken algemene kreten van verbazing, een paar mensen juichen, en daarna applaus! Jemig – het gebeurt echt. Volgens mij heb ik dezelfde kleur aangenomen als Kates jurk. Christian tilt mijn kin op, brengt mijn lippen naar de zijne en kust me snel.

'Je bent bijna van mij.'

'Dat ben ik al,' fluister ik.

'Officieel.' Zijn mond vormt geluidloos de woorden en hij geeft me een duivelse glimlach.

Lily, die naast Mia staat, kijkt beteuterd. Gretchen kijkt alsof ze iets afschuwelijks en bitters gegeten heeft. Terwijl mijn zenuwachtige blik langs de menigte glijdt, zie ik ineens Elena. Haar mond staat open. Ze is geschokt – ontdaan zelfs, en ik kan een vluchtig gevoel van voldoening niet onderdrukken om haar zo sprakeloos te zien. Wat doet ze hier in godsnaam eigenlijk?

Carrick en Grace onderbreken mijn onaardige gedachten, en voor ik er erg in heb word ik van de ene Grey aan de andere doorgegeven om geknuffeld en gekust te worden.

'O Ana – ik ben zo blij dat je bij onze familie gaat horen,' zegt Grace emotioneel.

'Christian is zo veranderd... Hij is... gelukkig. Ik ben je zo dankbaar.' Ik bloos, in verlegenheid gebracht door haar uitgelatenheid, maar stiekem ook in mijn nopjes.

'Waar is de ring?' roept Mia terwijl ze me omhelst.

'Eh...' *Een ring! Jemig*. Ik heb nog niet eens nagedacht over een ring. Ik kijk nerveus naar Christian.

'We gaan er samen een uitzoeken.' Christian kijkt haar dreigend aan.

'O, kijk niet zo naar me, Grey!' vermaant ze hem en ze omhelst hem vervolgens.

'Ik ben zo blij voor je, Christian,' zegt ze. Ze is de enige die ik ken die zich niet door de dreigende Grey-blik geïntimideerd voelt. Ik schrik ervan terug... Nou ja, dat deed ik.

'Wanneer gaan jullie trouwen? Hebben jullie al een datum?' Ze kijkt Christian stralend aan.

Hij schudt van nee, zijn irritatie is tastbaar. 'Geen idee, en nee, nog niet. Ana en ik moeten het daar nog over hebben,' zegt hij aangebrand.

'Ik hoop dat jullie een grote bruiloft houden – hier,' straalt ze enthousiast, zijn giftige toon negerend.

'Waarschijnlijk vliegen we morgen naar Las Vegas,' gromt hij naar haar, en hij wordt beloond met een klassieke Mia Grey-pruillip. Hij rolt met zijn ogen, en keert zich weer tot Elliot, die hem voor de tweede keer in twee dagen stevig omhelst.

'Goed gedaan, broertje.' Hij slaat Christian op zijn rug.

De reactie van de kamer is overweldigend, en het duurt een paar minuten voordat ik weer naast Christian sta met dr. Flynn. Het lijkt erop dat Elena verdwenen is, en plotseling duikt Gretchen op om de glazen bij te vullen.

Naast dr. Flynn staat een opvallende jonge vrouw met lang, donker, bijna zwart haar, indrukwekkende borsten en prachtige hazelnootbruine ogen.

'Christian,' zegt Flynn, en hij steekt zijn hand uit. Christian schudt zijn hand enthousiast.

'John. Rhian.' Hij kust de donkerharige vrouw op haar wang. Ze is fijngebouwd en prachtig.

'Blij dat je nog in ons midden bent, Christian. Mijn leven zou uitgesproken saai – en armoedig – zijn zonder jou.'

Christian grijnst.

'John!' roept Rhian vermanend, tot groot vermaak van Christian.

'Rhian, dit is Anastasia, mijn verloofde. Ana, dit is Johns vrouw.'

'Wat fijn om de vrouw te ontmoeten die eindelijk Christians hart gevangen heeft.' Rhian lacht vriendelijk naar me.

'Dankjewel,' zeg ik, alweer gegeneerd.

'Dat was een behoorlijke *googly* die je daar bowlde, Christian.' Dr. Flynn schudt zijn hoofd ongelovig. Christian fronst naar hem.

'John... jij en je cricketmetaforen.' Rhian rolt met haar ogen.

'Gefeliciteerd, jullie beiden en van harte met je verjaardag, Christian. Wat een geweldig verjaardagscadeau.' Ze geeft me een brede glimlach.

Ik had geen idee dat dr. Flynn er zou zijn, of Elena. Het is een schok, en ik probeer naarstig te bedenken of ik hem iets wil vragen, maar een verjaardagsfeest lijkt niet bepaald de juiste gelegenheid voor een psychiatrisch consult.

We praten een paar minuten over koetjes en kalfjes. Rhian is een huisvrouw met twee jonge zoontjes. Uit het gesprek maak ik op dat zij de reden is dat dr. Flynn in Amerika werkt.

'Het gaat goed met haar, Christian, ze reageert goed op de behandeling. Nog een paar weken en we kunnen denken aan een ambulant programma.' Ze praten op een fluistertoon, maar ik kan de neiging niet weerstaan om mee te luisteren, waardoor ik vrij onbeleefd eigenlijk niet naar Rhian luister.

'Dus zijn het voornamelijk speelafspraakjes en luiers op het moment...'

'Dat zal best al je tijd opslokken.' Ik bloos, richt me weer op Rhian, die vriendelijk lacht. Ik weet dat Christian en Flynn het over Leila hebben.

'Wil je haar iets voor me vragen,' zegt Christian.

'En wat doe jij, Anastasia?'

'Zeg maar Ana, hoor. Ik werk bij een uitgeverij.'

Christian en dr. Flynn gaan nog zachter praten; het is zo frustrerend. Maar ze houden op wanneer de twee vrouwen die ik niet herkende erbij komen staan – Ros en de montere blondine die Christian aan me voorstelt als haar partner, Gwen.

Ros is innemend, en ik kom er al snel achter dat ze zo ongeveer tegenover Escala wonen. Ze is zeer lovend over Christians vliegenierscapaciteiten. Het was haar eerste keer in Charlie Tango, en ze zegt dat ze niet zou aarzelen om nog eens mee te gaan. Ze is een van de weinige vrouwen die ik ken die niet meteen door hem verblind wordt... nou ja, de reden daarvan is natuurlijk duidelijk.

Gwen is goedlachs met een droog gevoel voor humor, en Christian lijkt zich volkomen op zijn gemak te voelen bij hen allebei. Hij kent hen goed. Ze hebben het niet over werk, maar het is duidelijk dat Ros een slimme vrouw is die hem gemakkelijk bij kan houden. Ze heeft ook een fantastische, diepe, iets-te-veel-sigaretten-lach.

Grace onderbreekt ons ontspannen gesprek om iedereen ervan op de hoogte te stellen dat het diner geserveerd wordt in de vorm van een buffet in de Grey-keuken. Langzaam begeven de gasten zich naar de achterzijde van het huis.

In de gang word ik door Mia in mijn kraag gegrepen. In haar poederroze babydolljurk en extreem hoge hakken torent ze boven me uit als een soort kerstfee. Ze heeft twee cocktailglazen in haar hand.

'Ana,' sist ze samenzweerderig. Ik kijk op naar Christian, die me loslaat met een succes-ik-vind-haar-onmogelijk-blik, en we glippen snel de eetkamer binnen.

'Hier,' zegt ze, samenzweerderig. 'Dit is een van mijn vaders speciale citroenmartini's – veel beter dan champagne.' Ze geeft me een glas en kijkt me nauwlettend aan terwijl ik een voorzichtig slokje neem.

'Hmm... heerlijk. Wel sterk.' Wat wil ze? Probeert ze me dronken te voeren?

'Ana, ik heb advies nodig. En ik kan het Lily niet vragen – ze oordeelt altijd zo snel.' Mia rolt met haar ogen en grijnst naar me. 'Ze is zo jaloers op jou. Ik denk dat ze stiekem hoopte dat zij en Christian ooit nog eens bij elkaar zouden komen.' Mia barst in lachen uit bij de gedachte, en ik beef vanbinnen. Dit is iets waar ik nog lang mee zal moeten leren omgaan – andere vrouwen die mijn man willen. Ik duw de onaangename gedachte weg en zoek afleiding in wat voorhanden is. Ik neem nog een slok van mijn martini.

'Ik zal mijn best doen om je te helpen. Kom maar op.'

'Zoals je weet hebben Ethan en ik elkaar kortgeleden ontmoet, dankzij jou.' Ze kijkt me stralend aan.

'Ja.' Waar gaat dit in godsnaam heen?

'Ana – hij wil geen verkering.' Ze pruilt.

'O.' Ik knipper met mijn ogen, verbaasd, en denk: *misschien ziet hij je gewoon niet zo zitten.*

'Luister, dat klonk helemaal verkeerd. Hij wil geen verkering met me omdat zijn zus met mijn broer gaat. Snap je – hij vindt het allemaal enigszins incestueus. Maar ik weet zeker dat hij me leuk vindt. Wat moet ik doen?'

'O, ik begrijp het,' zeg ik, en ik probeer wat tijd te rekken. Wat moet ik zeggen? 'Kunnen jullie niet gewoon vrienden zijn en het wat tijd geven? Ik bedoel, je hebt hem nog maar net ontmoet.'

Ze tilt een wenkbrauw op en ik bloos.

'Luister, ik weet dat ik Christian nog maar kort ken, maar...' Ik kijk haar vermanend aan en weet niet wat ik moet zeggen. 'Mia, dit is iets waar jij en Ethan samen uit moeten komen. Ik zou de vriendschapsroute proberen.'

Mia grijnst.

'Die blik heb je van Christian geleerd.'

Ik bloos. 'Als je advies wilt, moet je het Kate vragen. Misschien kan zij je meer vertellen over de gevoelens van haar broer.'

'Denk je?' vraagt Mia.

'Ja.' Ik lach bemoedigend.

'Cool. Bedankt, Ana.' Ze omhelst me weer en huppelt opgewonden – een ware prestatie, gezien haar hakken – richting de deur, ongetwijfeld op zoek naar Kate om haar lastig te vallen. Ik neem nog een slok van mijn martini, en ik wil haar naar buiten volgen als ik opeen stokstijf blijf staan.

Elena komt de kamer binnenwaaien, haar gezicht gespannen, strak van duistere, kwade vastberadenheid. Ze sluit de deur zachtjes en kijkt me nijdig aan.

O shit.

'Ana,' sneert ze.

Ik roep al mijn zelfbeheersing op, ben een beetje wazig door de twee glazen champagne en de dodelijke cocktail die ik in mijn hand heb. Volgens mij is alle kleur uit mijn gezicht weggetrokken, maar ik doe een beroep op mijn innerlijke godin om zo kalm en onbewogen mogelijk te lijken.

'Elena.' Mijn stem klinkt klein, maar vast – ondanks mijn droge mond. Waarom maakt die vrouw me zo bang? En wat wil ze nu weer?

'Ik zou je mijn oprechte felicitaties willen aanbieden, maar ik denk dat het ongepast zou zijn.' Haar indringende kille blauwe ogen kijken ijskoud in de mijne, vol walging.

'Ik wil jouw felicitaties niet, en heb ze ook niet nodig, Elena. Ik ben verrast en teleurgesteld je hier te zien.' Ze trekt haar wenkbrauw omhoog. Volgens mij is ze onder de indruk.

'Nooit gedacht dat je een waardige tegenstander zou zijn, Anastasia. Maar je blijft me verrassen.'

'Ik heb over jou juist helemaal niet nagedacht,' lieg ik, koel. Christian zou trots zijn. 'En als je me nu wilt excuseren, ik heb betere dingen te doen dan mijn tijd aan jou te verspillen.'

'Niet zo snel, juffie,' sist ze me toe; ze leunt tegen de deur aan, blokkeert hem. 'Waar denk jij in hemelsnaam dat je mee bezig bent, om Christians aanzoek te accepteren? Als je serieus denkt dat je hem gelukkig kunt maken, dan heb je het faliekant mis.'

'Wat ik accepteer van Christian zijn niet jouw zaken.' Ik glimlach met een sarcastische lieflijkheid. Ze negeert me.

'Hij heeft behoeftes – behoeftes waar jij onmogelijk aan tegemoet kunt komen.' Ze geniet hiervan.

'Wat weet jij nou van zijn behoeftes?' grom ik. Mijn gevoel van verontwaardiging laait op, en de adrenaline giert door mijn lichaam. Hoe durft die achterlijke trut zo'n preek af te steken? 'Jij bent niets meer dan een zieke kindermisbruiker, en als het aan mij lag dumpte ik je in de zevende ring van de hel om vervolgens lachend weg te lopen. Ga nu aan de kant – of moet ik je een handje helpen?'

'Je maakt een grote fout, jongedame.' Ze zwaait naar me met een lange, dunne, keurig gemanicuurde vinger. 'Hoe durf jij over onze levensstijl te oordelen? Jij weet niets, en je hebt geen idee waar je aan begint. En als je denkt dat hij gelukkig wordt met een kleine muizige goudzoeker zoals jij...'

Klaar weer! Ik gooi de rest van mijn citroenmartini in haar gezicht, ze is drijfnat.

'Hoe durf je mij te vertellen waar ik aan begin!' schreeuw ik tegen haar. 'Wanneer snap je het nou eindelijk? Je hebt hier verdomme helemaal niets over te zeggen!'

Ze staart me aan met open mond, ontzet, en veegt het plakkerige drankje van haar gezicht. Ik denk dat ze me bijna gaat aanvallen, wanneer ze ineens voorovergeduwd wordt omdat de deur opengaat.

Christian staat in de deuropening. Het duurt een nanoseconde voordat hij een inschatting heeft gemaakt van de situatie – ik wit als een laken en trillend, zij kletsnat en woest. Zijn lieve gezicht betrekt en verkrampt van woede en hij gaat tussen ons in staan.

'Waar ben je in godsnaam mee bezig, Elena?' zegt hij, zijn stem ijskoud en dreigend.

Ze knippert naar hem met haar ogen. 'Ze is niet goed genoeg voor jou, Christian,' fluistert ze.

'Wat?' schreeuwt hij, en hij verrast ons allebei. Ik kan zijn gezicht niet zien, maar zijn hele lichaam is gespannen, en hij straalt een en al vijandigheid uit.

'Wat weet jij verdomme dat goed voor me is?'

'Je hebt verlangens, Christian,' zegt ze, haar stem vriendelijker.

'Ik heb het je al eerder gezegd. Je hebt hier verdomme helemaal niets over te zeggen!' brult hij.

O shit – Enorm Boze Christian is in al zijn pracht tevoorschijn gekomen. Iedereen kan het waarschijnlijk horen.

'Waarom doe je dit?' Hij zwijgt even, staart haar woedend aan. 'Denk je dat jij het bent? Jij? Jij denkt dat jij goed voor me zou zijn?' Zijn stem is zachter nu, maar druipt van minachting, en ineens wil ik niet meer hier zijn. Ik wil geen getuige zijn van deze intieme confrontatie. Ik voel me een indringer. Maar ik zit klem – mijn benen weigeren dienst.

Elena slikt en lijkt zichzelf bijeen te rapen. Er is een subtiele verandering in haar houding, ze wordt sterker, en ze stapt op hem af.

'Ik was het beste wat jou ooit is overkomen,' bijt ze hem arrogant toe. 'Kijk nou eens naar jezelf. Een van de rijkste, succesvolste ondernemers in de Verenigde Staten – beheerst, gedreven – jij hebt niets nodig. Jij bent de heerser van jouw universum.'

Hij doet een stap terug, alsof hij geraakt is en staart haar verontwaardigd en woedend met open mond aan.

'Je vond het geweldig, Christian, maak jezelf nou niks wijs. Jij was bezig jezelf kapot te maken, en ik heb je gered, gered van een leven achter de tralies. Geloof me, schatje, dat is waar je was geëindigd. Ik heb je alles geleerd wat je weet, alles wat je nodig hebt.'

Christian trekt wit weg, staart haar ontzet aan. Als hij uiteindelijk begint te spreken, is zijn stem laag en vol ongeloof.

'Je hebt me leren neuken, Elena. Maar het is leeg, net zoals jij. Geen wonder dat Linc weg is gegaan.'

Ik proef de gal opkomen in mijn mond. Ik hoor hier niet te zijn. Maar ik sta als aan de grond vastgenageld, ziekelijk gefascineerd terwijl ze elkaar fileren.

'Je hebt me nooit vastgehouden,' fluistert Christian. 'Je hebt nooit gezegd dat je van me hield.'

Ze knijpt haar ogen samen. 'Liefde is voor dwazen, Christian.'

'M'n huis uit.' We worden verrast door Grace' onverbiddelijke, woedende stem. Drie hoofden draaien gelijktijdig in de richting van Grace, die op de drempel van de kamer staat. Ze kijkt Elena vol venijn aan, die bleek wegtrekt onder haar Saint Tropez-kleurtje.

De tijd lijkt stil te staan terwijl we allemaal diep ademhalen, en Grace beent doelbewust de kamer binnen. Haar ogen spuwen vuur, ze blijft Elena recht aankijken, en komt direct voor haar staan. Elena's ogen worden groot van schrik, en Grace geeft haar een harde klap op haar wang, het geluid ervan weerkaatst van de muren van de eetkamer.

'Blijf met je smerige klauwen van mijn zoon af, hoer, en ga mijn huis uit – nu!' sist ze door samengeperste tanden heen.

Elena grijpt naar haar rode wang en staart kort, verslagen, geschokt en knipperend met haar ogen, naar Grace. Dan haast ze zich de kamer uit, en neemt niet de moeite de deur dicht te doen.

Grace draait zich langzaam richting Christian en een gespannen stilte bedekt ons als een zware deken terwijl Christian en Grace elkaar aanstaren. Na een tel begint Grace te spreken.

'Ana, voordat ik hem aan je teruggeef, vind je het erg als ik mijn zoon even onder vier ogen wil spreken?' Haar stem is zacht, hees, maar o zo sterk.

'Natuurlijk,' fluister ik, en ik vertrek zo snel als ik kan, werp nog een nerveuze blik over mijn schouder. Maar geen van beiden kijkt naar me. Ze blijven elkaar aanstaren, hun onuitgesproken communicatie is oorverdovend.

In de gang voel ik me even verloren. Mijn hart bonst en het bloed raast door mijn aderen... ik ben in paniek en overmand. Holy fuck, dat was heftig en nu weet Grace het ook. Shit. Ik kan me niet voorstellen wat ze tegen Christian gaat zeggen, en ik weet dat het fout is, maar ik leun tegen de deur aan en probeer te horen wat er gezegd wordt.

'Hoe lang, Christian?' Grace' stem is zacht. Ik kan haar nauwelijks verstaan.

Ik kan zijn antwoord niet horen.

'Hoe oud was je?' Haar stem is aanhoudender. 'Zeg het me. Hoe oud was je toen dit allemaal begon?' En weer kan ik Christian niet verstaan.

'Gaat het wel, Ana?' Ros onderbreekt me.

'Ja. Prima. Dank je. Ik...'

Ros glimlacht. 'Ik pak even mijn tas. Ik heb een sigaret nodig.'

Even overweeg ik met haar mee te gaan.

'Ik ga naar het toilet.' Ik moet mijn gedachten ordenen, verwerken wat ik zojuist heb gezien en gehoord. Boven lijkt me de meest veilige plek om even alleen te zijn. Ik zie hoe Ros nonchalant de huiskamer in wandelt, en ik schiet de trap op, twee treeën tegelijk, naar de tweede verdieping, en door naar de derde. Er is maar één plek waar ik wil zijn.

Ik open de deur van Christians kinderkamer en doe hem achter me dicht, hap naar adem. Ik loop richting zijn bed, plof erop neer en staar naar het witte plafond.

Mijn god. Dat is, zonder enige uitzondering, de meest pijnlijke confrontatie die ik ooit mee heb moeten maken, en ik voel me verdoofd. Mijn verloofde en zijn ex-minnares – geen enkele bruid in spe moet dat mee hoeven maken. Maar ergens ben ik ook blij dat ze haar ware aard eindelijk heeft getoond, en dat ik daar getuige van was.

Ik denk aan Grace. Arme Grace, dat ze dat moest horen. Ik pak een van Christians kussens stevig vast. Ze zal gehoord hebben dat Christian en Elena een verhouding hebben gehad – maar niet wat voor soort. Gelukkig. Ik slaak een zucht.

Waar ben ik mee bezig? Misschien had die duivelse heks een punt.

Nee, ik weiger dat te geloven. Ze is zo kil en wreed. Ik schud mijn hoofd. Ze heeft het mis, ik ben wel goed voor Christian. Ik ben wat hij nodig heeft. En in een moment van indrukwekkende helderheid vraag ik me niet af *hoe* hij tot kortgeleden zijn leven heeft geleid – maar *waarom*. De reden waarom hij deed wat hij deed met al die meisjes – ik wil niet eens weten hoeveel het er waren. Het hoe is niet verkeerd. Ze waren allemaal volwassen. Ze zaten allemaal – hoe zei Flynn dat? – in veilige relaties waar ze met hun volle verstand in gestapt waren. Het gaat om het waarom. Het waarom was verkeerd. Het waarom komt voort uit zijn duistere plekje.

Ik sluit mijn ogen en leg mijn armen over mijn gezicht. Maar nu is hij eroverheen, heeft het achter zich gelaten, en we staan samen in het licht. Hij verblindt mij en ik hem. Wij kunnen elkaar de weg wijzen. Een gedachte komt in me op. *Shit!* Een knagende, gevaarlijke gedachte, en ik bevind me op de enige plek waar ik deze geest uit kan drijven. Ik ga zitten. Ja, ik moet dit doen.

Ik sta wankelend op, trap mijn schoenen uit, loop naar zijn bureau en bekijk het prikbord dat erboven hangt. De foto's van de jonge Christian hangen er nog steeds – schrijnender dan ooit nu ik denk aan het schouwspel tussen hem en Mrs. Robinson waar ik net getuige van ben geweest. En daar, in de hoek is de kleine zwart-witfoto – zijn moeder, de heroïnehoer.

Ik doe de bureaulamp aan en schijn het licht op haar foto. Ik weet niet eens hoe ze heet. Ze lijkt zoveel op hem, maar dan jonger en verdrietiger en het enige wat ik voel terwijl ik naar haar verdrietige gezicht kijk, is compassie. Ik probeer overeenkomsten tussen haar gezicht en het mijne te ontdekken. Ik tuur naar de foto, kijk ernaar van dicht, dichtbij, maar zie er geen. Behalve ons haar misschien, maar dat van haar is lichter dan het mijne. Ik lijk helemaal niet op haar. Dat is een opluchting.

Mijn onderbewuste tut naar me, haar armen over elkaar gevouwen, ze kijkt streng over haar juffenbril heen. Waarom doe je jezelf dit aan? *Je hebt ja gezegd. Draag de consequenties*. Ik tuit mijn lippen naar haar. Ja, inderdaad, en graag. Ik wil alles voor Christian dragen, iedere dag, de rest van ons leven. Mijn innerlijke godin, zittend in de lotushouding, lacht sereen. Ja. Ik heb de juiste beslissing genomen.

Ik moet hem vinden – Christian zal wel bezorgd zijn. Ik heb geen flauw idee hoe lang ik al in deze kamer ben; hij zal denken dat ik gevlucht ben. Ik rol met mijn ogen als ik nadenk over zijn mogelijk overdreven reactie. Ik hoop dat hij en Grace klaar zijn. Ik huiver bij de gedachte aan wat ze misschien nog meer tegen hem gezegd heeft.

Ik kom Christian tegen terwijl hij de trap op komt richting de tweede verdieping, op zoek naar mij. Zijn gezicht is gespannen en vermoeid – niet de uitgelaten Vijftig waar ik mee binnenkwam. Ik sta op de overloop, en hij blijft staan op de bovenste tree zodat we oog in oog staan.

'Hoi,' zegt hij voorzichtig.

'Hoi,' antwoord ik behoedzaam.

'Ik maakte me zorgen...'

'Weet ik,' onderbreek ik hem. 'Het spijt me, ik kon het feestgedruis even niet hebben. Ik moest even weg, snap je. Om na te denken.'

Ik reik mijn hand naar hem uit, streel zijn gezicht. Hij sluit zijn ogen en leunt tegen mijn hand aan.

'En je vond mijn kamer een geschikte plek om dat te doen?'

'Ja.'

Hij pakt mijn hand en trekt me in een omhelzing, en ik geef me gewillig over in zijn armen, mijn geliefdste plek in de hele wereld. Hij ruikt naar fris wasgoed, douchegel, en Christian – de meest kalmerende en opwindende geur op aarde. Hij haalt diep adem, zijn gezicht in mijn haar verborgen.

'Het spijt me dat je dat mee moest maken.'

'Het is niet jouw schuld, Christian. Waarom was ze hier?' Hij kijkt naar me, en zijn mond krult verontschuldigend.

'Ze is een vriendin van de familie.'

Ik probeer niet te reageren. 'Nu niet meer. Hoe gaat het met je moeder?'

'Mam is op dit moment behoorlijk kwaad op me. Ik ben heel blij dat je er bent, en dat er een feest aan de gang is. Anders zou ik nu misschien mijn laatste adem uitblazen.'

'Echt, zo erg?'

Hij knikt, zijn blik serieus, en ik merk dat hij ontsteld is door haar reactie.

'Kun je het haar kwalijk nemen?' Mijn stem is lief, uitnodigend.

Hij pakt me stevig vast en lijkt onzeker, verwerkt zijn gedachten.

Hij geeft eindelijk antwoord. 'Nee.'

Whoa! Een doorbraak. 'Kunnen we even gaan zitten?' vraag ik.

'Natuurlijk. Hier?' Ik knik en we gaan boven aan de trap zitten.

'Hoe voel je je nu?' vraag ik, zijn hand angstvallig in de mijne geklemd, en ik kijk naar zijn verdrietige, serieuze gezicht. Hij zucht.

'Ik voel me bevrijd.' Hij haalt zijn schouders op, en straalt – een prachtige, zorgeloze Christian-glimlach, en de vermoeidheid en gespannenheid die net nog op zijn gezicht getekend stonden zijn verdwenen.

'Echt?' Ik kijk stralend terug. Wauw, ik zou door het vuur gaan voor die glimlach.

'Onze zakelijke relatie is voorbij. Klaar.'

Ik frons naar hem. 'Ga je de salons opheffen?'

Hij snuift. 'Zo wraakzuchtig ben ik niet, Anastasia,' berispt hij me. 'Nee. Ik ga ze aan haar schenken. Ik ga er maandag met mijn advocaat over praten. Zoveel ben ik haar wel verschuldigd.'

Ik trek mijn wenkbrauw op. 'Geen Mrs. Robinson meer?' Zijn mond krult geamuseerd en hij schudt zijn hoofd.

'Weg.'

Ik grijns.

'Het spijt me dat je een vriendin kwijt bent.'

Hij haalt zijn schouders op en grijnst. ‘Is dat zo?’

‘Nee,’ geef ik toe, en ik verschiet van kleur.

‘Kom.’ Hij staat op en geeft me zijn hand. ‘Laten we naar ons feestje gaan. Misschien word ik wel dronken.’

‘Word jij wel eens dronken?’ vraag ik, en ik pak zijn hand.

‘Niet sinds mijn wilde tienerjaren.’ We lopen de trap af.

‘Heb je gegeten?’ vraagt hij.

O shit.

‘Nee.’

‘Dat moet je wel doen. Aan Elena te zien en te ruiken was dat een van mijn vaders dodelijke cocktails die je over haar heen hebt gegooid.’ Hij kijkt naar me, probeert zijn geamuseerde uitdrukking te maskeren maar dat mislukt.

‘Christian, ik...’

Hij houdt zijn hand omhoog.

‘Einde discussie, Anastasia. Als je gaat drinken – en alcohol over mijn exen heen gaat smijten – dan moet je eten. Dat is regel nummer een. Volgens mij hebben we dit gesprek al eens gevoerd na onze eerste nacht samen.’

O ja. Het Heathman.

Terug in de gang houdt hij even stil om mijn gezicht te strelen, zijn vingers strijken langs mijn kaak.

‘Ik heb uren wakker gelegen en naar je gekeken toen je sliep,’ fluistert hij. ‘Misschien hield ik toen al van je.’

O.

Hij buigt zich voorover en kust me zacht, en ik smelt overal, alle spanning van het afgelopen uur verlaat langzaam mijn lichaam.

‘Eet,’ fluistert hij.

‘Oké,’ geef ik aan hem toe want op dit moment zou ik waarschijnlijk alles voor hem doen. Hij pakt mijn hand en leidt me naar de keuken waar het feest in volle gang is.

‘Fijne avond, John, Rhian.’

‘Nogmaals gefeliciteerd, Ana. Jullie redden het wel.’ Dr. Flynn lacht vriendelijk naar ons, staat arm in arm met Rhian in de gang terwijl ze afscheid nemen.

‘Fijne avond.’

Christian sluit de deur en schudt zijn hoofd. Hij kijkt naar me, en ineens branden zijn ogen van opwinding.

Wat is er?

'Er is nu alleen nog familie. Volgens mij heeft mijn moeder te veel gedronken.' Grace zingt karaoke op een of andere gameconsole in de woonkamer. Kate en Mia zitten haar dicht op de hielen.

'Kun je het haar kwalijk nemen?' grijns ik naar hem en ik probeer de sfeer opgewekt te houden. Dat lukt.

'Is dat een zelfgenoegzame grijns, mevrouw Steele?'

'Ja.'

'Wat een enerverende dag.'

'Christian, de laatste tijd is iedere dag met jou enerverend.' Ik klink spottend.

Hij schudt zijn hoofd. 'Goed punt, raak gesproken, mevrouw Steele. Kom – ik wil je iets laten zien.' Hij pakt mijn hand, leidt me door het huis naar de keuken, waar Carrick, Ethan en Elliot het over de Mariners hebben, de laatste cocktails opdrinken en de restjes opeten.

'Gaan jullie een luchtje scheppen?' plaagt Elliot suggestief terwijl we door de openslaande deuren naar buiten lopen. Christian negeert hem. Carrick fronst naar Elliot, schudt zijn hoofd in zwijgende afkeuring.

Terwijl we de trap op lopen richting het gazon, trek ik mijn schoenen uit. De halve maan schijnt fel boven de baai. Het is schitterend, alles wordt in ontelbare grijze tinten gehuld terwijl de lichtjes van Seattle lieflijk fonkelen in de verte. De lichten van het boothuis staan aan, een zacht gloeiende baken in het koele schijnsel van de maan.

'Christian, ik wil morgen graag naar de kerk.'

'O?'

'Ik heb gebeden dat je levend terug zou komen, dus lijkt me dat het minste wat ik kan doen.'

'Oké.'

We wandelen een tijdje hand in hand in ontspannen stilte. Dan bedenk ik iets.

'Wat ga je doen met die foto's van mij die José genomen heeft?'

'Ik dacht dat die wel zouden passen in het nieuwe huis.'

'Heb je het gekocht?'

Hij stopt en staart me aan, bezorgdheid klinkt door in zijn stem. 'Ja. Ik dacht dat je het mooi vond.'

'Vind ik ook. Wanneer heb je het gekocht?'

'Gisterochtend. Nu moeten we gaan beslissen wat we ermee gaan doen,' fluistert hij, opgelucht.

'Niet slopen. Alsjeblieft. Het is zo'n mooi huis. Het heeft alleen aandacht en liefde nodig.'

Christian kijkt naar me en lacht. 'Oké. Ik zal het er met Elliot over hebben. Hij kent een goede architect; zij heeft al wat dingen gedaan voor mijn huis in Aspen. En hij kan de verbouwing uitvoeren.'

Ik snuif, herinner me ineens de vorige keer dat we in maanlicht over dit gazon gingen richting het boothuis. O, misschien gaan we dat nu ook doen. Ik grijns.

'Wat?'

'Ik dacht aan de vorige keer dat je me naar het boothuis bracht.'

Christian lacht zacht. 'O, dat was leuk. Weet je...' Hij stopt en gooit me ineens over zijn schouder, ik slaak een kreet, al zijn we er bijna.

'Als ik het me goed herinner, was je heel erg boos,' breng ik uit.

'Anastasia, ik ben altijd heel erg boos.'

'Echt niet.'

Hij geeft me een pets op mijn billen en stopt voor de houten deur. Hij laat me van zijn schouder afglijden, zet me neer op de grond en pakt mijn gezicht vast.

'Nee. Nu niet meer.' Hij buigt voorover en kust me, hard. Ik ben ademloos en verlangen raast door mijn lijf. Hij kijkt naar me, en in het schijnsel van het streepje licht dat vanuit het boothuis komt, zie ik dat hij gespannen is. Mijn gespannen man, geen edele ridder of kwade ridder, maar een man – een prachtige, niet-zo-heel-erg-verneukte man – van wie ik hou. Ik breng mijn hand omhoog en streel zijn gezicht, strijk met mijn vingers langs zijn bakkebaarden, langs zijn kaak naar zijn kin, en raak met mijn wijsvinger zijn lippen aan. Hij ontspant.

'Ik wil je binnen iets laten zien,' fluistert hij, en hij maakt de deur open.

Het felle tl-licht verlicht de indrukwekkende motorbarkas aan de steiger, die rustig op en neer dobbert in het donkere water. Daarnaast ligt een roeiboot.

'Kom.' Christian pakt mijn hand en leidt me de houten trap op. Hij opent de deur boven, doet een stap opzij om mij naar binnen te laten.

Mijn mond valt open van verbazing. De zolder is onherkenbaar. De kamer staat helemaal vol bloemen... overal staan bloemen. Iemand heeft hier een sprookjesachtig prieel gemaakt van veldbloemen met twinkelende sprookjeslampjes en minilantaarns die zacht en feeëriek licht op de kamer werpen.

Ik draai mijn gezicht naar hem toe, en hij kijkt naar me, zijn uitdrukking is niet te lezen. Hij haalt zijn schouders op.

'Jij wilde hartjes en bloemen,' zegt hij.

Ik kijk hem verbaasd aan, niet geheel in staat mijn ogen te geloven.

'Je hebt mijn hart.' Hij gebaart rond de kamer.

'En hier zijn de bloemen,' fluister ik, en ik maak zijn zin af. 'Christian, het is prachtig.' Ik weet niets anders uit te brengen. Mijn hart bonkt in mijn keel, en tranen wellen op in mijn ogen.

Hij trekt me aan mijn hand mee de kamer in, en voor ik het weet knielt hij voor me neer. *Mijn god... dit had ik niet verwacht!* Ik hou mijn adem in.

Hij haalt een ring uit de binnenzak van zijn jasje en kijkt naar me op, zijn ogen sprankelend grijs en open, vol emotie.

'Anastasia Steele. Ik hou van jou. Ik wil je de rest van mijn leven liefhebben, koesteren en beschermen. Wees de mijne. Voor altijd. Deel je leven met me. Trouw met me.'

Ik knipper met mijn ogen, tranen stromen over mijn wangen. Mijn Vijftig, mijn man. Ik hou zoveel van hem, en het enige wat ik uit kan brengen terwijl ik overspoeld word door emotie is: 'Ja.'

Hij grijnst, opgelucht, en schuift langzaam de ring om mijn vinger. Hij is prachtig, een ovale diamant op een platina ring. *Jemig – hij is gigantisch...* groot, maar o zo simpel en oogverblindend in zijn eenvoud.

'O, Christian,' snik ik, overmand door blijdschap, en ik kniel naast hem neer, mijn vingers kneden door zijn haar terwijl ik hem kus, hem kus met heel mijn hart en ziel. Ik kus deze prachtige man, die net zoveel van mij houdt als ik van hem; en hij slaat zijn armen om me heen, zijn handen gaan richting mijn haar, zijn mond op de mijne. Diep vanbinnen weet ik dat ik altijd van hem zal zijn, en hij van mij. We zijn al zo ver gekomen, hebben nog zo'n eind te gaan, maar we zijn voor elkaar gemaakt. Wij horen bij elkaar.

Het puntje van de sigaret brandt fel in het duister terwijl hij een lange trek neemt. Hij blaast de rook uit in een lange sliert, en eindigt met twee kringen die voor hem oplossen, bleek en spookachtig in het maanlicht. Hij gaat verzitten, verveeld, en neemt een snelle teug van zijn whisky, de fles verpakt in een goedkoop papieren zakje, en klemt hem dan weer tussen zijn dijen.

Hij kan bijna niet geloven dat hij nog steeds door kan blijven gaan. Zijn mond krult zich tot een duivelse grijns. De helikopter was een ondoordachte en brutale zet. Een van de spannendste dingen die hij ooit gedaan heeft. Helaas zonder effect. Hij rolt sarcastisch met zijn ogen. *Wie had gedacht dat die klootzak dat kloteding daadwerkelijk kon besturen?* Hij briest.

Ze hebben hem onderschat. Als Grey ook maar een seconde dacht dat hij jammerend in een hoekje zou gaan zitten, dan had die lul het mooi mis.

Zijn hele leven is al zo geweest. Mensen onderschatten hem altijd – gewoon een man die boeken leest. Krijg de kolere! Een man met een fotografisch geheugen die boeken leest. O, wat hij allemaal wel niet te weten is gekomen. Hij briest weer – *Ja, jij, Grey. Wat ik weet over jou.*

Niet slecht voor een jongen uit de achterbuurt van Detroit.

Niet slecht voor een jongen die een beurs won voor Princeton.

Niet slecht voor die jongen die zich kapot werkte tijdens zijn studie en een baan vond in de uitgeverswereld.

En nu is dat allemaal naar de klote geholpen door Grey en zijn kleine slet. Hij trekt een gezicht naar het huis alsof het staat voor alles waar hij een hekel aan heeft. Maar er gebeurt niks. Het enige drama was die mollige blonde doos in het zwart, die de oprit af waggelde voordat ze in de witte CLK klom en oprotte.

Hij grinnikt vreugdeloos, en huivert vervolgens. Fuck, zijn ribben. Nog steeds pijnlijk door die rake trappen van Greys gorilla.

Hij speelt de scene nog eens af in zijn hoofd. 'Als je nog een keer met je vuile poten aan mevrouw Steele zit, maak ik je godverdomme af.'

Die eikel pak ik ook nog. Ja – die krijgt ook wat hij verdient.

Hij leunt weer achterover in zijn stoel. *Het kon wel eens een lange avond worden.* Hij blijft, let op, en wacht. Hij neemt nog een haal van zijn Marlboro rood. Zijn tijd komt nog. Zijn tijd zal snel komen.

Woord van dank

Ik ben ontzettend veel dank verschuldigd aan Sarah, Kay en Jada. Bedankt voor alles wat jullie voor me hebben gedaan.

Ook een MEGA-bedankje voor Kathleen en Kristi, die als reddende engelen van alles hebben geregeld en uitgezocht.

Jij ook bedankt, Niall, mijn man, mijn minnaar en mijn beste vriend (meestal).

Natuurlijk ook een woord van dank aan al die geweldig fantastische vrouwen over de hele wereld die ik, gelukkig, heb leren kennen sinds ik dit allemaal ben begonnen, en die ik nu als mijn vrienden beschouw, onder wie: Ale, Alex, Amy, Andrea, Angela, Azucena, Babs, Bee, Belinda, Betsy, Brandy, Britt, Caroline, Catherine, Dawn, Gwen, Hannah, Janet, Jen, Jenn, Jill, Kathy, Katie, Kellie, Kelly, Liz, Mandy, Margaret, Natalia, Nicole, Nora, Olga, Pam, Pauline, Raina, Raizie, Rajka, Rhian, Ruth, Steph, Susi, Tasha, Taylor en Una.

En ook aan de vele getalenteerde, grappige, warme vrouwen (en mannen) die ik online heb ontmoet. Jullie weten wie ik bedoel.

Met dank aan Morgan en Jenn, voor alles wat met Heathman te maken heeft.

En ten slotte, dankjewel Janine, mijn redacteur. *You rock*. Dat is alles.